мортирки. Ему ясно было видно, какъ французы бѣжали къ мѣсто по чистому полю и какъ толпы ихъ, съ блестящими на солнцѣ штыками, шевелились въ ближайшихъ траншеяхъ. Одинъ, маленькій, широкоплечій, въ зуавскомъ мундирѣ и шпагой, бѣжалъ впереди и перепрыгивалъ черезъ ямы. «Стрѣлять картечью!» крикнулъ Володя, сбѣгая съ банкета; но уже солдаты распорядились безъ него, и металлической звукъ выпущенной картечи просвисталъ надъ его головой, сначала изъ одной, потомъ изъ другой мортиры. «Первая! вторая!» командовалъ Володя, перебѣгая въ ~~шапку~~ отъ одной мортиры, къ другой и совершенно забывъ объ опасности. Съ боку слышалась близкая трескотня ружей нашего при[illegible] Вдругъ поразительный крикъ отча[illegible] ми голосами, послышался слѣва: «[illegible] оглянулся на крикъ. Человѣкъ два[illegible] сзади. Одинъ изъ нихъ, съ черной [illegible] былъ впереди всѣхъ, но, добѣжав[illegible] тареи, остановился и выстрѣлилъ прямо въ Володю и потомъ снова побѣжалъ ~~къ нему~~. Съ секунду Володя стоялъ, какъ окаменѣлый, и не вѣрилъ глазамъ своимъ. Когда онъ опомнился и оглянулся, впереди его были на брустверѣ синіе мундиры; кругомъ него, кромѣ Мельникова, убитаго пулею подлѣ него, Вланга, схватившаго въ руки ~~[illegible]~~ и съ яростнымъ выраженіемъ лица, опущенными зрачками, бросившагося впередъ, никого не было. «За мной, Владиміръ Семенычъ! за мной!» кричалъ отчаянный голосъ Вланга, ~~[illegible]~~гомъ махавшаго на французовъ, зашедшихъ сзади. Яростная, ~~ужасная~~ фигура юнкера озадачила ихъ. Одного, передняго, онъ ударилъ по головѣ, другіе невольно пріостановились, и Влангъ продолжалъ оглядываться и отчаянно кричать: «За мной, Владиміръ Семенычъ! что вы стоите? бѣгите!» Онъ подбѣжалъ къ траншеѣ, въ которой лежала наша пѣхота, стрѣляя по французамъ. Вскочивъ въ траншею, онъ снова высунулся изъ нея, чтобы посмотрѣть, что дѣлаетъ Володя. Что-то въ шинели ничкомъ лежало на томъ мѣстѣ, гдѣ стоялъ Володя, и все это мѣсто было ~~наполнено~~ французами, стрѣляв-

LIEV TOLSTÓI
CONTOS COMPLETOS

TRADUÇÃO REVISTA, APRESENTAÇÃO E POSFÁCIO
Rubens Figueiredo

1ª reimpressão

COMPANHIA DAS LETRAS

Grafia atualizada segundo o Acordo Ortográfico da Língua Portuguesa de 1990, que entrou em vigor no Brasil em 2009.

Capa e projeto gráfico
Kiko Farkas e Ana Lobo/ Máquina Estúdio

Ilustração de capa
Kiko Farkas/ Máquina Estúdio

Crédito da guarda
Manuscritos de Liev Tolstói dos contos: "Sebastopol em agosto", "Albert", "O diabo", "Aliocha Gorchok", "O que vi num sonho" e "Sem querer". Tomos 4, 5, 27, 36 e 38 das *Obras Completas* em 90 volumes. Moscou: Editora estatal de literatura artística, 1935-6.

Revisão
Jane Pessoa
Carmen T. S. Costa

Dados Internacionais de Catalogação na Publicação (CIP)
(Câmara Brasileira do Livro, SP, Brasil)

Tolstói, Liev, 1828-1910.
Contos completos / Liev Tolstói; tradução revista, apresentação e posfácio Rubens Figueiredo. – 1ª ed. – São Paulo : Companhia das Letras, 2018.

ISBN 978-85-359-3169-3

1. Contos russos I. Figueiredo, Rubens II. Título.

18-19873 CDD-891.73

Índice para catálogo sistemático:
1. Contos : Literatura russa 891.73
Maria Alice Ferreira – Bibliotecária – CRB – 8/7964

[2021]

EDITORA SCHWARCZ S.A.
Rua Bandeira Paulista, 702, cj. 32
04532-002 – São Paulo – SP
Telefone: (11) 3707-3500
www.companhiadasletras.com.br
www.blogdacompanhia.com.br
facebook.com/companhiadasletras
instagram.com/companhiadasletras
twitter.com/cialetras

CONTOS COMPLETOS VOLUME DOIS

Volume 1

PRIMEIROS CONTOS

CONTOS POPULARES (DÉCADA DE 1880)

Volume 2

CONTOS DA NOVA CARTILHA

PRIMEIRO LIVRO RUSSO DE LEITURA

SEGUNDO LIVRO RUSSO DE LEITURA

TERCEIRO LIVRO RUSSO DE LEITURA

QUARTO LIVRO RUSSO DE LEITURA

ÚLTIMOS CONTOS

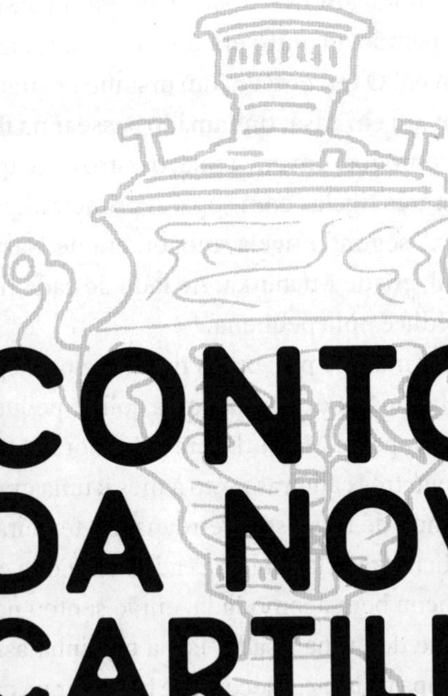

CONTOS DA NOVA CARTILHA

OS TRÊS URSOS
(CONTO)

Uma menina fugiu de casa para a floresta. Na floresta, ela se perdeu e começou a procurar o caminho de casa, mas não encontrou, e chegou a uma casinha na floresta.

A porta estava aberta: ela espiou pela porta, viu que dentro não tinha ninguém e entrou. Na casinha moravam três ursos. Um era o pai, chamava-se Mikhail Ivánitch. Era grande e peludo. O outro era uma ursa. Era um pouco menor e chamava-se Nastássia Petrovna. O terceiro era um ursinho pequeno e chamava-se Míchutka. Os ursos não estavam em casa, tinham ido passear na floresta.

Na casinha havia dois cômodos: um era a sala, o outro era o quarto. A menina entrou na sala e viu na mesa três tigelas com sopa. A primeira tigela, muito grande, era de Mikhail Ivánitch. A segunda tigela, menor, era de Nastássia Petrovna; a terceira, uma tigelinha azul, era de Míchutka. Ao lado de cada tigela, havia uma colher: uma grande, uma média e uma pequena.

A menina pegou a colher maior e provou da tigela maior; depois pegou a colher média e provou da tigela média; depois pegou a colher pequena e provou da tigela pequena; e achou que a sopa de Míchutka era a melhor.

A menina quis sentar e viu três cadeiras junto à mesa: uma grande, de Mikhail Ivánitch, outra um pouco menor, de Nastássia Petrovna, e a terceira, pequena, com uma almofadinha azul, de Míchutka. Ela subiu na cadeira maior e caiu; depois sentou na cadeira média e não ficou bem acomodada, então sentou na cadeirinha pequena e se sentiu tão bem que deu uma risada. Pôs a tigelinha azul nos joelhos e começou a comer. Tomou a sopa toda e começou a se balançar na cadeira.

A cadeirinha quebrou e a menina caiu no chão. Ergueu-se, levantou a cadeirinha e foi para o outro cômodo. Lá havia três camas: uma grande, de Mikhail Ivánitch, a outra média, de Nastássia Petrovna, a terceira pequena, de Míchutka. A menina deitou na grande, era larga demais para ela; deitou na média, era alta demais; deitou na pequena – a caminha parecia feita sob medida para ela, e a menina adormeceu.

Então os ursos voltaram para casa com fome e quiseram comer. O urso grande pegou sua tigela, olhou em volta e urrou com voz terrível:

– Quem comeu da minha tigela?

Nastássia Petrovna olhou para sua tigela e rugiu, não tão alto:

– Quem comeu da minha tigela?

Míchutka viu sua tigelinha vazia e guinchou com voz fina:

– Quem comeu da minha tigela e raspou tudo?

Mikhail Ivánitch olhou para sua cadeira e rugiu com voz terrível:

– Quem sentou na minha cadeira e tirou do lugar?

Nastássia Petrovna olhou para sua cadeira e rugiu, não tão alto:

– Quem sentou na minha cadeira e tirou do lugar?

Míchutka olhou para sua cadeirinha quebrada e guinchou:

– Quem sentou na minha cadeira e quebrou?

Os ursos foram para o outro cômodo.

– Quem deitou na minha cama e amassou? – rugiu Mikhail Ivánitch com voz terrível.

– Quem deitou na minha cama e amassou? – rugiu Nastássia Petrovna, não tão alto.

E Míchenka encostou um banquinho ao lado de sua cama, subiu e guinchou com voz fina:

– Quem deitou na minha cama? – De repente viu a menina e deu um grito tão forte que parecia ter levado uma picada: – Foi ela! Pegue, pegue! Foi ela! Foi ela! Ai-aaai! Pegue!

Ele quis morder a menina. Ela abriu os olhos, viu os ursos e deu um pulo na direção da janela. A janela estava aberta, a menina pulou pela janela e fugiu. E os ursos não alcançaram a menina.

COMO O TIO SEMION CONTOU O QUE ACONTECEU COM ELE NA FLORESTA
(CONTO)

Certa vez, no inverno, eu andava na floresta para pegar lenha, derrubei três árvores, cortei os galhos, desbastei, quando vi já era tarde e eu tinha de ir para casa. Mas o tempo estava ruim: nevava e ventava. Pensei: a noite vai cair e não vou achar o caminho de casa. Fiz o cavalo do trenó correr; andei, andei, e não achei a saída. Só havia a floresta. Pensei: meu casaco é ruim, vou morrer congelado. Andei, andei, e nem sinal de estrada, tudo escuro. Quis desatrelar o cavalo e me deitar embaixo do trenó, mas então ouvi: perto, guizos tilintavam. Fui na direção dos guizos, vi uma troica de cavalos baios com a crina trançada com fitinhas, os guizos brilhavam e dois rapazes iam no trenó.

– Salve, irmãos!

– Salve, mujique!

– Onde fica a estrada, irmãos?

– Mas já estamos na estrada.

Fui para onde eles estavam e, que surpresa: a estrada lisa e desimpedida.

– Venha atrás de nós – disseram, e tocaram os cavalos.

Meu cavalo era ruim, não andava tão depressa. Comecei a gritar:

– Esperem, irmãos!

Eles pararam, riram.

– Venha para o nosso trenó – disseram. – Sem o peso, vai ficar mais fácil para seu cavalo.

– Obrigado – respondi. E fui para o trenó deles.

Era um bom trenó, estofado. Assim que sentei, eles assoviaram para atiçar os cavalos:

– Vamos, queridos!

Os cavalos baios partiram com tanta força que a neve espirrava para os lados. Quando olhei, que coisa incrível. O tempo clareou, a estrada ficou lisa como gelo e nós andávamos em tal disparada que o ar nos empurrava e os ramos batiam em nosso rosto. Comecei a sentir medo. Olhei para a frente: uma subida íngreme, escarpada, e um abismo no final. Os cavalos voavam direto para o abismo. Eu me assustei e gritei:

– Amigos! Mais devagar, vamos morrer!

Com isso, eles apenas riram, assoviaram. Olhei para o abismo. O trenó estava na beiradinha do precipício. Virei, tinha um galho acima da minha cabeça. Aí, pensei: caiam vocês sozinhos. Levantei-me, segurei no galho e me pendurei. Assim que me pendurei, dei um grito:

– Segurem!

E também ouvi mulheres gritando:

– Semion? O que você tem?

Mulheres, ah, mulheres!

– Acendam o fogo. O tio Semion não está passando bem – gritaram.

Aumentaram a luz do lampião. Acordei. E dentro de uma isbá, nas tábuas suspensas acima da estufa e que serviam de cama, eu me agarrei com as mãos, me ergui e gritei com voz de doido:

– Então eu estou aqui...

Foi tudo um sonho.

A VACA

(HISTÓRIA REAL)

A viúva Mária vivia com a mãe e seis filhos. Levavam uma vida pobre. Mas, juntando todo o dinheiro que tinham, compraram uma vaca marrom para ter leite para os filhos. Os filhos mais velhos alimentavam a vaca Buriónuchka no pasto e em casa lhe davam os restos de comida. Certo dia, mamãe saiu e o filho mais velho subiu para pegar pão na prateleira, derrubou um copo e quebrou. Micha teve medo de que a mãe brigasse com ele, juntou os cacos do copo, levou para fora e enterrou no monte de estrume, depois recolheu os pedacinhos de vidro menores e jogou numa gamela. A mãe procurou o copo, perguntou, mas Micha não disse nada; e o assunto morreu.

No dia seguinte, depois do almoço, a mãe deu para a vaca Buriónuchka os restos de comida na gamela e depois viu que a vaca estava estranha, não comia mais. Começaram a tratar da vaca. Chamaram a velha que curava os bichos. Ela disse:

– A vaca não vai viver, tem de matar para tirar a carne.

Chamaram os mujiques, começaram a bater na vaca. As crianças ouviram como Buriónuchka berrava no pátio. Todas se juntaram na estufa e desataram a chorar. Depois que mataram Buriónuchka, tiraram o couro e cortaram os pedaços, acharam um vidro na sua garganta.

E entenderam que tinha morrido porque havia engolido um pedaço de vidro junto com a comida. Quando Micha soube disso, começou a chorar amargamente e confessou para a mãe que tinha quebrado o copo. A mãe não disse nada e também começou a chorar. Disse:

– Nós matamos nossa Buriónuchka, agora não temos como comprar outra. Como é que as crianças pequenas vão viver sem leite?

Micha começou a chorar mais ainda e não desceu da estufa quando os outros comeram os miolos da vaca. Todo dia ele sonhava que o tio Vassíli carregava pelo chifre a cabeça morta de Buriónuchka, de olhos abertos e com o pescoço vermelho. Desde então, as crianças não tomaram mais leite. Só tinha leite nos dias de festa, quando Mária pedia uma jarra aos vizinhos. Aconteceu que a senhora de terras dona daquela aldeia gostou da avó e quis que ela fosse trabalhar de babá em sua casa. A velha disse para a filha:

– Agora eu vou ser babá, e você, que Deus a ajude, vai ter de cuidar sozinha das crianças. E eu, se Deus quiser, vou ser babá por um ano e vou juntar dinheiro para comprar uma vaca.

Assim fizeram. A velha foi para a casa da patroa. E Mária teve de trabalhar mais ainda para cuidar dos filhos. E os filhos viveram um ano inteiro sem leite: só comiam frutas amassadas e sopa de pão e começaram a ficar magros e pálidos. Passou um ano, a velha voltou para casa e trouxe vinte rublos.

– Pronto, filhinha! – disse. – Agora vamos comprar uma vaca.

Mária se alegrou, todas as crianças se alegraram. Mária e a velha foram à feira comprar uma vaca. Pediram que a vizinha ficasse com as crianças e pediram ao tio Zakhar, seu vizinho, que fosse com elas para escolher a vaca. Rezaram e foram à cidade. As crianças comeram e saíram à rua para ver se estavam trazendo uma vaca. As crianças começaram a pensar como seria a vaca: preta ou marrom? Conversaram sobre como iriam alimentar a vaca. Esperaram, esperaram o dia inteiro. Andaram uma versta para receber a vaca, já estava entardecendo, voltaram para casa. De repente, viram: pela rua, numa carroça, vinha a avó, e junto às rodas traseiras vinha uma vaca malhada, amarrada pelo chifre, e atrás vinha a mãe, tangendo com uma varinha. As crianças saíram correndo, ficaram observando a vaca. Levaram pão, capim, começaram a alimentar. A mãe entrou na isbá, trocou de roupa e saiu com um pano e um balde. Sentou ao lado da vaca, limpou as tetas. Bênção de Deus! Começou a ordenhar a vaca e as crianças sentaram numa roda e ficaram olhando como o leite esguichava das tetas para dentro do balde e chiava embaixo dos dedos da mãe. A mãe encheu metade do balde, levou para dentro e deu para os filhos uma jarra de leite no jantar.

FILIPOK

(HISTÓRIA REAL)

Era uma vez um menino chamado Filipp. Um dia mandaram todos os meninos mais velhos para a escola. Filipp pegou o chapéu e também quis ir. Mas a mãe disse:

– Aonde vai, Filipok?

– À escola.

– Você ainda é pequeno, não vai.

E a mãe obrigou-o a ficar em casa. Os mais velhos foram à escola. Ainda bem cedo, o pai saiu para a floresta, a mãe saiu para cuidar do trabalho de todo dia. Só ficaram na isbá Filipok e a vovó, sobre a estufa. Filipok achou enjoado ficar sozinho, a vovó dormiu e ele foi procurar seu chapéu. Não achou seu chapéu, pegou um velho, do pai, e foi para a escola.

A escola ficava atrás da aldeia, junto à igreja. Quando Filipp andava pelos arredores de sua casa, os cachorros não corriam atrás dele, já o conheciam. Mas quando ia mais longe, o cachorro Jutchka[1] pulava, latia, e atrás de Jutchka vinha um cachorro grande chamado Voltchok.[2] Filipok saiu correndo e os cachorros foram atrás dele. Filipp começou a gritar, tropeçou e caiu. Veio um mujique, enxotou os cachorros e disse:

– Diabo, para onde vai correndo assim sozinho?

Filipok não respondeu, se levantou do chão e saiu correndo o mais que podia. Chegou à escola. Na entrada não tinha ninguém, mas dentro da escola se ouviam vozes de crianças que gritavam. Filipok teve medo: "O que vai acontecer quando o professor me enxotar?". E começou a pensar no que ia fazer. Para voltar, tinha de enfrentar de novo os cachorros; para entrar na escola, sentia muito medo do professor. Uma mulher passou com um balde ao lado da escola e disse:

– Todos estão estudando e você fica parado aqui fora?

Filipok entrou na escola. Tirou o chapéu no vestíbulo e abriu a porta. A escola estava cheia de crianças. Todas gritavam, e o professor, com um cachecol vermelho, andava no meio delas.

– O que você quer? – gritou para Filipok.

O menino agarrou o chapéu e não disse nada.

– Quem é você?

Filipok continuou calado.

– É mudo?

Filipok estava tão assustado que nem conseguia falar.

– Então é melhor ir para casa, se não quer falar.

Filipok bem que gostaria de falar, mas o medo secava sua garganta. Olhou para o professor e começou a chorar. Então o professor teve pena dele. Afagou sua cabeça e perguntou à garotada quem era aquele menino.

– É o Filipok, irmão do Kostiúchka, vive pedindo para vir à escola, mas a mãe não deixa e ele acabou vindo escondido.

– Certo, então sente no banco ao lado de seu irmão que vou pedir à sua mãe que deixe você vir à escola.

---

1 Besourinho.

2 Lobinho.

O professor começou a mostrar as letras para Filipok, mas o menino já as conhecia e sabia ler um pouco.

– Muito bem, soletre seu nome.

Filipok disse:

– Efe-i, fi, ele-i, li, pe-o-cá-pok.

Todos riram.

– Meu rapaz – disse o professor. – Quem ensinou você a ler?

Filipok tomou coragem e disse:

– Kostiúchka. Eu sou ligeiro, entendi tudo de uma vez só. Eu sou esperto de matar!

O professor riu e disse:

– E rezar, você sabe?

Filipok disse:

– Sei – e começou a dizer a ave-maria; mas não acertou todas as palavras.

O professor o deteve e disse:

– Você é muito convencido, mas vai aprender.

Daí em diante, Filipok passou a ir à escola com os outros meninos.

PRIMEIRO LIVRO RUSSO DE LEITURA

A FORMIGA E O POMBO
(FÁBULA)

Uma formiga desceu até a beira do riacho: queria beber água. Uma onda cobriu a formiga e ela quase se afogou. Um pombo levava um galhinho no bico; viu a formiga se afogando e jogou o galhinho para ela, no riacho. A formiga subiu no galhinho e salvou-se. Tempos depois um caçador armou uma rede e apanhou o pombo. A formiga rastejou na direção do caçador e deu uma picada no seu pé; o caçador berrou e soltou a rede. O pombo bateu asas, voou e fugiu.

O CEGO E O SURDO
(HISTÓRIA REAL)

Um cego e um surdo foram a um terreno que não era deles para pegar ervilhas. O surdo disse para o cego:

– Você escute e me avise; e eu vou olhar e descrevo para você.

Então eles entraram na plantação e se agacharam. O cego apalpou as ervilhas e disse:

– Uma vagenzinha.

E o surdo disse:

– Que margenzinha?

O cego tropeçou num buraco e caiu. O surdo perguntou:

– O que houve?

O cego respondeu:

– Eu caí!

O surdo disse:

– É para fugir? – e saiu correndo.

E o cego foi atrás.

A TARTARUGA E A ÁGUIA

(FÁBULA)

A tartaruga pediu à águia que a ensinasse a voar. A águia não recomendou, porque aquilo não ficava bem, mas a tartaruga não parava de pedir. A águia segurou-a pelas garras, levou-a lá em cima e largou: a tartaruga caiu nas pedras e se despedaçou.

A CRIANÇA ABANDONADA

(HISTÓRIA REAL)

Uma mulher pobre tinha uma filha chamada Macha. De manhã, Macha foi pegar água e viu que, na porta, tinha uma coisa enrolada em trapos. Macha baixou o balde e desenrolou os trapos. Quando tocou nos trapinhos, alguma coisa por trás deles gritou: Buá! Buá! Buá! Macha se abaixou e viu que era um bebezinho vermelho. Ele gritava bem alto: Buá! Buá! Macha pegou-o nos braços, levou para dentro de casa e deu leite para ele, numa colher. A mãe disse:

– O que você trouxe?

Macha respondeu:

– Um bebezinho; achei na porta de casa.

A mãe disse:

– Somos tão pobres, como é que vamos alimentar mais um bebê? Vou falar com o chefe e pedir que fiquem com a criança.

Macha começou a chorar e disse:

– Mãezinha, ele não vai comer muito, deixe ficar. Veja como tem mãozinhas e dedinhos bonitos e enrugadinhos.

A mãe olhou e teve pena. Deixou o bebê ficar. Macha alimentava e vestia o bebê, e cantava para ele dormir.

A CABEÇA E O RABO DA COBRA
(FÁBULA)

O rabo e a cabeça da cobra discutiam sobre quem devia andar na frente. A cabeça disse:

– Você não pode ir na frente, você não tem olhos nem ouvidos.

O rabo disse:

– Em compensação, a força está em mim, sou eu que faço você andar: se eu quiser, me enrosco numa árvore e você não vai sair do lugar.

A cabeça disse:

– Então vamos nos separar!

E o rabo separou-se da cabeça e rastejou para a frente. Mas assim que se afastou um pouco da cabeça, caiu num buraco e sumiu.

A PEDRA
(HISTÓRIA REAL)

O pobre foi à casa do rico e pediu esmola. O rico não deu nada e disse:

– Vá embora!

Mas o pobre não foi. Então o rico se irritou, pegou uma pedra e jogou no pobre. O pobre apanhou a pedra, guardou por dentro da camisa, na altura do peito, e disse:

– Vou levar esta pedra sempre comigo até chegar a hora de jogar nele.

E a hora chegou. O rico fez um negócio errado; tomaram tudo que ele tinha e o mandaram para a prisão. Quando o levaram para a prisão, o pobre se aproximou, tirou a pedra de dentro da camisa e levantou o braço; então pensou melhor, largou a pedra no chão e disse:

– Foi em vão que levei essa pedra comigo por tanto tempo: quando ele era rico e forte, eu tinha medo dele; mas agora tenho pena.

OS ESQUIMÓS

(DESCRIÇÃO)

Há no mundo um lugar onde o verão dura só três meses e o resto do tempo é inverno. No inverno, os dias são tão curtos que, mal o sol levanta, logo se põe. E durante três meses, bem no meio do inverno, o sol nem aparece e fica escuro o tempo todo. Nessa terra vive um povo; chamam-se esquimós. Essas pessoas falam uma língua própria, não entendem as outras línguas e nunca se afastam de sua terra. Os esquimós não são altos, mas têm a cabeça muito grande. O corpo deles não é branco, mas pardo, os cabelos são pretos e duros. O nariz é fino, as maçãs do rosto são largas, os olhos, pequenos. Os esquimós vivem em casas de neve. Constroem as casas assim: moldam tijolos de neve e fazem a casa pondo os tijolos uns em cima dos outros, como quem faz uma estufa. Em vez de vidro, põem gelo nas paredes e, em vez de porta, fazem um tubo comprido por baixo da neve e, através desse tubo, entram rastejando em suas casas. Quando chega o inverno, as casas dos esquimós ficam todas cobertas de neve e lá dentro é quentinho. Os esquimós comem cervos, lobos, ursos-brancos. Pegam peixes no mar com anzóis e varas e com redes. Matam os bichos com arco e flecha e com arpão. Como os animais, os esquimós comem carne crua. Eles não têm linho nem cânhamo para fazer camisas e cordas, não têm lã para fazer pano; fazem cordas com as veias dos animais e roupas com a pele dos animais.

Juntam duas peles com o pelo para fora, uma em cima da outra, furam com espinhas de peixe e costuram com veias. Assim fazem camisas, calças e botas. Ferro, eles também não têm. Fazem lanças e flechas com ossos. O que mais gostam de comer é gordura de animais e de peixes. As mulheres e os homens se vestem do mesmo jeito. Só que as mulheres calçam botas muito largas. Dentro dessas botas de cano largo, elas colocam os filhos pequenos e assim carregam os bebês.

No meio do inverno, os esquimós passam três meses no escuro. Mas no verão o sol nunca se põe e não existe noite.

O FURÃO
(FÁBULA)

O furão entrou na oficina do funileiro e começou a lamber uma lima. Saiu sangue da língua, mas o furão ficou alegre e continuou lambendo, achando que o sangue saía da lima, e arrebentou a língua toda.

COMO A TITIA CONTOU DE QUE MODO APRENDEU A COSTURAR
(CONTO)

Quando eu tinha seis anos, pedi à mamãe que me deixasse costurar. Ela disse:

– Você ainda é pequena, vai só furar os dedos.

Mas eu não parava de pedir. Mamãe tirou do baú um pano vermelho e me deu; depois enfiou uma linha vermelha na agulha e me mostrou como segurar. Comecei a costurar, mas não conseguia dar pontos iguais; um ponto ficava grande, o outro ficava muito na beirada e rompia o pano. Depois espetei o dedo e fiz força para não chorar, mas mamãe me perguntou:

– O que você tem? – e eu não me contive e desatei a chorar. Então mamãe me mandou ir brincar.

Quando fui dormir, os pontos da costura não saíam da minha cabeça: eu não parava de pensar num jeito de aprender mais depressa a costurar e achei que era difícil, que eu nunca ia aprender. Mas agora já sou grande e nem lembro como aprendi a costurar; e quando ensino minha filhinha a costurar, me admiro de ver que ela não consegue segurar a agulha.

LINHAS FINAS

(FÁBULA)

Um homem encomendou linhas finas a uma fiandeira. A fiandeira fiou linhas finas, mas o homem disse:

– As linhas não ficaram boas, preciso de linhas muito finas.

A fiandeira disse:

– Se para você essas não são finas, então leve estas aqui.

E mostrou um lugar vazio. O homem disse que não estava vendo. A fiandeira respondeu:

– Não está vendo porque são muito finas; eu mesma não vejo.

O tolo se alegrou e encomendou mais linhas como aquelas e pagou em dinheiro por isso.

DA VELOCIDADE VEM A FORÇA

(HISTÓRIA REAL)

Certa vez uma locomotiva andava muito depressa pela estrada de ferro. Bem no meio do caminho, num cruzamento, havia um cavalo com uma carroça pesada. O mujique atiçava o cavalo para atravessar os trilhos, mas o animal não conseguia mover a carroça, porque a roda de trás tinha soltado. O ajudante gritou para o maquinista: "Pare!", mas o maquinista não obedeceu. Achou que o mujique não ia conseguir nem tocar o cavalo para a frente nem virar a carroça, e também achou que era impossível parar a locomotiva. Ele nem tentou frear e deixou a locomotiva avançar a toda a velocidade na direção da carroça. O mujique se afastou da carroça, e a locomotiva jogou longe o cavalo e a carroça, como se fosse uma lasca de madeira, e foi em frente sem sofrer nada. Então o maquinista disse ao ajudante:

– Nós só matamos um cavalo e quebramos uma carroça, mas se eu tivesse obedecido a você, nós mesmos teríamos morrido e mataríamos todos os passageiros. Em alta velocidade, jogamos a carroça longe e nem sentimos a batida, mas em baixa velocidade teríamos sido atirados para fora dos trilhos.

O LEÃO E O CAMUNDONGO

(FÁBULA)

O leão dormia. O camundongo passou correndo por cima de seu corpo. Ele acordou e agarrou-o. O camundongo pediu que o soltasse; disse:

– Se me soltar, vou fazer uma coisa boa para você.

O leão achou graça no camundongo que prometia fazer uma coisa boa para ele e o soltou.

Um dia, os caçadores capturaram o leão e o amarraram a uma árvore com uma corda. O camundongo ouviu o rugido do leão, foi correndo para lá, roeu a corda e disse:

– Lembra? Você riu, achou que eu não podia fazer uma coisa boa para você, mas agora está vendo... até um camundongo pode fazer uma coisa boa.

CACHORROS BOMBEIROS

(HISTÓRIA REAL)

Nas cidades, muitas vezes acontece de crianças ficarem dentro das casas que pegam fogo e é impossível tirá-las de lá porque, assustadas, elas se escondem e ficam caladas e, com a fumaça, não dá para ver onde estão. Por isso, em Londres,[1] existem cachorros ensinados. Esses cachorros vivem com os bombeiros e, quando uma casa pega fogo, os bombeiros mandam um cachorro retirar as crianças. Um desses cachorros, em Londres, salvou doze crianças; chamava-se Bob.

Um dia, uma casa pegou fogo. E quando os bombeiros chegaram, uma mulher veio correndo falar com eles. Chorava e dizia que uma menina de dois anos tinha ficado dentro da casa. Os bombeiros mandaram o Bob. Bob subiu a escada correndo e sumiu na fumaça. Cinco minutos depois, saiu da casa, trazendo nos dentes, pendurada pela camisa, a menina de dois anos. A mãe abraçou a filha e chorou de alegria ao ver

---

1 Principal cidade dos ingleses. (N.A.)

que a filha estava viva. Os bombeiros afagaram o cachorro e verificaram se não tinha se queimado; mas Bob quis se soltar e entrar de novo na casa. Os bombeiros acharam que havia mais alguém vivo lá dentro e o soltaram. O cachorro entrou correndo e logo depois saiu com alguma coisa entre os dentes. Quando olharam o que ele trazia, todos começaram a rir: o cachorro trazia uma grande boneca.

O MACACO

(FÁBULA)

Um homem foi para a floresta, derrubou uma árvore e quis cortá-la em pedaços. Levantou a ponta sobre o cepo, montou a cavalo no tronco e começou a serrar. Depois enfiou uma cunha no lugar já serrado e começou a serrar mais adiante. Serrou, tirou a cunha e colocou-a mais à frente.

Um macaco observava, sentado numa árvore. Quando o homem deitou para dormir, o macaco montou a cavalo no tronco e quis fazer a mesma coisa; mas quando tirou a cunha, o tronco fechou a fenda e prendeu seu rabo. O macaco começou a puxar e gritar. O homem acordou, deu uma surra no macaco e amarrou-o com uma corda.

COMO UM MENINO CONTOU QUE NÃO O LEVARAM PARA A CIDADE

(CONTO)

Papai estava se arrumando para ir à cidade e eu lhe disse:

– Pai, me leve com você.

E ele respondeu:

– Você vai morrer de frio lá; ir para quê?

Dei as costas, comecei a chorar e fui para a despensa. Chorei, chorei e peguei no sono. Sonhei com a estradinha que vai da nossa casa até a capela e vi que o papai vinha andando por essa estradinha. Cheguei até ele e fomos juntos para a cidade. Aí eu vi – lá na frente, uma estufa acesa. Perguntei:

– Pai, aquilo é a cidade?

E ele respondeu:

– Isso mesmo.

Então chegamos à estufa e vi que estavam assando broas. Falei:

– Compre uma broa para mim.

Ele comprou e me deu. Então acordei, levantei, me calcei, pus as luvas e fui para a rua. Na rua, os meninos brincavam de deslizar na neve, usando pranchas e trenós. Fui brincar com eles e fiquei deslizando na neve até quase congelar. Assim que voltei para casa e subi na estufa, ouvi que o papai estava voltando da cidade. Fiquei alegre, me levantei com um pulo e disse:

– Pai, comprou uma broa para mim?

Ele respondeu:

– Comprei. – E me deu a broa.

Pulei da estufa para um banco e comecei a dançar de alegria.

O MENTIROSO
(FÁBULA)

Um menino vigiava as ovelhas e, fingindo que tinha visto um lobo, começou a berrar:

– Socorro, um lobo! Um lobo!

Os mujiques vieram correndo e viram que não era verdade. Ele fez a mesma coisa duas, três vezes e então aconteceu que, um dia, apareceu um lobo de verdade. O menino começou a gritar:

– Venham cá, venham depressa, um lobo!

Os mujiques pensaram que, como sempre, ele estava querendo enganar e não deram atenção. O lobo viu que não tinha nada a temer: com total liberdade, trucidou o rebanho inteiro.

COMO CONSERTARAM UMA CASA NA CIDADE DE PARIS[2]

(HISTÓRIA REAL)

Numa casa grande, as paredes estavam se inclinando e se afastando uma da outra. Começaram a pensar num jeito de juntar as paredes sem quebrar o telhado. Um homem teve uma ideia. Prendeu argolas de ferro nas duas paredes opostas; depois fez uma haste de ferro uns três dedos mais curta do que a distância entre as duas argolas. Depois curvou as pontas da haste em dois ganchos para que esses ganchos se prendessem nas argolas. Depois esquentou a haste de ferro com fogo; ela se esticou e alcançou as argolas. Então ele prendeu os ganchos nas argolas e deixou assim. A tira de ferro começou a esfriar, encolheu e puxou as paredes.

O BURRO E O CAVALO

(FÁBULA)

Um homem tinha um burro e um cavalo. Iam por uma estrada. O burro disse para o cavalo:

– Está pesado, não consigo levar tudo, tire pelo menos um pouco das minhas costas.

O cavalo não deu atenção. O burro caiu de cansaço e morreu. O dono pôs toda a carga do burro sobre o cavalo e ainda mais o couro do burro, e o cavalo gemeu:

– Ai, que desgraça, pobre de mim, como sofro, como sou infeliz! Não quis ajudar um pouco o burro e agora tenho de levar toda a carga e ainda por cima o couro dele.

---

2 Principal cidade dos franceses. (N. A.)

COMO UM MENINO CONTOU QUE UMA TEMPESTADE O APANHOU DE SURPRESA NA FLORESTA

(HISTÓRIA REAL)

Quando era menino, me mandaram ir à floresta para pegar cogumelos. Fui à floresta, peguei cogumelos e quis voltar para casa. De repente escureceu, choveu e trovejou. Tive medo e me sentei embaixo de um carvalho grande. Estourou um relâmpago tão claro que meus olhos doeram e fechei os olhos. Em cima de minha cabeça, alguma coisa rachou e estalou; então uma coisa bateu na minha cabeça. Caí e fiquei deitado até a chuva parar. Quando acordei, caíam gotas de todas as árvores da floresta, os passarinhos cantavam e um solzinho cintilava. O grande carvalho estava quebrado e do tronco saía uma fumaça. Em volta, pelo chão, havia pedaços do carvalho. Minha roupa estava toda molhada e colada no corpo; tinha um galo na cabeça e doía um pouco. Encontrei meu chapéu, peguei os cogumelos e corri para casa. Não tinha ninguém em casa, peguei pão na mesa e subi na estufa. Quando acordei, vi do alto da estufa que tinham fritado meus cogumelos, colocado na mesa e já queriam comer. Gritei:

– Vão comer sem mim?

Responderam:

– Por que fica dormindo? Venha logo comer.

A GRALHA E OS POMBOS

(FÁBULA)

A gralha viu que os pombos eram bem alimentados. Pintou-se de branco e voou para o pombal. No início os pombos acharam que a gralha era igual a um pombo e a deixaram ficar. Mas ela se distraiu e gritou como uma gralha. Então os pombos começaram a dar bicadas para enxotar a gralha. Ela voou de volta para seu bando, mas as gralhas se assustaram porque ela estava branca e também a expulsaram.

O MUJIQUE E OS PEPINOS

(FÁBULA)

Certa vez, um mujique foi à horta roubar pepinos. Enquanto rastejava na direção dos pepinos, pensava: "Vou levar um saco de pepinos e vender: com o dinheiro vou comprar uma galinha. A galinha vai botar ovos para mim, vai chocar os ovos, vão nascer muitos pintinhos. Vou criar os pintos, vender e comprar uma porquinha; a porca vai ter filhotes. Vou vender os porcos e comprar uma égua; a égua vai ter potros. Vou criar os potros e vou vender; vou comprar uma casa e plantar uma horta. A horta vai crescer, vou plantar pepinos, não vou deixar que roubem, vou ficar de vigia, bem atento. Vou contratar vigias, pôr perto dos pepinos, eu mesmo vou chegar lá de surpresa e gritar: 'Ei, fiquem de olho bem aberto!'". O mujique ia pensando tão concentrado que acabou esquecendo que estava no terreno de outra pessoa e gritou mesmo com toda a força. Os vigias ouviram, correram e deram uma surra no mujique.

A MULHER E A GALINHA

(FÁBULA)

Uma galinha botava um ovo por dia. A dona achou que, se desse mais comida, a galinha poria duas vezes mais ovos. Assim fez. Mas a galinha engordou e parou de botar ovos.

O VELHO AVÔ E O NETINHO

(FÁBULA)

O avô estava muito velho. As pernas não andavam, os olhos não enxergavam, os ouvidos não escutavam, os dentes tinham caído. E quando comia, a comida escorria pelo canto da boca. O filho e a nora deixaram de sentar o avô à mesa e lhe davam comida atrás da estufa. Um dia, lhe deram o almoço numa tigela. Ele quis puxar a tigela, mas deixou cair e ela quebrou. A nora brigou com o velho, dizendo que ele estragava tudo em casa, quebrava as tigelas, e disse que agora ia lhe dar comida na gamela onde os bichos comiam. O velho apenas suspirou e não disse nada. Um dia, o marido e a esposa estavam em casa e olhavam para o filho, que brincava no chão com umas tabuinhas e tentava montar alguma coisa. O pai perguntou:

– O que está fazendo, Micha?

E Micha respondeu:

– Estou fazendo uma gamela, pai. Quando você e a mamãe ficarem velhos, vou dar comida para vocês nesta gamela.

O marido e a esposa olharam um para o outro e começaram a chorar. Sentiram vergonha de terem humilhado o velho; e daí em diante passaram a trazer o avô para a mesa e cuidaram dele.

A DIVISÃO DA HERANÇA

(FÁBULA)

O pai tinha dois filhos. Disse para eles:

– Vou morrer, dividam tudo pela metade.

Quando o pai morreu, os filhos não conseguiram fazer a partilha sem brigar. Foram ao vizinho, para ele servir de juiz. O vizinho perguntou:

– Como seu pai mandou dividir?

Responderam:

– Mandou dividir tudo pela metade.

O vizinho disse:

– Então rasguem todas as roupas pela metade, quebrem pela metade toda a louça e cortem pela metade todo o gado.

Os irmãos obedeceram ao vizinho e acabaram ficando sem nada.

PARA ONDE VAI A ÁGUA DO MAR?

(RACIOCÍNIO)

Das fontes, nascentes e pântanos, a água vai para os riachos, dos riachos para os córregos, dos córregos para os rios e dos rios para o mar. De outros lados do mar, correm outros rios e todos os rios correm para o mar, e é assim, desde que o mundo é mundo. Para onde vai a água do mar? Por que ela não transborda?

A água do mar sobe em forma de névoa; a névoa sobe ainda mais e da névoa se formam as nuvens. O vento empurra e espalha as nuvens pela terra. Das nuvens, a água cai sobre a terra. Da terra, ela escorre para os pântanos e para as nascentes. Das nascentes, escorre para os rios; dos rios, para o mar. Do mar a água sobe de novo em forma de nuvens e as nuvens se espalham pela terra...

O LEÃO, O URSO E A RAPOSA

(FÁBULA)

O leão e o urso acharam um pedaço de carne e começaram a brigar por ele. O urso não queria ceder e o leão também não. Brigaram tanto tempo que os dois perderam as forças e caíram deitados. A raposa viu a carne entre os dois, apanhou e fugiu.

COMO UM MENINO CONTOU QUE ACHOU ABELHAS-RAINHAS PARA SEU AVÔ
(CONTO)

No verão, meu avô vivia no apiário. Quando eu ia visitá-lo, ele me dava mel.

Certo dia, fui ao apiário e comecei a andar no meio das colmeias. Não tinha medo das abelhas porque o vovô tinha me ensinado a andar de mansinho pelo terreiro.[3]

E as abelhas estavam acostumadas comigo e não me picavam. Ouvi uma coisa roncar dentro de uma colmeia. Fui atrás do vovô e contei para ele.

O vovô voltou comigo, escutou e disse:

– Dessa colmeia já saiu um enxame, o primeiro, com a rainha velha; agora as abelhas-rainhas jovens estão saindo dos ovos. São elas que estão gritando. Amanhã elas vão embora voando com outro enxame.

Perguntei ao vovô o que era uma abelha-rainha. Ele respondeu:

– A abelha-rainha é igual ao tsar para o povo; sem ela não pode haver abelhas.

Perguntei:

– Mas como é que elas são?

Ele disse:

– Venha amanhã; se Deus quiser, vai se formar um enxame, aí mostro a você e ainda lhe dou mel.

No dia seguinte, quando fui falar com o vovô, na entrada estavam pendurados dois cestos fechados. O vovô mandou que eu me cobrisse com uma rede e amarrou-a no meu pescoço com um lenço; depois pegou um dos cestos fechados e levou para o apiário. As abelhas zumbiam dentro do cesto. Tive medo delas e enfiei as mãos nas calças; mas queria ver a abelha-rainha e fui atrás do vovô.

No terreiro das colmeias, o vovô foi até um tronco oco, ajeitou uma tigela, abriu o cesto cheio de abelhas e sacudiu, para as abelhas caírem na tigela. As abelhas rastejaram pela tigela para dentro do tronco, sem parar de zumbir, e o vovô ia empurrando as abelhas com uma vassourinha.

– Olhe aqui a abelha-rainha!

O vovô me mostrou com a vassourinha e eu vi uma abelha comprida e de asinhas curtas. Ela foi rastejando com as outras e sumiu. Depois o vovô tirou a rede que

---

3 Lugar onde ficam as abelhas. (N.A.)

me cobria e fomos para a pequena isbá. Lá ele me deu um bom bocado de mel, eu comi e lambuzei as bochechas e as mãos. Quando cheguei em casa, mamãe disse:

– De novo seu avô sem-vergonha deu mel para você comer, não foi?

Respondi:

– Ele me deu mel porque ontem eu achei para ele uma colmeia com abelhas-rainhas jovens e hoje formamos um enxame novo.

O CACHORRO, O GALO E A RAPOSA

(FÁBULA)

O cachorro e o galo saíram pelo mundo afora. Ao anoitecer, o galo adormeceu numa árvore e o cachorro se acomodou entre as raízes da mesma árvore. Quando chegou a hora, o galo cantou. A raposa ouviu o galo, correu e, embaixo da árvore, começou a pedir que o galo descesse, pois ela queria fazer uma homenagem a ele e à sua voz bonita. O galo respondeu:

– Antes é preciso acordar o porteiro, ele está dormindo entre as raízes. Quando ele destrancar o portão, eu desço.

A raposa foi procurar o porteiro e começou a grunhir. O cachorro deu um pulo de surpresa e estrangulou a raposa.

O MAR

(DESCRIÇÃO)

O mar é vasto e profundo; não se vê o fim do mar. O sol se levanta e se põe no mar. Ninguém alcança nem conhece o fundo do mar. Quando não venta, o mar fica azul e liso; quando o vento sopra, o mar se agita e fica ondulado. As ondas se erguem no mar; as ondas correm umas atrás das outras; elas se encontram, se chocam e delas esguicha uma espuma branca. Então os navios balançam nas ondas como lascas de madeira. Quem nunca esteve no mar nunca rezou para Deus.

O CAVALO E O CAVALARIÇO

(FÁBULA)

O cavalariço roubava a aveia do cavalo e vendia, mas todo dia escovava o cavalo. Então o cavalo disse:

– Se quer de verdade que eu fique bem, pare de vender minha aveia.

O INCÊNDIO

(HISTÓRIA REAL)

Na época de ceifar, os mujiques e as mulheres foram embora trabalhar. Na aldeia, só ficaram os velhos e as crianças. Numa isbá, ficaram a avó e três netos. A avó acendeu a estufa e deitou-se para descansar. As moscas pousavam em cima da avó e picavam. Ela cobriu a cabeça com uma toalha e pegou no sono. Uma das netas, Macha (tinha três anos), jogou brasas num pedaço de louça e foi para a varandinha na entrada da isbá. Ali havia uns feixes de palha no chão. As mulheres amarravam os feixes com atilhos.[4] Macha trouxe as brasas, colocou embaixo dos feixes e começou a soprar. Quando a palha começou a arder, ela ficou alegre, voltou para dentro da isbá, trouxe pelo braço o irmão, Kiriúchka (tinha um ano e meio e havia acabado de aprender a andar), e disse:

---

4 Cordão usado para amarrar os feixes. (N.A.)

– Olhe, Kiliúska, o que eu tirei da estufa.

Os feixes de palha já estavam ardendo e crepitando. Quando a varanda ficou escura de fumaça, Macha se assustou e correu para trás, para dentro da isbá. Kiriúchka caiu na soleira da porta, quebrou o nariz e desatou a chorar; Macha arrastou o irmão para dentro da isbá e os dois se esconderam embaixo de um banco. A vovó não percebeu nada e dormia. O menino mais velho, Vánia (tinha oito anos), estava na rua. Quando viu que saía fumaça da varanda, passou correndo pela porta, atravessou a fumaça, entrou na isbá e começou a sacudir a avó; mas a avó, tonta de sono, confusa, esqueceu as crianças, levantou-se com um pulo e saiu correndo para fora, chamando as pessoas. Macha, nessa altura, estava sentada embaixo do banco e continuava calada; só o menino pequeno gritava, porque o nariz quebrado estava doendo. Vánia ouviu os gritos dele, olhou embaixo do banco e começou a gritar para Macha:

– Corre para fora, vai se queimar!

Macha correu para a varanda, mas não podia passar, por causa da fumaça e do fogo. Ela voltou para dentro. Então Vánia abriu uma janela e mandou a irmã pular. Quando ela pulou, Vánia agarrou o irmão e o puxou. Mas o menino era pesado e além disso resistia, não deixava o irmão puxar. Empurrava Vánia e chorava. Vánia caiu duas vezes, enquanto puxava o menino para a janela, e a porta da isbá já estava em chamas. Vánia empurrou a cabeça do irmãozinho pela janela e quis jogá-lo para fora; mas o menino (estava muito assustado) se agarrava com as mãozinhas e não soltava. Então Vánia gritou para Macha:

– Puxe a cabeça dele!

E Vánia também empurrava por trás. E assim conseguiram puxar o menino para a rua, através da janela, e eles escaparam também.

A RÃ E O LEÃO

(FÁBULA)

O leão ouviu a rã coaxar alto e ficou assustado. Achou que para berrar tão alto tinha de ser um bicho grande. Esperou um pouco, espiou – a rã saiu do brejo. O leão esmagou a rã com a pata e disse:

– De agora em diante, não vou me assustar antes de ver o que é.

O ELEFANTE
(HISTÓRIA REAL)

Um indiano tinha um elefante. O dono não alimentava direito o elefante e o obrigava a trabalhar muito. Um dia o elefante se zangou e pisou em seu dono. O indiano morreu. Então a esposa do indiano começou a chorar, levou seus filhos até o elefante e jogou as crianças aos pés do animal. Disse:

– Elefante! Você matou o pai, mate os filhos também.

O elefante olhou para as crianças, pegou o mais velho com a tromba, levantou devagar e colocou o menino montado no seu pescoço. Daí em diante, o elefante obedeceu ao menino e trabalhou para ele.

O MACACO E A ERVILHA
(FÁBULA)

Um macaco levava dois punhados de ervilhas nas mãos bem cheias. Uma ervilhazinha pulou; o macaco quis pegar e deixou cair vinte ervilhas. Pulou para apanhar as ervilhas e derramou todas. Então ficou zangado, espalhou as ervilhas para todos os lados e fugiu correndo.

COMO UM MENINO CONTOU QUE PAROU DE TER MEDO DE MENDIGOS CEGOS

(CONTO)

Quando eu era pequeno, os mendigos cegos me assustavam e eu tinha medo deles. Um dia cheguei em casa e, na varandinha, estavam sentados dois mendigos cegos. Eu não sabia o que fazer; tinha medo de correr para trás e medo de passar por eles: achei que iam me agarrar. De repente um deles (tinha os olhos brancos como leite) levantou-se, me segurou pela mão e disse:

– Garoto! Não tem uma esmolinha?

Soltei-me dele e corri para minha mãe. Ela me deu dinheiro e pão para dar para eles. Os mendigos ficaram contentes com o pão, se benzeram e começaram a comer. Depois o mendigo de olhos brancos disse:

– Seu pão é bom, graças a Deus. – E segurou de novo minha mão e apalpou. Tive pena dele e, daí em diante, deixei de ter medo de mendigos cegos.

A VACA LEITEIRA

(FÁBULA)

Um homem tinha uma vaca; todo dia ela dava uma jarra de leite. O homem convidou algumas pessoas; para juntar mais leite para os convidados, ficou dez dias sem ordenhar a vaca. Achou que no décimo dia a vaca ia dar dez vasos cheios de leite. Mas todo o leite empedrou dentro da vaca e ela deu menos leite que antes.

A IMPERATRIZ CHINESA SI-LIN-TCHI

(HISTÓRIA REAL)

O imperador chinês Go-An-Tchi tinha uma esposa adorada, Si-Lin-Tchi. O imperador queria que todo o povo se lembrasse de sua adorada imperatriz. Mostrou para a esposa um bicho-da-seda e disse:

– Aprenda o que se pode fazer com essa lagarta e como cuidar dela e seu povo nunca vai se esquecer de você.

Si-Lin-Tchi passou a observar as lagartas e viu que, quando ficavam paradas, se formava uma teia por cima de seu corpo. Desenrolou a teia, fez um fio e teceu um lenço de seda. Depois notou que as lagartas ficavam nos pés de amora. Começou a juntar folhas de amoreiras e deu para as lagartas comerem. Criou muitos bichos-da-seda e ensinou ao seu povo como cuidar deles.

Desde então passaram cinco mil anos e os chineses até hoje se lembram da imperatriz Si-Lin-Tchi e fazem festas em sua homenagem.

A LIBÉLULA E AS FORMIGAS

(FÁBULA)

No outono, o trigo das formigas ficou molhado: elas puseram para secar. Uma libélula faminta pediu comida. As formigas perguntaram:

– Por que não juntou comida durante o verão?

Ela respondeu:

– Não tive tempo: estava cantando.

As formigas riram e disseram:

– Se cantou no verão, dance no inverno.

A MENINA-CAMUNDONGO
(CONTO)

Um homem andava perto do rio e viu um corvo levando um camundongo pelo bico. O homem jogou uma pedra e o corvo largou o camundongo; o camundongo caiu na água. O homem tirou o camundongo da água e levou para casa. Ele não tinha filhos e disse:

– Ah! Quem dera esse camundongo virasse uma menina!

E o camundongo virou uma menina. Quando a menina cresceu, o homem perguntou para ela:

– Com quem você quer casar?

A menina disse:

– Quero casar com o mais forte do mundo.

O homem foi falar com o sol e disse:

– Sol! Minha menina quer casar com o mais forte do mundo. Você é o mais forte de todos; case com minha menina.

O sol respondeu:

– Não sou o mais forte de todos: as nuvens me escurecem.

O homem foi falar com as nuvens e disse:

– Nuvens! Vocês são os mais fortes de todos; casem com minha menina.

As nuvens responderam:

– Não, nós não somos os mais fortes de todos, o vento nos espalha.

O homem foi falar com o vento e disse:

– Vento! Você é o mais forte de todos; case com minha menina.

O vento respondeu:

– Não sou o mais forte de todos: as montanhas bloqueiam minha passagem.

O homem foi falar com as montanhas e disse:

– Montanhas! Casem com minha menina; vocês são os mais fortes de todos.

As montanhas responderam:

– Mais forte que nós é o rato. Ele nos rói.

Então o homem foi falar com o rato e disse:

– Rato! Você é o mais forte de todos; case com minha menina.

O rato concordou. O homem voltou para casa e disse para a menina:

– O rato é o mais forte de todos: rói as montanhas, as montanhas bloqueiam a passagem do vento, o vento espalha as nuvens, as nuvens escurecem o sol e o rato quer casar com você.

Mas a menina disse:

– Ah! O que vou fazer agora? Como posso casar com o rato?

Então o homem disse:

– Ah! Quem dera minha menina virasse de novo um camundongo!

E a menina virou camundongo e casou com o rato.

A GALINHA DOS OVOS DE OURO

(FÁBULA)

Um homem tinha uma galinha que botava ovos de ouro. Ele quis ter muito ouro de uma vez só e matou a galinha (achou que dentro dela havia um monte de ouro); mas a galinha era igual a todas as outras.

LIPÚNIUCHKA[5]

(CONTO)

Um velho vivia com uma velha. Não tinham filhos. O velho foi arar a terra e a velha ficou em casa para fazer panquecas. A velha fez as panquecas e disse:

– Se a gente tivesse um filho, ele levaria as panquecas para o pai; mas, agora, a quem vou pedir?

De repente, do meio do algodão, saiu um menininho e disse:

– Bom dia, mamãe!

A velha perguntou:

– Filhinho, de onde você saiu e como se chama?

---

5 O nome deriva de *lipa*, tília, árvore cujas sementes têm aspecto de algodão.

E o filho respondeu:

– Mãezinha, você fiou o algodão e enrolou as meadas e eu saí de lá. Pode me chamar de Lipúniuchka. Pode deixar, mãezinha, eu levo as panquecas para o papai.

A velha disse:

– Você consegue levar mesmo, Lipúniuchka?

– Consigo, mãezinha...

A velha amarrou as panquecas dentro de uma trouxinha e deu para o filho. Lipúniuchka pegou a trouxa e correu para o campo. No campo, ele topou com um morrinho na estrada e gritou:

– Papai, papai, me ajude a passar pelo morrinho! Eu trouxe panquecas para você.

No campo, o velho ouviu que alguém chamava, foi ao encontro do filho, levou o menino para o outro lado do morrinho e disse:

– De onde você veio, filho?

E o menino respondeu:

– Papai, eu saí do algodão – e deu as panquecas para o pai.

O velho sentou-se para comer e o menino disse:

– Deixe que eu vou arar a terra.

O velho disse:

– Você não tem força para arar a terra.

Mas Lipúniuchka pegou o arado e começou a arar. Ele arava e ainda por cima cantava.

Um senhor de terras passou por aquele campo e viu que o velho estava sentado comendo enquanto o cavalo arava sozinho. O senhor de terras desceu da carruagem e disse para o velho:

– Como pode ser isso, velho? O cavalo está arando sozinho?

O velho respondeu:

– Tenho um menino que está arando, e ele ainda canta.

O senhor de terras chegou mais perto, ouviu a canção e viu Lipúniuchka.

O senhor de terras disse:

– Velho! Venda esse menino para mim.

E o velho respondeu:

– Não, não posso vender, só tenho um.

E Lipúniuchka disse para o velho:

– Venda, papai, eu fujo dele.

O mujique vendeu o menino por cem rublos. O senhor de terras deu o dinheiro, pegou o menino, embrulhou num lenço e guardou no bolso. O senhor de terras correu para casa e disse para a esposa:

– Trouxe uma alegria para você.

E a esposa disse:

– Mostre. O que é?

O senhor de terras tirou o lenço do bolso, abriu e dentro do lenço não havia mais nada. Fazia tempo que Lipúniuchka tinha fugido para o pai.

O LOBO E A VELHA

(FÁBULA)

Um lobo faminto procurava uma presa. Na ponta de uma aldeia, ele ouviu um menino chorando dentro de uma isbá, enquanto uma velha dizia:

– Se não parar de chorar, vou dar você para o lobo.

O lobo parou e ficou esperando a hora em que iam lhe dar o menino. Aí anoiteceu; ele continuou a esperar e a ouvir. A velha disse outra vez:

– Não chore, bebezinho; não vou dar você para o lobo; assim que o lobo chegar, vamos matá-lo.

O lobo pensou: "Pelo visto, aqui falam uma coisa e fazem outra". E foi embora da aldeia.

O GATINHO

(FÁBULA)

Era uma vez um irmão e uma irmã – Vássia e Kátia. Eles tinham uma gata. Na primavera, a gata sumiu. As crianças procuraram por todo canto, mas não conseguiram achar. Um dia, estavam brincando ao lado do celeiro e ouviram, lá em cima, alguma coisa miando com vozes finas. Vássia subiu correndo a escada para o forro do celeiro. Kátia ficou embaixo e toda hora perguntava: "Achou? Achou?". Mas Vássia não respondia. Afinal, Vássia gritou:

– Achei! A nossa gata... e ela teve gatinhos; são lindos; venha cá, depressa.

Kátia foi para casa correndo, pegou leite e levou para a gata.

Os filhotes eram cinco. Quando cresceram um pouco e começaram a sair do cantinho onde nasceram, as crianças escolheram para elas um gatinho cinzento de patas brancas e levaram para casa. A mãe deu todos os outros gatos, mas aquele ficou para os filhos. As crianças lhe davam comida, brincavam com ele e dormiam junto com o gatinho.

Um dia as crianças foram brincar na estrada e levaram o gatinho.

O vento remexia a palha na estrada, o gatinho brincava com a palha e aquilo divertia as crianças. Depois viram no caminho umas folhas de azedinha, foram colher e esqueceram o gato. De repente ouviram alguém gritar bem alto:

– Para trás! Para trás!

E viram um caçador vir correndo e, na frente dele, dois cachorros que olhavam para o gatinho e queriam agarrá-lo. Mas o gatinho era bobo e, em vez de fugir, se agachou no chão, arqueou as costas e olhou para os cachorros. Kátia ficou assustada com os cachorros, começou a gritar e fugiu para longe deles. Mas Vássia foi correndo na direção do gato e o pegou na mesma hora em que os cachorros pularam na direção dele. Os cachorros queriam agarrar o gatinho, mas Vássia pulou de barriga em cima do gato e o escondeu dos cachorros.

O caçador chegou a galope e enxotou os cachorros; Vássia levou o gatinho para casa e nunca mais saiu com ele para o campo.

O FILHO SÁBIO

(FÁBULA)

O filho voltou da cidade para a casa do pai, na roça. O pai disse:

– Hoje é dia de ceifar. Pegue o ancinho e venha me ajudar.

Mas o filho não queria trabalhar e disse:

– Estudei as ciências e esqueci todas as palavras dos mujiques; o que quer dizer ancinho?

Mal saiu para o pátio, pisou na ponta de um ancinho; a haste levantou e bateu na sua testa. Então lembrou o que era um ancinho, pôs a mão na testa e disse:

– Quem foi o idiota que largou este ancinho aqui?

COMO OS HABITANTES DE BUCARA APRENDERAM A CUIDAR DOS BICHOS-DA-SEDA

(HISTÓRIA REAL)

Durante muito tempo, só os chineses sabiam fazer seda e não ensinavam essa arte para ninguém, mas vendiam os panos de seda por um preço alto.

O rei de Bucara ouviu falar disso e quis conseguir as lagartas e aprender aquele ofício. Pediu aos chineses que lhe dessem ovos de bichos-da-seda, lagartas e amoreiras. Os chineses negaram. Então o rei de Bucara mandou pedir em casamento a filha do imperador chinês, mandou dizer à noiva que ele tinha muitas coisas em seu reino, só não tinha uma coisa – panos de seda –, e pediu que ela trouxesse escondidos ovinhos de bichos-da-seda e lagartas, senão ela não poderia ter roupas bonitas para vestir.

A princesa arranjou ovos de bichos-da-seda e sementes de amoreira e escondeu por dentro da faixa que usava enrolada na cabeça.

Na fronteira, quando foram olhar se não estava levando alguma coisa proibida, ninguém se atreveu a tirar a faixa de sua cabeça.

E os habitantes de Bucara começaram a plantar amoreiras e a criar bichos-da-seda e a princesa ensinou como cuidar deles.

O MUJIQUE E O CAVALO

(FÁBULA)

O mujique teve de ir à cidade comprar aveia para o cavalo. Assim que ele saiu da aldeia, o cavalo quis voltar para casa. O mujique bateu no cavalo com o chicote. O cavalo andou e pensou: "Para onde esse imbecil quer que eu vá? É melhor ficar em casa". Antes de chegar à cidade, o mujique viu que os cavalos tinham dificuldade de andar na lama e se desviou para uma rua calçada, mas o cavalo não queria andar na rua calçada. O mujique bateu com o chicote e puxou o cavalo com força; o cavalo andou pela rua calçada e pensou: "Para que ele me desviou para a rua calçada? Só para quebrar os cascos. Aqui é duro demais por baixo das patas".

O mujique foi a uma barraca na feira, comprou aveia e voltou para casa. Quando chegou em casa, deu aveia para o cavalo. O cavalo começou a comer e pensou: "Como os homens são bobos! Gostam de se mostrar mais inteligentes do que nós, mas a inteligência deles é menor do que a nossa. Para que ele teve todo esse trabalho? Foi sei lá para onde e me forçou a ir também. Andamos tanto para depois voltar para a mesma casa de antes. Era melhor ter ficado aqui de uma vez; ele ficaria sentado junto à estufa, enquanto eu comeria aveia".

COMO A TITIA CONTOU PARA A VOVÓ QUE O BANDIDO EMELKA PUGATCHÓV LHE DEU UMA MOEDA DE DEZ RUBLOS

(HISTÓRIA REAL)

Eu tinha uns oito anos e nós morávamos na província de Kazan, em nossa aldeia. Lembro que papai e mamãe começaram a ficar preocupados, porque todo mundo falava de Pugatchóv.[6] Mais tarde eu soube que o bandido Pugatchóv tinha apare-

6 Emelian (Emelka) Pugatchóv (1742-75), líder cossaco de grandes revoltas camponesas na Rússia.

cido naquela época. Ele dizia ser o tsar Pedro III, reunia muitos bandidos, enforcava todos os nobres e libertava todos os servos. E diziam que ele e sua gente não estavam longe de nós. Papai queria fugir para Kazan, mas receava levar a nós, as filhas, com ele, porque o tempo estava frio e as estradas, ruins. Isso aconteceu em novembro e era perigoso andar pelas estradas. Papai resolveu ir só com mamãe para Kazan e prometeu juntar uns cossacos e vir de lá para nos buscar.

Eles partiram e nós ficamos sozinhas com a babá Anna Trofímovna e todas morávamos no térreo, num só cômodo. Lembro que estávamos sentadas certa noite, a babá embalava minha irmã no colo, porque ela estava com dor de barriga, e eu trocava as roupas de uma boneca. Paracha, nossa criada, e a esposa do diácono estavam sentadas à mesa, bebiam chá e conversavam; sempre sobre Pugatchóv. Enquanto vestia a boneca, eu ouvia o tempo todo as coisas horríveis que a esposa do diácono contava.

– Lembro – contou ela – que Pugatchóv chegou à casa de nossos vizinhos, a quarenta verstas de nós, e enforcou o senhor de terras no porão e matou todos os filhos.

– E como esse monstro matou as crianças? – perguntou Paracha.

– Foi assim, minha mãe, Ignátitch me contou: amarraram pelos pés e depois bateram na quina da parede.

– E você ainda conta esses horrores na frente da menina – disse a babá. – Vá dormir, Kátienka. Está na hora.

Eu estava mesmo querendo dormir, mas de repente ouvimos que batiam na porta, os cachorros latiam e vozes gritavam.

A esposa do diácono e Paracha correram para ver e logo voltaram às pressas.

– É ele! É ele!

A babá se esqueceu da dor de barriga de minha irmã, jogou-a na caminha, correu para o baú e pegou uma blusa e um vestidinho rústico. Tirou toda a minha roupa, me deixou descalça e me vestiu com uma roupa de camponesa. Envolveu minha cabeça com um lenço e disse:

– Veja bem, se perguntarem, diga que é minha neta.

Mal terminou de me vestir, ouvimos: lá em cima, botas pisavam com força. Pelo barulho, devia ter muita gente. A esposa do diácono, a criada Mikhaila, veio nos avisar:

– É ele mesmo, chegou! Mandou matar os carneiros. Está pedindo vinho, bebida.

Anna Trofímovna disse:

– Dê tudo. Mas cuidado, não diga que são filhas do senhor de terras. Diga que todos fugiram. E dela, diga que é minha neta.

Ficamos a noite inteira sem dormir. Cossacos bêbados entravam em nosso quarto toda hora.

Mas Anna Trofímovna não tinha medo deles. Quando um entrava, ela dizia:

– Meu caro, o que você quer? Não temos nada para você. Crianças pequenas e eu, uma velha.

E os cossacos saíram.

De manhã, peguei no sono e, quando acordei, vi em nosso quarto um cossaco de casaco de veludo verde e, diante dele, Anna Trofímovna se curvava em reverências até o chão.

O cossaco apontou para minha irmã e disse:

– De quem é?

E Anna Trofímovna respondeu:

– Minha neta. Minha filha partiu com os patrões e deixou comigo.

– E essa menina? – Apontou para mim.

– Também é minha neta, senhor.

Ele acenou para mim com o dedo.

– Venha cá, espertinha.

Fiquei ruborizada. E Anna Trofímovna disse:

– Vá, Katiúchka, não tenha medo. – Cheguei perto dele.

O cossaco segurou-me pela bochecha e disse:

– Olhe como é branquinha, vai ficar bonita. – Tirou do bolso um punhado de moedas de prata, escolheu uma de dez copeques e me deu.

– Para você se lembrar do seu soberano – e saiu.

Ficaram dois dias em nossa casa, comeram e beberam à vontade e quebraram tudo, mas não incendiaram nada e foram embora.

Quando papai voltou com mamãe, não sabia como agradecer a Anna Trofímovna. Ele a libertou da servidão, mas ela não aceitou e viveu conosco até ficar velha e morrer. Desde então, de brincadeira, me chamam de a noiva de Pugatchóv. E desde aquele dia guardo comigo a moeda de dez copeques que Pugatchóv me deu; e toda vez que olho para ela me lembro de meus tempos de criança e da boa Anna Trofímovna.

O VIZIR ABDUL
(CONTO)

O rei da Pérsia tinha um vizir honesto, chamado Abdul. Certa vez ele atravessou a cidade para falar com o rei. E na cidade o povo estava revoltado. Assim que viram o vizir, cercaram, seguraram seu cavalo e começaram a ameaçar, dizendo que iam matar o vizir se não fizesse o que eles queriam. Um homem se mostrou tão atrevido que chegou a agarrar a barba do vizir e deu uns puxões.

Quando largaram o vizir, ele foi falar com o rei e o convenceu a ajudar o povo e não condenar aquelas pessoas por terem sido brutas com ele.

Na manhã seguinte, um pequeno mercador foi falar com o vizir. O vizir perguntou o que ele queria. O mercador disse:

– Vim denunciar aquele homem que ofendeu você ontem. Conheço o homem, é meu vizinho, se chama Naguim; mande prender e castigue!

O vizir dispensou o mercador e mandou trazer Naguim. Naguim adivinhou que tinha sido denunciado, foi falar com o vizir e, mais morto que vivo, se jogou a seus pés.

O vizir levantou-o e disse:

– Não chamei você para castigar, mas só para dizer que tem um mau vizinho. Ele denunciou você, cuidado com ele. Vá com Deus.

COMO UM LADRÃO DENUNCIOU A SI MESMO
(HISTÓRIA REAL)

De noite, um ladrão escalou as paredes da casa de um mercador e entrou no sótão. Escolheu casacos de pele, panos e quis descer, mas tropeçou numa viga e fez muito barulho. O mercador ouviu o barulho no alto da casa, acordou um empregado e quis ir ao sótão com uma vela. O empregado estava dormindo pesado e disse para o mercador:

– Ver o quê? Não tem ninguém lá, vai ver é um gato.

Apesar disso o mercador foi até o sótão. Assim que o ladrão percebeu que alguém estava vindo, colocou os casacos e os panos onde estavam antes e procurou um lugar para se esconder. E encontrou: um monte de alguma coisa. Na verdade, era um monte de folhas de tabaco. O ladrão abriu um espaço no tabaco, enfiou-se no meio e cobriu-se. O ladrão ouviu que duas pessoas estavam vindo – entraram e falaram. O mercador disse:

– Eu ouvi o barulho de uma coisa pesada.

E o empregado disse:

– Pode ser um gato, pode ser um fantasma.

O mercador passou pelo monte de tabaco, não notou nada e disse:

– Parece que foi só impressão minha: não tem ninguém; vamos embora.

E o ladrão ouviu que os dois saíam e pensou: "Agora vou pegar tudo e descer pela janela". Mas de repente o ladrão sentiu que o nariz coçava por causa do tabaco e sentiu vontade de espirrar. Cobriu a boca com a mão, a coceira aumentou mais ainda e ele não conseguiu segurar o espirro. O mercador e o empregado já estavam saindo. Ouviram alguém espirrar no canto. "Atchim, atchim! A-tchim!" Voltaram e apanharam o ladrão.

O FARDO
(FÁBULA)

Dois homens andavam juntos pela estrada e cada um levava seu fardo nos ombros. Um deles andava sem tirar o fardo dos ombros e o outro parava toda hora, baixava o fardo no chão e sentava para descansar. Mas sempre tinha de levantar o fardo de novo e colocar de novo sobre os ombros. E aquele que parava e baixava o fardo ficou mais cansado do que o outro, que levava o fardo sem tirar dos ombros.

O CAROÇO
(HISTÓRIA REAL)

A mãe comprou ameixas e quis dar para os filhos depois do almoço. Pôs as ameixas num prato. Vánia nunca tinha comido aquilo e ficou o tempo todo cheirando as ameixas. Gostou muito delas. Sentiu muita vontade de comer. Não parava de passar perto das ameixas. Numa hora em que não tinha ninguém, ele não conseguiu se conter, pegou uma ameixa e comeu. Antes do almoço, a mãe foi contar as ameixas e viu que faltava uma. Avisou o pai.

Na hora do almoço, o pai disse:

– Pois bem, meus filhos, será que algum de vocês comeu uma ameixa?

Todos responderam:

– Não.

Vánia ficou vermelho como um caranguejo e também respondeu:

– Não, eu não comi.

Então o pai disse:

– Não é nada bom que um de vocês tenha comido uma ameixa; mas o pior não é isso. O pior é que dentro da ameixa tem um caroço e se a pessoa não sabe comer a ameixa e engole o caroço, morre no dia seguinte. É disso que tenho medo.

Vánia ficou pálido e disse:

– Não, o caroço eu joguei pela janela.

E todos riram e Vánia começou a chorar.

OS DOIS MERCADORES
(FÁBULA)

Um mercador pobre partiu em viagem e deixou todas as suas mercadorias de ferro sob a guarda de um mercador rico. Quando voltou, encontrou-se com o mercador rico e pediu seu ferro de volta.

O mercador rico tinha vendido todas as mercadorias de ferro e, para dar uma desculpa, disse:

– Aconteceu uma coisa triste com seu ferro.

– O quê?

– Guardei o ferro no depósito de cereais. Lá está cheio de ratos. Eles roeram todo o ferro. Eu mesmo vi como roíam. Se não acredita, vá ver só.

O mercador pobre não quis discutir. Respondeu:

– Para que ver? Eu acredito. Sei que os ratos sempre roem o ferro. Adeus. – E o mercador pobre foi embora.

Na rua, viu um menino brincando – era o filho do mercador rico. O mercador pobre afagou o menino, segurou sua mão e levou-o para casa.

No dia seguinte, o mercador rico encontrou o mercador pobre e contou sua desgraça, seu filho havia sumido, e perguntou:

– Você não viu nada, não soube de nada?

O mercador pobre respondeu:

– Vi, sim, como não? Assim que saí da sua casa ontem, eu vi: um falcão desceu voando direto em cima do seu filho, pegou e levou embora.

O mercador rico se zangou e disse:

– Não tem vergonha de debochar de mim? Acha que vou acreditar que um falcão pode carregar um menino?

– Não, não estou debochando. O que há de admirar num falcão carregar um menino, quando os ratos já roeram cem *pud*[7] de ferro? Acontece de tudo neste mundo.

Então o mercador rico levantou-se e disse:

– Os ratos não roeram seu ferro, eu vendi e vou lhe pagar em dobro.

– Se é assim, o falcão também não levou seu filho e eu vou devolver o menino.

O CACHORRO DE SÃO GOTARDO
(DESCRIÇÃO)

Existem dois países vizinhos: a Suíça e a Itália. Entre os dois, ficam as montanhas

---

7 Antiga medida russa, equivalente a 16,3 kg.

dos Alpes. São montanhas tão altas que, nelas, a neve nunca derrete. A estrada que vai da Suíça para a Itália tem de passar por essas montanhas. A estrada passa pela montanha de São Gotardo. Bem no alto dessa montanha, construíram um mosteiro na beira da estrada. E nesse mosteiro vivem monges. Os monges rezam e dão abrigo aos viajantes, para descansar e passar a noite. Em São Gotardo, o céu está sempre cinzento; no verão há uma neblina e não dá para enxergar nada. No inverno caem nevascas tão fortes que a neve acumulada chega a cinco *archin* de altura. E os viajantes e os caminhantes muitas vezes morrem congelados nessas nevascas. Os monges têm cachorros. E os cachorros são ensinados a procurar pessoas na neve.

Certa vez, na estrada para a Suíça, ia uma mulher com um bebê. Começou a nevasca; a mulher perdeu o caminho, sentou na neve e começou a congelar. Os monges saíram com os cachorros e acharam a mulher com o bebê. Os monges aqueceram e alimentaram o bebê. Mas a mulher já estava morta e os monges a enterraram no mosteiro.

CONTO EM QUE UM MUJIQUE EXPLICA POR QUE GOSTA DO IRMÃO MAIS VELHO

(CONTO)

Eu gosto muito de meu irmão, acima de tudo porque ele foi para o Exército no meu lugar. Foi assim que aconteceu: começaram o sorteio. Fui sorteado, tinha de ir para o Exército, mas fazia uma semana que eu tinha casado. Não queria me afastar da esposa jovem.

Mamãe começou a gemer e disse:

– Como Petruchka pode ir? É tão novo.

Não havia nada a fazer, começaram a me arrumar. Minha mulher costurou camisas para mim, me deu dinheiro e no dia seguinte eu tinha de ir para o recrutamento na cidade. Mamãe morria de desespero, chorava, e eu, só de pensar que tinha de ir, sentia meu coração apertado como se estivesse indo para a morte.

À noite, nos reunimos todos para jantar. Ninguém tinha vontade de comer. O irmão mais velho, Nikolai, estava deitado no alto da estufa, sempre calado. Minha esposa gemia. Papai estava zangado. Quando mamãe pôs a *kacha* na mesa, ninguém tocou na comida. Mamãe foi chamar Nikolai, no alto da estufa, para jantar. Ele desceu, fez o sinal da cruz, sentou à mesa e disse:

– Não sofra, mãezinha. Vou para o Exército no lugar do Petruchka, sou mais velho que ele. Pode ser que eu não morra. Vou servir no Exército e voltar para casa. E você, Piotr, sem mim, cuide do papai e da mamãe e não ofenda minha esposa.

Fiquei alegre, mamãe também parou de sofrer; começaram a preparar Nikolai para a partida.

De manhã, quando acordei e me dei conta de que meu irmão ia partir no meu lugar, me senti muito mal. Eu disse:

– Não vá, Nikolai, é minha vez, eu vou.

Ele ficou calado e continuou a se arrumar. Eu também me arrumei para ir. Fomos os dois para o recrutamento na cidade. Ele se apresentou, e eu também. Os dois éramos rapazes bonitos, ficamos em posição de sentido, esperamos para ver se nos recusavam. Meu irmão mais velho olhou para mim, riu e disse:

– Vá embora, Piotr, vá para casa. Não fique triste por minha causa, eu vou porque quero.

Comecei a chorar e fui para casa. E agora, quando me lembro do irmão, parece que eu daria minha vida por ele.

COMO MATEI UMA LEBRE PELA PRIMEIRA VEZ

(CONTO DE UM SENHOR DE TERRAS)

Eu tinha um tio chamado Ivan Andreitch. Ele me ensinou a atirar quando eu tinha treze anos. Ele pegava uma espingarda pequena e me dava para atirar quando íamos passear. Uma vez matei uma gralha e outra vez, uma pega. Mas papai não sabia que eu tinha aprendido a atirar. Certa vez, no outono, no dia do santo padroeiro de minha mãe, estávamos à espera de meu tio para o almoço, eu estava sentado junto à janela e olhava para o lado por onde ele ia chegar enquanto papai andava pela sala. Vi atrás dos arbustos quatro cavalos cinzentos e uma carruagem e gritei:

– Está chegando! Está chegando!

Papai olhou pela janela, viu a carruagem, tirou o chapéu e foi à varanda para recebê-lo. Corri atrás dele. Papai alegrou-se com meu tio e disse:

– Entre logo.

Mas meu tio disse:

– Não, é melhor pegar uma espingarda e vir comigo. Olhe lá, depois daqueles arbustos, tem uma lebre no mato. Pegue uma espingarda e vamos matá-la.

Papai mandou trazer um casaco de pele e uma espingarda e eu corri para o meu quarto, no primeiro andar, pus um gorro e peguei uma espingarda. Quando papai sentou com o titio na carruagem, eu me pendurei com a espingarda no estribo de trás e por isso ninguém me viu.

Assim que passamos dos arbustos, titio mandou o cocheiro parar, levantou-se e disse:

– Está vendo uma coisa cinzenta naquela valeta? Na direita tem um matinho e na esquerda, a uns cinco passos... está vendo?

Papai olhou muito tempo e não conseguiu ver nada. E eu, que olhava por baixo, também não via nada. Por fim, papai avistou e foi com titio para o campo. Papai levava a espingarda pronta para disparar e titio mostrava o lugar. Eu caminhava atrás deles com minha espingarda e não conseguia ver nada. Mas estava contente por não terem notado que eu estava ali. Avançamos uns cem passos. Papai parou, quis fazer pontaria, mas titio o deteve:

– Não, está longe, vamos avançar mais um pouco. Ela vai deixar a gente chegar perto.

Papai obedeceu, mas assim que andaram um pouco, a lebre pulou e só então eu a vi. Era uma lebre grande, quase toda branca, só tinha as costas prateadas. Deu um salto, levantou uma orelha e começou a pular um pouco mais para longe. Papai fez pontaria – pam! A lebre correu. Papai deu outro tiro. A lebre correu. Eu me esqueci do papai e de tudo. Fiz pontaria atrás dele – pam! E nem acreditei nos meus olhos – a lebre rolou por cima da cabeça, caiu estirada, sacudindo uma das patas. Papai e titio viraram para trás:

– De onde você saiu? Puxa, muito bem!

E depois disso me deram uma espingarda e me deixavam atirar.

O PEQUENO POLEGAR
(CONTO)

Um homem pobre tinha sete filhos, cada um menor que o outro. O menor de todos era tão pequeno que, quando nasceu, não chegava a um dedo. Depois cresceu um pouco, mas continuou pequeno e era só um pouco maior que um dedo, e por isso o chamavam de Pequeno Polegar. Mas o Pequeno Polegar, apesar de pequeno, era muito esperto e habilidoso.

O pai e a mãe ficaram cada vez mais pobres e chegaram a uma situação tão ruim que não tinham comida para dar aos filhos. O pai e a mãe pensaram, pensaram, e resolveram levar os filhos para a floresta e deixá-los lá, bem longe, para que não pudessem voltar para casa. Quando o pai e a mãe falaram sobre isso, o Pequeno Polegar ouviu tudo, porque não estava dormindo. De manhã, o Pequeno Polegar acordou antes de todo mundo, correu ao riacho e encheu os bolsos de pedrinhas brancas. Quando o pai e a mãe levaram os filhos para a floresta, o Pequeno Polegar andava atrás de todos, tirava do bolso uma pedrinha branca de cada vez e largava pelo caminho.

Quando o pai e a mãe tinham levado os filhos bem longe na floresta, foram para trás de umas árvores e fugiram correndo. Os filhos ficaram chamando por eles e, quando viram que não vinha ninguém, começaram a chorar.

Só o Pequeno Polegar não chorou. Ele gritou com sua voz fina:

– Parem de chorar, vou levar vocês para fora da floresta.

Mas os irmãos choravam tão alto que não ouviam. Quando afinal ouviram, ele explicou que tinha deixado cair pedrinhas brancas pelo caminho e que ia tirá-los da floresta; os irmãos ficaram alegres e foram atrás dele. O Pequeno Polegar foi de pedrinha em pedrinha e assim levou todos para casa.

Aconteceu que, naquele mesmo dia em que o pai e a mãe deixaram os filhos na floresta, o pai ganhou um dinheiro. O pai e a mãe disseram:

– Para que levamos nossos filhos para a floresta? Eles vão morrer lá. Agora temos dinheiro e podemos alimentar os filhos.

A mãe começou a chorar e disse:

– Ah! Quem dera meus filhos estivessem com a gente agora!

E o Pequeno Polegar ouviu pela janela e disse:

– Olhe, estamos aqui!

A mãe se alegrou, correu para a varanda e todos os filhos entraram, um depois do outro.

Compraram tudo o que era necessário e começaram a viver como antes; e viveram bem, enquanto durou o dinheiro.

Mas o dinheiro acabou de novo, o pai e a mãe começaram de novo a pensar em como iam viver e de novo resolveram levar os filhos para a floresta e deixá-los lá.

O Pequeno Polegar ouviu de novo a conversa e, assim que amanheceu, quis ir na ponta dos pés até o riacho pegar pedrinhas. Quando chegou à porta, tentou abrir, mas a porta estava trancada com um ferrolho; quis levantar a tranca, porém, por mais que tentasse, não conseguia alcançar o ferrolho.

Era impossível pegar pedrinhas, por isso pegou pão. Guardou no bolso e pensou: "Quando nos levarem para a floresta, vou jogar migalhas de pão pelo caminho e assim vou trazer de volta os irmãos outra vez".

O pai e a mãe levaram os filhos de novo para a floresta e os deixaram lá, e o Pequeno Polegar deixou cair migalhas de pão pelo caminho.

Quando os irmãos mais velhos começaram a chorar, o Pequeno Polegar prometeu tirá-los de novo da floresta.

Mas dessa vez ele não achou o caminho, porque os passarinhos comeram todas as migalhas de pão.

As crianças andaram, andaram pela floresta e não acharam o caminho, até que anoiteceu. Choraram, choraram e todos dormiram. O Pequeno Polegar acordou antes dos outros, subiu numa árvore, olhou em volta e avistou uma casinha. Desceu da árvore, acordou os irmãos e levou-os até a casinha.

Bateram na porta, uma velha saiu na varanda e perguntou o que eles queriam. Responderam que tinham se perdido na floresta. Então a velha deixou que entrassem em casa e disse:

– Tenho pena de vocês por terem vindo à nossa casa. Meu mujique é um ogro e come carne de gente. Se vir vocês, vai querer comer. Tenho pena de vocês. Escondam-se aqui embaixo da cama e amanhã vou soltar vocês todos.

As crianças ficaram com medo e rastejaram para debaixo da cama. De repente ouviram alguém bater na porta e depois entrar na casa. O Pequeno Polegar espiou de debaixo da cama e viu um ogro terrível sentar à mesa e gritar para a velha:

– Traga vinho.

A velha trouxe o vinho, ele bebeu tudo e começou a farejar:

– Está com cheiro de gente aqui em casa! Quem você escondeu?

A velha começou a dizer que não tinha ninguém, mas o ogro farejou e foi chegando cada vez mais perto, mais perto, e seguiu o cheiro até a cama. Apalpou embaixo da cama com as mãos, pegou o pé do Pequeno Polegar e gritou:

– Ah, aqui estão eles!

Puxou todos para fora e se alegrou. Depois pegou uma faca e quis cortar as crianças em pedacinhos, mas a esposa o convenceu a não fazer isso. Ela disse:

– Veja como estão magros e ruins. Deixe-me alimentar um pouco esses meninos, vão ficar mais gordos e gostosos.

O ogro obedeceu, mandou que ela desse comida aos meninos e que eles dormissem junto de suas filhas.

O ogro tinha sete filhas, tão pequenas quanto os irmãos do Pequeno Polegar. Todas as meninas dormiam na mesma cama e todas usavam um gorro dourado. O Pequeno Polegar notou aquilo e, quando o ogro e a esposa saíram, ele foi até a cama na ponta dos pés, pegou os gorros dourados das filhas do ogro e colocou na sua cabeça e na dos irmãos, e pôs os gorros dele e dos irmãos na cabeça das meninas.

O ogro tomou vinho a noite toda e, depois de beber muito, sentiu outra vez vontade de comer. Levantou-se e foi ao quarto onde dormiam o Pequeno Polegar, seus irmãos e as sete meninas. O ogro chegou perto dos meninos, apalpou os gorros dourados e disse:

– Bebi tanto que quase corto minhas filhas em pedacinhos.

Deixou os meninos e foi na direção das meninas, apalpou seus gorros macios, devorou todas e dormiu.

Então o Pequeno Polegar acordou os irmãos, abriu a porta e correu com eles para a floresta.

As crianças andaram a noite toda e o dia inteiro e não conseguiram sair da floresta.

O ogro, quando acordou de manhã e viu que tinha comido as próprias filhas em lugar das outras crianças, calçou suas botas de sete léguas e correu para a floresta em busca dos meninos.

As botas de sete léguas tinham esse nome porque quem as calçava dava passos de sete léguas.

O ogro procurou as crianças por todo lado; não encontrou e, já bem perto delas, sentou-se para descansar e dormiu.

O Pequeno Polegar viu que o ogro estava dormindo, rastejou até ele, tirou um punhado de ouro do bolso do ogro e distribuiu para os irmãos. Depois, bem de leve, tirou as botas do ogro. Em seguida, calçou as botas de sete léguas, mandou os irmãos se segurarem com força uns aos outros pelas mãos e se agarrarem a ele. E o Pequeno Polegar correu tão ligeiro que num instante saiu da floresta e achou sua casa.

E, quando voltaram, deram o ouro para o pai e a mãe. Eles ficaram ricos e nunca mais abandonaram os filhos.

SEGUNDO LIVRO RUSSO DE LEITURA

A MENINA E OS COGUMELOS
(HISTÓRIA REAL)

Duas meninas levavam cogumelos para casa.

Tinham de atravessar uma estrada de ferro.

Acharam que a locomotiva estava longe, subiram no aterro e andaram entre os trilhos.

De repente a locomotiva apitou. A menina mais velha voltou correndo e a menor atravessou a estrada de ferro.

A menina mais velha gritou para a irmã:

– Não volte!

Mas a locomotiva estava tão perto e fazia tanto barulho que a menina menor não ouviu; pensou que a irmã queria que ela corresse de volta. E ela correu por entre os trilhos, tropeçou, os cogumelos caíram e ela começou a catar os cogumelos no chão.

A locomotiva estava perto e o maquinista tocou o apito com toda a força.

A menina mais velha gritou:

– Largue os cogumelos!

Mas a menina pequena achou que a irmã queria que ela pegasse os cogumelos e se agachou junto aos trilhos.

O maquinista não conseguia frear a locomotiva. Apitou com toda a força e a locomotiva passou por cima da menina.

A menina mais velha gritava e chorava. Todos os viajantes olharam pelas janelas dos vagões e o ajudante do maquinista correu para o fim do trem para ver o que tinha acontecido com a menina.

Quando o trem passou, todos viram que a menina estava deitada no meio dos trilhos, de bruços, e sem se mexer.

Depois, quando o trem já estava longe, a menina levantou a cabeça, ficou de joelhos, pegou os cogumelos e correu ao encontro da irmã.

O BURRO EM PELE DE LEÃO
(FÁBULA)

Um burro vestiu a pele de um leão e todos acharam que era mesmo um leão. As pessoas e os animais correram. Bateu um vento, a pele caiu e deu para ver que era um burro. As pessoas vieram correndo: deram uma surra no burro.

O QUE É O ORVALHO NA GRAMA
(DESCRIÇÃO)

No verão, de manhã, quando o sol nasce na floresta ou no campo, vemos uns brilhantes sobre a grama. Todos esses brilhantes cintilam e se desfazem ao sol em várias cores – amarelo, vermelho, azul. Quando chegamos mais perto para ver o que é, percebemos que são gotas de orvalho que se juntaram nas folhas triangulares da grama e brilham sob o sol.

Essas folhinhas de grama são felpudas por dentro e macias feito veludo. E as gotas escorrem sem molhar as folhas.

Quando por descuido arrancamos uma folhinha com orvalho, a gota escorre como uma bolinha brilhante e nem vemos como ela desliza pelo caule. Às vezes a gente arranca uma plantinha em forma de cálice, leva bem devagar até a boca, bebe o orvalho e esse orvalho parece mais gostoso do que qualquer bebida.

A GALINHA E A ANDORINHA
(FÁBULA)

Uma galinha achou ovos de cobra e começou a chocar. Uma andorinha viu e disse:

– Ei, sua boba, você vai chocar os ovos, mas, quando as cobras crescerem, você vai ser a primeira que elas vão atacar.

O INDIANO E O INGLÊS
(HISTÓRIA REAL)

Os indianos capturaram um jovem inglês na guerra, amarraram numa árvore e quiseram matá-lo.

Um velho indiano chegou e disse:

– Não matem, deem para mim.

Deram.

O velho indiano desamarrou o inglês, levou para a sua barraca, deu comida e um lugar para dormir.

Na manhã seguinte, o indiano mandou o inglês segui-lo. Andaram muito e, quando estavam perto do acampamento dos ingleses, o indiano disse:

– Vocês mataram meu filho, eu salvei sua vida; vá para sua gente e nos mate.

O inglês ficou surpreso e disse:

– Por que está zombando de mim? Eu sei que nós matamos seu filho: mate-me logo de uma vez.

Então o indiano disse:

– Quando iam matar você, me lembrei de meu filho e tive pena de você. Não estou zombando: vá para sua gente e nos mate, se quiser. – E o indiano soltou o inglês.

O CERVO E O FILHOTE
(FÁBULA)

Um dia o filhote disse para o cervo:

– Pai, você é maior e mais ligeiro do que os cachorros e ainda por cima tem chifres enormes para se defender; por que tem tanto medo dos cachorros?

O cervo riu e disse:

– O que você diz é verdade, filhote. O problema é que, assim que escuto o latido dos cachorros, nem paro para pensar e saio logo correndo.

O COLETE
(HISTÓRIA REAL)

Um mujique fazia negócios e enriqueceu tanto que virou o mais rico de todos. Centenas de ajudantes trabalhavam para ele e o comerciante sabia o nome de todos.

Uma vez, sumiram cem rublos do comerciante. Os ajudantes mais velhos começaram a investigar e descobriram quem tinha roubado o dinheiro.

O ajudante mais velho foi falar com o comerciante e disse:

– Achei o ladrão. Temos de mandar para a Sibéria.

O comerciante perguntou:

– E quem foi que roubou?

O ajudante mais velho respondeu:

– Ivan Petrov, ele mesmo confessou.

O comerciante pensou um pouco e disse:

– Temos de perdoar o Ivan Petrov.

O ajudante ficou surpreso e disse:

– Perdoar como? Assim os ajudantes vão fazer a mesma coisa: todos vão roubar à vontade.

O comerciante respondeu:

– Temos de perdoar o Ivan Petrov: quando comecei a fazer negócios, eu e ele éramos parceiros. Quando casei, não tinha nada para vestir. Ele me deu seu colete para vestir. Temos de perdoar o Ivan Petrov.

E assim perdoaram Ivan Petrov.

A RAPOSA E AS UVAS

(FÁBULA)

A raposa viu cachos de uvas maduras no alto da videira e começou a pensar num jeito de comer as uvas.

Ficou pulando muito tempo, mas não conseguiu alcançar as uvas. Para sufocar a decepção, disse:

– Ainda estão verdes.

A SORTE

(HISTÓRIA REAL)

Algumas pessoas chegaram a uma ilha onde havia muitas pedras preciosas. Tentaram encontrar mais; comiam pouco, dormiam pouco e todos trabalhavam. Só uma delas não fazia nada, ficava parada, comia, bebia e dormia. Quando começaram a se preparar para ir para casa, acordaram aquele homem e disseram:

– E você, o que vai levar para casa?

Ele pegou um punhado de terra embaixo dos pés e pôs dentro da bolsa.

Quando todos chegaram em casa, aquele homem tirou sua terra da bolsa e, no meio dela, achou uma pedra mais preciosa do que todas as outras juntas.

AS TRABALHADORAS E O GALO
(FÁBULA)

A patroa acordava as trabalhadoras ainda de noite e, assim que o galo cantava, mandava que fossem trabalhar. As trabalhadoras achavam aquilo penoso e pensaram em matar o galo para que ele não acordasse a patroa. Mataram, mas foi pior: a patroa teve medo de perder a hora e passou a acordar as trabalhadoras ainda mais cedo.

O MOTO-CONTÍNUO
(HISTÓRIA REAL)

Um mujique aprendeu a arte de fazer moinhos e começou a fazer moinhos de água, de vento e movidos por cavalos.

Depois teve a ideia de fazer um moinho que não precisasse nem de água nem de vento nem de cavalos; quis fazer de um jeito que uma pedra pesada caísse e seu peso fizesse girar a roda, e depois a pedra subiria outra vez e cairia de novo – e assim o moinho rodaria sozinho sem parar.

O mujique foi falar com o senhor de terras e disse:

– Inventei um moinho que roda sozinho, sem água e sem cavalos; é só pôr em movimento uma vez que ele vai ficar rodando até alguém parar. Só que não tenho dinheiro para a madeira e para o ferro. Patrão, me dê trinta rublos, vou fazer para você o primeiro moinho desse tipo.

O senhor de terras perguntou ao mujique se ele sabia ler.

O mujique respondeu que não sabia.

Então o senhor de terras disse:

– Veja, se você soubesse ler, eu lhe daria um livro sobre mecânica e lá você ia ler a respeito desse moinho e ia ver que é impossível fazer moinhos assim, que muita gente sábia já queimou os miolos tentando inventar um moinho desse jeito, que rodasse sozinho.

O mujique não acreditou no patrão e disse:

– Nos livros do senhor, escrevem muita bobagem. Tem um mecânico estudioso que construiu um descascador para um comerciante na cidade e logo estragou; e eu posso ser analfabeto, mas observei, vi como era, consertei a máquina e ela começou a funcionar.

O senhor de terras disse:

– Como vai levantar sua pedra, quando ela descer?

O mujique respondeu:

– A própria roda do moinho vai levantar a pedra.

O senhor de terras disse:

– Vai levantar, só que mais baixo que antes, e na outra vez vai levantar mais baixo ainda e vai acabar parando, por mais que você faça adaptações na roda. É a mesma coisa: se você descer de trenó de uma montanha grande, com o impulso vai subir numa montanha pequena e, depois que descer da pequena, não vai conseguir subir uma montanha grande.

O mujique não acreditou, procurou o comerciante e prometeu fazer para ele um moinho que não usava água nem cavalos.

O comerciante deu o dinheiro. O mujique trabalhou, trabalhou, gastou todos os trezentos rublos, mas o moinho não funcionou.

Então o mujique começou a vender os próprios bens e acabou gastando tudo.

O comerciante disse:

– Agora me dê o moinho que anda sozinho, sem cavalos, ou então devolva o dinheiro.

O mujique foi falar com o senhor de terras e contou sua desgraça.

O senhor de terras lhe deu o dinheiro e disse:

– Fique trabalhando para mim: construa moinhos movidos por água e por cavalos: nisso você é um mestre. E daqui em diante não acredite que não existem pessoas mais inteligentes do que você.

O PESCADOR E O PEIXINHO

(FÁBULA)

Um pescador pescou um peixinho. O peixinho disse:

– Pescador, me solte na água; veja, sou miúdo: você vai ter pouco lucro comigo. Me solte, eu vou crescer, e aí então me pesque: você vai ter um grande lucro.

O pescador respondeu:

– É tolo quem deixa escapar das mãos um lucro pequeno para esperar no futuro um lucro grande.

O TATO E A VISÃO

(RACIOCÍNIO)

Cruze o dedo indicador com o médio e, com os dedos cruzados, toque numa bolinha de modo que ela role entre os dois dedos, e então feche os olhos. Você vai ter a impressão de que há duas bolinhas. Abra os olhos e verá que só há uma bolinha. Os dedos enganaram e os olhos corrigiram.

Olhe (vai ser melhor se olhar de lado) para um espelho limpo e reto: você terá a impressão de que é uma janela ou uma porta e de que tem alguém lá. Toque com o dedo e verá que é um espelho. Os olhos enganaram e os dedos corrigiram.

A RAPOSA E O BODE

(FÁBULA)

O bode sentiu sede; desceu da pedreira até o poço, bebeu muito e ficou pesado. Quis subir de novo e não conseguiu. E começou a berrar. A raposa viu e disse:

– Ora, que cabeça-dura! Se você tivesse tanta inteligência na cabeça como tem pelos na barba, antes de descer teria pensado em como ia fazer para voltar.

COMO UM MUJIQUE REMOVEU UMA PEDRA

(HISTÓRIA REAL)

Na praça de uma cidade, havia uma pedra enorme. A pedra ocupava muito espaço e atrapalhava a passagem pela cidade. Chamaram engenheiros e perguntaram como remover a pedra e quanto ia custar.

Um engenheiro disse que era preciso despedaçar a pedra com pólvora e depois remover os fragmentos e que isso ia custar oito mil rublos; outro disse que era preciso enfiar um grande cilindro embaixo da pedra e mover a pedra sobre o cilindro e que isso ia custar seis mil rublos.

Então um mujique disse:

– Vou remover a pedra e cobro cem rublos para fazer isso.

Perguntaram como faria. E o mujique respondeu:

– Cavo ao lado da pedra um buraco bem grande; espalho a terra do buraco pela praça, empurro a pedra para dentro do buraco e nivelo o terreno.

Assim fez o mujique e lhe deram os cem rublos e mais outros cem pela inteligência de sua invenção.

O CACHORRO E SUA SOMBRA

(FÁBULA)

Um cachorro estava atravessando um riacho numa pinguela e levava um pedaço de carne entre os dentes. Viu o próprio reflexo na água e pensou que era outro cachorro levando um pedaço de carne. Largou seu pedaço de carne e se jogou na água para tomar a carne do outro cachorro: lá, não existia carne nenhuma e sua carne foi levada pela corrente.

E o cachorro ficou sem nada.

CHAT E DON[1]

(CONTO)

O velho Ivan tinha dois filhos: Chat Ivánitch e Don Ivánitch. Chat Ivánitch era o irmão mais velho; era maior e mais forte; e Don Ivánitch era o mais jovem, menor e mais fraco. O pai mostrou a cada um qual era o caminho e mandou que obedecessem. Chat Ivánitch não obedeceu ao pai e não foi pelo caminho indicado, perdeu-se e sumiu. Mas Don Ivánitch obedeceu ao pai e foi por onde o pai havia mostrado. Por isso ele percorreu a Rússia inteira e ficou famoso.

Na província de Tula, no distrito de Epifan, há uma aldeia chamada Lago Ivan e na aldeia existe de fato um lago. Do lago, saem dois riachos em direções opostas. Um riacho é tão estreito que dá para atravessar com um passo. Esse riacho se chama Don. O outro riacho é mais largo e se chama Chat.

Don vai sempre reto e, quanto mais avança, mais largo fica.

Chat faz curvas para um lado e para outro.

Don atravessou a Rússia inteira e foi sair no mar de Azov. Lá, existem muitos peixes e sobre a água andam barcos e navios.

Chat andou aos trancos e barrancos, não saiu da província de Tula e terminou no rio Upá.

A GARÇA E A CEGONHA

(FÁBULA)

Um mujique armou uma rede para as garças porque elas atacavam sua plantação. As garças caíram na rede e, junto com elas, uma cegonha.

A cegonha disse para o mujique:

– Solte-me: não sou uma garça, mas uma cegonha; somos as aves mais nobres; moro na casa de seu pai. E pelas penas se vê que não sou uma garça.

---

1 O Chat é um pequeno rio da região de Tula e o Don é um dos maiores rios da Rússia.

O mujique respondeu:

– Peguei com as garças, vou matar com as garças.

SUDOMA

(CONTO)

Na província de Pskov, no distrito de Pórokhov, há um rio chamado Sudoma e nas margens desse rio há duas montanhas, uma de frente para a outra.

Numa das montanhas havia antigamente uma cidadezinha chamada Vichgórod e na outra montanha, em tempos antigos, eram julgados os eslavos. Os velhos contam que, antigamente, naquela montanha, havia uma corrente pendurada no céu e quem era inocente alcançava a corrente com a mão, mas quem era culpado não conseguia alcançar.

Um homem pegou dinheiro emprestado com outro e não pagou. Levaram os dois para a montanha Sudoma e mandaram que tocassem a corrente com a mão. O que havia emprestado o dinheiro levantou a mão e logo alcançou a corrente. Chegou a vez do culpado. Ele não se negou, apenas pediu que o outro segurasse sua muleta, pois achou que assim seria mais fácil tocar na corrente com as mãos; esticou as mãos e alcançou. Então o povo se admirou: como podia ser, os dois tinham razão? Mas a muleta do culpado era oca e dentro dela estava escondido o dinheiro que ele não queria devolver. Quando pôs a muleta com o dinheiro nas mãos do homem a quem ele devia, junto com a muleta deu também o dinheiro. Por isso alcançou a corrente.

Assim, enganou a todos. Mas depois disso a corrente subiu para o céu e não baixou mais. É o que contam os velhos.

O JARDINEIRO E SEUS FILHOS
(FÁBULA)

Um jardineiro quis ensinar jardinagem aos filhos. Quando ia morrer, chamou os filhos e disse:

– Filhos, quando eu morrer, procurem o que está escondido na plantação de uvas.

Os filhos acharam que havia um tesouro enterrado lá e, quando o pai morreu, começaram a cavar e cavoucaram a terra toda. Não encontraram tesouro, mas reviraram tão bem a terra na plantação de uvas que as frutas começaram a nascer cada vez maiores. E eles ficaram ricos.

O LOBO E A GARÇA
(FÁBULA)

Um lobo se engasgou com um osso e não conseguia desengasgar. Chamou a garça e disse:

– Escute, garça, você tem um pescoço comprido, enfie a cabeça na minha garganta e tire o osso: vou recompensar você.

A garça enfiou a cabeça, retirou o osso e disse:

– Me dê a recompensa.

O lobo rangeu os dentes e disse:

– Você acha que foi pouca recompensa eu não engolir sua cabeça quando ela estava embaixo de meus dentes?

A CORUJA E A LEBRE
(FÁBULA)

Anoiteceu. As corujas começaram a voar pela ravina na floresta em busca de presas.

Uma lebre grande pulou numa pequena clareira, começou a se exibir. Uma coruja velha olhou para a lebre e pousou num galho, mas uma coruja jovem disse:

– Por que não apanha a lebre?

A coruja velha respondeu:

– Não tenho força. É uma lebre grande: se eu pegar essa lebre, o peso dela vai me partir ao meio.

E a coruja jovem disse:

– Pois eu vou pegar a lebre com uma pata e, com a outra, vou logo me segurar à árvore.

E a coruja jovem se lançou sobre a lebre, agarrou-a pelas costas de tal modo que todas as garras de uma de suas patas ficaram cravadas nelas e, com a outra pata, a coruja se preparou para segurar-se ao galho de uma árvore. Como a lebre começou a se remexer e a puxar a coruja para baixo, ela se agarrou firme ao galho com a outra pata e pensou: "Não vou largar". Mas a lebre fez força para se soltar e acabou rasgando a coruja ao meio. Uma pata ficou no galho da árvore e a outra, nas costas da lebre. No ano seguinte, um caçador matou aquela lebre e se admirou ao ver que tinha cravadas nas costas as garras de uma coruja.

A ÁGUIA
(HISTÓRIA REAL)

Uma águia fez um ninho à beira de uma estrada grande, longe do mar, e teve filhotes.

Certa vez, algumas pessoas tinham vindo trabalhar perto da árvore, a águia chegou voando ao ninho e trouxe um peixe grande preso pelas garras. As pessoas viram o peixe, cercaram a árvore, começaram a gritar e a jogar pedras na águia.

A águia deixou cair o peixe, as pessoas o pegaram e foram embora.

A águia pousou na beira do ninho, as aguiazinhas levantaram a cabeça e começaram a piar: pediam comida.

A águia estava cansada e não podia voar de novo até o mar; sentou sobre o ninho, cobriu os filhotes com as asas, acariciou-os, arrumou suas penas e parecia pedir a eles que esperassem um pouco. Porém, quanto mais a águia os afagava, mais alto eles piavam.

Então a águia voou e pousou no galho mais alto da árvore.

Os filhotes guincharam e piaram de modo ainda mais comovente.

Então, de repente, a própria águia começou a gritar, abriu as asas e partiu para o mar num voo pesado. Só voltou tarde da noite: voava devagar e baixo, pouco acima da terra, e nas garras trazia de novo um peixe grande.

Quando se aproximou da árvore, olhou em volta para ver se não havia pessoas por perto, rapidamente fechou as asas e pousou na beira do ninho.

As aguiazinhas levantaram a cabeça, abriram o bico e a águia picou o peixe e deu de comer aos filhotes.

O PATO E A LUA

(FÁBULA)

O pato nadava no rio, passou o dia inteiro à procura de peixes, mas não achou nenhum. Quando veio a noite, o pato viu a lua na água, pensou que era um peixe e mergulhou para pegar a lua. Outros patos viram aquilo e começaram a rir.

O pato ficou tão envergonhado e acanhado que, daí em diante, quando via um peixe embaixo da água, não tentava pegá-lo, e acabou morrendo de fome.

O URSO NA CARROÇA
(FÁBULA)

Um guia chegou à taberna com um urso, amarrou o urso no portão e entrou na taberna para beber. O cocheiro de uma troica se aproximou da taberna, amarrou pela rédea o cavalo do meio da troica e também entrou na taberna. Na carroça havia broas. O urso sentiu o cheiro de broas na carroça, soltou-se, foi até a carroça, subiu e começou a revirar o feno. Os cavalos viraram-se para trás e partiram em disparada, para longe da taberna. O urso se agarrou com as patas na beirada da carroça sem saber o que fazer. Já os cavalos, quanto mais se afastavam pela estrada, mais queriam correr. O urso se segurava com as patas dianteiras na beirada da carroça e só virava a cabeça, ora para um lado, ora para outro. Os cavalos olhavam para trás sem parar, galopavam cada vez mais depressa pela estrada, e subiam ladeiras e desciam ladeiras... As pessoas na estrada mal tinham tempo de abrir caminho para a carroça passar. Os três cavalos galopavam todos cobertos de espuma e o urso continuava na carroça, segurando-se na beirada e olhando para os lados. O urso viu que a situação era ruim – os cavalos iam matá-lo. Começou a rugir. Os cavalos correram ainda mais. Galopavam em disparada, chegaram a uma casa numa aldeia. Todos foram ver o que era. Os cavalos faziam grande barulho no pátio, no portão. O dono da casa quis ver o que era. O dono da casa demorou a chegar – pelo visto, estava embriagado. Saiu para o pátio e, na carroça, em vez do cocheiro estava um urso. O urso desceu com um pulo, foi para o campo e de lá fugiu para a floresta.

O LOBO EMPOEIRADO
(FÁBULA)

Um lobo queria pegar uma ovelha do rebanho e andava contra o vento, para que a poeira do rebanho caísse sobre ele e disfarçasse seu cheiro.

O cão pastor percebeu e disse:

– Não adianta andar empoeirado, lobo, seus olhos vão doer.

E o lobo respondeu:

– O pior é que meus olhos já doem faz muito tempo, cachorrinho. Mas dizem que a poeira de um rebanho é boa para curar os olhos.

O SALGUEIRO

(FÁBULA)

Na Semana Santa, um mujique foi ver se o gelo estava derretendo.

Saiu para a horta e apalpou a terra com uma vara. A terra estava lamacenta. O mujique foi para a floresta. Na floresta, os salgueiros já estavam brotando. O mujique pensou: "Posso plantar salgueiros em volta da horta, vão crescer e servir de cerca!". Pegou o machado, cortou uns dez galhos, afinou as extremidades grossas em forma de ponta e enfiou na terra.

Todos os salgueiros brotaram, deram folhas no alto e, embaixo da terra, também brotaram raízes; e umas raízes pegaram melhor e começaram a crescer, mas outras não pegaram muito bem e os salgueiros morreram e tombaram.

No outono, o mujique se animou com seus salgueiros: seis pés tinham vingado. Na primavera, as ovelhas comeram quatro salgueiros e só sobraram dois. Na primavera seguinte, as ovelhas comeram também parte daqueles dois. Um se perdeu e o outro pegou de novo, as raízes cresceram mais fundo e ele virou uma árvore. Na primavera, as abelhas vinham em bando zumbir no salgueiro. Muitas vezes formavam enxames e colmeias no salgueiro e os mujiques pegavam mel. As mulheres e os mujiques muitas vezes almoçavam e dormiam embaixo do salgueiro; e as crianças escalavam seus galhos e pegavam varinhas.

O mujique – aquele que plantou o salgueiro – já tinha morrido havia muito tempo, e o salgueiro continuava a crescer. O filho mais velho por duas vezes cortou seus galhos para fazer lenha. O salgueiro continuou a crescer. Podaram a árvore e deram a ela a forma de um cone, mas na primavera brotaram galhos novos e, embora fossem mais finos, sua quantidade era duas vezes maior do que antes, como a crina de um potro.

O filho mais velho deixou de ser o dono do terreno, a população da aldeia foi toda para outro lugar e o salgueiro continuava a crescer no campo vazio. Outros mujiques vieram, cortaram seus galhos e ele continuou a crescer. Um raio atingiu o salgueiro; ele se refez com outros galhos e continuou a crescer e a dar flores. Um mujique quis cortar o salgueiro no tronco, e cortou; o salgueiro foi mais forte do que o apodrecimento. O salgueiro caiu de lado, ficou preso na terra só por uma pontinha da raiz, e mesmo assim continuou a crescer, e todo ano as abelhas vinham voando colher pólen em suas flores.

Um dia, no início da primavera, uns meninos vigiavam cavalos embaixo do salgueiro. Ficaram com frio: quiseram acender um fogo, pegaram palha, folhas secas, gravetos. Um menino subiu no salgueiro e arrancou uns galhos. Puseram tudo dentro de uma parte oca do salgueiro e acenderam. O salgueiro começou a chiar, a seiva ferveu, saiu fumaça e o fogo começou a correr; tudo ficou preto dentro do salgueiro. Os brotos novos se enrugaram, as flores perderam a cor. Os meninos tocaram os cavalos para casa. O salgueiro ficou sozinho, queimando no campo. Um corvo preto veio voando, pousou no salgueiro e gritou:

– Então morreu, afinal, o velho tição, e já não era sem tempo!

O RATO EMBAIXO DO CELEIRO

(FÁBULA)

Um rato morava embaixo do celeiro. No chão do celeiro havia um buraquinho e o trigo caía no buraquinho. A casa do rato era boa, mas ele queria melhorar sua residência. Roeu e aumentou o buraco e convidou outros ratos para visitá-lo.

– Venham até minha casa – disse. – Vou tratar bem de vocês. Tem comida para todo mundo.

Quando chegou com os ratos, ele viu que o buraco não existia mais. Um mujique notou aquele buraco grande no chão e tapou.

COMO OS LOBOS ENSINAM SEUS FILHOS

(CONTO)

Eu andava pela estrada e ouvi um grito atrás de mim. Era um menino pastor que gritava. Corria pelo campo e apontava para alguém.

Olhei e vi – dois lobos corriam pelo campo: um era a mãe e o outro, um filhote. O filhote levava nas costas um cordeiro degolado e, com os dentes, segurava o cordeiro pela perna. A mãe loba corria atrás.

Quando vi os lobos, corri atrás deles junto com o menino pastor e os dois começamos a gritar. Mujiques e cachorros acudiram aos nossos gritos.

Assim que a loba velha viu cachorros e pessoas, alcançou o filhote, tomou dele o cordeiro, jogou-o nas costas e os dois lobos correram ainda mais depressa e sumiram de vista.

Então o menino contou o que tinha acontecido: uma loba grande pulou do barranco, agarrou um cordeiro, degolou e levou.

Um filhote de lobo foi ao encontro da loba e se jogou em cima do cordeiro. A loba velha deu o cordeiro para o filhote levar e correu perto dele, um pouco mais devagar.

Só quando houve um perigo a loba tomou o lugar do aprendiz e ela mesma levou o cordeiro.

AS LEBRES E AS RÃS

(FÁBULA)

Um dia as lebres se juntaram e começaram a reclamar da vida.

– Somos perseguidas pelos homens, pelos cachorros, pelas águias e por outros bichos. Era melhor morrer logo de uma vez do que viver sempre com medo e ter de aguentar tanto tormento. Vamos nos afogar!

E as lebres correram para o lago para se afogar. As rãs perceberam a chegada das lebres e começaram a pular na água. Uma lebre disse:

– Esperem, pessoal! Não vamos nos afogar ainda, não; olhem só, a vida das rãs parece que é ainda pior: até de nós elas têm medo.

COMO A TITIA CONTOU QUE TINHA UM PARDAL ENSINADO, O ESPOLETA

(CONTO)

Em nossa casa, num cantinho atrás da veneziana da janela, um pardal fez um ninho e botou cinco ovinhos. Eu e minhas irmãs observamos como o pardal levava raminhos e pedacinhos de palha para trás da veneziana e ali construiu um ninho bem pequeno. Depois, quando botou os ovos, ficamos muito alegres. O pardal parou de vir voando com pedacinhos de palha e gravetos e ficou no ninho chocando os ovos. Outro pardal – nos disseram que aquele era o marido e o outro era a esposa – trazia minhocas para a esposa comer.

Dias depois, ouvimos uns pios atrás da veneziana e fomos ver o que tinha acontecido no ninho do pardal; dentro, havia cinco passarinhos miúdos e pelados, sem asas e sem penas; tinham bico amarelo e mole e cabeça grande.

Achamos que eram muito feios e nossa alegria com eles acabou, mas só aí vimos o que eles faziam. A mãe toda hora voava para trazer comida para os filhotes e, quando voltava, os pardaizinhos piavam e abriam o bico amarelo e a mãe dividia entre eles pedacinhos de minhocas.

Uma semana depois, os pardaizinhos tinham crescido, se cobriram de penugem, ficaram mais bonitos e então nós olhamos mais vezes para eles. De manhã, fomos até a veneziana para observar nossos pardais e vimos que o pardal velho jazia morto ao lado da veneziana. Entendemos que a mãe pardal tinha passado a noite junto à veneziana, dormiu e, quando fecharam a veneziana, ela foi esmagada.

Pegamos a mãe pardal e jogamos na grama. Os filhotes piavam, esticavam a cabeça e abriam o biquinho, mas não havia ninguém para lhes dar comida.

Minha irmã mais velha disse:

– Agora eles não têm mãe, não têm quem lhes dê comida; vamos dar comida para eles!

Ficamos animados, pegamos uma caixa, dentro dela colocamos papel amassado e o ninho com os passarinhos, e levamos para nosso quarto, no primeiro andar. Depois catamos minhocas, molhamos pão no leite e começamos a alimentar os pardaizinhos. Eles comiam bem, sacudiam a cabeça, limpavam o biquinho nas paredes da caixa e ficamos todos muito contentes.

Assim demos comida para eles o dia inteiro e ficamos muito animados. Na manhã seguinte, quando olhamos dentro da caixa, vimos que o pardalzinho menor estava morto, a perninha presa no papel amassado. Nós o soltamos e retiramos todo o papel para que os outros pardais não ficassem presos e pusemos capim e musgo na caixa. Mas à noite mais dois pardais arrepiaram as penas, abriram a boca, fecharam os olhos e também morreram.

Dois dias depois, morreu também o quarto pardalzinho e só restou um. Disseram que nós tínhamos dado comida demais para os pardais.

Minha irmã chorou por causa de seus pardais e passou a dar comida sozinha para o último pardal, enquanto nós só ficávamos olhando. O último – o quinto pardal – era alegre, saudável e esperto; demos a ele o nome de Espoleta.

O Espoleta viveu tanto tempo que aprendeu a voar e atendia pelo nome.

Quando a irmã gritava: "Espoleta, Espoleta!", ele vinha voando, pousava no ombro dela, na cabeça ou na mão, e ela lhe dava comida.

Depois ele cresceu mais e passou a se alimentar sozinho. Vivia em nosso quarto no primeiro andar, às vezes voava para fora pela janela, mas sempre voltava para passar a noite em seu canto, na caixinha.

Certa vez, de manhã, ele não saiu da caixa: as penas ficaram molhadas e arrepiadas, como tinha acontecido com os outros pardais quando morreram. Minha irmã não saía de perto do Espoleta, cuidava dele; mas ele não comia nem bebia.

Ficou doente três dias e, no quarto, morreu. Quando vimos o pardal morto, de costas, com as patas encolhidas, nós três começamos a chorar tanto que mamãe veio correndo saber o que era. Quando entrou, viu sobre a mesa o pardal morto e entendeu nosso desgosto. Minha irmã ficou alguns dias sem comer, sem brincar e não parava de chorar.

Enrolamos o Espoleta nos melhores pedacinhos de pano que encontramos, colocamos dentro de um caixão de madeira e enterramos no jardim, numa cova. Depois pusemos sobre ela um montinho de terra e umas pedrinhas, como sepultura.

TRÊS BROAS E UM BISCOITO

(FÁBULA)

Um mujique queria comer. Comprou uma broa e comeu; continuou com fome, quis comer mais. Comprou outra broa e comeu; ainda queria comer. Comprou a terceira broa e comeu, mas continuou com vontade de comer. Então comprou um biscoito e, depois de comer, ficou satisfeito. Aí o mujique deu um tapa na própria cabeça e disse:

– Como sou burro! Para que fui comer tanta broa à toa? Desde o início, eu tinha de comer só um biscoito.

MIL MOEDAS DE OURO

(HISTÓRIA REAL)

Um homem rico quis dar mil moedas de ouro para os pobres, mas não sabia a que pobre dar o dinheiro.

Procurou o sacerdote e disse:

– Quero dar mil moedas de ouro para os pobres, mas não sei a quem dar. Tome o dinheiro e dê para quem quiser.

O sacerdote disse:

– É muito dinheiro e eu também não sei para quem dar: talvez eu dê muito para um e pouco para outro. Diga a que pobres quer dar o dinheiro e quanto quer dar.

O rico disse:

– Se o senhor não sabe a quem dar o dinheiro, então Deus é que sabe: dê o dinheiro ao primeiro pobre que vier à casa do senhor.

Ali perto vivia um homem pobre. Tinha muitos filhos, estava doente e não podia trabalhar. Certa vez, o homem pobre lia os Salmos e achou estas palavras: *Eu fui jovem e envelheci e nunca vi um homem justo desamparado, com os filhos sem ter o que comer.*[2]

O pobre pensou: "Vou abandonar Deus! Nunca fiz nenhum mal. Vou falar com o padre e perguntar como uma mentira dessas pode estar nas Escrituras".

Foi falar com o padre.

O padre olhou para ele e disse:

– Aqui está o primeiro pobre que vem à minha casa. – E deu para ele as mil moedas de ouro do homem rico.

---

2 Salmos 36,25.

PEDRO I E O MUJIQUE
(HISTÓRIA REAL)

O tsar Pedro encontrou um mujique na floresta. O mujique estava cortando lenha.

O tsar disse:

– Deus o ajude, mujique!

O mujique respondeu:

– Bem que eu preciso que Deus me ajude.

O tsar perguntou:

– Você tem uma família muito grande?

– Tenho dois filhos e duas filhas.

– Então sua família nem é tão grande. O que faz com o dinheiro?

– Divido o dinheiro em três partes. Com a primeira pago as dívidas, a segunda eu empresto e a terceira eu jogo na água.

O tsar ficou pensando e não entendeu o que significava aquilo: que o velho pagava as dívidas, emprestava dinheiro e jogava na água.

E o velho explicou:

– Pago as dívidas: dou comida para meu pai e minha mãe. Empresto: dou comida para meus filhos. Jogo na água: crio minhas filhas.

O tsar disse:

– Tem uma cabeça inteligente, velhinho. Agora me mostre o caminho para sair da floresta e ir para o campo. Não encontro o caminho.

O mujique disse:

– Encontre o caminho você mesmo; vá reto, depois vire à direita, depois à esquerda, depois vá reto de novo.

O tsar disse:

– Eu não entendo essa explicação, você vai me levar.

– Senhor, não tenho tempo para levar: o dia dos camponeses é muito caro.

– Bem, se é caro, eu pago.

– Então pague que nós vamos.

Sentaram os dois na charrete e foram.

No caminho, o tsar começou a perguntar ao mujique:

– Já esteve muito longe, mujique?

– Estive aqui e ali.

– E já viu o tsar?

– O tsar eu não vi, mas gostaria de ver.

– Pois então, quando sairmos da floresta, você vai ver o tsar.

– E como vou saber que é ele?

– Todos vão tirar o chapéu, só o tsar vai ficar de chapéu.

Chegaram ao campo. O povo viu o tsar – todos tiraram o chapéu. O mujique olhou com atenção e não viu o tsar.

Ele perguntou:

– Cadê o tsar?

Piotr Alekséievitch lhe disse:

– Olhe bem, só nós dois estamos de chapéu... Um de nós é o tsar.

O CACHORRO LOUCO

(HISTÓRIA REAL)

Um senhor de terras comprou um filhote de cão perdigueiro na cidade e levou-o para a aldeia debaixo da manga do casacão de pele. Sua mulher adorou o cachorrinho e criou-o dentro de casa. O filhote cresceu e lhe deram o nome de Amigo.

Ele ia caçar com o senhor de terras, vigiava a casa e brincava com os filhos dos donos.

Um dia, um cachorro entrou em disparada no jardim. Esse cachorro corria direto pela trilha, tinha o rabo abaixado, a boca aberta, dos beiços escorria saliva. As crianças estavam no jardim.

O senhor de terras viu o cachorro e gritou:

– Crianças! Corram já para casa, é um cachorro louco!

As crianças ouviram o grito do pai, mas não viram o cachorro e correram na direção de onde ele vinha. O cachorro louco quis jogar-se em cima de uma das crianças, mas naquele momento Amigo pulou no cachorro e começou a brigar com ele.

As crianças correram, mas quando Amigo voltou para casa, gania e tinha sangue no pescoço.

Durante sete dias, Amigo ficou abatido, não bebia, não comia e queria brigar com outros cachorros. Trancaram Amigo num quarto vazio.

As crianças não entendiam por que haviam trancado Amigo e foram às escondidas ver o cachorro.

Destrancaram a porta e começaram a chamar Amigo. O cachorro quase derrubou as crianças, fugiu correndo pela porta e deitou-se no jardim embaixo de um arbusto. Quando a mulher do senhor de terras viu Amigo, ela chamou o cachorro com um grito, mas ele não obedeceu, não balançou o rabo nem olhou para ela. Seus olhos estavam turvos, da boca escorria saliva. Então a mulher chamou o marido e disse:

– Vá logo! Alguém soltou o Amigo, ele está completamente louco. Pelo amor de Deus, faça alguma coisa com ele.

O senhor de terras pegou a espingarda e foi para onde estava Amigo. Fez pontaria, só que a mão tremia quando mirava. Atirou e não acertou na cabeça, mas no quadril.

O cachorro ganiu e se escondeu.

O senhor de terras chegou mais perto para ver o que tinha acontecido.

O quadril de Amigo estava todo ensanguentado e as patas traseiras, despedaçadas.

Amigo rastejou na direção do senhor de terras e começou a lamber seu pé. O homem começou a tremer, a chorar, e fugiu para casa.

Então chamaram um caçador e o caçador matou o cachorro com outra espingarda e levou-o embora.

DOIS CAVALOS
(FÁBULA)

Dois cavalos puxavam duas carroças. O cavalo da frente puxava bem, mas o de trás parava muito. Começaram a passar a carga do cavalo de trás para o cavalo da frente; quando haviam transferido toda a carga, o cavalo de trás andou mais leve e disse para o da frente:

– Sue e sofra. Quem mais se esforçar, mais vai sofrer.

Quando chegaram à estalagem, o dono disse:

– Para que dar comida para dois cavalos se só um leva a carga? É melhor dar toda a comida para um só. O outro eu vou matar e depois tirar o couro.

E assim fez.

O LEÃO E O CACHORRO
(HISTÓRIA REAL)

Em Londres, exibiam animais selvagens numa feira e recebiam da plateia dinheiro, ou gatos e cachorros para alimentar as feras.

Um homem quis ver as feras: pegou um cachorrinho na rua e levou para o local onde exibiam os animais selvagens. Deixaram que visse as feras, pegaram o cachorrinho e jogaram na jaula do leão.

O cachorrinho baixou o rabo e se encolheu no canto da jaula. O leão chegou perto do cachorro e farejou.

O cachorrinho deitou-se de costas, levantou as patas e começou a abanar o rabo.

O leão tocou-o com a pata e virou-o.

O cachorrinho deu um pulo e se ergueu, apoiado nas patas traseiras, na frente do leão.

O leão olhou para o cachorrinho, balançou a cabeça de um lado para outro e não tocou nele.

Quando o dono jogou carne para o leão comer, ele cortou um pedaço e deu para o cachorrinho.

À noite, quando o leão foi dormir, o cachorrinho deitou-se a seu lado e colocou a cabeça sobre a pata do leão.

A partir daí, o cachorrinho viveu na jaula do leão, o leão não tocava nele, dormia e comia junto com o cachorro e às vezes brincava com ele.

Um dia um nobre visitou a feira e reconheceu seu cachorrinho; disse que o cachorrinho era seu e pediu ao diretor que o devolvesse. O homem quis devolver, mas quando foi chamar o cachorro para tirá-lo da jaula, o leão arrepiou os pelos e urrou.

Assim o leão e o cachorrinho viveram um ano inteiro na mesma jaula.

Depois de um ano, o cachorrinho ficou doente e morreu. O leão parou de comer, toda hora farejava e lambia o cachorrinho e tocava nele de leve com a pata.

Quando entendeu que o cachorrinho tinha morrido, o leão de repente começou a dar pulos, arrepiou os pelos, batia com o rabo no próprio corpo, se jogava contra as paredes da jaula, mordia as grades e o chão da jaula.

Ficou se debatendo um dia inteiro, desabou no meio da jaula e urrou, depois foi deitar ao lado do cachorrinho morto e ficou quieto. O diretor quis tirar o cachorrinho morto, mas o leão não deixava ninguém se aproximar.

O diretor achou que o leão esqueceria seu desgosto se lhe dessem outro cachorro e levou para a jaula outro cachorrinho, mas o leão fez o cachorro em pedaços. Depois abraçou entre as patas o cachorrinho morto e assim ficou cinco dias deitado com ele.

No sexto dia o leão morreu.

A HERANÇA IGUAL

(FÁBULA)

Um comerciante tinha dois filhos. O mais velho era o predileto do pai, que queria deixar toda a sua herança para ele. A mãe teve pena do mais novo e pediu ao marido que não avisasse antecipadamente aos filhos como faria a partilha: ela queria encontrar um modo de igualar as partes dos dois filhos. O comerciante obedeceu à esposa e não comunicou sua decisão aos filhos.

Um dia a mãe estava sentada à janela e chorava; um andarilho se aproximou e perguntou por que estava chorando.

Ela respondeu:

– Como posso não chorar? Gosto igualmente de meus dois filhos, mas o pai quer deixar toda a herança para um filho e nada para o outro. Pedi a meu marido que não comunicasse sua decisão a eles enquanto eu não inventasse um modo de ajudar o mais novo. Mas não tenho dinheiro e não sei como resolver esse problema.

O andarilho disse:

– É fácil resolver seu problema: diga a seus filhos que o mais velho vai ficar com toda a herança, e o mais novo com nada; e os dois ficarão na mesma situação.

O filho mais novo, quando soube que não ganharia nada, partiu para o exterior, aprendeu ofícios e ciências, enquanto o mais velho vivia com o pai e não aprendeu nada, porque sabia que seria rico.

Quando o pai morreu, o mais velho não sabia fazer nada, gastou tudo o que tinha, enquanto o mais novo, que havia aprendido a ganhar dinheiro no exterior, ficou rico.

OS TRÊS LADRÕES

(HISTÓRIA REAL)

Um mujique foi à cidade vender um burro e uma cabra.

A cabra tinha um guizo no pescoço.

Três ladrões viram o mujique e um deles disse:

– Vou roubar a cabra e o mujique nem vai notar.

O outro ladrão disse:

– Pois eu vou tomar o burro do mujique.

O terceiro disse:

– Isso não é difícil: eu vou roubar toda a roupa do mujique.

O primeiro ladrão rastejou até a cabra, tirou o guizo, amarrou no rabo do burro e levou a cabra para o campo.

Numa curva, o mujique se virou para trás, viu que a cabra tinha sumido e foi procurar.

Então o segundo ladrão chegou perto dele e perguntou o que estava procurando.

O mujique respondeu que tinham roubado sua cabra. O segundo ladrão disse:

– Eu vi sua cabra: olhe, naquele bosque lá embaixo acabou de passar um homem levando uma cabra. Ainda dá para você alcançar.

O mujique correu atrás da cabra e pediu ao ladrão que segurasse o burro. O segundo ladrão foi embora com o burro.

Quando o mujique voltou do bosque e viu que seu burro não estava mais ali, começou a chorar e foi andando pela estrada.

No caminho, junto a um poço, viu um homem sentado, chorando. O mujique perguntou o que tinha acontecido.

O homem contou que tinham mandado que ele pegasse um saco de ouro na cidade, mas, na volta, ele sentou para descansar no poço, dormiu e, sem notar, derrubou o saco dentro da água.

O mujique perguntou por que não mergulhava para pegar o saco.

O homem respondeu:

– Tenho medo da água e não sei nadar, mas dou vinte moedas de ouro a quem pegar o saco.

O mujique se animou e pensou: "Deus me deu essa sorte, porque me roubaram a cabra e o burro". Tirou a roupa, mergulhou na água, mas não achou o saco de ouro; quando saiu da água, sua roupa tinha sumido.

Era o terceiro ladrão: ele roubou também a roupa.

O PAI E OS FILHOS

(FÁBULA)

O pai mandou que os filhos vivessem em harmonia; não obedeceram. Então mandou trazer uma vassoura de varetas e disse:

– Quebrem!

Por mais força que fizessem, não conseguiram quebrar. Então o pai desamarrou as varetas que formavam a vassoura e mandou que os filhos quebrassem uma vareta de cada vez.

Eles quebraram as varetas com muita facilidade.

O pai disse:

– Assim também são vocês: se viverem em harmonia, ninguém vai lhes fazer mal; mas se ficarem brigando, sempre desunidos, vai ser muito fácil destruir cada um de vocês.

POR QUE EXISTE O VENTO?

(RACIOCÍNIO)

Os peixes vivem na água, e as pessoas no ar. Os peixes só sentem a água quando eles se mexem ou quando a água se mexe. Nós também só sentimos o ar quando nos mexemos ou quando o ar se mexe.

Basta correr para sentir o ar – ele sopra em nossa cara; e às vezes, quando corremos, ouvimos o ar assoviar nos ouvidos. Quando abrimos a porta de uma casa aquecida, o vento sempre sopra *para baixo*, de fora para dentro da casa, e sopra *para cima*, de dentro da casa para fora.

Quando alguém anda dentro de casa ou sacode uma peça de roupa, dizemos: "Ele está fazendo vento". E quando acendem a estufa, o vento sempre sopra dentro dela. Quando o vento sopra do lado de fora, sopra o dia todo e a noite inteira, às vezes de um lado, às vezes de outro. Isso acontece porque, em algum lugar na terra, o ar ficou muito quente, e em outro esfriou – então o vento começa e o ar frio vai para baixo e o quente, para cima, como quando abrimos a porta de uma isbá. Mas o vento apenas sopra enquanto o ar não esquenta onde estava frio e enquanto não esfria onde estava quente.

PARA QUE EXISTE O VENTO?

(RACIOCÍNIO)

Amarre dois paus em forma de cruz e, em volta da cruz, mais quatro pedaços de pau. Prenda um papel em cima de tudo. Na ponta de trás, amarre a rabiola e na outra, uma linha comprida, e a pipa está pronta. Depois segure a pipa, corra no vento e solte. O vento vai arrastar a pipa e levá-la para o céu. E a pipa vai tremer, chiar, puxar, virar e esvoaçar, presa pela linha.

Se não houvesse vento, não seria possível empinar a pipa.

Faça quatro pás com tábuas, prenda as quatro em forma de cruz sobre um eixo e coloque no eixo uma engrenagem e uma roda dentada, de modo que, quando o eixo rodar, vai empurrar a engrenagem e a roda dentada vai fazer girar a pedra mó. Depois volte as quatro pás contra o vento: elas vão girar, a engrenagem e a roda dentada vão empurrar uma à outra e a pedra mó vai girar sobre outra pedra mó. Então espalhe os grãos entre as duas pedras; os grãos vão ser moídos e a farinha vai cair no coletor.

Se não houvesse vento, seria impossível moer grãos no moinho de vento.

Quando um barco está navegando e querem que ande mais depressa, colocam um mastro grande num buraco no meio do barco e prendem no meio do mastro uma trave perpendicular. Nessa trave, penduram uma vela de pano, embaixo da vela amarram cordões e seguram com as mãos. Depois voltam a vela na direção do vento. O vento sopra tão forte na vela que o barco chega a se inclinar, os cordões se soltam das mãos e o barco navega ao vento tão depressa que a proa do barco faz a água espirrar e a terra passa ligeiro ao lado do barco.

Se não houvesse vento, seria impossível navegar com vela.

Onde vivem pessoas, existe mau cheiro; se não houvesse vento, esse cheiro ficaria parado. Mas o vento vem, dispersa o mau cheiro e traz das matas e dos campos o ar puro e fresco. Se não houvesse vento, as pessoas estragariam o ar e teriam dificuldade para respirar. O ar ficaria sempre no mesmo local e as pessoas teriam de ir embora desse lugar, onde se sentiriam sufocadas.

Quando animais selvagens andam pelas matas e pelos campos, sempre andam contra o vento, sentem nos ouvidos e farejam nas narinas aquilo que vem na sua direção. Se não houvesse vento, não saberiam para onde vão.

Quase todo o capim, todos os arbustos e todas as árvores são feitos de modo que no capim, no arbusto ou na árvore nasça a semente que permite que o pólen de uma flor voe para outra flor. As flores nascem longe umas das outras e não podem mandar seu pólen umas para as outras.

Quando os pepinos crescem na estufa, onde não há vento, as próprias pessoas pegam uma flor e colocam em outra a fim de levar o pólen para a flor que irá frutificar e, por assim dizer, *fecundá-la*. As abelhas e outros insetos às vezes levam nas patas o pólen de uma flor para outra, mas a maior parte do pólen é levada pelo vento. Se não houvesse vento, metade das plantas não seria semeada.

No calor, o vapor se levanta da água. O vapor vai mais alto e, quando se resfria nas alturas, cai em forma de gotas de chuva.

O vapor se ergue da terra só onde há água – dos riachos, pântanos, poços e rios, e sobretudo do mar. Se não houvesse vento, os vapores não se moveriam, se juntariam em nuvens acima da água e cairiam de novo no mesmo lugar de onde subiram. Haveria chuva no riacho, no pântano, no rio, no mar, mas não haveria chuva na terra, nos campos e nas matas. O vento espalha as nuvens e faz chover na terra. Se não houvesse vento, onde há água haveria mais água ainda e a terra ficaria cada vez mais seca.

AS MELHORES PERAS DO MUNDO

(FÁBULA)

Um senhor de terras mandou um criado trazer peras e disse:

– Compre as melhores.

O criado chegou à feira e pediu peras. O vendedor lhe deu, mas o servo disse:

– Não, me dê as melhores.

O vendedor respondeu:

– Experimente uma, vai ver que são boas.

– Como vou saber que todas são boas se vou provar só uma? – disse ele.

Deu uma mordida em cada pera e levou para o patrão. Então o patrão o demitiu.

VOLGA E VAZUZA[3]

(CONTO)

Eram duas irmãs: Volga e Vazuza. Começaram a discutir para saber quem era mais inteligente e quem vivia melhor.

Volga disse:

– Para que brigar? Já somos bem crescidas. Amanhã de manhã vamos sair de casa e cada uma vai seguir seu caminho; aí vamos ver qual das duas anda melhor e chega primeiro ao reino do mar Cáspio.

Vazuza concordou, mas enganou Volga. Assim que Volga dormiu, Vazuza partiu de noite direto para o reino do mar Cáspio.

Quando Volga acordou e viu que a irmã já havia partido, ela tomou seu caminho, nem depressa nem devagar, e alcançou Vazuza.

Vazuza teve medo de ser castigada por Volga, disse que era a irmã caçula e pediu que Volga a levasse até o reino do mar Cáspio. Volga perdoou a irmã e levou-a consigo.

O rio Volga começa no distrito de Ostáchkov, num pântano na aldeia de Volgo. Lá existe um pequeno poço e dele nasce o Volga. O rio Vazuza começa nas montanhas. Vazuza corre em linha reta e o Volga faz muitas curvas.

No Vazuza, o gelo quebra mais cedo na primavera e no Volga, mais tarde. Porém, quando os dois rios se encontram, o Volga tem trinta braças de largura e o Vazuza ainda é um riozinho estreito e pequeno. O Volga atravessa toda a Rússia por três mil cento e sessenta verstas e deságua no mar Cáspio. E na cheia sua largura chega a doze verstas.

---

3 Nome de dois rios da Rússia.

O BEZERRO SOBRE O GELO

(FÁBULA)

O bezerro dava saltos no estábulo e aprendeu a dar cambalhotas e piruetas. Quando chegou o inverno, levaram o bezerro e outros bois e vacas sobre o gelo para beber água. Todas as vacas se aproximaram do cocho com cautela, mas o bezerro correu sobre o gelo, empinou o rabo, encolheu as orelhas e começou a dar piruetas. Logo na primeira, sua pata escorregou e ele bateu com a cabeça no cocho.

Começou a mugir:

– Como sou infeliz! Eu pulava com a palha batendo no joelho e não caía, mas aqui, no chão liso, escorreguei.

Uma vaca velha disse:

– Se você não fosse um bezerrinho pequeno, saberia que onde é fácil pular é difícil se segurar.

A PRINCESA DE CABELOS DOURADOS

(CONTO)

Na Índia vivia uma princesa de cabelos dourados. Sua madrasta era malvada. Tinha ódio do cabelo dourado da enteada e convenceu o rei a banir a princesa para o deserto. Levaram a princesa de cabelos dourados para bem longe no deserto e a deixaram lá. No quinto dia, a princesa de cabelos dourados voltou para o pai, montada num leão.

Então a madrasta convenceu o rei a mandar a enteada de cabelos dourados para as montanhas selvagens, onde só viviam abutres. No quinto dia, os abutres trouxeram a princesa de volta.

Então a madrasta mandou a princesa para uma ilha no meio do mar. Os peixes viram a princesa de cabelos dourados e, no sexto dia, a trouxeram de volta para o rei.

Então a madrasta mandou escavar um poço bem fundo, jogou lá dentro a princesa de cabelos dourados e cobriu de terra.

Seis dias depois, no lugar onde haviam enterrado a princesa, acendeu uma luz e então o rei mandou escavar a terra e encontraram a princesa de cabelos dourados.

Então a madrasta mandou abrir um buraco no tronco de uma amoreira, colocou lá dentro a princesa e jogou no mar.

No quinto dia, o mar levou a princesa de cabelos dourados para perto do Japão e lá os japoneses a retiraram de dentro do tronco. Ela estava viva.

Mas, assim que chegaram à costa, ela morreu e dela nasceu um bicho-da-seda.

O bicho-da-seda rastejou para uma amoreira e começou a comer as folhas. Então de repente ficou maior, dava a impressão de estar morto: não comia e não se mexia.

No quinto dia, na mesma data em que o leão levou a princesa do deserto para casa, o bicho-da-seda renasceu e começou a comer as folhas da amoreira.

Quando o bicho-da-seda cresceu de novo, morreu outra vez e, no quarto dia, na mesma hora em que os abutres levaram a princesa para casa, o bicho-da-seda renasceu e começou outra vez a comer.

E morreu de novo e, na mesma hora em que a princesa voltou do mar, renasceu de novo.

E morreu de novo pela quarta vez e renasceu no sexto dia, quando retiraram a princesa de dentro do poço.

E de novo morreu, pela última vez, e no nono dia, na mesma hora em que a princesa chegou ao Japão, renasceu na forma de uma boneca dourada de seda. Da boneca virou uma borboleta, pôs ovos e, dos ovos, nasceram bichos-da-seda e se espalharam pelo Japão. Os bichos-da-seda adormecem cinco vezes e renascem cinco vezes.

Os japoneses criam muitos bichos-da-seda, produzem muita seda; e o primeiro sono do bicho-da-seda se chama *sono do leão*, o segundo, *sono do abutre*, o terceiro, *sono do peixe*, o quarto, *sono do poço* e o quinto, *sono do tronco*.

O FALCÃO E O GALO

(FÁBULA)

O falcão estava acostumado ao dono e pousava na sua mão quando ele chamava; o galo fugia do dono e gritava quando chegavam perto. O falcão disse para o galo:

– Você não tem gratidão, galo; logo se vê que os galos são uma espécie inferior. Só quando têm fome vão para perto dos donos. Já nós somos aves selvagens: temos muita força e voamos mais ligeiro do que qualquer outra ave; não fugimos dos homens, até pousamos na mão deles quando nos chamam. Lembramos que eles nos dão comida.

O galo respondeu:

– Vocês não fogem dos homens porque nunca viram um falcão cozido, mas nós toda hora vemos galos cozidos.

O CALOR

(RACIOCÍNIO)

I

Por que os trilhos da ferrovia são colocados de modo que nunca se tocam nas pontas?

É porque no inverno o ferro se contrai e no verão se dilata. Se as pontas dos trilhos ficassem bem juntas no inverno, quando chegasse o verão os trilhos iam se dilatar, iam empurrar uns aos outros e iam levantar.

Tudo se dilata com o calor, tudo se encolhe com o frio.

Se o parafuso não entra na porca, esquente a porca que o parafuso vai entrar. E se o parafuso ficar folgado, esquente o parafuso que ele vai ficar firme.

Por que o copo quebra quando pomos água fervente dentro dele?

É porque o lugar que fica em contato com a água fervente aquece, se dilata, e o lugar sem água fervente continua como antes: a parte de baixo puxa o copo para um lado, mas a parte de cima não deixa, e ele quebra.

II

Por que, no degelo, quando cai neve, ela derrete na mão e se agarra no casaco?

É porque o calor do rosto e da mão se transmite à neve e a derrete; é por isso que o ponto do rosto onde a neve derreteu fica frio.

Por que, quando a gente segura na palma da mão uma latinha com água fria, a água esquenta e a palma da mão esfria?

É porque o calor da mão passa para a lata e depois para a água.

Se a gente segura a latinha com luvas, por que ela não esquenta logo?

É porque as luvas não permitem que o calor da mão passe para a água, mas a lata transmite o calor da mão para a água. O ferro e a lata transmitem o calor e o frio, mas o pano e a madeira não transmitem. Por isso o ferro, a lata, o cobre e qualquer metal se aquecem no sol mais do que a madeira, o pano e o papel e se resfriam mais depressa. Por isso, no frio, as pessoas se vestem com roupas de pele, de lã e com tudo o que não transmite calor.

Para que cobrem a tina de trigo com um casaco de pele e não com uma tampa?

É porque a pele não deixa passar o calor e o trigo não fermenta; já a tampa deixa passar o calor de fora e o trigo vai fermentar.

Por que debaixo da palha e da serragem a neve não derrete e dura até o Jejum de São Pedro?[4]

Por que o gelo se conserva melhor num porão embaixo de um telhado de palha?

Por que, quando querem secar tábuas, colocam embaixo de um telhado de ferro e não embaixo de um telhado de palha?

Por que na época da ceifa e da colheita os mujiques embrulham as jarras com toalhas, para a água não esquentar?

III

Por que o vento sem geada causa mais frio do que a geada sem vento?

É porque o calor do corpo se propaga no ar e, se o ar está parado, o ar em volta do corpo se aquece e permanece quente. Mas, quando há vento, ele carrega

---

4 Período que, no calendário da Igreja ortodoxa, começa na segunda-feira após o Domingo de Todos os Santos (o primeiro domingo depois de Pentecostes) e termina em 29 de junho, dia de São Pedro e São Paulo.

o ar aquecido e traz ar frio. De novo o calor sai do corpo e aquece o ar à sua volta e de novo o vento leva embora o ar quente. Quando sai calor demais do corpo, ele sente frio.

Por que sopram a xícara quando o chá está quente?

OS CHACAIS[5] E O ELEFANTE

(FÁBULA)

Os chacais devoraram um animal morto inteiro na floresta até não sobrar mais nada para comer. Então um chacal velho pensou num jeito de alimentá-los. Chegou perto do elefante e disse:

– Nós tínhamos um rei, mas ele ficou muito arrogante: mandou-nos fazer coisas impossíveis de cumprir; queremos escolher outro rei e meu povo mandou que eu pedisse a você que seja nosso rei. A vida entre nós é muito boa: vamos fazer tudo o que você quiser e todos irão respeitá-lo. Venha para nosso reino.

O elefante concordou e foi atrás do chacal. O chacal levou-o para o pântano. Quando o elefante atolou, o chacal disse:

– Agora ordene o que desejar que vamos fazer.

O elefante disse:

– Ordeno que me retirem daqui.

O chacal riu e disse:

– Segure meu rabo com a tromba, num instante vou puxar.

O elefante disse:

– E será que é possível você me puxar com seu rabo?

Mas o chacal respondeu:

– Então para que ordenou uma coisa impossível? Expulsamos nosso primeiro rei porque ordenava coisas impossíveis.

Quando o elefante morreu atolado no pântano, os chacais vieram e o comeram.

---

5 Animais semelhantes a lobos pequenos. (N.A.)

O MAGNETO
(DESCRIÇÃO)

Muito tempo atrás, havia um pastor. Chamava-se Magnis. Ele perdeu um carneiro. Foi procurar na montanha. Chegou a um lugar onde só havia pedras, sem nenhuma vegetação. Caminhou por aquelas pedras e sentiu que as botas grudavam nelas. Tocou com a mão – as pedras eram secas e não grudavam nas mãos. Caminhou de novo – as botas grudaram de novo. Sentou-se, ficou descalço, segurou as botas nas mãos e tocou com elas nas pedras.

Tocou com o couro e com a sola, e a bota não grudava, mas quando tocava com os pregos, a bota grudava.

Magnis tinha uma bengala com a ponta de ferro. Tocou a madeira na pedra – não grudou; tocou o ferro e grudou tanto que ele teve de quebrá-la.

Magnis examinou a pedra, viu que parecia ferro e levou um pedaço para casa. Desde então ficaram conhecendo essa pedra e lhe deram o nome de magneto, ou ímã.

O magneto se encontra dentro da Terra, junto com o ferro bruto. Onde há magneto, o minério de ferro é melhor. Em si, o magneto se parece com o ferro.

Se colocarmos um pedaço de ferro junto do magneto, o ferro começa a atrair outro pedaço de ferro. E se colocarmos uma agulha de aço junto do magneto e a segurarmos ali por um tempo, a agulha se transforma em magneto e passa a atrair o ferro. Se juntarmos as pontas de dois magnetos, uma ponta vai repelir a outra, mas do outro lado as pontas vão se atrair.

Se cortarmos ao meio uma vareta magnetizada, de novo cada metade vai atrair de um lado, mas na outra ponta vai repelir. E se cortarmos de novo, o mesmo vai acontecer, e podemos cortar quantas vezes quisermos que sempre vai acontecer a mesma coisa: as pontas de um lado vão se repelir e as do outro vão se atrair, como se de um lado o magneto empurrasse e do outro puxasse. E toda vez que quebrarmos o magneto, sempre uma ponta vai empurrar e a outra vai puxar. É igual à pinha de um abeto, sempre que quebramos, uma ponta será o umbigo e a outra, o cálice. Numa das pontas, o cálice e o umbigo se encaixam, mas na outra, não.

Se magnetizarmos uma agulha (para isso mantemos a agulha junto com o magneto por um tempo) e a colocarmos no meio de uma forquilha, de modo que ela fique solta sobre a forquilha, por mais que a gente rode e puxe a agulha magnetizada, ela continuará com uma ponta voltada para o sul e a outra, para o norte.

Quando não conheciam o magneto, ninguém viajava para longe no mar. Quando as pessoas viajavam para longe no mar e não enxergavam mais a terra, só era possível saber a direção observando o sol e as estrelas. Se o céu ficasse encoberto, não viam nem o sol nem as estrelas e não era possível saber para onde estavam navegando. O navio era levado pelo vento, batia nas pedras e afundava.

Enquanto não conheciam o magneto, não navegavam no mar para longe da costa; mas quando conheceram o magneto, puseram uma agulha magnetizada sobre uma forquilha de modo que ela rodasse à vontade. Graças a essa agulha, agora podiam saber em que direção estavam navegando. Com a agulha magnetizada, passaram a viajar para longe da costa e, desde então, conheceram muitos mares novos.

Nos navios, existe sempre uma agulha magnetizada (a bússola) e uma corda de medição com nós na popa do navio. A corda é feita de tal modo que, quando é solta na água, com ela se pode calcular que distância o navio percorreu.

Assim, quando as pessoas viajam no mar, sempre sabem em que lugar está o navio e em que direção navega, por mais longe que esteja da costa.

A GARÇA, OS PEIXES E O CARANGUEJO

(FÁBULA)

No lago, morava uma garça, mas ela ficou velha; já não tinha forças para pegar peixes. Ela começou a imaginar um jeito de sobreviver com astúcia. Disse para os peixes:

– Vocês, peixes, não sabem que desgraça estão preparando para vocês: ouvi as pessoas dizerem que vão esvaziar o lago e então vão pescar todos os peixes. Mas sei que lá do outro lado da montanha existe um laguinho muito bom. Eu até poderia ajudar, mas fiquei velha: é difícil voar.

Os peixes perguntaram para a garça como ela ajudaria.

A garça respondeu:

– Talvez eu possa ajudar vocês a sobreviver. Posso tentar levar vocês para lá, mas todos ao mesmo tempo eu não consigo, só um de cada vez.

Os peixes então ficaram contentes; todos pediram:

– Me leve, me leve!

E a garça começou a levar os peixes: pegava, levava para o campo e comia. E assim comeu peixes demais.

No lago, morava um velho caranguejo. Quando a garça começou a levar os peixes, ele entendeu o que estava acontecendo e disse:

– Muito bem, garça, agora me leve para nosso novo lar.

A garça pegou o caranguejo e levou. Assim que voou para o campo, quis soltar o caranguejo. Mas o caranguejo viu as espinhas dos peixes no campo, agarrou-se com as pinças ao pescoço da garça e a estrangulou, voltou rastejando sozinho para o lago e contou tudo para os peixes.

COMO O TITIO CONTOU DE QUE JEITO ELE ANDAVA A CAVALO

(CONTO)

Onde nós morávamos, havia um velhinho bem velho, Pímen Timoféitch. Tinha noventa anos. Morava na casa do neto e não trabalhava. Tinha as costas curvadas, andava com uma bengala e mexia as pernas devagar. Não tinha nenhum dente, a cara era enrugada. O lábio inferior tremia; quando ele andava e quando falava, os lábios estalavam e não dava para entender o que ele dizia.

Éramos quatro irmãos e todos adorávamos andar a cavalo. Mas não tínhamos cavalos mansos para montar. Só nos deixavam montar um cavalo velho; esse cavalo se chamava Corvo.

Um dia, mamãe nos deixou andar a cavalo e fomos todos à cocheira com um criado. O cocheiro selou o Corvo para nós e o primeiro a montar foi meu irmão mais velho. Ele ficou andando muito tempo; andou pelo curral e em volta do jardim e, quando voltou, gritamos:

– Vai, agora galopa!

O irmão mais velho começou a bater no Corvo com os pés e com o chicote e o Corvo passou por nós galopando.

Depois do mais velho, montou outro irmão, ficou andando muito tempo no cavalo e também atiçou o Corvo com o chicote e galopou pelo morro. Queria andar mais, só que o terceiro irmão pediu para montar logo. O terceiro irmão andou pelo curral e em volta do jardim, mas também foi à aldeia e galopou pelo morro, até a cocheira. Quando chegou, o Corvo estava ofegante e o pescoço e as costas estavam ensopados de suor.

Na minha vez de andar a cavalo, eu quis deixar os irmãos admirados e mostrar como eu montava bem – comecei a cavalgar o Corvo com toda a força, mas o Corvo não queria nem sair da cocheira. Por mais que eu batesse, ele não queria galopar, andava a passo lento e chegava até a voltar para trás. Fiquei com raiva do cavalo e bati com toda a força, com o chicote e com os pés.

Tentei bater nos lugares onde doía mais, quebrei o chicote e, com o que sobrou do chicote, comecei a bater na sua cabeça. Mas o Corvo não queria galopar de jeito nenhum. Então dei meia-volta, fui até onde estava o criado e pedi um chicote mais forte. Mas o criado me disse:

– Não ande mais, senhor, desça. Para que torturar o cavalo?

Fiquei ofendido e disse:

– Como, se ainda não andei? Vocês vão ver como sei galopar! Por favor, me dê um chicote mais forte. Vou dar um calor nele.

Então o criado balançou a cabeça e disse:

– Ah, o senhor não tem pena. Para que dar um calor nele? Olhe, o Corvo tem vinte anos. O cavalo está esgotado, respira com esforço, está velho. Olhe só, ele é muito velho! É igual ao Pímen Timoféitch. É a mesma coisa que o senhor montar em Timoféitch e bater com o chicote para ele galopar. E então, o senhor não teria pena?

Lembrei-me de Pímen e obedeci ao criado. Desmontei e, quando vi como o Corvo mal aguentava seu flanco suado, como ofegava com dificuldade pelas narinas e abanava o rabo meio pelado, entendi que era difícil ser cavalo. Antes eu pensava que, para ele, era tão divertido quanto para mim. Senti tanta pena do Corvo que comecei a beijá-lo no pescoço suado e a lhe pedir desculpas por ter batido nele.

De lá para cá, cresci e sempre tenho pena dos cavalos, sempre me lembro do Corvo e de Pímen Timoféitch quando vejo alguém maltratando um cavalo.

O OURIÇO E A LEBRE

(FÁBULA)

A lebre encontrou o ouriço e disse:

– Você seria todo bonito, ouriço, se suas pernas não fossem tortas e cambaleassem.

O ouriço se zangou e disse:

– Do que você está zombando? Minhas pernas tortas correm mais depressa do que suas pernas retas. Deixe-me só ir em casa e depois vamos disputar uma corrida!

O ouriço foi para casa e disse para a esposa:

– Tive uma discussão com a lebre: queremos disputar uma corrida!

A esposa do ouriço respondeu:

– Você deve ter ficado maluco! Como é que vai correr com a lebre? As pernas dela são velozes e as suas são tortas e lerdas.

O ouriço disse:

– Ela tem pernas velozes, mas minha inteligência é rápida. É só você fazer o que vou mandar. Vamos para o campo.

Foram a um campo, ao encontro da lebre; o ouriço disse para a esposa:

– Fique escondida dentro dessa ponta da vala do arado e eu e a lebre vamos correr da outra ponta para cá; assim que ela se adiantar, eu vou voltar para trás; e quando ela chegar aqui na sua ponta, você aparece e diz: Faz tempo que estou esperando você. Ela não vai distinguir você de mim, vai pensar que sou eu.

A esposa do ouriço escondeu-se dentro da vala do arado e o ouriço e a lebre começaram a correr da outra ponta.

Assim que a lebre se adiantou, o ouriço voltou para trás e escondeu-se dentro da vala. A lebre chegou em disparada à outra ponta da vala, olhou: a esposa do ouriço já estava lá! Ela deixou a lebre surpresa e disse:

– Faz tempo que estou esperando você!

A lebre não distinguiu a esposa do ouriço do próprio ouriço e pensou: "Que coisa incrível! Como ele conseguiu me vencer?".

– Bem – disse a lebre –, vamos correr mais uma vez!

– Vamos!

A lebre partiu em disparada no caminho de volta, chegou à outra ponta, olhou: o ouriço já estava lá e disse:

– Puxa, minha cara, só chegou agora? Faz tempo que estou aqui.

"Que coisa incrível!", pensou a lebre. "Por mais depressa que eu corra, ele sempre chega na minha frente. Bem, então vamos correr mais uma vez, agora você não vai me vencer."

– Vamos correr!

A lebre correu o máximo que podia, olhou: o ouriço estava sentado na frente e esperava.

E assim a lebre ficou correndo de uma ponta da vala para outra, até não ter mais forças.

A lebre desistiu e disse que dali em diante nunca mais ia discutir.

OS DOIS IRMÃOS
(CONTO)

Dois irmãos foram viajar juntos. Ao meio-dia, deitaram na floresta para descansar. Quando acordaram, viram que a seu lado havia uma pedra e na pedra havia algo escrito. Começaram a soletrar e leram:

> Quem achar esta pedra deve seguir direto para dentro da floresta na direção do nascer do sol. Na floresta, passa um rio; atravesse o rio até o outro lado. Vai ver uma ursa e seus filhotes: tome os filhotes da ursa e corra o mais que puder direto para a montanha. Na montanha, vai ver uma casa e, na casa, vai encontrar a felicidade.

Os irmãos leram até o fim o que estava escrito e o mais jovem disse:

– Vamos os dois juntos. Quem sabe a gente consegue atravessar o rio, achar os ursinhos, levá-los até a casa e então, juntos, encontraremos a felicidade?

Então o mais velho respondeu:

– Não vou entrar na floresta atrás de filhotes de urso e não aconselho que você faça isso. Em primeiro lugar, ninguém sabe se é verdade o que está escrito nessa pedra; talvez tenham escrito tudo isso de brincadeira. Talvez não tenhamos soletrado direito. Em segundo lugar, se for verdade o que está escrito, vamos entrar na floresta, vai anoitecer, não vamos achar o rio e vamos nos perder. E se acharmos o rio, como é que vamos atravessar? Quem sabe se é largo e tem correnteza? Em terceiro lugar, se atravessarmos o rio, por acaso é fácil tirar os filhotes de uma ursa? Ela vai nos fazer em pedaços e, juntos, vamos perder a felicidade à toa. Em quarto lugar, se conseguirmos pegar os ursinhos, não vai dar para correr até a montanha sem descansar. E o principal ainda não foi dito: *que felicidade vamos encontrar nessa casa? Talvez lá nos espere uma felicidade da qual não temos nenhuma necessidade.*

O mais jovem respondeu:

– Para mim, é diferente. Não iam escrever isso à toa numa pedra. E tudo está escrito com clareza. Em primeiro lugar, não vamos sofrer nenhuma desgraça se tentarmos. Em segundo lugar, se não formos, outra pessoa vai ler a mensagem na pedra, vai encontrar a felicidade e nós vamos ficar sem nada. Em terceiro lugar, não se esforçar, não trabalhar não traz alegria a ninguém. Em quarto lugar, eu não quero que pensem que eu tive medo de alguma coisa.

Aí o irmão mais velho respondeu:

– Diz o provérbio: "Quem procura a grande felicidade perde a pequena"; e também: "Um pardal na mão vale mais do que uma cegonha no céu".

E o mais jovem disse:

– Pois eu ouvi: "Quem tem medo de lobo não entra na floresta"; e também: "Debaixo de uma pedra parada, a água não corre". Acho que é preciso ir.

O irmão mais jovem foi e o mais velho ficou.

Assim que o mais jovem entrou na floresta, topou com o rio, atravessou-o e logo na margem viu uma ursa. Estava dormindo. Ele agarrou os ursinhos e fugiu em desabalada carreira para a montanha. Quando chegou ao topo, vieram muitas pessoas a seu encontro, trouxeram uma carroça, o levaram para a cidade e o fizeram rei.

Ele reinou por cinco anos. No sexto ano, teve uma guerra contra um rei mais forte que ele, que conquistou a cidade e o expulsou. Então o irmão mais jovem voltou a vagar pelo mundo e foi ao encontro do irmão mais velho.

O irmão mais velho morava na aldeia, não era rico nem pobre. Os irmãos se alegraram um com o outro e conversaram sobre a vida.

O irmão mais velho disse:

– Aí está, eu tinha razão: levei uma vida boa e sossegada, o tempo todo; já você, embora tenha sido rei, passou muita desgraça.

O mais jovem disse:

– Eu não sofro com o que aconteceu no passado na floresta e na montanha; apesar de agora eu estar mal, tenho o que recordar na minha vida, já você não tem nada para lembrar.

O ESPÍRITO DA ÁGUA E A PÉROLA
(FÁBULA)

Um homem estava andando de barco e deixou cair no mar uma pérola preciosa. O homem voltou à margem, apanhou um balde e começou a pegar água e derramar na terra. Passou três dias pegando água no balde e derramando na terra, sem parar.

No quarto dia, o espírito da água saiu do mar e perguntou:

– Para que está pegando água no balde?

O homem respondeu:

– É porque deixei cair uma pérola no mar.

O espírito da água perguntou:

– E vai ficar muito tempo fazendo isso?

O homem respondeu:

– Quando eu secar o mar, aí eu paro.

Então o espírito da água voltou para dentro do mar, trouxe de lá a mesma pérola e entregou ao homem.

A COBRA
(CONTO)

Uma mulher tinha uma filha chamada Macha. Macha foi tomar banho com as amigas. As meninas tiraram a blusa, deixaram na margem e pularam dentro da água.

Uma cobra grande saiu da água e se enrolou dentro da blusa de Macha. As meninas saíram da água, vestiram as blusas e correram para casa. Quando Macha foi pegar sua blusa, viu que tinha uma cobrinha em cima dela, pegou um pedaço de pau e quis espantar a cobra; mas o animal levantou a cabeça e sibilou com voz de gente:

– Macha, Macha, prometa que vai casar comigo.

Macha começou a chorar e disse:

– Então me dê minha blusa que farei tudo.

– Vai casar comigo?

Macha respondeu:

– Vou.

E a cobra deslizou para fora da blusa e fugiu para dentro da água.

Macha vestiu a blusa e correu para casa. Em casa, contou para a mãe:

– Mãezinha, uma cobra se enrolou em cima da minha blusa e disse: "Case comigo, senão eu não devolvo sua blusa". Aí eu prometi casar.

A mãe riu e disse:

– Você sonhou tudo isso.

Uma semana depois, um grande bando de cobras chegou rastejando à casa de Macha.

Macha viu as cobras, assustou-se e disse:

– Mãezinha, as cobras vieram atrás de mim.

A mãe não acreditou, mas quando viu também teve medo e trancou o portão e a porta da isbá. As cobras rastejaram pelo vão embaixo do portão, entraram no vestíbulo, mas não conseguiram passar pela porta para dentro da isbá. Então voltaram, enrolaram-se todas umas nas outras, formaram uma bola e se jogaram de encontro à janela. Quebraram o vidro, caíram no chão, dentro da isbá, e rastejaram pelos bancos, pelas mesas e subiram na estufa. Macha estava escondida no canto da estufa, mas as cobras a encontraram, a tiraram dali e a levaram para a água.

A mãe ficou chorando pela filha e achou que tinha morrido.

Um dia, a mãe estava sentada junto à janela e olhou para a rua. De repente viu que sua Macha vinha em sua direção e trazia pela mão um menino pequeno e, nos braços, carregava uma menina.

A mãe se alegrou, começou a beijar Macha e perguntar por onde tinha andado e de quem eram aquelas crianças. Macha respondeu que eram seus filhos, que tinha casado com a cobra e que eles moravam no reino das águas.

A mãe perguntou para a filha se ela vivia bem no reino das águas e a filha respondeu que vivia melhor do que na terra.

A mãe pediu a Macha que ficasse com ela, mas Macha não concordou. Disse que tinha prometido voltar para o marido.

Então a mãe perguntou:

– E como você vai para casa?

– Chego bem à beirada e grito: Óssip, Óssip, venha cá e me leve. Ele vai subir na beirada e vai me levar.

A mãe, então, disse para Macha:

– Bem, está certo, mas passe só esta noite comigo.

Macha deitou e dormiu, mas a mãe pegou um machado e foi para a beira da água.

Chegou e começou a chamar:

– Óssip, Óssip, venha cá.

A cobra saiu para a margem. Então a mãe bateu nela com o machado e cortou sua cabeça. A água ficou vermelha de sangue.

A mãe voltou para casa, a filha tinha acordado e disse:

– Agora vou para minha casa, mãezinha; não me sinto bem aqui. – E foi embora.

Macha pegou a menina nos braços e segurou o menino pela mão.

Quando chegaram à beira da água, Macha começou a gritar:

– Óssip, Óssip, venha me levar.

Mas não veio ninguém.

Então ela olhou para a água e viu que estava vermelha e que tinha uma cabeça de cobra boiando.

Então Macha beijou a filha e o filho e disse para eles:

– Se vocês não têm pai, também não vão ter mãe. Filhinha, você vai ser uma andorinha, vai voar por cima da água; você, meu filho, vai ser um rouxinolzinho, vai cantar ao nascer do sol; e eu vou ser um cuco, vou cantar pelo meu marido, que mataram.

E todos saíram voando em direções diferentes.

O PARDAL E A ANDORINHA

(CONTO)

Um dia eu estava do lado de fora da casa e fui olhar um ninho de andorinha que estava em cima do telhado. Ao me ver, as duas andorinhas voaram e o ninho ficou vazio.

Na ausência delas, um pardal pousou no telhado, pulou em cima do ninho, olhou em volta, sacudiu as asinhas e mergulhou dentro dele; então levantou a cabecinha e começou a piar.

Só depois disso a andorinha voou de volta para o ninho. Entrou no ninho, mas, assim que viu o visitante, piou forte, sacudiu as asas e foi embora.

O pardal ficou piando no ninho.

De repente, veio um bando de andorinhas: todas voaram para o ninho, como se quisessem olhar para o pardal, e depois foram embora outra vez.

O pardal não cedeu, levantou a cabeça e piou.

As andorinhas voltaram de novo para o ninho, fizeram alguma coisa e foram embora outra vez.

As andorinhas não estavam indo ali à toa: cada uma trazia no bico um punhado de lama e aos poucos fechavam a entrada do ninho.

As andorinhas vinham e voltavam e, cada vez mais, cobriam o ninho de lama, e a entrada ficava cada vez mais estreita.

No início, dava para ver o pescoço do pardal, depois só a cabeça, depois o bico, depois não se via mais nada; as andorinhas prenderam o pardal dentro do ninho, foram embora voando e, com um zunido, começaram a rodar em volta da casa.

CAMBISES E PSAMÉTICO
(HISTÓRIA)

Quando o rei Cambises conquistou o Egito e capturou Psamético, o rei egípcio, mandou que levassem o rei Psamético para uma praça com outros egípcios e mandou que também fossem levados para a praça dois mil homens, junto com a filha de Psamético, e mandou que vestissem a filha com trapos esfarrapados para que fosse buscar água em baldes; junto com ela, vestida da mesma forma, mandou também as filhas dos egípcios mais importantes. Quando as moças passaram pelos pais gemendo e chorando, eles começaram a chorar, olhando para as filhas. Só Psamético não chorou, apenas baixou os olhos.

Depois que as moças passaram, Cambises chamou o filho de Psamético e outros egípcios. Havia cordas amarradas no pescoço de todos eles e um cabresto na boca. Mandou matá-los.

Psamético viu tudo isso e entendeu que estavam levando o filho para a morte. Mas, assim como na hora em que vira a filha, enquanto os outros pais choraram vendo seus filhos, ele apenas baixou os olhos.

Depois passou na frente de Psamético um velho amigo e parente.

Antes, ele era rico, mas agora, como um mendigo, pedia esmolas à tropa. Assim que Psamético o viu, chamou-o pelo nome, deu tapas na própria cabeça e desatou a soluçar. Cambises ficou surpreso com o gesto de Psamético e mandou perguntar-lhe assim:

– Psamético! Seu senhor Cambises pergunta: por que quando humilharam sua filha e levaram seu filho para a morte você não chorou nem um pouco, mas sentiu tanta pena de alguém que não é seu parente consanguíneo?

Psamético respondeu:

– Cambises! Minha dor é tão grande que é impossível chorar por ela; mas senti pena de meu amigo porque, na velhice, ele decaiu da riqueza para a indigência.

Outro rei cativo estava presente: Creso. Quando ouviu essas palavras, lhe pareceu mais dolorosa sua tristeza e começou a chorar, e todos os persas que estavam ali começaram a chorar.

E o próprio Cambises teve pena, mandou trazer de volta o filho de Psamético e chamou o próprio Psamético para junto de si. Mas não alcançaram o filho vivo – já estava morto, e levaram Psamético à presença de Cambises, e Cambises o perdoou.

O TUBARÃO

(CONTO)

Nosso navio estava ancorado na costa da África. Fazia um dia lindo, um vento fresco soprava do mar; mas à tarde o tempo mudou: ficou abafado e o ar quente do deserto do Saara batia sobre nós como se viesse de um forno em brasa.

Antes do pôr do sol, o capitão saiu para o convés e gritou:

– Tomar banho!

E num minuto os marinheiros pularam na água, baixaram a vela na água, amarraram e, com a vela, fizeram uma banheira.

Conosco no navio estavam dois meninos. Os meninos foram os primeiros a pular na água, mas acharam que tinha pouco espaço para eles na vela e inventaram de nadar em mar aberto e apostar uma corrida.

Os dois se esticavam na água como lagartixas e nadaram com toda a força que tinham para o lugar onde havia um barrilete preso acima da âncora.

No início, um menino ultrapassou o amigo, mas depois começou a ficar para trás. O pai do menino, velho artilheiro, estava de pé no convés e admirava o filho. Quando o menino começou a ficar para trás, o pai gritou para ele:

– Não desista! Faça um esforço!

De repente, no convés, alguém gritou:

– Tubarão! – e todos viram na água o dorso do monstro marinho.

O tubarão nadou direto para os meninos.

– Para trás! Para trás! Voltem! Tubarão! – começou a gritar o artilheiro. Mas os meninos não ouviram, continuaram a nadar, rindo e gritando ainda mais alto e com mais alegria do que antes.

Os marinheiros baixaram um bote, se jogaram dentro dele e, batendo os remos com toda a força, correram na direção dos meninos; mas já estavam distantes, e o tubarão estava a não mais de vinte passos.

No início, os meninos não ouviam o que estavam gritando e não viram o tubarão; mas depois um deles olhou para trás e todos nós ouvimos um grito estridente, e os dois meninos nadaram em direções diferentes.

Aquele grito parece ter despertado o artilheiro. Ele deu um pulo e correu para os canhões. Virou a base, inclinou-se sobre o canhão, fez pontaria e pegou o pavio. Todos nós que estávamos no navio tremíamos de pavor e esperávamos para ver o que ia acontecer.

Ressoou um tiro e vimos que o artilheiro estava caído ao lado do canhão e cobria o rosto com as mãos. O que aconteceu com o tubarão e os meninos nós não vimos, porque a fumaça encobriu nossa visão por um minuto.

Mas quando a fumaça se dissipou sobre a água, de todos os lados se ouviu um murmúrio, depois o murmúrio ficou mais forte e, por fim, em toda parte ressoou um grito alto de alegria.

O velho artilheiro descobriu o rosto, levantou-se e olhou para o mar.

Sobre as ondas, flutuava a barriga amarela do tubarão morto. Em poucos minutos, o bote chegou aos meninos e os trouxe de volta para o navio.

POR QUE EXISTE O ORVALHO E AS JANELAS FICAM SUADAS?

(RACIOCÍNIO)

Quando a água seca, o que acontece com essa água?

Todas as coisas dilatam com o calor. A água se dilata com o calor e toda ela se desfaz em partículas tão pequenas que os olhos não conseguem enxergar, e ela escapa para o ar. Essas partículas, o vapor, flutuam no ar e não são visíveis, enquanto o ar estiver quente. Mas é só o ar esfriar que logo o vapor se resfria e se torna visível.

Se você esquentar bastante a sauna e derramar água nos ladrilhos, a água vai virar vapor e ela vai ficar seca. Jogue mais – de novo a água vai se desfazer. Se a sauna estiver muito quente mesmo, a água dentro do balde vai se desfazer no ar. O balde vai ficar invisível no meio do ar quente da sauna. O ar da sauna vai absorver todo o conteúdo do balde. Mas se você acrescentar mais água, o ar já estará impregnado e não vai mais absorver a água, e a água excedente vai se condensar em gotinhas. Só o balde vai se conservar, mas a água excedente vai se condensar.

Se na mesma sauna resfriada pusermos ladrilhos bem quentes e começarmos a jogar água em cima – despejarmos um barril –, ela vai se dissipar, não ficará visível – o ar vai absorvê-la. Mas se derramarmos mais um barril, a água vai se condensar em gotas. A água excedente se condensa em gotas e o ar frio só vai suportar um barril.

Se você soprar no vidro, vão surgir gotas nele. E quanto mais frio, mais gotas vão aparecer. Por que é assim? Porque a respiração das pessoas é mais quente do que o vidro e na respiração há muita água em suspensão. Assim que a respiração pousa no vidro frio, dele emana água.

A esponja contém água, mas não se vê a água antes que a esponja seja espremida; só quando se espreme a esponja a água escorre. É assim que o ar contém a água, enquanto está quente, mas quando esfria, a água escorre.

Se no verão você tirar uma caçarola do porão, logo nela se formam gotas de água. De onde vem essa água? Ela já estava lá. Só que, enquanto estava quente, não dava para ver, mas quando o calor saiu do ar que estava dentro da caçarola, o ar em volta da caçarola esfriou e se formaram gotas. O mesmo acontece nas janelas. No calor de dentro de casa, o vapor fica contido no ar; mas do lado de fora as janelas esfriam e, dentro, perto das janelas, o ar também esfria e gotas começam a se formar.

É por isso que existe o orvalho. Quando a terra resfria com a noite, em cima dela o ar esfria e, por causa do frio, o vapor sai do ar frio em forma de gotas que pousam sobre a terra.

Às vezes acontece de estar frio do lado de fora e quente dentro de casa – e as janelas não suam; e às vezes está mais quente do lado de fora e do lado de dentro não está tão quente – e as janelas suam.

Às vezes também a noite está quente e há muito orvalho; ou a noite é fria e não há orvalho.

Por que isso acontece? Porque existe ar seco e ar úmido. O ar fica seco quando ainda pode levantar muito vapor e o ar fica úmido quando não pode mais levantar vapor. O ar seco é uma esponja ainda não totalmente impregnada de água e o ar úmido é uma esponja totalmente impregnada de água. Esfrie um pouco o ar e aperte um pouco a esponja que a água vai escorrer. No ar úmido, qualquer coisa mais fria do que o ar fica molhada e, no ar seco, uma coisa molhada fica seca. O vapor sai dela e o ar absorve o vapor.

O BISPO E O BANDIDO
(HISTÓRIA REAL)

Fazia muito tempo que procuravam um bandido. Um dia ele pôs um disfarce e foi a uma cidade. Na cidade, a polícia o reconheceu e foi atrás dele. O bandido fugiu e entrou na casa do bispo; o portão estava aberto: ele entrou no pátio.

Um noviço perguntou o que ele desejava.

O bandido não sabia o que responder e disse qualquer coisa:

– Preciso falar com o bispo.

O bispo recebeu o bandido e perguntou o que o trazia ali.

O bandido respondeu:

– Sou um bandido, estão me perseguindo; me esconda, senão eu mato você.

O bispo disse:

– Sou velho, não tenho medo da morte; mas tenho pena de você. Vá para aquele quarto, você está cansado, vou trazer alguma coisa para você comer.

Os policiais não se atreveram a entrar na casa do bispo e o bandido ficou para passar a noite lá.

Quando o bandido descansou um pouco, o bispo foi falar com ele:

– Tenho pena de você, sente frio, sente fome, está sendo perseguido como um lobo, mas sinto pena de você acima de tudo porque fez muita maldade e perdeu sua alma. Pare de fazer maldades!

O bandido disse:

– Não, estou acostumado às maldades: vivi bandido e vou morrer bandido.

O bispo saiu, abriu todas as portas e foi dormir.

De noite, o bandido levantou e andou pelos cômodos da casa. Ficou admirado porque o bispo não havia trancado nada e deixara todas as portas escancaradas.

O bandido começou a observar em redor para ver o que ia roubar. Viu um grande castiçal de prata e pensou: "Vou levar isso, vale muito dinheiro, vou fugir daqui e não vou matar o velho". Assim fez.

Os policiais não tinham se afastado da casa do bispo e vigiavam o bandido o tempo todo. Assim que ele saiu da casa, foi cercado e a polícia encontrou o castiçal escondido embaixo da sua roupa.

O bandido começou a negar, mas os policiais disseram:

– Se você nega as coisas que fez antes, não pode negar o roubo do castiçal. Vamos falar com o bispo, ele vai culpar você.

Levaram o ladrão à presença do bispo, mostraram o castiçal e perguntaram:

– Esse objeto é do senhor?

Ele respondeu:

– É meu.

Os policiais disseram:

– Roubaram esse objeto do senhor e aqui está o ladrão.

O bandido ficou calado e seus olhos, como os de um lobo, se esquivavam.

O bispo não falou nada, voltou para dentro de outra sala, pegou lá o par daquele castiçal, entregou ao bandido e disse:

– Por que você, meu amigo, só levou um castiçal? Eu lhe dei os dois de presente.

O bandido começou a chorar e disse aos policiais:

– Sou ladrão e bandido, me levem preso!

Depois ele disse ao bispo:

– Perdoe-me, em nome de Cristo, e reze a Deus por mim.

ERMAK
(HISTÓRIA)

No tempo do tsar Ivan Vassílievitch, o Terrível, havia os ricos comerciantes Strógonov, que moravam em Perm, no rio Kama. Ouviram dizer que ao longo do rio Kama havia uma terra boa, num raio de cento e quarenta verstas; fazia séculos que não aravam aquela terra nem cortavam as árvores da floresta. Na mata, havia muitos animais selvagens, havia lagoas com muitos peixes ao longo do rio e ninguém vivia naquela terra, só tártaros às vezes passavam por lá.

Os Strógonov escreveram uma carta para o tsar: "Dê para nós aquela terra, vamos construir cidades, reunir um povo, fixar gente lá e não vamos mais deixar que os tártaros atravessem aquela terra".

O tsar concordou e deu a terra para eles. Os Strógonov mandaram seus capatazes reunir o povo. E muita gente errante atendeu ao chamado. Todos que chegavam ganhavam dos Strógonov uma porção de terra, floresta, animais de criação, e não tinham de pagar o tributo do senhor de terras, bastava morar ali e, quando necessário, juntar-se para combater os tártaros. Assim aquela terra foi povoada pelo povo russo.

Passaram-se vinte anos. Os comerciantes Strógonov ficaram ainda mais ricos e começaram a achar que aquelas cento e quarenta verstas de terra ainda era pouco. Queriam mais terra. A cem verstas dali, ficavam os altos montes Urais e, depois daquelas montanhas, eles ouviram dizer que havia uma terra maravilhosa, que não tinha fim. O príncipe siberiano Kutchum era o senhor daquelas terras. Em tempos passados, Kutchum tinha sido obediente ao tsar russo, mas depois começou a se rebelar e agora ameaçava destruir as cidades dos Strógonov.

Os Strógonov escreveram para o tsar:

> Você nos deu a terra, nós a pusemos sob o seu domínio; agora Kutchum, o reizinho dos ladrões, se rebela contra você, quer tomar essa terra e nos destruir. Dê ordem para ocuparmos a terra do outro lado dos montes Urais; vamos conquistar Kutchum e poremos toda a terra dele sob seu domínio.

O tsar concordou e escreveu: "Se vocês têm força para isso, tomem a terra de Kutchum. Só não tirem muita gente da Rússia".

Quando receberam a resposta do tsar, os Strógonov mandaram seus capatazes convocar mais pessoas. E mandaram convencer sobretudo os cossacos do Volga e do Don. Naquele tempo, muitos cossacos viviam no Volga e no Don. Formavam bandos de duzentos, trezentos, seiscentos homens, escolhiam um atamã, andavam em barcos pequenos, interceptavam embarcações, saqueavam, e no inverno ficavam em povoados na beira do rio.

Os capatazes chegaram ao Volga e começaram a perguntar quais eram os cossacos de cada lugar. Respondiam:

– Os cossacos são muitos. Não têm casa. Há o Michka Tcherkáchenin; há o Sári-Azman... Mas não tem nenhum mais cruel do que Ermak Timoféitch, o atamã. O povo dele tem mil homens e dele têm medo não só o povo e os comerciantes: nem as tropas do tsar se atrevem a cruzar seu caminho.

Os capatazes foram ao encontro do atamã Ermak e tentaram convencê-lo a ir ao encontro dos Strógonov. Ermak recebeu os capatazes, escutou o que disseram e prometeu ir com seu povo no dia da Assunção da Virgem Maria.

No dia da Assunção, os cossacos chegaram para se juntar aos Strógonov – uns seiscentos homens e o atamã Ermak Timoféievitch. Primeiro, Strógonov mandou-os atacar os tártaros mais próximos. Os cossacos os mataram. Depois, quando não havia mais nada a fazer, os cossacos começaram a andar à toa pela região e roubar.

Strógonov chamou Ermak e disse:

– Agora não vou poder mais abrigar vocês, se vão fazer tanta maldade.

Mas Ermak disse:

– Eu mesmo não estou contente, meu povo não consegue se controlar, estão estragados pelo ócio. Arranje algum trabalho para nós.

Strógonov disse:

– Atravesse os montes Urais e trave guerra contra Kutchum, tome a terra dele. O tsar vai lhes dar uma recompensa. – E mostrou a Ermak a carta do tsar.

Ermak se alegrou, reuniu os cossacos e disse:

– Vocês me cobrem de vergonha na frente do senhor, ficam sempre saqueando sem nenhum motivo. Se não pararem, ele vai expulsar vocês, e aí para onde irão? No Volga, as tropas do tsar são muito grandes: vão nos capturar e nos fazer mal, por causa de nossos crimes antigos. E se estão com tédio, eis aqui um trabalho para vocês.

Mostrou a carta do tsar que permitia a Strógonov conquistar a terra do outro lado dos Urais. Os cossacos deliberaram um pouco e aceitaram ir. Ermak foi falar com Strógonov e os dois começaram a pensar na maneira como os cossacos iriam para lá.

Discutiram quantos barcos seriam necessários, quanto mantimento, quantas cabeças de gado, armas de fogo, pólvora, porcos, quantos intérpretes – prisioneiros tártaros –, quantos mestres de armas – alemães.

Strógonov pensou: "Ainda que me custe caro, tenho de dar tudo para eles, do contrário vão ficar aqui e me arruinar". Strógonov concordou, juntou tudo e equipou Ermak e os cossacos.

No dia 1º de setembro, os cossacos e Ermak partiram pelo rio Tchussovaia em trinta e dois barcos, cada um com vinte homens. Viajaram quatro dias a remo, rio acima, e saíram no rio Serebriánaia. Dali para a frente, não puderam mais prosseguir de barco. Perguntaram aos guias e ficaram sabendo que dali era preciso passar para o outro lado da montanha, fazer uma travessia de vinte verstas a pé, e que só depois os rios recomeçavam. Os cossacos ficaram ali, construíram uma cidade e descarregaram todo o material que tinham trazido; abandonaram os barcos, fizeram carroças, colocaram tudo nas carroças e foram em frente por terra, para o outro lado da montanha. Toda a região era coberta de florestas e ninguém vivia lá. Seguiram dez dias por terra, deram no rio Jaróvnia. Ali pararam outra vez e começaram a construir barcos. Subiram a bordo e partiram rio abaixo. Navegaram cinco dias e chegaram a um lugar ainda mais bonito: um prado, uma floresta, um lago. Muitos peixes e muitos animais silvestres; os animais não tinham medo deles. Navegaram mais um dia, seguiram pelo rio Tura. No rio Tura, começaram a aparecer tártaros e povoados tártaros.

Ermak mandou alguns cossacos observar um povoado, ver como era e verificar se eram fortes. Foram vinte cossacos, assustaram e puseram em fuga todos os tártaros, tomaram todo o povoado e todo o gado. Mataram alguns tártaros, capturaram vivos outros tantos.

Com a ajuda do intérprete, Ermak perguntou aos tártaros quantas pessoas eles eram e sob o domínio de quem viviam. Os tártaros disseram que faziam parte do reino da Sibéria e que seu rei era Kutchum. Ermak soltou os tártaros, mas levou consigo três deles, os mais inteligentes, para que lhe indicassem o caminho.

Navegaram em frente. Quanto mais avançavam, mais largo ficava o rio; e quanto mais distantes eram os locais, melhores ficavam. As pessoas apareciam em número cada vez maior. Só que não era um povo forte. E os cossacos conquistavam todos os povoados que apareciam no rio.

Em certo povoado, capturaram muitos tártaros e um velho tártaro importante. Perguntaram ao tártaro quem ele era. Respondeu:

– Sou Tauzik, sirvo ao meu rei Kutchum e, em nome dele, sou o chefe desta cidade.

Ermak perguntou a Tauzik a respeito do seu rei. A cidade da Sibéria ficava longe? Eram grandes as forças de Kutchum? Ele tinha muita riqueza? Tauzik contou tudo. Disse:

– Kutchum é o maior rei do mundo. Sua cidade é a Sibéria, a maior cidade do mundo. Nessa cidade, dizem que as pessoas e as cabeças de gado são tão numerosas quanto as estrelas no céu. E as forças do rei Kutchum são incalculáveis, nem todos os reis juntos podem vencê-lo na guerra.

Ermak disse:

– Nós, russos, viemos aqui para travar guerra contra seu rei e tomar sua cidade; pôr tudo sob o domínio do tsar russo. Nossas forças são grandes. Os que vieram comigo são só a vanguarda, atrás vêm mais barcos, nem se pode calcular quantos são, e todos trazem armas de fogo. Os tiros de nossos fuzis atravessam as árvores, não são como seus arcos e flechas. Olhe, veja só.

E Ermak atirou numa árvore, que se partiu, e de todos os lados os cossacos começaram a atirar. De medo, Tauzik caiu de joelhos. Ermak lhe disse:

– Vá ao encontro do seu rei Kutchum e conte o que viu. Que ele se renda, pois, se não se render, vamos destruí-lo. – E soltou Tauzik.

Os cossacos continuaram navegando. Tomaram o grande rio Tobol e chegavam cada vez mais perto da cidade da Sibéria. Foram na direção do riacho Babassan, olharam – na margem, havia um povoado e, em torno do povoado, muitos tártaros.

Mandaram o intérprete ao encontro dos tártaros para saber que gente era aquela. O intérprete voltou e disse:

– As tropas de Kutchum se reuniram. E o comandante das tropas é o próprio genro de Kutchum, Mametkul. Ele me recebeu e mandou dizer que vocês devem voltar, senão ele vai destruir vocês.

Ermak reuniu os cossacos, desembarcou na margem e começou a atirar nos tártaros. Quando os tártaros ouviram os disparos, fugiram. Os cossacos os perseguiram, mataram alguns e capturaram outros. O próprio Mametkul escapou por pouco.

Os cossacos avançaram pelo rio. Seguiram pelo Írtich, um rio largo e rápido. Navegaram um dia pelo rio Írtich, chegaram a um povoado bonito e pararam ali. Os cossacos foram ao povoado. Assim que se aproximaram, os tártaros começaram a atirar flechas e feriram três cossacos. Ermak mandou o intérprete dizer aos tártaros que entregassem a cidade, do contrário mataria todos. O intérprete voltou e disse:

– Aqui mora um súdito de Kutchum, Atik Murza Katchara. Ele tem forças numerosas e disse que não vai entregar a cidade.

Ermak reuniu os cossacos e disse:

– Bem, rapazes, se não tomarmos esse povoado, os tártaros vão fazer uma festa. E não vão nos deixar passar. Quanto mais rápido espalharmos o pavor entre os tártaros, mais fácil vai ser para nós. Desembarquem todos. Vamos atacar todos ao mesmo tempo.

Assim fizeram. Os tártaros ali eram muitos e corajosos.

Quando os cossacos atacaram, os tártaros atiraram flechas. Inundaram os cossacos de flechas. Alguns morreram, outros ficaram feridos.

Os cossacos ficaram enfurecidos, alcançaram os tártaros e mataram todos os que caíram em suas mãos.

No povoado, os cossacos acharam muitos bens, gado, tapetes, peles e mel. Enterraram os mortos, descansaram, juntaram os bens capturados e seguiram adiante nos barcos. Navegaram um pouco mais, olharam – na margem, erguia-se uma espécie de cidade, tropas cujo fim não dava para ver, toda aquela tropa rodeada por um fosso e o fosso cheio de mata fechada. Os cossacos pararam. Ficaram pensando; Ermak reuniu uma roda.

– E então, pessoal, como vai ser?

Os cossacos ficaram com medo. Alguns disseram:

– Temos de ir em frente pelo rio.

Outros disseram:

– Temos de voltar.

E começaram a se aborrecer, a discutir com Ermak. Disseram:

– Por que nos trouxe aqui? Já mataram e feriram muitos dos nossos; e aqui todos nós vamos acabar morrendo.

Começaram a se lamentar.

Ermak disse para seu sub-atamã, Ivan Koltso:

– Então, Vánia, o que você acha?

E Koltso respondeu:

– O que acho? Se não nos matarem hoje, vão matar amanhã; e se não for amanhã, vamos acabar morrendo de qualquer jeito, em casa. Por mim, vamos desembarcar, atacar os tártaros de frente e seja o que Deus quiser.

Ermak disse:

– Ah, meu bom Vánia! É isso mesmo. Eh, vocês, rapazes! Vocês não são cossacos, mas mulherzinhas. Parece que só servem mesmo para pescar esturjões e meter medo nas mulheres tártaras. Será que não enxergam? Se voltarmos agora, vão nos matar; se formos em frente, vão nos matar; se ficarmos parados aqui, vão nos matar. Para onde podemos ir? Depois do primeiro esforço, vai ficar mais fácil. Escutem, rapazes, meu pai tinha uma égua saudável. Ela puxava a carroça morro abaixo e em terra plana, mas quando era para subir, empacava, andava para trás, achava mais fácil. Então meu pai pegou um sarrafo, guiou a égua batendo com o sarrafo. Ela deu meia-volta, se sacudiu, arrebentou a carroça. Meu pai desatrelou a égua e lhe deu uma surra. Se ela tivesse puxado a carroça, não teria sofrido aquele tormento. A mesma coisa somos nós, rapazes. Só temos uma direção para ir: atacar os tártaros de frente.

Os cossacos caíram na gargalhada e disseram:

– Pelo visto, Timoféitch, você é mais inteligente do que nós; não pergunte nada para nós, que somos tolos. Vamos aonde você quiser. Não se morre duas vezes, a morte é uma só e dela ninguém escapa.

Ermak disse também:

– Pois bem, escutem, rapazes! Eis o que vamos fazer. Eles ainda não viram todos nós. Vamos nos separar em três grupos. Um vai ficar no meio e partir direto para eles, os outros dois vão cercar pela direita e pela esquerda. Quando os do meio chegarem, os tártaros vão pensar que ali estamos nós todos e vão pular em cima da gente. E então vamos atacar pelos lados. Pronto, rapazes. Se vencermos esses aqui, não vamos ter medo de mais ninguém. Nós mesmos vamos ser os reis.

Assim fizeram. Quando o grupo do meio chegou, os tártaros assoviaram, pularam; então atacaram, pela direita, Ivan Koltso e, pela esquerda, Mecheriak, o atamã. Os tártaros se assustaram, fugiram. Os cossacos os mataram. Dali em diante, ninguém mais se atrevia a lutar contra Ermak. E assim ele entrou na própria cidade da Sibéria. E lá se estabeleceu como se fosse o rei.

Pequenos reis começaram a vir para reverenciar Ermak. Tártaros começaram a se estabelecer na Sibéria; Kutchum e seu genro Mametkul tinham medo de atacá-lo de frente, apenas andavam em círculos, enquanto pensavam num meio de destruí-lo.

No verão, na época das cheias, vieram uns tártaros falar com Ermak:

– Mametkul vem de novo contra você, juntou muitas tropas, está no rio Vagai.

Ermak atravessou rios, pântanos, riachos, florestas, avançou sorrateiramente com os cossacos, atacou Mametkul, matou muitos tártaros, capturou vivo o próprio Mametkul e levou-o para a Sibéria. Lá, já restavam poucos tártaros hostis e, no verão, Ermak atacou os que não quiseram se render; ao longo do rio Írtich e do rio Ob, Ermak conquistou tantas terras que não daria para contornar todas elas nem em dois meses de marcha.

Quando tomou toda aquela terra, Ermak mandou uma carta para Strógonov. "Tomei a cidade de Kutchum e fiz Mametkul prisioneiro, pus todo o povo daqui sob seu domínio. Só que perdemos muitos cossacos. Mande gente para cá, para ficarmos mais alegres. E a riqueza das terras daqui não têm fim." E mandou junto peles caras: de raposa, de marta, de zibelina.

Assim se passaram dois anos. Ermak continuou dominando a Sibéria, mas a ajuda da Rússia não chegava e tinha sobrado pouca gente russa com Ermak.

Um dia, o tártaro Karacha mandou um mensageiro para Ermak e ele disse:

– Nós não nos rendemos a você, mas agora os nogais nos atacam. Mande suas tropas nos ajudar. Juntos, vamos vencer os nogais. E então juramos que não vamos mais atacar suas tropas.

Ermak acreditou no juramento deles e mandou quarenta homens com Ivan Koltso. Quando os quarenta homens chegaram, os tártaros se lançaram contra eles e os mataram; sobraram ainda menos cossacos.

Noutra ocasião, mercadores de peles mandaram avisar a Ermak que iam levar mercadorias para ele na cidade da Sibéria, mas que Kutchum e suas tropas estavam barrando o caminho e não os deixavam passar.

Ermak levou consigo cinquenta homens para liberar o caminho dos mercadores de peles. Chegou ao rio Írtich e não encontrou os mercadores de peles. Ficou ali para passar a noite. Era uma noite escura e chovia. Assim que os cossacos se deitaram para dormir, os tártaros apareceram de repente, atacaram os homens adormecidos e começaram a matá-los. Ermak levantou-se e começou a lutar. Foi ferido na mão por um golpe de faca. Saiu correndo para o rio. Os tártaros foram atrás. Ele entrou no rio. Não o viram mais. Não encontraram seu corpo e ninguém sabe como morreu.

No ano seguinte, chegaram as tropas do tsar e os tártaros foram pacificados.

TERCEIRO LIVRO RUSSO DE LEITURA

O REI E O FALCÃO

(FÁBULA)

Um rei soltou seu falcão predileto no encalço de uma lebre e saiu atrás, a galope.

O falcão pegou a lebre. O rei soltou a lebre e foi procurar água para beber. Numa colina, encontrou água. Só que ela caía gota a gota. O rei então pegou uma caneca na sela e colocou embaixo da água. A água escorria gota a gota e, quando a caneca ficou cheia, o rei levantou-a até a boca e quis beber. De repente, o falcão se agitou no braço do rei, sacudiu as asas e entornou a água. O rei colocou a caneca de novo embaixo das gotas. Esperou muito tempo até ficar cheia até a borda e de novo, quando aproximou a caneca da boca, o falcão se alvoroçou e entornou a água.

Quando, pela terceira vez, o rei pegou a caneca cheia e ergueu até os lábios, o falcão derramou a água de novo. O rei se irritou e, num ímpeto, jogou o falcão de encontro a uma pedra e matou-o. Os criados do rei se aproximaram e um deles subiu correndo para a nascente a fim de achar mais água e trazer rapidamente a caneca cheia. Só que o criado não trouxe água; voltou com a caneca vazia e disse:

– Não se pode beber essa água: a nascente está envenenada e o veneno passou para a água. Ainda bem que o falcão entornou a água. Se você bebesse, morreria.

O rei disse:

– Fui muito ingrato com o falcão: ele salvou minha vida e eu o matei.

A RAPOSA

(FÁBULA)

A raposa caiu numa armadilha, cortou o rabo e fugiu. E começou a pensar num jeito de esconder sua vergonha. Reuniu as raposas e tentou convencê-las a cortar o rabo.

– O rabo – disse ela – não serve para nada, é só um peso morto que carregamos à toa atrás de nós.

Uma raposa respondeu:

– Ah, você não diria isso se ainda tivesse seu rabo!

A raposa sem rabo se calou e foi embora.

UM CASTIGO SEVERO
(CONTO)

Um homem foi à feira e comprou carne de vaca. Na feira, foi enganado: deram-lhe carne de vaca ruim e ainda por cima o roubaram no peso.

No caminho de volta para casa, ia praguejando. O rei encontrou-o e perguntou:

– Está praguejando contra quem?

E ele respondeu:

– Contra a pessoa que me enganou. Paguei por três libras e só me deram duas, e essa carne de vaca está ruim.

O rei disse:

– Vamos voltar à feira, me mostre quem enganou você.

O homem voltou e mostrou o comerciante. O rei pesou a carne: viu de fato que estavam enganando no peso. O rei disse:

– Como quer que eu castigue o comerciante?

O outro respondeu:

– Mande que corte das próprias costas a mesma quantidade de carne que ele me roubou.

O rei disse:

– Está bem, pegue você uma faca e corte uma libra de carne do comerciante; mas preste atenção para que o peso seja exato, pois se cortar mais ou menos do que uma libra, você será culpado.

O homem calou-se e foi para casa.

O BURRO SELVAGEM E O BURRO DOMESTICADO
(FÁBULA)

Um burro selvagem avistou um burro domesticado, se aproximou e começou a elogiar a vida dele: que seu pelo era liso e sua comida era doce. Depois, quando puseram muita carga em cima do burro domesticado e o carroceiro começou a bater em suas ancas com um porrete, o burro selvagem disse:

– Não, meu caro, agora não invejo você, estou vendo que sua vida custa caro demais.

A LEBRE E O CÃO DE CAÇA
(FÁBULA)

Um dia, a lebre disse para o cão de caça:

– Por que você late quando nos caça? Você nos pegaria mais depressa se corresse calado. E latindo você só nos espanta na direção do caçador: ele escuta para onde estamos correndo, vem com a espingarda ao nosso encontro, nos mata e não dá nada para você.

O cão respondeu:

– Não é por isso que fico latindo. É só porque, quando sinto seu cheiro, me irrito e me alegro, porque dali a pouco vou apanhar você; eu mesmo não sei por que não consigo deixar de latir.

O CERVO
(FÁBULA)

O cervo se aproximou do riacho para beber, viu sua imagem refletida na água e ficou alegre com seus chifres, porque eram grandes e ramificados, mas observou as pernas e disse:

– Só que minhas pernas são feias e franzinas.

De repente um leão deu um pulo e se jogou em cima do cervo. O cervo disparou a galope pelo campo aberto. Fugiu e, quando chegou à floresta, os chifres se engancharam nos galhos de um arbusto e o leão o apanhou. Quando estava morrendo, o cervo disse:

– Ai, como sou tolo! Aquilo que eu achava feio e franzino me salvou e aquilo que me deixava contente foi minha perdição.

AS LEBRES
(DESCRIÇÃO)

As lebres se alimentam à noite. No inverno, as lebres da floresta se alimentam da casca das árvores, as lebres do campo se alimentam de capim e brotos, as lebres de celeiro se alimentam dos grãos de cereal nos celeiros. De noite, as lebres deixam pegadas profundas e visíveis na neve.

As lebres são perseguidas por caçadores – homens, cães, lobos, raposas, corvos e águias. Se uma lebre andar direto, em frente, de manhã logo será encontrada pelas pegadas e será capturada; mas Deus deu à lebre a covardia e é essa covardia que a salva.

A lebre anda à noite pelos campos e pelas florestas sem nenhum medo de deixar pegadas bem claras na neve; mas, assim que começa a amanhecer, seus inimigos acordam: a lebre começa a ouvir ora o latido do cão, ora o zunido do trenó, ora as vozes dos mujiques, ora os estalidos do lobo pela mata, e, de medo, começa a se mover de um lado para outro. Corre para a frente, se assusta com alguma coisa e foge para trás, sobre as próprias pegadas. Ouve mais alguma coisa e pula com todo o ímpeto para o lado e corre para longe das pegadas anteriores. De novo esbarra com alguma coisa – de novo a lebre volta atrás e de novo salta para o lado. Quando o dia começa a clarear, ela descansa.

De manhã, os caçadores começam a analisar as pegadas da lebre, se confundem com as pegadas duplas e com os saltos de grande distância e ficam admirados com a esperteza da lebre. Mas a lebre nem pensa em ser astuta. Apenas tem medo de tudo.

O CACHORRO E O LOBO

(FÁBULA)

O cachorro dormiu do lado de fora da casa. Um lobo faminto veio correndo e quis devorar o cachorro. O cachorro disse:

– Lobo! Espere que eu coma, agora estou magro, só pele e osso. Escute, me dê um tempo, meus donos vão dar uma festa de casamento e aí vou comer à vontade, vou engordar. Então vai ser melhor para me devorar.

O lobo acreditou e foi embora. Ele voltou tempos depois e viu o cachorro deitado no telhado. O lobo perguntou:

– Então, já teve o casamento?

E o cachorro respondeu:

– Pois é, lobo. Da próxima vez que me apanhar dormindo do lado de fora, não espere mais o casamento.

OS IRMÃOS DO REI

(CONTO)

Um rei estava andando pela rua. Um mendigo se aproximou e pediu uma esmola.

O rei não deu nada. O mendigo disse:

– Rei, pelo visto você esqueceu que Deus é o pai de todos; somos todos irmãos e todos temos de repartir nossos bens.

Então o rei parou e disse:

– Você diz a verdade. Somos irmãos e temos de repartir. – E deu ao mendigo uma moeda de ouro.

O mendigo agarrou a moeda de ouro e disse:

– Você deu pouco; será que é assim que se divide a riqueza com os irmãos? É preciso dividir tudo meio a meio. Você tem um milhão de moedas e me deu uma só.

Então o rei disse:

– É verdade que tenho um milhão de moedas e que lhe dei só uma; mas tenho tantos irmãos quantas moedas possuo.

O CEGO E O LEITE

(FÁBULA)

Um cego de nascença perguntou a um homem que enxergava:

– Qual é a cor do leite?

O homem que enxergava respondeu:

– A cor do leite é branca como papel.

O cego perguntou:

– Então essa cor estala na nossa mão como acontece com o papel?

O homem respondeu:

– Não, ela é branca como a farinha é branca.

O cego perguntou:

– Então essa cor é macia e seca como a farinha?

O homem respondeu:

– Não, ela é só branca mesmo, como uma lebre branca.

O cego perguntou:

– Então ela é fofa e peluda como uma lebre?

O homem respondeu:

– Não, ela é branca exatamente como a neve.

O cego perguntou:

– Então ela é fria como a neve?

E por mais exemplos que o homem que enxergava desse, o cego não conseguia entender o que era a cor branca do leite.

A LEBRE

(DESCRIÇÃO)

A lebre comum passava o inverno perto dos povoados. Quando chegava a noite, ela erguia uma orelha, escutava; depois erguia a outra, mexia o bigode, farejava e ficava quieta, apoiada nas patas traseiras. Depois dava um ou dois pulos pela neve funda e parava de novo, apoiada nas patas traseiras, e olhava para trás. Em todos os lados, não se via nada senão neve. A neve se estendia em ondas, branca como açúcar. Acima da cabeça da lebre, pairava o vapor da friagem e, através desse vapor, viam-se grandes estrelas brilhantes.

A lebre precisava atravessar uma estrada larga para chegar a um celeiro conhecido. Na estrada, ouvia-se o sibilo dos esquis dos trenós, o resfolegar dos cavalos, o rangido das poltronas dentro dos trenós.

A lebre parou de novo à beira da estrada. Mujiques caminhavam perto dos trenós, com a gola do caftã levantada. Mal se via seu rosto. Barba, bigode e pestanas estavam brancos. Da boca e do nariz, saía vapor. Os cavalos estavam suados e o gelo grudava no suor. Os cavalos se arrastavam presos às cangas, afundavam e atolavam em fossos de neve. Os mujiques avançavam, ultrapassavam, batiam nos cavalos com chicotes. Dois velhos caminhavam lado a lado e um contava para o outro como haviam roubado seu cavalo.

Quando o comboio passou, a lebre pulou para o outro lado da estrada e seguiu sorrateira na direção do celeiro. O cão de guarda do celeiro viu a lebre. Começou a latir e correu para cima dela. A lebre disparou pelos montes de neve na direção do celeiro; os montes de neve reduziam a velocidade da lebre, mas o cão, no décimo pulo, ficou preso na neve e parou. A lebre também parou, sentou-se apoiada nas patas traseiras e, devagar, avançou na direção do celeiro. Pelo caminho, na vegetação rasteira, ela encontrou duas lebres. Elas comiam e brincavam. A lebre brincou um pouco com suas camaradas, escavou a neve com elas, comeu um pouco de cereais e foi em frente. No povoado, ainda estava tudo quieto, o fogo das estufas estava apagado. Só se ouvia, através da parede, um choro de criança dentro de uma isbá e os estalos do gelo nas tábuas das isbás. A lebre entrou no celeiro e lá encontrou outras camaradas. Brincou com elas na eira coberta, comeu aveia do depósito, escalou o telhado cheio de neve e voltou para sua ravina, passando pelo celeiro e pela cerca viva. A aurora brilhava no leste, as estrelas começavam a diminuir e o vapor da geada subia da terra, ainda mais espesso. Numa aldeia próxima, as mulheres acordaram e foram buscar água; os mujiques traziam forragem dos celeiros; as crianças gritavam e choravam. Pela estrada, os comboios de carroças de carga eram ainda maiores e os mujiques conversavam mais alto.

A lebre saltou para o outro lado da estrada, aproximou-se de sua velha toca, escolheu um cantinho um pouco mais alto, escavou a neve, deitou-se de lado dentro da toca nova, deitou as orelhas sobre as costas e adormeceu de olhos abertos.

O LOBO E O ARCO

(FÁBULA)

Um caçador foi caçar de arco e flecha, matou uma cabra, pôs sobre os ombros e levou-a. No caminho, avistou um javali. O caçador tirou a cabra dos ombros, disparou flechas no javali e o feriu. O javali se atirou contra o caçador, estraçalhou-o até a morte, mas ele mesmo morreu também. Um lobo farejou sangue e foi até o lugar onde estavam a cabra, o javali, o homem e seu arco. O lobo ficou alegre e pensou: "Agora vou comer até me fartar; só que não vou comer tudo de uma vez, vou comer aos poucos, para não perder nada: primeiro vou comer o mais duro, depois comer o que for mais macio e mais doce".

O lobo farejou a cabra, o javali e o homem e disse:

– Essa comida é macia, vou deixar para comer depois. Primeiro vou comer a veia que usaram para fazer a corda nesse arco.

E começou a roer a corda do arco. Quando mordeu, a corda estalou e o golpe feriu o lobo na barriga. O lobo morreu na hora e outros lobos vieram e comeram o homem, a cabra, o javali e o lobo.

COMO O MUJIQUE DIVIDIU O GANSO

(CONTO)

Um mujique pobre não tinha pão. Então pensou em pedir pão ao patrão. Para não ir falar com o patrão de mãos abanando, pegou um ganso, assou e levou. O patrão recebeu o ganso e disse para o mujique:

– Obrigado pelo ganso, mujique, só não sei como vamos dividir seu ganso. Veja, tenho esposa, dois filhos e duas filhas. Como vamos dividir o ganso sem prejudicar ninguém?

O mujique respondeu:

– Eu divido.

Pegou um canivete, cortou a cabeça e disse para o patrão:

– Você é a cabeça da casa toda, a cabeça fica para você.

Depois cortou a parte de trás do ganso e deu para a mulher do patrão:

– Você fica em casa, cuida da casa, você fica com a parte de trás.

Depois cortou as coxas e deu para os filhos:

– Vocês ficam com as pernas, para trilhar os caminhos do pai.

E para as filhas deu as asas:

– Em breve vocês vão embora de casa voando, então para vocês ficam as asinhas. E o resto fica para mim!

E pegou o ganso inteiro.

O patrão riu, deu pão e dinheiro para o mujique.

Um mujique rico soube que o patrão, em troca do ganso, recompensou o mujique pobre com pão e dinheiro e então assou cinco gansos e levou para o patrão.

O patrão disse:

– Obrigado pelos gansos. Mas eu tenho esposa, dois filhos, duas filhas, somos seis ao todo. Como vamos dividir seus gansos entre nós de modo igual?

O mujique rico pensou e não conseguiu inventar nada.

O patrão mandou chamar o mujique pobre e mandou-o dividir. O mujique pobre pegou um ganso e deu para o patrão e para sua esposa e disse:

– Vocês dois e mais o ganso são três.

Deu um ganso para os filhos:

– Vocês também são três.

Deu um para as filhas:

– Vocês também são três.

Pegou dois gansos para si:

– Pronto, nós também somos três: tudo foi dividido por igual.

O patrão riu e deu ao mujique pobre mais pão e dinheiro e mandou embora o mujique rico.

O MOSQUITO E O LEÃO
(FÁBULA)

O mosquito voou para perto do leão e disse:

– Você acha que sua força é maior do que a minha? Pois não é! Que força você tem? Arranha com as unhas e morde com os dentes, mas é isso o que fazem as mulheres quando brigam com os mujiques. Sou mais forte do que você; se quiser, vamos travar uma guerra!

E o mosquito começou a zumbir e picou o leão nas bochechas nuas e no focinho. O leão começou a bater com as patas na própria cara e se feriu com as garras; o rosto inteiro se cobriu de sangue e ele se debateu até ficar esgotado.

O mosquito zumbiu de alegria e foi embora voando. Depois se emaranhou numa teia de aranha e a aranha começou a sugar o sangue do mosquito. O mosquito disse:

– Venci o mais forte dos animais e vou morrer por causa de uma aranha nojenta.

AS MACIEIRAS

(CONTO)

Plantei duzentas mudas de macieira, durante três anos escavei em volta das macieiras na primavera e no outono e no inverno as envolvi com palha para protegê-las das lebres. No quarto ano, quando a neve derreteu, fui olhar minhas macieiras. Tinham engrossado no inverno; a casca estava reluzente e cheia de seiva; todos os ramos estavam fortes e em todas as pontinhas e bifurcações havia brotos de flor redondos como ervilhas. Em alguns lugares, os botões já rebentavam e viam-se pontas de pétalas vermelhas. Eu sabia que todos os botões dariam flores e frutos e me alegrei ao olhar para minhas macieiras. Mas quando retirei a palha que cobria a primeira macieira, vi que embaixo, bem junto à terra, a casca estava roída num círculo até a madeira, formando um anel branco. Os ratos fizeram aquilo. Descobri outra macieira e nela também havia a mesma coisa. Das duzentas macieiras, nenhuma havia escapado. Passei piche e cera nos locais roídos; mas quando as macieiras floriram, as flores logo caíram. Nasceram folhinhas miúdas, que se desbotaram e murcharam. A casca enrugou e ficou preta. Das duzentas macieiras, só restaram dez. Nessas dez, a casca não tinha sido roída num círculo completo, havia ficado uma tira de casca no anel branco. Naquelas tiras, no lugar onde a casca tinha sido arrancada, formaram-se calombos, e as macieiras, embora enfraquecidas, não morreram. Todas as outras se perderam, só abaixo dos locais roídos nasceram brotos, mas todos selvagens.

A casca das árvores é como as veias das pessoas: através das veias o sangue circula pelo corpo e através da casca a seiva circula pela árvore, sobe para os ramos, folhas e flores. Podemos escavar toda a parte interna de uma árvore que ela não morre, como acontece com os salgueiros velhos, mas só se a casca estiver viva a árvore continuará a viver; se a casca se for, a árvore está perdida. Se uma pessoa cortar as veias, vai morrer, primeiro porque o sangue vai escorrer para fora do corpo, e depois porque o sangue não vai mais circular pelo corpo.

Assim também uma bétula começa a murchar quando as crianças abrem um buraco no tronco para beber sua seiva e toda a seiva escorre para fora.

Assim também as macieiras morreram, porque os ratos roeram um anel completo na casca e a seiva já não encontrou mais um caminho da raiz até os ramos, folhas e flores.

O CAVALO E O DONO

(FÁBULA)

Um jardineiro tinha um cavalo. O cavalo tinha trabalho demais e comida de menos. E começou a pedir a Deus que arranjasse outro dono para ele. Assim aconteceu. O jardineiro vendeu o cavalo para um oleiro. O cavalo ficou contente, mas com o oleiro passou a trabalhar ainda mais do que antes. E de novo começou a queixar-se de seu destino e pediu a Deus que arranjasse um dono melhor para ele. E assim aconteceu. O oleiro vendeu o cavalo para o dono de um curtume. Quando o cavalo viu peles de cavalo penduradas no pátio do curtume, deu um gemido:

– Ah, que desgraça, pobre de mim! Era melhor ter ficado com o patrão do início: dessa vez, pelo visto, não me venderam pelo trabalho, mas pelo meu couro.

OS PERCEVEJOS
(CONTO)

Parei para dormir numa estalagem na estrada. Antes de deitar, peguei uma vela e observei os cantos da cama e das paredes e, quando percebi que havia percevejos em todos os cantos, comecei a imaginar como faria para passar a noite de um jeito que os percevejos não me alcançassem.

Eu tinha trazido uma cama de armar, mas sabia que, se a colocasse no meio do quarto, os percevejos rastejariam das paredes para o chão e, do chão, subiriam pelos pés da cama e me alcançariam; por isso pedi ao dono da estalagem quatro vasos de madeira, enchi de água e coloquei cada pé da cama dentro de um vaso com água. Deitei, pus a vela no chão e fiquei olhando para ver o que os percevejos iam fazer. Havia muitos percevejos e eles já tinham me farejado; vi como rastejaram pelo chão, subiram até a beirada dos vasos, uns caíram na água e os outros tombaram para trás. "Fui mais esperto do que vocês", pensei, "agora não vão me alcançar." E já ia apagar a vela quando, de repente, senti uma picada. Olhei: um percevejo. Como ele conseguiu chegar até mim? Menos de um minuto depois, achei outro percevejo. Comecei a procurar e tatear para descobrir como tinham me alcançado.

Demorei muito tempo para entender, mas afinal olhei para o teto e vi – um percevejo rastejava pelo teto; assim que ele ficou bem em cima da cama, se desprendeu do teto e caiu em cima de mim. "Não", pensei, "ninguém é mais esperto do que vocês." Vesti o casaco de pele e fui para o lado de fora.

O VELHO E A MORTE
(FÁBULA)

Um velho cortou lenha e levou para casa. O caminho era longo; ele ficou cansado, baixou o feixe de lenha e disse:

– Ah, por que a morte não me leva logo?

A morte chegou e disse:

– Aqui estou. O que você quer?

O velho se assustou e respondeu:

– Levante esse feixe de lenha para mim.

COMO OS GANSOS SALVARAM ROMA

(HISTÓRIA)

No ano de 390 antes de Cristo, os povos bárbaros da Gália atacaram Roma. Os romanos não conseguiram enfrentá-los e alguns fugiram da cidade, mas outros se trancaram numa fortaleza. Essa fortaleza se chamava Capitólio. Só os senadores ficaram na cidade. Os gauleses entraram na cidade, mataram todos os senadores e incendiaram Roma. No meio de Roma, só restou a fortaleza, o Capitólio, que os gauleses não conseguiram tomar. Os gauleses queriam saquear o Capitólio porque sabiam que lá dentro havia muitas riquezas. Mas o Capitólio ficava num monte escarpado: de um lado, havia muralhas e portões, do outro, um precipício vertical. À noite, às escondidas, os gauleses subiram pelo precipício na direção do Capitólio: apoiaram-se uns nos outros e foram passando as lanças e as espadas de um para outro.

Assim escalaram aos poucos o precipício e nem os cachorros perceberam nada.

Já haviam começado a galgar a muralha, quando de repente os gansos sentiram cheiro de gente, começaram a grasnar e a estalar as asas. Um romano acordou, correu para a muralha e lançou um gaulês precipício abaixo. O gaulês caiu e derrubou outro. Então os romanos vieram correndo e começaram a despejar pedras e troncos pelo precipício e mataram muitos gauleses. Depois chegou o socorro a Roma e os gauleses foram expulsos.

Desde então, os romanos criaram um feriado para lembrar esse fato. Nesse dia, os sacerdotes se enfeitam e percorrem a cidade; um deles leva um ganso e puxa um cachorro preso a uma corda. O povo se aproxima do ganso e faz uma saudação para ele e para o sacerdote: dão presentes para o ganso e batem com um pau no cachorro até ele morrer.

POR QUE AS ÁRVORES ESTALAM NO FRIO?
(RACIOCÍNIO)

É porque as árvores têm umidade e essa umidade congela, como a água. Quando a água congela, se dilata; quando não tem mais espaço para se dilatar, ela racha a árvore.

Se você puser água dentro de uma garrafa e deixar num frio forte, a água vai congelar e partir a garrafa.

Quando a água se transforma em gelo, esse gelo tem tanta força que, se você encher de água um canhão feito de ferro fundido e a água congelar, o gelo vai rachar o canhão.

Por que a água não se contrai quando congela, como acontece com o ferro no frio, e em vez disso se dilata? É porque, quando a água congela, suas partículas se ligam umas às outras de outro modo e, entre elas, há mais espaços vazios.

Por que a água não se contrai quando congela? É para que a água nos rios e nos lagos não fique congelada até o fundo.

O gelo se dilata com o frio, se torna mais leve do que a água e flutua sobre ela, e por baixo a água fica só um pouco congelada e se torna mais grossa, porém jamais congela até o fundo. Se a água se contraísse com o frio, como o ferro se contrai, a água congelada por cima do rio afundaria, porque o gelo seria mais pesado do que a água. Depois a água de cima congelaria de novo e afundaria, e assim os lagos e os rios ficariam congelados do fundo até em cima.

A UMIDADE
(RACIOCÍNIO)

I

Por que a aranha às vezes faz uma teia e fica parada bem no meio de sua casa e, outras vezes, sai dali e tece uma teia nova?

A aranha constrói a teia conforme o tempo que está fazendo e que vai fazer.

Olhando a teia, a gente pode saber que tempo vai fazer; se a aranha está parada, escondida no meio da teia, e não sai, vai chover. Se ela sai da toca e faz outra teia, o tempo vai ser bom.

Como a aranha pode saber que tempo vai fazer?

A sensibilidade da aranha é tão aguçada que, quando a umidade do ar apenas começa a crescer e nós nem percebemos essa umidade e para nós o tempo continua claro, para a aranha já está chovendo.

É a mesma coisa que acontece com um homem nu que logo sente a umidade, enquanto um homem vestido não percebe nada; assim também para a aranha já está chovendo, enquanto para nós a chuva está só se formando.

II

Por que no outono e no inverno as portas incham e não fecham, mas no verão encolhem e fecham?

É porque no outono e no inverno a madeira se enche de água, como uma esponja, e fica encharcada, e no verão a água evapora e a madeira encolhe.

Por que a madeira fraca – de choupo – incha mais e a do carvalho, menos?

É porque na madeira forte – do carvalho – há menos espaços vazios e a água não tem onde se acumular; já na madeira fraca – do choupo – há mais espaços vazios e a água tem onde se acumular. Na madeira podre, há ainda mais espaços vazios e por isso a madeira podre incha mais e se encolhe mais.

As abelhas fazem as colmeias na madeira mais fraca e podre: as melhores colmeias são feitas em bambus podres. Por quê? É porque o ar passa através de um bloco de madeira podre e, para as abelhas, o ar fica mais fresco dentro da colmeia.

Por que as tábuas úmidas entortam?

É porque elas secam de modo desigual. Se você colocar uma tábua úmida com um lado virado para a estufa, a água vai sair dali, a madeira vai encolher desse lado e vai esticar do outro lado; o lado úmido não pode encolher, porque ali tem água dentro da madeira – e assim a tábua toda se entorta.

Para que o piso não fique torto, cortam as tábuas secas em pedaços pequenos e esses pedaços são postos para ferver. Quando toda a água deles evapora, os pedaços colam e já não entortam mais (assoalho).

A UNIÃO DIFERENTE DAS PARTÍCULAS

(RACIOCÍNIO)

Por que os amortecedores embaixo das carroças se cortam e os cubos das rodas embaixo das carruagens se gastam quando não são feitos de carvalho, mas sim de bétula? Os amortecedores e os cubos das rodas têm de ser fortes e o carvalho não é mais caro do que a bétula. O carvalho se racha ao comprido; já a bétula não racha, mas se desfaz toda.

O carvalho, apesar de ser mais denso do que a bétula, é unido de tal modo que racha ao comprido, enquanto a bétula não racha.

Por que as rodas e os esquis dos trenós são feitos de carvalho e de olmo, em vez de serem moldados de bétula e de tília?

É porque o carvalho e o olmo, quando aquecidos no vapor, entortam mas não quebram; já a bétula e a tília se desfazem para todos os lados.

Tudo isso porque as partículas da madeira são unidas de maneira diferente no carvalho e na bétula.

O LEÃO E A RAPOSA

(FÁBULA)

De tão velho, o leão já não conseguia pegar bichos e por isso resolveu viver com astúcia: foi para uma caverna, deitou e fingiu que estava doente. Os animais começaram a visitar o leão e ele comia os que entravam na caverna. A raposa entendeu o truque, parou na entrada da caverna e disse:

– E então, leão, como vai?

O leão respondeu:

– Vou mal. Mas por que você não entra?

A raposa disse:

– Não entro porque vejo pelas pegadas no chão que muitos entram e ninguém sai.

O JUIZ JUSTO

(CONTO)

O rei Baiakás, da Argélia, quis descobrir se era mesmo verdade o que lhe contavam: que numa de suas cidades havia um juiz justo capaz de reconhecer a verdade imediatamente e que nenhum vigarista conseguia enganá-lo. Baiakás se disfarçou de mercador e viajou montado num cavalo até a cidade onde morava o juiz. Na entrada da cidade, um aleijado chegou perto de Baiakás e pediu esmola. Baiakás lhe deu uma esmola e quis ir em frente, mas o aleijado insistiu, pedindo mais dinheiro.

– O que mais você quer? – perguntou Baiakás. – Já não lhe dei a esmola?

– Esmola você deu – respondeu o aleijado –, mas faça a caridade de me levar no seu cavalo até a praça, senão os cavalos e os camelos vão me esmagar.

Baiakás acomodou o aleijado atrás de si e levou-o até lá. Na praça, Baiakás deteve o cavalo. Mas o mendigo não desmontou. Baiakás disse:

– Continua montado? Desça, já chegamos.

Mas o mendigo respondeu:

– Para que descer? O cavalo é meu; se não quer me entregar o cavalo por bem, vamos falar com o juiz.

O povo se juntou em volta deles e ouviu sua discussão; todos começaram a gritar:

– Vão ao juiz, ele vai julgar vocês.

Baiakás e o aleijado foram ao encontro do juiz. O tribunal estava cheio de gente e o juiz chamava pela ordem as pessoas que ia julgar. Antes de chegar a vez de Baiakás, o juiz chamou um sábio e um mujique; estavam sendo julgados por causa da esposa. O mujique dizia que a esposa era dele e o sábio dizia que era sua. O juiz escutou os dois, ficou um momento calado e disse:

– Deixem a esposa na minha casa e venham amanhã.

Quando eles foram embora, vieram um açougueiro e um fabricante de manteiga. O açougueiro estava coberto de sangue e o fabricante de manteiga estava lambuzado de manteiga. O açougueiro trazia dinheiro na mão, o fabricante de manteiga segurava a mão do açougueiro. O açougueiro disse:

– Comprei manteiga desse homem e peguei a bolsa para pagar, mas ele me agarrou pela mão e quis tirar o dinheiro. Por isso viemos aqui: trago na mão a bolsa e ele segura minha mão. Mas o dinheiro é meu e ele é um ladrão.

O fabricante de manteiga disse:

– Não é verdade. O açougueiro veio comprar manteiga. Quando enchi para ele um jarro inteiro, pediu que eu desse o troco. Peguei o dinheiro e coloquei em cima do banco, mas ele apanhou as moedas e quis fugir. Segurei sua mão e vim para cá.

O juiz ficou um momento calado e disse:

– Deixem o dinheiro aqui e venham amanhã.

Quando chegou a vez de Baiakás e do aleijado, Baiakás contou o que tinha acontecido. O juiz escutou e perguntou ao mendigo. O mendigo disse:

– É tudo mentira. Eu estava andando a cavalo pela cidade, ele estava sentado no chão e pediu que eu o levasse. Montei-o no cavalo comigo e o levei aonde queria ir; só que ele não quis mais descer do cavalo e disse que o cavalo era dele. É mentira.

O juiz pensou um momento e disse:

– Deixem o cavalo comigo e venham amanhã.

No dia seguinte, muita gente veio ver o que juiz ia decidir.

Primeiro, vieram o sábio e o mujique.

– Leve sua esposa – disse o juiz para o sábio – e deem cinquenta pauladas no mujique.

O sábio levou a esposa e o mujique foi castigado na mesma hora.

Depois o juiz chamou o açougueiro.

– O dinheiro é seu – disse para o açougueiro; depois apontou para o fabricante de manteiga e lhe disse: – E nele deem cinquenta pauladas.

Então chamaram Baiakás e o aleijado:

– Você reconhece seu cavalo entre outros vinte? – perguntou o juiz para Baiakás.

– Reconheço.

– E você?

– Também reconheço – disse o aleijado.

– Venha comigo – disse o juiz para Baiakás.

Foram para a cocheira. Baiakás logo apontou seu cavalo no meio dos outros vinte. Depois o juiz chamou o aleijado para a cocheira e mandou que apontasse para o cavalo. O aleijado reconheceu o cavalo e apontou para ele. Então o juiz sentou-se em seu lugar e disse para Baiakás:

– O cavalo é seu; pode levar. E no mendigo, deem cinquenta pauladas.

Depois do julgamento, o juiz foi para casa e Baiakás foi atrás dele.

– O que quer? Não ficou satisfeito com minha decisão? – perguntou o juiz.

– Não, estou satisfeito, sim – disse Baiakás. – Só queria saber como você soube que a esposa era do sábio e não do mujique, que o dinheiro era do açougueiro e não do fabricante de manteiga, e que o cavalo era meu e não do aleijado.

– Quanto à mulher, eu soube assim: chamei a mulher de manhã e disse: ponha tinta no meu tinteiro. Ela pegou o tinteiro, lavou-o depressa e com habilidade e encheu-o de tinta. Portanto, estava habituada a fazer isso. Se fosse esposa do mujique, não saberia fazer isso. Logo, o sábio disse a verdade. Quanto ao dinheiro, eu soube assim: coloquei as moedas num vaso com água e olhei hoje de manhã, para ver se tinham soltado manteiga na água. Se o dinheiro fosse do fabricante de manteiga, as moedas teriam sido lambuzadas por suas mãos engorduradas. Não havia manteiga na água, portanto o açougueiro disse a verdade. Quanto ao cavalo, foi mais difícil descobrir. Tanto você como o aleijado conseguiram identificar rapidamente o cavalo no meio de outros vinte. Mas não chamei vocês dois à cocheira para ver se conseguiam identificar o cavalo no meio de outros vinte, e sim para ver qual dos dois o cavalo reconhecia. Quando você se aproximou do cavalo, ele virou a cabeça, esticou-se na sua direção. Mas quando o aleijado o tocou, o cavalo encolheu as orelhas e levantou a cabeça. Por isso eu soube que você é o verdadeiro dono do cavalo.

Então Baiakás disse:

– Não sou um mercador, e sim o rei Baiakás. Vim aqui para ver se era mesmo verdade o que dizem sobre você. Agora vejo que é um juiz sábio. Peça o que quiser, vou lhe dar uma condecoração.

O juiz disse:

– Não preciso de condecorações; já estou bastante feliz porque o meu rei me elogiou.

O CERVO E O VINHEDO

(FÁBULA)

O cervo escondeu-se dos caçadores no vinhedo. Quando os caçadores passaram sem vê-lo, o cervo começou a comer as folhas do vinhedo.

Os caçadores notaram que as folhas estavam balançando e pensaram: “Será que não tem um bicho atrás das folhas?”. Atiraram e feriram o cervo.

O cervo disse, ao morrer:

– Bem feito para mim, que quis comer as mesmas folhas que tinham me salvado.

O FILHO DO REI E SEUS CAMARADAS

(CONTO)

O rei tinha dois filhos. O rei adorava o mais velho e lhe deu o reino inteiro. A mãe teve pena do filho mais novo e discutiu com o rei. O rei se irritou com ela e todo dia os dois brigavam por causa disso. O filho mais novo do rei pensou: "É melhor eu ir para outro lugar". Despediu-se do pai e da mãe, vestiu roupas modestas e saiu a perambular pelo mundo.

Na estrada, encontrou um mercador. O mercador contou ao príncipe que já havia sido um homem rico, mas que todas as suas riquezas tinham afundado no mar e que ele estava indo para terras estrangeiras em busca da felicidade.

Seguiram viagem juntos. No terceiro dia, mais um camarada se uniu a eles. Conversaram e o novo camarada contou que era um mujique; tinha terra e uma casa, mas veio a guerra, suas plantações foram pisoteadas e sua casa foi incendiada, ele não tinha mais como viver e agora ia procurar trabalho em terras estrangeiras.

Seguiram viagem juntos. Aproximaram-se de uma grande cidade e pararam para descansar. Então o mujique disse:

– Bem, irmãos, vamos caminhar, agora chegamos à cidade, vamos ter de trabalhar, cada um vai fazer o que sabe.

O mercador disse:

– Eu sei fazer comércio. Se eu tivesse algum dinheiro, por pouco que fosse, faria muitos negócios.

E o príncipe disse:

– Pois eu não sei nem trabalhar nem comerciar, só sei reinar. Se eu tivesse um reino, reinaria bem.

E o mujique disse:

– Pois eu não preciso de dinheiro nem de um reino; bastam os pés para andar e os braços para mexer que consigo sobreviver e ainda produzo alimento para vocês. Já vocês dois, enquanto esperam um o dinheiro e o outro um reino, vão morrer de fome.

O príncipe disse:

– O mercador precisa de dinheiro, eu preciso de um reino e você precisa de força para trabalhar; mas o dinheiro, o reino e a força vêm de Deus. Se Deus quiser, vai me dar um reino e força para você, mas se não quiser, não dará força para você nem um reino para mim.

O mujique não quis ouvir e foi para a cidade. Na cidade, ele arranjou um serviço, carregando lenha. À tardinha lhe deram dinheiro. O mujique levou o dinheiro para os camaradas e disse:

– Enquanto vocês se preparam para reinar, eu já ganhei dinheiro com o trabalho.

No dia seguinte, o mercador pediu dinheiro ao mujique e foi à cidade.

Na feira, o mercador soube que na cidade havia pouca manteiga e que esperavam um novo carregamento a qualquer dia. O mercador foi ao porto e ficou observando os navios. Chegou um navio com manteiga. Antes de todo mundo, o mercador entrou no navio, procurou o dono, comprou toda a manteiga e pagou um sinal. Depois o mercador correu à cidade, revendeu a manteiga e, com seus esforços, multiplicou por dez o dinheiro que o mujique lhe dera, e levou para seus camaradas.

O príncipe disse:

– Bem, agora é minha vez de ir à cidade. Vocês dois tiveram sorte, talvez eu também tenha. Para Deus, nada é difícil: dar trabalho para você, mujique, dar lucro para o mercador, dar um reino para o príncipe.

O príncipe entrou na cidade, viu que o povo andava pelas ruas e chorava. O príncipe perguntou por que estavam chorando. Responderam:

– Será que não sabe que nosso rei morreu esta noite? E não temos como achar outro rei igual. Deve ter sido envenenado pelos nossos malfeitores.

O príncipe riu e disse:

– Não pode ser.

De repente um homem observou bem o príncipe, percebeu que ele falava de modo diferente, que não estava vestido como todos na cidade e gritou:

– Pessoal! Esse sujeito foi enviado aqui pelos nossos malfeitores para espionar nossa cidade. Talvez ele mesmo tenha envenenado o rei. Vejam, ele fala de um jeito diferente e ri quando todos nós estamos chorando. Agarrem e levem para a prisão!

Agarraram o príncipe, levaram para a prisão e não lhe deram comida por dois dias. No terceiro dia, vieram buscar o príncipe e o levaram a julgamento. Muita gente se juntou para ver como iam julgar o príncipe.

No tribunal, perguntaram ao príncipe quem ele era e por que estava na cidade. O príncipe respondeu:

– Sou filho de um rei. Meu pai deu todo o reino a meu irmão mais velho, minha mãe tomou meu partido e, por minha causa, minha mãe e meu pai brigaram. Eu não queria isso, me despedi do pai e da mãe e fui andar pelo mundo. No caminho, encontrei dois camaradas: um mercador e um mujique, e com eles cheguei à sua cidade. Quando paramos para descansar perto da cidade, o mujique disse que agora era preciso trabalhar, cada um fazendo o que sabia; o mercador disse que sabia fazer negócios, mas que não tinha dinheiro; eu disse que só sabia reinar, mas não tinha reino. O mujique disse que nós íamos morrer de fome esperando o dinheiro e um reino, mas que ele tinha força nos braços e que nos daria o que comer. Ele veio para a cidade, ganhou dinheiro com seu trabalho e levou para nós. O mercador pegou o dinheiro, veio para a cidade e multiplicou por dez. Então eu vim para a cidade e me prenderam sem nenhum motivo, me puseram na prisão, não me deram comida durante dois dias e agora querem me executar. Mas eu não tenho medo de nada disso, porque sei que tudo vem de Deus e, se Deus quiser, vocês vão me executar sem nenhum motivo, mas se Ele quiser, vocês farão de mim seu rei.

Quando o príncipe contou tudo isso, o juiz ficou calado sem saber o que dizer. De repente, um homem no meio do povo começou a gritar:

– Foi Deus que nos mandou esse príncipe. Não vamos achar outro rei melhor! Vamos elegê-lo nosso rei!

E todos o elegeram rei.

Quando foi eleito rei, o príncipe mandou trazer seus camaradas para a cidade. Quando lhes disseram que o rei exigia sua presença, os dois se assustaram: acharam que tinham feito alguma coisa na cidade. Mas não podiam fugir e foram levados ao rei. Os dois se curvaram aos pés do rei, mas ele mandou que se levantassem. Então reconheceram que era seu camarada. O rei contou tudo o que havia acontecido e lhes disse:

– Estão vendo como estou com a razão? O bom e o mau, tudo vem de Deus. E para Deus não é mais difícil dar um reino do que dar lucro ao mercador e trabalho ao mujique.

Ele lhes deu uma recompensa e passaram a viver no seu reino.

A GRALHAZINHA
(FÁBULA)

Certa vez, um eremita viu um falcão na floresta. O falcão levou um pedaço de carne para um ninho, rasgou a carne em pedaços pequenos e deu a comida para uma gralhazinha.

O eremita ficou admirado ao ver que o falcão alimentava um filhote de gralha e pensou: "É uma gralhazinha, mas Deus não a abandonou, ensinou aquele falcão a alimentar o filhote de outra ave. É claro que Deus alimenta todas as criaturas, enquanto nós sempre pensamos em nós mesmos. Vou parar de me preocupar comigo, não vou mais procurar alimento para mim. Deus não abandona nenhuma criatura e não vai me deixar".

Assim fez: ficou sentado na floresta sem sair do lugar, só rezava para Deus. Ficou três dias e três noites sem comer e sem beber. No terceiro dia, o eremita estava tão fraco que não conseguia levantar a mão. De fraqueza, adormeceu. E sonhou com um ancião. O ancião se aproximou dele e disse:

– Por que não arranja comida? Acha que vai agradar a Deus, mas está cometendo um pecado. Deus fez o mundo de modo que toda criatura obtenha sozinha aquilo de que precisa. Deus mandou o falcão alimentar a gralhazinha porque ela estaria perdida sem o falcão; mas você pode trabalhar por sua conta. Quer pôr Deus à prova e isso é pecado. Acorde e trabalhe como fazia antes.

O eremita acordou e passou a viver como antes.

COMO APRENDI A ANDAR A CAVALO

(CONTO DE UM PATRÃO)

Quando morávamos na cidade, estudávamos todos os dias, só nos domingos e feriados eu e meus irmãos íamos passear e brincávamos. Certa vez, papai disse:

– Temos de ensinar os filhos mais crescidos a andar a cavalo. Mande-os para a escola de equitação.

Eu era o menor de todos e perguntei:

– E eu não posso aprender?

Papai respondeu:

– Você vai cair.

Comecei a pedir que também me ensinassem a montar e fiquei à beira de chorar. Papai disse:

– Bem, está certo, você vai também. Mas preste atenção: não chore quando cair. Quem não cai uma vez do cavalo nunca aprende a montar.

Quando chegou a quarta-feira, nos levaram os três à escola de equitação. Entramos num alpendre grande e do alpendre passamos para outro menor. Para baixo, havia um salão muito amplo. Ali, em lugar de assoalho havia areia. E nesse salão andavam a cavalo senhores, senhoras e também meninos como nós. Ali era a escola de equitação. Não era um lugar claro, tinha cheiro de cavalo, ouvia-se o barulho das chicotadas, os gritos que davam para os cavalos e as batidas dos cascos nas tábuas das paredes. No início, fiquei assustado e não consegui entender nada. Depois nosso preceptor chamou o instrutor de equitação e disse:

– Escolha cavalos para estes meninos, eles vão aprender a montar.

O instrutor respondeu:

– Está certo.

Depois ele olhou para mim e disse:

– Esse é muito pequeno.

Mas o preceptor disse:

– Ele prometeu que não vai chorar quando cair.

O instrutor riu e se afastou.

Em seguida trouxeram três cavalos selados; nós tiramos o capote, descemos por uma escadinha para a escola de equitação, o instrutor segurava um cavalo por uma corda e os irmãos andaram no cavalo em círculos.

No início andaram devagar, depois a trote. Depois trouxeram um cavalinho miúdo. Era alazão e tinha o rabo cortado. Chamava-se Vermelhinho. O instrutor riu e me disse:

– Muito bem, cavaleiro. Monte.

Fiquei alegre, tive medo, e me esforcei para não deixar ninguém perceber. Por muito tempo e com grande esforço, tentei acertar o pé no estribo, mas não consegui, porque minha perna era pequena demais. Então o instrutor me ergueu em seus braços e me colocou na sela. Disse:

– O patrão não é pesado: umas duas libras, se tanto.

No início, ele me segurava pela mão; mas vi que ninguém segurava meus irmãos e pedi que me soltasse. Ele disse:

– Não tem medo?

Eu tinha muito medo, mas respondi que não tinha medo. E tinha medo acima de tudo porque o Vermelhinho toda hora baixava as orelhas. Eu achava que ele estava zangado comigo. O instrutor disse:

– Olhe lá, cuidado, não vá cair! – E me soltou.

No início, Vermelhinho andou devagar e eu me mantive reto. Mas a sela era escorregadia e tive medo de virar. O instrutor me perguntou:

– Então, está firme?

Respondi:

– Estou firme.

– Muito bem, agora trote! – E o instrutor estalou a língua.

Vermelhinho iniciou um trote curto e eu comecei a sacudir. Mas fiquei calado e fiz força para não tombar para o lado. O instrutor me elogiou:

– Grande cavaleiro, muito bem!

Isso me deixou muito contente.

Então o instrutor se aproximou de um de seus camaradas, começou a conversar com ele e parou de olhar para mim.

De repente senti que eu tinha virado na sela um pouco para o lado. Quis me endireitar, mas não consegui. Quis gritar para o instrutor para que parasse o cavalo, mas achei que seria uma vergonha se fizesse isso e fiquei calado. O instrutor nem olhava para mim. Vermelhinho continuava a trotar e eu me inclinei mais ainda para o lado. Olhei para o instrutor e pensei que ele viria me ajudar; mas ele continuava a conversar com seu camarada e, sem olhar para mim, dizia:

– Grande cavaleiro!

Eu já estava todo torto e muito assustado. Achei que ia cair. Mas tinha vergonha de gritar. Vermelhinho me sacudiu mais uma vez, eu escorreguei de todo e caí no chão. Então Vermelhinho parou, o instrutor virou-se e viu que eu não estava montado no Vermelhinho.

– Ora essa! O meu cavaleiro caiu. – E veio na minha direção.

Quando eu lhe disse que não estava machucado, ele riu e disse:

– O corpo das crianças é mole.

Tive vontade de chorar. Pedi para montar de novo e me puseram em cima do cavalo. E depois disso não caí mais.

Íamos à escola de equitação duas vezes por semana e logo aprendi a montar e não tive mais medo de nada.

O MACHADO E O SERROTE

(FÁBULA)

Dois homens foram à floresta pegar madeira. Um levava o machado e o outro, o serrote. Escolheram uma árvore e começaram a discutir. Um disse que era preciso derrubar a machadadas, o outro, que era preciso serrar.

Veio um terceiro mujique e disse:

– Vou fazer as pazes entre vocês num instante: se o machado estiver afiado, vai ser melhor derrubar com machadadas, mas se o serrote estiver ainda mais afiado, vai ser melhor serrar.

Ele pegou o machado e começou a cortar a árvore. Mas o machado estava tão cego que não conseguia cortar.

Pegou o serrote: estava muito ruim e não conseguia serrar nada. Então ele disse:

– Não briguem mais: o machado não corta e o serrote não serra. Primeiro vão amolar o machado e afiar o serrote e depois podem discutir.

Mas com isso os mujiques se irritaram ainda mais um com o outro, porque o machado de um estava cego e o serrote do outro estava ruim, e começaram a brigar.

VIDA DE MULHER DE SOLDADO

(CONTO DE MUJIQUE)

Vivíamos pobres no final de uma aldeia. Eu tinha mãe, babá (minha irmã mais velha) e avó. Vovó andava num casaco velho, saia de camponesa puída, uma espécie de trapo amarrado na cabeça e uma bolsinha presa no pescoço. Vovó gostava de mim e tinha pena de mim, mais do que minha mãe. Meu pai estava no Exército. Diziam que bebia demais e por isso acabaram mandando que fosse para o Exército. Como num sonho, lembro uma vez em que ele veio para casa, de licença. Nossa isbá era apertada e escorada no meio por uma forquilha e lembro que trepei nessa escora, desabei lá de cima e quebrei a testa no banco. Desde então, tenho uma cicatriz na testa.

Na isbá, havia duas janelas pequenas e uma sempre ficava coberta por um trapo. Nossa porta era estreita e aberta. No meio, ficava uma tina velha. No pátio, tinha só um cavalinho velho e torto; não tínhamos vacas, mas tínhamos duas ovelhinhas feiosas e um carneirinho. Eu sempre dormia com o carneirinho. Comíamos pão e água. Não tínhamos ninguém para trabalhar em nossa casa; mamãe vivia se queixando da barriga, e vovó da cabeça, e ficava sempre perto da estufa. Apenas a babá, minha irmã, trabalhava e só comprava roupa para seu dote, não para a família, e se preparava para casar.

Lembro que mamãe sentiu mais dores e depois deu à luz um menino. Puseram a mamãe no vestíbulo da isbá. A vovó pegou migalhas de pão no vizinho e mandou o tio Nefeda chamar o pope. E minha irmã foi juntar as pessoas para o batismo.

O povo se reuniu, trouxeram três broas. Os parentes começaram a arrumar as mesas e cobrir com toalhas. Depois trouxeram bancos e um jarro de água. Todos sentaram em seus lugares. Quando chegou o sacerdote, o padrinho e a madrinha foram para a frente, depois foi a tia Akulina com o menino. Começaram a rezar. Depois levaram o menino, o sacerdote pegou a criança e baixou na água. Fiquei assustado e gritei:

– Me dê o menino aqui!

Mas vovó se zangou comigo e disse:

– Fique calado, senão vai apanhar.

O sacerdote mergulhou o menino três vezes e entregou para a tia Akulina. Ela o enrolou num pano e levou para a mãe, no vestíbulo.

Depois todos sentaram junto às mesas, vovó encheu duas xícaras de *kacha*, pegou o óleo vegetal e serviu as pessoas. Quando todos tinham comido, se levantaram das mesas, agradeceram à vovó e foram embora.

Fui até onde estava mamãe e disse:

– Mãe, qual é o nome dele?

Mamãe respondeu:

– Igual ao seu.

O menino era magro; tinha braços e pernas fininhos, não parava de gritar. Quando acordava de noite, sempre gritava e mamãe balançava a criança nos braços, cantarolava. Ela mesma respirava com dificuldade, mas não parava de cantar.

Certa vez, à noite, acordei e ouvi que mamãe estava chorando. Vovó levantou e disse:

– Meu Deus, o que há com você?

Mamãe respondeu:

– O menino morreu.

Vovó acendeu o fogo, lavou o menino, vestiu uma camisinha limpa, enrolou-o numa faixa e colocou-o junto aos ícones. Quando nasceu o dia, vovó saiu da isbá e trouxe o tio Nefeda. Titio trouxe duas tábuas e começou a fazer um caixão. Fez um pequeno caixote e colocou o menino ali dentro. Depois mamãe sentou junto ao caixão e, com voz fina, começou a lamentar e gemer. Depois o tio Nefeda pegou o caixão debaixo do braço e levou para enterrar.

Só tivemos alegria quando a babá ficou noiva. Os mujiques vieram à nossa casa e trouxeram pão e vinho. E começaram a servir o vinho para mamãe. Mamãe bebeu tudo. O tio Ivan rasgou um naco de pão e deu para ela. Eu estava de pé ao lado da mesa e queria um pãozinho. Fiz mamãe se abaixar e falei no seu ouvido. Mamãe riu e o tio Ivan disse:

– O que ele quer? Pão? – E rasgou um grande naco para mim.

Peguei o pão e fugi para a despensa. Mas a babá estava na despensa. Perguntou para mim:

– O que os mujiques estão falando?

Respondi:

– Estão bebendo vinho.

Ela riu e disse:

– Estão querendo que eu case com Kondrachka.

Depois se reuniram para celebrar o casamento. Todo mundo acordou cedo. Vovó acendeu a estufa, mamãe preparou a massa da torta e a tia Akulina limpou a carne de boi.

Minha irmã mais velha se arrumou toda, pôs um vestido vermelho, um lenço bonito na cabeça e não fez mais nada. Depois, quando a estufa da isbá esquentou, mamãe também se arrumou e muita gente veio a nossa casa; a isbá ficou cheia.

Depois chegaram ao nosso pátio três carroças com sinetas, cada uma puxada por uma parelha. Na carroça de trás, vinha o noivo Kondrachka num caftã novo e de gorro alto. O noivo desceu da carroça e foi para a isbá. Puseram um casaco de pele novo na minha irmã e a levaram na direção do noivo. Sentaram o noivo e a noiva junto à mesa e as mulheres começaram a celebrar os dois. Depois saíram da mesa, rezaram e foram para o pátio. Kondrachka pôs minha irmã numa carroça e foi sentar-se em outra. Todo mundo se acomodou nas carroças, se benzeu e partiu. Voltei para a isbá, sentei junto à janela e fiquei esperando que voltassem do casamento. Mamãe me deu um pedaço de pão; comi e adormeci ali mesmo. Depois mamãe me acordou e disse:

– Estão vindo!

Deu-me o rolo de massa e mandou-me sentar à mesa. Kondrachka e minha irmã entraram na isbá e atrás deles veio muita gente, mais do que antes. E tinha gente na rua e todos olhavam para nós pela janela. O tio Guerássim era o padrinho do noivo; se aproximou de mim e disse:

– Saia.

Eu me assustei e quis sair, mas a vovó disse:

– Você tem de mostrar o rolo de massa e perguntar: o que é isto?

Assim fiz. O tio Guerássim pôs uma moeda dentro de uma caneca, encheu de vinho e deu para mim. Peguei a caneca e dei para a vovó. Então nós saímos e eles sentaram.

Depois começaram a servir vinho, gelatina, carne; começaram a cantar e dançar. Deram vinho para o tio Guerássim, ele bebeu um pouco e disse:

– O vinho está um pouco amargo.

Então minha irmã pegou Kondrachka pelas orelhas e começou a beijá-lo.[1] Ficaram muito tempo cantando e dançando, depois todo mundo saiu e Kondrachka levou a babá embora, para a casa dele.

Depois disso, passamos a levar uma vida ainda mais pobre. O cavalo e as últimas ovelhas foram vendidos, muitas vezes nem tínhamos pão para comer. Mamãe pedia coisas para os parentes. Em pouco tempo, vovó morreu. Lembro como mamãe chorou e se lamentou por causa dela:

– Minha mãezinha querida! Como foi me deixar assim, nesta amargura, nesta miséria? Como foi abandonar agora sua filhinha infeliz? Como vou conseguir me virar? Como é que vou viver?

E assim ela chorou e se lamentou durante muito tempo.

Uma vez fui com a meninada olhar os cavalos que passavam na estrada e vi um soldado andando com um saco no ombro. Ele se aproximou dos meninos e disse:

– Vocês são de que aldeia, garotos?

Respondemos:

– De Nikólski.

– E lá vive uma esposa de soldado chamada Matriona?

Eu disse:

– Vive, sim. É minha mãe.

O soldado olhou para mim e disse:

– Você chegou a ver seu pai?

Respondi:

– Ele está no Exército, não vi.

O soldado disse:

– Bem, venha comigo, me leve até a Matriona. Trago uma carta do seu pai para ela.

Perguntei:

– Que carta?

E ele disse:

– Vamos lá, você vai ver.

---

1 É tradição nos casamentos russos que os convidados gritem "amargo" para que o casal se beije e o vinho, então, fique doce.

– Então está bem, vamos.

O soldado foi comigo, mas andava tão depressa que eu corria para não ficar para trás. Chegamos a minha casa. O soldado rezou um pouco e disse:

– Bom dia!

Depois tirou o saco do ombro, sentou-se de pernas abertas, começou a observar a isbá e disse:

– Mas a família são só vocês?

Mamãe ficou envergonhada e não disse nada, só olhou para o soldado. Ele disse:

– Onde está minha mãe? – e começou a chorar. Então mamãe correu para o papai e começou a beijá-lo. Eu também rastejei para perto dele e comecei a apalpá-lo com as mãos. Ele parou de chorar e começou a rir.

Depois vieram pessoas e papai cumprimentava todo mundo e contava que agora estava dispensado do Exército.

Depois que levaram o gado para o pasto, chegou minha irmã e deu um beijo no papai. Mas o papai disse:

– Mas quem é essa borboletinha jovem?

Mamãe riu e disse:

– Não reconheceu sua filha.

Papai chamou-a de novo para perto, beijou-a e perguntou como estava vivendo. Depois mamãe saiu para fazer uma omelete e minha irmã foi buscar vinho. Trouxe uma jarra tampada com uma rolha de papel e colocou em cima da mesa. Papai disse:

– O que é isso?

Mamãe respondeu:

– Seu vinho.

Ele disse:

– Não, faz cinco anos que não bebo e vocês me dão uma jarra!

Ele rezou, sentou-se à mesa e começou a comer. Depois disse:

– Se não tivesse parado de beber, não seria sargento e não teria trazido nada para casa, e agora, graças a Deus.

Meteu a mão no saco, pegou uma carteira com dinheiro e entregou para mamãe. Ela se alegrou e foi depressa guardar.

Depois, quando todos se dispersaram, papai deitou no quarto de trás, me colocou junto dele e mamãe deitou aos nossos pés. E os dois ficaram conversando muito tempo, quase até meia-noite. Depois dormi.

De manhã, mamãe disse:

– Ah, não tenho lenha!

E papai disse:

– Tem um machado aqui?

– Tem, sim, mas está ruim, com dentes.

Papai se calçou, pegou o machado e foi para fora. Corri atrás dele.

Papai pegou uma trave do telhado, colocou sobre o cepo, levantou o machado, cortou com agilidade, trouxe para dentro da isbá e disse:

– Pronto, aqui está a lenha, acenda a estufa; agora vou comprar uma isbá com um bosque. Também tenho de comprar uma vaca.

Mamãe respondeu:

– Ah, para isso tem de ter muito dinheiro.

Papai respondeu:

– Então vamos trabalhar. Olhe só para ele, já é um mujique crescido! – apontou para mim.

Papai rezou, comeu pão, trocou de roupa e disse para mamãe:

– E no almoço, vamos comer ovos assados na brasa. – E saiu.

Passou muito tempo e papai não voltou. Comecei a pedir para mamãe me deixar ir atrás do papai. Ela não deixou. Eu queria ir, mas mamãe não deixou e me bateu. Sentei no alto da estufa e comecei a chorar. Então papai entrou na isbá e disse:

– Por que está chorando?

Respondi:

– Eu quis ir atrás de você, mas mamãe não deixou, e ainda me bateu. – E chorei com mais força ainda.

Papai riu, foi até onde estava a mamãe e bateu nela de brincadeira, dizendo:

– Não bata no Fedka, não bata no Fedka!

Mamãe fingiu que chorava, papai riu e disse:

– Olhe como você e o Fedka são fracos para as lágrimas, já está chorando também.

Depois papai sentou à mesa, colocou-me a seu lado e gritou:

– Muito bem, agora vamos almoçar, mamãe e Fédochka: a gente quer comer.

Mamãe serviu *kacha* e ovos e começamos a comer. Mamãe disse:

– E então... comprou?

Papai respondeu:

– Comprei: oitenta rublos, tudo lilás e branco, que nem cristal. Daqui a pouco vamos comprar vinho para os mujiques, eles vão vir falar comigo no domingo para fechar o negócio.

De lá para cá, passamos a viver bem.

O GATO E OS RATOS
(FÁBULA)

Apareceram muitos ratos numa casa. Um gato se meteu nessa casa e começou a pegar ratos. Vendo que a situação estava ruim, os ratos disseram:

– Muito bem, ratos, não vamos mais descer do teto, porque lá o gato não nos alcança!

Quando os ratos pararam de descer, o gato se pôs a pensar num jeito de enganá-los. Pulou e ficou preso no teto por uma só pata, escorregou, caiu e se fingiu de morto. Um rato deu uma espiada no gato e disse:

– Não, irmão! Eu não chegaria perto nem se você tivesse virado uma bolsa.

O GELO, A ÁGUA E O VAPOR
(RACIOCÍNIO)

O gelo fica duro como pedra. Se uma vara congela dentro do gelo, não se consegue soltar essa vara do gelo antes que ele derreta. Quando o gelo esfria, sobre ele passam carroças de carga e não afundam, e podem jogar dez *pud* de ferro sobre o gelo que ele não afunda.

Quanto mais frio o gelo, mais resistente. À medida que esquenta, ele vai ficando fraco, vira uma espécie de mingau; dá para puxar com a mão o que ficou congelado no gelo; ele afunda sob o peso dos pés e não aguenta uma libra de ferro. Quando o gelo esquenta ainda mais um pouco, vira água. Da água, é fácil puxar qualquer coisa, a água já não sustenta nada, exceto a madeira. Se a água ficar ainda mais quente, diminui ainda mais sua resistência. É mais fácil boiar na água fria do que na quente. E na água fervente até a madeira afunda.

Se a água ficar ainda mais quente, ela se desfaz toda em vapor; o vapor já não sustenta nada e ele mesmo se espalha para todo lado.

Se a água ferver embaixo de uma tampa, ela evapora e se prende em forma de gotas embaixo da tampa, depois escorre e vira água de novo. Se você pegar essa água e deixar exposta ao frio forte, vai virar gelo de novo.

Esquente a água e ela vira vapor; esfrie a água e ela vira gelo. Assim, a água fica volátil quando é aquecida e fica dura quando resfria.

No gelo, não há calor; na água, há um pouco; no vapor, há muito.

Se você puser um bloco de gelo junto do gelo, esse bloco não esquenta nem esfria.

Mas se derramar água no gelo, o gelo esquenta um pouco e a água esfria um pouco. O gelo derrete se a água for muita e a água congela se o gelo for muito.

E se jogar vapor no gelo, o gelo esquenta um pouco e o vapor esfria um pouco: o gelo derrete, vira água, e o vapor esfria e também vira água.

Se a água está fria e o ar está frio, nem a água esquenta nem o ar esfria. Mas se o ar está quente e a água está fria, o que acontece? O calor vai se transferir do ar para a água, a água fica cada vez mais quente e o ar cada vez mais frio, até que os dois ficam na mesma temperatura.

Se o ar está mais quente do que a água, a água esquenta e o ar esfria; mas se a água está mais quente, o ar esquenta e a água esfria.

Se, em contato com o ar, a água líquida fica coberta de gelo, quer dizer que a água está mais quente do que o ar – ela vai esfriar e o ar vai esquentar.

Se, em contato com o ar, a água volátil vira água líquida, quer dizer que o ar está mais frio do que a água volátil, e a água vai esfriar e o ar vai esquentar.

Se a água sólida vira água líquida em contato com o ar, quer dizer que o ar está mais quente, ele vai esfriar, e o gelo vai esquentar.

Se, em contato com o ar, a água vira vapor e seca, quer dizer que o ar está mais quente, ele vai esfriar e a água vai esquentar.

Com o gelo, não se pode esquentar nada, mas com a água e com o vapor se pode esquentar. Com a água se pode esquentar assim: leve água para uma casa fria. Quando a água congelar, leve o gelo para fora; ela congela de novo: leve de novo para fora. E dentro de casa vai ficar cada vez mais quente, até que a água não vai mais congelar. Por que isso acontece? Porque, quando a água congela, libera no ar o excesso de calor que tem, e vai liberar seu calor até que o ar da casa esquente e a água pare de congelar.

Com o vapor, é possível esquentar assim: solte vapor numa casa fria. O vapor começa a esfriar, escorre em forma de gotas e vira água. Leve essa água para fora e dentro da casa vai ficar mais quente.

Por que isso acontece? Porque, assim que o vapor vira água, ele libera no ar o excesso de calor.

Quando a água vira gelo e o vapor vira água, o calor da água e do vapor passa para o ar, e o ar fica mais quente. Quando o gelo vira água e a água vira vapor, o calor do ar passa para a água e para o vapor – e o ar fica mais frio.

Se você quiser esfriar um lugar quente, traga gelo e deixe derreter. Por que o lugar fica mais frio? Porque o gelo, para virar água, absorve o calor do ar.

Se quiser esfriar, entorne a água e deixe secar. Por que isso acontece? Porque a água vira vapor. E para a água virar vapor, ela absorve muito calor do ar.

Por isso fica mais frio quando chove e mais quente quando a chuva ainda está se armando. Quando está chovendo, a água seca, evapora e absorve o calor. E quando a chuva está se armando, o vapor sobe no ar e se resfria nas nuvens: por causa delas vem o calor.

Por isso dizem que está abafado.

A CODORNA E SEUS FILHOTES

(FÁBULA)

Os mujiques capinaram o prado e, no capim, embaixo de um montinho, havia um ninho de codorna.

A codorna veio voando para o ninho com o alimento e viu que em volta tudo tinha sido capinado. Ela disse para seus filhotes:

– Pois é, meus filhos, aconteceu uma desgraça! Agora fiquem calados e não se mexam, senão vocês estão perdidos; à noite vou levar vocês para outro lugar.

Os filhotes estavam alegres porque no prado ficou mais quente e disseram:

– Mamãe está velha, não quer que a gente fique contente – e começaram a piar e fazer barulho.

Os meninos foram levar o almoço para os mujiques que trabalhavam na capina; ouviram o barulho das codornas e arrebentaram a cabeça delas.

BULKA

(CONTO DE UM OFICIAL)

Eu tinha um cachorrinho buldogue. Chamava-se Bulka. Era todo preto, só a pontinha das patas da frente era branca.

Todos os buldogues têm a mandíbula inferior mais comprida do que a superior e os dentes da arcada superior fecham por trás da inferior; mas em Bulka a arcada inferior era tão projetada para a frente que dava para enfiar um dedo no espaço entre os dentes de cima e os de baixo. Bulka tinha uma cara larga; olhos grandes, pretos e brilhantes; dentes e presas brancos, sempre para fora. Ele parecia um negro. Bulka era pacífico e não mordia, mas era muito forte e teimoso. Quando acontecia de segurar alguma coisa na boca, apertava os dentes e agarrava aquilo feito um trapo, e era impossível arrancar de sua boca, como se fosse um carrapato.

Uma vez, soltaram Bulka em cima de um urso, ele mordeu a orelha do urso e ficou ali pendurado, como se fosse uma sanguessuga. O urso bateu nele com as patas, apertou, sacudiu para um lado e para outro, mas não conseguiu se soltar e então virou de cabeça contra o chão para esmagar o Bulka; mas Bulka não largou o urso, até que jogaram água fria em cima dele.

Eu o levei para casa quando era filhote e o criei. Quando fui servir no Exército no Cáucaso, não quis levá-lo e parti escondido, mas mandei prendê-lo. Na primeira parada da viagem, eu ia mudar os cavalos quando de repente vi uma coisa preta e brilhante correndo pela estrada. Era Bulka, com sua coleira de cobre. Vinha em disparada na direção da estalagem. Jogou-se na minha direção, lambeu minha mão e se estirou na sombra embaixo da carroça. Sua língua ficou pendurada com um palmo para fora. Ele ora encolhia a língua para engolir a saliva, ora desenrolava de novo um palmo para fora. Tentava respirar depressa, não conseguia, os lados do corpo davam uns trancos. Ele se virava ora sobre um lado ora sobre outro e batia com o rabo no chão.

Depois eu soube que, para vir atrás de mim, ele quebrou a veneziana, pulou pela janela, seguiu meu rastro correndo pela estrada e assim percorreu umas vinte verstas debaixo do maior calor.

BULKA E O JAVALI
(CONTO)

Uma vez, no Cáucaso, fomos caçar javalis e Bulka foi comigo. Assim que soltaram os cães de caça, Bulka correu atrás dos latidos deles e sumiu na floresta. Era o mês de novembro: nessa época, os javalis e os porcos estavam muito gordos.

Nas florestas do Cáucaso onde vivem os javalis, há muitas frutas gostosas: uvas silvestres, pinhas, maçãs, peras, amoras, bolotas, ameixas silvestres. E quando todas essas frutas ficam maduras e a geada bate nelas, os javalis se fartam de comer e engordam.

Nessa época, um javali fica tão gordo que não consegue correr muito tempo quando foge dos cachorros. Depois que foge por umas duas horas, ele procura um lugar de mata mais fechada para se esconder. Então os caçadores correm para o lugar onde ele está e atiram. Pelo latido dos cães, dá para saber se o javali está parado ou correndo. Se está correndo, os cães latem com um ganido, como se alguém estivesse batendo neles; se o javali está parado, latem como se fosse para um homem e uivam.

Naquela caçada, corri pela floresta durante muito tempo, mas nenhuma vez me ocorreu de cruzar a trilha de um javali. Por fim ouvi o latido longo e o uivo dos cães e corri naquela direção. Eu já estava perto do javali. Já podia ouvir os estalos da folhagem na mata cerrada. O javali tinha se virado e enfrentava os cães. Mas pelo latido dava para perceber que os cães não tinham atacado o javali, apenas o cercavam. De repente ouvi um barulho atrás de mim e vi Bulka. Estava claro que ele tinha se perdido dos outros cães na floresta e havia se assustado, agora tinha ouvido os cães latindo e, como eu, corria naquela direção. Bulka corria pela mata fechada, pelo capim alto, e dele eu só via a cabeça preta e a língua presa entre os dentes brancos. Gritei para ele, mas Bulka não olhou para mim, passou direto e sumiu no meio da mata fechada. Corri atrás dele, porém quanto mais eu avançava, mais o mato ficava fechado. Os galhos derrubavam meu chapéu toda hora, batiam na cara, os espinhos do abrunheiro agarravam na roupa. Eu já estava perto dos latidos, mas não conseguia ver nada.

De repente ouvi que os cães começaram a latir mais alto, os estalos da folhagem soavam mais fortes e o javali começava a bufar e guinchar. Logo pensei que Bulka tinha pulado em cima dele e o acossava. Com minhas últimas forças, corri no meio da mata fechada rumo àquele local. No ponto mais cerrado da mata, vi um cão de caça malhado. Latia e uivava para um determinado ponto e, a três passos dele, alguma coisa preta se agitava.

Quando cheguei mais perto, avistei o javali e ouvi que Bulka dava ganidos estridentes. O javali grunhia e avançou para cima do cão de caça – o cão encolheu o rabo entre as pernas e pulou para trás. Eu vi o flanco e a cabeça do javali. Fiz pontaria para o flanco e atirei. Vi que acertei.

O javali grunhiu e correu para longe de mim, no meio do mato fechado. Os cães ganiam, latiram atrás do javali, eu parti no meio do mato atrás deles. De repente, quase debaixo de meus pés, vi ou ouvi uma coisa. Era Bulka. Estava caído e gania. Embaixo dele, havia uma poça de sangue. Pensei: o cachorro está perdido; mas agora eu não tinha tempo para ele e fui em frente. Logo vi o javali. Os cães o agarravam por trás, ele se virava ora para um lado, ora para outro. Quando o javali me viu, se atirou na minha direção. Atirei outra vez, quase à queima-roupa, tanto que os pelos do javali ficaram queimados. Ele guinchou, bambeou e, pesado, tombou por terra de uma só vez.

Quando cheguei perto, o javali já estava morto e só aqui e ali seu corpo tremia e sacudia. Os cães, de pelo eriçado, mordiam sua barriga e suas patas ou lambiam o sangue de sua ferida.

Então me lembrei de Bulka e fui procurá-lo. Ele rastejou na minha direção e gemia. Cheguei bem perto, sentei e examinei seu ferimento. Sua barriga estava aberta, um bolo de intestinos estava para fora da barriga e era arrastado sobre as folhas secas. Quando os camaradas chegaram, pusemos o bolo de tripas de novo dentro de Bulka e costuramos sua barriga. Enquanto costurávamos a barriga e furávamos o couro, o tempo todo ele lambia minhas mãos.

Amarramos o javali na garupa de um cavalo para tirar da floresta, pusemos Bulka sobre um cavalo e assim o levamos para casa. Bulka ficou doente mais ou menos seis semanas e depois se recuperou.

OS FAISÕES
(DESCRIÇÃO)

No Cáucaso, as galinhas selvagens são chamadas de faisões. São tantos que, lá, custam mais barato do que galinhas domésticas. Os faisões são caçados de três maneiras: *com cavalete*, *no alto da árvore* e *debaixo do cachorro*.

Caçar *com cavalete* é assim: pegam um pedaço de lona, estendem sobre uma moldura, no meio da moldura põem um travessão e abrem um rasgo na lona. Essa moldura com a lona é chamada de cavalete. Com esse cavalete e uma espingarda, os caçadores vão para a floresta ao raiar do dia. Levam o cavalete na frente e espiam os faisões através do rasgo na lona. Ao raiar do dia, os faisões vão comer nas clareiras; às vezes, uma ninhada inteira – uma galinha e seus filhotes; às vezes, o galo e a galinha; às vezes, vários galos juntos.

Os faisões não veem o caçador e não têm medo da lona e deixam que ele chegue perto. Então o caçador apoia o cavalete, enfia a espingarda no rasgo e atira no faisão que quiser.

Caçar *no alto da árvore* é assim: soltam um cão de guarda na floresta e vão atrás dele. Quando o cachorro encontra um faisão, pula em cima dele. O faisão voa para uma árvore e então o cachorro começa a latir. O caçador vai na direção do latido e atira no faisão que está na árvore. Essa caçada seria fácil, se o faisão ficasse pousado num lugar desimpedido e ficasse parado na árvore – pois assim ficaria visível. Mas os faisões sempre pousam em árvores de folhagem espessa, fechada, e quando veem o caçador se escondem no meio dos galhos. E é difícil penetrar na mata e chegar à árvore onde está o faisão e é difícil enxergar onde ele está. Quando só o cachorro late para ele, o faisão não tem medo, fica no galho e se remexe todo para o cão, bate as asas. Mas assim que vê um homem, logo se estica junto ao galho e só um caçador experiente o enxerga, mas o inexperiente pode até ficar bem perto que não vai ver nada.

Quando os cossacos se aproximam dos faisões, puxam o gorro sobre o rosto e não olham para cima, porque o faisão teme um homem com uma espingarda e acima de tudo teme seus olhos.

Caçar *debaixo do cachorro* é assim: pegam um cão perdigueiro e vão com ele para a floresta. O cão sente pelo faro onde os faisões andaram e comeram ao raiar do dia, e começa a seguir seu rastro. E por mais que os faisões misturem seus rastros, um bom cão sempre encontra o último rastro que deixaram ao sair do lugar onde estavam comendo. Quanto mais o cão avança pelo rastro, mais forte fica o cheiro que sente, e assim ele vai chegar ao lugar onde os faisões andam ou ficam parados no capim durante o dia. Quando o cão começa a se aproximar, dá a impressão de que o faisão já está ali na sua frente, e avança cada vez com mais cuidado para não assustá-lo e para, como se fosse saltar sobre ele, apanhá-lo de um bote. Quando o cão está bem perto mesmo, o faisão voa e o caçador atira.

MILTON E BULKA
(CONTO)

Arranjei um cão perdigueiro para caçar faisões. O cão se chamava Milton; era alto, magro, cinzento e malhado, de beiços e orelhas compridos, muito forte e inteligente. Com Bulka, ele não arranjava confusão. Cachorro nenhum jamais mostrava os dentes para Bulka. Na verdade, bastava ele mostrar os dentes que os cachorros encolhiam o rabo entre as pernas e caíam fora. Certa vez, fui com Milton caçar faisões. De repente, Bulka correu para junto de mim na floresta. Quis enxotá-lo, mas não consegui de jeito nenhum. Já estava muito longe para voltar e deixá-lo em casa. Achei que ele não ia me atrapalhar e fui em frente; mas assim que Milton farejou no capim o rastro de um faisão e começou a seguir, Bulka se atirou na frente e começou a rodar para lá e para cá. Ele estava se esforçando para levantar o faisão antes de Milton. Sentia alguma coisa no capim, pulava, se revirava: mas seu faro era ruim, não conseguia encontrar o rastro sozinho, olhava para Milton e corria para onde Milton estava indo. Assim que Milton seguia um rastro, Bulka saía correndo na frente. Eu chamava Bulka, batia, mas não conseguia nada com ele. Assim que Milton começava a farejar, ele se atirava na frente e atrapalhava. Eu já estava querendo ir embora porque achei que minha caçada estava perdida, mas Milton sabia melhor do que eu como enganar Bulka. Eis o que ele fez: assim que Bulka corria na frente dele, Milton abandonava a trilha, virava para outra direção e fingia seguir um rastro. Bulka se atirava para o lado indicado por Milton, e Milton virava os olhos para mim, abanava o rabo e ia de novo para o rastro verdadeiro. De novo Bulka corria na direção de Milton, se atirava na frente e de novo Milton dava uns dez passos em outra direção, de caso pensado, enganava Bulka e me conduzia outra vez no caminho certo. Assim, durante toda a caçada, ele enganou Bulka e não deixou que ele estragasse a caçada.

A TARTARUGA
(CONTO)

Um dia, fui caçar com Milton. Ele começou a farejar junto à mata, esticou o rabo, ergueu as orelhas e de novo começou a farejar. Preparei a espingarda e fui atrás dele. Achei que ele tinha encontrado uma perdiz, um faisão ou uma lebre. Mas Milton não foi para dentro da mata e sim para o campo. Fui atrás dele e olhei para a frente. De repente vi o que ele estava perseguindo. À sua frente, andava uma pequena tartaruga, do tamanho de um gorro. A cabeça nua e cinza-escuro estava esticada no pescoço comprido, como um pilão; a tartaruga andava abrindo muito as pernas nuas, mas todo o seu dorso era coberto pelo casco.

Quando viu o cão, ela escondeu a cabeça e as patas e se abaixou no meio do capim, de modo que só se via sua carapaça. Milton abocanhou a tartaruga e tentou mastigar, mas não conseguiu cravar os dentes porque a barriga das tartarugas é tão protegida pelo casco quanto o dorso. Só na frente, atrás e dos lados existem buracos por onde ela põe para fora a cabeça, as patas e o rabo.

Tirei a tartaruga da boca de Milton e observei como tinha o dorso enfeitado, como era a carapaça e como ela se escondia lá dentro. Quando seguramos a tartaruga na mão e observamos por baixo do casco, lá dentro, como num porão, se vê algo preto e vivo. Larguei a tartaruga no capim e fui em frente, mas Milton não quis abandonar a caça e trouxe a tartaruga nos dentes atrás de mim. De repente Milton ganiu e soltou a tartaruga. Dentro da boca de Milton, ela pôs uma pata para fora e arranhou o cachorro. Milton ficou tão zangado com ela que começou a latir, agarrou-a de novo entre os dentes e veio atrás de mim. De novo mandei largar, mas Milton não me obedeceu. Então arranquei a tartaruga de sua boca e joguei para o lado. Mas ele não a deixou. Começou a mexer as patas e cavar um buraco junto à tartaruga. Quando escavou o buraco, rolou a tartaruga com as patas para dentro do buraco e cobriu de terra.

As tartarugas vivem na terra e na água, como os sapos e as cobras. Põem ovos para ter filhotes, colocam os ovos na terra e não chocam, os ovos arrebentam sozinhos, como as ovas dos peixes – e as tartarugas saem dos ovos. Existem tartarugas pequenas, do tamanho de um pires, e também grandes, com três *archin* de comprimento e vinte *pud* de peso. As tartarugas grandes vivem no mar.

Na primavera, uma tartaruga põe centenas de ovos. O casco da tartaruga são suas costelas. Nas pessoas e em outros animais, as costelas são separadas, mas na tartaruga as costelas se juntam num casco. O mais importante é que em todos os animais as costelas ficam dentro do corpo, embaixo da carne, mas na tartaruga as costelas ficam por fora, e a carne por baixo delas.

BULKA E O LOBO
(CONTO)

Quando fui embora do Cáucaso, lá havia uma guerra e era perigoso viajar de noite sem escolta.

Eu queria partir o mais cedo possível e por isso nem fui dormir.

Um amigo veio me acompanhar e ficamos a noite e a madrugada inteira do lado de fora, na rua, na frente da minha cabana.

Era uma noite de luar nublada e estava tão claro que dava para ler, embora não se visse a lua.

No meio da noite, de repente, ouvimos um porco guinchar do outro lado da rua. Um de nós gritou:

– O porco farejou um lobo.

Corri para a minha cabana, apanhei a espingarda carregada e voltei correndo para a rua. Todos estavam junto ao portão do terreno onde o porco guinchava, e gritaram para mim:

– Olhe!

Milton correu atrás de mim – na certa, achou que eu ia sair para caçar com a espingarda, e Bulka levantou as orelhas curtas e se mexia de um lado para outro, como se perguntasse quem ele tinha de abocanhar. Quando corri na direção da cerca viva, percebi que, do outro lado do pátio, um animal corria direto para mim. Era um lobo. Ele se aproximou da cerca viva e pulou para ela. Eu me afastei e preparei a espingarda. Assim que o lobo atravessou a cerca viva para o lado onde eu estava, fiz pontaria quase à queima-roupa e puxei o gatilho; mas a espingarda fez "clique" e não disparou. O lobo não parou e correu para o outro lado da rua. Milton e Bulka correram atrás dele. Milton estava mais perto do lobo, mas parecia ter medo de agarrá-lo, porém Bulka, com suas perninhas curtas, por mais que se afobasse não conseguia se aproximar. Nós corremos atrás do lobo com todas as nossas forças, mas o lobo e os cachorros acabaram sumindo de vista. Só das bandas do canal, no fim da aldeia, ouvimos latidos, ganidos e, no luar nublado, vimos uma poeira subir e os cachorros acossando o lobo. Quando chegamos ao canal, o lobo já não estava mais lá e os dois cães voltaram para nós, de rabo erguido e cara furiosa. Bulka rosnava e me empurrava com a cabeça – pelo visto, queria contar uma coisa, mas não conseguia.

Examinamos os cães e vimos que Bulka tinha um pequeno ferimento na cabeça. Parece que ele acossou o lobo até a frente do canal, mas não conseguiu apanhá-lo, e o lobo lhe deu uma mordida e fugiu.

O ferimento era pequeno, por isso não havia nada de perigoso.

Voltamos para a cabana, sentamos e conversamos sobre o que tinha acontecido. Eu estava aborrecido porque minha espingarda havia falhado e o tempo todo pensava que o lobo teria tombado ali mesmo se a arma tivesse disparado. Meu amigo ficou espantado de ver como o lobo tinha conseguido chegar ao pátio. Um velho cossaco disse que não havia nada de admirar, que aquele animal não era um lobo, era uma bruxa e que ela havia enfeitiçado minha espingarda. Assim ficamos ali conversando. De repente os cães saíram correndo e vimos no meio da rua, na nossa frente, o mesmo lobo; mas dessa vez, ao ouvir nossos gritos, ele saiu correndo tão depressa que os cães não conseguiram alcançá-lo.

Depois disso, o velho cossaco ficou totalmente convencido de que não era um lobo, mas uma bruxa; eu achei que aquele lobo devia estar enlouquecido pela raiva, pois nunca tinha visto nem ouvido falar que um lobo, depois de ter fugido, voltasse para perto das pessoas.

Em todo caso, polvilhei de pólvora o ferimento de Bulka e pus fogo. A pólvora explodiu e queimou uma área grande.

Queimei a ferida com pólvora para exterminar a saliva raivosa, caso ela ainda não tivesse entrado no sangue. Se a saliva raivosa já tivesse passado para o sangue, eu sabia que, pelo sangue, ia se espalhar por todo o corpo e então seria impossível curar.

O QUE ACONTECEU COM BULKA EM PIATIGORSK

(CONTO)

Não fui direto da aldeia cossaca para a Rússia, passei por Piatigorsk e lá fiquei dois meses. Dei Milton de presente para um caçador cossaco e levei Bulka comigo para Piatigorsk.

Piatigorsk tem esse nome porque fica na montanha Bechtau. Em tártaro, *bech* quer dizer cinco, e *tau*, montanha.[2] Dessa montanha, nasce uma água quente e sulfúrica. Essa água é quente como se estivesse fervendo e, no lugar onde a água

---

2 Em russo, *piát* é cinco e *gorá* é montanha.

desce da montanha, há sempre vapor, como acima de um samovar. Toda a região onde fica a cidade é muito aprazível. Da montanha, desce a água quente das nascentes, ao pé da montanha passa o riacho Podkumok. Na montanha há uma floresta, em torno há um campo e ao longe sempre se veem as grandes montanhas do Cáucaso. Naquelas montanhas, a neve nunca derrete e elas estão sempre brancas como açúcar.

Quando o tempo está claro, de qualquer lugar se pode avistar a grande montanha Elbrus, como uma cabeça branca de açúcar. As pessoas vêm se curar nas fontes de água quente; junto às fontes, construíram chalés, coretos com parques em volta, cortados por trilhas. De manhã, tocam música e o povo bebe água ou se banha e passeia.

A própria cidade fica na montanha, e ao pé da montanha há um povoado. Morei nesse povoado, num casebre pequeno. O casebre ficava num pátio, na frente das janelas havia um jardim e no jardim ficavam as abelhas da dona da casa – não dentro de troncos de árvore, como fazemos na Rússia, mas dentro de cestos redondos. Lá, as abelhas são tão mansas que, de manhã, eu e Bulka sempre ficávamos naquele jardim, no meio das colmeias.

Bulka andava no meio das colmeias, se admirava com as abelhas, farejava, escutava como elas zumbiam, mas andava com tanto cuidado perto delas que não as perturbava e as abelhas nem tocavam nele.

Um dia, de manhã, voltei das águas para casa e sentei para beber café no jardim na frente do casebre. Bulka começou a se coçar atrás das orelhas e sua coleira fazia barulho. O som incomodou as abelhas e então tirei a coleira de Bulka. Dali a pouco, ouvi um barulho estranho e terrível que vinha da cidade, descendo pela montanha. Os cachorros latiam, uivavam, ganiam, as pessoas gritavam e o barulho veio descendo da montanha e se aproximava cada vez mais do nosso povoado. Bulka parou de se coçar, apoiou a cabeça larga, de dentes brancos, entre as patas dianteiras e brancas, deixou a língua para fora, como gostava, e ficou deitado e quieto a meu lado. Quando ouviu o barulho e pareceu compreender do que se tratava, ergueu as orelhas, pôs os dentes à mostra, pulou e começou a rosnar. O barulho se aproximava. Parecia que todos os cachorros da cidade uivavam, ganiam e latiam. Fui até o portão olhar e a dona da minha casa também foi. Perguntei:

– O que é isso?

Ela respondeu:

– Os detentos saíram do presídio para matar os cachorros. Os cachorros se reproduziram demais e o prefeito mandou matar todos os cachorros na cidade.

– Então vão matar o Bulka se o apanharem?

– Não, os que têm coleira eles não podem matar.

Na mesma hora em que estávamos falando, os detentos já se aproximavam de nosso pátio.

Na frente, vinham soldados; atrás, vinham quatro detentos presos em correntes. Dois deles traziam ganchos de ferro nas mãos e os outros dois traziam porretes. Na frente de nosso portão, um dos detentos com um gancho capturou um cachorrinho de guarda, arrastou para o meio da rua e outro detento começou a bater com o porrete. O cachorrinho gania horrivelmente, mas os detentos gritavam alguma coisa e riam. O detento com o gancho virou o cachorro e, quando viu que estava morto, tirou o gancho e começou a olhar em volta para ver se havia outros cachorros.

Nesse momento, a toda pressa, como se atacasse um urso, Bulka arremeteu contra aquele detento. Lembrei que ele estava sem a coleira e gritei:

– Bulka, para trás! – e gritei para os detentos que não batessem em Bulka.

Mas o detento viu Bulka, deu uma gargalhada e, agilmente, golpeou-o com o gancho e o prendeu pelo quadril. Bulka lutou para se soltar; mas o detento o puxou para si e gritou para o outro:

– Bata!

O outro brandiu o porrete e Bulka ia morrer, mas escapou, rasgando a pele do quadril, e com o rabo encolhido entre as pernas, uma ferida vermelha na coxa, correu para dentro do portão, entrou na casa e se enfiou embaixo da minha cama.

Ele se salvou porque sua pele se rompeu no local onde estava cravado o gancho.

O FIM DE BULKA E MILTON

(CONTO)

Bulka e Milton terminaram ao mesmo tempo. O velho cossaco não soube lidar com Milton. Em vez de só levar Milton para caçar aves, passou a levá-lo para caçar javalis. E, naquele mesmo outono, um javali *sekatch*[3] rasgou sua barriga. Ninguém sabia como costurá-lo e Milton morreu.

---

3 Javali de dois anos, com presas pontudas e retas. (N.A.)

Bulka também não sobreviveu muito tempo, depois que escapou dos detentos. Logo depois de se salvar dos detentos, começou a andar desanimado e lambia tudo o que encontrava. Lambia minha mão, mas não como antes, quando me fazia carinho. Lambia por muito tempo, passava a língua com força e depois começava a beliscar com os dentes. Parecia que tinha de morder a mão, mas não queria. Não lhe dei mais a mão. Então ele passou a lamber minha bota, o pé da mesa e depois começou a morder a bota ou o pé da mesa. Isso continuou por dois dias e, no terceiro, Bulka sumiu, ninguém viu nem soube mais dele.

Era impossível roubá-lo e ele não podia fugir de mim, mas isso aconteceu com Bulka seis semanas depois de ter sido mordido pelo lobo. Na certa, o lobo estava louco.

Bulka enlouqueceu e fugiu. Aconteceu com ele o que os caçadores chamam de raiva. Dizem que nessa loucura o animal fica com espasmos na garganta. Os animais loucos pela raiva querem beber e não conseguem, porque com a água os espasmos ficam mais fortes. Então, de dor e de sede, eles enlouquecem e começam a morder. Na verdade, Bulka começou a ter esses espasmos quando começou a lamber e depois morder minha mão e o pé da mesa. Andei por todos os arredores e perguntei sobre Bulka, mas não consegui descobrir onde tinha ido parar e como havia morrido. Se ele corresse e mordesse como fazem os cachorros loucos, alguém teria visto e me contado. Na certa, ele fugiu para um lugar distante e lá acabou morrendo sozinho. Os caçadores dizem que, quando um cachorro enlouquece com a raiva, foge para o campo ou para a mata e lá procura o capim de que precisa, rola no orvalho e se cura sozinho. Com certeza, Bulka não conseguiu se curar. Não voltou e sumiu.

OS PÁSSAROS E AS REDES

(FÁBULA)

Um caçador armou uma rede junto a um lago e apanhou muitos pássaros. Os pássaros eram grandes, levantaram a rede e fugiram com ela. O caçador correu atrás dos pássaros. Um mujique viu o caçador correndo e disse:

– Para onde está correndo? Acha que a pé você consegue alcançar um pássaro?

O caçador respondeu:

– Se fosse só um pássaro, eu não alcançaria, mas desse jeito vou alcançar.

E assim foi. Quando anoiteceu, os pássaros foram para seus abrigos noturnos, cada um para seu lado: um para o bosque, outro para o pântano, outro para o campo; e todos caíram por terra, dentro da rede, e o caçador os capturou.

O OLFATO

(RACIOCÍNIO)

O homem vê com os olhos, escuta com os ouvidos, cheira com o nariz, sente o paladar com a língua e o tato com os dedos. Há homens que enxergam melhor e outros, pior. Alguns escutam de longe e outros são surdos. Alguns têm o olfato mais forte e sentem um cheiro de longe, outros ficam perto de um ovo estragado e não sentem o cheiro. Alguns identificam qualquer objeto pelo tato, outros não conseguem reconhecer nada pelo tato, não distinguem a madeira do papel. Alguns, mal põem uma coisa na boca, sentem que é doce, outros engolem e não distinguem o doce do amargo.

Assim, diferentes sentidos são mais fortes em animais diferentes. Mas todos os bichos têm o olfato mais forte do que o homem.

Quando quer conhecer uma coisa, o homem olha, escuta se faz barulho, às vezes cheira e experimenta o paladar; mas para reconhecer uma coisa, o homem precisa mais do tato.

Quase para todos os bichos, o mais necessário é sentir o cheiro de uma coisa. O cavalo, o lobo, o cachorro, a vaca, o urso só conhecem uma coisa quando sentem seu cheiro.

Quando um cavalo tem medo de alguma coisa, bufa – limpa as narinas para farejar melhor e só para de ter medo depois de farejar bem.

O cachorro muitas vezes vai atrás de seu dono pelo cheiro do rastro, mas ao ver o dono se assusta, não o reconhece e começa a latir, até que fareja e reconhece que aquilo que aos olhos parecia temível é mesmo seu dono.

Os bois veem que matam os bois, ouvem como os bois urram no matadouro, e mesmo assim não entendem o que acontece. Mas basta um boi ou uma vaca ficar num lugar onde há sangue bovino e sentir o cheiro que logo entende, começa a urrar, bater com as patas no chão, e ninguém consegue tirá-lo do lugar.

A esposa de um velho ficou doente; ele mesmo foi ordenhar a vaca. A vaca bufou, sentiu que não era sua dona e não deu leite. A dona mandou o marido vestir seu casaco de pele e pôr seu xale na cabeça – a vaca deu leite; mas o velho abriu o casaco, a vaca sentiu o cheiro e de novo parou de dar leite.

Os cães de caça, quando vão atrás de um animal pelo rastro, nunca avançam em cima do rastro, mas pelo lado, a uns vinte passos. Quando um caçador inexperiente quer pôr um cão no rastro de um animal e esfrega seu focinho no rastro, o cão sempre recua. Para o cão, o rastro tem um cheiro tão forte que na verdade ele não consegue distinguir nada e não sabe se o animal foi para a frente ou para trás. O cão se afasta para o lado e só então fareja a direção de onde vem o cheiro mais forte e corre atrás do animal. O cão faz o mesmo que nós, se gritam muito alto em nossos ouvidos: nós nos afastamos e só de longe conseguimos entender o que estão falando; ou quando aquilo que olhamos está perto demais: recuamos e então observamos.

Os cães se reconhecem uns aos outros e mandam sinais uns para os outros pelo olfato.

Nos insetos, o olfato é ainda mais apurado. A abelha voa direto para a flor de que precisa. A lagarta rasteja para sua folha. O percevejo, a pulga e o mosquito farejam um homem a centenas de milhares de passos de percevejo.

Se são pequenas as partículas que se desprendem de uma substância e alcançam nosso nariz, como devem ser pequeninas as partículas que alcançam o olfato dos insetos!

OS CACHORROS E O COZINHEIRO

(FÁBULA)

O cozinheiro preparava o almoço; os cachorros estavam deitados na porta da cozinha. O cozinheiro matou um bezerro e jogou as tripas no pátio. Os cachorros apanharam, comeram e disseram:

– O cozinheiro é bom: cozinha bem.

Dali a pouco, o cozinheiro começou a limpar a ervilha, o nabo e a cebola, e jogou fora os restos. Os cachorros se atiraram naquela direção, viraram o focinho e disseram:

– Nosso cozinheiro se atrapalhou – antes, cozinhava bem, mas agora não está acertando de jeito nenhum.

Porém o cozinheiro não deu ouvidos aos cachorros e preparou o almoço ao seu jeito. Os donos da casa comeram e elogiaram, mas os cachorros não.

A FUNDAÇÃO DE ROMA

(HISTÓRIA)

Era uma vez um rei que tinha dois filhos: Numitor e Amúlio. Quando estava morrendo, chamou os filhos:

– Como vocês querem fazer a partilha? Quem vai ficar com o reino e quem vai ficar com minhas riquezas?

Numitor ficou com o reino e Amúlio pegou as riquezas. Quando Amúlio tomou posse das riquezas, sentiu inveja do irmão, que era rei, e começou a presentear os soldados e convencê-los de que deviam derrubar Numitor e nomeá-lo rei. Os soldados assim fizeram e Amúlio se tornou rei. Numitor tinha uma filha. Essa filha teve filhos gêmeos – dois meninos. Ambos grandes e bonitos.

Amúlio temia que o povo se tomasse de amores pelos gêmeos quando crescessem e deles fizesse reis. Chamou um criado, Faustino, e disse:

– Pegue os dois meninos e jogue no rio.

O rio se chamava Tibre.

Faustino colocou os meninos dentro de um cesto, levou para a margem e deixou ali. Faustino achou que eles iam morrer sozinhos. Mas o Tibre subiu até a margem, levantou o bercinho, levou-o e deixou-o junto a uma árvore alta. De noite, veio uma loba e passou a alimentar os gêmeos com seu leite.

Os meninos cresceram muito, ficaram bonitos e fortes. Viviam numa floresta perto da cidade onde morava Amúlio, aprenderam a matar animais e a se alimentar deles. O povo os conhecia e os amava por sua beleza. Chamavam o maior de Rômulo e o menor de Remo.

Certa vez, os pastores de Numitor e de Amúlio vigiavam o gado perto da floresta e discutiram: os pastores de Amúlio roubaram os animais de Numitor. Os gêmeos viram aquilo e correram para os pastores, puseram todos para correr e levaram os animais.

Os pastores de Numitor ficaram zangados com os gêmeos por causa disso, escolheram uma hora em que Rômulo estava ausente, capturaram Remo, levaram para Numitor na cidade e disseram:

– Na floresta, apareceram dois irmãos, eles atacam e roubam o gado. Capturamos um deles e trouxemos.

Numitor mandou levar Remo ao rei Amúlio. Amúlio disse:

– Eles ofenderam os pastores de meu irmão, deixe que meu irmão julgue.

Levaram Remo de novo para Numitor. Numitor chamou-o e perguntou:

– Quem é você e de onde veio?

Remo respondeu:

– Somos dois irmãos; quando éramos pequenos, nos puseram num berço junto a uma árvore na beira do rio Tibre e lá os animais selvagens e os pássaros nos alimentaram. Lá crescemos. Para saber quem somos, só restou nosso cesto. Dentro dele, há tiras de bronze e nelas há algo escrito.

Numitor se admirou e pensou: "Serão meus netos?". Deixou Remo ficar ali e chamou Faustino para lhe perguntar.

Enquanto isso, Rômulo procurava o irmão e não o encontrava em lugar nenhum. Quando os pastores lhe disseram que o irmão tinha sido levado para a cidade, Rômulo pegou o cesto e foi atrás dele. Faustino logo reconheceu o cesto e disse ao povo que ali estavam os netos de Numitor que Amúlio queria afogar. Então o povo se revoltou contra Amúlio e matou-o e fez de Rômulo e Remo os novos reis. Mas Rômulo e Remo não quiseram morar naquela cidade e deixaram seu avô Numitor reinar ali. Voltaram sozinhos para o local junto à árvore onde a loba os havia alimentado, à beira do rio Tibre, e construíram uma cidade nova: Roma.

DEUS VÊ A VERDADE, MAS CUSTA A REVELAR

(HISTÓRIA REAL)

Na cidade de Vladímir, morava um jovem mercador chamado Aksiónov. Ele tinha duas lojas e uma casa.

Aksiónov era bonito, louro, de cabelo crespo, bem-humorado e gostava de cantar. Na mocidade, Aksiónov bebia muito e, quando se embriagava, arrumava confusão, mas depois que casou, parou de beber e aquilo só acontecia raramente.

Certa vez, no verão, Aksiónov foi a uma feira em Níjni. Quando se despediu da família, a esposa lhe disse:

– Ivan Dmítrievitch, não vá hoje, tive um pesadelo com você.

Aksiónov riu e disse:

– Você vive com medo, acha que vou arrumar confusão na feira?

A esposa respondeu:

– Eu mesma não sei do que tenho medo, mas tive um pesadelo: sonhei que você chegou da cidade, tirou o chapéu e, quando olhei, vi que sua cabeça estava toda grisalha.

Aksiónov riu:

– Ora, é sinal de que vou ter lucro. Escute, se eu fizer bons negócios, vou trazer presentes caros.

E se despediu da família e foi embora.

Na metade do caminho, encontrou um mercador conhecido e os dois pernoitaram juntos numa estalagem. Beberam chá e foram dormir em dois quartos contíguos. Aksiónov não gostava de dormir muito; despertou no meio da noite e, como era mais fácil viajar no frio, acordou o cocheiro e mandou atrelar os cavalos. Depois foi para a casa dos fundos, pagou ao proprietário e partiu.

Depois de percorrer mais ou menos quarenta verstas, parou de novo para comer, descansou no vestíbulo de uma estalagem, na hora do jantar foi para a varanda e mandou servir o samovar; pegou um violão e começou a tocar; de repente, na direção do pátio, veio uma troica com guizos, e da carruagem desceram um funcionário e dois soldados, aproximaram-se de Aksiónov e perguntaram quem era e de onde vinha. Aksiónov contou tudo e perguntou se não queriam tomar chá junto com ele. Só que o funcionário não parava de fazer perguntas: "Onde passou a noite? Sozinho ou com um mercador? Viu o mercador de manhã? Por que partiu tão cedo da estalagem?". Aksiónov ficou surpreso com tantas perguntas: contou tudo como havia acontecido e disse:

– Por que está me perguntando tudo isso? Não sou ladrão, não sou bandido. Vivo do meu trabalho e não há motivo para me fazer tantas perguntas.

Então o funcionário chamou o soldado e disse:

– Sou comissário de polícia e faço perguntas a você porque o mercador com quem você esteve na noite passada foi esfaqueado. Mostre suas coisas e, vocês aí, revistem tudo.

Entraram na isbá, pegaram a mala e a bolsa e começaram a revistar e procurar. De repente o comissário tirou da bolsa uma faca e gritou:

– Para que essa faca?

Aksiónov olhou e viu que haviam tirado da bolsa uma faca com sangue e ficou assustado.

– Por que tem sangue na faca?

Aksiónov quis responder, mas não conseguiu pronunciar nenhuma palavra.

– Eu... eu não sei... eu... a faca... não é minha.

Então o comissário disse:

– De manhã, encontraram o mercador esfaqueado na cama. Ninguém poderia ter feito isso, senão você. A isbá estava fechada por dentro e não tinha mais ninguém na isbá, senão você. Dentro da sua bolsa, há uma faca com sangue, e também pelo rosto está evidente. Diga como o matou e quanto dinheiro roubou.

Aksiónov jurou que não tinha feito aquilo, que não tinha visto o mercador depois de beber chá com ele, que o dinheiro que trazia eram os seus oito mil rublos, que a faca não era dele. Mas sua voz se enrolou, o rosto ficou branco e ele todo tremia de medo, como se fosse culpado.

O comissário chamou o soldado, mandou prender Aksiónov e levar suas coisas para a carroça. Quando o levaram de pés atados para a carroça, Aksiónov se benzeu e começou a chorar. Tomaram o dinheiro e os pertences de Aksiónov, mandaram-no para a prisão numa cidade próxima. Mandaram perguntar em Vladímir que tipo de pessoa era Aksiónov e todos os mercadores e habitantes de Vladímir afirmaram que, na mocidade, Aksiónov bebia e arranjava confusão, mas era um homem bom. Então foi levado a julgamento. Foi acusado de assassinar um mercador de Riazan e roubar vinte mil rublos.

A esposa se desesperava por causa do marido e não sabia o que pensar. Os filhos ainda eram pequenos e um era só uma criança de peito. Ela pegou todos os filhos e foi para a cidade onde o marido estava preso. No início, não a deixaram entrar, mas depois ela pediu às autoridades e a levaram até o marido. Quando o viu em roupa de presidiário, com correntes, junto com bandidos, a mulher desabou no chão e demorou muito para voltar a si. Depois, distribuiu os filhos à sua volta, sentou ao lado do marido e começou a contar como andavam as coisas em casa e perguntou sobre tudo o que havia acontecido. O marido contou tudo. Ela disse:

– E agora, o que vai ser de nós?

Ele respondeu:

– Temos de fazer um apelo ao tsar. Não se pode pôr fim à vida de um inocente!

A esposa disse que já havia enviado um pedido de perdão ao tsar, mas o apelo não chegara até ele. Aksiónov não disse nada e só baixou a cabeça. Então a esposa disse:

– Bem que eu tive aquele sonho, lembra, em que você tinha ficado grisalho. Na verdade, você já ficou grisalho de desgosto. Quem dera não tivesse viajado.

E começou a apalpar o cabelo do marido e disse:

– Vánia, amigo querido, diga a verdade para sua esposa: você não fez aquilo?

Aksiónov disse:

– Até você pensou isso de mim! – Cobriu o rosto com as mãos e desatou a chorar. Depois veio um soldado e disse que a esposa e os filhos tinham de sair. E Aksiónov se despediu da família pela última vez.

Quando a esposa foi embora, Aksiónov começou a lembrar o que disseram. Quando lembrou que até a esposa desconfiou dele e lhe perguntou se tinha matado o mercador, Aksiónov disse para si mesmo: "Está claro que só Deus e mais ninguém pode saber a verdade, só a Ele se pode pedir piedade e só Dele se pode esperar misericórdia". E a partir de então Aksiónov parou de fazer apelos, parou de ter esperança e só rezava a Deus.

Aksiónov foi condenado a levar chicotadas e a ir para os trabalhos forçados. Assim fizeram.

Foi açoitado e depois, quando as feridas das chicotadas se curaram, mandaram-no para a Sibéria com outros condenados a trabalhos forçados.

Na Sibéria, nos trabalhos forçados, Aksiónov viveu vinte e seis anos. Os cabelos ficaram brancos como neve na cabeça e a barba cresceu e ficou comprida, pontuda e grisalha. Toda a sua alegria desapareceu. Ficou curvado, começou a andar devagar, falava pouco, nunca ria e rezava muito.

Na prisão, Aksiónov aprendeu a fazer botas e, com o dinheiro ganho com seu trabalho, comprou o *Tchéti-Míniei*,[4] e lia quando havia luz na prisão; nos feriados, ia à igreja da prisão, lia o Livro dos Apóstolos e cantava no coro – sua voz continuava boa. O diretor da prisão gostava de Aksiónov por sua índole pacífica e seus camaradas o estimavam e o chamavam de "vovô" e "homem de Deus". Quando havia reivindicações na prisão, os camaradas sempre mandavam Aksiónov falar com o diretor e, quando havia desavenças entre os condenados, eles sempre pediam que Aksiónov fosse o juiz.

---

4 Ou *Menaion*, em grego, livro que reúne as histórias das vidas dos santos da Igreja ortodoxa, distribuídas pelos doze meses do ano.

De casa, ninguém mandava cartas para Aksiónov e ele não sabia se a esposa e os filhos estavam vivos.

Um dia, chegaram novos condenados a trabalhos forçados. À noite, todos os velhos condenados se reuniram em torno dos novos e lhes fizeram perguntas para saber quem tinha vindo dessa ou daquela cidade ou povoado e o que tinham feito. Aksiónov também se sentou numa esteira ao lado dos novos e, de cabeça baixa, escutava o que diziam. Um dos novos condenados era um velhinho alto, saudável, de uns sessenta e poucos anos, de barba grisalha e curta. Contou como foi preso. Disse:

– Pois é, irmãos, me mandaram para cá sem nenhum motivo. Desatrelei um cavalo do cocheiro do trenó. Prenderam-me, disseram: roubou. E eu disse: Eu só queria chegar mais depressa e soltei o cavalo. Além do mais o cocheiro é meu amigo. Tudo normal, estou dizendo. Não, responderam, você roubou. Mas eles não sabem o que eu roubei mesmo e onde. É uma coisa muito antiga, pela qual eu devia ter sido mandado para cá, mas eles não conseguiram me pegar, e agora me mandaram para cá de um jeito fora da lei. Mas é mentira... já estive na Sibéria, só que por pouco tempo...

– Mas de onde você é? – perguntou um dos condenados.

– Sou da cidade de Vladímir, morador de lá. Meu nome é Makar, sobrenome Semiónovitch.

Aksiónov levantou a cabeça e perguntou:

– Mas então, Semiónitch, em Vladímir você não ouviu falar da família do mercador Aksiónov? Estão vivos?

– Se ouvi falar? São mercadores ricos, apesar de o pai estar na Sibéria. Na certa, é um pecador como nós. E você, vovô, por que está aqui?

Aksiónov não gostava de falar de seu infortúnio; suspirou e disse:

– Por meus pecados, estou há vinte e seis anos nos trabalhos forçados.

Makar Semiónov disse:

– E que pecados são esses?

Aksiónov disse:

– Sem dúvida, é merecido. – E não quis mais falar, porém outros condenados contaram ao novato como Aksiónov tinha ido parar na Sibéria. Contaram que alguém havia matado um mercador na estrada, escondido a faca dentro da bolsa de Aksiónov e que ele tinha sido condenado sem culpa.

Quando Makar Semiónov terminou de ouvir, olhou para Aksiónov, bateu com as mãos nos joelhos e disse:

– Que milagre! É mesmo um milagre! Como envelheceu, vovô!

E lhe perguntaram por que estava admirado e onde tinha visto Aksiónov; mas Makar Semiónov não respondeu, só dizia:

– É incrível, pessoal, onde a gente acaba se encontrando!

E aquelas palavras trouxeram ao pensamento de Aksiónov que o homem talvez soubesse quem havia assassinado o mercador. E perguntou:

– Então, Semiónitch, você já ouviu falar dessa história, ou já me viu antes?

– Se ouvi? O mundo está cheio de boatos. Mas esse caso aconteceu há muito tempo: o que ouvi falar, já esqueci – disse Makar Semiónov.

– Por acaso você soube quem foi que matou o mercador? – perguntou Aksiónov.

Makar Semiónov riu e disse:

– É claro que quem matou era o dono da bolsa onde acharam a faca. Se quem escondeu a faca na sua bolsa não foi apanhado, não é um ladrão. Mas, afinal, como é que iam esconder uma faca na sua bolsa? Você não dormiu com ela embaixo da cabeça? Você teria percebido.

Assim que ouviu tais palavras, Aksiónov pensou que aquele homem tinha matado o mercador. Levantou-se e saiu. A noite inteira, Aksiónov não conseguiu dormir. Sentia uma tristeza e começou a ver imagens: ora via a esposa tal como estava na hora em que se despediu pela última vez para ir à feira. Ele a via como se estivesse na sua frente, via o rosto e os olhos e ouvia como falava e ria. Depois via os filhos como eram na época: pequenos, um de casaco, outro no peito da mãe. E lembrou como ele mesmo era então: alegre, jovem; lembrou como estava sentado na varanda da estalagem tocando violão quando foi preso, e como tinha a alma alegre naquela hora. Lembrou-se do local de punição onde foi açoitado, do carrasco, das pessoas em volta, das correntes, dos condenados, de todos os vinte e seis anos de vida na prisão e de sua velhice. Foi tanta a tristeza que se abateu sobre Aksiónov que ele pensou em se matar.

"E tudo por causa daquele miserável!", pensou Aksiónov.

E sentiu tanta raiva de Makar Semiónov que quis vingar-se, ainda que aquilo o levasse à morte. Rezou a noite inteira, mas não conseguiu se acalmar. De dia, não se aproximou de Makar Semiónov e não olhou para ele.

Assim passaram duas semanas. De noite, Aksiónov não conseguia dormir e sentia uma tristeza tão grande que não sabia mais o que fazer.

Certa noite, ele andava pela prisão e viu que punhados de terra eram lançados de debaixo de uma cama de palha. Aksiónov parou para ver. De repente, Makar Semiónov pulou de debaixo da cama de palha e, com cara assustada, olhou para Aksiónov. Aksiónov quis ir embora para não olhar para ele; mas Makar agarrou seu braço e contou que tinha escavado uma passagem por baixo da parede e todo dia levava a terra escondida e jogava na rua, quando eles eram levados para o trabalho. Disse:

– Não conte nada, velhinho, que levo você comigo. Mas se contar, vou levar chicotadas, mas não vou perdoar e mato você.

Quando Aksiónov olhou para o criminoso, tremeu todo de raiva, levantou a mão e disse:

– Não tenho motivo para ir embora e me matar não importa: você já me matou há muito tempo. Quanto a contar o que você está fazendo ou não, vai ser como Deus mandar.

No dia seguinte, quando os condenados saíram para trabalhar, os soldados notaram que Makar Semiónov despejou terra, foram procurar na prisão e acharam o buraco. O diretor foi à prisão e perguntou a todo mundo: quem cavou o buraco? Ninguém respondeu. Os que sabiam não denunciaram Makar Semiónov, porque sabiam que, por ter feito aquilo, seria chicoteado quase até a morte. Então o diretor se voltou para Aksiónov. Ele sabia que Aksiónov era um homem correto e disse:

– Velho, você é honesto; diga-me, perante Deus: quem fez isso?

Makar Semiónov ficou quieto, parecia que não tinha nada a ver com aquilo, olhava para o diretor sem virar os olhos para Aksiónov. As mãos e os lábios de Aksiónov tremiam e durante muito tempo ele não conseguiu pronunciar nenhuma palavra. Pensava: "Se eu o proteger, por que vou perdoá-lo, se ele arruinou minha vida? Deixe que pague pelo meu tormento. Mas se o denunciar, vai ser chicoteado até a morte. E se minha suspeita não for verdadeira? Isso vai aliviar minha situação?".

O diretor perguntou mais uma vez:

– Então, velho, diga a verdade: quem escavou?

Aksiónov olhou para Makar Semiónov e disse:

– Não vi e não sei.

Assim, não ficaram sabendo quem tinha cavado o buraco.

Na noite seguinte, quando Aksiónov estava deitado em sua cama de palha, quase dormindo, percebeu que alguém se aproximou e sentou junto aos seus pés. Olhou no escuro e reconheceu Makar.

Aksiónov disse:

– O que você quer de mim? O que faz aqui?

Makar Semiónov ficou calado. Aksiónov soergueu-se e disse:

– O que você quer? Vá embora! Senão vou chamar os soldados.

Makar Semiónov inclinou-se bem perto de Aksiónov e sussurrou:

– Ivan Dmítrievitch, me perdoe!

Aksiónov disse:

– Perdoar o quê?

– Eu matei o mercador, escondi a faca na sua bolsa. Eu queria matar você também, mas ouvi barulho e escondi a faca na sua bolsa e fugi pela janela.

Aksiónov ficou calado, sem saber o que dizer. Makar Semiónov desceu da cama de palha, curvou-se no chão e disse:

– Ivan Dmítrievitch, me perdoe, me perdoe, em nome de Deus. Vou confessar que matei o mercador e vão perdoar você. Vão mandar você para casa.

Aksiónov disse:

– Para você, é fácil falar, mas para mim, quanto sofrimento! Para onde irei agora? Minha esposa morreu, os filhos me esqueceram; não tenho para onde ir...

Makar Semiónov não se levantou do chão, bateu com a cabeça na terra e disse:

– Ivan Dmítrievitch, me perdoe! Quando me bateram com o chicote, foi mais fácil do que olhar para você agora... E você ainda teve pena de mim, não me denunciou. Perdoe-me, pelo amor de Cristo! Perdoe-me, esse malfeitor desgraçado! – E começou a soluçar.

Quando Aksiónov ouviu Makar Semiónov chorando, também começou a chorar e disse:

– Deus vai perdoar você; quem sabe eu não sou cem vezes pior do que você? – E de repente sentiu a alma leve. Parou de sofrer por causa de sua família, de sua casa, e não tinha vontade de ir a lugar nenhum fora da prisão e só pensava na hora da morte.

Makar Semiónov não obedeceu a Aksiónov e confessou seu crime. Quando chegou a ordem para soltar Aksiónov, ele já havia morrido.

OS CRISTAIS

(RACIOCÍNIO)

Se polvilharmos sal na água e misturarmos, ele se dissolve a tal ponto na água que não dá para ver o sal; mas se pusermos muito sal, no fim o sal para de se dissolver e, por mais que misturemos a água, ele vai continuar como um pó branco. A água fica saturada de sal e não consegue absorver mais. Porém, se aquecermos a água, ela vai absorver mais sal; e o sal que não se dissolve na água fria se dissolve na água quente. Mas se pusermos mais sal ainda, nem a água quente vai absorver o sal. E se esquentarmos ainda mais a água, ela vai virar vapor e o sal vai aparecer mais ainda. Assim, para todas as coisas que se dissolvem na água, existe uma medida além da qual a água não consegue absorver. Todas as coisas se dissolvem mais quando a água está quente do que quando está fria, mas a partir de um ponto, por mais que esquentemos a água, as coisas já não se dissolvem. As coisas permanecem como são e a água evapora.

Se saturarmos a água de pó de salitre e depois pusermos ainda mais salitre, esquentarmos tudo e deixarmos esfriar, o salitre excedente não vai se depositar como um pó no fundo da água, mas vai se juntar em colunas de seis lados e se depositar no fundo e dos lados, uma coluna ao lado da outra. Se saturarmos a água de pó de salitre e deixarmos num lugar quente, a água vai evaporar e o salitre excedente vai se distribuir também em colunas de seis lados.

Se aquecermos a água cheia de sal comum e também deixarmos que evapore, o sal vai se distribuir não em forma de pó, mas em pequenos cubos. Se saturarmos a água de salitre e sal, o salitre e o sal excedentes não vão se misturar, vão se distribuir cada um a seu modo – o salitre em forma de colunas e o sal em forma de cubos.

Se saturarmos a água de cal, ou de outro tipo de sal, ou ainda de qualquer coisa, quando a água virar vapor, essa coisa vai se depositar no fundo à sua maneira: uma, em colunas de três lados; outra, em colunas de oito lados; outra, em tijolinhos; outra, em estrelinhas – cada uma à sua maneira. Essas formas variadas existem em todas as coisas sólidas. Às vezes, essas formas são do tamanho da mão; como pedras na terra. Às vezes essas formas são tão pequenas que não dá para enxergar a olho nu; mas toda coisa tem sua forma própria.

Quando a água está cheia de salitre e nela começam a se formar figuras, se quebrarmos o cantinho de uma dessas figuras, novos pedacinhos de salitre virão de novo para aquele lugar e completarão a ponta quebrada exatamente como deve ser – em colunas de seis lados. O mesmo acontece com o sal e com qualquer coisa. Todos os pequenos pós vão rodar sozinhos e se acumular no lado que for necessário.

Quando o gelo derrete, acontece a mesma coisa.

Cai um flocozinho de neve – nele não se vê nenhuma figura; mas assim que ele pousa sobre uma coisa escura e fria, num pano, num couro, dá para distinguir uma figura no floco de neve: vemos uma estrelinha ou uma pastilha de seis lados. Nas janelas, o vapor não se congela de um jeito qualquer, mas assim que começa a se congelar logo toma a forma de uma estrelinha.

O que é o gelo? É a água sólida, fria. Quando a água líquida se torna água sólida, ela toma a forma de figuras e dela sai calor. O mesmo ocorre com o salitre: quando ele passa de líquido para figuras sólidas, dele sai calor. O mesmo ocorre com o sal, o mesmo com o ferro derretido, quando passa de líquido para sólido. Quando alguma coisa passa de líquido para sólido, dela sai calor e ela toma a forma de figuras. E quando de sólida passa a líquida, a substância absorve calor em si e dela sai o frio, e as figuras se desfazem.

Pegue o ferro derretido e deixe resfriar; pegue massa quente de farinha e deixe resfriar; pegue cal e deixe esfriar – vai sentir calor. Pegue gelo e derreta – vai sentir frio. Pegue salitre, sal e qualquer coisa que dissolve na água, e ponha na água – vai sentir frio. Para derreter sorvete, eles põem sal na água.

O LOBO E A CABRA

(FÁBULA)

O lobo viu uma cabra pastando no alto de uma montanha pedregosa e era impossível se aproximar dela; o lobo lhe disse:

– Você devia vir para baixo: aqui é mais plano e o capim é mais doce.

A cabra respondeu:

– Não é por isso que você está me dizendo para descer: você não está pensando na minha comida, mas sim na sua.

POLÍCRATES DE SAMOS

(HISTÓRIA)

Houve um rei grego chamado Polícrates. Ele era feliz em tudo. Conquistou muitas cidades e ficou muito rico. Polícrates descreveu numa carta toda a sua vida feliz e mandou a carta para um amigo, o rei Amásis, do Egito. Amásis leu a carta e escreveu a resposta para Polícrates. Escreveu assim:

> É bom saber da felicidade de um amigo. Mas não gosto da sua felicidade. Acho melhor quando um homem é feliz numa coisa e em outra não – para que haja alternância. Escute o que digo e faça o seguinte: pegue aquilo que é mais precioso para você, leve e deixe num lugar aonde não vá ninguém. E então você terá felicidade alternando com infelicidade.

Polícrates leu a carta e obedeceu ao amigo. Fez o seguinte: tinha um anel precioso; pegou o anel, reuniu muita gente e entrou num barco com toda aquela gente. Depois mandou ir para o mar. E quando foi para longe da ilha de Samos, na frente de todo mundo, jogou o anel no mar e voltou para casa.

Cinco dias depois, aconteceu que um pescador apanhou um peixe muito grande e bonito e quis dar de presente ao rei. Foi ao palácio de Polícrates e, quando o rei foi falar com ele, o pescador disse:

– Rei, pesquei este peixe e trouxe para você, porque um peixe tão bonito só um rei pode comer.

Polícrates agradeceu ao pescador e convidou-o para almoçar com ele. O pescador entregou o peixe e foi para a sala com o rei, mas os cozinheiros abriram o peixe e encontraram dentro dele o mesmo anel que Polícrates tinha jogado no mar.

Quando os cozinheiros levaram o anel para Polícrates e contaram onde tinham achado, Polícrates escreveu outra carta para o Egito, para seu amigo Amásis, e contou que tinha jogado o anel no mar e que ele tinha sido encontrado. Amásis leu a carta e refletiu: "Não adianta – está claro que não se pode escapar do destino. É melhor me afastar do amigo para que depois eu não lamente sua sorte". E mandou dizer a Polícrates que a amizade deles estava terminada.

Naquele tempo, havia um homem chamado Oroites. Esse Oroites estava zangado com Polícrates e queria matá-lo. Oroites imaginou a seguinte trapaça. Escreveu para Polícrates dizendo que o rei persa Cambises o havia ofendido, queria matá-lo, e que ele ia fugir de Cambises. Oroites escreveu assim para Polícrates: "Possuo muitas riquezas, mas não sei onde posso viver. Receba-me em seu reino, com minhas riquezas, e eu e você juntos seremos os reis mais poderosos do mundo. Se não acredita que possuo grandes riquezas, mande alguém para ver".

Polícrates mandou um súdito verificar se era verdade que Oroites tinha tanta riqueza. Quando o súdito foi ver as riquezas, Oroites enganou-o assim: levou muitos barcos, encheu de pedras e por cima das pedras pôs ouro, até as bordas.

Quando o súdito de Polícrates viu os barcos, acreditou que estavam cheios de ouro até as bordas, e contou isso para Polícrates.

Então o próprio Polícrates quis ir ao encontro de Oroites para ver sua riqueza. Na mesma noite, a filha de Polícrates sonhou que o pai tinha sido enforcado. A filha pediu ao pai que não fosse ao encontro de Oroites; mas o pai ficou irritado e disse que não ia casar a filha, se não ficasse calada. A filha respondeu:

– Eu bem que ficaria contente de não casar nunca, mas não vá ao encontro de Oroites: tenho medo de que aconteça uma desgraça.

O pai não deu ouvidos e partiu. Quando chegou, Oroites o prendeu e o enforcou. Assim o sonho da filha se tornou realidade.

E aconteceu o que Amásis tinha previsto: que a grande felicidade de Polícrates terminaria em grande infelicidade.

QUARTO LIVRO RUSSO DE LEITURA

O REI E A CAMISA
(CONTO)

Um rei ficou doente e disse:

– Darei metade do reino a quem me curar.

Então se juntaram todos os sábios e começaram a discutir o que fazer para curar o rei. Ninguém sabia. Só um sábio falou que era possível curar o rei. Ele disse:

– Se acharmos um homem feliz, pegarmos sua camisa e vestirmos no rei, o rei vai se curar.

O rei mandou que procurassem em seu reino um homem feliz; mas os enviados do rei percorreram o reino inteiro por muito tempo e não conseguiram achar um homem feliz. Não havia ninguém satisfeito com tudo. Um era rico, mas doente; outro era saudável, mas pobre; um era rico e saudável, mas a esposa era feia; e o outro tinha filhos ruins; todos reclamavam de alguma coisa. Certa vez, tarde da noite, o filho do rei estava passando por uma isbá pequena e ouviu alguém dizer:

– Pronto, graças a Deus já trabalhei, já comi e deitei para dormir; do que mais eu preciso?

O filho do rei se alegrou, mandou tirar a camisa daquele homem, lhe dar dinheiro, quanto quisesse, e vestir o rei com sua camisa. Os enviados foram falar com o homem feliz e quiseram tomar sua camisa; mas o homem feliz era tão pobre que não tinha camisa nenhuma.

O CANIÇO E A OLIVEIRA
(FÁBULA)

A oliveira e o caniço discutiam sobre quem era mais forte e mais resistente. A oliveira zombou do caniço, dizendo que ele quebrava com qualquer ventinho. O caniço ficou quieto. Veio uma tempestade: o caniço balançou, sacudiu, curvou até o chão – sobreviveu. A oliveira ficou dura, com os galhos abertos contra o vento – e se partiu.

O LOBO E O MUJIQUE
(CONTO)

Os caçadores perseguiam um lobo. E na correria o lobo deu de cara com um mujique. O mujique vinha do celeiro, trazia um saco e um mangual.

O lobo disse:

– Mujique, me esconda, os caçadores estão atrás de mim.

O mujique teve pena do lobo, escondeu-o dentro do saco e colocou sobre o ombro. Os caçadores chegaram e perguntaram ao mujique se tinha visto o lobo.

– Não vi, não.

Os caçadores foram embora. O lobo saltou para fora do saco e pulou em cima do mujique, queria devorá-lo. O mujique disse:

– Ah, lobo, você não tem vergonha? Salvei você e agora quer me devorar?

E o lobo respondeu:

– A velha hospitalidade não existe mais.

– Não, a velha hospitalidade existe, sim, pode perguntar a quem quiser, todo mundo vai dizer que existe.

O lobo disse:

– Então vamos juntos pela estrada. Vamos perguntar a quem aparecer primeiro se a velha hospitalidade não existe mais ou ainda existe. Se responder que ainda existe, solto você. Se responder que não existe, eu devoro você.

Foram pela estrada e uma égua velha e cega veio ao encontro deles. O mujique perguntou:

– Diga lá, égua: a velha hospitalidade ainda existe ou não?

A égua respondeu:

– Vejam só: vivi doze anos na propriedade do meu dono, dei para ele doze filhotes e o tempo todo puxava o arado e a carroça, mas no ano passado fiquei cega e mesmo assim me matava de tanto trabalhar; aí fiquei sem forças para puxar a carroça e caía. Bateram e bateram em cima de mim, me puxaram pelo rabo até a beira de um barranco e me jogaram lá de cima. Acordei, reuni minhas forças e agora nem eu mesma sei para onde vou.

O lobo disse:

– Está vendo, mujique? A velha hospitalidade não existe mais.

O mujique respondeu:

– Espere, vamos perguntar de novo.

Continuaram andando. Encontraram um cachorro velho. Ele rastejava, arrastava o quadril no chão.

O mujique disse:

– Diga lá, cachorro: a velha hospitalidade ainda existe ou não existe mais?

– Olhem só: vivi com meu dono quinze anos, vigiava sua casa, latia e pulava para morder; aí fiquei velho, perdi os dentes, me expulsaram da casa e ainda bateram no meu quadril com um varal de carroça. Agora ando me arrastando pelo chão, para longe de meu antigo dono, e nem sei para onde ir.

O lobo disse:

– Está vendo, não falei?

E o mujique respondeu:

– Vamos esperar o terceiro encontro.

E encontraram uma raposa. O mujique perguntou:

– Diga, raposa: a velha hospitalidade não existe mais ou ainda existe?

A raposa respondeu:

– Para que você quer saber?

O mujique disse:

– Veja, o lobo estava fugindo dos caçadores, pediu minha ajuda, eu o escondi dentro de um saco e agora ele quer me devorar.

A raposa disse:

– Mas será possível que um lobo tão grande consiga entrar num saco? Se eu visse como se faz, poderia analisar o problema.

O mujique respondeu.

– Ele entrou todinho no saco, pergunte para ele mesmo.

E o lobo disse:

– É verdade.

Então a raposa disse:

– Não acredito enquanto não puder ver. Mostre como conseguiu se enfiar no saco.

Então o lobo enfiou a cabeça no saco e disse:

– Pronto, foi assim.

A raposa disse:

– Você disse que entrou inteiro e não é isso que estou vendo.

O lobo se enfiou todo no saco. A raposa disse para o mujique:

– Agora amarre.

O mujique amarrou a boca do saco. A raposa disse:

– Agora, mujique, mostre como faz para sovar a massa do pão.

O mujique se alegrou e começou a bater no lobo com o mangual.

Depois disse:

– Agora, raposa, você vai ver como se sova a massa do pão.

E bateu na raposa até ela morrer, e depois disse:
– A velha hospitalidade não existe mais!

DOIS CAMARADAS

(FÁBULA)

Dois camaradas andavam pela floresta e um urso pulou sobre eles. Um saiu correndo, subiu numa árvore e se escondeu, mas o outro ficou parado. Não tinha o que fazer – se jogou no chão e se fingiu de morto.

O urso se aproximou dele e começou a farejar: o homem até parou de respirar.

O urso farejou seu rosto, achou que estava morto e se afastou.

Quando o urso foi embora, o outro desceu da árvore e riu:

– Puxa vida, o que foi que o urso falou no seu ouvido?

– Ele me disse que gente que presta não abandona um camarada na hora do perigo.

O PULO

(HISTÓRIA REAL)

Um navio deu a volta ao mundo e retornou para casa. O tempo estava bom, todo mundo estava no convés. No meio das pessoas, um macaco grande dava piruetas e divertia a todos. O macaco pulava, se contorcia, fazia caretas gozadas, imitava as pessoas e estava claro que sabia que as pessoas estavam adorando e por isso ficava ainda mais alvoroçado.

O macaco pulou na direção de um menino de doze anos, filho do capitão do navio, tirou seu chapéu, pôs o chapéu na própria cabeça e escalou depressa o mastro principal. Todos riram, mas o menino ficou sem o chapéu e não sabia se devia rir ou chorar.

O macaco sentou na primeira viga do mastro, tirou o chapéu e começou a rasgá-lo com os dentes e as patas. Parecia zombar do menino, fazia caretas e trejeitos para ele. O menino ameaçou o macaco, gritou, mas o macaco rasgou o chapéu com mais raiva ainda. Os marinheiros começaram a rir mais alto e o menino ficou vermelho, tirou a jaqueta e se atirou ao mastro, no encalço do macaco. Num minuto, já estava subindo por uma corda para a primeira viga; mas o macaco era mais ágil e mais rápido do que ele e, no instante em que o menino achou que ia pegar o chapéu, o macaco subiu mais ainda.

– Você não vai me escapar! – começou a gritar o menino, e escalou mais alto.

O macaco o enganou mais uma vez, subiu ainda mais, porém o menino se encheu de ardor e não desistiu. Assim o macaco e o menino num instante alcançaram o alto do mastro. Lá em cima, o macaco se esticou todo e, segurando-se à corda pela pata traseira, pendurou o chapéu na ponta da última viga, subiu até o topo do mastro e de lá se contorcia, mostrava os dentes e se divertia. Do mastro até a ponta da última viga, onde o chapéu estava pendurado, havia uma distância de mais ou menos dois *archin*, de modo que não havia como alcançá-lo sem soltar a mão do mastro e da corda.

Mas o menino estava muito agitado. Largou o mastro e começou a andar sobre a viga. No convés, todos olhavam e riam do que o macaco e o filho do capitão estavam fazendo; mas quando perceberam que o menino tinha largado a corda e andava sobre a viga, de braços abertos, todos morreram de medo.

Bastava um passo em falso e ele se arrebentaria sobre o convés. Mas, ainda que não pisasse em falso e chegasse à ponta da viga e pegasse o chapéu, seria difícil voltar e chegar ao mastro. Todos olhavam para ele em silêncio e esperavam o que ia acontecer.

De repente, alguém gritou de pavor. O menino, com aquele grito, se distraiu, olhou para baixo e cambaleou.

Naquele instante, o capitão do navio, pai do menino, saiu da cabine. Trazia uma espingarda para atirar numa gaivota. Viu o filho no mastro e na mesma hora apontou para ele e gritou:

– Para a água! Pule já para a água! Vou atirar!

O menino cambaleou, mas não entendeu.

– Pule, senão vou atirar!... Um, dois...

E na hora em que o pai gritou "três", o menino baixou a cabeça e pulou.

O corpo do menino afundou no mar como uma bala de canhão e vinte marinheiros mergulharam do navio antes que as ondas tivessem tempo de se fechar sobre o menino. Quarenta segundos depois – pareceu a todos um tempo bem maior – o corpo do menino emergiu. Apanharam e levaram para o navio. A água espirrou de sua boca e de seu nariz durante alguns minutos e então ele começou a respirar.

Quando o capitão viu, de repente começou a gritar, como se alguma coisa o sufocasse, e correu para sua cabine para que ninguém visse como chorava.

O CARVALHO E A AVELANEIRA

(FÁBULA)

Um velho carvalho largou um fruto embaixo de uma avelaneira. A avelaneira disse para o carvalho:

– Será que não basta o espaço que tem embaixo dos seus galhos? Largue seus frutos em outro lugar. Aqui, meus brotos são tantos que já estou apertada, e além do mais eu não jogo minhas nozes à toa pelo chão, dou para as pessoas.

– Estou vivo há duzentos anos – respondeu o carvalho – e o carvalho que vai nascer dessa semente vai viver o mesmo tempo.

Então a avelaneira se irritou e disse:

– Pois eu vou sufocar sua muda e ela não vai viver nem três dias.

O carvalho não respondeu e mandou seu filho brotar da semente.

A semente se molhou, germinou e se prendeu à terra por um broto, e outro broto se desdobrou para cima.

A avelaneira o abafou, não deixou o sol bater nele. Mas o carvalhinho se esticou para cima e ficou mais forte à sombra da avelaneira. Passaram cem anos. A avelaneira tinha murchado havia muito tempo, mas o carvalho daquela semente se erguia até o céu e espalhava sua copa para todos os lados.

O AR VENENOSO
(HISTÓRIA REAL)

Na aldeia Nikólskoie, num feriado, o povo foi à missa. Na casa senhorial, ficaram só uma vaqueira, o estaroste e um cavalariço. A vaqueira foi ao poço buscar água. O poço ficava no pátio. Ela puxou o balde, mas não conseguiu segurar. O balde despencou, bateu na parede do poço e soltou a corda. A vaqueira voltou para a isbá e disse ao estaroste:

– Aleksandr! Desça lá no poço, paizinho. Deixei o balde cair.

Aleksandr disse:

– Você que deixou cair o balde que pegue.

A vaqueira disse que podia até descer no poço, mas pediu que ele a segurasse.

O estaroste riu e disse:

– Certo, vamos lá. Agora você está de jejum, de barriga vazia, e eu consigo segurar; se fosse depois do almoço, não aguentava.

O estaroste prendeu uma corda num pedaço de pau e a mulher montou nele de pernas abertas, se amarrou na corda e começou a descer no poço, e o estaroste começou a baixar a vaqueira, rodando o eixo. Dentro do poço, eram seis *archin* até o fundo, e a água tinha só um *archin* de profundidade. O estaroste baixava a corda devagar e toda hora dizia:

– Ainda falta?

A vaqueira gritava de dentro:

– Mais um pouquinho!

De repente o estaroste sentiu que a corda ficou frouxa; gritou para a vaqueira, mas ela não respondeu. O estaroste olhou dentro do poço e viu que a mulher estava dentro da água, de cabeça para baixo. O estaroste começou a gritar e chamar o povo; mas não havia ninguém. Só veio o cavalariço. O estaroste mandou que ele segurasse a roda com a corda e ele mesmo se amarrou, sentou de pernas abertas sobre o eixo e desceu no poço.

Assim que o cavalariço baixou o estaroste até a água, aconteceu a mesma coisa. A corda ficou frouxa porque ele tinha caído de cabeça para baixo em cima da mulher. O cavalariço começou a gritar, depois correu até a igreja, atrás do povo. A missa tinha acabado, o povo estava saindo da igreja. Todos os mujiques e mulheres correram para o poço. Todos se aglomeraram em torno do poço, todos gritavam, mas ninguém sabia o que fazer. O jovem carpinteiro Ivan abriu caminho na multidão até o poço, apanhou a corda, sentou sobre o eixo e mandou que o baixassem. Só que Ivan amarrou a corda ao cinto. Dois homens o baixaram, os outros olhavam o tempo todo para dentro do poço, para ver o que ia acontecer com Ivan. Assim que chegou perto da água, suas mãos soltaram a corda e ele teria caído de cabeça, mas ficou preso pelo cinto. Todo mundo gritou:

– Puxem de volta! – E puxaram Ivan.

Parecia morto, pendurado pelo cinto, sua cabeça estava tombada, mole, e bateu na beirada do poço. Tinha o rosto azul-avermelhado. Retiraram Ivan do poço, soltaram a corda e o deitaram na terra. Acharam que estava morto; mas de repente ele deu um suspiro profundo, começou a tossir e voltou a si.

Então quiseram descer de novo, mas um mujique velho disse que era impossível, porque dentro do poço o ar era venenoso e que aquele ar venenoso matava as pessoas. Então os mujiques foram correndo pegar uns ganchos e começaram a içar o estaroste e a vaqueira. A esposa e a mãe do estaroste se lamentavam à beira do poço, os outros as acalmavam, enquanto os mujiques desciam os ganchos no poço e tentavam içar os mortos. Por duas vezes, levantaram o estaroste até a metade do poço, preso pela roupa; mas ele era pesado, a roupa se rompeu e ele despencou. Afinal o prenderam com dois ganchos e o retiraram do poço. Depois tiraram a vaqueira. Os dois já estavam mortos, não voltaram a si.

Depois, quando observaram o poço, se deram conta de que, de fato, no fundo do poço o ar era venenoso.

AR VENENOSO

(RACIOCÍNIO)

Existem lugares em que o ar é tão venenoso que nenhuma pessoa ou animal consegue ficar vivo, se respirar.

Existem lugares embaixo da terra onde esse ar se acumula e, se alguém cair nesse lugar, morre logo. Por isso, nas minas, fazem lampiões e, antes que uma pessoa entre, descem o lampião. Se o fogo apagar, ninguém pode ir lá; então jogam ar puro lá dentro, até que o fogo possa ficar aceso.

Perto da cidade de Nápoles, existe uma caverna assim. Dentro dela, o ar venenoso sempre fica parado até um *archin* da terra, daí para cima o ar é puro. Uma pessoa anda na caverna e não lhe acontece nada, mas um cachorro, assim que entra, fica sufocado.

De onde vem esse ar venenoso? Ele é formado do mesmo ar puro que nós respiramos. Se muita gente se junta no mesmo lugar e todas as portas e janelas são fechadas para que não entre nenhum ar fresco, forma-se um ar igual àquele do poço e as pessoas vão morrer.

Cem anos atrás, numa guerra, os indianos capturaram cento e quarenta e seis ingleses. Aprisionaram numa caverna subterrânea, onde o ar não podia entrar.

Os prisioneiros ingleses, depois de algumas horas, começaram a sufocar e, no fim da noite, cento e vinte e três haviam morrido e os restantes saíram de lá doentes ou quase mortos. No início, o ar na caverna estava bom; mas quando os prisioneiros tinham inspirado todo o ar bom e o ar não tinha sido renovado, formou-se um ar venenoso, parecido com o que havia no poço, e eles morreram. Por que do ar bom se forma um ar venenoso, quando muita gente se junta? Porque as pessoas, quando respiram, inspiram o ar bom e expiram o ar ruim.

O LOBO E O CORDEIRO

(FÁBULA)

O lobo viu o cordeiro bebendo água no rio.

O lobo queria devorar o cordeiro e começou a reclamar dele.

– Você turva minha água de lama e não me deixa beber.

O cordeiro disse:

– Ah, lobo, como eu posso turvar sua água? Eu fico abaixo do rio e ainda por cima bebo com a pontinha dos lábios.

E o lobo disse:

– Bem, então por que você xingou meu pai no verão passado?

O cordeiro disse:

– Mas, lobo, no verão passado eu nem era nascido ainda.

O lobo se irritou e disse:

– Não dá para conversar direito com você. E, já que estou de barriga vazia, vou devorar você.

O PESO ESPECÍFICO
(HISTÓRIA)

O rei grego Heron de Siracusa encomendou a Demétrio, seu mestre ourives, uma coroa de ouro para o ídolo Júpiter e lhe deu doze libras de ouro. Demétrio fez a coroa, e quando o rei pesou a coroa viu que tinha exatamente doze libras. Só que o rei tinha ouvido falar que Demétrio havia roubado muito ouro da coroa e substituído por prata. O rei queria descobrir se ele tinha posto muita prata na coroa em lugar do ouro, então mandou derreter a coroa para ver o que havia no meio. Havia um homem inteligente e culto, parente do rei, chamado Arquimedes. Ele disse para o rei:

– Não mande destruir a coroa para não desperdiçar o trabalho dele; eu, sem destruir a coroa, posso descobrir quanto há nela de prata e quanto há de ouro.

O rei concordou com ele e Arquimedes fez o seguinte:

Pegou uma libra de ouro e uma libra de prata, pesou-as nos pratos de uma balança e depois pesou as duas dentro da água. A libra de ouro pesou um peso de chumbo a menos que antes, mas a libra de prata pesou dois pesos de chumbo a menos.

Depois Arquimedes pesou a coroa toda na água, chamou o rei e disse:

– Quando pesamos uma libra de ouro puro na água, fica um peso de chumbo a menos; mas quando pesamos a prata na água, ficam dois pesos a menos; portanto, se a coroa fosse toda de ouro puro e nela houvesse doze libras de ouro, teríamos de tirar doze pesos da balança. Vamos ver.

Ele pôs na balança doze libras e começou a afundar a coroa na água. A coroa não baixou doze libras menos doze pesos, mas menos. Tiraram mais um peso. Arquimedes então disse:

– Veja, o número de pesos a mais que tiramos da balança representa a quantidade de ouro que Demétrio roubou.

Assim Arquimedes descobriu com segurança quanta prata havia na coroa em lugar do ouro.

O LEÃO, O LOBO E A RAPOSA

(FÁBULA)

Um leão velho e doente estava deitado dentro de uma caverna. Todos os animais vieram visitar o rei. Só a raposa não apareceu. Aí o lobo se alegrou com o caso e começou a falar da raposa para o leão.

– Ela não tem consideração por você, não veio visitar o rei nem uma vez.

A raposa estava passando na hora e ouviu as palavras do lobo. E pensou: "Deixe estar, lobo. Você me paga".

Então o leão rugiu chamando a raposa e ela lhe disse:

– Não mande me matar, antes deixe que eu diga uma coisa. Não vim visitá-lo porque não tive tempo. E não tive tempo porque corri o mundo todo perguntando aos médicos qual é o remédio para você. Só agora encontrei e vim correndo.

O leão perguntou:

– E qual é o remédio?

– É o seguinte: se esfolar um lobo vivo e vestir seu couro ainda quente...

Quando o leão esticou o lobo no chão, a raposa deu uma risada e disse:

– Pois é, meu caro; para os senhores, nós temos de apontar o bem, e não o mal.

A ROUPA NOVA DO REI

(CONTO)

O rei gostava muito de roupas bonitas. Não pensava em outra coisa senão em vestir-se melhor. Certo dia, vieram falar com ele dois mestres alfaiates e disseram:

– Nós podemos fazer a roupa mais elegante que jamais se viu. Só que os tolos e aqueles que não merecem a posição que ocupam não vão conseguir enxergar nossa roupa. Quem for inteligente vai ver, e quem for tolo, mesmo se estiver bem perto, não vai ver a roupa criada pelo nosso trabalho.

O rei se animou com os alfaiates e mandou costurar uma roupa nova. Levaram os alfaiates para um grande aposento do palácio e lhes deram veludo, seda, ouro – tudo o que fosse necessário para a roupa.

Uma semana depois, o rei mandou seu ministro saber se a roupa nova estava pronta. O ministro foi e perguntou; os alfaiates disseram que estava pronta e mostraram ao ministro um espaço vazio. O ministro sabia que os tolos e aqueles que não mereciam a posição que ocupavam não conseguiam enxergar a roupa e então ele fingiu que via a roupa e elogiou. O rei mandou trazer a roupa. Levaram a roupa para ele e mostraram um espaço vazio. O rei também fingiu que estava vendo a roupa nova, tirou sua roupa velha e mandou que vestissem nele a nova. Quando o rei foi passear pela cidade com a roupa nova, todos viram que o rei não estava usando roupa nenhuma; mas todos tinham medo de dizer que não viam a roupa, porque tinham ouvido falar que só os tolos não conseguiam enxergar a roupa nova. E, em segredo, cada um pensava que não estava vendo, mas achava que todas as outras pessoas viam a roupa nova. Assim, o rei passeou pela cidade e todos elogiaram a roupa nova. De repente, um bobo viu o rei e começou a gritar:

– Olhem, o rei está andando pelado na rua!

E o rei sentiu vergonha por não estar vestido e viram que o rei não estava com roupa nenhuma.

O RABO DA RAPOSA

(FÁBULA)

Um homem capturou uma raposa e perguntou para ela:

– Quem ensinou as raposas a enganar os cães com o rabo?

A raposa perguntou:

– Como assim, enganar? Nós não enganamos os cães, simplesmente fugimos deles com toda a força que temos.

O homem disse:

– Não, vocês usam o rabo para enganar. Quando os cães perseguem vocês e querem pegar, vocês balançam o rabo para um lado; os cães viram bruscamente atrás do rabo, mas aí vocês correm para o lado contrário.

A raposa riu e disse:

– Não fazemos isso para enganar o cão; fazemos isso para dar a curva: quando o cão nos alcança e vemos que não podemos mais fugir em linha reta, viramos para o lado; para isso, para poder virar de repente para o lado, temos de balançar o rabo para o outro lado, assim como vocês fazem com os braços quando querem fazer uma curva numa corrida. Não é uma invenção nossa: foi inventado por Deus mesmo, ainda no tempo em que nos criou, para que os cães não consigam capturar todas as raposas.

O BICHO-DA-SEDA
(CONTO)

Eu tinha no jardim antigos pés de amora. Foi meu avô quem plantou. No outono, me deram uma caixinha de ovos de bicho-da-seda e recomendaram que eu incubasse as lagartas e fizesse seda. Os ovos eram cinza-escuro e tão miúdos que, dentro da caixinha, contei cinco mil oitocentos e trinta e cinco ovos. Eram menores do que a cabeça de um alfinete. Parecem estar mortos: só que quando a gente aperta, eles estalam.

Os ovinhos ficaram largados na minha mesa e eu me esqueci deles.

Um dia, na primavera, fui ao jardim e notei que uma amoreira tinha começado a dar brotos e que, do lado que o sol batia, já havia folhas. Lembrei-me dos ovos de bicho-da-seda, fui para casa examinar os ovos e os espalhei sobre a mesa. A maior parte dos ovinhos já não estava mais cinza-escuro, como antes, alguns estavam cinza-claro e outros mais claros ainda, com um matiz leitoso.

Na manhã seguinte, bem cedo, observei os ovinhos e vi que de alguns já saíam as lagartas e outros haviam inchado e estavam cheios. É claro que, dentro de sua casca, as lagartas sentiram que seu alimento já havia amadurecido.

As lagartas eram pretas, peludas e tão pequenas que era difícil observá-las. Olhei na lente de aumento e vi que, dentro da casca, elas ficavam enroladas em anéis e, quando saíam, se esticavam. Fui ao jardim pegar folhas de amoreira, apanhei três punhados, coloquei sobre minha mesa e arrumei um lugar para as lagartas da maneira como me haviam ensinado.

Enquanto eu preparava o papel, as lagartas farejaram seu alimento sobre a mesa e rastejaram em sua direção. Eu me aproximei e comecei a atrair as lagartas para uma folha e elas, como cães atrás de um pedaço de carne, rastejaram atrás da folha, sobre o tecido que forrava a mesa, em meio a lápis, tesouras e papéis. Então recortei um papel, furei com uma faquinha, coloquei as folhas sobre o papel e, com a folha, coloquei o papel sobre as lagartas. As lagartas rastejaram através do furinho, escalaram a folha e logo todas começaram a fazer sua refeição.

Sobre as outras lagartas, quando saíram dos ovos, também coloquei um papel com uma folha de amoreira e todas rastejaram através do furinho e começaram a comer. Em cada folha de papel, as lagartas sempre se juntavam e, a partir das beiradas, comiam a folha de amoreira. Depois, quando tinham comido tudo, rastejavam pelo papel à procura de mais alimento.

Então eu colocava sobre elas mais uma folha de papel furado, com uma folha de amoreira, e as lagartas escalavam pelo furo na direção do novo alimento.

As lagartas ficavam paradas na minha prateleira e, quando não tinha uma folha, rastejavam pela prateleira, chegavam até a beiradinha, mas, apesar de serem cegas, jamais caíam. Assim que uma lagarta se aproximava do abismo, antes de descer, expelia uma teia pela boca e, nela, se colava à beirada, descia, ficava suspensa, tomava pé da situação e, se quisesse, descia, descia, mas se quisesse voltar, subia pendurada em sua teia.

As lagartas passavam dias inteiros comendo e não faziam mais nada. E era preciso lhes dar folhas cada vez maiores. Quando levávamos uma folha fresca para elas e as lagartas rastejavam em cima dela, ouvia-se um barulho igual ao da chuva caindo nas folhas; eram as lagartas que começavam a comer a folha fresca.

Assim, as lagartas mais velhas viveram cinco dias. Já haviam crescido muito e passaram a comer dez vezes mais do que antes. No quinto dia, entendi que as lagartas precisavam adormecer e fiquei esperando a hora em que isso ia acontecer. Na tarde do quinto dia, uma lagarta mais velha grudou no papel e parou de comer e de se mexer. No outro dia, fiquei muito tempo vigiando. Sabia que as lagartas iam mudar de pele algumas vezes, porque elas tinham crescido, estavam apertadas na pele de antes e se cobriam com uma nova.

Eu e meus camaradas vigiamos as mudanças. Ao anoitecer, um camarada gritou:

– Começou a tirar a roupa, venham!

Fui e vi que exatamente aquela lagarta que tinha grudado a pele no papel havia rasgado um furo perto da boca, esticava a cabeça para fora e se esforçava e se retorcia – como se quisesse sair, mas a camisa velha não a largava. Fiquei muito tempo observando como ela se debatia sem conseguir se soltar e eu quis ajudar. Puxei um pouquinho com a unha, mas logo percebi que estava fazendo uma bobagem. Embaixo da unha, apareceu algo líquido e a lagarta morreu. Achei que era sangue, mas depois entendi que debaixo da pele da lagarta há um líquido oleoso – para que sua camisa saia mais facilmente com a ajuda daquele óleo. Com a unha, na verdade, eu estraguei a camisa nova, porque a lagarta logo morreu, apesar de ainda rastejar um pouco.

Nas outras eu já não toquei e todas elas conseguiram sair de suas camisas; só algumas se perderam, mas quase todas, depois de muito esforço, se desfizeram de suas camisas velhas.

Depois de mudarem de pele, as lagartas passaram a comer mais ainda e trouxemos folhas ainda maiores. Em quatro dias, elas adormeceram de novo e começaram, de novo, a rastejar para fora da pele. Trouxemos uma folha ainda maior e as lagartas já estavam crescidas, com um oitavo de *verchok*[1] de altura. Depois, no sexto dia, adormeceram de novo e, com pele nova, saíram de novo da pele velha; já eram bem grandes e gordas e nós logo tratamos de arranjar folhas para elas.

No nono dia, as lagartas mais velhas pararam totalmente de comer e rastejaram para cima das prateleiras e das colunas. Juntei as lagartas e pus uma folha fresca para elas, mas viraram a cabeça para outro lado e continuaram a rastejar. Então lembrei que as lagartas, quando se preparam para se enrolar dentro do casulo, param de comer e rastejam para o alto.

Eu as deixei e fiquei só observando o que iam fazer.

As lagartas mais velhas subiram para o teto, se espalharam, rastejaram e começaram a fazer uma teia em várias direções. Observei uma delas. A lagarta se escondeu num canto, estendeu fios de uns seis *verchok* para todos os lados, pendurou-se neles, curvou-se ao meio como uma ferradura e começou a rodar a cabeça e soltar uma teia de seda, de modo que a teia se enrolasse em torno dela. Ao anoitecer, a lagarta já estava dentro de sua teia, como numa neblina. Mal dava para enxergar a lagarta; e na manhã seguinte ela já estava totalmente invisível por trás da teia: a lagarta estava toda envolta pela seda e ainda continuava a rodar.

Após três dias, ela parou de rodar e morreu.

Depois vim a saber quanto fio a lagarta produzia naqueles três dias. Se desenrolássemos toda a teia, às vezes o comprimento chegava a mais de uma versta, raramente menos. E se contássemos quantas vezes a lagarta tinha de rodar a cabeça naqueles três dias, para expelir o fio da teia e se enrolar nele, veríamos que ela, naqueles três dias, roda trezentas mil vezes em torno do próprio corpo. Quer dizer, a lagarta não para de rodar nem um segundo. Em compensação, depois de todo esse trabalho, quando tiramos alguns casulos e quebramos, deparamos com as lagartas dentro dos casulos totalmente ressecadas, brancas, como cobertas de cera.

Aprendi que de dentro daqueles casulos, como cadáveres brancos e cobertos

---

1 Um *verchok* equivale a 4,4 cm. Um oitavo equivale a 0,55 cm.

de cera, iam sair as borboletas; mas, olhando para eles, não dava para acreditar. No entanto, no vigésimo dia, comecei a observar o que ia acontecer com os casulos que deixei.

No vigésimo dia entendi que devia ter havido uma transformação. Não era visível e eu já estava achando que algo estava errado, quando notei num casulo a pontinha escurecida e molhada. Logo pensei que podia estar estragado e ia jogar fora. Mas pensei: será que não é assim que começa? E fiquei olhando o que ia acontecer. E de fato: a partir do lugar molhado, alguma coisa se mexeu.

Demorei muito tempo para entender o que era. Mas depois surgiu algo parecido com uma cabecinha com bigodinhos. Os bigodes se mexiam. Depois notei que uma pata se esticou através de um buraco, depois outra pata – e as patas se reviraram e acabaram escapando do casulo. Alguma coisa se debatia cada vez mais para fora e entendi que era uma borboleta molhada. Quando as patas se desembaraçaram, a parte de trás pulou, a borboleta surgiu e ficou parada. Quando secou, ficou branca, ajeitou as asas, voou um pouco, deu umas voltas e pousou na janela.

Dois dias depois, a borboleta pôs ovos em favos no peitoril da janela e grudou-os ali. Os ovinhos eram amarelos, vinte e cinco borboletas puseram ovos. E eu recolhi cinco mil lagartas.

No ano seguinte, já alimentei mais lagartas e fiei mais seda.

O REI E OS ELEFANTES

(FÁBULA)

Um rei indiano mandou reunir todos os cegos e, quando chegaram, mandou que mostrassem a eles seus elefantes. Os cegos foram para a cocheira e começaram a apalpar os elefantes. Um apalpou a perna; o segundo, a ponta da cauda; o terceiro, o início da cauda; o quarto, a barriga; o quinto, as costas; o sexto, as orelhas; o sétimo, as presas; o oitavo, a tromba; o nono, os lados; o décimo, a cabeça. Depois o rei chamou os cegos e perguntou:

– Como são meus elefantes?

Um cego disse:

– Seus elefantes parecem colunas. – Era o cego que tinha apalpado as pernas.

Outro cego disse:

– Parecem vassouras. – Era o cego que tinha apalpado a ponta da cauda.

O terceiro disse:

– Eles parecem galhos de árvore. – Era o que tinha apalpado a parte de cima da cauda.

O que tinha apalpado a barriga disse:

– Os elefantes parecem montes de terra.

O que tinha apalpado os lados disse:

– Eles parecem uma parede.

O que tinha apalpado as costas disse:

– Eles parecem um morro.

O que tinha apalpado as orelhas disse:

– Eles parecem mantas.

O que tinha apalpado a cabeça disse:

– Eles parecem uma caçamba.

O que tinha apalpado as presas disse:

– Eles parecem chifres.

O que tinha apalpado a tromba disse:

– Eles parecem uma corda grande.

E todos os cegos começaram a discutir e brigar.

A CAÇA É PIOR QUE A ESCRAVIDÃO

(CONTO DE CAÇADOR)

Fomos caçar ursos. Meu camarada teve de atirar num urso; ele o feriu, acertando de raspão no traseiro do urso. Ficou um pouco de sangue na neve e o urso fugiu.

Nós nos reunimos na floresta e conversamos para decidir o que fazer: ir naquele momento pegar aquele urso ou esperar três dias, até o urso deitar.

Fomos perguntar a mujiques acostumados a caçar ursos se era possível ou não cercar o urso naquele momento. Um velho caçador de ursos disse:

– Não pode, não. Tem de dar tempo para o urso deitar; daqui a uns cinco dias já pode ir atrás dele, se for agora só vai assustar o urso, ele não vai deitar.

Um jovem mujique caçador de ursos discutiu com o velho e disse que era possível apanhar o urso naquele momento.

– Nessa neve, o urso não vai longe, o urso é gordo. Ele vai deitar hoje mesmo. Se não deitar, eu o alcanço com os esquis.

Meu camarada também não quis ir atrás do urso naquele momento e preferiu esperar.

E eu disse:

– Não adianta discutir. Vocês façam como quiserem, eu vou com Demian seguir os rastros. Se pegarmos, tudo bem; se não, tanto faz. Não vamos fazer nada mesmo hoje, e ainda não está tarde.

Assim fizemos.

Meus camaradas foram no trenó para a aldeia e eu e Demian pegamos comida e ficamos na floresta.

Depois que todos foram embora, eu e Demian examinamos as espingardas, fechamos o casaco de pele amarrando na cintura e seguimos os rastros.

O tempo estava bom: gelado e tranquilo. Mas andar de esqui era difícil: a neve estava funda e parecia pó. A neve não estava assentada no solo da floresta, ainda por cima tinha nevado na véspera e por isso os esquis afundavam um palmo na neve, e até mais, em certos trechos.

Dava para ver a trilha do urso de longe. Dava para ver como o urso estava andando, como às vezes caía de barriga e revirava a neve. No início, avançamos vendo bem os rastros, entre árvores altas; depois, quando os rastros entraram numa floresta de pinheiros pequenos, Demian parou.

– Temos de deixar a trilha. Acho que ele vai deitar aqui. Começou a sentar, dá para ver pela neve. Vamos nos afastar da trilha e dar a volta. Só que não podemos fazer barulho, nem gritar, nem tossir, senão ele se assusta.

Nós nos afastamos da trilha, para a esquerda. Percorremos uns quinhentos passos, olhamos – a trilha do urso estava de novo à nossa frente. Seguimos a trilha novamente e essa trilha nos levou à estrada. Paramos na estrada e ficamos observando para que lado o urso tinha ido. Aqui e ali, na estrada, víamos como o urso deixava a marca de sua pata inteira, com os dedos, e aqui e ali víamos como um mujique havia pisado na estrada com suas sandálias de palha. Dava para ver que ele ia para a aldeia.

Seguimos pela estrada. Demian disse:

– Agora não vamos achar nada na estrada; em algum lugar ele vai sair da estrada, para a direita ou para a esquerda, e vai dar para ver na neve. Em algum lugar, ele vai sair da estrada, não vai entrar na aldeia.

Assim seguimos uma versta pela estrada; olhamos para a frente – a trilha deixava a estrada. Olhamos e... que coisa incrível! Era a trilha do urso, só que não ia da estrada para a floresta, mas sim vinha da floresta para a estrada: os dedos estavam voltados para a estrada. Eu disse:

– É outro urso.

Demian observou, pensou.

– Não, é o mesmo, só que começou a querer despistar. Ele saiu da estrada andando de costas.

Seguimos a trilha, e era aquilo mesmo. Vimos que o urso se afastou da estrada uns dez passos andando de costas, passou por um pinheiro, virou-se e então andou para a frente. Demian parou e disse:

– Agora vamos cercar de verdade. Ele não tem mais onde deitar senão nesse pântano. Vamos fazer o cerco.

Começamos a fazer a volta pela densa floresta de pinheiros. Eu já estava exausto, tinha dificuldade para andar. Ora esbarrava num ramo de junípero e ficava agarrado aos ramos, ora um pinheirinho pequeno se dobrava entre minhas pernas, ora o esqui se prendia por causa da minha falta de prática, ora eu tropeçava num toco ou num cepo escondido embaixo da neve. Eu já começava a cansar. Tirei o casaco de pele e meu suor escorria. Mas Demian flutuava como se estivesse num bote. Os esquis pareciam andar sozinhos embaixo dele. Não se enganchava nem esbarrava em nada. E ainda pôs meu casaco de pele sobre os ombros e não parava de me animar.

Demos uma volta de umas três verstas, contornamos o pântano. Eu já estava cansado, os esquis já estavam tortos, as pernas vacilavam. De repente, Demian parou na minha frente e acenou com a mão. Fui até lá. Demian se agachou, sussurrou e apontou:

– Olhe, uma pega está piando em cima de uma árvore, o pássaro sente o cheiro do urso de longe. É ele.

Fomos em frente, seguimos mais uma versta e achamos de novo a trilha antiga. Assim, demos uma volta inteira em redor do urso e ele tinha ficado no meio de nosso cerco. Paramos. Tirei o chapéu e me desabotoei todo: estava com calor, parecia uma sauna, estava todo molhado, feito um rato. E Demian ficou vermelho, se enxugou com a manga.

– Bom, patrão – disse –, está feito. Agora temos de descansar.

O crepúsculo logo começou a brilhar vermelho através da floresta. Sentamos nos esquis para descansar. Pegamos pão e sal na bolsa; primeiro comi um pouco de neve, depois pão. E o pão me pareceu o mais gostoso que eu já havia comido em toda a vida. Ficamos sentados; já começava a escurecer. Perguntei a Demian se a aldeia ficava longe.

– Umas doze verstas! Vamos chegar lá tarde da noite e agora temos de descansar. Vista seu casaco de pele, patrão, senão vai se resfriar.

Demian partiu uns ramos de pinheiro, forrou a neve, armou um leito e eu e ele deitamos pertinho um do outro, as mãos embaixo da cabeça. Eu mesmo não lembro como foi que adormeci. Acordei umas duas horas depois. Alguma coisa estalou.

Tinha dormido um sono tão profundo que nem lembrei onde estava. Olhei em volta e... que coisa incrível! Onde eu estava? Havia umas salas brancas acima de mim, e colunas brancas, e em tudo eu via o brilho de lantejoulas. Olhei para cima – enfeites brancos e, no meio dos desenhos, uma espécie de arco azul metálico e luzes acesas coloridas. Olhei para trás e lembrei que estávamos na floresta, que aquilo era uma árvore na neve e que, por causa da geada, tive a impressão de que eram salões, e as luzes na verdade eram as estrelas no céu, cintilando no meio dos ramos.

Tinha geado à noite: havia geada nos galhos, havia geada no meu casaco de pele, Demian estava todo coberto pela geada e a geada jorrava do alto. Acordei Demian. Calçamos os esquis e seguimos em frente. A floresta estava em silêncio; só se ouvia o roçar de nossos esquis na neve fofa, o estalo de uma ou outra árvore por causa da friagem e, em toda a floresta, o rumor do vento. Só uma vez um bicho fez barulho perto de nós e foi embora correndo. Pensei que era o urso. Fomos para o lugar de onde viera o barulho, vimos um rastro de lebre, os álamos pequenos estavam roídos. Eram as lebres que estavam comendo.

Fomos para a estrada, amarramos os esquis nas costas e seguimos por ela. Era fácil andar. Os esquis nas costas chacoalhavam e rangiam enquanto andávamos na estrada plana, a neve chiava embaixo das botas, a geada fria batia no rosto, grudava como uma penugem. Através dos galhos, as estrelas pareciam correr em nossa direção, brilhavam, apagavam, como se o céu inteiro tremesse com força.

Meu camarada estava dormindo – eu o acordei. Contamos que tínhamos cercado o urso e mandamos o senhorio preparar os mujiques batedores de manhã. Jantamos e fomos dormir.

De tão cansado, eu dormiria até a hora do almoço, mas meu camarada me acordou. Levantei e olhei: meu camarada estava vestido, fazia alguma coisa com a espingarda.

– Onde está o Demian?

– Foi para a floresta faz tempo. Foi verificar a situação e voltou para cá; agora conduziu os batedores.

Eu me lavei, troquei de roupa, carreguei minha espingarda; sentamos no trenó e partimos.

A friagem continuava forte, o ar estava calmo, não se via o sol; uma neblina pairava no alto e a geada estava assentando no solo.

Percorremos umas três verstas pela estrada, nos aproximamos da floresta. Vimos: uma fumacinha azul numa baixada e gente parada – mujiques e mulheres com porretes.

Descemos do trenó, chegamos perto do povo. Os mujiques estavam sentados, assando batatas, eles e as mulheres riam.

E Demian estava junto com eles. O povo se levantou, Demian levou-os para que se postassem em círculo, na linha do nosso cerco da noite anterior. Os mujiques e as mulheres se puseram numa fila. Trinta pessoas – só se via da cintura para cima – entraram na floresta; depois eu e meu camarada fomos atrás deles.

Embora o caminho fosse plano, era difícil andar; em compensação, não tinha espaço para cair – era como andar entre duas paredes.

Assim andamos mais ou menos meia versta – Demian logo veio correndo de esqui do outro lado em nossa direção, abanou a mão para que fôssemos ao encontro dele.

Chegamos perto, ele mostrou o lugar. Fiquei onde ele estava, olhei em volta.

À minha esquerda, havia um pinheiro alto; através dele, se via longe e, atrás das árvores, vi algo preto: era um mujique batedor. Na minha frente, havia um pinheiral novo, denso, da altura de um homem. E no pinheiral os galhos estavam curvados e carregados de neve. No meio do pinheiral, o caminho estava coberto de neve. Aquele caminho vinha reto na minha direção. À minha direita, um pinheiral denso e, no fim do pinheiral, uma clareira. Vi que Demian pôs meu camarada naquela clareira.

Examinei minhas duas espingardas, engatilhei, comecei a pensar qual seria o melhor lugar para eu ficar. Atrás de mim, a três passos, havia um grande pinheiro. "Vou tomar posição junto ao pinheiro e vou deixar a outra espingarda encostada nele." Fui até o pinheiro, a neve chegava até acima do joelho, bati a neve com os pés junto ao pinheiro numa área de um *archin* e meio e me instalei ali. Tomei uma espingarda nos braços e a outra, engatilhada, encostei no pinheiro. Peguei o punhal e deixei na bainha, para poder sacar com facilidade, caso necessário.

Assim que me instalei, ouvi o grito de Demian, na floresta:

– Vamos! A caminho! Vamos!

E quando Demian começou a gritar, os mujiques no círculo gritaram em várias vozes.

– Vamos! Uuuu! – gritaram os mujiques.

– Ai! Ih-ih! – gritaram as mulheres, com voz aguda.

O urso estava dentro do círculo. Demian o enxotava. O povo gritava em toda parte do círculo, só eu e meu camarada ficamos parados, em silêncio e sem nos mexer, à espera do urso. Levantei, olhei, escutei, meu coração parecia martelar.

Segurei a espingarda, eu tremia. Pronto, pensei, vai pular, vou fazer pontaria, vou atirar, ele vai cair... De repente, à esquerda, escuto, algo desaba na neve, longe. Olho para o pinheiral alto: a uns cinquenta passos, atrás das árvores, há algo preto, grande. Faço pontaria e espero. Penso que pode chegar mais perto. Olho: ele mexeu as orelhas, voltou para trás. De lado, ficou todo visível para mim. Animal corpulento! Fiz pontaria às pressas. Pum! – escuto: minha bala acertou numa árvore. Olho através da fumaça: meu urso pulou para trás em busca de abrigo e se escondeu no meio da mata. Ora, pensei, desperdicei meu trabalho; agora ele já não vai vir na minha direção. Ou meu camarada vai atirar ou então ele vai para o meio dos mujiques, e não na minha direção. Fiquei onde estava, recarreguei a espingarda e ouvi com atenção. Os mujiques gritavam de todos os lados, mas da direita, perto do meu camarada, ouvi uma mulher gritar de um jeito estranho:

– Olha ele lá! Olha ele lá! Aqui! Aqui! Ei, ei! Ai, ai, ai!

De repente, o urso tinha aparecido. Eu já não esperava que o urso viesse para mim, e olhei para a direita, para meu camarada. Olho: Demian, com um porrete e sem esquis, correu pela trilha na direção de meu camarada; sentou a seu lado e apontou para alguma coisa com o porrete, como se fizesse pontaria. Olhei: meu camarada empunhou a espingarda, apontou na direção indicada por Demian. Pum! – disparou. "Pronto, matou", pensei. Só que olhei e vi que meu camarada não corria na direção do urso. "Na certa errou ou não atingiu o lugar certo", pensei. "Agora o urso vai fugir e não vai vir mais para o meu lado!" O que foi isso? De repente ouvi na minha frente – alguém voou como um redemoinho, espalhou a neve bem perto e bufou. Olhei para a frente: ele vinha retinho para mim, pela trilha, no meio do pinheiral alto, rápido, de cabeça abaixada, fora de si por causa do medo. A cinco passos de mim, ele ficou inteiramente visível: o peito preto, a cabeça enorme de cor ruiva. Vinha voando direto com a testa na minha direção, espirrava neve para todos os lados. Percebi pelos olhos do urso que ele não estava me vendo, de tanto medo ele corria feito um louco, sem rumo. Seu caminho ia dar direto no pinheiro onde eu estava. Empunhei a espingarda e atirei – e ele já estava ainda mais perto. Olho: não caiu, a bala passou ao lado; mas ele nem ouviu, corria na minha direção sem ver nada. Baixei a espingarda, quase a apoiei na sua cabeça. Pum! Olho: ele caiu, mas não matei.

Levantou a cabeça, encolheu as orelhas, pôs os dentes à mostra e veio direto para mim. Apanhei a outra espingarda; porém, mal fechei a mão, ele já voava em cima de mim, só que bateu com a pata na neve e errou o pulo. "Puxa, que bom que não me pegou", pensei. Comecei a me levantar, senti uma coisa me apertando e não soltava. Na investida, ele não se conteve, errou o pulo, mas deu meia-volta e se jogou sobre mim com o peito. Sinto que ele está deitado em cima de mim com todo o peso, sinto o calor sobre a cara e sinto que ele tomou todo o meu rosto entre as mandíbulas. Meu nariz já está dentro de sua boca e sinto calor e cheiro de sangue. Ele segurou meus ombros com as patas, não consigo me mexer. Só posso encolher a cabeça na direção do peito, tirar o nariz e os olhos de suas mandíbulas. Mas ele quer mesmo pegar meu nariz e meus olhos. Sinto que, com os dentes da arcada superior, ele agarrou a carne de minha testa, logo abaixo do cabelo, e a carne logo abaixo dos olhos, apertou os dentes, começou a espremer. Parecia que cortavam minha cabeça com facas; eu me debato, puxo, mas ele tem pressa e morde como um cachorro – tritura, tritura. Eu me viro, ele me segura de novo. "Pronto, chegou meu fim", pensei. Sinto de repente que o peso em cima de mim acabou. Olho: ele não está mais ali, pulou e fugiu.

Quando meu camarada e Demian viram que o urso tinha me derrubado na neve e me mordia, vieram correndo me ajudar. Meu camarada quis chegar mais depressa, mas cometeu um erro; em lugar de correr pela trilha batida, veio pelo mato e acabou caindo. Enquanto ele se desvencilhava da neve, o urso me mordia todo. E Demian, como não tinha espingarda, mas apenas um porrete, veio pela trilha, gritando:

– Está comendo o patrão! Está comendo o patrão! – E corria e gritava para o urso: – Ah, seu maluco! O que está fazendo? Solte! Solte!

O urso obedeceu, me soltou e fugiu. Quando me levantei, tinha sangue na neve, parecia que tinham abatido um carneiro, e abaixo dos meus olhos a carne estava pendurada como trapos, mas no meio da afobação eu nem sentia dor.

Meu camarada chegou às pressas, o povo se juntou, examinaram minha ferida, fizeram uma compressa de neve. Mas eu nem me lembrava do ferimento e perguntei:

– Cadê o urso, para onde foi?

De repente, ouvimos:

– Lá está ele! Lá está ele!

Olhamos: o urso vinha correndo de novo para nós. Estendi a mão para pegar a espingarda, mas ninguém teve tempo de atirar – ele já havia passado correndo. O urso estava louco de raiva: ainda queria morder mais, porém vi que tinha muita gente e ele se assustou. Pelas pegadas, vimos que estava saindo sangue da cabeça do urso; queríamos ir atrás, mas minha cabeça começou a doer e então fomos para a cidade, procurar um médico.

O médico costurou meus ferimentos com seda e eles começaram a cicatrizar.

Um mês depois, fomos de novo atrás daquele urso; mas não consegui matá-lo. O urso não saía da mata, andava sempre em círculos e rugia com uma voz terrível. Demian o matou. Meu tiro havia acertado a gengiva inferior do urso e arrancado um dente.

O urso era muito grande e tinha um lindo pelo escuro.

Mandei empalhar o urso e agora ele está na minha casa. Minhas feridas na testa cicatrizaram, mal se percebe onde elas estavam.

A GALINHA CHOCA E OS PINTINHOS
(FÁBULA)

A galinha chocou os pintinhos e agora não sabia como protegê-los. Disse para eles:

– Voltem para dentro da casca do ovo; quando estiverem dentro da casca, eu me sentarei em cima, como fazia antes, e assim vou proteger vocês.

Os pintinhos obedeceram, foram para os ovos, mas não conseguiram de jeito nenhum entrar de novo na casca, só machucaram as asas. Então um pintinho disse para a mãe:

– Se era para nós ficarmos dentro da casca para sempre, era melhor não ter nos chocado.

GASES
(RACIOCÍNIO)

I

O ar existe de várias formas, embora seja sempre fresco e invisível.

A água se desfaz no ar, se torna volátil; e quando há muita água no ar, ele fica úmido; quando há pouca, fica seco. Quando as pessoas respiram num espaço fechado, o ar fica ruim, insalubre; mas em lugares abertos ou no bosque, o ar é saudável, bom. Isso acontece porque, num cômodo fechado, ao ar comum se acrescenta o ar ruim que as pessoas e todos os seres vivos expiram.

Portanto, no ar existem várias partes e os olhos não conseguem distingui-las: sempre se parece com o ar comum. Essas várias substâncias são diversos gases que se misturam no ar, assim como a água no vinagre ou no vinho. Se pomos vodca na água, a água e a vodca se misturam de tal modo que os olhos não percebem se há água na vodca e se ela é pouca ou muita. Mas pelo cheiro é possível perceber; assim, também no ar há uma mistura variada e não se pode distinguir nada com os olhos, mas se pode sentir, quando se respira por mais tempo. No ar bom, respirar é agradável e sadio; no ar ruim, é penoso e às vezes nocivo.

Para a respiração, a parte mais necessária do ar é aquela chamada *oxigênio*. Se acumularmos esse gás isoladamente e jogarmos um cigarro aceso, ele vai se incendiar na mesma hora. Portanto, com ele, a madeira e qualquer outra coisa pega fogo com mais força. E se no ar não há oxigênio e jogarmos nesse ar um cigarro aceso, ele vai se apagar.

O ar é necessário para a combustão, porque nele há oxigênio. Para levantar a chama, sopramos, abanamos, e se quisermos apagar o fogo, abafamos, para que não haja mais ar em torno dele: cobrimos, envolvemos de todos os lados, e o fogo apaga.

Outra parte do ar é o *nitrogênio*. Nele não se pode respirar e as coisas não pegam fogo.

A terceira parte do ar é o gás carbônico, *dióxido de carbono*. Ele também não serve para respirar nem para acender o fogo. Há pouco desse gás no ar, mas ele está em toda parte. Quando se avoluma demais, o gás carbônico desce e se junta embaixo, porque é mais pesado do que os outros gases.

A quarta parte do ar é o vapor de água, a água volátil.

Quando respiramos, o oxigênio sai de nosso corpo e, nesse ar que expiramos, há menos oxigênio do que no ar comum; em compensação há mais dióxido de carbono. É por isso que a respiração deixa o ar ruim.

As árvores, o capim e todas as plantas também respiram, só que não aspiram o ar para dentro de si, como aspiramos com o peito, mas o absorvem por meio das folhas e da casca jovem. E, de maneira imperceptível, todas as folhas também expiram ar; esse ar também é diferente do ar comum: nele, há menos gás carbônico e mais oxigênio. Portanto o dióxido de carbono é necessário para as plantas, ao passo que para os animais ele é desnecessário e até nocivo. É por isso que na floresta o ar é tão saudável: lá, há menos gás carbônico e mais oxigênio.

GASES

(RACIOCÍNIO)

II

Se num balde com água jogarmos pedras, palha, cortiça, madeira seca e úmida, acrescentarmos areia, barro e sal, e derramarmos também azeite, vodca e sacudirmos e misturarmos tudo isso e depois observarmos o que vai acontecer, veremos que as pedras, o barro, a areia irão para o fundo, a madeira seca, a palha, a cortiça e o azeite ficarão em cima, o sal e a vodca vão se dissolver de tal modo que não serão mais visíveis. Tudo isso, de início, vai rodar, balançar, empurrar uns aos outros, e depois tudo vai encontrar seu lugar e ficar em repouso: os mais pesados irão logo para baixo, os mais leves irão logo para cima.

Assim também todos os gases se acomodam no ar debaixo da terra. Os mais pesados do que o ar ficam embaixo; os mais leves vão para cima; alguns podem se espalhar, outros se dissolvem por todo o ar.

Se os gases não se renovassem, não se misturassem com outros, não se transformassem, o ar ficaria embaixo da terra e não se moveria, como a água num balde, quando ela assenta; mas dentro da terra se formam novos gases o tempo todo e os que já existem se misturam com outras substâncias.

Toda pessoa e todo animal, quando respiram, retiram do ar o oxigênio e, dentro de si, o misturam com as substâncias do seu corpo, e liberam outros gases. Toda planta – capim, árvore – retira para si gás carbônico e libera oxigênio. Num lugar, a água passa de líquida a volátil, gás de água, vapor invisível; noutro lugar, a água passa de volátil a líquida. Por isso, no ar, sempre circulam vários gases: os mais leves vão para cima, outros mais pesados vão para baixo, e os gases circulam o tempo todo, como num balde de água circulam várias substâncias. Mas sobretudo o ar se move e circula porque, ali onde ele esquenta, vai para cima e, onde resfria, vai para baixo. Quando num dia ensolarado o sol brilha oblíquo na janela, nos raios do sol se vê como os grãos de poeira rodam e saltam para cima e para baixo. É que o ar quente e o ar frio rodam e levam consigo os leves grãos de poeira.

O LEÃO, O BURRO E A RAPOSA

(FÁBULA)

O leão, o burro e a raposa foram caçar. Apanharam muitos bichos e o leão mandou o burro dividir. O burro dividiu em três partes iguais e disse:

– Muito bem, agora sirvam-se!

O leão se irritou, devorou o burro e mandou a raposa dividir de novo. A raposa juntou tudo num monte só e deixou para si só um pouquinho. O leão observou e disse:

– Ah, é inteligente! Quem foi que ensinou você a dividir tão bem?

Ela disse:

– O que foi que aconteceu com o burro?

O VELHO CHOUPO

(CONTO)

Nosso jardim ficou abandonado por cinco anos; contratei trabalhadores com machados e pás e fui eu mesmo trabalhar com eles no jardim. Podamos e cortamos os galhos secos e o mato, árvores e arbustos supérfluos. Os choupos e as cerejeiras cresceram mais do que tudo e sufocavam as outras árvores. O choupo cresce pela raiz e é impossível arrancá-lo da terra, é preciso escavar as raízes. Depois do poço, havia um choupo enorme, eram necessários dois homens para abraçá-lo. À sua volta, havia uma pequena clareira; estava cheia de mudas de choupo. Mandei cortar as mudas: queria que o lugar ficasse mais alegre e, sobretudo, queria aliviar o velho choupo, porque achei que todas aquelas árvores jovens tinham crescido dele e estavam sorvendo sua seiva. Quando derrubávamos os choupos jovens, às vezes me dava pena ver como cortávamos suas raízes cheias de seiva sob a terra e depois como nós quatro puxávamos e mesmo assim não conseguíamos arrancar o choupo cortado. Ele se agarrava com todas as forças e não queria morrer. Pensei: é claro que eles precisam viver, pois se agarram à vida com tanta força. Mas era preciso cortar e cortei. Depois, quando já era tarde, entendi que não era necessário eliminá-los.

Pensei que as mudas sorviam a seiva do choupo velho, mas era o contrário. Quando cortei as mudas, o choupo velho já estava morrendo. Quando as folhas nasceram (elas brotaram em dois galhos), vi que um galho ficou nu; e naquele mesmo verão o choupo murchou. Já estava morrendo havia muito tempo, e ele sabia disso, e transferiu sua vida para as mudas.

Por isso os choupos jovens cresceram tão depressa e eu, que queria aliviar o velho choupo, matei todos os seus filhos.

O AZEREIRO

(CONTO)

Um azereiro cresceu no meio de uma trilha de avelaneiras e sufocou as árvores de avelã. Pensei muito tempo se devia ou não cortá-lo: me dava pena. O azereiro cresceu e formou não um arbusto, mas uma árvore, de uns três *verchok* de diâmetro e umas quatro *sájeni* de altura, todo ramificado, espesso e cheio de flores claras, brancas e perfumadas. De longe dava para sentir seu odor. Eu não ia cortar o azereiro, mas um dos trabalhadores (antes, eu lhe dissera para cortar o azereiro todo) começou a cortar sem mim. Quando cheguei, já tinha cortado um *verchok* e meio e a seiva se derramava sob o machado, quando ele acertava no corte já feito. "Pelo visto, não se pode fazer nada. É o destino", pensei. Peguei eu mesmo o machado e cortei junto com o mujique.

Dá alegria fazer qualquer trabalho; cortar uma árvore também dá alegria. Dá alegria cravar o machado bem fundo na diagonal e depois dar um corte reto para abrir a cunha e ir cortando a árvore mais e mais.

Eu havia esquecido totalmente o azereiro e só pensava em derrubá-lo o mais rápido possível. Quando fiquei sem fôlego, baixei o machado, eu e o mujique nos apoiamos na árvore e tentamos derrubá-la.

Sacudimos: as folhas da árvore tremeram, o orvalho respingou sobre nós e começaram a cair pétalas de flores brancas e cheirosas.

Ao mesmo tempo, algo pareceu gritar – estalar – no meio da árvore; empurramos e tivemos a impressão de que uma coisa começava a chorar – rachar no meio –, e a árvore tombou. Ela se rompeu no corte e, balançando-se, estirou-se com os galhos e as flores sobre o capim. Os ramos e as flores ficaram tremendo depois da queda e pararam.

– Ah! Que coisa incrível! – disse o mujique. – Dá muita pena!

Eu também senti pena e tratei de procurar logo outros trabalhos.

COMO AS ÁRVORES CAMINHAM
(CONTO)

Certa vez, estávamos capinando uma trilha com muito mato na encosta de uma colina junto a um poço, cortamos muitas roseiras, salgueiros, choupos, depois veio um azereiro. Ele tinha crescido bem no meio da trilha e era tão velho e tão grosso que não podia ter menos de dez anos. Mas eu sabia que o bosque tinha sido limpado cinco anos antes. Eu não conseguia entender como um azereiro tão velho podia ter crescido ali. Cortamos o azereiro e fomos em frente. Adiante, noutro trecho de mata mais fechada, havia crescido outro azereiro como aquele, e ainda mais grosso. Examinei suas raízes e descobri que ele havia crescido embaixo de uma velha tília. Com seus ramos, a tília havia abafado o azereiro e ele então esticou seu caule uns cinco *archin*, reto sobre a terra; quando alcançou um ponto onde a luz batia, ergueu a cabeça e começou a florir. Cortei sua raiz e me admirei ao ver que a árvore estava fresca, ao passo que a raiz estava podre. Quando cortei a árvore, eu e os mujiques tentamos arrancá-la; no entanto, por mais que puxássemos, não conseguíamos movê-la: o azereiro parecia agarrado. Eu disse:

– Vamos ver se não está preso em alguma coisa.

Um trabalhador se agachou junto à árvore e gritou:

– Ei, ele tem outra raiz, olhem, na trilha!

Fui até lá: vi que era mesmo verdade.

O azereiro, para não ser sufocado pela tília, atravessou por baixo dela na direção da trilha e se afastou uns três *archin* da raiz anterior. A raiz que eu tinha cortado estava podre e seca, mas a nova estava fresca. Estava claro que o azereiro havia sentido que não podia viver ao pé da tília, esticou-se, agarrou-se à terra com um ramo, daquele ramo fez uma nova raiz e abandonou a outra. Só então entendi como o primeiro azereiro tinha crescido na trilha. Sem dúvida, ele fez o mesmo – só que teve tempo para se desfazer totalmente da raiz antiga, por isso eu não a encontrei.

O CODORNIZÃO E SUA FÊMEA

(FÁBULA)

O codornizão fez seu ninho no campo já tarde e, na época da ceifa, a fêmea ainda estava chocando os ovos. De manhã cedo, os mujiques foram para o campo, tiraram os casacos, afiaram as gadanhas e, um atrás do outro, foram ceifar o capim e arrumar em fileiras. O codornizão voou para ver o que os ceifadores estavam fazendo. Quando viu um mujique levantar a gadanha e cortar uma cobra ao meio, ele se alegrou, foi voando para sua fêmea e disse:

– Não tenha medo dos mujiques; eles vieram cortar as cobras; faz tempo que elas não nos dão sossego.

E a fêmea disse:

– Os mujiques cortam o capim e, junto com o capim, cortam tudo o que aparece pela frente: uma cobra, um ninho de codornizão e a cabeça de um codornizão. Meu coração não fareja coisa boa; não posso tirar os ovos daqui, nem posso deixar o ninho; os filhotes vão ficar gelados.

Quando as gadanhas chegaram ao ninho do codornizão, um mujique ergueu a gadanha e cortou a cabeça da fêmea do codornizão, mas guardou os ovos no peito, embaixo da roupa, e deu para os filhos brincarem.

COMO SE FAZEM BALÕES DE AR
(RACIOCÍNIO)

Se você pegar uma bexiga cheia de ar, afundar na água e depois soltar, a bexiga vai pular para a superfície da água e ficar boiando. Da mesma forma, se você ferver água numa panela de ferro, no fundo, em cima do fogo, a água se torna volátil, gás; e assim que se junta um pouco mais desse gás, que é o vapor de água, logo ele sobe em forma de bolhas. Primeiro salta uma bolha, depois outra e, quando toda a água esquenta, as bolhas pulam para cima sem parar: então a água *está fervendo*.

Da mesma forma como as bolhas pulam para a superfície da água, cheias de vapor de água, porque são mais leves do que a água, também os balões cheios de gás *hidrogênio*, ou ar quente, sobem no ar, para a parte mais alta do ar, porque o ar quente é mais leve do que o ar frio e o hidrogênio é o mais leve de todos os gases.

Balões de ar são feitos de hidrogênio e de ar quente. Os balões de hidrogênio são feitos assim: construímos uma grande bolha, amarramos com cordas a estacas e enchemos com hidrogênio. Assim que soltarmos a corda, a bolha vai voar para cima e vai continuar subindo, até deixar para trás o ar que é mais pesado que o hidrogênio. E quando sobe para o ar leve, começa a flutuar pelo ar, como uma bolha sobre a água. É assim que se fazem os balões de ar com ar quente: pegamos um grande balão vazio, com um gargalo embaixo, semelhante a uma botija de cabeça para baixo, prendemos uma bucha de algodão no gargalo, encharcamos o algodão com álcool e ateamos fogo. A chama aquece o ar dentro do balão, que fica mais leve do que o ar frio, de fora, e o balão é puxado para cima, como as bolhas sobem na água. O balão vai voar para cima até alcançar um ar mais leve do que o ar que está dentro do balão.

Quase cem anos atrás, os irmãos Montgolfier, franceses, inventaram o balão de ar. Fizeram um balão de pano e papel e puseram ar quente dentro do balão; o balão voou. Então fizeram outro balão maior, amarraram um carneiro, um galo e um pato e soltaram. O balão subiu e desceu em segurança. Depois prenderam um cesto embaixo do balão e, dentro do cesto, foi um homem. O balão subiu tão alto que sumiu de vista: voou e depois desceu em segurança. Depois tiveram a ideia de encher os balões com hidrogênio e eles passaram a voar mais alto e mais depressa.

Para voar num balão, amarram um cesto embaixo dele e no cesto ficam duas, três e até oito pessoas, que levam consigo bebida e comida.

Para o balão descer e subir conforme a vontade das pessoas, instalam uma válvula no balão e quem viaja nele pode abrir e fechar essa válvula puxando uma corda. Se o balão sobe demais e o passageiro quer que o balão desça, ele então abre a válvula, o gás sai, o balão se contrai e começa a baixar. Além disso, no balão há sempre sacos de areia. Se o passageiro soltar um saco, o balão vai ficar mais leve e vai subir. Se o passageiro quiser baixar mas vir que o local não é bom para pousar – se houver um rio ou uma floresta –, ele esvazia a areia de alguns sacos, o balão fica mais leve e sobe de novo.

CONTO DE UM AERONAUTA

O povo se reuniu para me ver voar. O balão estava pronto. Ele tremia, puxava para cima as quatro cordas e ora encolhia, ora inflava. Despedi-me das pessoas, entrei na barquinha, observei se minhas provisões estavam no lugar e comecei a gritar:

– Soltem!

Cortaram as cordas e o balão subiu, primeiro devagar – como um cavalo bravo se desvencilha das rédeas e olha em volta – e de repente deu uma arrancada para cima e voou tanto que a barquinha balançou e sacudiu. Lá embaixo, batiam palmas, gritavam, abanavam lenços e chapéus. Também abanei o chapéu para eles e, antes que eu tivesse tempo de recolocá-lo na cabeça, já estava tão alto que era difícil avistar as pessoas lá embaixo. No primeiro minuto, fiquei assustado e um frio percorreu minhas veias; mas depois, de repente, estar no ar me deu uma alegria tão grande que esqueci que tinha medo. Mal dava para ouvir o barulho na cidade. Como abelhas, o povo zumbia lá embaixo. Eu via as ruas, as casas, o rio, os jardins na cidade como se fosse um mapa. Parecia que eu era o rei de toda a cidade e do povo – tamanha era minha alegria de estar lá em cima. Eu subia rapidamente, as cordas da barquinha apenas tremiam, a certa altura um vento bateu em mim, me fez rodar duas vezes; mas depois, mais uma vez, eu nem sentia se estava voando ou se estava parado. Só percebia que estava voando para cima porque o mapa da cidade embaixo de mim ficava cada vez menor e dava para eu avistar uma distância cada vez maior. A terra parecia se estender embaixo de mim, ficava cada vez mais larga, e de repente notei que a terra embaixo de mim ficava como uma xícara. As bordas ficaram arqueadas – no fundo da xícara estava a cidade. Eu sentia uma alegria cada vez maior. Respirar era fácil e divertido e tive vontade de cantar. Comecei a cantar, mas a voz saiu tão fraca que me admirei e me assustei com minha própria voz.

O sol ficava ainda mais alto, mas no poente uma nuvem se estendia – e de repente ela cobriu o sol. Tive medo outra vez e, para me ocupar com alguma coisa, peguei o barômetro e o examinei, e por ele soube que eu já havia subido quatro verstas. Quando coloquei o barômetro no lugar, algo começou a palpitar perto de mim e vi um pombo. Lembrei que havia trazido um pombo a fim de soltá-lo com um bilhete para as pessoas em terra. Escrevi num papel que eu estava vivo e bem, a quatro verstas de altura, prendi o papelzinho no pescoço do pombo.

O pombo ficou parado na beira da barquinha e me fitou com seus olhos avermelhados. Tive a sensação de que ele estava me pedindo que não o soltasse. Desde que ficou nublado, não se via mais nada lá embaixo. Mas eu não podia fazer nada, tinha de mandar o pombo para a terra. Ele tremia com todas as penas quando o segurei na mão. Retirei a mão e larguei-o. Agitando as asas, ele voou na diagonal para baixo, como uma pedra. Olhei para o barômetro. Agora eu já estava cinco verstas acima do solo e sentia certa falta de ar, tinha de respirar com força. Puxei a corda para liberar o gás e baixar o balão, mas ou eu tinha ficado fraco ou algo havia quebrado, pois a válvula não abriu. Fiquei paralisado. Não sentia se estava subindo ou não, parecia que nada se mexia, mas ficava cada vez mais difícil respirar. "Se eu não detiver o balão", pensei, "ele vai estourar e então estarei perdido." Para saber se eu estava subindo ou se estava no mesmo lugar, joguei alguns papéis para fora da barquinha. Os papéis, como pedras, voaram para baixo. Aquilo queria dizer que eu voava para cima como uma flecha. Então me agarrei à corda com todas as forças e puxei. Graças a Deus, a válvula abriu, algo chiou. Joguei mais um papel – o papel voou à minha volta e subiu. Aquilo queria dizer que eu estava descendo. Abaixo, ainda não dava para ver nada, só uma neblina se estendia embaixo de mim como um mar. Desci para dentro da neblina: eram nuvens. Depois bateu um vento, levou-me para não sei onde e logo surgiu o sol e vi de novo, embaixo de mim, a xícara da terra. Já não se via a nossa cidade, mas uma floresta e duas faixas azuis, que eram rios. De novo me alegrei e não quis mais descer; mas de repente algo farfalhou perto de mim e vi uma águia.

Ela me olhava com olhos admirados e ficou parada, de asas abertas. Eu voava para baixo, como uma pedra. Comecei a diminuir o lastro para deter a queda.

Logo deu para ver campos, uma floresta e uma aldeia junto à floresta, e um rebanho andava na direção da aldeia. Eu ouvia as vozes do povo e do rebanho também. Meu balão baixava devagar. Eles estavam me vendo. Comecei a gritar e joguei cordas para eles. O povo correu. Vi que um menino foi o primeiro a segurar uma corda. Outros também seguraram, amarraram o balão numa árvore e então eu saí. Tinha voado apenas três horas. Aquela aldeia ficava a duzentos e cinquenta verstas da minha cidade.

A VACA E O BODE
(CONTO)

Uma velha tinha uma vaca e um bode. A vaca e o bode pastavam juntos. A vaca ficava sempre agitada quando tiravam seu leite. A velha trazia pão e sal, dava para a vaca e a repreendia:

– Vamos, fique quieta, mãezinha; ei, ei; vou trazer mais depois, agora fique quietinha.

Num fim de tarde, o bode voltou do pasto antes da vaca, afastou as pernas e ficou parado na frente da velha. A velha sacudiu a toalha para ele, mas o bode ficou parado, não se mexeu. Tinha entendido que a velha prometia dar pão para a vaca ficar parada e quieta. A velha viu que o bode não queria se mover, pegou um chapéu e bateu no bode com ele.

Quando o bode se afastou, a velha começou outra vez a dar pão para a vaca e tentar acalmá-la.

"Não existe honestidade nos homens!", pensou o bode. "Fiquei mais quieto do que ela e bateram em mim."

Afastou-se, correu, esbarrou no balde, derramou o leite e machucou a velha.

O CORVO E OS FILHOTES DE CORVO
(FÁBULA)

Um corvo fez um ninho numa ilha e, quando os filhotes nasceram, começou a transportá-los da ilha para a terra. Primeiro segurou nas garras um corvinho e levou-o voando sobre o mar. Quando o corvo adulto estava voando no meio do mar, ficou esgotado, começou a bater as asas mais devagar e pensou: "Agora sou forte e ele é fraco, eu o carrego por cima do mar; mas quando ele crescer e ficar forte, e eu ficar fraco de velhice, será que vai se lembrar de meu esforço e vai me carregar de um lugar para outro?". E o corvo adulto perguntou ao corvinho:

– Quando eu ficar fraco e você já estiver forte, vai me carregar também? Responda a verdade.

O corvinho teve medo de que o pai o largasse no mar e disse:

– Vou, sim.

Mas o corvo adulto não acreditou no filho e largou o filhote. O corvinho caiu como uma bola e afundou no mar. O corvo adulto voou sozinho sobre o mar, de volta para sua ilha. Depois o corvo adulto pegou outro filhote e também o levou sobre o mar. De novo ficou esgotado no meio do mar e perguntou ao filho se, na sua velhice, iria carregá-lo de um lugar para outro. O filho teve medo de que o pai o largasse e disse:

– Vou, sim.

O pai também não acreditou naquele filho e largou-o no mar. Quando o corvo adulto voou de volta para seu ninho, ali só restava um filhote de corvo. Ele pegou o último filho e voou com ele sobre o mar. Quando estava no meio do mar e ficou muito cansado, perguntou:

– Na minha velhice, você vai me alimentar e me carregar de um lugar para outro?

O corvinho respondeu:

– Não, não vou.

– Por quê? – perguntou o pai.

– Quando você ficar velho e eu for grande, terei meu ninho e meus filhotes e vou alimentar e carregar meus filhotes.

Então o corvo adulto pensou: "Ele disse a verdade, por isso vou me esforçar e levá-lo para o outro lado do mar".

E o corvo adulto não largou o corvinho, bateu as asas até o fim de suas forças e conseguiu levá-lo até a terra, para que ele fizesse seu próprio ninho e tivesse filhos.

SOL É CALOR
(RACIOCÍNIO)

No inverno, vá para o campo ou a floresta num dia calmo e gelado, olhe e escute à sua volta: tudo está coberto de neve, os rios estão congelados, o capim está seco e só as pontas aparecem acima da neve, as árvores estão nuas, nada se mexe.

Observe no verão: os rios correm, fazem barulho; os sapos coaxam e pulam em todos os brejos; os pássaros revoam, piam, cantam; as moscas e os mosquitos rodam, zumbem; as árvores e o capim crescem, balançam.

Congele água dentro de uma caçarola e ela vai ficar dura como pedra. Ponha a caçarola congelada no fogo: o gelo começa a rachar, derreter, se mexer; a água começa a balançar, soltar borbulhas; depois, quando começa a ferver, ela chia, roda. O mesmo acontece com o mundo por causa do calor. Se não há calor, tudo fica morto; se há calor, tudo se movimenta e ganha vida. Se há pouco calor, há pouco movimento; se há mais calor, há mais movimento; se há muito calor, há muito movimento; se há um calor enorme, há um movimento enorme.

De onde vem o calor para o mundo? O calor vem do sol.

No inverno, o sol passa baixo, de lado, não crava com firmeza os raios na terra, e nada se mexe. Quando o solzinho começa a passar mais alto, acima de nossa cabeça, começa a iluminar a terra na vertical, tudo se aquece no mundo e começa a se movimentar.

A neve começa a assentar, o gelo nos rios começa a derreter, a água escorre das montanhas, o vapor sobe da água, forma nuvens, chove. Quem faz tudo isso? O sol. As sementes germinam, dão pequenas raízes, as raízes se prendem à terra; das raízes velhas nascem brotos, árvores e ervas começam a crescer. Quem faz isso? O sol.

Os ursos e as toupeiras acordam; as moscas e as abelhas despertam; os mosquitos saem dos ovos, os peixes saem das ovas, no calor. Quem faz tudo isso? O sol.

O ar esquenta num lugar, sobe, em seu lugar vem um ar mais frio – surge uma brisa. Quem fez isso? O sol.

As nuvens sobem, começam a se juntar e se dissipar – estoura um raio. Quem faz esse fogo? O sol.

O capim, o trigo, os frutos, as árvores crescem; os animais se saciam, as pessoas se fartam, acumulam-se alimentos e lenha para o inverno; as pessoas constroem casas, fazem panelas de ferro, cidades. Quem permitiu tudo isso? O sol.

Um homem construiu uma casa para morar. De que ele fez a casa? De madeira. A madeira é cortada das árvores; o sol fez as árvores crescerem.

O forno se aquece com lenha. Quem fez crescer a madeira da lenha? O sol.

O homem tem trigo, batata. Quem fez crescer? O sol. O homem tem carne. Quem alimentou os animais, as aves? O capim. E foi o sol que fez crescer o capim.

Um homem constrói uma casa de pedra, tijolo e cal. O tijolo e a cal são feitos com o calor da lenha. Quem prepara a lenha é o sol.

Tudo de que as pessoas precisam, tudo que tem uma utilidade direta, quem prepara tudo isso é o sol e em tudo isso há muito do calor do sol. Se o trigo é necessário a todos é porque foi o sol que fez o trigo crescer e nele há muito calor do sol. O trigo esquenta quem o come.

Se a lenha e a madeira são necessárias, é porque nelas há muito calor. Quem compra lenha no inverno está comprando calor do sol; e, no inverno, acende a lenha quando tem vontade e assim libera o calor do sol para si, dentro de casa.

Quando existe calor, também existe movimento. Qualquer movimento que seja vem sempre do calor – ou direto do calor do sol, ou do calor que o sol armazenou no carvão, na lenha, no trigo, no capim.

Os cavalos e os bois puxam carroças, as pessoas trabalham – o que as *movimenta*? O calor. E de onde eles tiram calor? Do alimento. E é o sol que prepara o alimento.

Os moinhos de vento e de água giram e moem. Quem os movimenta? O vento e a água. E o vento, quem empurra? O calor. E a água, quem empurra? O calor também. Ele ergueu a água com vapores e sem isso a água não viria para baixo. A locomotiva funciona – é o vapor que a movimenta; e quem faz o vapor? A lenha. E na lenha está o calor do sol.

Do calor se faz o movimento e do movimento, o calor. E o calor e o movimento vêm do sol.

POR QUE EXISTE O MAL NO MUNDO

(FÁBULA)

Um eremita vivia na floresta e os animais selvagens não tinham medo dele. O eremita e os bichos conversavam e se entendiam.

Certa vez, o eremita dormiu embaixo de uma árvore. Um corvo, um pombo, um cervo e uma cobra resolveram pernoitar no mesmo lugar. Os bichos começaram a conversar, querendo saber por que existia o mal no mundo.

O corvo disse:

– Todo o mal do mundo vem da fome. Quando a gente come à vontade, fica no galho grasnando... tudo é alegria, tudo é bonito, tudo é satisfação; mas é só passar um dia com fome que tudo fica ruim, qualquer coisa neste mundo de Deus. E a gente fica sempre voando para lá e para cá e não tem mais sossego. E se a gente vê carne, fica ainda mais nojento, e se atira em cima sem pensar em mais nada. Às vezes jogam paus e pedras na gente, lobos e cachorros atacam, e a gente nem assim desiste. Quantos irmãos nossos já se perderam desse jeito, por causa da fome. Todo o mal vem da fome.

O pombo disse:

– Para mim, o mal não vem da fome e sim do amor. Se a gente vivesse sozinho, nossos desgostos seriam poucos. Uma só cabeça não é pobre, e se for, mesmo assim é só uma. Em vez disso a gente vive sempre em pares. E amamos tanto nossa companheira que não temos mais sossego. Vivemos pensando sempre nela: está satisfeita? Está aquecida? E quando a companheira voa para algum lugar e fica longe, a gente se sente perdido, não para de pensar que um gavião pegou, ou que os homens prenderam; e a gente acaba voando para procurar a companheira e aí encontra a própria desgraça: ou nas garras de um gavião ou numa armadilha. E se a companheira desaparece, a gente já não acha alegria em nada. Não come, não bebe, só faz procurar e chorar. Quantos já morreram por causa disso! Todo o mal não vem da fome, mas do amor.

A cobra disse:

– Não, o mal não vem da fome nem do amor, o mal vem da raiva. Se a gente vivesse em paz, sem raiva, tudo seria bom. Quando alguma coisa não acontece do jeito que a gente quer, a gente fica enfurecido e aí nada presta. A gente só pensa em se vingar do mal que sofreu. A gente até se esquece de si mesmo, só quer saber de chiar, rastejar, morder qualquer um que apareça na frente. A gente não tem pena de mais ninguém, quando tem raiva, e pode picar até a gente mesmo. Todo o mal do mundo vem da raiva.

O cervo disse:

– Não, todo o mal do mundo não vem da raiva nem do amor nem da fome, mas sim do medo. Se fosse possível não ter medo, tudo seria bom. Nossas pernas são ágeis, temos muita força. Contra feras pequenas, nos defendemos com os chifres e, das grandes, fugimos correndo. É impossível não ter medo. É só um ramo estalar na mata, uma folha farfalhar, e logo a gente treme todo de medo, o coração começa a bater com força, parece que quer pular, e a gente sai voando com toda a força que tem. Outra vez uma lebre passa correndo, um pássaro esvoaça ou um galho seco se parte e a gente logo pensa que é uma fera e foge direto para as garras de uma fera. Ou então a gente foge dos cães e cai nas mãos dos homens. Toda hora a gente se assusta e foge correndo, sem saber para onde vai, dá de cara com um precipício e acaba morrendo. A gente dorme com um olho aberto, escutando, com medo. Não tem sossego. Todo o mal vem do medo.

Então o eremita disse:

– Todos os nossos tormentos não vêm da fome nem do amor nem da raiva nem do medo, é do nosso corpo que vem todo o mal do mundo. Dele vêm a fome, o amor, a raiva e o medo.

GALVANISMO
(RACIOCÍNIO)

Era uma vez um sábio italiano chamado Galvani. Ele tinha uma máquina elétrica e mostrava a seus alunos o que é a eletricidade. Esfregava um vidro com força usando um pedaço de seda com óleo e depois aproximava do vidro uma plaquinha de bronze que se grudava ao vidro e uma fagulha saltava do vidro na direção da plaquinha de bronze. Ele dizia aos alunos que uma fagulha igual àquela também saltava da cera de lacre e do âmbar. Mostrava como as penas e o papel às vezes eram atraídos e outras vezes repelidos pela eletricidade, e por que isso acontecia. Fez várias experiências com eletricidade e mostrava tudo aos alunos.

Um dia sua esposa adoeceu. Ele chamou o médico e perguntou como curar a esposa. O médico mandou fazer uma sopa de rã para ela. Galvani mandou capturar rãs comestíveis. Capturaram as rãs, mataram e colocaram na mesa dele.

Enquanto a cozinheira não vinha para cozinhar as rãs, Galvani continuou a mostrar aos alunos a máquina elétrica e continuou a soltar faíscas.

De repente ele viu que as pernas das rãs mortas sobre a mesa tremiam. Começou a observar e notou que toda vez que ele soltava uma faísca da máquina elétrica, as pernas das rãs tremiam. Galvani pegou mais rãs e fez experiências com elas. Toda vez que saía uma faísca, as rãs mortas começavam a mexer as pernas, como se estivessem vivas.

Galvani achou que as rãs vivas moviam as pernas porque a eletricidade passava por dentro delas. E Galvani sabia que há eletricidade no ar, que na cera de lacre, no âmbar e no vidro, a eletricidade é perceptível, mas que ela também existe no ar e que os trovões e os raios acontecem por causa da eletricidade do ar.

Então ele começou a fazer experiências para ver se as rãs mortas mexiam as pernas também com a eletricidade do ar. Para isso pegou as rãs, tirou sua pele, cortou a cabeça e as patas dianteiras e pendurou-as em ganchos de cobre embaixo da calha de ferro do telhado. Ele achou que, quando viesse uma tempestade com raios e o ar ficasse cheio de eletricidade, ela ia passar pelos ganchos de cobre e chegar às rãs e elas iam começar a se mexer.

Só que houve várias tempestades com raios e as rãs não se mexeram. Galvani já estava começando a retirar as rãs, quando a perna de uma delas encostou na calha de ferro e estremeceu. Galvani retirou as rãs e começou a testar: prendeu um arame de ferro ao gancho de cobre e encostou o arame na pata da rã – a pata estremeceu.

Então Galvani concluiu que todos os animais vivem só porque há eletricidade dentro deles e também que a eletricidade passa do cérebro para a carne e por isso os animais se mexem. Na época, ninguém ainda havia experimentado direito essa tese, ninguém sabia, e todos acreditaram em Galvani. Na época, outro sábio, chamado Volta, começou a experimentar por conta própria e mostrou a todos que Galvani estava errado. Ele experimentou tocar na pata de uma rã de um jeito diferente do de Galvani, não tocou na pata da rã com um gancho de cobre e um arame de ferro, mas com um arame de cobre e um gancho de cobre, e também com um arame de ferro e um gancho de ferro – e as rãs não se mexeram. As rãs só se mexiam quando Volta tocava nelas com um arame de ferro preso a um arame de cobre.

Volta achou também que a eletricidade não estava na rã morta, mas no ferro e no cobre. Começou a fazer experiências e pronto: toda vez que encostava o ferro no cobre, surgia a eletricidade; e com a eletricidade, as pernas da rã morta estremeciam. Volta fez mais experiências para ver se conseguia produzir eletricidade de um modo diferente do que já conheciam. Antes, faziam eletricidade esfregando um vidro ou uma cera de lacre. Mas Volta começou a fazer eletricidade juntando o ferro e o cobre. Experimentou juntar o ferro e o cobre com outros metais e descobriu que da simples união de metais – prata, platina, zinco, estanho, ferro –, ele produzia fagulhas elétricas.

Depois de Volta, tiveram também a ideia de reforçar a eletricidade derramando vários líquidos – água e ácidos – entre os metais. Com tais líquidos, a eletricidade ficou ainda mais forte, de tal modo que já não era necessário esfregar para produzir eletricidade, como faziam antes; bastava pôr fragmentos de diversos metais numa xícara e entornar líquidos, que havia eletricidade na xícara e saíam faíscas de um arame.

Quando inventaram esse tipo de eletricidade, passaram a usá-la na prática: inventaram um meio de dourar e pratear com eletricidade, inventaram a luz elétrica e inventaram um meio de transmitir sinais à distância, de um lugar para outro, por meio da eletricidade.

Para isso colocam fragmentos de diversos metais dentro de uns copinhos e derramam líquidos dentro deles. A eletricidade se acumula nos copinhos, depois transportam essa eletricidade por um arame para o lugar que quiserem e desse lugar passam o arame pela terra. Na terra, a eletricidade corre de novo para trás, para os copinhos, sobe da terra para eles por outro arame; assim a eletricidade não para de ir e vir entre dois lugares, andando em círculo, como num anel, pelo arame para a terra e de volta pela terra, e de novo pelo arame, e de novo pela terra. Se soltarmos eletricidade pelo arame e enrolarmos um pedaço de ferro com esse arame, o ferro vai se tornar um ímã e vai atrair para si outro pedaço de ferro.

O telégrafo é feito assim: soltam a eletricidade pelo arame e enrolam uma barrinha de ferro com esse arame. Em cima dessa barrinha, instalam, em uma mola, um martelinho de ferro. Enquanto a eletricidade anda pelo arame, a barrinha de ferro, enrolada pelo arame, atrai o martelinho. Assim que na outra extremidade – pode ser a cem verstas dali – soltam a outra ponta do arame, a eletricidade para de andar em círculo, a barrinha de ferro deixa de ser um ímã e o martelinho se desprende dela. Quando prendem de novo a ponta do arame, o martelinho é logo atraído. E assim é possível bater com o martelinho de uma estação para outra. E por meio dessas batidas são enviados sinais.

O MUJIQUE E O ESPÍRITO DA ÁGUA

(FÁBULA)

Um mujique deixou o machado cair num rio. De tristeza, sentou na margem e começou a chorar.

O espírito da água ouviu e teve pena do mujique, pegou no fundo da água um machado de ouro, levou para ele e disse:

– Este machado é seu?

O mujique respondeu:

– Não, não é meu.

O espírito da água trouxe outro, um machado de prata.

O mujique respondeu de novo:

– Não é o meu machado.

Então o espírito da água trouxe o machado de verdade.

O mujique disse:

– Este é o meu machado.

O espírito da água deu os três machados de presente para o mujique, por sua honestidade.

Em casa, o mujique mostrou os machados aos camaradas e contou o que havia acontecido.

Então um mujique pensou em fazer a mesma coisa: foi ao rio, deixou o machado cair na água de propósito, sentou na margem e começou a chorar.

O espírito da água trouxe o machado de ouro e perguntou:

– Este é o seu machado?

O mujique ficou muito contente e disse:

– É meu, é meu!

O espírito da água não lhe deu o machado de ouro nem lhe devolveu o machado que era dele de fato – por causa de sua desonestidade.

O CORVO E A RAPOSA

(FÁBULA)

O corvo pegou um pedaço de carne e pousou na árvore. A raposa queria a carne, chegou perto e disse:

– Ei, corvo, quando olho para você, para seu tamanho, sua beleza, parece que estou vendo um rei! E, acredite, seria mesmo um rei se tivesse uma voz boa.

O corvo abriu muito o bico e desatou a grasnar com toda a força. A carne caiu. A raposa a apanhou e disse:

– Ah, corvo, se você fosse inteligente, seria um rei.

O PRISIONEIRO DO CÁUCASO

(HISTÓRIA REAL)

I

Um nobre servia no Cáucaso como oficial. Chamava-se Jílin.

Certo dia, recebeu uma carta de casa. Sua velha mãe lhe escreveu:

Já estou velha e, antes de morrer, queria ver o meu filho querido. Venha se despedir de mim, me enterre e então, com a graça de Deus, volte para o Exército. Arranjei uma noiva para você: inteligente, bonita e tem uma propriedade. Quem sabe você se apaixona, se casa e fica aqui.

Jílin pensou bem: "Na verdade, a velha já andava mal, pode ser que eu nem consiga vê-la mais. Vou partir; e se a noiva for bonita, talvez eu case".

Foi falar com o coronel, obteve uma licença, despediu-se dos companheiros, distribuiu quatro baldes de vodca a seus soldados como presente de despedida e preparou-se para partir.

No Cáucaso, na época, havia uma guerra. Não se podia passar pelas estradas nem de noite nem de dia. Mal um russo se afastava da fortaleza, a pé ou a cavalo, os tártaros o matavam ou o levavam para as montanhas. Por isso ficou estabelecido que, duas vezes por semana, os soldados iam de uma fortaleza para outra, em comboio. Na frente e atrás iam os soldados, e no meio viajava o povo.

O caso se deu no verão. Ao raiar do dia, o comboio se reuniu atrás dos muros da fortaleza, os soldados da escolta saíram e se puseram em marcha. Jílin viajava a cavalo, e uma telega, com a sua bagagem, seguia no comboio.

A viagem era de vinte e cinco verstas. O comboio avançava devagar: ora os soldados paravam, ora uma roda se soltava no comboio, ora um cavalo empacava, e todos paravam, tinham de esperar.

O sol já havia passado do meio-dia e o comboio só tinha percorrido metade do caminho. Poeira, calor, o sol cozinhava, não havia onde se abrigar. A estepe nua: nenhuma arvorezinha, nem uma única moita miúda pelo caminho.

Jílin viajava na frente, parou e esperou que o comboio se aproximasse dele. Escutou, lá atrás tocaram a corneta – pararam de novo. Jílin pensou: "E se eu fosse sozinho, sem os soldados? O meu cavalo é bom, se eu topar com os tártaros, fujo a galope. Ou será melhor não ir?...".

Ficou e refletiu. Outro oficial, a cavalo, aproximou-se dele. Era Kostílin, com um fuzil, que lhe disse:

– Vamos sozinhos, Jílin. Não aguento mais, estou com fome, e este calor ainda por cima. Minha camisa está toda suada. – Kostílin era corpulento, gordo, todo vermelho, e o seu suor escorria.

Jílin refletiu e disse:

– E o fuzil está carregado?

– Está carregado.

– Bom, então vamos lá. Mas com uma condição: não vamos nos separar.

E seguiram adiante pela estrada. Foram pela estepe, conversavam, mas olhavam para os lados. Em volta, dava para ver ao longe.

No fim da estepe, a estrada penetrava entre duas montanhas, num desfiladeiro. Jílin disse:

– É preciso subir na montanha e dar uma olhada em volta, senão, aqui eles podem pular da montanha em cima de nós, antes que a gente perceba.

Kostílin respondeu:

– Que olhar, nada! Vamos em frente.

Jílin não obedeceu.

– Não – disse. – Você fica esperando aqui embaixo e eu vou lá, só para dar uma espiada.

E avançou com o cavalo pela esquerda, para o alto da montanha. O cavalo de Jílin era caçador (tinha pagado cem rublos pelo cavalo, quando ainda era um potro na manada, e ele mesmo o domou); como se tivesse asas, o cavalo levava Jílin escarpa acima. Mal havia galopado um pouco, logo avistou, bem na sua frente, a uma *dessiatina*, uns tártaros a cavalo. Cerca de trinta homens. Jílin os viu, começou a dar meia-volta; os tártaros também o viram, correram atrás dele, retiraram os fuzis dos coldres já em pleno galope. Jílin disparou com o cavalo escarpa abaixo, a todo o galope, e gritou para Kostílin:

– Pegue o fuzil! – e disse em pensamento para o seu cavalo: "Vamos lá, voe, meu amigo, não se enrole nas pernas; se tropeçar, estou perdido. É só eu chegar ao fuzil, aí ninguém vai me pegar".

Mas Kostílin, em lugar de esperar, assim que viu os tártaros, galopou o mais rápido que pôde na direção da fortaleza. Batia com o chicote no cavalo, ora de um lado, ora do outro. No meio da poeira, só dava para ver como o rabo do cavalo balançava.

Jílin viu que a situação estava ruim. O fuzil tinha ido embora, só com um sabre ele não podia fazer nada. Lançou o cavalo para trás, na direção dos soldados, pensava em fugir. Viu seis cavaleiros correndo para barrar seu caminho. O cavalo de Jílin era bom, os cavalos deles eram ainda melhores, e já tinham conseguido barrar seu caminho. Começou a puxar as rédeas, quis dar meia-volta, mas seu cavalo já estava desembestado, não freou, correu direto para eles. Jílin viu que um tártaro de barba vermelha se aproximava num cavalo cinzento. Dava gritos esganiçados, arreganhava os dentes, o fuzil a postos.

"Bem", pensou Jílin, "conheço vocês, demônios; se me pegarem vivo, vão me jogar num buraco, vão me surrar de chicote. Não vou me entregar vivo."

E Jílin, embora não fosse de grande estatura, era valente. Sacou seu sabre, lançou o cavalo direto para cima do tártaro vermelho e pensou: "Ou atropelo com o cavalo, ou derrubo com o sabre".

Antes que alcançasse o cavalo, atiraram em Jílin por trás, com um fuzil, e acertaram no seu cavalo. O animal tombou por terra com toda a força – caiu em cima da perna de Jílin.

Jílin quis levantar-se, mas dois tártaros fedorentos sentaram-se em cima dele, torceram os seus braços pelas costas. Ele conseguiu se soltar, derrubou os tártaros, mas outros três, a cavalo, pularam sobre ele, começaram a bater com as coronhas na sua cabeça. Seus olhos se turvaram e ele começou a balançar. Os tártaros o agarraram, tiraram das selas as barrigueiras de reserva, enrolaram-no com os braços nas costas, amarraram com um nó tártaro, arrastaram na direção da sela. Derrubaram seu chapéu, tiraram as botas, o revistaram todo – tomaram o dinheiro, o relógio, rasgaram todas as roupas. Jílin virou-se para ver seu cavalo. Ele, o amigo, estava estirado do mesmo jeito que caiu, só remexia as pernas no ar, sem alcançar o chão; tinha um furo na cabeça e, do furo, sangue preto assoviava – encharcou toda a poeira, um *archin* ao redor. Um tártaro aproximou-se do cavalo, começou a tirar a sela – o cavalo não parava de espernear; o tártaro sacou um punhal, cortou sua garganta. Da goela, veio um chiado, o cavalo se sacudiu... e expirou.

Os tártaros tiraram a sela, os arreios. O tártaro de barba vermelha montou no cavalo, os outros colocaram Jílin sobre a sela, junto dele, e para não cair amarraram-no ao tártaro com uma correia, pela cintura, e depois partiram a galope para as montanhas.

Jílin ficou atrás do tártaro, sacudindo-se, o rosto batia nas costas fedorentas do tártaro. Jílin só via na sua frente as costas robustas do tártaro, o pescoço musculoso, a nuca raspada e azulada, abaixo do gorro. A cabeça de Jílin estava partida, o sangue coagulava sobre os olhos. E ele não conseguia ajeitar-se sobre o cavalo, nem limpar o sangue. Os braços foram tão torcidos que forçavam a clavícula.

Cavalgaram muito tempo pela montanha, cruzaram um rio a vau, saíram numa estrada e seguiram por um vale.

Jílin queria observar o caminho por onde o levavam, mas os olhos estavam encobertos pelo sangue e ele não conseguia virar-se.

Começou a anoitecer: atravessaram mais um rio, começaram a subir por uma montanha de pedra, veio um cheiro de fumaça, cachorros começaram a latir. Haviam chegado a um *aul*. Os tártaros desmontaram dos cavalos, acudiram crianças tártaras, rodearam Jílin, davam guinchos, alegraram-se, começaram a jogar pedras nele.

O tártaro enxotou as crianças, tirou Jílin do cavalo e gritou chamando um criado. Veio um *nogáiets*,[2] de zigomas salientes, só de camisa. O pano estava ras-

---

2 Montanhês do Daguestão.

gado, o peito nu. O tártaro ordenou-lhe alguma coisa. O criado trouxe as sapatas às quais Jílin ficaria preso: dois blocos de carvalho com argolas de ferro cravadas e, numa das argolas, um fecho e um cadeado.

Desamarraram os braços de Jílin, calçaram as sapatas e o levaram para um celeiro; empurraram-no para dentro e trancaram a porta. Jílin caiu em cima do estrume. Ficou quieto por um tempo, apalpou em volta, no escuro, à procura de um lugar mais macio, e ali ficou estirado.

II

Jílin quase não dormiu durante toda aquela noite. As noites eram curtas. Viu que, numa fresta, a luz começou a brilhar. Jílin levantou-se, escavou para alargar a fresta, começou a olhar.

Pela fresta, viu uma estrada – descia a montanha, à direita havia uma *sáclia*[3] tártara, duas árvores a seu lado. Um cachorro preto estava deitado na soleira, uma cabra andava com os cabritos, sacudiam os rabos. Viu uma jovenzinha tártara vir de baixo da montanha, de blusa colorida, sem cinto, de calças e botas, a cabeça coberta por um caftã e, em cima da cabeça, um grande jarro de lata cheio de água. Andava, as costas tremiam de vez em quando, se curvavam, e pela mão trazia um tartarozinho de cabeça raspada, só de camisa. A tártara entrou na *sáclia* com a água, de lá saiu o tártaro de barba vermelha, o mesmo do dia anterior, de *bechmet*[4] de seda, um punhal de prata no cinturão, sapatilhas nos pés, sem meias. Sobre a cabeça, um gorro alto, preto, de pele de carneiro, rasgado atrás. Saiu, espreguiçou-se, puxou a barba vermelha. Ficou um tempo parado, deu uma ordem ao criado e foi para algum lugar.

Depois, dois meninos passaram a cavalo, para o bebedouro. O focinho dos cavalos estava molhado. Uns meninos de cabeça raspada, só de camisa, sem calças, também saíram correndo, formaram um grupinho, aproximaram-se do celeiro, pegaram uma varinha e enfiaram na fresta. Com um berro, Jílin pareceu explodir em cima deles: as crianças deram gritos esganiçados, saíram correndo em todas as direções – só os joelhinhos nus brilhavam.

Mas Jílin tinha sede, a garganta estava toda seca. Pensou: "Tomara que venha alguém me ver". Ouviu um barulho: abriram o celeiro. Veio o tártaro vermelho e,

---

3 Casa dos montanheses do Cáucaso.

4 Casaco acolchoado caucasiano.

com ele, outro de menor estatura, moreno. Olhos pretos, brilhantes, corado, barba curta, aparada; rosto alegre, ria-se todo. O moreno estava mais bem-vestido ainda: *bechmet* de seda azul, ornado com galões. Um punhal grande, de prata, na cintura; sapatilhas vermelhas, de marroquim, também ornadas de prata. E por cima das sapatilhas vermelhas e finas, outros sapatos, grossos. Usava um gorro alto, de pele de carneiro branca.

O tártaro vermelho entrou, falou alguma coisa, como se praguejasse, e ficou parado, encostado na parede, mexendo com o punhal, olhando para Jílin com o rabo do olho, como um lobo. E o moreno – rápido, animado, parecia andar sobre molas – caminhou direto para Jílin, sentou-se de cócoras, arreganhou os dentes, deu palmadinhas no seu ombro, começou a balbuciar algo bem depressa para si mesmo, piscou os olhos, estalou a língua. Toda hora, dizia:

– *Rus bo! Rus bo!*

Jílin não entendia e disse:

– Beber, me dê água para beber.

O escuro ria.

– *Rus bo* – não parava de balbuciar para si mesmo.

Com as mãos e os lábios, Jílin tentou pedir que lhe dessem algo para beber.

O moreno entendeu, soltou uma risada, lançou um olhar para a porta, gritou para alguém:

– Dina!

Uma moça veio correndo, fininha, magrinha, uns treze anos, rosto igual ao do moreno. Filha dele, estava claro. Os olhos também eram pretos, brilhantes e o rosto, bonito. Vestida numa blusa comprida, azul, mangas largas e sem cintura. Enfeites vermelhos nas abas, no peito e nas mangas. Nas pernas, calças e sapatilhas, mas por cima das sapatilhas tinha outras, diferentes, com saltos grossos, e um colar de moedas no pescoço, todas russas, de cinquenta copeques. A cabeça descoberta, a trança preta, uma fita na trança, e presos na fita uma medalhinha e um rublo de prata.

O pai lhe deu uma ordem. A menina foi embora e voltou de novo, trouxe uma jarrinha de lata. Deu a água, ela mesma ficou de cócoras e curvou-se tanto que os ombros ficaram mais baixos do que os joelhos. Ficou quieta, de olhos arregalados, olhando para Jílin enquanto ele bebia – como se olhasse para um bicho.

Jílin lhe devolveu a jarra. Na mesma hora, ela deu um pulo para trás, feito uma cabra selvagem. Até o pai riu. Mandou que ela fosse a algum lugar. A menina pegou a jarra, correu, trouxe um pão sem fermento sobre uma tabuinha redonda e sentou-se de novo, curvada, e observava sem desviar os olhos.

Os tártaros saíram, trancaram de novo a porta. Pouco depois, o *nogáiets* se aproximou de Jílin e disse:

– *Aida*, patrão, *aida*!

Ele também não sabia falar russo. Jílin só entendeu que o mandavam ir para algum lugar.

Jílin começou a andar com o bloco de madeira nos pés, mancava, era impossível pisar direito, de tanto que a perna ficava torcida. Jílin saiu atrás do *nogáiets*. Viu a aldeia tártara, dez casas e uma igreja deles, com uma torrezinha. Na frente de uma casa, estavam três cavalos com selas. Meninos seguravam as rédeas. O tártaro moreno saiu dessa casa, acenou com o braço para que Jílin o seguisse. Riu sozinho, ficou falando alguma coisa na sua língua e entrou pela porta. Jílin entrou na casa. A habitação era boa, as paredes, recobertas de argila. Junto à parede da entrada, estavam empilhados colchões de penas de várias cores, nas paredes laterais pendiam tapetes caros; presos nos tapetes, havia fuzis, pistolas, sabres – todos ornados de prata. Numa das paredes, uma estufa pequena ao nível do chão. O chão de terra era limpo como um terreiro de debulhar e todo um canto da entrada estava recoberto de feltro; sobre o feltro, havia tapetes e, sobre os tapetes, almofadas de penas. Também sobre os tapetes, de sapatilhas nos pés, os tártaros estavam sentados: o moreno, o vermelho e mais três convidados. Nas costas de todos, havia almofadas de penas e diante deles, sobre uma tabuinha redonda, estavam servidos *bliní*,[5] manteiga derretida numa xícara e cerveja tártara – a *buzá* – numa jarrinha. Comiam com as mãos e todos punham as mãos na manteiga.

O tártaro moreno ergueu-se de um salto, mandou pôr Jílin num cantinho, não sobre um tapete, mas no chão nu; voltou para o tapete, ofereceu os *bliní* e a *buzá* aos convidados. O criado pôs Jílin no seu lugar, descalçou as sapatilhas externas, colocou-as junto à porta, lado a lado das outras, e sentou sobre o feltro, perto dos patrões, olhando como eles comiam e enxugando a saliva.

Os tártaros terminaram de comer os *bliní*, entrou uma tártara de blusa igual à da menina e de calças, a cabeça coberta por um xale. Levou a manteiga, os *bliní*, deixou uma baciazinha bonita e uma jarra de bico fino. Os tártaros lavaram as mãos, depois cruzaram os braços, sentados sobre os joelhos, arrotaram para todos os lados e recitaram preces. Falaram na sua língua. Em seguida, um dos tártaros convidados voltou-se para Jílin, passou a falar em russo.

– Kazi-Mohammed prendeu você – disse e apontou para o tártaro vermelho. – E deu você para Abdul-Murat. – Apontou para o moreno. – Abdul-Murat agora é seu patrão.

---

5 Panquequinhas russas.

Jílin ficou calado. Abdul-Murat começou a falar, toda hora apontava para Jílin e ria e falava:

– *Soldat, rus, bo, rus.*

O intérprete disse:

– Ele está mandando você escrever uma carta para sua casa, pedindo um resgate para soltar você. Quando chegar o dinheiro, ele solta você.

Jílin pensou bem e disse:

– E o resgate que ele quer é muito?

Os tártaros falaram entre si; o intérprete disse:

– Três mil moedas.

– Não – respondeu Jílin. – Não posso pagar tudo isso.

Abdul levantou-se de um salto, começou a sacudir os braços, disse algo para Jílin – sempre achando que ele estava entendendo. O intérprete traduziu, dizendo:

– Quanto você dá?

Jílin pensou bem e disse:

– Quinhentos rublos.

Nesse ponto, de uma hora para outra, os tártaros passaram a falar depressa. Abdul começou a gritar para o vermelho, pôs-se a gaguejar de tal modo que a saliva respingava da boca.

E o vermelho também semicerrou os olhos e ainda estalou a língua.

Calaram-se, o intérprete disse:

– Um resgate de quinhentos rublos é pouco para o patrão. Ele mesmo já pagou duzentos rublos por você. Kazi-Mohammed devia a ele. Abdul aceitou você como pagamento. Três mil rublos, por menos que isso não dá para soltar. Se você não escrever, vão pôr num buraco, vão castigar com um chicote.

"Eh", pensou Jílin, "com eles, quanto mais medo a gente tiver, pior."

Levantou-se de um salto e disse:

– Pois trate de dizer para esse cachorro que, se ele quiser me assustar, não vou dar nem um copeque, e não vou escrever nada. Não estou com medo e não vou ter medo de vocês, seus cachorros.

O intérprete traduziu, de novo todos começaram a falar ao mesmo tempo.

Tagarelaram bastante, até que o moreno se levantou de um salto, aproximou-se de Jílin.

– *Rus* – disse –, *djíguit, djíguit rus.*

Na língua deles, *djíguit* quer dizer "valente". E ele mesmo riu; falou algo para o intérprete e o intérprete disse:

– Pague mil rublos.

Jílin fincou pé:

– Mais de quinhentos rublos, eu não vou dar. Se me matarem, não ganham nada.

Os tártaros conversaram, mandaram o criado para algum lugar, e ficaram olhando ora para Jílin, ora para a porta. Veio o criado e, atrás dele, um homem alto, gordo, descalço, em farrapos; também tinha um bloco de madeira preso aos pés.

Jílin ficou estupefato quando reconheceu Kostílin. Também o haviam capturado. Puseram os dois lado a lado, os dois começaram a conversar e os tártaros, calados, observavam.

Jílin contou o que tinha acontecido com ele; Kostílin contou que o seu cavalo se cansou, o fuzil engasgou e o mesmo Abdul o alcançou e o capturou.

Abdul ergueu-se de um salto, apontou para Kostílin, falou algo. O intérprete traduziu que agora eles dois tinham o mesmo patrão e quem desse o dinheiro primeiro seria solto primeiro.

– Olhe – disse para Jílin –, você só sabe ficar irritado, mas seu camarada é manso; ele escreveu uma carta para casa, vão mandar cinco mil moedas. Aí ele vai ser bem alimentado e não vai ser humilhado.

Jílin disse:

– O meu camarada pode fazer como quiser, ele pode, é rico, mas eu não sou rico – disse. – Eu vou fazer o que eu já disse. Se quiserem, matem, não vai ter nenhum proveito para vocês, mais de quinhentos rublos eu não vou pedir.

Ficaram calados por um tempo. De repente, como de um pulo, Abdul pegou uma pequena arca, tirou de lá uma pena, um pedaço de papel e tinta, empurrou para Jílin, bateu no ombro dele, indicando: escreva. Havia concordado com os quinhentos rublos.

– Espere um pouco – disse Jílin para o intérprete. – Diga para ele que nos alimente direito, nos dê roupa e sapatos, como deve ser, e que mantenha nós dois juntos... Assim vamos ficar mais alegres, e que tire o bloco de madeira dos pés.

Olhou para o dono da casa e riu. O dono da casa ria também. Ele ouviu até o fim e disse:

– Vou dar a melhor roupa: um casaco da Circássia, botas boas até para um casamento. Vou dar comida como se fosse para um príncipe. E se querem morar juntos, podem morar no celeiro. Mas o bloco de madeira não posso tirar... Vão fugir. Vou tirar só de noite. – Deu um pulo para perto de Jílin, deu palmadinhas no seu ombro. – Você é bom, eu sou bom!

Jílin escreveu a carta, mas não pôs o destinatário correto, para que a carta não chegasse. Pensou: "Vou fugir".

Conduziram Jílin e Kostílin para o celeiro, levaram para eles palha de milho, água numa jarra, pão, dois velhos casacos da Circássia e botas surradas, de soldado. Claro: tomadas de soldados mortos. De noite, retiraram os blocos de madeira de seus pés e trancaram o celeiro.

III

Jílin viveu assim com seu camarada um mês inteiro. O patrão sempre ria:

– Você, Ivan, *bo*... Eu, Abdul, *bo*.

Mas os alimentava mal – só lhes dava pão sem fermento, de farinha grossa de milho, assado em forma de panquecas, ou então só a massa crua e sovada.

Kostílin escreveu de novo para a sua casa, vivia esperando a remessa de dinheiro e andava abatido. Ficava dias inteiros dentro do celeiro, contava os dias que faltavam para chegar a carta, ou então dormia. Mas Jílin sabia que sua carta não chegaria ao destino e também não escreveu outra.

"Onde é que a minha mãe vai arranjar tanto dinheiro para pagar por mim?", pensava. "Ainda mais que ela vive com o dinheiro que eu lhe mando. Para juntar quinhentos rublos, vai ter de se arruinar; se Deus quiser, vou conseguir fugir."

E ele tudo observava, queria descobrir um modo de fugir.

Caminhava pelo *aul*, assoviava, ou então sentava, fazia trabalhos de costura, ou modelava bonecos de barro, ou trançava cestos com varas de vime. E Jílin era um mestre em todos os trabalhos manuais.

Certa vez, moldou uma boneca com nariz, mãos, pés e com uma camisa tártara, e colocou a boneca em cima de um telhado.

As tártaras foram buscar água. Dina, a filha do patrão, viu a boneca, chamou as tártaras. Baixaram as jarras no chão, observaram, riram. Jílin pegou a boneca, deu para elas. As mulheres riram, mas não se atreviam a pegar. Ele deixou a boneca ali, foi para dentro do celeiro e observou o que ia acontecer.

Dina aproximou-se correndo, olhou para os lados, agarrou a boneca e fugiu.

De manhã, ao raiar do dia, Jílin viu que Dina foi com a boneca até o limiar da porta. Mas já havia vestido a boneca de retalhos vermelhos, embalava-a nos braços como um bebê e a ninava na sua língua. Uma velha saiu, repreendeu a menina, tomou a boneca, quebrou-a, mandou Dina para algum lugar, para trabalhar.

Jílin fez outra boneca, ainda melhor, deu para Dina. Certa vez, Dina trouxe uma jarrinha, colocou-a no chão, sentou-se e ficou olhando para Jílin, ria sozinha, apontava para a boneca.

"Por que ela está alegre?", pensou Jílin. Pegou a jarra, começou a beber. Pensou que era água, mas era leite. Ele bebeu o leite.

– Bom – disse.

Como Dina ficou contente!

– Bom, Ivan, bom! – e ergueu-se de um salto, bateu palmas, agarrou a jarrinha e fugiu correndo.

A partir daí, ela passou a trazer um pouco de leite furtado para Jílin todos os dias. Com leite de cabra, os tártaros fazem panquecas de queijo e colocam em cima do telhado para secar – e aí Dina, às escondidas, levava para ele essas panquecas. Um dia o patrão Abdul matou um carneiro – e Dina levou para Jílin um pedaço de carne de carneiro, por baixo da manga. Largou e foi embora correndo.

Um dia, houve uma tempestade forte e choveu uma hora sem parar, como se derramassem um balde. E todos os riachos ficaram turvos. Onde antes dava para atravessar a pé, a água chegou a três *archin* de profundidade, arrastava as pedras. Regatos corriam por toda parte, um ronco soava nas montanhas sem parar. Assim que a tempestade passou, regatos corriam por todos os lados da aldeia. Jílin tanto pediu que o patrão acabou por lhe dar uma faquinha, com ela talhou um cilindro, umas tabuinhas, fixou na forma de uma roda e colocou dois bonecos em duas extremidades da roda.

As garotinhas lhe trouxeram uns retalhos – ele vestiu os bonecos: um de mujique, outro de camponesa. Firmou bem os dois bonecos, colocou a roda sobre um regato. A roda girou e os bonequinhos pularam.

A aldeia toda se juntou para ver: os meninos, as meninas, as mulheres; também vieram os tártaros, estalaram a língua:

– *Ai, rus! Ai,* Ivan!

Na casa de Abdul, havia um relógio russo quebrado. Ele chamou Jílin, mostrou, estalou a língua. Jílin disse:

– Deixe que eu conserto.

Pegou, abriu com a faquinha, desmontou; montou de novo, entregou. O relógio estava funcionando.

O patrão alegrou-se, trouxe um *bechmet* velho, todo esfarrapado, e lhe deu de presente. Não havia outro jeito, aceitou: servia para se cobrir de noite.

A partir daí, Jílin ganhou fama de ser engenhoso. Começaram a vir procurá-lo de aldeias distantes: um trazia a trava de um fuzil ou de uma pistola para consertar, outro trazia um relógio. O patrão lhe deu um jogo de ferramentas: alicatezinhos, verrumas, limas.

Um dia, um tártaro ficou doente, vieram falar com Jílin:

– Vá curar.

Jílin não sabia curar nada. Foi, examinou, refletiu: "Talvez se cure sozinho". Foi para o celeiro, pegou água, areia, misturou. Diante dos tártaros, sussurrou algo em cima da água e mandou o doente beber. Por sorte sua, o tártaro ficou bom. Jílin estava começando a entender um pouco a língua deles. E alguns tártaros se acostumaram com ele, quando precisavam de Jílin gritavam: "Ivan, Ivan". Mas outros continuavam a olhar para Jílin com o rabo do olho, como se olha para uma fera.

O tártaro vermelho não gostava de Jílin. Quando o via, fechava a cara e lhe dava as costas, ou então xingava. Entre eles, havia um velho. Não morava no *aul*, mas vinha do pé da montanha. Jílin só o via quando ia à mesquita, rezar a Deus. Era de baixa estatura, tinha uma toalha branca enrolada no chapéu. Barba e bigode aparados, brancos, feito uma penugem; rosto enrugado e vermelho como tijolo; nariz curvado em gancho, feito um gavião, olhos cinzentos, cruéis, e não tinha dentes – só dois caninos. Às vezes passava com seu turbante, apoiado na muleta, olhava em volta feito um lobo. Assim que via Jílin, começava a bufar e dava as costas.

Um dia Jílin foi até o pé da montanha, ver onde morava o velho. Seguiu pela trilha, olhou – um jardinzinho, uma cerca de pedras, por trás da cerca, cerejas, damascos, uma pequena isbá com um telhadinho plano. Chegou mais perto, olhou – colmeias em palhas trançadas, abelhas voavam, zumbiam. O velho estava de joelhos, ocupado, fazia alguma coisa numa colmeia. Jílin levantou-se um pouco mais para observar e o bloco nos pés fez barulho. O velho levantou os olhos – na mesma hora soltou um grito, pegou uma pistola atrás do cinto, atirou em Jílin. Ele mal teve tempo de abrigar-se atrás de uma pedra.

O velho veio queixar-se com o patrão. O patrão mandou chamar Jílin, riu e ele mesmo perguntou:

– Por que foi à casa do velho?

– Não fiz mal nenhum a ele – disse. – Queria ver como ele vive.

O patrão traduziu isso. O velho irritou-se, resmungou, balbuciou alguma coisa, pôs à mostra os caninos, sacudiu os braços para Jílin.

Jílin não entendia tudo, mas entendeu que o velho mandava o patrão matar os russos e não manter os dois no *aul*. O velho foi embora.

Jílin perguntou ao patrão quem era aquele velho. O patrão disse:

– É um homem importante! Foi o mais valente de todos, matou muitos russos, era rico. Tinha três esposas e oito filhos. Todos moravam numa aldeia. Os russos vieram, devastaram a aldeia e mataram sete filhos. Sobrou um filho, que se entregou aos russos. O velho foi lá e também se entregou aos russos. Viveu com eles durante três meses; encontrou seu filho, matou-o e fugiu. Desde então, parou de lutar, viajou a Meca para rezar a Deus, por isso tem um turbante. Quem foi a Meca é chamado de Hadji e usa um turbante. Ele não gosta de você e seus irmãos. Manda que eu mate você; mas eu não posso matar, paguei por você; e eu, Ivan, gostei de você; não vou matar, de jeito nenhum, eu nem deixaria mais você ir embora, se não tivesse dado minha palavra. – Riu, e pronunciou em russo: – Você, Ivan, *bo*... Eu, Abdul, *bo*!

IV

Assim viveu Jílin um mês. De dia, andava pelo *aul* ou fazia trabalhos manuais e, quando anoitecia e o *aul* ficava quieto, ele cavava no celeiro. Era difícil cavar por causa das pedras, mas ele raspava as pedras com a lima e, por baixo da parede, escavava um buraco largo o bastante para fugir. "Se ao menos eu conhecesse bem a região, soubesse para que lado ir", pensava. "Mas nenhum tártaro vai me contar."

Então ele escolheu um momento em que o patrão tinha viajado; depois do almoço, saiu do *aul*, foi para a montanha – de lá, queria observar a região. Mas, quando o patrão partiu, mandou um menino ir sempre atrás de Jílin, não o perder de vista. O menino correu atrás de Jílin, gritou:

– Não vá! O pai não deixa. Vou chamar o povo!

Jílin tentou convencê-lo.

– Não vou longe – disse. – Só vou subir naquela montanha, preciso achar uma erva para curar o seu povo. Venha comigo; com o bloco de madeira nos pés, não vou fugir. E amanhã eu faço um arco e flecha para você.

Convenceu o menino e foram. Quando olhava, a montanha não parecia distante, mas, com o bloco de madeira nos pés, foi difícil chegar lá, ele andou, andou, subiu a muito custo. Jílin sentou-se, observou a região. Ao sul, além do celeiro, havia um vale, um rebanho pastava, e via-se outro *aul* mais abaixo. Além do *aul*, havia outra montanha, mais escarpada ainda; e depois outra montanha. Entre as montanhas, uma floresta azulada e mais adiante outras montanhas, que se erguiam cada vez mais altas. As montanhas mais altas de todas, brancas como açúcar, estavam cobertas de neve. E uma montanha nevada, mais alta que todas as outras, parecia estar de chapéu. A leste e oeste, tudo eram montanhas iguais àquelas, um ou outro *aul* fumegava, aqui e ali, nos desfiladeiros. "Bem", pensou ele, "tudo isso é o lado deles."

Passou a observar o lado russo: a seus pés, um riacho, o seu *aul*, jardinzinhos em volta. No riacho – como uns bonequinhos –, mulheres estavam sentadas, enxaguando roupa. Além do *aul*, mais abaixo, uma montanha, e depois dela duas outras montanhas, cobertas pela floresta; entre as duas montanhas, uma região plana e azulada, e na planície, bem ao longe, estendia-se algo parecido com fumaça. Jílin começou a lembrar como era quando morava na fortaleza, onde o sol se erguia e onde se punha. Olhou – lá, exatamente, naquela várzea, devia estar a nossa fortaleza. Era para lá, entre aquelas duas montanhas, que ele tinha de correr.

O solzinho começou a se encolher. As montanhas nevadas passaram de brancas a vermelhas; escureceu um pouco nas montanhas negras; dos vales, erguia-se um vapor e a várzea onde devia estar a nossa fortaleza ardeu como uma chama, por causa do pôr do sol.

Jílin olhou com atenção – algo oscilava na várzea, como a fumaça de uma chaminé. E assim Jílin pensou que era mesmo ela: a fortaleza russa.

Ficou tarde. Ouviam-se os gritos do mulá. Recolhiam o rebanho, as vacas mugiam. O menino toda hora chamava:

– Vamos.

Mas Jílin não tinha vontade de ir embora.

Voltaram para casa. "Bem", pensou Jílin, "agora já sei em que direção preciso correr." Queria fugir naquela mesma noite. As noites estavam escuras – era a lua minguante. Por azar, os tártaros voltaram naquela noite. Às vezes, voltavam trazendo um rebanho e muito alegres. Mas dessa vez não traziam nada, a não ser, sobre a sela, um tártaro morto, o irmão do ruivo. Chegaram revoltados, juntaram-se todos para o enterro. Jílin também veio ver. Enrolaram o morto num pano, sem caixão, carregaram até um plátano, fora da aldeia, colocaram sobre o capim. Veio o mulá, reuniram-se os velhos, amarraram os chapéus com toalhas, tiraram os sapatos, sentaram-se lado a lado sobre os calcanhares, diante do morto.

Na frente, o mulá; atrás, três velhos de turbante, em fila; e atrás deles, outros tártaros. Sentaram-se, baixaram os olhos e ficaram em silêncio. Ficaram em silêncio por muito tempo. O mulá levantou a cabeça e disse:

– Alá! – Disse essa única palavra e de novo baixou os olhos, e ficaram muito tempo em silêncio, quietos, sem se mexer.

De novo, o mulá levantou a cabeça:

– Alá!

E todos exclamaram:

– Alá. – E de novo ficaram em silêncio.

O morto jazia sobre o capim, imóvel, e eles também ficaram parados, feito mortos. Nenhum deles se mexia. Só se ouviam as folhinhas do plátano que sacudiam com a brisa. Depois, o mulá recitou uma prece, todos ficaram de pé, levantaram o morto nos braços, carregaram. Foram até a cova; não era uma cova comum, mas escavada por baixo da terra, como um porão. Seguraram o morto pelas axilas e por baixo dos joelhos, dobraram, baixaram devagarzinho, enfiaram debaixo da terra em posição sentada, cruzaram as mãos do morto sobre a barriga.

O *nogáiets* trouxe uns juncos verdes, forraram a cova com os juncos, encheram de terra depressa, alisaram e colocaram uma pedra de pé no lugar onde estava enterrada a cabeça do defunto. Pisaram a terra, sentaram de novo diante do túmulo. Ficaram em silêncio por muito tempo.

– Alá! Alá! Alá! – Suspiraram e levantaram-se.

O ruivo deu um dinheiro para os velhos, depois se levantou, pegou um chicote, bateu três vezes na própria testa e foi para casa.

De manhã, Jílin viu – o vermelho levou uma égua para fora da aldeia, atrás dele foram três tártaros. Saíram da aldeia, o vermelho despiu o *bechmet*, arregaçou as mangas – uns braços bem fortes –, sacou o punhal, afiou numa pedra de amolar. Os tártaros puxaram a cabeça da égua para cima, o ruivo se aproximou, cortou a garganta de ponta a ponta, derrubou a égua e começou a esfolar o animal, descolava a pele com as mãozonas. As mulheres e as meninas vieram, começaram a lavar os intestinos e as entranhas. Depois retalharam a égua, carregaram para uma isbá. E toda a aldeia reuniu-se na casa do ruivo para homenagear o falecido.

Comeram a égua durante três dias, beberam *buzá* – recordaram o morto. Todos os tártaros ficaram em casa. No quarto dia, na hora do almoço, Jílin viu que se preparavam para ir a algum lugar. Trouxeram os cavalos, selaram, e uns dez homens partiram, e o vermelho também foi; só Abdul ficou em casa. A lua só diminuía – as noites estavam escuras.

"Bem", pensou Jílin, "tenho de fugir hoje." E falou para Kostílin.

Mas Kostílin teve medo.

– E como vamos fugir? A gente não sabe o caminho.

– Eu sei o caminho.

– Mas numa noite não dá para chegar lá.

– Se não chegarmos, vamos passar o dia na floresta. Olhe, separei umas panquecas. E então, você vai ficar aqui? Está bem, vão mandar o dinheiro, mas e se não conseguirem juntar o dinheiro? Os tártaros agora estão com raiva porque os russos mataram um deles. Andam falando de novo... querem nos matar.

Kostílin pensou, pensou.

– Está bem, vamos!

V

Jílin meteu-se no buraco, cavou mais para alargar, de modo que Kostílin pudesse passar; e ficaram quietos, esperando que tudo ficasse em silêncio no *aul*.

Assim que o povo no *aul* se aquietou, Jílin meteu-se por baixo da parede, conseguiu sair. Sussurrou para Kostílin:

– Entre.

Kostílin também se meteu no buraco, mas deu uma topada numa pedra, fez um barulho forte. O patrão tinha um vigia, um cachorro pintado. Cruel, feroz, chamado Uliáchin. Antes, por precaução, Jílin tinha dado de comer para o cachorro. Uliáchin ouviu o barulho, começou a latir e avançou, e atrás dele vieram outros cachorros. Jílin assoviou baixinho, jogou um pedaço de panqueca – Uliáchin reconheceu, abanou o rabo e parou de latir.

O patrão ouviu, de sua *sáclia* gritou:

– *Hait! Hait*, Uliáchin!

Mas Jílin afagou Uliáchin por trás das orelhas. O cachorro ficou quieto, esfregou-se nas pernas de Jílin, abanando o rabo.

Jílin e Kostílin ficaram quietos atrás de um canto da parede. Tudo ficou em silêncio, só se ouvia uma ovelha balir no estábulo e a água rumorejar, descendo pelas pedrinhas. Estava escuro, as estrelas, muito altas no céu; acima da montanha, o vermelho da lua agora crescente, que se punha com os bicos para cima. Nos vales, uma nuvem branca feito leite.

Jílin levantou-se, disse para o companheiro:

– Bem, irmão, vamos!

Puseram-se em movimento; mal se afastaram um pouco, ouviram – o mulá começou a cantar em cima do telhado:

– *Alá, Besmilá! Ilrahman!*

Aquilo queria dizer que o povo ia para a mesquita. Os dois esconderam-se de novo atrás da parede.

Ficaram ali muito tempo, esperaram que o povo passasse. De novo, tudo ficou em silêncio.

– Bom, que Deus nos ajude! – Fizeram o sinal da cruz, saíram. Passaram pelo pátio, desceram a escarpa na direção do riacho, cruzaram o riacho, seguiram pelo vale. Uma névoa densa pairava no chão, mas por cima da cabeça as estrelas estavam bem visíveis. Jílin localizava-se pelas estrelas, resolvia que direção tomar. Dentro da névoa, estava fresco, era fácil andar, só as botas eram incômodas, estavam gastas. Jílin tirou as botas, jogou fora, seguiu descalço. Saltitava de uma pedra para outra e olhava para as estrelas de vez em quando. Kostílin começou a ficar para trás.

– Ande mais devagar – disse. – Essas botas desgraçadas esfolaram os meus pés.

– Então tire, vai ficar mais fácil.

Kostílin seguiu descalço e ficou ainda pior: os pés se cortavam nas pedras e ele ficava cada vez mais para trás. Jílin disse:

– Os pés podem se cortar que depois curam, mas se eles pegarem a gente, vão matar, é pior.

Kostílin não dizia nada, andava, gemia. Caminharam por muito tempo, para baixo. À direita, ouviram os latidos de cachorros. Jílin parou, olhou em volta, subiu um pouco a montanha, apalpando com as mãos.

– Eh – disse. – A gente se enganou. Fomos para a direita. Ali fica outro *aul*, eu o avistei lá da montanha; temos de voltar e ir para a esquerda, montanha acima. Lá é que deve estar a floresta.

E Kostílin disse:

– Espere um pouquinho, me deixe descansar, meus pés estão em sangue.

– Ah, irmão, eles vão ficar curados; tem de pular mais leve. Assim, olhe!

E Jílin correu para trás e para a esquerda, pela montanha, na direção da floresta.

Kostílin ficava para trás o tempo todo e praguejava. Jílin fazia psiu para ele ficar quieto e continuava a andar.

Subiram a montanha. E lá estava a floresta. Entraram na floresta, rasgaram as roupas todas nos espinheiros. Toparam com uma trilha na floresta. Andaram.

– Espere!

Ressoaram cascos pela trilha. Eles pararam, escutaram. Um tropel, como de um cavalo, e parou. Eles foram em frente... De novo, o som de cascos. Eles pararam, e o barulho também parava. Jílin rastejou para mais perto, a fim de enxergar a trilha, na luz. Tinha alguma coisa lá: o cavalo não era um cavalo, e em cima dele tinha algo esquisito, não parecia um homem. Soltou um bufo, Jílin ouviu. "Que coisa estranha!" Jílin assoviou bem baixinho, e na mesma hora aquilo se esgueirou para fora da trilha, entrou na floresta, fazendo estalar a mata, como uma tempestade, quebrando os galhos.

– É um cervo. Escute só como os chifres quebram os galhos. Nós ficamos com medo dele, e ele, com medo da gente.

Seguiram em frente. A constelação da Ursa Maior já começava a baixar, a manhã não estava longe. E eles não sabiam se iam na direção certa ou não. Jílin achava que tinha sido trazido por aquele mesmo caminho e que, até chegar aos russos, faltavam umas dez verstas, mas não havia nenhum sinal seguro, e à noite era difícil se localizar. Saíram numa clareira. Kostílin sentou-se e disse:

– Faça como quiser, não vou conseguir chegar lá: meus pés não andam.

Jílin tentou convencê-lo.

– Não – respondeu. – Não vou chegar lá, não consigo.

Jílin irritou-se, cuspiu, xingou.

– Então eu vou sozinho, adeus.

Kostílin levantou-se de um salto, andou. Caminharam umas quatro verstas. A névoa ficou ainda mais densa na floresta, não enxergavam nada na sua frente e quase não se viam as estrelas.

De repente ouviram, à frente, os cascos de um cavalo. Dava para ouvir que as ferraduras resvalavam nas pedras. Jílin deitou-se de bruços, encostou o ouvido na terra para escutar.

– É isso mesmo, um cavalo vem de lá na nossa direção!

Correram para fora da trilha, sentaram-se no meio da mata e esperaram. Jílin rastejou na direção da trilha, observou – um tártaro a cavalo levava uma vaca. Cantarolava alguma coisa pelo nariz. O tártaro passou. Jílin voltou para perto de Kostílin.

– Bem, Deus o fez passar; levante, vamos.

Kostílin começou a levantar, mas caiu.

– Não consigo, por Deus, não consigo; não tenho forças.

O homem pesado, gordo, estava suando; envolvido pela neblina fria e com os pés em frangalhos, ele ficou prostrado. Jílin tentou levantá-lo à força. Logo Kostílin se pôs a gritar:

– Ai, está doendo!

Jílin ficou transtornado.

– Por que está gritando? Os tártaros andam por perto, vão ouvir. – E pensou: "Ele está fraco de verdade, o que vou fazer com ele? Abandonar um camarada não é certo".

– Está bem, levante – disse ele. – Suba nas minhas costas, se você não pode andar, eu carrego.

Colocou Kostílin nas suas costas, segurou as coxas com as mãos, foi andando pela trilha, se arrastando.

– Só não aperte a minha garganta com as mãos, pelo amor de Deus – disse. – Segure-se nos meus ombros.

Era difícil para Jílin, seus pés estavam ensanguentados e ele se cansou. Curvava-se, ajeitava-se, sacudia Kostílin para o alto, para ficar mais bem acomodado nas costas, e o carregava adiante pela trilha.

É claro que os tártaros tinham ouvido os gritos de Kostílin. Jílin escutou: alguém vinha de trás, gritava na sua língua. Jílin atirou-se para dentro da mata. O tártaro puxou o rifle, disparou, não acertou, deu um grito esganiçado na sua língua, galopou para longe pela trilha.

– Bem – disse Jílin –, estamos perdidos, irmão! Ele, esse cachorro, logo vai reunir os tártaros e vir atrás de nós, nos perseguir. Se não conseguirmos avançar umas três verstas, estamos perdidos. – E pensou, a respeito de Kostílin: "Foi o diabo que prendeu nos meus pés esse bloco de madeira, o meu irmão. Sozinho, eu já teria escapado há muito tempo".

Kostílin disse:

– Vá sozinho, não tem por que você perder sua vida por minha causa.

– Não, não vou: não é direito abandonar um camarada.

Colocou-o de novo sobre os ombros, começou a carregá-lo. Seguiu assim mais uma versta. Ainda estava na floresta e não via a saída. E a neblina já começava a dispersar, mas umas nuvenzinhas pareciam estar se juntando. Já não se viam estrelas. Jílin estava esgotado.

Chegou a uma fontezinha, na beira da trilha, entre as pedras. Parou, baixou Kostílin no chão.

– Deixe-me descansar – disse ele –, matar a sede. Vamos comer uma panqueca. Não deve estar longe.

Assim que se abaixou para beber, ouviu cascos de cavalo, atrás. De novo, atiraram-se para a direita, para dentro da mata, debaixo dos galhos, e deitaram.

Ficaram escutando as vozes de tártaros; os tártaros pararam no mesmo lugar onde eles dois haviam saído da trilha. Conversaram um pouco, depois começaram a gritar, como se atiçassem um cachorro. Escutaram – algo estalou entre os arbustos, um cachorro desconhecido veio direto para eles. Parou, começou a latir.

E os tártaros entraram na mata – eram desconhecidos também; agarraram os dois, amarraram, puseram nos cavalos, levaram.

Atravessaram umas três verstas, o patrão Abdul veio ao encontro deles com dois tártaros. Falou alguma coisa com os tártaros, passaram os dois para os cavalos deles, partiram de volta para o *aul*.

Abdul já não ria e não falava nenhuma palavra com eles.

Chegaram ao *aul* ao raiar do dia, foram postos no meio da rua. As crianças vieram correndo. Bateram neles com pedras, chicotes, davam gritos agudos.

Os tártaros reuniram-se numa roda e o velho veio do pé da montanha. Começou a falar. Jílin ouviu que julgavam os dois, resolviam o que iam fazer com eles.

Uns disseram que era preciso mandá-los mais para longe, nas montanhas, mas o velho disse:

– Tem de matar.

Abdul discutiu, disse:

– Dei dinheiro por eles. Estou pedindo um resgate por eles.

E o velho disse:

– Não vão pagar nada, só vão trazer desgraça. E é um pecado dar comida para russos. Matar, e acabou.

Dispersaram. O patrão aproximou-se de Jílin, e lhe disse:

– Se não me mandarem um resgate por vocês, daqui a duas semanas vou açoitá-los até a morte. E se tentarem fugir de novo, vou matar você como se fosse um cachorro. Escrevam uma carta, e escrevam direito.

Trouxeram papel, eles escreveram as cartas. Prenderam os blocos de madeira em seus pés, levaram os dois para trás da mesquita. Lá, havia um buraco de uns cinco *archin* – e enfiaram os dois no buraco.

VI

A vida deles ficou muito ruim. Nunca soltavam os blocos de madeira dos pés e não os deixavam sair ao ar livre. Jogavam para eles, de longe, massa crua de pão, como se faz com um cachorro, e deixavam a água numa jarra. O buraco fedia, era abafado, úmido. Kostílin ficou muito doente, inchado, sentia dores em todo o corpo e vivia gemendo ou dormindo. E Jílin ficou desanimado, via que a situação estava muito ruim. E não sabia como escapar.

Começou a cavar um túnel, mas não havia onde jogar a terra, o patrão percebeu, ameaçou matar.

Um dia, Jílin estava de cócoras no buraco, pensava na vida em liberdade, e sentia-se triste. De repente, caiu uma panqueca bem em cima dos seus joelhos, e mais outra, e começaram a cair cerejas. Olhou para cima e lá estava Dina. Ela olhou para ele, riu e fugiu correndo. Jílin pensou: "Será que Dina me ajudaria?".

Limpou um cantinho no buraco, cavou um pouco de barro, pôs-se a modelar bonecos. Dez pessoas, cavalos, cachorros; pensou: "Quando Dina vier, jogo para ela".

Só que no dia seguinte, Dina não veio. E Jílin ouviu o som de cascos de cavalos, algumas pessoas estavam de passagem e os tártaros se reuniram na mesquita, discutiam, gritavam e falavam dos russos. E Jílin ouviu a voz do velho. Não distinguia muito bem, mas adivinhou que os russos estavam próximos e os tártaros tinham medo de que entrassem no *aul*, e não sabiam o que fazer com os prisioneiros.

Terminaram de conversar e saíram. De repente, ele ouviu algo chiar lá em cima. Olhou – Dina estava de cócoras, os joelhos mais altos do que a cabeça, curvada para a frente, o colar de moedas pendia, balançava acima do buraco. Os olhinhos brilhavam tanto que pareciam estrelinhas. Tirou duas panquecas de queijo de debaixo da manga, jogou para ele. Jílin pegou e disse:

– Por que ficou tanto tempo sem aparecer? Fiz uns brinquedos para você. Olhe, tome! – Começou a arremessar um a um, mas ela abanava a cabeça e nem olhava.

– Não precisa! – disse. Ficou calada um tempo, quieta e então disse: – Ivan, eles querem matar você. – E mostrou com um gesto da mão no pescoço.

– Quem quer me matar?

– Papai, os velhos mandaram, mas eu tenho pena de você.

Jílin então disse:

– Se tem pena de mim, me traga um pau comprido.

Dina balançou a cabeça, para dizer que "não podia". Jílin cruzou as mãos, implorou para ela.

– Dina, por favor. Traga, Dínuchka.

– Não posso – respondeu. – Vão me ver. Estão todos lá em casa. – E foi embora.

Jílin ficou pensando, ao fim do dia. "O que vai acontecer?" Toda hora, olhava para cima. Viam-se as estrelas, mas a lua ainda não tinha surgido. O mulá gritou, tudo ficou quieto. Jílin começou a cochilar, pensando: "A menina vai ficar com medo".

De repente, começou a cair barro na sua cabeça, Jílin lançou um olhar para cima – pelo outro lado do buraco, uma vara comprida ia sendo enfiada. Foi entrando, começou a descer, raspando a terra, devagar. Jílin alegrou-se, agarrou com a mão, baixou a vara; era forte. Já tinha visto aquela vara no telhado da casa do patrão.

Olhou para cima: as estrelas brilhavam no alto do céu e, bem em cima do buraco, os olhos de Dina reluziam no escuro, como os de um gato. Ela inclinou o rosto na beira do buraco e sussurrou:

– Ivan, Ivan! – E agitava as mãos perto do rosto, para dizer "sem barulho".

– O quê? – perguntou Jílin.

– Todo mundo foi embora, só tem duas pessoas.

Jílin disse:

– Ei, Kostílin, vamos, vamos tentar pela última vez; levo você nas costas.

Kostílin não quis nem ouvir.

– Não – respondeu. – É claro que eu não vou sair mais daqui. Como é que posso ir, se não tenho forças nem para me virar?

– Bem, então adeus, não me queira mal.

Ele e Kostílin beijaram-se no rosto.

Agarrou-se na vara, mandou Dina segurar e subiu. Uma ou duas vezes, ele perdeu o pé de apoio – o bloco de madeira atrapalhava. Kostílin o amparou – de algum modo, conseguiu arrastar-se até em cima. Dina, com as mãozinhas, puxou-o pela camisa com todas as suas forças e riu sozinha. Jílin pegou a vara e disse:

– Ponha no lugar, Dina, senão eles vão dar pela falta, vão bater em você.

Ela saiu arrastando a vara e Jílin seguiu montanha abaixo. Ao pé de uma escarpa, pegou uma pedra pontuda e tentou romper o cadeado do bloco de madeira. Mas o cadeado era resistente, não quebrava de jeito nenhum, e era difícil de manejar. Escutou – alguém vinha correndo da montanha, dava saltos ágeis. Pensou: "Na certa, é Dina outra vez". Dina se aproximou, pegou a pedra e disse:

– Deixe comigo.

Sentou-se sobre os joelhos, começou a forçar. Mas as mãozinhas eram finas como varetas, não tinham força nenhuma. Largou a pedra, começou a chorar. Jílin ocupou-se de novo do cadeado e Dina ficou ao seu lado, de cócoras, a mão apoiada no ombro dele. Jílin olhou para o lado, viu à esquerda, atrás da montanha, um clarão vermelho começar a arder. A lua subia. "Bem", pensou, "antes da lua, tenho de cruzar o vale, chegar até a floresta." Levantou-se, largou a pedra. Apesar do bloco de madeira, tinha de andar.

– Adeus, Dínuchka – disse ele. – Vou sempre me lembrar de você.

Dina agarrou-se a ele, apalpou-o com as mãos, procurou um lugar para enfiar uma panqueca. Jílin pegou a panqueca.

– Obrigado, menina inteligente – disse ele. – E agora, sem mim, quem vai fazer bonecos para você? – E afagou a cabeça de Dina.

E Dina desatou a chorar, cobriu o rosto com as mãos, correu montanha acima, aos saltos, como uma cabritinha. Na escuridão, só se ouviam as moedas da trança tilintando nas suas costas.

Jílin fez o sinal da cruz, segurou na mão o cadeado do bloco de madeira para ele não retinir, seguiu pela trilha arrastando os pés, toda hora olhando para o clarão no lado onde a lua ia surgir. Sabia o caminho. Tinha de seguir reto umas oito verstas. Só precisava chegar à floresta antes que a lua subisse totalmente. Cruzou o riacho: a luz atrás da montanha já tinha ficado branca. Seguiu pelo vale, andou, andou, sempre olhando para trás: ainda não via a lua. O clarão já começava a iluminar e um lado do vale ficava cada vez mais claro. Uma sombra se arrastava no fundo do vale, chegava cada vez mais perto dele.

Jílin andava, sempre se mantendo na sombra. Apressou-se, mas a lua subia cada vez mais depressa; à direita, os cumes já começavam a brilhar. Jílin estava perto da floresta, a luz surgiu por trás da montanha – tudo ficou branco, claro, como o dia. Nas árvores, viam-se todas as folhas. Estava claro e quieto nas montanhas: parecia que tudo havia morrido. Só se ouvia o murmúrio do riacho lá embaixo.

Chegou à floresta – não encontrou ninguém no caminho. Jílin escolheu um recanto mais escuro na floresta, sentou-se para descansar.

Descansou, comeu a panqueca. Achou uma pedra, experimentou de novo romper o cadeado. Bateu com toda a força da mão, mas não quebrou. Levantou-se, seguiu pela trilha. Avançou quase uma versta, ficou esgotado – os pés doíam. Dava mais ou menos dez passos e parava de novo. "Não há o que fazer", pensou. "Vou me arrastando assim mesmo, enquanto tenho forças. Se ficar parado, não vou mais levantar. Eu não vou conseguir chegar à fortaleza, mas quando o dia nascer, vou ficar deitado dentro da floresta, deixo o dia passar, e de noite volto a caminhar."

Andou a noite toda. Só topou no caminho com dois tártaros a cavalo, mas Jílin ouviu de longe, escondeu-se atrás de uma árvore.

A lua já começava a empalidecer, caía o orvalho, o nascer do dia estava perto e Jílin não havia chegado ao fim da floresta. "Bom", pensou, "vou dar mais trinta passos, me desvio para dentro da floresta e fico lá." Avançou trinta passos, e viu – a floresta terminava ali. Foi até a orla da mata – já estava tudo claro; à sua frente, bem visíveis, a estepe e a fortaleza e, à esquerda, bem perto do pé da montanha, chamas ardiam, se apagavam, a fumaça se espalhava no ar, e havia pessoas junto às fogueiras.

Olhou bem, viu: fuzis rebrilhavam – cossacos, soldados.

Jílin alegrou-se, juntou as últimas forças, caminhou montanha abaixo. E pensou: "Deus permita que aqui, em terreno aberto, nenhum cavaleiro tártaro me veja; apesar de estar perto, eu não conseguiria escapar".

Bastou pensar isso e viu: à esquerda, numa colina, estavam três tártaros, a umas duas *dessiatinas* de distância. Avistaram Jílin, partiram em sua direção. Seu coração se fez em pedaços. Agitou os braços, começou a gritar, com o fôlego que lhe restava:

– Irmãos! Socorro! Irmãos!

Os nossos ouviram. Os cossacos montaram nos cavalos, lançaram-se em sua direção – para cortar o caminho dos tártaros.

Os cossacos estavam longe e os tártaros estavam perto. Mas Jílin juntou as últimas forças que tinha, segurou o bloco de madeira nas mãos, correu na direção dos cossacos, já fora de si, fazia o sinal da cruz e gritava:

– Irmãos! Irmãos! Irmãos!

Os cossacos eram uns quinze.

Os tártaros ficaram com medo – antes de o alcançarem, pararam. E Jílin veio correndo para perto dos cossacos.

Os cossacos o rodearam, perguntaram quem era ele, o que tinha acontecido, de onde tinha vindo. Mas Jílin estava fora de si, chorava e repetia:

– Irmãos! Irmãos!

Os soldados acudiram às pressas, cercaram Jílin – um trouxe pão, outro trouxe mingau, outro trouxe vodca; alguém o cobriu com um capote, outro soltou o bloco de madeira de seus pés.

Os oficiais o reconheceram, levaram para a fortaleza. Os soldados alegraram-se, os camaradas reuniram-se em torno de Jílin.

Jílin contou tudo o que tinha acontecido e disse:

– Fui para casa me casar e olhem só no que deu! Não, está claro que esse não é o meu destino.

Assim, ficou servindo o Exército no Cáucaso. E Kostílin foi resgatado, um mês depois, por cinco mil rublos. Quando o trouxeram, estava mais morto que vivo.

ÚLTIMOS CONTOS

KHOLSTOMIER
(HISTÓRIA DE UM CAVALO)

Em memória de M. A. Stakhóvitch[1]

I

O céu se erguia cada vez mais, a aurora se alastrava, a prata opaca do orvalho se tornava mais branca, a foice da luz se desbotava, a floresta se tornava mais barulhenta, as pessoas acordavam e na cocheira dos cavalos do senhor de terras ouviam-se mais e mais os bufos, o rebuliço na palha e até os relinchos irritados e estridentes dos cavalos aglomerados, que brigavam por algum motivo.

– Ô, ô! Devagar! Estão morrendo de fome? – disse um velho cavalariço, enquanto abria a porteira rangente. – Aonde você vai? – gritou, brandindo o braço na direção de uma égua que tentava se enfiar pela fresta da porteira.

O cavalariço Niéster vestia um casaco cingido por um cinturão, trazia um açoite pendurado no ombro e uma trouxinha com pão presa à cintura. Nos braços, levava uma sela e um bridão.

Os cavalos não se assustaram nem um pouco e não se aborreceram com o tom zombeteiro do cavalariço, fingiram não dar importância e se afastaram da porteira sem a menor pressa; só uma égua velha, alazã, de crina grande, levantou as orelhas e, bruscamente, deu as costas para ele. Uma égua jovem que estava atrás e que não tinha nada a ver com o assunto guinchou e aproveitou a chance para dar um coice no primeiro cavalo que apareceu.

– Ô, ô! – gritou o cavalariço ainda mais alto e ameaçador e seguiu para o canto do estábulo.

Entre todos os cavalos que estavam ali (eram cerca de cem), o que mostrava menos impaciência era um castrado malhado que estava sozinho num canto embaixo do alpendre e, estreitando as pálpebras, lambia um pilar de carvalho do telheiro. Não se sabia que gosto aquele castrado malhado encontrava naquilo, mas sua expressão era séria e pensativa enquanto lambia.

---

1 O tema deste conto foi concebido por M. A. Stakhóvitch, autor de *Notchnói* [Noturno] e *Naiêzdniki* [Os cavaleiros], e transmitido ao autor por A. A. Stakhóvitch. (N.A.) [Cabe esclarecer que Aleksandr Aleksándrovitch Stakhóvitch era irmão do escritor russo e pesquisador do folclore Mikhail Aleksándrovitch Stakhóvitch (1820-58).]

– Seu molengão! – disse a ele o cavalariço, de novo no mesmo tom, aproximando-se e colocando a seu lado, sobre o esterco, a sela e uma manta surrada.

O castrado parou de lamber e, sem se mover, observou Niéster demoradamente. Não riu, não se zangou, não fez cara feia, apenas encheu bastante a barriga de ar, deu um suspiro muito profundo e virou-se. O cavalariço abraçou o pescoço do cavalo e pôs o freio.

– Por que está suspirando? – perguntou Niéster.

O castrado abanou a cauda como se dissesse: "Não é nada, Niéster". O cavalariço pôs sobre o cavalo a manta e depois a sela, o que fez o malhado baixar as orelhas, exprimindo talvez sua insatisfação, mas só serviu para que ele fosse xingado, e logo começaram a apertar a barrigueira. O castrado respirou fundo, mas meteram um dedo em sua boca e bateram com o joelho em sua barriga para que ele soltasse o ar. Apesar disso, quando os dentes apertaram o bridão, mais uma vez ele baixou as orelhas e até olhou para trás. Embora soubesse que aquilo não ia ajudar em nada, mesmo assim achou necessário deixar claro que não estava gostando e que sempre iria demonstrar isso. Depois que prenderam a sela, o malhado afastou a perna direita inchada e começou a mastigar o bridão, também por algum motivo particular, porque àquela altura ele já devia saber que um bridão não pode ter nenhum gosto.

Niéster montou no castrado apoiando-se no estribo curto, desenrolou o chicote, soltou o casaco que estava preso embaixo do joelho, ajeitou-se sobre a sela da maneira peculiar dos cocheiros, caçadores e cavalariços e deu um puxão nas rédeas. O castrado levantou a cabeça, exprimindo que estava pronto para ir aonde mandassem, mas não saiu do lugar. Sabia que, antes de partir, a pessoa que estava sentada em cima dele ia gritar muito, dando ordens para Vaska, o outro cavalariço, e para os cavalos. De fato, Niéster começou a gritar: "Vaska! Ei, Vaska! Você deixou as éguas soltas? Onde se meteu, esse diabo! Ô! Na certa está dormindo. Abra, deixe as éguas prenhas saírem na frente". Etc.

A porteira rangeu, Vaska, irritado e sonolento, segurando um cavalo pela rédea, ficou parado junto ao mourão da porteira e deixou os cavalos passarem. Um atrás do outro, os cavalos começaram a passar, pisando com cuidado na palha e farejando: éguas jovens, potros, filhotinhos e pesadas éguas prenhes, com cuidado, uma de cada vez, passaram carregando suas barrigas. As éguas jovens às vezes se espremiam em pares, em trios, encostando a cabeça na anca da égua da frente, em passos afoitos rumo à porteira, pelo que sempre recebiam palavras injuriosas dos cavalariços. Os filhotinhos às vezes se apertavam junto às pernas de éguas que não eram suas mães e relinchavam, em resposta ao curto grunhido das éguas prenhes.

Uma égua jovem e travessa, mal atravessou a porteira, baixou a cabeça, inclinou-a de lado, empinou a garupa e grunhiu; mesmo assim não se atreveu a correr na frente da velha égua grega cinzenta e premiada, Juldiba, que a passos lentos, pesados, balançava a barriga para um lado e para outro, andando com ar grave, como sempre, à frente de todos os cavalos.

Em poucos minutos, o estábulo, tão animado e cheio, se esvaziou e ficou triste; sobressaíam melancolicamente as colunas sob os alpendres vazios e via-se apenas a palha amassada e suja de esterco. Por mais que o castrado malhado estivesse acostumado àquele quadro de abandono, a imagem produzia nele um efeito de tristeza. Devagar, como se fizesse uma reverência, ele baixou e ergueu a cabeça, suspirou o mais alto que lhe permitia a cilha apertada e, mancando com as pernas arqueadas e duras, se arrastou atrás da manada, carregando o velho Niéster nas costas ossudas.

"Já sei: agora, assim que a gente partir pela estrada, ele vai acender e fumar seu cachimbo de madeira, com aro de cobre e com uma correntinha", pensou o castrado. "Fico feliz com isso, porque de manhã cedo, com o orvalho, gosto desse cheiro e me faz lembrar muita coisa boa; o ruim é que, com o cachimbo entre os dentes, o velho sempre fica muito cheio de si, imagina que é grande coisa e toda vez senta de lado na sela; e justamente do lado que me dói. Bem, é melhor deixar para lá, para mim não é novidade sofrer para o prazer dos outros. Até passei a achar nisso certo prazer de cavalo. Deixe que ele se faça de importante, coitado. Afinal ele só faz pose de importante quando está sozinho, quando não vê ninguém, então deixe que sente de lado", refletia o castrado, pisando cautelosamente com as patas tortas e andando pelo meio da estrada.

II

Depois de levar a manada para o rio, perto do qual os cavalos deviam pastar, Niéster desmontou e tirou a sela. A manada, enquanto isso, já começava a se dispersar lentamente pelo prado ainda intocado, coberto apenas pelo orvalho e pelo vapor que subia do prado e do rio que o contornava.

Niéster tirou o bridão do castrado malhado, coçou embaixo do pescoço do cavalo e, em resposta, o castrado fechou os olhos, num sinal de gratidão e contentamento. "Gosta, não é, cachorro velho!", exclamou Niéster. O castrado não gostava nem um pouco daquela coçadinha, só por delicadeza fingia que lhe agradava, e balançou a cabeça como quem concorda. Mas de repente, de modo totalmente inesperado e sem nenhum motivo, talvez achando que uma familiaridade grande demais pudesse dar ao castrado malhado ideias erradas de sua importância, Niéster, sem nenhum aviso, empurrou para trás a cabeça do castrado, agarrou o arreio, bateu com a fivela na perna seca do castrado, para machucar, e sem dizer nada andou para um morrinho, até o cepo junto ao qual costumava descansar.

Embora magoado com aquele gesto, o castrado não deu nenhum sinal disso e, abanando devagar a cauda abaixada, farejando alguma coisa e mordiscando o capim só para se distrair, foi para o rio. Sem prestar a menor atenção nas travessuras das éguas jovens, dos potros e dos filhotinhos à sua volta, animados com a manhã, e sabendo que o mais saudável, sobretudo na sua idade, era beber bastante em jejum e só depois comer, ele escolheu um lugar um pouco mais afastado e mais amplo, na margem, e, molhando os cascos e as quartelas, afundou o focinho no rio e começou a chupar a água entre os beiços rasgados, remexeu os flancos fartos e, de puro contentamento, abanou a cauda malhada e rala, no sabugo sem pelos.

Uma eguinha baia, implicante, sempre disposta a provocar o velho e lhe fazer coisas desagradáveis, também foi para perto dele, junto da água, como se fosse por alguma necessidade, mas no fundo era só para turvar a água na frente do focinho do castrado. Mas o malhado já havia matado a sede e, como se não percebesse a intenção da égua parda, retirou tranquilamente as patas atoladas, uma a uma, sacudiu a cabeça e, afastando-se dos jovens, começou a comer. Separando as pernas de diversas maneiras e sem pisar o capim de modo desnecessário, comeu durante três horas a fio, quase sem levantar a cabeça. Depois de se fartar de comer a tal ponto que a barriga pendia como um saco nas costelas magras e salientes, o malhado apoiou-se por igual sobre as quatro patas doloridas para que a dor fosse menor, sobretudo na pata direita da frente, a mais fraca de todas, e pegou no sono.

Existe a velhice majestosa, a velhice repugnante, a deplorável. Existe também uma velhice ao mesmo tempo majestosa e repugnante. A velhice do castrado era justamente desse tipo.

O castrado era de grande estatura – não menos de dois *archin* e três *verchok*. Tinha o pelo murzelo malhado. Assim era antigamente, mas agora as manchas cor de amora tinham ficado de uma cor cinzenta e suja. Seu malhado era constituído por três manchas: uma na cabeça, que contornava o focinho e ia até a metade do pescoço, numa curva pelada. A crina comprida e coalhada de pintas era branca e pardacenta. A outra mancha ficava no flanco direito e ia até a metade da barriga; a terceira ficava na garupa, tomava a parte superior da cauda e ia até a metade da coxa. O resto da cauda era esbranquiçado, com pintas. A cabeça grande e ossuda, com profundas cavidades sob os olhos e o lábio preto caído e rasgado havia muito tempo, pendia pesada e baixa no pescoço curvado pela magreza, como se fosse de madeira. Por trás do beiço caído, via-se a língua enegrecida e mordida no canto e o que havia sobrado dos dentes inferiores, amarelos e carcomidos. As orelhas, uma delas cortada, ficavam muito abaixadas dos dois lados e só de vez em quando se mexiam com preguiça para espantar moscas pegajosas. Uma mecha mais comprida da franja caía por trás da orelha, a testa descoberta era afundada e rugosa, a pele pendia formando bolsas dos lados do rosto. No pescoço e na cabeça, as veias se tornaram nodosas, saltadas, e estremeciam a qualquer contato das moscas. A expressão do rosto era séria e paciente, pensativa e sofrida. As patas dianteiras eram arqueadas na altura do joelho, as canelas estavam inchadas logo acima dos dois cascos e numa delas, em que a mancha ia até a metade da perna, havia na altura do joelho um calombo do tamanho de um punho cerrado. As patas traseiras eram mais saudáveis; mas tinham pisaduras nas coxas, pelo visto antigas, e o pelo já não cobria aquelas áreas. Todas as pernas pareciam desproporcionalmente compridas por causa da magreza do corpo. As costelas, embora fortes, estavam tão protuberantes e esticavam tanto o couro que a pele parecia ter colado nos intervalos entre as costelas. A cernelha e o dorso tinham marcas de surras antigas e na garupa havia uma ferida ainda fresca, inchada e purulenta; o sabugo preto da cauda, que deixava as vértebras à mostra, pendia comprido e quase pelado. Na garupa de cor parda, perto da cauda, havia uma chaga na forma de uma palma da mão, com pelos brancos em volta, como se fosse de uma mordida, e outra ferida cicatrizada na escápula dianteira. Os joelhos de trás e a cauda viviam sujos por causa do desarranjo intestinal constante. O pelo do corpo todo, embora curto, era eriçado. Mas, apesar da velhice repugnante do cavalo, ao olhar para ele, não se podia deixar de pensar, e um especialista teria reconhecido de cara, que tinha sido, em seu tempo, um cavalo extraordinário.

O especialista diria até que na Rússia só existia uma espécie capaz de ter ossos tão largos, fêmures tão imensos, tamanhos cascos, tamanha finura nos ossos das pernas, tal postura do pescoço e acima de tudo tal ossatura da cabeça, tais olhos – grandes, negros, brilhantes –, uma rede tão nobre de veias nodosas em torno da cabeça e do pescoço e o pelo e o couro tão finos. De fato, havia algo majestoso na figura daquele cavalo, na terrível combinação dos traços repulsivos de decrepitude com a intensa variedade de cores do pelo, as maneiras e expressões de confiança e a serena consciência da beleza e da força.

Semelhante a uma ruína viva, ele se erguia sozinho no meio do prado orvalhado enquanto perto se ouviam o tropel, os bufos, os relinchos joviais, os guinchos da manada dispersa.

III

O sol já se destacara acima da floresta e ardia reluzente no capim e nas ondulações do rio. O orvalho havia secado e se concentrara em gotas, o último vapor da manhã se dissolvia como fumaça, aqui e ali, em torno do charco e ao pé da mata. Nuvenzinhas se encrespavam, mas ainda não havia vento. Do outro lado do rio, o centeio se erguia em cerdas, verde, enrolado em canudos, e exalava um cheiro de verdura fresca e de flor. O cuco cantava rouco na mata e Niéster, estirado de costas no chão, contava nos pios do cuco quantos anos ainda iria viver. As cotovias esvoaçavam acima do centeio e do prado. Uma lebre retardatária foi parar no meio da manada e, depois de pular para longe, sentou-se junto a um arbusto e ficou atenta. Vaska cochilava com a cabeça no capim, as éguas à sua volta se afastaram, dispersando-se para baixo. Resfolegando, as éguas velhas deixavam pegadas reluzentes no orvalho claro e todas escolhiam um lugar onde ninguém as incomodasse, mas já não comiam, apenas mordiscavam o capim saboroso. De modo imperceptível, a manada inteira se movia na mesma direção. E de novo a velha Juldiba, adiantando-se com ar grave à frente dos outros, mostrava que era possível ir mais longe. A jovem murzela Muchka, que tivera cria pela primeira vez, relinchava e, de cauda erguida, bufava sobre seu filhotinho de cor lilás, que, com os joelhos trêmulos, cambaleava a seu lado. A alazã solteira Andorinha, de pelo liso, reluzente e acetinado, com a cabeça tão abaixada que a franja negra e sedosa cobria a testa e os olhos, brincava com o capim – beliscava, largava ou pisava o capim com a pata de quartela peluda, molhada de orvalho. Um dos potrinhos mais crescidos, talvez inventando uma brincadeira para si, depois de levantar vinte e seis vezes o rabinho curto e crespo como um penacho, galopava em volta da mãe, que, já acostumada à personalidade do filho, mordiscava tranquilamente o capim e só de vez em quando, com o rabo dos olhos grandes e negros, dava uma espiada no filhote. Um dos potros menores, preto, cabeçudo, com uma franja admirável que ressaltava entre as orelhas e com o rabo ainda torcido para o mesmo lado em que ele ficara virado dentro da barriga da mãe, não saía do lugar, com as orelhas e os olhos obtusos alertas, enquanto fitava atentamente o potro que pulava e recuava, não se sabia se invejando ou censurando o que ele fazia. Alguns mamavam, empurrando com o focinho, outros, sem que se soubesse o motivo, e apesar dos apelos das mães, corriam num trote miúdo, desajeitado, direto para o lado oposto, como se procurassem alguma coisa, e depois, também sem que se soubesse o motivo, paravam e davam relinchos com voz estridente e desesperada; outros ficavam deitados de lado, juntos uns dos outros; alguns aprendiam a comer o capim; outros coçavam atrás das orelhas com as patas traseiras.

Duas éguas paridas andavam afastadas dos outros e, movendo as patas lentamente, continuavam a comer. Era óbvio que o estado delas era respeitado pelos demais e nenhum dos jovens se atrevia a se aproximar e perturbar. Se algum dos filhotes travessos inventasse de chegar perto, bastava um único movimento da cauda das éguas para mostrar toda a inconveniência de seu comportamento.

Os potrinhos e as éguas de um ano fingiam já ser grandes e maduros e raramente saltavam e se juntavam aos grupos alegres. Comiam capim com ar compenetrado, arqueando seus tosquiados pescocinhos de cisne e, como se também tivessem caudas de verdade, abanavam suas vassourinhas. Como os já crescidos, alguns deles se deitavam, rolavam ou coçavam uns aos outros. O grupo mais animado era formado por éguas solteiras de dois ou três anos. Andavam quase todas juntas num grupo à parte, de jovens alegres. Entre elas, ouviam-se o tropel, os guinchos, os relinchos, os coices. Juntavam-se, apoiavam a cabeça no ombro umas das outras, cheiravam-se, pulavam e às vezes, depois de bufar e erguer a cauda em forma de tubo, corriam orgulhosas e cheias de si num semitrote quase saltitante à frente de suas camaradas. A beldade principal, na liderança de toda aquela juventude, era a égua baia travessa. Aquilo que inventava, as outras também faziam; aonde ela ia, todo o bando ia atrás. Naquela manhã, seu estado de espírito era especialmente travesso e brincalhão. O ataque de bom humor a dominava como domina as pessoas. Ainda no bebedouro, depois de zombar do cavalo velho, ela saiu correndo pela água, fingiu que alguma coisa a havia assustado, bufou e saiu em disparada pelo campo, a tal ponto que Vaska teve de galopar atrás dela e das outras que a seguiam. Mais tarde, tendo comido um pouco, ela se espojou sobre o capim, depois escarneceu das éguas velhas, pondo-se na frente delas, depois apartou um potro do bando e começou a correr atrás dele, como se quisesse mordê-lo. A mãe do potro se assustou e parou de comer, o potrinho gritou com uma voz de dar pena, mas a égua travessa nem tocou nele, apenas lhe deu um susto e ofereceu um espetáculo para suas camaradas, que observavam suas brincadeiras com simpatia. Depois ela inventou de virar a cabeça para um cavalo ruão que, ao longe, do outro lado do rio, puxava um arado conduzido por um mujiquezinho. Ela parou, com ar orgulhoso, um pouco de lado, ergueu a cabeça, animou-se e relinchou com voz doce, meiga e prolongada. O espírito travesso, a afeição e certa tristeza se exprimiam naquele relincho. Nele havia também desejo, promessa e tristeza de amor.

Lá estava a codorniz que, no juncal espesso, correndo de um canto para outro, chamava com paixão seu companheiro, lá estavam o cuco e a codorna que cantavam o amor, e as flores que lançavam no vento sua poeira perfumada, umas para as outras.

"Eu também sou jovem, bonita, forte", dizia o relincho da travessa, "mas ainda não pude provar a doçura desse sentimento, não só não pude provar como ainda nenhum amante, nenhum, reparou em mim."

E aquele relincho tão cheio de significado, tão jovem e triste, ressoou pela baixada e pelo campo e, ao longe, alcançou o cavalinho ruão. Ele ergueu as orelhas e ficou parado. O mujique bateu no cavalo com a sandália de palha, mas o cavalinho ruão estava fascinado pelo som de prata do relincho distante e também relinchou. O mujique se irritou, puxou as rédeas e bateu com a sandália na barriga do cavalo com tanta força que o ruão nem teve tempo de terminar seu relincho e andou para a frente. O cavalinho ruão teve uma sensação triste e doce e, ainda por muito tempo, os sons do relincho ardente e inacabado e da voz zangada do mujique foram levados do distante campo de centeio até a manada.

Se apenas o som daquela voz foi capaz de deixar o cavalinho ruão tão aturdido que esqueceu sua obrigação, o que seria dele caso visse toda a beleza da travessa, quando ela, com as orelhas em guarda e as narinas abertas, inspirou fundo e, com o corpo jovem e bonito tomado por tremores e por um ímpeto de ir não sabia para onde, chamou por ele?

Mas a travessa não ficou muito tempo pensando em suas tristezas. Quando a voz do ruão silenciou, ela deu mais um relincho zombeteiro e, de cabeça baixa, pôs-se a escavar a terra com a pata e depois foi mexer e provocar o malhado castrado. Era ele o eterno mártir e alvo das brincadeiras daquela juventude feliz. Sofria com aquela juventude mais do que com as pessoas. Não fazia mal nem a uns nem a outros. As pessoas precisavam dele, de fato, mas por que os cavalos jovens o atormentavam?

IV

Ele era velho, eles eram jovens; ele era magro, eles eram bem nutridos; ele era desanimado, eles eram alegres. Portanto era totalmente alheio, afastado, uma criatura em tudo diferente, e era impossível ter pena dele. Os cavalos só têm pena de si mesmos e, às vezes, daqueles em cuja pele podem facilmente se pôr. Mas afinal o malhado tinha culpa de ser velho, descarnado e feioso? Parecia que não. Mas, do ponto de vista dos cavalos, o malhado tinha culpa, e a razão estava com os que eram fortes, jovens e felizes, os que sempre estavam na frente, os que faziam vibrar todos os músculos e erguiam a cauda a prumo, como uma estaca, num esforço supérfluo. Talvez o próprio castrado malhado compreendesse aquilo e, nos momentos de tranquilidade, concordasse que tinha culpa de fato por já ter vivido sua vida e que precisava pagar por aquela vida; mesmo assim era um cavalo e muitas vezes não conseguia conter os sentimentos de humilhação, de tristeza e de indignação, ao olhar para toda aquela juventude que o condenava por algo que eles mesmos, todos eles, iriam padecer no fim da vida. Outro motivo para a crueldade dos cavalos era um sentimento aristocrático. Todos eles, em sua genealogia, por parte de pai ou de mãe, provinham do famoso Smietanka, mas o castrado era de proveniência ignorada; tinha outra origem, havia sido comprado três anos antes, numa feira, por oitenta rublos à vista.

A eguinha baia, fazendo de conta que passeava sem rumo, chegou até o focinho do castrado malhado e deu um empurrão. Ele já sabia o que aquilo queria dizer e, sem abrir os olhos, deitou as orelhas e arreganhou os dentes. A égua virou de costas e fingiu que queria dar um coice. O castrado abriu os olhos e se afastou para o outro lado. Já não tinha vontade de dormir e começou a comer. De novo, acompanhada de suas amigas, a travessa chegou perto do castrado. Uma égua de dois anos, de crina raspada, muito boba, que sempre imitava e seguia a égua baia, aproximou-se junto com ela e, como sempre agem os imitadores, começou a exagerar o que a mestra fazia. A égua baia em geral se aproximava como quem não quer nada e assim chegava bem perto do focinho do castrado, sem olhar para ele, de modo que ele não sabia ao certo se devia se zangar ou não, e aquilo era de fato engraçado. Agora ela estava fazendo a mesma coisa, mas a imitadora, que a seguia especialmente animada, esbarrou com o peito em cheio no castrado. Ele mostrou os dentes de novo, guinchou e, com uma agilidade que não se poderia esperar dele, pulou atrás da égua e mordeu-a na coxa. A égua deu um coice com as duas patas traseiras e acertou com força as costelas magras e nuas do velho. Ele chegou a urrar, quis partir atrás dela, mas pensou melhor e, depois de um suspiro profundo, se afastou para o lado. Talvez todos os jovens da manada tenham tomado como ofensa pessoal a audácia que o castrado malhado se permitiu em relação à égua de crina raspada e, durante todo o resto do dia, não o deixaram realmente comer em paz, não lhe deram nem um minuto de sossego, a tal ponto que o cavalariço teve de acalmar os cavalos várias vezes, e não conseguia entender o que estava acontecendo. O castrado foi tão acossado que andou por conta própria para perto de Niéster, quando o velho começou a juntar a manada para voltarem e sentiu-se mais feliz e mais calmo quando o homem pôs a sela e montou.

Só Deus sabe o que o castrado pensava enquanto carregava o velho Niéster nas costas. Talvez pensasse com amargura na juventude cruel e impertinente ou, com o orgulho mudo e desdenhoso próprio dos velhos, talvez desculpasse aqueles que o ofendiam, só que não deixou transparecer nenhum de seus pensamentos, até chegar em casa.

Naquela noite, Niéster recebeu a visita de compadres e, quando passou com a manada diante das isbás dos servos, notou a charrete com um cavalo amarrado no alpendre de sua casa. Depois de tocar a manada, ele estava tão afobado que soltou o castrado no pátio sem tirar a sela, gritou para Vaska se incumbir daquilo, trancou a porteira e foi ao encontro dos compadres. Por causa da ofensa cometida contra a eguinha de crina raspada, bisneta de Smietanka, pelo pangaré "pé-rapado", comprado numa estrebaria, sem pai nem mãe, que só por isso já era um insulto ao sentimento aristocrático de toda a manada, ou então porque a figura do castrado de sela alta e sem nenhum cavaleiro oferecia aos demais cavalos um espetáculo estranho e fantástico, naquela noite algo fora do comum aconteceu no estábulo. Todos os cavalos, jovens e velhos, com os dentes arreganhados, correram atrás do castrado, o enxotaram para fora, ouviram-se os sons dos cascos que batiam nos flancos magros e gemidos profundos. O castrado não podia mais suportar aquilo, não conseguia mais se esquivar dos golpes. Parou no meio do pátio, no seu rosto exprimiu-se a exasperação repulsiva e fraca da velhice impotente e depois o desespero; ele ergueu as orelhas e, de repente, fez algo que deixou todos os cavalos calados. A égua mais velha de todas, Viazopúrikha, aproximou-se do castrado, cheirou-o e suspirou. O castrado também suspirou.

V

A figura alta e magra do castrado, com a sela alta, da qual o arção sobressaía, estava parada no meio do pátio iluminado pela lua. Imóveis e num profundo silêncio, os cavalos se puseram à sua volta, como se tivessem sabido por meio dele algo novo e inesperado. E de fato souberam algo novo e inesperado. Aqui está o que souberam por meio dele.

PRIMEIRA NOITE

– Sim, sou filho de Liubiézni I e de Baba. Meu nome pela linhagem é Mujique I. Sou Mujique I pela linhagem, sou Kholstomier por apelido, chamado assim pelo povo por causa do meu passo comprido e largo, que não tinha igual na Rússia.[2] Pelo nascimen-

---

2 *Kholst* em russo significa pano, linho, lona; *miera* significa medida.

to, pelo sangue, não existe no mundo cavalo superior a mim. Eu nunca diria isso para vocês. Para quê? Vocês jamais me reconheceriam. Como não me reconheceu Viazopúrikha, que esteve junto comigo em Khrenov e só agora me reconheceu. Nem agora acreditariam em mim, se não houvesse o testemunho de Viazopúrikha. Eu jamais contaria isso a vocês. Não preciso da piedade dos cavalos. Mas vocês queriam isso. Sim, sou o Kholstomier que os caçadores procuram e não encontram, o Kholstomier que o próprio conde conheceu e mandou que fosse expulso da cavalariça e fosse vendido, porque venci na corrida seu cavalo predileto, o Cisne.

"Quando nasci, não sabia o que significava a palavra malhado, achava que eu era só um cavalo. O primeiro comentário sobre meu pelo, me lembro, me impressionou muito, e à minha mãe também. Acho que nasci à noite, de manhã minha mãe já estava me lambendo e eu estava de pé. Lembro que eu vivia querendo muito alguma coisa e que tudo me parecia extremamente admirável e, ao mesmo tempo, extremamente simples. Nossas baias ficavam num corredor comprido e aquecido, com portas de treliça, através das quais se podia ver tudo. Minha mãe me ofereceu suas tetas, mas eu era tão inocente que metia o focinho ora embaixo de suas pernas dianteiras, ora embaixo da gamela. De repente minha mãe olhou para a porta de treliça e, passando as pernas por cima de mim, se afastou. O cavalariço de plantão olhava através da treliça para nós, dentro da baia.

" 'Ora vejam, a Baba deu cria', disse e tratou de abrir a tranca; entrou pisando na palha fresca e me segurou nos braços. 'Olhe só, Tarás', gritou. 'Como é malhado, parece uma pega.'

"Eu me desvencilhei dele e tropecei nos próprios joelhos.

" 'Olhe só que diabinho', exclamou.

"Minha mãe se inquietou, mas não veio em minha defesa, apenas deu um suspiro profundo e se afastou um pouco para o canto. Vieram os cavalariços e ficaram olhando para mim. Um correu para avisar ao chefe dos estábulos. Todos riam, olhando para meu pelo malhado, e me davam diversos nomes estranhos. Nem eu nem minha mãe entendíamos o sentido daquelas palavras. Até então, entre nós e entre todos os meus parentes, nunca tinha existido nenhum malhado. Não achávamos que houvesse nisso algo de ruim. Todos elogiavam minha constituição física e minha força.

" 'Olhe só, que esperto', disse o cavalariço. 'Ninguém segura.'

"Depois de um tempo, veio o chefe dos estábulos e ficou admirado com minha cor, pareceu até aborrecido.

" 'A quem puxou essa aberração?', disse. 'Agora o general não vai deixar que fique no haras. Ah, Baba, você me tapeou', falou para minha mãe. 'Antes tivesse parido um potro pelado do que esse daí, todo malhado!'

"Minha mãe não respondeu e, como sempre em situações desse tipo, suspirou outra vez.

"'A que diabo ele puxou? Parece um mujique', prosseguiu, 'não vai poder ficar no haras, é uma vergonha, mas é bonitinho, muito bonitinho', disse, e o mesmo disseram todos, olhando para mim. Alguns dias depois, o próprio general veio me ver e, mais uma vez, por algum motivo, todos se horrorizaram e praguejaram contra mim e minha mãe, por causa da cor de meu pelo. 'Mas é bonitinho, muito bonitinho', repetiam todos que me viam.

"Até a primavera, vivemos separados em nossas baias, cada um com sua mãe, só de vez em quando, na época em que a neve no telhado começava a derreter com o sol, nos soltavam junto com as mães no curral amplo, coberto pela palha fresca. Ali pela primeira vez vi todos os meus parentes, próximos e distantes. Ali, de diversas portas, vi saírem com seus potros as éguas mais famosas daquele tempo. Ali estava a velha Golanka, Muchka – filha de Smietanka –, Krasnukha, a égua de montaria Dobrokhotikha, todas as éguas famosas da época se juntaram ali com suas crias, vagavam debaixo do sol manso, rolavam na palha fresca e farejavam umas às outras, como cavalos comuns. A imagem daquele curral repleto das beldades da época é algo que até hoje não consigo esquecer. Vocês devem achar difícil imaginar e acreditar que eu também fui jovem e ágil, mas é verdade. Essa mesma Viazopúrikha estava lá, na época ainda uma potrancazinha de um ano – uma eguinha meiga, alegre e brincalhona; no entanto, e não é para ofendê-la que o digo, apesar de ser considerada entre vocês uma raridade pelo sangue puro, na época era uma das crias de categoria mais baixa no estábulo. Ela mesma pode confirmar isso para vocês.

"Meu pelo malhado, que tanto desagradava às pessoas, agradava muito a todos os cavalos; todos me rodeavam, me admiravam e brincavam comigo. Eu já começava a esquecer as palavras dos homens sobre meu pelo malhado e me sentia feliz. Mas logo conheci o primeiro desgosto de minha vida e a causa disso foi minha mãe. Quando já começava o degelo, os pardais cantavam embaixo dos beirais e, no ar, se começava a sentir a primavera com mais força, a maneira como minha mãe me tratava começou a mudar. Seu modo de ser se transformou completamente; ora se punha a brincar, de repente, sem nenhum motivo, correndo pelo curral, algo que não combinava em nada com sua idade respeitável; ora se punha pensativa e relinchava; ora mordia e escoiceava suas irmãs éguas; ora começava a me cheirar e bufava descontente; ora saía para o sol, apoiava a cabeça no ombro de sua prima Kuptchikha e ficava muito tempo pensativa, coçando as costas da prima, e me rechaçava de suas tetas com empurrões. Um dia, chegou o chefe dos estábulos, mandou pôr o cabresto em minha mãe e a levaram de minha baia. Ela relinchou, eu atendi seu apelo e corri em sua direção; mas minha mãe nem se virou para mim. O cavalariço Tarás me agarrou com os dois braços, ao mesmo tempo que trancavam a porta atrás de minha mãe, levada para longe. Derrubei o cavalariço na palha, corri em disparada, mas a porta estava trancada e eu só pude ouvir os relinchos de minha mãe, cada vez mais distantes. E naqueles relinchos eu já não percebia um apelo, e sim outra expressão. À voz dela, respondia de longe, como eu soube depois, a voz possante de Dóbri I, que, escoltado por dois cavalariços, ia ao encontro de minha mãe. Não lembro como Tarás saiu de minha baia: eu estava triste demais. Sentia que tinha perdido para sempre o amor de minha mãe. E tudo porque eu era malhado, eu pensava, lembrando as palavras das pessoas a respeito de meu pelo, e me deu tanta raiva que comecei a bater com a cabeça e com os joelhos na parede da baia – fiquei batendo até o suor me encharcar e só parei quando caí exausto.

"Depois de um tempo, mamãe voltou para mim. Ouvi que ela vinha correndo pelo corredor para nossa baia, a trote curto e num passo diferente. Abriram a porta para ela e eu nem a reconheci, de tão bonita e remoçada. Cheirou-me, bufou e começou a relinchar. Em toda a sua expressão, eu via que não me amava. Falou-me da beleza de Dóbri I e de seu amor por ele. Aqueles encontros prosseguiram e as relações entre mim e minha mãe se tornaram cada vez mais frias.

"Pouco tempo depois nos soltaram no pasto. A partir daí conheci alegrias novas que substituíram a perda do amor de minha mãe. Fiz amigas e amigos, aprendemos juntos a comer capim, a relinchar como os adultos e a galopar em círculos, de cauda levantada, em redor de nossas mães. Foi um tempo feliz. Tudo me perdoavam, todos me amavam, todos me admiravam e encaravam com indulgência tudo o que eu fizesse. Isso não durou muito. Pouco tempo depois, me aconteceu uma coisa horrível."

Dito isso, o castrado deu um suspiro profundo, profundo, e se afastou dos cavalos.

A aurora já ardia havia muito tempo. O portão rangeu, Niéster entrou. Os cavalos se dispersaram. O cavalariço ajeitou a sela nas costas do castrado e tocou a manada para fora.

VI

SEGUNDA NOITE

Assim que os cavalos foram trazidos de volta, reuniram-se de novo numa roda em torno do malhado.

– No mês de agosto nos separaram de nossas mães – prosseguiu o malhado – e não senti um desgosto tão grande. Percebi que minha mãe estava grávida de meu irmão menor, o famoso Ussan, e eu já não era como antes. Não tinha ciúme, mas sentia que estava ficando mais frio em relação a ela. Além disso, sabia que, separado de minha mãe, eu seria levado para o setor comum dos potros, onde ficávamos em dois ou em três em cada baia, e todo dia os jovens saíam em bando ao ar livre. Eu ficava na mesma baia de Míli. Era um cavalo de montaria e tempos depois o imperador montou nele; Míli foi retratado em pinturas e em estátuas. Na época, Míli ainda era um simples potro, de pelo lustroso e delicado, pescoço de cisne e pernas finas e retas como cordões. Estava sempre alegre, bem-humorado e afetuoso; sempre disposto a brincar, lamber-se e fazer troça de um cavalo ou de um homem. Como vivíamos juntos, não pude deixar de fazer amizade com ele, e essa amizade prosseguiu durante toda a nossa juventude. Ele era alegre e leviano. Já estava começando a amar, brincava com as éguas e ria de minha inocência. Para minha infelicidade, passei a imitá-lo, movido pela vaidade; em pouco tempo, fui arrebatado pelo amor. E essa minha afeição prematura foi causa de uma grande guinada no meu destino. Aconteceu que me apaixonei.

"Viazopúrikha era mais velha que eu um ano, nós dois éramos muito amigos; mas no fim do outono, notei que ela começou a se esquivar de mim... Mas não vou contar toda a história infeliz de meu primeiro amor, ela mesma lembra minha paixão insensata, que terminou para mim com a mudança mais importante de minha vida. Os cavalariços correram para afastá-la e bateram em mim. À noite, me levaram para uma baia especial; relinchei a noite inteira, como se pressentisse os acontecimentos do dia seguinte.

"De manhã, o general, o chefe dos estábulos, os cavalariços e os ajudantes chegaram ao corredor de minha baia e começou uma gritaria terrível. O general gritava com o chefe dos estábulos, o chefe dos estábulos se justificava dizendo que não tinha mandado me soltar, que os cavalariços tinham feito aquilo por conta própria. O general disse que ia açoitar todo mundo e que era impossível ficar com todos os potros. O chefe dos estábulos prometeu cumprir suas ordens. Calaram-se e foram embora. Não entendi nada, mas vi que algo estava sendo tramado contra mim."

– No dia seguinte, nunca mais voltei a relinchar e me transformei no que sou agora. O mundo inteiro se modificou aos meus olhos. Nada tinha encanto para mim, eu me fechei em mim mesmo e comecei a refletir. No início, tudo era detestável para mim, até parei de beber, comer e andar, já nem pensava mais em brincar. Às vezes me vinha à cabeça corcovear, galopar, relinchar; mas logo surgia a pergunta terrível: para quê? Por quê? E as últimas forças se esvaíam.

"Certa vez me levaram para fora ao entardecer, na hora em que traziam a manada de volta do pasto. Ainda de longe, avistei a nuvem de poeira com as formas vagas, mas conhecidas, de todas as nossas fêmeas. Ouvi o tropel e o resfolegar alegre. Apesar de a corda do cabresto, pela qual o cavalariço me puxava, cortar minha nuca, parei e me pus a olhar para a manada que se aproximava, como olhamos para uma felicidade irrecuperável, perdida para sempre. Elas se aproximaram e eu distinguia uma a uma – todas eram figuras conhecidas, belas, imponentes, saudáveis e bem nutridas. Algumas também olharam para mim. Eu não sentia a dor dos puxões que o cavalariço dava no cabresto. Estava maravilhado e, sem querer, por um costume antigo, relinchei e corri a trote; mas meu relincho soou triste, ridículo e absurdo. Na manada, não riram, mas percebi que muitas delas, por vergonha, me davam as costas. Era evidente que, para elas, eu era repulsivo, deplorável, vergonhoso e, sobretudo, ridículo. Achavam ridículo meu pescoço fino e sem expressão, minha cabeça grande (eu tinha engordado naquele tempo), minhas pernas compridas e desajeitadas e o porte tolo de meu trote, que por um costume antigo comecei a executar, ao redor do cavalariço. Ninguém respondeu ao meu relincho, todas me deram as costas. De repente compreendi tudo, compreendi a que ponto eu havia me afastado de todas elas, e para sempre, e nem lembro como cheguei em casa com o cavalariço.

"Desde antes eu já mostrava certa tendência para a seriedade e a meditação, mas então ocorreu em mim uma reviravolta decisiva. Meu pelo malhado, que despertava nas pessoas um desprezo tão estranho, meu infortúnio estranho e inesperado, e também minha posição de certo modo especial no haras, que eu sentia, mas ainda não conseguia explicar para mim mesmo, me obrigaram a me isolar em meus próprios pensamentos. Refletia sobre a injustiça das pessoas, que me condenavam por ser malhado, refletia sobre a inconstância do amor materno e do amor feminino em geral e sobre sua dependência das condições físicas, e acima de tudo refletia sobre as características dessa estranha espécie de animais a que estamos tão estreitamente ligados e que chamamos de gente – características que eram a causa da peculiaridade de minha situação no haras, que eu sentia, mas não conseguia entender. O significado dessa peculiaridade e das características das pessoas, que eram seu fundamento, foi revelado para mim no seguinte incidente.

"Era inverno, na época das festas de fim de ano. Fiquei um dia inteiro sem que me dessem de comer e de beber. Como soube depois, isso aconteceu porque o cavalariço estava embriagado. No mesmo dia, o chefe dos estábulos veio me ver, reparou que eu não tinha comida e, com as palavras mais feias, começou a xingar o cavalariço, que não estava ali na hora, e depois saiu. No dia seguinte, o cavalariço entrou com um amigo em nossa baia para nos dar feno e notei que ele estava especialmente pálido e abatido; no aspecto de suas costas compridas, em especial, havia algo expressivo e que despertava pena. Com irritação, jogou o feno por trás da grade; fiz menção de avançar a cabeça por cima de seu ombro, mas ele deu um murro tão doloroso em meu focinho que pulei para trás. E ainda deu um chute com a bota na minha barriga.

" 'Não fosse esse pé-rapado, nada teria acontecido', exclamou.

" 'Mas o que foi?', perguntou o outro cavalariço.

" 'Sabe, ele não vai ver os potros do conde, mas o potro dele, esse daí, ele visita duas vezes por dia.'

" 'Será que deram para ele o malhado?', perguntou o outro.

" 'Se deram ou venderam, só o diabo é que sabe. Mas os potros do conde podem até morrer de fome, tudo bem, azar, mas ai de quem se atrever a não dar comida para o potro dele. Deite aí!, diz ele. E tome chicotada. Ele não é cristão. Tem mais pena dos bichos do que de um homem, não anda com uma cruz, se considera um bárbaro. O general não chicoteia a gente desse jeito, já ele deixa marcas nas costas todas, parece que não tem alma de cristão.'

"O que diziam sobre as feridas de chicote e sobre o cristianismo, isso eu entendi muito bem, mas para mim era completamente obscuro naquela época o significado das palavras 'meu potro' e 'potro dele', nas quais eu via que as pessoas supunham haver uma espécie de ligação entre mim e o chefe dos estábulos. Em que consistia tal ligação era algo que eu não conseguia entender de maneira nenhuma. Só muito tempo depois, quando me separaram dos outros cavalos, entendi o que aquilo significava. Na época, eu não conseguia entender o que significava me chamarem de propriedade de um homem. As palavras 'meu cavalo' aplicadas a mim, um cavalo vivo, me pareciam tão estranhas quanto as palavras 'minha terra', 'meu ar', 'minha água'.

"Mas aquelas palavras tiveram enorme influência sobre mim. Eu não parava de pensar no assunto e só muito depois de ter as mais variadas relações com pessoas entendi, afinal, o significado que as pessoas atribuem a essas palavras estranhas. O significado delas é o seguinte: as pessoas não se orientam na vida pelas ações, mas pelas palavras. Amam não tanto a possibilidade de fazer ou de não fazer algo, quanto de fato a possibilidade de falar de diversos assuntos usando palavras convencionadas entre elas. Palavras consideradas muito importantes pelas pessoas são 'meu', 'minha', que aplicam a diversas coisas, criaturas e assuntos, até a terras, a pessoas e a cavalos. Combinaram que, para cada coisa, só uma pessoa pode dizer 'meu'. E, nesse jogo combinado entre elas, quem diz 'meu' sobre o maior número de coisas é considerado a pessoa mais feliz. Por que é assim eu não sei; mas é assim. Passei muito tempo tentando explicar isso por alguma vantagem direta que tivessem; mas esse esforço não deu em nada.

"Muitas pessoas que, por exemplo, me chamavam de 'meu cavalo' não montavam em mim, quem montava em mim eram outras, bem diferentes. Quem me dava comida também não eram elas, mas outras pessoas. Quem me tratava bem também não eram elas, as que me chamavam de 'meu cavalo', mas os cocheiros, os ferradores e pessoas estranhas em geral. Mais tarde, depois que ampliei o círculo de minhas observações, me convenci de que não só em relação a nós, cavalos, o conceito de 'meu' não tem outro fundamento que não um instinto baixo e bestial das pessoas, chamado por elas de sentimento ou direito de propriedade. Um homem diz 'minha casa' e nunca mora nela, só cuida de sua construção e manutenção. Um comerciante diz 'minha loja', 'minha loja de lã', por exemplo, mas não usa roupas da melhor lã que tem em sua loja. Existem pessoas que chamam a terra de 'minha' e nunca viram essa terra, nunca foram lá. Existem pessoas que outras pessoas chamam de 'minhas', mas nunca viram essas pessoas; e toda a sua relação com aquelas pessoas consiste em lhes fazer mal. Existem pessoas que chamam as mulheres de 'minha mulher' ou 'minha esposa', mas essas mulheres vivem com outros homens. E, na vida, as pessoas aspiram não a fazer o que consideram bom, mas sim a chamar de 'meu' o maior número possível de coisas. Agora estou convencido de que nisso consiste a diferença essencial entre as pessoas e nós. Portanto, sem falar de outras vantagens nossas em relação às pessoas, só por isso já podemos afirmar sem hesitação que, na escala dos seres vivos, estamos acima das pessoas: a existência das pessoas, pelo menos daquelas com quem travei contato, é guiada pelas palavras, já a nossa é guiada pela ação. E então foi o chefe dos estábulos que ganhou o direito de me chamar de 'meu cavalo' e foi por isso que chicoteou o cavalariço. Essa descoberta me impressionou muito e, junto com os pensamentos e opiniões que meu pelo malhado despertava nas pessoas, junto com a introversão provocada pela traição de minha mãe, fez de mim o castrado sério e pensativo que sou.

"Eu era triplamente infeliz: era malhado, era castrado e as pessoas imaginavam que eu não pertencia a Deus e a mim mesmo, como é próprio de todos os seres vivos, mas que eu pertencia ao chefe dos estábulos.

"Imaginarem isso a meu respeito teve muitas consequências. A primeira foi que me mantinham isolado, me alimentavam melhor, me faziam exercitar-me mais vezes correndo em círculos preso numa corda e me puseram arreios mais cedo. Com três anos, me puseram arreios pela primeira vez. Lembro que o mesmo chefe dos estábulos que imaginava que eu pertencia a ele me pôs os arreios pela primeira vez, ajudado por um bando de cavalariços, que esperavam resistência e violência de minha parte. Arreganharam meus beiços. Amarraram-me com cordas, me levaram para os varais de uma carroça; puseram em minhas costas uma larga cruz de madeira e me prenderam aos varais para que eu não desse coices;

mas eu só estava esperando a chance de mostrar minha disposição para o amor e o trabalho.

"Ficaram surpresos por eu me comportar como um cavalo velho. Começaram a me montar e comecei a treinar o trote. Cada dia eu fazia mais progressos, tanto que dali a três meses o próprio general e muitos outros elogiavam minha andadura. No entanto, coisa estranha: justamente porque imaginavam que eu não pertencia a mim mesmo, mas sim ao chefe dos estábulos, minha andadura ganhava para eles um sentido muito diferente.

"Punham os potros, meus irmãos, para disputar corridas, calculavam sua velocidade, saíam para vê-los, eram atrelados a carruagens douradas, enfeitados com mantas caras. Eu era atrelado à carroça comum do chefe dos estábulos quando ia cuidar de seus negócios em Tchesmenk e outras fazendas. Tudo isso porque eu era malhado e sobretudo porque, na opinião deles, eu não era uma propriedade do conde, mas sim do chefe dos estábulos.

"Amanhã, se estivermos vivos, vou contar para vocês a consequência principal que teve para mim o direito de propriedade que o chefe dos estábulos imaginava ter."

Durante todo aquele dia, os cavalos trataram Kholstomier com respeito. Mas o tratamento de Niéster continuou bruto como sempre. O potrinho ruão do mujique, já se aproximando da manada, começou a relinchar e a eguinha baia ficou se exibindo de novo para ele.

VII

TERCEIRA NOITE

A lua surgiu e sua foice estreita iluminava a figura de Kholstomier, no meio do pátio. Os cavalos se reuniram à sua volta.

– A consequência principal e surpreendente para mim de eu não pertencer ao conde nem a Deus, mas sim ao chefe dos estábulos – continuou o malhado –, foi que aquilo que constitui nosso maior mérito, o passo veloz, tornou-se a causa de meu banimento. Tinham posto o Cisne para correr na pista redonda, o chefe dos estábulos estava chegando de Tchesmenk montado em mim e parou junto à pista. Cisne passou por nós. Corria bem, mesmo assim fazia muita pose, não tinha a rapidez que eu havia cultivado, graças à qual, no instante em que uma pata tocava o chão, a outra se levantava e assim eu não desperdiçava nenhuma energia e todo esforço me impelia para a frente. Cisne passou por nós. Pulei para a pista, o chefe dos estábulos não me conteve.

"'E aí, quer experimentar o meu Malhadinho?', gritou ele e, quando Cisne nos alcançou outra vez, ele me soltou.

"Como ele já havia ganhado velocidade antes, fiquei para trás na primeira volta, mas na segunda comecei a ganhar terreno, comecei a me aproximar dele, emparelhei, comecei a ultrapassar e ultrapassei. Tentaram outra vez – deu no mesmo. Eu era mais rápido e isso deixou todos horrorizados. Resolveram me vender o mais rápido possível, e para o lugar mais distante possível, a fim de que ninguém soubesse de nada. 'Se o conde souber, vai ser uma desgraça!' Assim eles falavam. E me venderam para um mercador de cavalos como animal de tração. Não fiquei muito tempo com o mercador de cavalos. Um hussardo me comprou para servir de cavalo substituto na cavalaria. Tudo aquilo era tão injusto, tão cruel, que fiquei contente quando me levaram embora de Khrenov e me afastaram para sempre de tudo que me era familiar e querido. Ali entre eles, eu sofria demais. À espera dos outros cavalos, havia amor, honrarias, liberdade; à minha espera, trabalho e humilhação, humilhação e trabalho, até o fim da vida! Por quê? Porque eu era malhado e por isso eu tinha de me tornar o cavalo de alguém."

Naquela noite, Kholstomier não pôde contar mais nada. Aconteceu algo no haras que deixou todos os cavalos alarmados. Kuptchikha, uma égua prenhe que estava demorando a parir e que estava escutando o relato, de repente deu meia-volta e se afastou devagar para baixo do estábulo e ali começou a gemer tão alto que todos voltaram a atenção para ela; então Kuptchikha deitou, depois levantou outra vez, e deitou de novo. As éguas velhas entenderam o que se passava com ela, mas as jovens ficaram agitadas, se afastaram do castrado e rodearam a doente. De manhã, havia um potrinho novo, que cambaleava sobre as pernas. Niéster gritou chamando o chefe dos estábulos, levaram a égua e o potro para uma baia e tocaram os cavalos para o pasto sem ela.

VIII

QUARTA NOITE

À noite, quando fecharam o portão e tudo ficou em silêncio, o malhado continuou assim:

– Durante o tempo em que passava de mão em mão, pude fazer muitas observações das pessoas e dos cavalos. Fiquei mais tempo com dois donos: com um príncipe, oficial dos hussardos, depois com uma velhinha que morava em Nikola Iavliéni.

"Com o oficial hussardo, passei a melhor época de minha vida.

"Embora ele tenha sido a causa de minha perdição, embora ele nunca tenha amado ninguém e nada, justamente por isso, eu gostava e gosto dele. No hussardo me agradava o fato de ser bonito, feliz, rico e não amar ninguém. Vocês compreendem esse nosso elevado sentimento de cavalo. Sua frieza, sua crueldade, minha dependência dele davam uma força especial ao meu amor por ele. Me mate, me deixe esgotado, que assim vou ficar mais feliz, eu pensava antigamente, em nossos bons tempos.

"Ele me comprou do mercador de cavalos para quem o chefe dos estábulos me havia vendido por oitocentos rublos. Comprou-me porque não tinha nenhum cavalo malhado. Foi, para mim, o melhor tempo. Ele tinha uma amante. Eu sabia disso porque todo dia o levava à casa dela, ao encontro dela, e às vezes levava os dois juntos. Sua amante era bonita, ele era bonito, até o cocheiro dele era bonito. Eu amava todos eles por isso. Era bom viver. Minha vida transcorria assim: de manhã, o cavalariço vinha me lavar, não o próprio cocheiro, mas o cavalariço. Era um rapazinho jovem, apanhado entre os mujiques. Ele abria a porta, deixava sair o vapor dos cavalos, levava o esterco para fora, retirava as mantas e começava a esfregar nosso corpo com uma escova de cerdas e com uma escova metálica que deixava faixas esbranquiçadas de caspa nas saliências fundas do chão, batido pelas ferraduras. De brincadeira, eu mordia de leve a manga de seu casaco e batia os cascos no chão. Depois, éramos levados uns atrás dos outros para a tina de água fria e o rapaz ficava admirado com a lisura do meu pelo malhado depois do seu trabalho, ficava admirado com minhas pernas retas como flechas e de cascos largos e com as ancas e o dorso lustrosos, onde dava até para uma pessoa deitar e dormir. Jogavam feno por cima das grades altas, despejavam aveia nas manjedouras de carvalho. Chegava Feofan, o cocheiro velho.

"Meu dono e o cocheiro eram parecidos. Nem um nem outro tinham medo de nada, não gostavam de ninguém senão de si mesmos, e por isso todos gostavam deles. Feofan andava de camisa vermelha, calça de veludo e casaco pregueado na cintura. Eu gostava quando, num feriado, ele entrava no estábulo com o cabelo empomadado, de casaco comprido, e gritava:

"'Ora, sua besta, esqueceu, é?' E me empurrava, batendo com o cabo do forcado na minha anca, mas nunca para doer, só de brincadeira. Eu logo entendia a brincadeira, baixava a orelha e estalava os dentes.

"Vivia conosco um garanhão azeviche que formava parelha. À noite, me atrelavam junto com ele. Chamava-se Polkan, não entendia brincadeiras e era mau como o diabo. Eu e ele ficávamos em baias vizinhas na cocheira e às vezes dávamos mordidas de verdade um no outro. Feofan não tinha medo dele. Polkan partia para cima, gritava, parecia que ia matar, mas não: passava pelo lado e Feofan punha o cabresto nele. Certa vez, eu e Polkan em parelha descemos em disparada pela rua Kuzniétski. Nem o dono nem o cocheiro ficaram assustados, os dois riam, gritavam para as pessoas, puxavam as rédeas e desviavam para não atropelar ninguém.

"A serviço deles, perdi minhas melhores qualidades e metade da vida. Ali me fizeram beber água demais e acabaram com minhas pernas. Mas apesar disso foi a melhor época de minha vida. Vinham ao meio-dia, me atrelavam, untavam meus cascos, umedeciam minha franja e minha crina e me prendiam nos varais do trenó.

"O trenó era de palhinha trançada, forrada de veludo, os arreios tinham pequenas fivelas prateadas, as rédeas eram de seda e certa vez o trenó foi coberto por um filó. Os arreios eram feitos de tal modo que, quando todas as rédeas e as correias estavam ajustadas e presas, era impossível distinguir onde acabavam os arreios e começava o cavalo. Terminavam de me atrelar no galpão. Vinha o Feofan, o quadril mais largo que os ombros, o cinturão vermelho embaixo do braço, dava uma olhada nos arreios, sentava, ajeitava o caftã, colocava o pé no estribo, sempre dizia algum gracejo, levantava o chicote no ar, com o qual quase nunca me batia, só pelo costume, e dizia: 'Anda!'. E, brincando a cada passo, eu tocava para fora do portão e a cozinheira, que tinha saído para despejar um balde de água suja, parava na soleira e os mujiques que tinham trazido lenha arregalavam os olhos. Eu saía, passava e parava. Vinham os lacaios, se aproximavam do cocheiro e começavam a conversar. E esperávamos muito tempo, às vezes ficávamos três horas esperando na frente da entrada, de vez em quando dávamos uma volta, retornávamos e ficávamos parados de novo.

"Por fim, se ouvia um barulho na porta, Tikhon, grisalho e barrigudo, saía às pressas, de fraque: 'Vamos!'. Naquele tempo, não existia esse jeito idiota de falar de hoje em dia: 'Em frente', como se eu não soubesse que não se anda para trás e sim para a frente. Feofan estalava a língua. Como se não enxergasse nada de extraordinário nem no trenó nem nos cavalos nem em Feofan, que curvava as costas e estendia os braços de um jeito que dava a impressão de que ele não ia conseguir aguentar muito tempo naquela posição, o príncipe saía e se aproximava afoito e estabanado, de barretina e num capote de pele de castor grisalha que ocultava o rosto vermelho, bonito, de sobrancelhas pretas, que nunca deveria ficar coberto, ele saía tilintando o sabre, as esporas, pisando forte no tapete com os saltos de cobre das galochas, como se tivesse pressa, e sem prestar atenção em mim nem em Feofan, que todos olhavam e adoravam, menos ele. Feofan estalava a língua, eu puxava as rédeas e, com ar digno, a passo lento, chegávamos e parávamos; eu olhava para o príncipe com o canto dos olhos, sacudia a cabeça de puro-sangue de crina fina. Quando estava de bom humor, o príncipe gracejava com Feofan, que respondia virando de leve a bela cabeça e, sem baixar os braços, fazia um movimento quase imperceptível com as rédeas, mas compreensível para mim, e upa-upa-upa, eu partia num passo cada vez mais largo, tensionando todos os músculos e espirrando lama e neve por baixo do trenó. Naquele tempo também não havia esse jeito idiota de gritar de hoje em dia: 'Ô!' – como se o cocheiro estivesse sentindo alguma dor –, mas sim um incompreensível 'Cai fora, te cuida! Cai fora, te cuida!', como gritava Feofan, e o povo abria caminho, as pessoas viravam o pescoço para olhar o malhado bonito, o cocheiro bonito e o patrão bonito.

"Eu adorava ultrapassar um cavalo trotador. Quando acontecia de eu e Feofan avistarmos de longe uma parelha digna de nosso esforço, voávamos como um tufão e aos poucos íamos chegando cada vez mais perto, logo eu espirrava lama nas costas do trenó, emparelhava com o passageiro e bufava em cima da cabeça dele, emparelhava com o cilhão, com o arco, já não via mais o passageiro e só ouvia atrás de mim o barulho do trenó, que se afastava cada vez mais. O príncipe, Feofan e eu, todos calados, fazíamos de conta que estávamos simplesmente cuidando de nossa vida, que nem tínhamos notado quem tinha ficado para trás na estrada, puxado por cavalos ruins. Eu adorava ultrapassar, mas também gostava de encontrar um bom trotador; um instante, um som, um olhar, e logo disparávamos e de novo estávamos voando sozinhos, cada um para seu lado."

O portão rangeu e se ouviu a voz de Niéster e Vaska.

QUINTA NOITE

O tempo começava a mudar. O dia amanheceu nublado, não havia orvalho, mas fazia calor e os mosquitos não largavam. Assim que trouxeram a manada de volta, os cavalos se reuniram em torno do malhado e ele terminou sua história:

– Minha vida feliz acabou logo. Vivi assim só por dois anos. No fim do segundo inverno, aconteceu a coisa mais feliz de minha vida e, depois disso, minha maior desgraça. Era Carnaval, levei o príncipe às corridas. Na pista, corriam os cavalos Cetim e Garrote. Não sei o que ele estava fazendo lá no caramanchão, só sei que o príncipe veio e mandou Feofan ir para a pista. Lembro que me levaram para a pista circular, me puseram na posição e fizeram o mesmo com Cetim. Cetim puxava um trenozinho de corrida, eu levava o mesmo trenó de cidade de antes. Na curva, deixei-o para trás; risos e gritos de entusiasmo me saudaram.

"Quando desfilaram comigo, a multidão veio atrás de mim. E uns cinco homens ofereceram mil rublos ao príncipe. Ele só fazia rir, deixando à mostra os dentes brancos.

"'Não', respondia. 'Ele não é um cavalo, é um amigo, não vendo nem por uma montanha de ouro. Adeus, senhores.' Abriu a portinhola, sentou-se. 'Para a rua Stojinka!' Era onde ficava a casa de sua amante. E fomos voando. Foi nosso último dia feliz.

"Chegamos à casa dela. O príncipe a chamava de sua. Mas a mulher amava outro e tinha fugido com ele. O príncipe descobriu isso na casa dela. Eram cinco horas e, sem me desatrelar, o príncipe partiu atrás dela. Aquilo nunca tinha acontecido: me bateram com o chicote e me obrigaram a galopar. Pela primeira vez, troquei o passo, senti vergonha e quis me corrigir; mas de repente ouvi o príncipe gritar com uma voz que não era a sua: 'Anda!'. O chicote zuniu, me cortou e eu galopei, batendo com as patas no ferro da parte dianteira do trenó. Nós a alcançamos depois de vinte e cinco verstas. Eu o levei, mas passei a noite toda tremendo e não consegui comer nada. De manhã, me deram água. Bebi muito e deixei para sempre de ser o cavalo que era. Fiquei doente, me torturaram e mutilaram – estavam me curando, como dizem os homens. Os cascos soltaram, formaram caroços, as pernas curvaram, o peito afundou, a fraqueza e o abatimento tomaram conta de mim. Venderam-me para um mercador de cavalos. Ele me alimentava com cenouras e outras coisas e fez de mim um cavalo muito diferente do que eu era, mas que podia enganar quem não conhece o assunto. Eu não tinha mais força nem andadura. Além disso, o mercador me atormentava porque, assim que chegavam compradores, ele entrava em minha baia e começava a me bater com o chicote, batia para machucar, e me assustava a ponto de me deixar enlouquecido. Depois disfarçava as feridas do chicote e me levava para fora. Uma velha me comprou do mercador de cavalos. Ela sempre ia à igreja em Nikola Iavliéni e chicoteava o cocheiro. O cocheiro chorava na minha baia. E ali eu soube que as lágrimas têm um sabor salgado agradável. Depois a velha morreu. O capataz dela me levou para a aldeia e me vendeu para um caixeiro-viajante, depois comi trigo demais e fiquei ainda mais doente. Deram-me para um mujique. Lá, eu puxava o arado, quase não comia e cortavam minha perna com as relhas. Adoeci outra vez. Um cigano me levou em troca de alguma coisa. Ele me atormentava horrivelmente e, no fim, me vendeu para um capataz daqui. E aqui estou."

Todos ficaram calados. Começou a chuviscar.

IX

Ao voltar do pasto para casa na noite seguinte, a manada encontrou o dono com uma visita. Juldiba aproximou-se da casa e olhou de esguelha para as duas figuras masculinas: um era o jovem dono, de chapéu de palha, o outro era um militar alto, corpulento, obeso. A égua velha olhou de esguelha para o homem e, encolhendo--se, passou por ele; os outros cavalos – a juventude – ficaram alvoroçados, hesitantes, sobretudo quando o anfitrião e a visita se meteram de propósito no meio dos cavalos e ficaram apontando coisas um para o outro e conversando.

– Olhe, aquele ali comprei de Voieikov, o cinzento com manchas redondas – disse o anfitrião.

– E aquela jovem preta azeviche de patas brancas, de onde veio? É bonita – disse o visitante. Examinaram muitos cavalos, enquanto andavam depressa e paravam. Repararam na eguinha baia.

– Essa foi a que me ficou da linhagem dos cavalos de sela de Khrenov – disse o anfitrião.

Enquanto andavam, não podiam observar todos os cavalos. O anfitrião chamou Niéster, e o velho, batendo apressado com os saltos das botas no malhado, o fez andar para a frente a trote curto. O malhado capengava, mancava duma perna, mas correu de modo a deixar claro que, enquanto tivesse forças, não ia se queixar em nenhuma hipótese, ainda que o mandassem correr até o fim do mundo. Estava disposto até a galopar e chegou mesmo a tentar fazer isso com a perna direita.

– Atrevo-me a afirmar que não existe em toda a Rússia um cavalo melhor do que essa égua – disse o anfitrião, apontando para a égua. O visitante fez um elogio. O anfitrião andava e corria alvoroçado, enquanto mostrava os cavalos, contava a história e explicava a origem de cada animal. Era evidente que a visita estava achando maçante ouvir as explanações do anfitrião e inventava perguntas para dar a impressão de que estava interessada.

– Sim, sim – dizia o homem, distraído.

– Olhe só – disse o anfitrião, sem perceber. – Olhe só as pernas... Custou caro, mas já me deu três filhotes e ainda serve para cavalgar.

– E é boa de cavalgar? – perguntou o visitante.

Assim examinaram quase todos os cavalos, até não haver mais nada para mostrar. E se calaram.

– Bem, vamos embora?

– Vamos. – Foram até o portão. O visitante estava contente porque a exibição tinha acabado e agora eles iam para casa, onde podiam comer, beber, fumar e, pelo visto, divertir-se. Quando passaram por Niéster, que, montado no malhado, ainda esperava alguma ordem, o visitante, com a mão grande e gorda, deu uma palmada na garupa do malhado.

– Que pelo malhado! – exclamou. – Eu tive um malhado assim, lembra? Já contei para você.

O anfitrião percebeu que não estavam falando de um de seus cavalos e não deu atenção, mas, virando-se para trás, continuou a olhar para a manada.

De repente, bem junto de seus ouvidos, ressoou um relincho tolo, fraco e envelhecido. Foi o malhado que relinchou, mas, como se estivesse embaraçado, parou no meio, sem terminar. Nem o visitante nem o anfitrião deram atenção ao relincho e foram embora. Kholstomier reconheceu no velho obeso seu querido dono, o outrora brilhante, rico e belo Serpukhóvskoi.

X

Continuou a chuviscar. Na cocheira, estava escuro, mas na casa senhorial era muito diferente. Lá, serviram um chá noturno suntuoso num salão suntuoso. Em torno do chá, estavam o anfitrião, a anfitriã e o visitante.

A anfitriã, sentada diante do samovar, estava grávida, algo bastante visível por causa da barriga empinada, da postura curvada e tensa e da forma rotunda, e sobretudo por causa dos olhos grandes, meigos e altivos, voltados para dentro dela mesma.

O anfitrião segurava na mão uma caixa de charutos especiais, de dez anos. Começou a elogiar os charutos diante do visitante e disse que ninguém tinha nada igual. Era um homem bonito de vinte e cinco anos, fresco, bem-vestido, bem penteado. Em casa, vestia um traje largo, grosso, feito em Londres. Na correntinha do relógio, tinha berloques grandes e caros. As abotoaduras na camisa eram grandes, também maciças, de ouro, com uma turquesa. Usava barba à Napoleão III e as pontas finas do bigode eram besuntadas e sobressaíam eriçadas de um jeito que só se podia ver em Paris. A anfitriã usava um vestido de musselina de seda, estampado com grandes ramalhetes coloridos, na cabeça tinha grandes grampos de ouro presos nos lindos e densos cabelos castanho-claros, embora não fossem todos naturais. Nas mãos e nos braços, tinha muitos braceletes e anéis, todos caros. O samovar era de prata, o serviço de chá era fino. O lacaio, imponente em seu fraque, de colete branco e gravata, se mantinha parado como uma estátua junto à porta, à espera das ordens. A mobília era torneada, com desenhos em curva, e de cor clara; o papel de parede era escuro, com flores grandes. Junto à mesa, tilintando a coleira de prata, estava uma cadelinha extraordinariamente delgada, que chamavam por um nome inglês incomum e difícil, que ambos pronunciavam mal, pois não sabiam inglês. Num canto, entre flores, havia um piano *incrusté*.[3] Tudo exalava novidade, luxo e raridade. Tudo era muito bonito, mas em tudo havia o traço peculiar do excesso, da riqueza e da ausência de interesses intelectuais.

O anfitrião era aficionado de corridas de cavalos trotadores, homem forte e de temperamento sanguíneo, desses que nunca sossegam, andam em casacos de pele de zibelina, jogam caros buquês de flores para as atrizes, bebem o vinho mais caro, da marca mais nova, no hotel mais caro, dão prêmios com seu nome e sustentam a amante mais cara.

O visitante, Nikita Serpukhóvskoi, era um homem de uns quarenta e poucos anos, alto, gordo, calvo, de bigode e suíças grandes. Devia ter sido muito bonito. Agora, obviamente, tinha decaído no aspecto físico, moral e financeiro.

Tinha tantas dívidas que foi obrigado a trabalhar no serviço público para que não o mandassem para a cadeia. Agora estava a caminho de uma cidade provincial para ser chefe de um haras. Parentes importantes arranjaram aquele emprego para ele. Vestia uma túnica militar e calça azul. A túnica e a calça eram do tipo que ninguém, senão um ricaço, mandaria fazer, assim como as roupas de baixo; o relógio também era inglês. As botas tinham solas prodigiosas, da espessura de um dedo.

Ao longo da vida, Nikita Serpukhóvskoi esbanjara uma fortuna de dois milhões e ainda ficara devendo cento e vinte mil. Desse tipo de quinhão, sempre sobra um ímpeto de vida capaz de obter crédito e de permitir que se viva quase luxuosamente por mais uns dez anos. Os dez anos já haviam passado, o ímpeto se esgotara e Nikita vivia deprimido. Já estava dando para beber, ou seja, se embriagava com vinho, algo que antes não lhe acontecia. Beber propriamente, no rigor da palavra, ele jamais começava nem terminava. Sua decadência era visível, acima de tudo, na inquietação de seus olhares (seus olhos estavam se tornando esquivos) e na falta de firmeza da entonação e dos movimentos. Essa inquietação impressionava porque parecia ser algo novo, pois era evidente que ele se habituara por toda a vida a não temer nada nem ninguém e que agora, havia pouco tempo, graças a duros sofrimentos, Nikita tinha chegado àquele pavor, tão alheio à sua natureza. O anfitrião e a anfitriã notaram aquilo, trocavam olhares em que, obviamente compreendendo um ao outro, reservavam apenas para a cama uma discussão mais minuciosa sobre o assunto, e suportavam o pobre Nikita e até o cobriam de gentilezas. O aspecto de felicidade do jovem anfitrião humilhava Nikita e o obrigava a sentir uma inveja dolorosa, lembrando seu passado irrecuperável.

---

3 Com incrustações.

– Então, o charuto não a incomoda, Marie? – disse ele, dirigindo-se à dama, com aquele tom de voz especial, esquivo, que só se adquire com a experiência, o tom cortês, amigável, mas não totalmente respeitoso, em que os homens que conhecem as coisas mundanas falam com uma concubina, em contraste com a maneira como falam com uma esposa legítima. Não que quisesse humilhá-la, ao contrário, agora desejava quanto antes ganhar a confiança dela e do jovem anfitrião, embora não o admitisse para si mesmo de forma nenhuma. Mas Nikita já estava habituado a falar assim com tais mulheres. Sabia que ela ficaria surpresa, e até ofendida, se ele a tratasse como uma dama. Além disso, era preciso reservar o conhecido matiz do tom respeitoso para a esposa verdadeira daquele homem que era seu igual na sociedade. Nikita sempre se dirigia a tais damas de maneira respeitosa, mas não porque partilhasse as assim chamadas crenças propagadas nas revistas (ele nunca lia aquelas porcarias), sobre o respeito à personalidade de cada pessoa, sobre a irrelevância do casamento etc., mas porque assim se comportavam todas as pessoas corretas, e ele era um homem correto, apesar de decadente.

Ele pegou um charuto. Mas o anfitrião, desajeitado, apanhou um punhado de charutos e ofereceu ao visitante.

– Não, você vai ver como são bons. Pegue.

Nikita afastou os charutos com a mão e, nos olhos, surgiu um toque quase imperceptível de ofensa e vergonha.

– Obrigado. – Pegou a charuteira. – Experimente os meus.

A anfitriã era sensível. Percebeu aquilo e apressou-se a falar com ele:

– Gosto muito de charutos. Eu mesma fumaria, se todos já não fumassem à minha volta.

E ela sorriu, com seu sorriso bonito e bondoso. Em resposta, ele sorriu de modo hesitante. Faltavam-lhe dois dentes.

– Não, pegue este aqui – insistiu o anfitrião, insensível. – Os outros são mais fracos. *Fritz, bringen Sie noch "eine" Kasten* – disse – *dort zwei*.[4]

O lacaio alemão trouxe outra caixa.

– De quais você gosta mais? Dos fortes? Estes são muito bons. Pegue todos – continuou a insistir. – Era óbvio que estava contente por ter diante de quem se gabar de sua sofisticação e por isso não notava mais nada.

Serpukhóvskoi começou a fumar e se apressou em prosseguir a conversa já iniciada.

– Mas então quanto lhe custou o Cetim? – perguntou.

---

4 "Traga mais 'um' caixa, lá tem dois".

– Saiu caro, não menos de cinco mil, mas pelo menos já fui compensado. Que crias, nem lhe conto!

– Trotam?

– Trotam bem. Seu filho acabou de ganhar três prêmios: em Tula, em Moscou e em Petersburgo, correu com o Corvo, de Voieikov. O canalha do cavaleiro errou quatro passos, senão o teria deixado para trás da bandeira.

– Ainda está um pouco verde. Tem muito de holandês, ouça o que lhe digo – afirmou Serpukhóvskoi.

– E que tal as fêmeas? Amanhã vou lhe mostrar. A Boazinha me custou três mil. A Carinhosa, dois mil.

E o anfitrião começou outra vez a se gabar de sua riqueza. A anfitriã viu que Serpukhóvskoi achava aquilo penoso e que apenas fingia escutar.

– O senhor quer mais chá? – perguntou ela.

– Não, obrigado – respondeu o anfitrião e continuou a falar. Ela se levantou, o anfitrião a deteve, abraçou-a e beijou-a.

Olhando para os dois, Serpukhóvskoi fez menção de sorrir para eles, com um sorriso forçado, mas quando o anfitrião se levantou, abraçou a mulher e saiu com ela até o reposteiro, o rosto de Nikita de repente se modificou, ele suspirou profundamente e, no rosto obeso, se exprimiu de repente o desespero. Nele, via-se até raiva.

XI

O anfitrião voltou e, sorrindo, sentou-se de frente para Nikita. Ficaram em silêncio.

– Sim, você disse que comprou com Voieikov – disse Serpukhóvskoi, com ar displicente.

– Sim, eu estava falando de Cetim. Sempre quis comprar éguas de Dubovítski. Só restou porcaria.

– Ele faliu – disse Serpukhóvskoi e de repente parou e olhou em redor. Lembrou que devia vinte mil àquele mesmo homem falido. E que, se estava chamando alguém de "falido", sem dúvida diziam o mesmo sobre ele. Calou-se.

Os dois ficaram muito tempo em silêncio outra vez. O anfitrião revirava a cabeça em busca de mais coisas de que pudesse se gabar diante da visita. Serpukhóvskoi tentava inventar alguma forma de mostrar que não se considerava um falido. Porém o pensamento dos dois se movia com dificuldade, apesar de tentarem se animar com charutos. "Afinal, quando vamos beber?", pensava Serpukhóvskoi. "É preciso beber a todo custo, senão vou morrer de tédio com ele", pensava o anfitrião.

– Então, você vai ficar muito tempo aqui? – perguntou Serpukhóvskoi.

– Sim, mais um mês. E se jantássemos agora, que tal? Fritz, está pronto?

Foram para a sala de jantar. Lá, embaixo de um lampião, havia uma mesa com velas, coberta das coisas mais incomuns: sifões, bonequinhas presas em rolhas de cortiça, vinho raro em jarras, petiscos especiais, vodca. Beberam muito, comeram muito, beberam mais ainda, comeram mais ainda, e a conversa engrenou. Serpukhóvskoi ficou vermelho e passou a falar sem timidez.

Falaram sobre mulheres. Quem mantinha qual: uma cigana, uma dançarina, uma francesinha.

– Quer dizer que você deixou Mathieu? – perguntou o anfitrião. Era a amante que levara Serpukhóvskoi à ruína.

– Eu, não: foi ela. Ah, meu caro, nem é bom lembrar o que dissipei na vida! Agora fico feliz quando tenho mil rublos, sério, e fico feliz quando fujo de todo mundo. Em Moscou, não consigo ficar. Ah, o que adianta falar?

O anfitrião achava maçante ouvir Serpukhóvskoi. Queria falar de si, vangloriar-se. Já Serpukhóvskoi queria falar de si, de seu passado brilhante. O anfitrião servia vinho para ele e esperava a hora em que ia terminar, para então poder falar de si, contar que agora tinha montado um haras como nunca se vira outro igual. E que sua Marie o amava não só pelo dinheiro, mas com o coração.

– Eu queria lhe contar que no meu haras... – tentou começar.

Mas Serpukhóvskoi o interrompeu:

– Houve um tempo, posso lhe dizer, que eu amava viver e sabia viver. Veja, você fala de corridas de cavalos trotadores, mas me diga: qual é seu cavalo mais ligeiro?

O anfitrião alegrou-se com a chance de falar do haras e começou a responder; mas Serpukhóvskoi interrompeu outra vez.

– Sim, sim – disse ele. – Afinal, vocês, donos de haras, só fazem isso por vaidade, não pelo prazer e pela vida. Mas comigo não foi assim. Como eu estava lhe contando, tive um cavalo trotador malhado, o pelo igual ao do cavalo de seu cavalariço. Ah, aquilo é que era um cavalo! Você não pode imaginar; foi no ano de 42, eu tinha acabado de chegar a Moscou; fui à casa de um mercador de cavalos e vi o castrado malhado. Tinha bom gênio. Gostei dele. Preço? Mil rublos. Gostei dele, comprei, levei e comecei a montar. Eu nunca tive, você nunca teve e nunca ninguém terá um cavalo igual. Não conheci cavalo melhor no trote, na força nem na beleza. Na época, você era criança, não podia saber, mas ouviu falar, eu creio. Toda Moscou conhecia o cavalo.

– Sim, ouvi falar – disse o anfitrião de má vontade. – Mas eu queria lhe contar sobre os meus...

– Então você ouviu falar. Eu o comprei assim, sem pedigree, sem certificado; depois soube. Eu e Voieikov conseguimos descobrir. Era filho de Liubiézni I, chamava-se Kholstomier. Por causa das passadas largas. Por ser malhado, deram-no para o cavalariço do haras de Khrenov, ele castrou e vendeu para um mercador de cavalos. Não existem cavalos assim, meu caro! Ah, bons tempos! Ah, mocidade! – Cantarolou uma canção cigana. Começou a ficar embriagado. – Eh, tempo bom aquele. Eu tinha vinte e cinco anos, tinha uma renda de oitenta e cinco mil rublos de prata, nem sombra de cabelo grisalho, todos os dentes como pérolas. Tudo o que eu fazia dava certo; mas tudo acabou.

– Bem, na época não havia a mesma rapidez – disse o anfitrião, aproveitando a pausa. – Eu lhe digo que meus primeiros cavalos começaram a trotar sem...

– Os seus cavalos! Naquela época eram mais rápidos.

– Mais rápidos?

– Mais rápidos. Lembro como se fosse hoje: um dia, em Moscou, fui a uma corrida com ele. Não havia cavalos meus na corrida. Eu não gostava de trotadores, eu tinha puros-sangues, General, Cholet, Maomé. Fui na charrete com o malhado. Meu cocheiro era um bom rapaz, eu gostava dele. Também se acabou na bebida. Quando cheguei, me disseram: "Serpukhóvskoi, quando vai criar cavalos trotadores?". Respondi: "Pois os seus cavalos de mujique, que o diabo os carregue, vão todos comer poeira atrás do meu malhado". "Pois ele não ganha de jeito nenhum." "Aposto mil rublos." Fechamos a aposta. Largaram. Ele chegou cinco segundos na frente, ganhei mil rublos na aposta. Pois é. E eu fiz cem verstas em três horas numa troica de puros-sangues. Toda Moscou sabe disso.

E Serpukhóvskoi começou a mentir tão bem e de modo tão contínuo que o anfitrião não conseguia entremear nenhuma palavra e, com o rosto cansado, ficou sentado na sua frente e, só para se distrair, servia copos de vinho para si e para ele.

O dia começou a clarear. Mas os dois continuavam sentados. O anfitrião sentia um tédio mortal. Levantou-se.

– Se é preciso dormir, vamos dormir – disse Serpukhóvskoi, levantou-se trôpego e, resfolegando, foi para o quarto reservado para ele.

O anfitrião deitou-se com a amante.

– Não, ele é insuportável. Embriagou-se e mentiu sem parar.

– E ficou me cortejando.

– Receio que vá me pedir dinheiro.

Serpukhóvskoi deitou-se sem trocar de roupa e resfolegava.

"Parece que menti muito", pensou. "Mas tanto faz. O vinho é bom, só que ele é um grande porco. Um comerciantezinho qualquer. Eu também sou um grande porco", pensou e deu uma risada. "Antes, eu sustentava, agora me sustentam. Sim,

Winkler sustenta a mulher e eu pego dinheiro com ela. E ele bem que merece, bem que merece! Mas tenho de trocar de roupa, não consigo tirar as botas."

– Ei! Ei! – gritou, mas o criado incumbido de servi-lo tinha ido dormir fazia muito tempo.

Sentou-se, tirou a túnica, o colete e arrancou a calça de qualquer jeito, mas ficou muito tempo sem conseguir tirar as botas, a barriga mole atrapalhava. Deu um jeito de tirar uma bota, brigou e brigou com a outra, ficou sem fôlego, cansou-se. E assim, com um pé no cano da bota, desabou e começou a roncar, enchendo todo o quarto com o cheiro do tabaco, do vinho e da velhice imunda.

XII

Se Kholstomier ainda se lembrou de mais alguma coisa naquela noite, Vaska o distraiu. Jogou uma manta sobre ele e saiu a galope, deixou-o até de manhã na porta de uma taverna junto com um cavalo de mujique. Eles se lamberam. De manhã, foi para junto da manada e não parou de se coçar.

"Tem uma coisa coçando e doendo", pensava.

Passaram cinco dias. Chamaram um veterinário. Ele disse com alegria:

– É sarna. Deixe que eu venda para os ciganos.

– Para quê? Degole, mas acabe com isso hoje mesmo.

A manhã estava serena, clara. A manada foi para o campo. Kholstomier ficou. Veio um homem terrível, magro, escuro, sujo, com um caftã respingado de alguma coisa preta. Era o esfolador de cavalos. Sem olhar para ele, o homem pegou o cabresto que tinham posto em Kholstomier e levou-o embora. Kholstomier seguiu tranquilo, não olhava para trás, arrastando as patas como sempre e prendendo as patas traseiras na palha. Ao sair pelo portão, ele quis ir na direção do poço, mas o esfolador segurou-o e disse:

– Não precisa.

O esfolador e Vaska, que vinha atrás, chegaram a uma clareira atrás de um galpão de tijolos e, como se houvesse algo de extraordinário naquele lugar absolutamente banal, pararam, e o esfolador, depois de entregar as rédeas para Vaska, despiu o caftã, arregaçou as mangas, tirou uma faca e uma pedra de amolar do cano da bota, começou a amolar a faca. O castrado esticou-se na direção da rédea, queria mascar a rédea para distrair o tédio, mas ela estava longe, ele suspirou e fechou os olhos. O beiço pendeu para baixo, deixou à mostra os dentes amarelos e roídos e ele começou a cochilar ao som da faca sendo amolada. Só a perna dura, doente com o tumor, tremia. De repente, sentiu que o seguravam pela mandíbula e levantavam sua cabeça. Abriu os olhos. Dois cachorros estavam à sua frente. Um farejava na direção do esfolador, o outro estava sentado, olhava para o castrado como se esperasse algo exatamente dele. O castrado olhou para os cachorros de relance e começou a esfregar o queixo na mão que o segurava.

"Querem me curar, na certa", pensou. "Deixe!" E de fato sentiu que faziam alguma coisa na sua garganta. Sentiu dor, estremeceu, sacudiu a pata, mas aguentou e ficou à espera do que viria depois. E depois aconteceu que algo líquido se derramou num grande jato no pescoço e no peito. Ele suspirou bem fundo. E sentiu-se muito mais leve. Aliviado de todo o peso de sua vida. Fechou os olhos e começou a inclinar a cabeça – ninguém o segurava. Depois inclinou o pescoço, depois as pernas começaram a tremer, o corpo inteiro começou a oscilar. Ele ficou menos assustado do que surpreso. Tudo lhe parecia novidade. Surpreendeu-se, arremeteu para a frente, para cima. Mas em lugar disso, ao saírem do lugar, as pernas se enroscaram, ele começou a tombar de lado e, querendo dar um passo, começou a cair para a frente e para o lado. O esfolador esperou que as convulsões cessassem, enxotou os cachorros, que tinham se aproximado, e depois de pegar o castrado por uma perna, virá-lo de costas e mandar Vaska segurar a outra perna, começou a esfolar.

– Isso é que era cavalo – disse Vaska.

– Se fosse mais bem alimentado, o couro seria melhor – disse o esfolador.

À noite, a manada voltou pelo morro e os que andavam do lado esquerdo puderam ver algo vermelho lá embaixo, onde cachorros rondavam agitados e corvos e abutres voavam em círculos. Um cachorro, segurando a carcaça com as patas, sacudiu a cabeça e, com um estalo, arrancou o que havia mordido. A égua baia parou, esticou a cabeça e o pescoço e ficou muito tempo inalando o ar. Só à força conseguiram retirá-la dali.

Ao raiar do dia, num barranco da velha floresta, na parte de baixo de uma clareira de mato alto, lobinhos de cabeça grande uivavam com alegria. Eram cinco: quatro quase iguais e um menor, com a cabeça maior que o torso. Uma loba magra, velha, de pelo desbotado, arrastando a barriga inchada, com tetas caídas até o chão, saiu de trás dos arbustos e sentou na frente dos lobinhos. Os filhotes formaram um semicírculo à sua volta. Ela chegou perto do menor, baixou o rabo, inclinou o focinho para baixo, fez alguns movimentos convulsivos, abriu a goela de dentes pontudos, fez um esforço e vomitou um grande pedaço de carne de cavalo. Os lobinhos maiores avançaram, mas ela os afastou de modo ameaçador e deixou tudo para o menor. O menor, rosnando como se estivesse com raiva, agarrou o pedaço de carne de cavalo embaixo de si e começou a devorar. Da mesma forma, a loba regurgitou para outro, e para o terceiro, e para todos os cinco, e então deitou na frente deles, descansando.

Uma semana depois, junto ao galpão de tijolos, só havia um grande crânio e duas tíbias, todo o resto tinha sido levado. No verão, um mujique que catava ossos levou também as tíbias e o crânio e fez deles algum uso.

Muito tempo mais tarde, depois de andar pelo mundo, comer e beber, o corpo morto de Serpukhóvskoi foi enterrado. Nem o couro nem a carne nem os ossos serviram para nada. E como já havia vinte anos que seu corpo morto, andando pelo mundo, era um grande peso para todos, foi só um transtorno a mais para as pessoas varrer aquele corpo para debaixo da terra. Fazia tempo que ninguém mais tinha necessidade dele, fazia tempo que era um peso para todos, mas mesmo assim os mortos que enterravam os mortos acharam necessário pegar aquele corpo, que apodreceu e inchou imediatamente, e vesti-lo num uniforme bonito, calçá-lo com botas bonitas, colocá-lo num caixão novo e bonito, com borlas novas nas quatro pontas, depois colocar o caixão novo dentro de outro, feito de chumbo, e transportá-lo para Moscou, e lá desenterrar ossos humanos antigos e justamente ali esconder aquele corpo apodrecido, fervilhante de vermes, num uniforme novo, de botas engraxadas, e cobrir tudo de terra.

1885

OS TRÊS FILHOS
(PARÁBOLA)

O pai deu a um filho terras, trigo, gado e disse:

– Viva como eu e sempre viverá bem.

O filho pegou tudo do pai, deixou o pai e foi viver ao seu gosto. "Papai disse para eu viver como ele. Pois ele vive e se diverte e eu vou viver assim também."

Viveu assim um ano, dois anos, dez anos, vinte anos, consumiu todos os bens paternos e não sobrou nada. Começou a pedir para o pai lhe dar mais; porém o pai não o atendeu. Então o filho começou a bajular o pai, o tratava da melhor maneira possível e lhe pedia. Mas o pai não respondia. Então o filho começou a pedir perdão ao pai, pensando que o havia ofendido de alguma forma, e de novo pediu que ele lhe desse mais; porém o pai não disse nada.

E então o filho começou a amaldiçoar o pai. Disse:

– Se não dá agora, para que deu antes, me fez viver separado e prometeu que eu ia viver sempre bem? Todas as minhas alegrias de antes, quando eu consumia a fortuna, não valem uma hora do tormento que sofro agora. Vejo que estou me acabando e não há salvação. E de quem é a culpa? É sua. Pois você sabia que a fortuna não ia ser o suficiente para mim e não me deu mais. Você só disse o seguinte: viva como eu e vai viver bem. Eu vivi como você. Você vivia para sua satisfação e eu vivi para minha satisfação. Você abriu mão da maior parte. E agora você tem e eu não tenho. Você não é um pai, mas sim um trapaceiro cruel. Minha vida é maldita, você também é maldito, bandido, torturador, não quero saber, tenho ódio de você.

O pai deu uma fortuna ao segundo filho e só lhe disse:

– Viva como eu e você viverá sempre bem.

O segundo filho já não se alegrou com a fortuna tanto quanto o primeiro. Pensou que tinha de obedecer. Mas sabia o que havia acontecido com o irmão mais velho e por isso começou a pensar em não viver toda a vida como o primeiro. Achou que o irmão mais velho apenas não tinha compreendido direito as palavras "viva como eu" e concluiu que não era necessário viver só para a própria satisfação. Começou a pensar no que significava "viva como eu". E deduziu que, como o pai, ele precisava ganhar toda a fortuna que o pai tinha lhe dado. E foi ganhar de novo uma fortuna igual àquela que o pai lhe dera.

E começou a pensar em como fazer de novo toda a fortuna que o pai lhe dera. Foi perguntar ao pai como fazer aquilo; mas o pai não lhe respondeu. O filho achou que o pai tinha medo de lhe contar e começou a desmontar todos os bens que o pai lhe dera a fim de entender por si mesmo como tudo tinha sido ganhado, e assim destruiu e arruinou tudo o que tinha ganhado do pai, e tudo o que ele refez de novo não servia para nada; mas ele não queria admitir que havia destruído tudo, e vivia e se atormentava, e a todos dizia que o pai não lhe dava nada e que ele havia ganhado tudo sozinho.

– Todos nós podemos fazer muito melhor sozinhos, bem depressa vamos chegar a um ponto em que tudo será maravilhoso.

Assim falava o segundo filho, enquanto ainda lhe restava alguma coisa da fortuna do pai, mas quando ele destroçou as últimas coisas e não lhe restou mais nada para viver, ele se matou.

O pai deu ao terceiro filho uma fortuna igual e também falou:

– Viva como eu e você viverá sempre bem.

E o terceiro filho, como o primeiro e o segundo, também se alegrou com a fortuna e se afastou do pai; mas sabia o que havia acontecido com os irmãos mais velhos e começou a pensar no que significava "viva como eu, e você viverá sempre bem".

O irmão mais velho achou que viver como o pai significava viver para a própria satisfação e assim consumiu e destruiu tudo. O segundo irmão achou que viver como o pai significava fazer tudo igual ao pai e também perdeu a esperança. O que significava: viva como o pai?

E ele começou a lembrar tudo o que sabia sobre o pai. E por mais que pensasse, ele nada mais conseguiu saber sobre o pai senão que antes não havia nada e ele mesmo não existia; e que o pai o gerou, criou, alimentou, ensinou, lhe deu tudo de bom e disse: viva como eu vivo e você viverá sempre bem. A mesma coisa o pai fez com os irmãos. E por mais que pensasse, não conseguia saber mais nada sobre o pai. Tudo que ele sabia sobre o pai era só que o pai havia feito o bem para ele e para seus irmãos.

E aí entendeu o que significam as palavras "viva como eu". Entendeu que viver como o pai significa fazer o mesmo que ele faz: fazer o bem às pessoas.

E quando pensou nisso, o pai já estava a seu lado e disse:

– Agora estamos juntos de novo e tudo vai ficar bem com você. Vá falar com seus irmãos, com todos os meus filhos, e diga o que significa "vivam como eu" e que é verdade que quem viver como eu viverá sempre bem.

O terceiro filho foi e contou tudo a seus irmãos e desde então todos os filhos, quando ganhavam uma fortuna do pai, se alegravam não porque tinham uma grande fortuna, mas porque podiam viver como o pai e assim iam viver sempre bem.

Esse pai é Deus; os filhos são as pessoas; a fortuna é a vida. As pessoas pensam que podem viver sozinhas, sem Deus. Algumas pessoas acham que a vida lhes é dada para gozarem a vida. Elas se divertem e dissipam a vida, mas quando chega a hora de morrer, não entendem para que lhes foi dada uma vida assim, em que a alegria termina em sofrimento e em morte. E essas pessoas morrem amaldiçoando Deus, chamando-o de cruel, e se afastam de Deus. Esse é o primeiro filho.

Outros acham que a vida lhes foi dada para entenderem como ela é feita e para fazer uma vida melhor do que a que lhes foi dada por Deus. E assim brigam para fazer outra vida, melhor. Mas, ao melhorarem essa vida, eles a destroem e assim roubam a vida de si mesmos.

Os terceiros dizem:

– Tudo o que sabemos sobre Deus é que Ele faz o bem às pessoas, manda que elas façam o mesmo que Ele e por isso vamos fazer o mesmo que Ele: o bem às pessoas.

E assim que começam a fazer isso, Deus se aproxima delas e diz:

– É isso mesmo que eu queria. Façam junto comigo aquilo que eu faço e assim vocês também vão viver como eu vivo.

1885

A CAFETERIA DE SURAT

(SEGUNDO BERNARDIN DE SAINT-PIERRE)

Na cidade indiana de Surat, havia uma cafeteria. Para lá iam viajantes de várias partes do mundo e os estrangeiros muitas vezes conversavam.

Certa vez, foi lá um culto teólogo persa. Passara a vida toda estudando a essência da divindade e sobre isso lia e escrevia livros. Pensou, leu e escreveu muito sobre Deus, acabou perdendo a razão, tudo se embaralhou dentro de sua cabeça e por fim ele chegou ao ponto de parar de crer em Deus.

O rei soube disso e o expulsou do reino persa.

Depois de ter discutido a vida inteira sobre a causa primeira, o infeliz teólogo se confundiu todo e, em vez de entender que já havia perdido o juízo, passou a pensar que não existia mais uma razão superior que governava o mundo.

Esse teólogo tinha um escravo africano que o acompanhava por toda parte. Quando o teólogo entrou na cafeteria, o africano ficou do lado de fora, atrás da porta, e sentou-se numa pedra debaixo do sol; ficou ali sentado, enxotando as moscas. Já o teólogo deitou-se num sofá dentro da cafeteria e mandou que servissem uma xícara de ópio. Quando bebeu a xícara e o ópio começou a afetar seu cérebro, ele se voltou para seu escravo.

– Ei, escravo desprezível – chamou o teólogo –, diga-me o que acha: Deus existe ou não?

– Claro que existe! – respondeu o escravo e na mesma hora tirou de trás do cinto um pequeno ídolo de madeira. – Olhe – disse o escravo. – Olhe este Deus. Eu o trago comigo desde que vim ao mundo. Este Deus é feito de um galho da árvore sagrada adorada por todo mundo em nossa terra.

As pessoas que estavam na cafeteria ouviram a conversa entre o teólogo e o escravo e ficaram surpresas.

Pareceu-lhes surpreendente a pergunta do senhor e mais surpreendente ainda a resposta do escravo.

Um brâmane que ouvira as palavras do escravo se voltou para ele e disse:

– Louco infeliz! Será possível que alguém pense que Deus pode estar preso atrás do cinto de um homem? Deus é um só: brama. E esse brama é maior que o mundo inteiro, porque ele criou o mundo todo. Brama é o Deus único e supremo; o Deus para o qual construíram templos nas margens do rio Ganges, o Deus a quem servem seus únicos sacerdotes, os brâmanes. Só esses sacerdotes conhecem o Deus verdadeiro. Já passaram vinte mil anos e, por mais voltas que o mundo tenha dado, esses sacerdotes permanecem tais como sempre foram, porque brama, o Deus único e verdadeiro, os protege.

Assim falou o brâmane, achando que ia convencer todos, porém um cambista judeu que estava ali retrucou:

– Não – disse. – O templo do Deus verdadeiro não está na Índia!... E Deus não protege a casta dos brâmanes! O Deus verdadeiro não é o Deus dos brâmanes, mas o Deus de Abraão, Isaac e Jacó. E o Deus verdadeiro só protege seu único povo de Israel. Desde o início do mundo, sem cessar, Deus amou e ama só nosso povo. E se agora nosso povo está disperso pelo mundo, isso é apenas uma provação e Deus, como prometeu, vai reunir de novo seu povo em Jerusalém para reconstruir a grande maravilha da Antiguidade, o Templo de Jerusalém, e estabelecer Israel como senhor supremo de todo o mundo.

Assim falou o judeu e começou a chorar. Queria continuar seu discurso, mas um italiano que estava ali interrompeu:

– O senhor não está dizendo a verdade – disse o italiano para o judeu. – O senhor atribui a Deus uma injustiça. Deus não pode amar a um povo mais do que aos outros. Ao contrário, se antes ele protegia o povo de Israel, já passaram mil e oitocentos anos desde que Deus se irritou e, em sinal de sua ira, pôs fim à existência desse povo e o dispersou pelo mundo, de modo que essa fé não só não se propaga como dela só restam vestígios, aqui e ali. Deus não mostra preferência por nenhum povo e convida todos que desejam se salvar para o seio da única Igreja Católica Romana, fora da qual não há salvação.

Assim falou o italiano. Mas ali estava um pastor protestante, que empalideceu e respondeu ao missionário católico:

– Como pode o senhor dizer que a salvação só é possível na sua religião? Saiba que só serão salvos aqueles que, segundo o Evangelho, servirem a Deus no espírito e na verdade, segundo o mandamento de Jesus.

Então um turco, que trabalhava na alfândega de Surat e que estava ali fumando um cachimbo, se virou com ar superior para os dois cristãos:

– De nada adianta os senhores estarem tão convictos da verdade de sua fé romana – disse. – Há mais ou menos seiscentos anos, sua fé foi substituída pela fé de Maomé. E, como os senhores mesmos podem ver, a fé verdadeira de Maomé se propaga cada vez mais pela Europa, pela Ásia e até na esclarecida China. Os senhores mesmos reconhecem que os judeus foram proscritos por Deus e, como prova, citam que os judeus foram humilhados e que sua fé não se propaga mais. Reconheçam então a verdade da fé de Maomé, porque ela se encontra em seu esplendor e se propaga sem cessar. Só vão se salvar os que acreditam no último profeta de Deus, Maomé. Mas isso é só para os seguidores de Omar, e não os de Ali, pois os adeptos de Ali são infiéis.

Diante de tais palavras, o teólogo persa, que pertencia à seita de Ali, quis retrucar. Mas nessa altura se formou uma enorme discussão dentro da cafeteria, entre todos os estrangeiros ali presentes, das mais diversas crenças e confissões. Havia ali cristãos abissínios, lamas indianos, ismaelitas e adoradores do fogo.

Todos discutiam sobre a essência de Deus e sobre como era preciso adorá-lo. Cada um acreditava que só em sua terra conheciam o Deus verdadeiro e sabiam como era preciso adorá-Lo.

Todos discutiam, gritavam. Só um chinês ali presente, um discípulo de Confúcio, continuou sossegado num canto da cafeteria e não entrou na discussão. Bebia seu chá, escutava o que diziam, mas ficava calado.

O turco, ao notar o chinês no meio da discussão, se voltou para ele e disse:

– Bom chinês, me dê seu apoio. Você se cala, mas podia falar alguma coisa em meu favor. Sei que na China vocês agora introduziram várias religiões. Seus mercadores me disseram muitas vezes que, entre todas as outras, os chineses consideram a fé maometana a melhor e a adotam de bom grado. Apoie minhas palavras e diga o que pensa sobre o Deus verdadeiro e seu profeta.

– Sim, sim, diga o que pensa – voltaram-se os outros para ele.

O chinês, discípulo de Confúcio, fechou os olhos, pensou um pouco e depois abriu os olhos, retirou as mãos de dentro das mangas largas de sua roupa, cruzou-as no peito e começou a falar em voz baixa e calma.

– Senhores – disse ele. – Parece-me que é o orgulho, acima de tudo, que impede as pessoas de entrarem em acordo na questão da fé. Se os senhores se derem ao trabalho de me escutar, vou explicar isso por meio de um exemplo.

“Vim da China para Surat num navio inglês que tinha dado a volta ao mundo. No caminho, fomos à margem oriental da ilha de Sumatra para nos abastecer de água. Ao meio-dia, descemos à terra e sentamos à beira do mar, na sombra de coqueiros, perto de uma aldeia dos habitantes da ilha. Éramos de várias terras diferentes.

“Quando estávamos ali, se aproximou um cego.

“Como soubemos depois, o homem tinha ficado cego porque havia olhado para o Sol por muito tempo e fixamente. Ele olhou para o Sol por tanto tempo e tão fixamente porque queria entender o que é o Sol. E queria saber isso para se apoderar da luz do Sol.

“Ele se empenhou muito tempo, olhava sempre para o Sol e não conseguia fazer nada, a única coisa que conseguiu foi deixar os olhos doentes e ficar cego. Então disse para si:

“‘A luz do Sol não é um líquido, porque, se fosse um líquido, seria possível derramá-la e ela balançaria ao vento, como a água. A luz do Sol também não é fogo, porque, se fosse fogo, apagaria na água. A luz do Sol também não é um espírito, porque é visível, e não é um corpo, porque não se pode transportá-la. E assim, já que a luz do Sol não é um líquido nem um sólido nem um espírito nem um corpo, então a luz do Sol não é nada.'

"Dessa forma ele raciocinava e a certa altura, por ter olhado sempre para o Sol e pensado sempre nele, perdeu a visão e também a razão.

"Quando ficou totalmente cego, já estava completamente convencido de que o Sol não existia.

"Com o cego, andava sempre seu escravo. Ele acomodou seu senhor na sombra do coqueiro, levantou um coco do chão e, com ele, começou a fazer um lampião noturno. Fez um pavio com a fibra do coco, retirou óleo do coco, pôs na casca e encharcou nele o pavio.

"Enquanto o escravo fazia seu lampião, o cego suspirou e lhe disse:

" 'E então, escravo, não é verdade o que eu lhe disse, que o Sol não existe? Está vendo como está escuro? E ainda dizem que o Sol existe... Então o que é o Sol?'

" 'Não sei o que é o Sol' – respondeu o escravo. – 'Não tenho nada a ver com isso. Mas da luz eu sei. Olhe, fiz um lampião, agora não vou ficar no escuro e posso prestar serviço a você e achar tudo dentro da minha barraca.'

"E o escravo pegou na mão sua casca de coco.

" 'Olhe' – disse. – 'Isto é o meu Sol.'

"Ali também estava sentado um aleijado com sua muleta. Ele ouviu aquilo e riu.

" 'Pelo visto, você é cego de nascença' – disse para o cego, já que não sabe o que é o Sol. 'Vou lhe dizer o que é: o Sol é uma bola de fogo e todo dia essa bola sai do mar e toda noite se deita nas montanhas de nossa ilha; todos nós vemos isso e você também veria, se tivesse visão.'

"Um pescador que também estava ali ouviu aquelas palavras e disse ao aleijado:

" 'Pelo visto, você nunca esteve em outro lugar que não na sua ilha. Se não fosse aleijado e viajasse pelo mar, saberia que o Sol não se deita nas montanhas de nossa ilha e que, assim como se levanta do mar de manhã, de noite ele se deita de novo no mar. O que digo é o certo, porque todo dia vejo isso com meus olhos.'

"Um indiano ouviu aquilo.

" 'Admira ver como um homem inteligente pode falar tanta bobagem' – disse ele. – 'Será possível que uma bola de fogo afunde na água e não apague? O Sol não é absolutamente uma bola de fogo: o Sol é uma divindade. Essa divindade se chama Deva. Essa divindade viaja pelo céu numa carruagem, em redor da montanha dourada Sumeru. Às vezes, as serpentes malignas Pagu e Ketu atacam Deva e o engolem e aí fica escuro. Mas nossos sacerdotes rezam para que a divindade se liberte e então ela se liberta. Só pessoas ignorantes como o senhor, que nunca viajou para além de sua ilha, podem imaginar que o Sol só brilha em sua ilha.'

"Então o dono de um navio egípcio que estava ali começou a falar:

" 'Não' – disse ele –, 'isso também não é verdade, o Sol não é uma divindade e não anda só em volta da Índia e de sua montanha dourada. Naveguei muito pelo mar Negro, pelas margens da Arábia, estive em Madagascar, nas ilhas das Filipinas, e o Sol ilumina todas as terras, não só a Índia, e ele não anda em redor de uma montanha, mas se levanta nas ilhas do Japão e por isso aquelas ilhas são chamadas de *Iapen*, ou seja, na língua deles, o nascimento do Sol, e depois se põe longe, longe, no oeste, além das ilhas da Inglaterra. Sei disso muito bem, porque eu mesmo vi bastante e ouvi meu avô falar muito sobre isso. E meu avô navegou até o fim dos mares.'

"Queria continuar falando, mas um marinheiro inglês de nosso navio o interrompeu.

" 'Não existe país onde se saiba mais sobre o movimento do Sol do que na Inglaterra' – disse ele. – 'Todos nós na Inglaterra sabemos que o Sol não se levanta nem se deita em lugar nenhum. Ele anda sem parar em torno da Terra. Sabemos disso muito bem, porque nós mesmos demos a volta em redor da Terra e não esbarramos com o Sol. Em toda parte, como aqui, o Sol aparece de manhã e se esconde à noite.'

"E o inglês pegou uma bengala, riscou um círculo na areia e começou a explicar como o Sol anda pelo céu em redor da Terra. Mas não conseguiu explicar direito e, depois de apontar para o timoneiro de seu navio, disse:

" 'Na verdade, ele é mais instruído do que eu e pode explicar melhor tudo isso para vocês.'

"O timoneiro era um homem sensato e escutava toda a conversa em silêncio, enquanto ninguém lhe perguntava nada. Mas agora que todos estavam voltados para ele, começou a falar e disse:

" 'Todos vocês enganam uns aos outros e se enganam a si mesmos. O Sol não gira em redor da Terra, é a Terra que gira em torno do Sol e gira em torno de si mesma, rodando na direção do Sol ao longo de vinte e quatro horas, e assim também o Japão, as Filipinas e Sumatra, onde estamos agora, e a África, a Europa, a Ásia e ainda muitas outras terras. O Sol não brilha para uma montanha nem para uma ilha nem para um mar nem para uma terra, mas para muitos planetas iguais à Terra. Cada um de vocês poderia entender tudo isso se olhasse para o céu e não para debaixo do próprio nariz, e assim não pensaria que o Sol brilha só para si e para sua terra.'

"Assim falou o sábio timoneiro, que tinha viajado muito pelo mundo e tinha olhado muito para o céu."

– Sim, o erro e a discórdia das pessoas em questões de fé decorrem do orgulho – prosseguiu o chinês, discípulo de Confúcio. – O que acontece com o Sol também se passa com Deus. Todo homem quer ter um Deus próprio, especial, ou pelo menos um Deus de sua terra natal. Cada povo quer encerrar em seu próprio templo aquilo que o mundo inteiro não consegue abarcar. Todos os templos humanos são feitos à imagem de outro templo: o mundo de Deus. Em todos os templos existe uma pia batismal, arcos, velas, imagens, inscrições, livros de mandamentos, sacrifícios, altares e sacerdotes. Mas em que templo existe uma pia batismal como o oceano, um arco como a abóbada celeste, velas como o Sol, a Lua e as estrelas, imagens como as pessoas vivas que se amam e se ajudam umas às outras? Onde há inscrições sobre a bondade de Deus tão compreensíveis quanto as bênçãos que Deus espalhou por toda parte para a felicidade das pessoas? Onde há um livro de mandamentos tão claro para todos como aquele que está escrito no coração de cada pessoa? Onde há sacrifícios comparáveis aos sacrifícios de renúncia que as pessoas gostam de oferecer a seus próximos? E onde há um altar comparável ao coração de um homem bom, no qual o próprio Deus aceita o sacrifício?

Quanto mais elevada for a compreensão que o homem tem de Deus, melhor ele irá conhecê-lo. E quanto melhor ele conhecer Deus, mais irá se aproximar Dele, imitar Sua bondade, misericórdia e amor pelas pessoas.

Portanto aquele que vê toda a luz do Sol que enche o mundo não deve condenar nem desprezar o homem supersticioso que vê em seu ídolo só um raio da mesma luz, e também não deve desprezar o descrente que é cego e não vê luz nenhuma.

Assim falou o chinês, discípulo de Confúcio, e todos que estavam na cafeteria se calaram e não discutiram mais sobre qual fé era a melhor.

1892

O DIABO

Eu, porém, vos digo: todo aquele que olha para uma mulher com desejo libidinoso já cometeu adultério com ela em seu coração.
Caso o teu olho direito te leve a pecar, arranca-o e lança-o para longe de ti, pois é melhor para ti que se perca um de teus membros do que teu corpo inteiro ser atirado à geena.
E caso a tua mão direita te leve a pecar, corta-a e lança-a para longe de ti, pois é melhor para ti que se perca um de teus membros do que teu corpo inteiro ser atirado à geena.

Mateus 5,28-30

I

Uma carreira brilhante aguardava Ievguiéni Irtiéniev. Tudo o levava a isso. A educação excelente em casa, a conclusão de curso brilhante na faculdade de direito da Universidade de Petersburgo, as relações com a mais alta sociedade herdadas do pai, que falecera pouco tempo antes, e até um cargo inicial num ministério sob a proteção do próprio ministro. Havia também uma fortuna, e até uma fortuna grande, se bem que duvidosa. O pai vivera no exterior e em Petersburgo, mandava seis mil rublos para os filhos – Ievguiéni e um mais velho, Andrei, que servia na Cavalaria da Guarda Imperial – e ele e a esposa gastavam muito dinheiro. Só no verão vinha passar dois meses em sua propriedade rural, mas não se ocupava com os negócios, deixando tudo aos cuidados do administrador, que também não cuidava da propriedade, mas no qual ele tinha plena confiança.

Depois da morte do pai, quando os irmãos começaram a partilha, viram que as dívidas eram tantas que o advogado do inventário até recomendou que, já que tinham ficado com a propriedade da avó, que valia cem mil rublos, renunciassem à herança. Mas o vizinho da propriedade rural, um senhor de terras que tinha negócios com o velho Irtiéniev, ou seja, tinha notas promissórias contra ele e fora a Petersburgo fazer a cobrança, disse que, apesar das dívidas, era possível resolver a situação e ainda salvar uma fortuna considerável. Bastava vender a floresta, parcelas isoladas de terra improdutiva e ficar com a verdadeira mina de ouro – a aldeia Semiónovskoie, com suas quatro mil *dessiatinas* de terras negras, a usina de açúcar e as duzentas *dessiatinas* de pastos alagados, contanto que se dedicassem ao negócio, se mudassem para o campo e administrassem com inteligência e economia.

E então Ievguiéni, depois de ir à propriedade na primavera (o pai morrera na Quaresma) e examinar tudo, decidiu demitir-se de seu cargo no ministério, instalar-se com a mãe no campo e cuidar dos negócios, no intuito de conservar a parte principal da propriedade. Com o irmão, de quem não era especialmente amigo, combinou o seguinte: comprometeu-se a lhe pagar quatro mil rublos por ano, ou oitenta mil de uma só vez, e em troca o irmão abriria mão de sua parte da herança.

Assim foi feito e, depois de se estabelecer com a mãe na grande casa senhorial, tratou dos negócios da propriedade com entusiasmo e prudência.

É costume pensar que os velhos em geral são mais conservadores e os jovens, inovadores. Isso não é verdadeiro, de maneira nenhuma. Os mais conservadores em geral são os jovens. Os jovens querem viver, mas não pensam e não têm tempo de pensar em como é preciso viver e por isso elegem como modelo a vida que já existia.

Assim foi também com Ievguiéni. Instalado agora no campo, seu ideal e seus sonhos eram ressuscitar a forma de vida que havia não no tempo do pai – o pai era um administrador ruim –, mas no tempo do avô. E agora, em casa, no pomar, na propriedade, naturalmente com as mudanças apropriadas à época, ele tentava ressuscitar o espírito geral da vida no tempo do avô – fartura em tudo, satisfação de todos em volta, ordem e conforto, e a fim de construir aquela vida havia muita coisa a ser feita: era preciso satisfazer às exigências dos credores e dos bancos e, para isso, vender terras e adiar pagamentos, e também era preciso arranjar dinheiro para continuar tocando os negócios: a enorme propriedade de Semiónovskoie, com empregados temporários aqui, permanentes ali, suas quatro mil *dessiatinas* de terra cultivada e sua usina de açúcar; na casa e no pomar, era preciso cuidar para que não houvesse o aspecto de abandono e decadência.

Os trabalhos eram muitos, mas Ievguiéni também tinha muita força – força física e mental. Tinha vinte e seis anos, estatura mediana, constituição robusta, músculos desenvolvidos com ginástica, sanguíneo, com todo o rosto rosa-claro, dentes e lábios brilhantes, cabelos ralos, macios, ondulados. Seu único defeito físico era a miopia, que ele mesmo causara usando óculos, e agora já não podia andar sem o pincenê, que já havia deixado sulcos no alto do nariz um pouco aquilino. Se assim era na aparência física, seu aspecto moral era tal que, quanto mais o conheciam, mais gostavam dele. A mãe sempre o amara mais que a todos e agora, após a morte do pai, concentrava nele não só toda a sua ternura como toda a sua vida. No entanto não era só a mãe que o amava assim. Os colegas do ginásio e da universidade sempre, e de modo especial, não só o amaram como também o respeitaram. Em todas as pessoas estranhas, ele sempre produzia o mesmo efeito. Era impossível não acreditar no que dizia, era impossível supor um engano, uma mentira, num rosto tão franco e honesto, e sobretudo nos olhos.

No geral, toda a sua personalidade o ajudava muito nos negócios. Um credor, que recusaria o pedido de outro devedor, acreditava nele. O administrador, o estaroste, o mujique que fariam trapaças e enganariam outra pessoa, desistiam de enganar sob a impressão agradável da relação com um homem bondoso, simples e, acima de tudo, franco.

Era o fim de maio. De algum jeito, Ievguiéni tinha conseguido na cidade liberar as terras improdutivas de uma hipoteca para vendê-las a um comerciante e assim havia recebido dinheiro emprestado daquele mesmo comerciante para renovar seu acervo de cavalos, bois e carroças. E, acima de tudo, para começar a indispensável construção de uma eira coberta. Os negócios estavam dando certo. Trouxeram madeira, os carpinteiros já trabalhavam e oitenta carroças transportavam esterco, porém até aí tudo continuava por um fio.

II

No meio dessas preocupações, ocorreu uma circunstância que, embora sem importância, deixou Ievguiéni atormentado naquela ocasião. Ele vivia sua juventude como vivem todos os jovens saudáveis e solteiros, ou seja, tinha relações com vários tipos de mulheres. Não era um libertino, mas também não era um monge, como ele mesmo dizia para si. Entregava-se àquilo apenas quanto fosse necessário para a saúde física e a liberdade intelectual, como ele dizia. Aquilo tinha começado aos dezesseis anos. E até então, corria muito bem. Muito bem no sentido de que ele não se entregara à depravação, nenhuma vez se apegara e nenhuma vez ficara doente. Em Petersburgo, tivera primeiro uma costureira, depois ela se perdeu na vida e Ievguiéni deu outro jeito. Aquele lado estava tão bem resolvido que não o perturbava.

Mas agora já havia dois meses que ele morava no campo e não sabia absolutamente como proceder. A abstinência involuntária começava a ter efeitos ruins sobre ele. Será que devia ir à cidade para resolver aquilo? Mas aonde? E como? Só isso perturbava Ievguiéni Ivánovitch, e estava tão convencido de que era algo necessário e de que ele tinha tal carência que acabou se tornando de fato algo necessário e ele sentia que não era livre e que, contra a própria vontade, seguia com os olhos qualquer mulher jovem que passava.

Achava que não era correto encontrar-se com uma mulher ou moça em sua aldeia. Pelo que contavam, sabia que o pai e o avô, naquele aspecto, se comportavam de modo muito diferente do dos outros senhores de terras de seu tempo e nunca permitiram em sua casa nenhum namorico com as servas, e decidiu que não ia fazer aquilo; mas depois, sentindo-se cada vez mais tolhido e imaginando com horror o que poderia acontecer com ele na cidadezinha próxima, e também considerando que não existia mais o regime de servidão, resolveu que podia ser ali mesmo. Apenas tinha de agir de maneira que ninguém soubesse, e não por depravação, mas só para a saúde, como dizia para si. E quando decidiu isso, ficou ainda mais inquieto; ao falar com o estaroste, com os mujiques, com o marceneiro, involuntariamente ele conduzia a conversa para mulheres e, se a conversa já era sobre mulheres, esticava o assunto. E quando olhava para as mulheres, se demorava cada vez mais.

III

Só que tomar uma decisão para si é uma coisa, mas pôr isso em prática é muito diferente. Aproximar-se de uma mulher por iniciativa própria era impossível. E qual? E onde? Era preciso que alguém ajudasse, mas a quem pedir ajuda?

Certa vez, aconteceu de entrar na cabana do guarda-florestal para beber água. O guarda tinha sido caçador de seu pai. Ievguiéni Ivánovitch conversou com ele e o guarda-florestal começou a contar histórias antigas de farras em caçadas. E veio à cabeça de Ievguiéni Ivánovitch a ideia de que ali, na cabana do guarda-florestal ou na floresta, seria um bom lugar para resolver o assunto. Só que ele não sabia como nem se o velho Danila cuidaria do caso. "Talvez ele se horrorize diante de uma proposta como essa e vou morrer de vergonha, ou talvez concorde, muito simplesmente." Assim pensava, enquanto ouvia as histórias de Danila. O velho estava contando que, certa vez, se encontravam num campo distante, na casa da esposa do diácono, e que ele levou uma mulher para Priánitchnikov.

"Pode ser", pensou Ievguiéni.

– O pai do senhor, que Deus o tenha no reino dos céus, não participava dessas besteiras.

"Não pode ser", pensou Ievguiéni, mas por via das dúvidas perguntou:

– Então você se metia nessas coisas ruins?

– Mas o que há de mau nisso? Ela ficou contente e meu Fiódor Zakháritch ficou satisfeito, mais do que satisfeito. Me deu um rublo. Senão, como ele ia fazer? Também era de carne e osso. Tinha de viver.

"Sim, posso falar", pensou Ievguiéni e na mesma hora entrou no assunto:

– Sabe – e logo teve a sensação de que ficava muito vermelho –, sabe,

Danila, eu ando atormentado. – Danila sorriu. – Afinal, não sou um monge... estava acostumado.

Sentiu que tudo o que dizia era tolice, mas se animou, porque Danila aprovou.

– Puxa, podia ter dito há muito tempo, pode-se dar um jeito – disse ele. – É só o senhor dizer qual.

– Ah, sério, para mim tanto faz. Bem, é claro, contanto que não seja horrorosa e tenha saúde.

– Entendi! – cortou Danila. Pensou um pouco. – Ah, tenho uma coisinha bonita – começou. Ievguiéni enrubesceu de novo. – Uma coisinha bonita. O senhor precisa ver, casaram a moça no outono. – Danila começou a sussurrar. – Ah, ele não consegue fazer nada. Está solta para o caçador que passar.

Ievguiéni chegou a franzir o rosto de vergonha.

– Não, não – começou a dizer. – Não é de nada assim que eu preciso. Ao contrário (o que poderia ser o contrário?), eu, ao contrário, só preciso que seja saudável, que não traga confusão... a mulher de um soldado ou algo assim...

– Sei. Então vou apresentar a Stiepanida ao senhor. O marido mora na cidade, é igual à mulher de um soldado. E é uma mulherzinha bonita, limpa. O senhor vai ficar satisfeito. Faz pouco tempo falei com ela sobre isso... É só eu dizer vá, que ela...

– Mas quando, então?

– Bom, pode ser amanhã. Vou buscar tabaco e passo lá, e aí no almoço o senhor vem para cá ou vai para trás da horta, na casa de banho. Não tem ninguém. E na hora do almoço todo mundo está dormindo.

– Certo, está bem.

Uma agitação terrível tomou conta de Ievguiéni, quando andava de volta para casa. "O que vai acontecer? Como será essa camponesa? De repente, é uma coisa medonha, horrorosa. Não, elas são bonitas", disse consigo mesmo, lembrando aquelas que tanto observava. "Mas o que vou falar, o que vou fazer?"

Passou o dia todo fora de si. No dia seguinte, ao meio-dia, foi para a cabana do guarda-florestal. Danila estava na porta e, em silêncio, de modo expressivo, acenou com a cabeça na direção da floresta. O sangue afluiu com força ao coração de Ievguiéni, ele sentiu as batidas do coração e seguiu para a horta. Ninguém. Foi à casa de banho. Ninguém. Deu uma olhada ali, saiu e de repente ouviu o estalo de um galho quebrado. Olhou e ela estava de pé, no mato, atrás de um pequeno barranco. Ele se precipitou para lá através do barranco. No fundo, havia urtigas, que ele nem percebeu. Queimou-se nas urtigas, deixou o pincenê cair do nariz no caminho e subiu por um aclive no lado oposto. Com um avental branco bordado, saia rústica castanho-avermelhada, xale vermelho-claro, pés descalços, fresca, forte, bonita, ela estava de pé e sorria com timidez.

– Ali em volta tem uma trilha, podia ter contornado – disse ela. – Já estou aqui faz um tempão. Séculos.

Ele se aproximou e, olhando ao redor, tocou-a.

Quinze minutos depois, separaram-se, ele achou o pincenê, foi ao encontro de Danila e, em resposta à sua pergunta – "Está satisfeito, patrão?" –, lhe deu um rublo e foi para casa.

Ele estava satisfeito. A vergonha foi só no início. Mas depois passou. E tudo estava bem. Estava bem, sobretudo, porque agora ele se sentia leve, calmo, animado. Quanto a ela, Ievguiéni nem observou direito. Lembrava que era limpa, fresca, simples, não era feia e não tinha afetação. "Qual será seu sobrenome?", perguntava para si mesmo. "Pétchnikova, não foi o que ele disse? Mas que Pétchnikova[1] é essa? Há duas famílias com esse nome. Deve ser nora do velho Mikhail. Sim, deve ser isso. Pois ele tem um filho que mora em Moscou; vou perguntar ao Danila, um dia desses."

A partir de então, estava afastado aquele incômodo, antes tão importante, da vida no campo – a abstinência involuntária. A liberdade de pensamento de Ievguiéni já não era mais perturbada e ele podia se ocupar livremente de seus afazeres.

E a tarefa de que Ievguiéni se incumbira não era nada fácil: às vezes lhe parecia que não ia conseguir e que, apesar de tudo, acabaria tendo de vender a propriedade, todos os seus esforços seriam desperdiçados e, sobretudo, ficaria provado que ele não era capaz, não conseguia levar até o fim o que havia começado. Era isso que o incomodava acima de tudo. Mal fechava um buraco, logo se abria outro, inesperado. Durante todo esse tempo, não paravam de aparecer mais e mais dívidas novas do pai, antes ignoradas. Era evidente que, nos últimos tempos, o pai tinha feito empréstimos a torto e a direito. Em maio, na época da partilha, Ievguiéni achava que, afinal, estava a par de tudo. Mas de repente, no meio do verão, recebeu uma carta que revelava haver ainda uma dívida de doze mil com a viúva Iéssipova. Não existia nenhuma nota promissória, mas um simples bilhete que, segundo o advogado, podia ser contestado. Mas nem passava pela cabeça de Ievguiéni negar-se a pagar uma dívida real do pai só porque o documento podia ser contestado na Justiça. Ele tinha apenas de saber se a dívida era verdadeira, real.

– Mamãe! Quem é essa Iéssipova Kaléria Vladímirovna? – perguntou para a mãe quando, como de costume, se reuniram para jantar.

– Iéssipova? É uma protegida de seu avô. Por quê?

---

1 Mais adiante, no texto, aparece a grafia Ptchélnikov (de *ptchelá*, abelha), em vez de Pétchnikov (de *petch*, estufa).

Ievguiéni mostrou a carta para a mãe.

– Eu me admiro que ela não tenha vergonha. Seu pai deu tanto para ela.

– Mas devemos a ela?

– Bem, como vou explicar? Dívida, não temos. Papai, em sua infinita bondade...

– Sim, mas papai considerava isso uma dívida?

– Não posso lhe responder. Não sei. Só sei é que você está carregando um fardo muito pesado.

Ievguiéni viu que a própria Mária Pávlovna não sabia como explicar e parecia querer extrair alguma coisa dele.

– Pelo que vejo, temos de pagar – disse o filho. – Amanhã irei à casa dela para conversar e ver se não é possível um adiamento.

– Ah, que pena tenho de você. Mas, sabe, é melhor. Diga a ela que deve esperar um pouco – disse Mária Pávlovna, obviamente mais calma e orgulhosa da decisão do filho.

A posição de Ievguiéni era especialmente difícil porque a mãe, que morava com ele, ainda não havia compreendido muito bem sua situação. Ela se habituara a viver sempre com tanta fartura que não conseguia nem se imaginar na situação em que o filho se encontrava, ou seja, que de uma hora para outra os negócios podiam dar uma guinada, não lhes restaria mais nada, o filho teria de vender tudo, teria de se sustentar e sustentar a mãe só com o salário de um emprego, que na situação em que se encontrava poderia lhe render no máximo dois mil rublos. A mãe não entendia que só era possível salvar-se daquela situação com um corte em todas as despesas e por isso não conseguia entender para que Ievguiéni economizava em ninharias, despesas com os jardineiros, com os cocheiros, com os criados e até com a comida. Além disso, como a maioria das viúvas, alimentava um sentimento de veneração pela memória do falecido, muito diferente do que sentia pelo marido quando vivo, e não admitia a ideia de que algo que o falecido tinha feito ou iniciado fosse ruim e falho.

Com grande esforço, Ievguiéni mantinha o jardim e a estufa de plantas com dois jardineiros e a estrebaria com dois cocheiros. Já Mária Pávlovna pensava, ingenuamente, que por não reclamar da comida feita pelo velho cozinheiro, de os caminhos do parque nem sempre estarem limpos, de ter apenas um menino em vez de lacaios, ela já fazia tudo o que uma mãe podia, sacrificando-se por seu filho. Assim também no caso daquela nova dívida, na qual Ievguiéni, no íntimo, via quase um golpe mortal em todos os seus esforços, Mária Pávlovna via apenas uma oportunidade para se manifestar a nobreza de Ievguiéni. Mária Pávlovna não se preocupava muito com a situação material de Ievguiéni também porque estava convencida de que ele acharia um ótimo partido para casar, que resolveria tudo. E de fato ele podia achar um magnífico partido. A mãe conhecia dezenas de famílias que ficariam felizes de casar suas filhas com Ievguiéni. E ela desejava arranjar aquilo o mais depressa possível.

IV

O próprio Ievguiéni sonhava com um casamento, mas não como a mãe: a ideia de fazer do casamento um meio de resolver seus negócios era repugnante para ele. Queria casar-se de modo honesto, por amor. Até observava com atenção as moças que encontrava e conhecia, avaliava como seria viver com elas, mas seu destino não se resolvia. Enquanto isso, ao contrário do que esperava, suas relações com Stiepanida continuaram e ganharam até o caráter de algo estável. Ievguiéni era tão alheio à libertinagem, era tão penoso para ele fazer algo errado, às escondidas – assim ele sentia –, que não conseguia se sentir à vontade e, já após o primeiro encontro, pretendia nunca mais ver Stiepanida; mas aconteceu que, passado algum tempo, lhe veio a mesma inquietação, que ele atribuía àquilo. E dessa vez a inquietação já não foi impessoal; ele imaginou os mesmos olhos negros e brilhantes, a mesma voz profunda que dissera "séculos", o mesmo odor de algo fresco e forte e o mesmo peito erguido, que empinava o avental, e tudo isso no mesmo bosque de nogueiras e bordos, inundado por uma luz brilhante. Por mais vergonha que sentisse, procurou Danila outra vez. E de novo foi marcado um encontro ao meio-dia, na floresta. Dessa vez, Ievguiéni a observou melhor e tudo nela lhe pareceu encantador. Experimentou conversar com ela, perguntou sobre o marido. De fato, era o filho de Mikhail e morava em Moscou, onde trabalhava como cocheiro.

– Mas então como é que você... – Ievguiéni queria perguntar como ela o traía.

– Como o quê? – perguntou ela. Claro, era inteligente e tinha adivinhado.

– Bom, como é que você vem se encontrar comigo?

– Ora essa – exclamou ela com alegria. – Aposto que ele se diverte por lá. Eu não posso?

Era evidente que ela se fazia de desembaraçada, de atrevida. E Ievguiéni achou aquilo atraente. Mesmo assim, não marcou outro encontro diretamente com ela. Mesmo quando Stiepanida propôs um encontro sem a intermediação de Danila, a quem se referiu com certo desprezo, Ievguiéni não concordou. Queria que aquele fosse o último encontro. Gostava dela. Achava que precisava daquela relação e que não havia nada de mau; mas, no fundo da alma, ele tinha um juiz mais severo que não aprovava aquilo e que esperava que fosse a última vez, e, se não esperava, pelo menos não queria participar daquele negócio nem dos preparativos para que se repetisse.

Assim passou o verão inteiro, durante o qual ele a encontrou umas dez vezes e sempre por intermédio de Danila. Houve uma vez em que ela não pôde ir, porque o marido havia chegado, e Danila sugeriu outra moça. Ievguiéni recusou com repulsa. Depois o marido partiu e os encontros continuaram como antes, de início por intermédio de Danila e depois ele já marcava o horário diretamente com Stiepanida e ela ia acompanhada por uma camponesa chamada Prókhorova, pois uma mulher não podia andar sozinha. Certa vez, justamente na hora marcada para o encontro, chegou à casa de Mária Pávlovna a família da jovem com quem ela pretendia casar o filho e Ievguiéni não conseguiu escapar de jeito nenhum. Mas assim que conseguiu sair, fingiu que ia à eira coberta e seguiu pela trilha em torno da floresta, rumo ao local do encontro. Ela não estava. Mas, no lugar de costume, tudo o que as mãos podiam alcançar estava partido, tudo, a cerejeira, a nogueira, até o bordo jovem da grossura de uma estaca. Ela havia esperado, se irritara e, de brincadeira, lhe deixara um recado. Ele esperou, esperou, e foi falar com Danila para pedir que a chamasse no dia seguinte. Stiepanida foi e se comportou como sempre.

Assim passou o verão. Os encontros eram sempre marcados na floresta e só uma vez, já quase no outono, no galpão da eira coberta, nos fundos da casa deles. Nem passava pela cabeça de Ievguiéni que aquelas relações tivessem alguma importância para ele. Ievguiéni nem pensava nela. Dava-lhe dinheiro e mais nada. Não sabia e não pensava que toda a aldeia já tinha conhecimento, que tinham inveja dela, que seus parentes tomavam o dinheiro de Stiepanida e a incentivavam a continuar, e que a noção que a jovem tinha de pecado fora totalmente aniquilada sob a influência do dinheiro e da pressão dos parentes. Ela achava que, se as pessoas tinham inveja, o que fazia era bom.

"Só preciso disso para minha saúde", pensava Ievguiéni. "Vamos supor que não seja bom e que, embora ninguém diga, muitos ou todos já saibam. A mulher com quem ela vem já sabe. Como sabe, certamente já contou para outros. Mas o que vou fazer? Estou me comportando mal", pensou Ievguiéni, "mas o que vou fazer? Além do mais, é por pouco tempo."

O que mais incomodava Ievguiéni era o marido. De início, por algum motivo, achava que o marido dela devia ser alguém muito feio e aquilo como que o justificava, em parte. Mas viu o marido e teve um choque. Era um rapagão elegante, em nada pior do que ele; na verdade, melhor do que ele. No primeiro encontro depois disso, contou para Stiepanida que tinha visto seu marido e tinha gostado muito dele, um belo rapagão.

– Não tem outro igual na aldeia – disse ela com orgulho.

Aquilo surpreendeu Ievguiéni. A partir daí, a ideia do marido o atormentou mais ainda. Aconteceu, certa vez, de estar na casa de Danila e, conversando, Danila lhe disse sem rodeios:

– Faz uns dias, o Mikhail me perguntou se o patrão vive com a mulher do filho dele. Respondi que não sabia. Mas e daí, falei, é melhor com o patrão do que com um mujique.

– E ele?

– Nada, só falou assim: pois ela que se cuide, se eu souber, dou uma surra.

"Bem, se o marido voltar, eu largo", pensou Ievguiéni. Mas o marido morava na cidade e as relações por enquanto continuaram. "Quando for necessário, eu rompo, e não vai ficar nada para trás", pensou.

E aquilo lhe parecia incontestável, porque durante o verão muitas outras coisas o preocuparam intensamente: a construção da nova eira coberta, a colheita, as edificações e acima de tudo o pagamento das dívidas e a venda das terras improdutivas. Tudo isso eram assuntos que o consumiam por inteiro, nos quais ele pensava da hora em que acordava até a hora em que ia dormir. Tudo aquilo era a vida real. Já as relações – ele nem chamava aquilo de relacionamento – com Stiepanida eram algo sem nenhuma importância. É verdade que, quando começava o desejo de vê-la, vinha com tanta força que ele não conseguia pensar em mais nada, porém aquilo não demorava muito tempo, combinavam um encontro e ele a abandonava de novo por uma semana, às vezes por um mês.

No outono, Ievguiéni foi muitas vezes à cidade e lá fez amizade com a família Ánnenski. Os Ánnenski tinham uma filha que acabara de se formar no instituto.[2] E ali, para grande pesar de Mária Pávlovna, aconteceu que Ievguiéni se vendeu barato, como ela dizia, e se apaixonou por Liza Ánnenskaia e a pediu em casamento.

A partir daí, as relações com Stiepanida cessaram.

V

Por que Ievguiéni foi escolher logo Liza Ánnenskaia é impossível explicar, como sempre é impossível explicar por que um homem escolhe uma mulher e não outra. Havia uma porção de causas, positivas e negativas. Uma das causas era não ser uma noiva muito rica, como as que a mãe arranjava, e ser ingênua e infeliz nas re-

---

2 Instituto de Educação Feminina.

lações com a própria mãe, e não ser bonita, não atrair as atenções para si, embora não fosse feia. O principal foi o fato de ter se aproximado dela na ocasião em que Ievguiéni estava maduro para o casamento. Ele se apaixonou porque sabia que ia casar.

De início, Ievguiéni apenas gostou de Liza Ánnenskaia, mas quando resolveu que ela seria sua esposa, experimentou por ela um sentimento imensamente mais forte, sentiu que estava apaixonado.

Liza era alta, magra, alongada. Tudo nela era alongado: o rosto, o nariz, que não era para a frente, mas sim na linha do comprimento do rosto, os dedos, os pés. A cor do rosto era muito delicada, branca e amarelada, com um rubor meigo, cabelos compridos, louros, macios e ondulados, e lindos olhos claros, dóceis, crédulos.

Assim era ela fisicamente; quanto ao espírito, ele nada sabia, só enxergava aqueles olhos. E os olhos pareciam dizer tudo que ele precisava saber. Mas o sentido daqueles olhos era o seguinte:

Ainda no instituto, desde os quinze anos, Liza se apaixonava por todos os homens atraentes e só ficava animada e feliz quando estava apaixonada. Depois que saiu do instituto, continuou a se apaixonar por todos os homens jovens que encontrava e, é claro, se apaixonou por Ievguiéni assim que o conheceu. Era essa paixão que dava a seus olhos a expressão especial que tanto cativava Ievguiéni.

Naquele mesmo inverno, ela já estivera apaixonada por dois jovens ao mesmo tempo e se ruborizava e se perturbava não só quando eles entravam num recinto onde ela estivesse, mas também quando alguém pronunciava o nome deles. Porém, depois, quando sua mãe sugeriu que Irtiéniev parecia ter intenções sérias, a paixão de Liza por Irtiéniev ganhou tanta força que ela se tornou quase indiferente aos dois anteriores, mas quando Irtiéniev começou a frequentar a casa deles, os bailes, as reuniões, dançava com ela mais do que com as outras e deixava claro que queria apenas saber se ela o amava, então a paixão por Irtiéniev se tornou algo doentio, Liza o via em sonhos e acordada, no quarto escuro, e todos os outros homens desapareceram para ela. Quando ele fez o pedido de casamento e deram a bênção aos dois, quando ela o beijou e se tornaram noivo e noiva, Liza não tinha outros pensamentos senão ele, outros desejos senão estar com ele, para amar e ser amada por ele. Tinha orgulho dele, se comovia com ele, consigo e com seu amor, ficava lânguida, se derretia de amor por ele. Quanto mais a conhecia, mais Ievguiéni a amava. Nem de longe esperava encontrar um dia um amor assim e aquele amor reforçava ainda mais seu sentimento.

VI

Antes da primavera, ele foi a Semiónovskoie para dar ordens a respeito da propriedade e principalmente da casa senhorial, onde faziam os preparativos para o casamento.

Mária Pávlovna estava insatisfeita com a escolha do filho, mas só porque a noiva não era um partido tão brilhante como poderia ter sido e porque não gostara de Varvara Alekséievna, a futura sogra dele. Se era boa ou má, ela não sabia dizer, mas que não era uma mulher de classe, que não era *comme il faut*,[3] que não era uma *lady*, como dizia Mária Pávlovna consigo, isso ela havia percebido desde o primeiro instante e lhe trazia amargura. E lhe trazia amargura porque estava acostumada a dar valor às pessoas de classe, sabia que Ievguiéni era muito sensível a isso e previa, para ele, muitas amarguras por tal motivo. Já da moça ela gostava. Gostava sobretudo porque Ievguiéni gostava dela. Era preciso amá-la. E Mária Pávlovna estava pronta a fazer isso, e com total sinceridade.

Ievguiéni encontrou a mãe alegre, satisfeita. Estava arrumando tudo em casa e tinha intenção de ir embora assim que ele trouxesse a jovem esposa. Ievguiéni tentava convencê-la a ficar. E a questão estava em aberto. À noite, como de costume, após o chá, Mária Pávlovna jogou paciência. Ievguiéni sentou-se a seu lado e ajudou a mãe. Era o momento das conversas mais francas. Após terminar uma partida de paciência e antes de começar a seguinte, Mária Pávlovna olhou para Ievguiéni e, um pouco em dúvida, começou assim:

– Queria lhe dizer uma coisa, Génia.[4] Claro que não sei de nada, mas de qualquer forma queria advertir que, antes do casamento, é preciso sem falta encerrar todos os casos de solteiro, para que nada mais possa perturbar você e, Deus me perdoe, sua esposa. Entende?

E, de fato, Ievguiéni entendeu na mesma hora que Mária Pávlovna se referia a suas relações com Stiepanida, que haviam cessado desde o outono, e, como sempre fazem as mulheres solitárias, ela atribuía a tais relações uma importância muito maior do que tinham na realidade. Ievguiéni ficou ruborizado, menos de vergonha do que de irritação, pois a bondosa Mária Pávlovna estava se metendo – por amor, é verdade –, mas estava se metendo onde não devia, num assunto que não entendia e não podia entender. Ele disse que não tinha nada que precisasse esconder e que, na verdade, sempre se portara de maneira que nada pudesse perturbar seu casamento.

---

3 Adequada, conveniente.

4 Apelido de Ievguiéni. Assim como Guénia e Guena.

– Muito bem, que ótimo, meu querido. Guénia, não fique ofendido comigo – disse Mária Pávlovna, embaraçada.

Mas Ievguiéni percebeu que ela não terminara de dizer o que pretendia. E era isso mesmo. Pouco depois, ela se pôs a contar como, certa vez, na ausência dele, lhe pediram que fosse madrinha num batizado na casa dos... Ptchélnikov.

Dessa vez Ievguiéni ficou vermelho não de aborrecimento e nem mesmo de vergonha, mas sim por um estranho sentimento de consciência da importância do que iam lhe contar em seguida, uma consciência involuntária, em total desacordo com seu raciocínio. Aconteceu o que ele esperava. Como se não tivesse nenhum outro objetivo senão conversar, Mária Pávlovna contou que naquele ano só estavam nascendo meninos, um claro sinal de guerra. Na casa dos Vássin e dos Ptchélnikov, as jovens mães deram à luz meninos, em seu primeiro parto. Mária Pávlovna queria contar aquilo como se não fosse nada demais, só que ela mesma sentiu vergonha ao ver o rubor no rosto do filho, a maneira nervosa como tirou, mexeu e colocou o pincenê e como começou a fumar o cigarro de modo afobado. Ela ficou em silêncio. Ele também, e não conseguiu inventar um jeito de romper o silêncio. Assim os dois compreenderam que se compreendiam um ao outro.

– Sim, o principal é que haja justiça na aldeia, para que não existam favoritos, como no tempo do seu avô.

– Mãezinha – disse Ievguiéni, de repente. – Sei para que a senhora está me dizendo isso. A senhora está se preocupando à toa. Para mim, minha futura vida conjugal é tão sagrada que não vou perturbá-la em nenhuma hipótese. Quanto ao que aconteceu na minha vida de solteiro, tudo está completamente encerrado. Nunca tive nenhuma relação desse tipo e ninguém tem nenhum direito sobre mim.

– Bem, fico feliz com isso – disse a mãe. – Conheço seus pensamentos nobres.

Ievguiéni tomou aquelas palavras da mãe como o tributo devido a ele e não falou mais nada.

Na manhã seguinte, foi à cidade, pensando na noiva, em tudo no mundo, menos em Stiepanida. Mas, como se fosse de propósito para obrigá-lo a lembrar, no caminho para a igreja, ele começou a encontrar pessoas que vinham de lá, a pé e de carroça. Encontrou o velho Matviêi, ao lado de Semion, crianças, mocinhas, e vinham também duas mulheres, uma mais velha e a outra mais arrumada, com um xale vermelho-claro e com algo que lhe pareceu familiar. A mulher andava ligeira, animada, e levava um bebê nos braços. Ao passarem por ele, a mais velha parou e cumprimentou-o com uma reverência à maneira antiga, e a jovem com o bebê apenas inclinou a cabeça e, por baixo do xale, brilharam os olhos risonhos, alegres e conhecidos.

"Sim, é ela, mas tudo está encerrado e não quero saber de ficar olhando para ela. Quanto ao bebê, talvez seja meu", passou pela sua cabeça num lampejo. "Não, que absurdo. Foi o marido, ela ficava com ele." Nem se deu ao trabalho de fazer as contas. Pois para ele estava decidido que aquilo era uma coisa necessária para sua saúde, tinha pagado em dinheiro e pronto; não havia entre os dois nenhuma ligação, não tinha havido, não podia e não devia haver. Não se tratava de calar a voz da consciência, não, a consciência propriamente não lhe dizia nada. E ele não se lembrou de Stiepanida nem uma vez depois da conversa com a mãe e depois daquele encontro. E também não a encontrou nem uma vez depois disso.

No primeiro domingo depois da Páscoa, Ievguiéni se casou na cidade e logo partiu com a jovem esposa para o campo. A casa estava decorada como em geral se faz para os recém-casados. Mária Pávlovna queria ir embora, mas Ievguiéni e, sobretudo, Liza a convenceram a ficar. Ela apenas se mudou para a ala dos fundos.

E assim começou uma vida nova para Ievguiéni.

VII

O primeiro ano da vida conjugal foi um ano difícil para Ievguiéni. E foi difícil porque os negócios, que deixara um pouco de lado durante o noivado e os preparativos, agora, após o casamento, de repente desabaram sobre ele.

Desvencilhar-se das dívidas parecia impossível. A casa de veraneio foi vendida, as dívidas mais prementes foram saldadas, mas ainda restavam muitas dívidas e não havia dinheiro. A propriedade tinha dado um bom lucro, mas era preciso pagar a parte do irmão e cobrir as despesas do casamento, portanto não havia dinheiro, a usina de açúcar não podia produzir, era preciso desativá-la. O único meio de desembaraçar-se consistia em usar o dinheiro da esposa. Liza havia compreendido a situação do marido e ela mesma exigiu que fizesse aquilo. Ievguiéni concordou, contanto que fizessem uma escritura de compra da metade da propriedade em nome da mulher. E assim foi feito.

Naturalmente, não por causa de Liza, que se sentia ofendida com aquilo, mas por causa da sogra.

Aqueles negócios com tantas reviravoltas, ora sucesso, ora fracasso, foram uma das coisas que envenenaram a vida de Ievguiéni no primeiro ano. Outra coisa foi a saúde fraca da esposa. Naquele mesmo primeiro ano, sete meses após o casamento, no outono, aconteceu uma desgraça a Liza. Ela saiu numa *charaban*[5] para encontrar-se com o marido, que voltava da cidade, o cavalo manso empinou, ela se

---

5 Do francês *char à bancs*, veículo a cavalo de quatro rodas, aberto e com bancos paralelos.

assustou, pulou para fora do veículo. O pulo foi relativamente bem-sucedido – ela poderia ter ficado agarrada na roda –, mas Liza estava grávida e naquela mesma noite começou a sentir dores, abortou e levou muito tempo para se recuperar depois do aborto. A perda do esperado bebê, a doença da esposa, as confusões da vida associadas àquilo e, acima de tudo, a presença da sogra, que chegou assim que Liza ficara doente – tudo isso tornou o ano ainda mais penoso para Ievguiéni.

No entanto, apesar das circunstâncias difíceis, no fim do primeiro ano, Ievguiéni se sentia muito bem. Em primeiro lugar, sua ideia sincera de recuperar a propriedade decadente, restabelecer a vida tal como era no tempo do avô, num formato novo, estava se cumprindo, ainda que lentamente e com dificuldade. Agora já não era preciso falar da venda de toda a propriedade para saldar as dívidas. A parte principal da propriedade, embora transferida para o nome da esposa, estava salva e, se a beterraba desse uma boa safra e o preço fosse bom, no ano seguinte a situação de carência e de tensão poderia se tornar plenamente satisfatória. Esse era um ponto.

O outro era que, embora esperasse muito da esposa, Ievguiéni não esperava de forma nenhuma encontrar nela o que encontrou: não era o que esperava, mas era imensamente melhor. Acessos de ternura, arroubos de paixão, embora ele mesmo tentasse promovê-los, não ocorriam, ou ocorriam de maneira muito fraca; no entanto havia algo bem diferente, algo que tornava a vida não só mais alegre e agradável como também mais fácil. Ele não sabia por que aquilo acontecia, mas era assim.

E aquilo acontecia porque, logo depois do casamento, Liza havia decidido que entre todas as pessoas no mundo só existia Ievguiéni Irtiéniev, o mais elevado, o mais inteligente, o mais puro, o mais nobre de todos, e por isso era dever de todos servir e ser agradável a Irtiéniev. Mas como era impossível obrigar todo mundo a fazer isso, era preciso que ela mesma o fizesse, na medida do possível.

E ela fazia e por isso toda a sua força de espírito estava sempre direcionada para saber e adivinhar o que ele amava, a fim de, em seguida, executar aquilo mesmo, fosse o que fosse, por mais difícil que se revelasse.

E em Liza havia aquilo que constitui o principal encanto do convívio com uma mulher que ama, pois, graças ao amor que sentia, Liza tinha o dom de enxergar com clareza a alma do marido. Ela pressentia – e melhor que o próprio Ievguiéni, era a impressão dele – todos os estados de sua alma, todos os matizes de seu sentimento, e sempre moderava sentimentos penosos e reforçava os alegres. Além dos sentimentos, ela também entendia seus pensamentos. Os assuntos mais alheios a Liza, relativos à agricultura, à usina de açúcar, à avaliação do pessoal, ela compreendia prontamente e não só podia ser uma interlocutora para o marido como também, muitas vezes, uma conselheira útil, insubstituível, como o próprio Irtiéniev lhe dizia. Coisas, pessoas, tudo no mundo, ela só enxergava através dos olhos do marido. Liza amava a mãe, porém ao ver que a interferência da sogra na vida deles desagradava a Ievguiéni, na mesma hora passou para o lado do marido e com tanta determinação que ele teve de contê-la.

Acima de tudo isso, havia nela uma fartura de bom gosto, de tato e principalmente de discrição. Tudo o que fazia era sem chamar a menor atenção, só os resultados chamavam a atenção, ou seja, sempre e em toda parte reinavam a limpeza, a ordem e a elegância. Liza entendeu imediatamente qual era o ideal de vida do marido e tentava alcançá-lo e, na organização e na ordem da casa, conseguiu exatamente o que ele desejava. Faltavam os filhos, mas quanto a isso também havia esperança. No inverno, foram a Petersburgo consultar um obstetra e ele os convenceu de que Liza estava absolutamente saudável e podia ter filhos.

E esse desejo se realizou. No fim do ano, Liza engravidou novamente.

A única coisa que ameaçava a felicidade deles, mas não chegava a envenenar, era o ciúme da esposa – ciúme que ela reprimia, não demonstrava, mas que muitas vezes a fazia sofrer. Não só Ievguiéni não podia amar ninguém, porque não existia no mundo mulheres dignas dele (se a própria Liza era digna ou não do marido, ela jamais se perguntava), como também mulher nenhuma poderia se atrever a amá-lo.

VIII

Assim iam vivendo: ele acordava cedo, como sempre, e saía para a propriedade, para a usina, onde os trabalhos estavam em andamento, e às vezes para o campo. Às dez horas, chegava para tomar café. Tomava café na varanda com Mária Pávlovna, um tio que estava morando com eles e Liza. Depois das conversas, em geral muito animadas, durante o café, separavam-se até o almoço. Almoçavam às duas horas. Depois passeavam a pé ou davam uma volta de carruagem. À noite, quando ele chegava do escritório, tomavam chá mais tarde e às vezes ele lia em voz alta, ela trabalhava, ou tocavam música, ou conversavam, quando tinham visitas. Nas ocasiões em que viajava a negócios, ele escrevia e recebia cartas dela todos os dias. Às vezes ela o acompanhava e isso era muito divertido. Nos aniversários dele e dela, recebiam visitas e ele tinha grande satisfação ao ver como ela sabia organizar tudo de modo que todos se sentissem bem. Ele via e percebia que todos amavam a anfitriã jovem e gentil e por isso ele a amava ainda mais. Tudo corria às mil maravilhas. A gravidez prosseguia com facilidade e os dois, embora hesitantes, começaram a imaginar como educariam a criança. A forma de educação, os métodos, tudo isso era Ievguiéni quem resolvia, e Liza apenas desejava cumprir com obediência a vontade dele. O próprio Ievguiéni lia muitos livros de medicina e tinha a intenção de educar a criança segundo todos os princípios da ciência. Liza, naturalmente, concordava com tudo e se preparava, costurava mantinhas para o frio e para o calor e decorava o bercinho. Assim começou o segundo ano do casamento e a segunda primavera.

IX

Era véspera do dia da Santíssima Trindade. Liza estava no quinto mês e, embora tomasse cuidado, andava alegre e ativa. As duas mães, a dela e a dele, moravam na casa sob o pretexto dos cuidados e da proteção que Liza requeria e só a incomodavam quando trocavam farpas. Ievguiéni, com entusiasmo especial, se ocupava da propriedade e do novo modo de cultivo de beterraba em grande escala.

Na véspera do dia da Santíssima Trindade, Liza resolveu que era preciso fazer uma boa faxina na casa, o que já não faziam desde a Páscoa, e para ajudar os criados, chamou duas diaristas a fim de lavar o chão, as janelas, bater o pó dos móveis e dos tapetes e pôr capas protetoras nos sofás e nas poltronas. As diaristas chegaram cedo, puseram caçarolas de água no fogo e começaram a trabalhar. Uma delas era Stiepanida, que tinha acabado de desmamar seu menino e pedira um trabalho de lavadora de chão para um empregado do escritório, com quem agora andava saindo. Ela queria observar de perto a nova patroa. Stiepanida vivia como antes, sozinha, sem o marido, e, como antes, fazia das suas, com o velho Danila, que a pegara em flagrante roubando lenha, depois com o proprietário e agora com o rapaz do escritório. No patrão, ela nem pensava mais. "Agora, tem esposa", pensava. "Mas eu bem que gostaria de dar uma olhada na patroa, ver como cuida da casa, dizem que é muito enfeitada."

Ievguiéni não a viu mais, desde o dia em que a encontrou com o bebê. Ela não trabalhava de diarista porque tinha de cuidar do bebê e ele raramente passava pela aldeia. Naquela manhã, véspera do dia da Santíssima Trindade, Ievguiéni levantou bem cedo, às cinco horas, e foi para o campo de pousio, onde deviam pulverizar fosforita, e saiu de casa enquanto as criadas estavam ocupadas em pôr as panelas no fogo da estufa e ainda não tinham entrado na outra parte da casa.

Alegre, satisfeito e faminto, Ievguiéni voltou para o café da manhã. Desmontou do cavalo junto à porteira e, depois de entregá-lo a um jardineiro que passava, caminhou na direção da casa, batendo com o chicote no capim alto e repetindo, como acontecia muitas vezes, uma frase que havia pronunciado antes.

A frase que repetia era: "A fosforita vai justificar" – o que e a quem, isso ele não sabia nem imaginava.

Estavam batendo a poeira de um tapete sobre o gramado. A mobília tinha sido trazida para fora.

"Nossa! Que faxina a Liza está fazendo! A fosforita vai justificar. Isso é que é dona de casa. Minha patroazinha! Pois é, minha patroazinha", disse consigo, vendo em pensamento a imagem bem viva de Liza, com guarda-pó branco e o rosto radiante de alegria que ela quase sempre tinha quando ele a olhava. "Sim, tenho de trocar as botas, senão a fosforita vai justificar, quer dizer, vai começar a soltar um cheiro de esterco, e minha patroazinha nesse estado. Por que nesse estado? Pois é, ali dentro dela está crescendo um novo e pequeno Irtiéniev", pensou. "Sim, a fosforita vai justificar." E, sorrindo com seus pensamentos, estendeu a mão para a porta do seu quarto.

Mas não teve tempo de empurrar a porta, pois ela abriu sozinha e ele deu de cara com uma mulher que vinha em sua direção, descalça, com um balde, as mangas arregaçadas até os cotovelos. Ele abriu caminho para deixar a mulher passar, ela também chegou para o lado para ele entrar, empurrando para cima, com a mão molhada, o xale que havia baixado na cabeça.

– Passe, passe, eu não vou passar enquanto a senhora... – começou Ievguiéni, mas de repente a reconheceu e parou.

Sorrindo com os olhos, ela lançou um olhar divertido para ele. Arrumou a *paniova*[6] e saiu pela porta.

"Mas que absurdo é esse?... O que houve?... Não pode ser", disse consigo Ievguiéni, franzindo as sobrancelhas e sacudindo a cabeça, como se quisesse espantar moscas, incomodado por ter percebido que era ela. Estava incomodado por ter percebido que era ela e ao mesmo tempo não conseguia desgrudar os olhos do seu corpo, que balançava com os passos ágeis e firmes dos pés descalços, nem das mãos, dos ombros e das pregas bonitas da blusa e da *paniova* vermelha, arregaçada acima das panturrilhas brancas.

"Mas por que estou olhando?", disse consigo, baixando os olhos para não ver mais. "Sim, afinal, tenho de entrar para pegar outras botas." E deu meia-volta para entrar no seu quarto; mas nem teve tempo de dar cinco passos quando, sem saber como nem por ordem de quem, olhou para trás outra vez a fim de vê-la de novo. Ela estava fazendo a curva por trás do canto da parede e, no mesmo instante, se virou e olhou para ele.

---

6 Saia colorida de lã, típica de camponesas.

"Ah, o que estou fazendo", gritou ele, dentro da alma. "Ela pode pensar. Aliás, já deve até ter pensado."

Ele entrou no quarto molhado. Outra mulher, velha, magra, estava lá e ainda lavava o chão. Ievguiéni passou na ponta dos pés entre as poças sujas na direção do armário em que estavam as botas e quis sair, quando a mulher também saiu.

"Essa saiu e a outra, Stiepanida, vai vir... sozinha", de repente alguém começou a raciocinar dentro dele.

"Meu Deus! O que estou pensando, o que estou fazendo!" Agarrou as botas e correu com elas para a antessala, calçou-as ali, limpou-se e saiu para a varanda, onde as duas mães já estavam sentadas tomando o café. Liza obviamente estava à espera do marido e entrou na varanda por outra porta, ao mesmo tempo que ele.

"Meu Deus, se ela, que me considera tão honesto, puro, inocente, se ela soubesse!", pensou ele.

Liza, como sempre, encontrou-o com o rosto radiante. Mas, naquele dia, ela lhe pareceu especialmente pálida, amarela, magra e fraca.

X

Durante o café, como acontecia muitas vezes, houve a conversa típica das damas, na qual não existia nenhum nexo, mas que obviamente se concatenava de alguma forma, pois transcorria sem interrupção.

As duas senhoras trocavam farpas e Liza manobrava entre elas com maestria.

– Fiquei tão aborrecida por não termos conseguido terminar de lavar seu quarto antes de você chegar – disse para o marido. – Eu queria tanto que tudo ficasse arrumado.

– Mas e você, dormiu depois que saí?

– Sim, dormi, estou bem.

– Como pode estar bem uma mulher na condição dela, neste calor insuportável, quando as janelas estão voltadas para o sol? – disse Varvara Alekséievna, mãe de Liza. – E sem persianas nem toldos. Na minha casa, sempre tivemos toldos.

– Mas aqui faz sombra desde as dez horas – disse Mária Pávlovna.

– Pois é daí que vem a febre. Da umidade – disse Varvara Alekséievna, sem notar que dizia exatamente o contrário do que tinha acabado de dizer. – Meu médico sempre diz que nunca é possível determinar qual é a doença sem conhecer o caráter do doente. E ele sabe do que está falando, porque é um médico de primeira classe, e nos cobra cem rublos. Meu falecido marido não acreditava em médicos, mas para mim ele não media despesas.

– Como pode um homem medir despesas para uma mulher, quando a vida dela e do bebê talvez dependa...

– Sim, quando existem recursos, a esposa pode não depender do marido. Uma boa esposa obedece ao marido – disse Varvara Alekséievna –, só que Liza ainda está muito enfraquecida depois de sua enfermidade.

– Que nada, mamãe, eu me sinto ótima. Mas não serviram à senhora o creme de leite fervido?

– Não preciso disso. Posso comer cru mesmo.

– Eu perguntei a Varvara Alekséievna se queria. Ela recusou – disse Mária Pávlovna, como que para se justificar.

– Não, não, agora eu não quero. – E, como se fosse para pôr fim a uma conversa desagradável e fazer generosamente uma concessão, Varvara Alekséievna se voltou para Ievguiéni: – Mas então, pulverizaram a fosforita?

Liza foi correndo buscar o creme de leite.

– Mas eu não quero, não quero.

– Liza! Liza! Calma – disse Mária Pávlovna. – Esses movimentos ligeiros fazem mal a ela.

– Nada faz mal, se existe paz de espírito – disse Varvara Alekséievna, como se quisesse insinuar alguma coisa, embora ela mesma soubesse que suas palavras não podiam insinuar coisa nenhuma.

Liza voltou com o creme de leite. Ievguiéni tomou seu café e escutava com ar soturno. Estava habituado àquelas conversas, mas naquele dia sua estupidez deixou-o especialmente irritado. Queria refletir sobre o que havia acontecido e aquela tagarelice o incomodava. Depois de tomar o café, Varvara Alekséievna se retirou de mau humor. Liza, Ievguiéni e Mária Pávlovna ficaram sozinhos. E a conversa correu natural e agradável. No entanto, aguçada pelo amor, Liza logo notou que algo atormentava Ievguiéni e lhe perguntou se tinha ocorrido algo desagradável. Ele não estava preparado para a pergunta e gaguejou um pouco ao responder que não era nada. E a resposta obrigou Liza a pensar mais ainda. Que algo o atormentava, e o atormentava muito, era tão evidente para Liza como se uma mosca tivesse caído no leite, mas ele não disse o que tinha acontecido.

XI

Depois do café da manhã, todos se dispersaram. Ievguiéni, segundo um costume já estabelecido, foi para seu escritório. Não leu nem escreveu nenhuma carta, apenas se sentou e começou a fumar um cigarro depois do outro, enquanto pensava. Estava tremendamente surpreso e amargurado com o sentimento sórdido que se manifestara nele de modo inesperado e do qual ele se julgava livre desde o momento em que se casara. Desde então, não experimentara nenhuma vez aquele sentimento, nem por ela, a mulher que conhecia, nem por nenhuma outra, a não ser a esposa. No fundo da alma, alegrava-se muitas vezes com aquela libertação e agora, de repente, um acaso que parecia insignificante revelara que ele não estava livre. O que o atormentava não era o fato de se sujeitar de novo àquele sentimento, de que ele a desejava – nisso Ievguiéni não queria nem pensar –, mas sim o fato de o sentimento estar vivo dentro dele e de ser necessário ficar alerta contra isso. Em sua alma, não havia a menor dúvida de que sufocaria aquele sentimento.

Tinha uma carta para responder e um documento que precisava preencher. Sentou-se à escrivaninha e começou a trabalhar. Terminado o trabalho e totalmente esquecido do que o perturbava, saiu e foi à estrebaria. De novo, como que por uma fatalidade, por uma coincidência infeliz, ou quem sabe de propósito, assim que ele saiu para o alpendre, por trás do canto da parede, surgiu uma *paniova* vermelha, um xale vermelho, e ela passou por Ievguiéni abanando os braços, se requebrando. Como se não bastasse passar, ela deu uma corridinha, esquivando-se dele como que de brincadeira, e alcançou sua companheira de serviço.

De novo, o meio-dia radiante, a urtiga, os fundos da cabana de Danila e o rosto dela sorridente, mordiscando folhas à sombra dos bordos, se rebelaram na imaginação de Ievguiéni.

"Não, isso não pode ficar assim", disse consigo e, depois de aguardar um pouco até que as criadas sumissem de vista, foi ao escritório. Estava bem na hora do almoço e ele esperava ainda encontrar o administrador. Foi o que aconteceu. O administrador tinha acabado de acordar. Estava no escritório, de pé, se espreguiçava e bocejava, enquanto olhava para um vaqueiro que lhe falava alguma coisa.

– Vassíli Nikoláievitch!

– Às suas ordens.

– Preciso falar com o senhor.

– Às suas ordens.

– Termine primeiro.

– Será que não dá para trazer? – disse Vassíli Nikoláievitch para o vaqueiro.

– É pesado, Vassíli Nikoláievitch.

– O que é? – perguntou Ievguiéni.

– Uma vaca pariu no campo. Mas tudo bem, vou mandar atrelar um cavalo agora mesmo. Mande o Nikolai Lizukh atrelar, ainda que seja numa carroça.

O vaqueiro foi embora.

– Pois é – começou Ievguiéni, se ruborizando e percebendo isso. – Pois é, Vassíli Nikoláievitch. Sabe, quando era solteiro, tive lá meus pecados... O senhor talvez tenha ouvido falar...

Vassíli Nikoláievitch sorriu com os olhos e, pelo visto, com pena do patrão, disse:

– Está falando da Stiepanichka?

– Pois é. Isso mesmo. Por favor, por favor, não mande mais que ela trabalhe na minha casa como diarista... O senhor entende, é muito desagradável para mim...

– Na certa foi o Vánia, o empregado do escritório, que arranjou para ela.

– Então, por favor... Mas e então, já pulverizaram o que sobrou? – perguntou Ievguiéni a fim de esconder seu embaraço.

– Vou cuidar disso agora mesmo.

E assim o caso foi encerrado. E Ievguiéni se acalmou, esperando que, como havia passado um ano sem vê-la, também seria assim, dali em diante.

"Além do mais, Vassíli vai falar com Ivan, do escritório, Ivan vai falar com ela e ela vai entender que não quero isso", disse Ievguiéni consigo e se alegrou por ter tomado a decisão e ter falado com Vassíli, por mais difícil que tenha sido para ele. "Qualquer coisa é melhor, qualquer coisa é melhor do que essa dúvida, essa vergonha." E estremeceu por causa da mera lembrança do pensamento criminoso.

XII

O esforço moral que fez para vencer a vergonha e falar com Vassíli Nikoláievitch tranquilizou Ievguiéni. Teve a impressão de que agora tudo estava terminado. E Liza logo notou que ele estava plenamente tranquilizado e até mais alegre do que de costume. "Na certa, ficou amargurado com a troca de farpas entre as mamães. De fato, é penoso, ainda mais para ele, com sua sensibilidade e nobreza, ouvir o tempo todo essas insinuações hostis e de tom maldoso", pensou Liza.

O dia seguinte era o dia da Santíssima Trindade. O tempo estava excelente e as criadas, como de hábito, foram à floresta colher ramos para trançar grinaldas, vieram para a frente da casa senhorial e começaram a cantar e dançar. Mária Pávlovna e Varvara Alekséievna saíram para o alpendre em roupas de festa e com sombrinhas e se aproximaram da roda de dança. Junto com elas, numa sobrecasaca chinesa, veio também o tio obeso, libertino e beberrão que estava passando o verão na casa de Ievguiéni.

Como sempre, havia um círculo de cores variadas e radiantes formado por moças e meninas camponesas no centro de tudo e, em volta, de várias direções, como planetas e satélites que se tivessem desgarrado e girassem atrás delas, meninas de mãos dadas farfalhavam seus vestidos novos de chita enfeitados, mais adiante uma meninada corria para lá e para cá, uns atrás dos outros, bufando por algum motivo, ou rapazinhos maiores, de camisas vermelhas, bonés, e casacos pretos e azuis, não paravam de cuspir cascas de sementes de girassol, ou criados da casa ou de fora olhavam de longe para a roda de dança. As duas senhoras foram até a roda e atrás delas veio Liza, de vestido azul-claro, com fitas da mesma cor na cabeça, e pelas mangas folgadas se viam seus braços compridos e brancos, de cotovelos angulosos.

Ievguiéni não tinha vontade de sair, mas seria ridículo esconder-se. Com um cigarro, saiu também para o alpendre, cumprimentou a meninada e os mujiques e começou a conversar com um deles. Enquanto isso, as camponesas gritavam com toda a força a canção da dança, estalavam os dedos, batiam palmas e dançavam.

– A patroa está chamando – disse um rapaz, se aproximando de Ievguiéni, que não tinha ouvido o chamado da esposa. Liza o chamou para ver a dança e observar uma das camponesas que dançavam e que lhe agradara em especial. Era Stiepacha. Estava de vestido amarelo, colete de veludo e xale de seda, quadris largos, vigorosa, rosada, alegre. Devia estar dançando bem. Ele mesmo não via nada.

– Sim, sim – disse Ievguiéni, enquanto tirava e colocava o pincenê. – Sim, sim – disse. "Parece que é mesmo impossível livrar-me dela", pensou.

Ievguiéni nem olhou para ela, porque temia sua atração e, justamente por isso, o que viu de relance já lhe pareceu muito atraente. Além do mais, pelo brilho do olhar de Stiepanida, via que ela o via, e que ela via que ele a admirava. Ievguiéni ficou ali o tempo necessário para manter as aparências e deu meia-volta e se afastou, ao ver que Varvara Alekséievna acenou para ela e, de modo desajeitado e falso, chamando-a de queridinha, pôs-se a conversar com Stiepanida. Ele se afastou e voltou para casa. Foi embora para não vê-la, mas ao entrar no andar de cima de casa, sem saber como nem para quê, Ievguiéni se aproximou da janela e ficou ali durante todo o tempo que as camponesas estiveram na frente do alpendre e olhava, olhava para ela, inebriava-se com ela.

Ele desceu correndo antes que alguém pudesse vê-lo, seguiu para a sacada em passos silenciosos e lá, depois de fumar um cigarro, como se desse um passeio, foi para o jardim e seguiu a direção que ela havia tomado. Não chegou a dar dois passos pela alameda quando, atrás das árvores, viu de relance um colete de veludo, o vestido cor-de-rosa[7] e o xale vermelho. Ela ia para algum lugar com outra camponesa. "Aonde estão indo?"

E de repente um desejo terrível tomou conta dele, como se agarrasse seu coração na mão. Ievguiéni, como que por força de uma vontade alheia, virou-se e andou na direção dela.

– Ievguiéni Ivánitch, Ievguiéni Ivánitch! Eu queria pedir um favor ao senhor – disse uma voz atrás dele e Ievguiéni, ao ver o velho Samókhin, que estava abrindo um poço para ele, recuperou o controle de si mesmo, deu meia-volta depressa e andou na direção de Samókhin. Enquanto conversava com ele, se virou de lado e viu que as duas camponesas estavam descendo, obviamente rumo ao poço, ou tomavam o poço como pretexto, e, depois de ficarem ali um tempo, correram para a roda de dança.

XIII

Terminada a conversa com Samókhin, Ievguiéni voltou para casa arrasado, como se tivesse cometido um crime. Em primeiro lugar, ela o compreendeu, ela pensou que ele queria vê-la, e ela também desejava aquilo. Em segundo lugar, a outra mulher – a tal Anna Prókhorova – certamente sabia de tudo.

O principal era que ele sentia que estava derrotado, que não agia por vontade própria, que existia outra força que o movia; que daquela vez ele se salvara só por um acaso, mas que, se não tinha sido agora, amanhã ou depois de amanhã, de um jeito ou de outro, ele estaria perdido.

"Sim, perdido", era só assim que via a situação, "trair minha esposa jovem e amorosa, no campo, com uma camponesa, à vista de todo mundo, por acaso isso não é a perdição, uma perdição terrível, depois da qual é impossível continuar vivendo? Não, é preciso tomar uma providência."

"Meu Deus, meu Deus! O que vou fazer? Será que vou me perder assim?", disse consigo. "Será que não é possível tomar alguma providência? Sim, é preciso fazer alguma coisa. Não pensar nela", ordenou a si mesmo. "Não pensar!" E imediatamente começou a pensar e viu-a na sua frente, viu a sombra dos bordos.

Lembrou-se de ter lido a história de um velho monge que, para evitar a sedução de uma mulher na qual tinha de pôr a mão para curá-la, pôs a outra mão num braseiro e queimou os dedos. Lembrou-se disso. "Sim, estou mais dispos-

---

7 Antes o vestido foi descrito como amarelo.

to a queimar os dedos do que a me perder." E então, depois de olhar em volta para ver se não havia ninguém ali, acendeu um palito de fósforo e pôs o dedo no fogo. "Pronto, pense nela agora", disse para si mesmo em tom irônico. "Que absurdo. Não é isso que é preciso fazer. É preciso tomar providências para não vê-la mais: fugir eu mesmo ou afastá-la. Sim, afastar! Oferecer dinheiro ao marido para ele ir embora para a cidade ou para outra aldeia. Vão ficar sabendo, vão falar disso. Mas e daí? Qualquer coisa é melhor do que esse perigo. Sim, é preciso fazer isso", disse consigo, sem baixar os olhos que a miravam. "Para onde será que ela foi?", perguntou-se de repente. Ela, assim lhe parecia, o tinha visto na janela e agora, depois de lançar um olhar para ele, segurou a mão de outra camponesa e foi para o jardim, sacudindo o braço com desenvoltura. Sem que ele mesmo soubesse para que e por quê, lá foi ele para o escritório, envolvido nos próprios pensamentos.

Numa elegante sobrecasaca, com o cabelo coberto de pomada, Vassíli Nikoláievitch estava tomando chá com a esposa e uma visita com um xale adamascado.

– Queria trocar uma palavrinha com você, Vassíli Nikoláievitch.

– Claro. Por favor. Já terminamos.

– Não, é melhor o senhor vir comigo.

– Num instante, deixe-me só pegar o quepe. Tânia, tampe o samovar – disse Vassíli Nikoláievitch, enquanto saía alegremente.

Ievguiéni teve a impressão de que ele havia bebido muito, mas o que fazer? Talvez fosse até melhor assim, Vassíli se colocaria na posição dele com mais simpatia.

– Vassíli Nikoláievitch, quero lhe falar de novo sobre aquela mulher – disse Ievguiéni.

– Mas o que foi? Já dei ordem para não a chamarem de jeito nenhum.

– Não é isso, vou explicar o que estou pensando, em linhas gerais, e também gostaria de ouvir seu conselho. Não seria possível afastá-los daqui, mandar toda a família para longe?

– Mandar para onde? – perguntou Vassíli, com ar descontente e irônico, pareceu a Ievguiéni.

– Pois é, eu estava pensando em dar dinheiro para eles ou até dar umas terras em Koltovsk, contanto que ela não ficasse aqui.

– Mas como mandar embora? Como ele poderia ir para longe de suas raízes? E para que o senhor quer isso? Que mal ela faz ao senhor?

– Ah, Vassíli Nikoláievitch, o senhor entende que seria horrível se minha esposa soubesse.

– Mas quem é que vai contar para ela?

– E como se pode viver com esse medo? Além do mais, é penoso.

– Mas, francamente, o que é que preocupa o senhor? São águas passadas. E, afinal, quem não pecou aos olhos de Deus e não é culpado perante o tsar?

– Mesmo assim, era melhor mandar para longe. O senhor não pode falar com o marido?

– Mas o que vou dizer para ele? Ora, Ievguiéni Ivánovitch, o que deu no senhor? Tudo isso é coisa do passado e está esquecido. Acontece, não é? E quem é que agora vai falar mal do senhor? Afinal, o senhor é importante.

– Mesmo assim, fale com ele.

– Está bem, vou falar.

Embora soubesse de antemão que não ia dar em nada, aquela conversa já tranquilizou um pouco Ievguiéni. O principal é que percebeu que havia exagerado o perigo por causa da emoção.

Mas será que tinha tentado se encontrar com ela? Impossível. Ele simplesmente passou pelo jardim e, por acaso, ela também havia corrido para lá.

XIV

Naquele mesmo dia da Santíssima Trindade, depois do almoço, quando Liza deu um passeio pelo jardim e seguiu para o prado, aonde o marido a estava levando para mostrar a plantação de trevos, ao atravessar uma pequena vala, ela tropeçou e caiu. Caiu de leve e de lado, mas deu um gemido e, no rosto, o marido viu não só susto, mas também dor. Quis levantá-la, mas Liza afastou sua mão.

– Não, espere um pouco, Ievguiéni – disse ela, com um sorriso frouxo e olhando para ele de baixo para cima, com um ar de culpa, assim pareceu a Ievguiéni. – Só torci o pé.

– É o que sempre digo – começou Varvara Alekséievna. – Será possível alguém nesse estado pular uma vala?

– Mas não foi nada, mamãe. Vou levantar num instante.

Levantou com a ajuda do marido, mas na mesma hora empalideceu e no rosto surgiu uma expressão de medo.

– É, não estou bem – e sussurrou algo para o marido.

– Ah, meu Deus, o que foi que vocês fizeram? Eu bem que disse para não ir – gritou Varvara Alekséievna. – Esperem, vou chamar os criados. Ela não pode andar. Tem de ser carregada.

– Você não tem medo, não é, Liza? Eu carrego você – disse Ievguiéni e a envolveu com o braço esquerdo. – Abrace meu pescoço. Isso, assim.

Então ele se inclinou, segurou-a com o braço por baixo da perna esquerda e levantou-a. Depois disso, jamais ele conseguiu se esquecer da expressão de dor e beatitude que viu no rosto da esposa.

– É muito pesado para você, querido – disse ela, sorrindo. – Olhe lá a mamãe correndo, chame por ela!

E Liza se inclinou para ele e o beijou. Certamente queria que a mãe também visse que o marido a carregava.

Ievguiéni gritou para Varvara Alekséievna que não precisava correr, que ele estava levando Liza nos braços. Varvara Alekséievna parou e começou a gritar com mais força ainda.

– Você vai deixar Liza cair, com toda a certeza vai deixar cair. Quer matá-la. Não tem consciência.

– Mas estou carregando muito bem.

– Eu não quero, não posso nem ver como você massacra minha filha. – E correu para além da curva da alameda.

– Isso não é nada, vai passar – disse Liza, sorrindo.

– Mas tomara que não haja consequências, como da outra vez.

– Não, eu não estava falando disso. O tombo não foi nada, a questão é a mamãe. Você está cansado, descanse um pouco.

No entanto, embora estivesse mesmo pesada para ele, Ievguiéni, com alegria e orgulho, levou sua carga até a casa e não a entregou à arrumadeira nem ao cozinheiro, que Varvara Alekséievna mandara ir ao encontro deles. Ievguiéni carregou-a até o quarto e colocou-a na cama.

– Pronto, pode ir – disse Liza, puxou a mão dele para si e a beijou. – Eu e a Ánnuchka nos arranjamos agora.

Mária Pávlovna também veio correndo da ala dos fundos. Trocaram a roupa de Liza e a ajeitaram na cama. Ievguiéni sentou-se na sala com um livro nas mãos e ficou esperando. Varvara Alekséievna passou por ele com um aspecto tão sombrio e carregado de censura que até lhe deu medo.

– E então? – perguntou ele.

– E então? Precisa perguntar? Aconteceu o que o senhor queria, certamente, quando obrigou a esposa a pular um fosso.

– Varvara Alekséievna! – exclamou ele. – Isso é insuportável. Se a senhora quer torturar as pessoas e envenenar suas vidas... – ele queria dizer: vá embora para qualquer lugar longe daqui, mas se conteve. – Como é que a senhora não percebe?

– Agora é tarde.

E atravessou a porta, abanando a touca com ar triunfante.

Na verdade, o tombo foi feio. O pé se torceu de mau jeito e havia o risco de outro aborto. Todos sabiam que era impossível fazer alguma coisa, que só era preciso que ela ficasse deitada, quieta; mesmo assim resolveram chamar o médico.

"Prezado Nikolai Semiónovitch", escreveu Ievguiéni para o médico. "O senhor sempre foi tão gentil conosco que, espero, não deixará de vir prestar socorro à minha esposa. Ela..." etc. Depois de escrever a carta, foi à cocheira mandar que preparassem os cavalos e a carruagem. Era preciso ter cavalos prontos para trazer o médico e também outros cavalos para levá-lo de volta. Quando uma propriedade não anda de vento em popa, é impossível providenciar essas coisas de uma hora para outra, é preciso planejar bem. Depois de organizar tudo e despachar o cocheiro, Ievguiéni voltou para casa às dez horas. A esposa estava deitada e disse que se sentia ótima e que nada estava doendo. Mas Varvara Alekséievna estava sentada junto ao lampião encoberto por partituras de Liza e tricotava uma grande manta vermelha com uma expressão que dizia claramente que, depois do que havia ocorrido, não poderia mais haver paz. "Façam o que quiserem, pelo menos eu cumpri meu dever."

Ievguiéni percebia isso, mas, para fazer de conta que não notava, fez força para mostrar-se alegre e despreocupado, contou como havia preparado os cavalos e que a égua Kavuchka se comportara muito bem do lado esquerdo da troica.

– Sim, é claro, este é o melhor momento para adestrar os cavalos, logo na hora em que precisamos da ajuda do médico. Na certa, também vão jogar o médico numa vala – disse Varvara Alekséievna, dando uma olhada para o tricô por baixo do pincenê e chegando a costura bem perto do lampião.

– Mas era preciso mandar alguém. Fiz o melhor que pude.

– Lembro muito bem como seus cavalos me jogaram debaixo do trem.

Era uma antiga invencionice dela e dessa vez Ievguiéni cometeu a imprudência de dizer que não tinha sido assim.

– Não é à toa que sempre digo, e já disse muitas vezes ao príncipe, que a coisa mais penosa do mundo é viver com gente insincera; eu suporto tudo, menos isso.

– Mas se há alguém que sofre mais do que todos, sem dúvida sou eu – disse Ievguiéni.

– Sim, dá para ver.

– O quê?

– Nada, estou contando os pontos do tricô.

Dessa vez Ievguiéni estava de pé junto à cama, Liza olhava para ele e, com uma das mãos molhadas que jazia por cima da coberta, pegou a mão do marido e apertou: "Suporte-a por mim. Afinal, ela não impede que nos amemos", dizia seu olhar.

– Não falo mais. Pronto – sussurrou ele e beijou sua mão comprida e molhada e, depois, os olhos meigos, que se fecharam enquanto ele os beijava.

– Será que vai acontecer a mesma coisa da outra vez? – perguntou ele. – Como está se sentindo?

– Tenho medo de dizer, para não me enganar, mas sinto dentro de mim que ele está vivo e vai viver – respondeu Liza, olhando para a barriga.

– Ah, dá medo, dá medo só de pensar.

Apesar de Liza insistir para que ele saísse, Ievguiéni passou a noite com ela, cochilando com um olho aberto e pronto para lhe prestar toda a ajuda. Mas Liza passou bem a noite e, se não tivessem chamado o médico, teria até levantado.

O médico chegou na hora do almoço e, é claro, disse que, embora casos reincidentes pudessem inspirar preocupação, propriamente falando não havia uma indicação positiva, mas também não havia o contrário, portanto era possível, de um lado, supor uma coisa e, de outro lado, também era possível supor o contrário. E por isso era preciso ficar deitada e, embora ele não gostasse de prescrever remédios, mesmo assim ela devia tomar o remédio e ficar deitada. Além disso, o médico deu uma aula de anatomia feminina para Varvara Alekséievna, que balançava a cabeça com ar muito sério enquanto o ouvia. Depois de receber os honorários na parte mais posterior da palma da mão, como era costume, o médico foi embora e a enferma ficou na cama durante uma semana.

XV

Ievguiéni passou a maior parte do tempo junto à cama da esposa, ajudava-a, conversava com ela, lia para ela e, o que era o mais difícil, sem nenhuma queixa, suportava os ataques de Varvara Alekséievna e até conseguia fazer piadas com aqueles ataques.

Mas Ievguiéni não podia ficar em casa. Em primeiro lugar, a esposa o mandava sair, dizendo que ele ia acabar adoecendo se permanecesse o tempo todo ao lado dela; em segundo lugar, a propriedade continuava a exigir sua presença para tudo. Ele não podia ficar em casa, mas, estivesse no campo, na floresta, no jardim, na eira coberta, em toda parte, não só o pensamento, mas a imagem viva de Stiepanida o perseguia de tal modo que raramente conseguia esquecê-la. Porém isso não tinha importância: talvez conseguisse vencer aquele sentimento. O pior de tudo era que antes ele vivia meses sem vê-la e agora a via e a encontrava toda hora. Claro que Stiepanida havia entendido que Ievguiéni queria retomar as relações com ela e fazia de tudo para ficar no caminho dele. Nem ele nem ela diziam nada e, por isso, não iam direto para um encontro, mas apenas procuravam cruzar seus caminhos.

O lugar onde podiam encontrar-se era a floresta, aonde as camponesas iam com sacos pegar trevo para as vacas comerem. Ievguiéni sabia e por isso, todo dia, passava pela floresta. Todo dia dizia a si mesmo que não iria e todo dia acabava se dirigindo para a floresta e, ao ouvir o som de vozes, parava atrás de um arbusto e, com o coração palpitante, espiava para ver se não era ela.

Para que precisava saber se era ela? Nem ele mesmo sabia. Se fosse ela e estivesse sozinha, ele não iria a seu encontro – assim pensava –, fugiria dali; mas precisava vê-la. Certa vez a encontrou: na hora em que entrou na floresta, ela estava saindo com duas camponesas e um saco pesado nas costas, cheio de trevo. Um pouco mais cedo, e talvez ele esbarrasse com ela na floresta. Agora, à vista de outras camponesas, era impossível para ela voltar para a floresta, ao encontro dele. No entanto, apesar de estar ciente daquela impossibilidade, ele ainda ficou muito tempo atrás do arbusto de avelã, se arriscando a chamar para si a atenção das outras camponesas. Naturalmente, ela não voltou, mas ele permaneceu ali muito tempo. E, meu Deus, com que fascínio sua imaginação pintava a imagem dela. E não foi a primeira vez, mas a quinta, a sexta vez. E a cada vez era mais forte. Nunca ela lhe parecera tão atraente; nunca ela o havia dominado de modo tão completo.

Sentia que estava perdendo o controle de si mesmo, estava quase enlouquecendo. O rigor consigo mesmo não tinha diminuído nem um fio de cabelo; ao contrário, ele via toda a sordidez de seus desejos, e até das ações, pois suas incursões na floresta eram ações. Sabia que bastava deparar com ela em qualquer lugar, no escuro, passar perto, tocá-la se possível, para ele se render a seu sentimento. Sabia que só a vergonha diante dos outros, diante dela e de si mesmo o continha. E sabia que procurava as condições em que a vergonha não se fizesse notar – o escuro ou um toque, no qual a vergonha seria sufocada pela paixão animal. E por isso sabia que era um criminoso sórdido e, com todas as forças da alma, sentia desprezo e ódio de si mesmo. Tinha ódio de si mesmo porque ainda não havia capitulado de uma vez. Todo dia, inventava meios de livrar-se daquela alucinação e empregava esses meios.

Mas era tudo em vão.

Um dos meios era se manter sempre ocupado; outro era o trabalho braçal exaustivo e o jejum; outro era imaginar com toda a clareza a vergonha que desabaria sobre sua cabeça quando todos soubessem – a esposa, a sogra, os criados. Fazia tudo isso e lhe parecia que ia vencer, mas chegava a hora, o meio-dia, a hora dos antigos encontros e a hora em que ele a encontrou apanhando o trevo, e Ievguiéni ia para a floresta.

Assim passaram cinco dias torturantes. Ele só a via de longe, nem uma vez se encontrou com ela.

XVI

Liza se restabeleceu aos poucos, caminhava e se inquietava com a mudança que ocorrera no marido e que ela não entendia.

Varvara Alekséievna tinha viajado por um tempo, dos hóspedes só sobrara o tio. Mária Pávlovna, como sempre, estava em casa.

Ievguiéni se encontrava nesse estado de semiloucura quando, como acontece muitas vezes depois das tempestades juninas, vieram as chuvas torrenciais de junho, que se estenderam por dois dias. As chuvas afastaram todos do trabalho. Até pararam de carregar o esterco, por causa da lama e do aguaceiro. As pessoas ficavam em casa. Os pastores penaram para recolher o gado e, afinal, tocaram os animais de volta para o curral. As vacas e as ovelhas andavam pelo pasto e se espalhavam pelos terreiros. As camponesas, descalças e cobertas por lenços, saíam afobadas, espirrando lama, à procura das vacas desgarradas. Regatos de água de chuva corriam por todos os lados nas estradas, todas as folhas, todos os trevos estavam encharcados e, o tempo todo, torrentes de água jorravam das calhas para dentro de poças borbulhantes. Ievguiéni ficava em casa com a esposa, que naquele dia estava especialmente maçante. Várias vezes perguntara a Ievguiéni a causa de sua insatisfação e ele respondia, irritado, que não era nada. Ela parou de perguntar, mas ficou amargurada.

Depois do café da manhã, foram sentar-se na sala de visitas. O tio contava pela centésima vez suas histórias fantasiosas sobre conhecidos da alta sociedade. Liza tricotava um casaquinho e suspirava, queixando-se do mau tempo e das dores nos rins. O tio recomendou que deitasse e pediu vinho para si. Em casa, Ievguiéni se sentia terrivelmente entediado. Tudo era sem graça, maçante. Lia um livro e fumava, mas não entendia nada.

– Pois é, tenho de examinar os trituradores que trouxeram ontem – disse ele. Levantou-se e foi.

– Leve um guarda-chuva.

– Não precisa, vou de casaco de couro. Além do mais, só vou até as caldeiras.

Calçou as botas, vestiu o casaco de couro e foi na direção da usina; mas nem deu vinte passos quando deparou com ela, vindo em sua direção, com a *paniova* arregaçada bem alta, acima das panturrilhas brancas. Ela andava segurando o xale, que cobria a cabeça e os ombros.

– O que está fazendo? – perguntou ele, sem reconhecê-la no primeiro instante. Quando reconheceu, já era tarde. Ela parou e, sorrindo, ficou muito tempo olhando para ele.

– Estou procurando um bezerro. Mas para onde o senhor vai com esse tempo tão feio? – perguntou ela, como se o visse todo dia.

– Vá para a cabana – disse ele de repente, sem saber como. Foi como se outra pessoa tivesse falado as palavras de dentro dele.

Ela mordiscou o xale, acenou com os olhos e correu para o lugar de onde tinha vindo, o jardim, na direção da cabana, e ele continuou no seu caminho com a intenção de dar a volta por trás de um arbusto de lilases e tomar a mesma direção que ela.

– Patrão – ouviu uma voz atrás de si. – A patroa está chamando, pediu que o senhor fosse lá um instante.

Era Micha, criado deles.

"Meu Deus, pela segunda vez você me salvou", pensou Ievguiéni, e voltou na mesma hora. A esposa lembrou a Ievguiéni que ele havia prometido levar um remédio para uma mulher doente na hora do almoço e por isso ela pediu que o levasse agora.

Enquanto preparavam o remédio, passaram cinco minutos. Depois, ao sair com o remédio, ele não se arriscou a ir à cabana, com medo de que o vissem de casa. No entanto, assim que não pôde mais ser visto, logo deu a volta e tomou a direção da cabana. Na imaginação, já a estava vendo no meio da cabana, sorrindo com alegria; mas ela não estava, e não havia nada na cabana que indicasse que ela estivera lá. Ievguiéni já achava que ela não tinha ido, não ouvira e não entendera suas palavras. Tinha murmurado as palavras baixinho, como se temesse que ela ouvisse. "Ou, quem sabe, não quis vir? De onde tirei a ideia de que ela está assim com tanta vontade de me ver? Já tem seu marido; eu é que sou o único depravado, já tenho esposa, e bonita, e ainda corro por aí atrás da esposa dos outros." Assim pensava, sentado dentro da cabana, onde uma goteira no telhado de palha pingava num só lugar. "Mas que felicidade se ela tivesse vindo. Sozinhos aqui, nessa chuva. Quem dera abraçá-la de novo só uma vez mais, e depois, que aconteça o que tiver que acontecer. Ah, sim", lembrou-se, "posso descobrir se ela veio pelas pegadas." Observou a terra batida no caminho para a cabana e o capim baixo da trilha, e achou a pegada fresca de um pé descalço. "Sim, ela veio. Mas agora acabou. Não tem jeito, irei atrás dela onde eu a vir, em qualquer lugar. De noite, vou à sua casa." Ficou muito tempo na cabana e saiu de lá exausto e abatido. Levou o remédio, voltou para casa e deitou no quarto, à espera do almoço.

XVII

Antes do almoço, Liza veio vê-lo e, sempre imaginando qual seria a causa de sua insatisfação, começou dizendo que tinha receio de que ele não gostasse da ideia de levá-la para Moscou para dar à luz e que ela havia resolvido ficar ali mesmo. E que não iria para Moscou de jeito nenhum. Ele sabia como a esposa tinha medo do parto em si e também de dar à luz um bebê com problemas e por isso não pôde deixar de se sentir comovido ao ver a facilidade com que a esposa sacrificava tudo por amor a ele. Tudo em casa era tão bom, alegre, puro; mas em sua alma havia sujeira, sordidez e horror. Ievguiéni passou a noite inteira atormentado por saber que, apesar de sua sincera aversão por sua fraqueza, apesar da firme intenção de parar, no dia seguinte aconteceria a mesma coisa.

"Não, não pode ser", disse ele consigo, enquanto andava para um lado e para outro em seu quarto. "Afinal, tem de haver um meio para evitar isso. Meu Deus! O que fazer?"

Alguém bateu na porta à maneira dos estrangeiros. Ele sabia que era o tio.

– Entre – disse.

O tio veio na condição de embaixador espontâneo de Liza.

– Sabe que, de fato, tenho notado uma mudança em você – disse ele. – E percebo como isso atormenta Liza. Entendo que seja penoso para você deixar todas as coisas ótimas que começou aqui, mas o que você quer, *que veux-tu*? Eu recomendaria que vocês fizessem uma viagem. Será tranquilizador, para você e para ela. Meu conselho é viajar para a Crimeia. O clima lá é um obstetra maravilhoso e vocês chegariam no auge da temporada das uvas.

– Tio – disse Ievguiéni de repente. – O senhor pode guardar meu segredo, um segredo horrível para mim, um segredo vergonhoso?

– Desculpe, mas será possível que você não confia em mim?

– Titio! O senhor pode me ajudar. Não, ajudar, não: me salvar – disse Ievguiéni. E a ideia de que ia revelar seu segredo ao tio, a quem sequer respeitava, a ideia de que ia se mostrar a ele sob a luz mais desfavorável, rebaixar-se diante dele, lhe agradou. Sentia-se detestável, culpado, e queria se castigar.

– Fale, meu amigo, você sabe que me afeiçoei a você – começou a dizer o tio, visivelmente muito satisfeito, porque havia um segredo, porque era um segredo vergonhoso, porque seria revelado a ele e porque ele podia ser útil.

– Antes de tudo devo dizer que sou detestável, indigno, um canalha, um perfeito canalha.

– Mas, ora, o que está dizendo? – começou o tio, estufando o pescoço.

– Como não me considerar um canalha quando eu, marido de Liza, de Liza!...

é preciso conhecer sua pureza, seu amor... quando eu, seu marido, quero trair minha esposa com uma camponesa?

– Então quer dizer que você quer? Ainda não traiu?

– Sim, mas é o mesmo que já tivesse traído, porque não dependeu de mim. Eu já estava pronto. Vieram me impedir, do contrário eu agora... eu agora... Nem sei o que eu faria.

– Por favor, me explique...

– Certo, então escute. Quando era solteiro, fiz a bobagem de ter relações com uma mulher daqui, da nossa aldeia. Quer dizer, eu me encontrava com ela na floresta, no campo...

– E é bonitinha? – perguntou o tio.

Ievguiéni franziu as sobrancelhas diante da pergunta, mas precisava tanto da ajuda de alguém que fingiu não ouvir, e continuou:

– Bem, achei que era assim, que eu ia romper e tudo estaria terminado. E rompi ainda antes do casamento e fiquei quase um ano sem vê-la e sem pensar nela. – O próprio Ievguiéni estava achando estranho ouvir sua voz, ouvir a descrição de sua situação. – Depois, de repente, já nem eu sei por quê... na verdade, às vezes a gente até acredita em feitiçaria... eu a vi e um verme penetrou no meu coração... e está me devorando. Eu me recrimino, compreendendo todo o horror de meus atos, ou seja, o que sou capaz de fazer a qualquer minuto, e mesmo assim vou em frente, e se não fiz nada, foi só porque Deus me salvou. Ontem eu estava indo ao encontro dela, quando Liza mandou me chamar.

– Mas como, na chuva?

– Sim, estou arrasado, tio, e resolvi me abrir com o senhor e pedir sua ajuda.

– Sim, é claro, dentro de sua propriedade não fica bem. Vão descobrir. Eu entendo que Liza está fraca, é preciso poupá-la, mas por que na sua propriedade?

De novo, Ievguiéni fez força para não ouvir o que o tio dizia e tratou de entrar logo na essência da questão.

– Salve-me de mim mesmo. É o que estou pedindo ao senhor. Hoje me impediram por acaso, mas amanhã, de outra vez, não vão me impedir. E agora ela está sabendo. O senhor, por favor, não me deixe sozinho.

– Sim, é claro – disse o tio. – Mas será possível que o senhor esteja tão apaixonado assim?

– Ah, não é nada disso. Não é isso, é uma espécie de força que me agarrou e me prende. Não sei o que fazer. Talvez eu fique mais forte, quando...

– Pronto, aí está, faça como eu disse – respondeu o tio. – Vamos para a Crimeia.

– Sim, sim, vamos, por enquanto ficarei ao seu lado, vamos conversando.

XVIII

O fato de ter confiado ao tio seu segredo e, acima de tudo, os tormentos da consciência e a vergonha que sofreu depois daquele dia de chuva levaram Ievguiéni a ver as coisas com mais clareza. Ficou decidido que dali a uma semana iam viajar para Ialta. Durante aquela semana, Ievguiéni foi à cidade arranjar dinheiro para a viagem, deixou instruções a respeito da propriedade para o pessoal da casa e do escritório, sentiu-se alegre outra vez, aproximou-se da esposa e começou a renascer espiritualmente.

Assim, sem ver Stiepanida nem uma vez depois daquele dia de chuva, ele partiu com a esposa para a Crimeia. Passaram dois meses maravilhosos na Crimeia. Eram tantas as impressões novas para Ievguiéni que tudo o que havia ocorrido pareceu se apagar de suas memórias. Na Crimeia, encontraram conhecidos antigos e estreitaram suas amizades; além disso, fizeram novos conhecidos. Para Ievguiéni, a vida na Crimeia era uma festa constante, além de ser instrutiva e útil. Lá, eles se aproximaram de um antigo dirigente da província deles, homem liberal e inteligente, que se afeiçoou de Ievguiéni, ensinou-lhe seu modo de pensar e o atraiu para suas posições. No fim de agosto, Liza deu à luz uma menina linda e saudável e, surpreendentemente, seu parto foi muito fácil.

Em setembro, os Irtiéniev voltaram para casa e agora eram quatro, contando com o bebê e a ama de leite, pois Liza não podia amamentar. Totalmente livre dos antigos horrores, Ievguiéni voltou para casa como um homem completamente novo e feliz. Tendo experimentado tudo que os maridos experimentam na hora do parto, ele amou a esposa com mais força ainda. O sentimento pelo bebê quando o segurou nos braços foi engraçado, novo, muito agradável, como uma sensação de cócegas. Outra novidade em sua vida, agora, era que, além dos afazeres da propriedade, graças à proximidade com Dúmtchin (o ex-dirigente de província), surgiu um interesse novo pelo *ziémstvo*, em parte por ambição, em parte por consciência do dever. Em outubro, haveria uma assembleia extraordinária na qual ele deveria ser eleito. Depois que voltou para casa, Ievguiéni saiu uma vez para ir à cidade e outra vez para visitar Dúmtchin.

Os tormentos da tentação e da luta estavam esquecidos, ele nem pensava no assunto e só a muito custo conseguia reconstituir aquilo na imaginação. Parecia ter sido uma espécie de acesso de loucura que o acometera.

Agora se sentia livre daquilo a tal ponto que nem teve medo de perguntar ao administrador, na primeira oportunidade em que os dois ficaram sozinhos. Como já havia falado com ele sobre o assunto, não teve vergonha de perguntar.

– Então, o Sídor Ptchélnikov continua morando fora? – perguntou.

– Fica o tempo todo na cidade.

– E a mulher dele?

– Ah, aquilo não vale nada! Agora anda com Zinóvi. É um caso perdido.

"Ora, que ótimo", pensou Ievguiéni. "É surpreendente como nem ligo mais para isso e como eu mudei."

XIX

Tudo que Ievguiéni desejava se realizou. Manteve a posse da propriedade, a usina estava em funcionamento, a colheita de beterraba foi excelente e era esperado um grande lucro; a esposa teve um parto seguro, a sogra foi embora e ele foi eleito por unanimidade.

Depois da eleição, Ievguiéni estava voltando da cidade para casa. Davam-lhe os parabéns e ele tinha de agradecer. Foi a um almoço e tomou cinco taças de champanhe. Agora, traçava planos de vida inteiramente novos. Viajava para casa e pensava neles. Era um pequeno verão fora de época. A estrada estava excelente, o sol muito claro. Enquanto viajava para casa, Ievguiéni pensava que, com a eleição, ele ocuparia entre o povo exatamente a posição que sempre havia sonhado, ou seja, estaria em condições de servir ao povo não só por meio da produção, que proporcionava trabalho, mas também por meio de uma influência direta. Imaginava como seus camponeses e os de outras propriedades iriam julgá-lo dali a três anos. "Esse aí, por exemplo", pensou enquanto passava pela aldeia e olhava para um mujique que cruzou seu caminho com uma camponesa, carregando um barril cheio. Os dois pararam, deixando o caminho livre para a carruagem. O mujique era o velho Ptchélnikov, a mulher era Stiepanida. Ievguiéni deu uma olhada para ela, reconheceu-a e sentiu com alegria que permanecera perfeitamente calmo. Estava bonita como sempre, mas aquilo não o afetou em nada. Chegou em casa. A esposa foi a seu encontro no alpendre. Fazia uma tarde maravilhosa.

– E então, posso lhe dar os parabéns? – perguntou o tio.

– Sim, fui eleito.

– Que maravilha. Temos de comemorar.

Na manhã seguinte, Ievguiéni saiu a cavalo pela propriedade, que ele deixara de lado. Na eira coberta, a debulhadora nova estava funcionando. Enquanto observava seu funcionamento, Ievguiéni caminhava no meio das camponesas tentando não olhar para elas, no entanto, apesar de todo o seu esforço, notou duas vezes os olhos pretos e o xale vermelho de Stiepanida, que carregava palha. Duas ou três vezes, espiou a mulher com o canto dos olhos e sentiu alguma coisa outra vez, mas não conseguiu definir o que era. Só no dia seguinte, quando foi de novo à eira coberta e passou duas horas ali, sem a menor necessidade, e não parou de acariciar com os olhos a imagem bela e conhecida da jovem, sentiu que estava perdido, completamente perdido, de modo irremediável. De novo os tormentos, de novo o horror e o medo. Não havia salvação.

O que ele esperava aconteceu. No dia seguinte, à tarde, sem que ele mesmo soubesse como, Ievguiéni foi parar no quintal da casa dela, em frente ao celeiro de feno, onde certa vez, no outono, os dois se encontraram. Como se estivesse passeando, parou ali, fumando um cigarro. A vizinha o viu e ele, já voltando, ouviu como ela dizia para alguém:

– Vai lá, está esperando, mais morto que vivo, ali parado. Vai lá, sua burra!

Ele viu que uma camponesa – ela – correu para o celeiro, mas Ievguiéni já não podia mais voltar, porque um mujique se encontrou com ele, e então foi para casa.

XX

Quando entrou na sala de visitas, tudo lhe pareceu absurdo e artificial. De manhã, ele levantou cheio de disposição, decidido a largar, esquecer, não se permitir pensamento algum. Porém, sem entender como, passou a manhã inteira não só sem se interessar pelos negócios como tentando até livrar-se deles. Aquilo que antes despertava seu interesse e lhe dava alegria agora era insignificante. De modo inconsciente, tentava livrar-se do trabalho. Parecia que era necessário livrar-se disso, para poder analisar, refletir. E livrou-se e ficou sozinho. Porém, assim que se viu sozinho, saiu vagando pelo jardim, pela floresta. Todos aqueles lugares estavam sujos de recordações, recordações que o dominavam. E percebeu que estava andando pelo jardim e disse a si mesmo que ia pensar em alguma coisa, mas não pensava em nada e, enlouquecido, inconsciente, a esperava, esperava que ela, por algum milagre, entendesse que ele a desejava, e que ela tomasse a iniciativa e fosse até lá, ou a qualquer lugar onde ninguém visse, ou à noite, quando não houvesse luar e ninguém, nem ela mesma, pudesse ver, numa noite assim, ela ia chegar e ele ia tocar seu corpo...

"Sim, pronto, eu rompi quando quis", disse consigo. "Aí está no que dá ter relações com uma mulher limpa e saudável, para manter a boa saúde! Não, pelo visto é impossível brincar com ela. Pensei que eu a possuía, mas foi ela que me possuiu, possuiu e não largou mais. Pois achei que estava livre e não estava. Cometi um erro quando casei. Tudo foi um absurdo, um erro. Desde que me juntei com ela, experimentei um sentimento novo, o verdadeiro sentimento de um marido. Sim, eu devia ter morado com ela."

"Sim, há duas vidas possíveis para mim; uma é a que comecei com Liza: o trabalho, a propriedade, o bebê, o respeito das pessoas. Se for essa a vida, então é preciso que ela, Stiepanida, não exista. É preciso mandá-la para longe, como eu disse, ou destruí-la, para que não exista mais. A outra vida seria aqui mesmo. Eu a tomaria do marido, daria dinheiro para ele, esqueceria a vergonha e o escândalo e viveria com ela. Mas então seria necessário que não existissem Liza nem Mimi (o bebê). Não, ora essa, o bebê não atrapalha, mas Liza não pode, é preciso que vá embora. Que ela fique sabendo, rogue pragas e vá embora. Que fique sabendo que eu a troquei por uma camponesa, que sou um impostor, um canalha. Não, é horrível demais! Não é possível. Sim, mas também pode acontecer", continuou a pensar, "pode acontecer desse jeito. Liza fica doente e morre. Morre e então tudo será maravilhoso. Maravilhoso! Ah, canalha! Não, se alguém tem de morrer que seja ela. Se ela morresse, a Stiepanida, que bom seria."

"É assim que envenenam ou assassinam esposas e amantes. Pegar um revólver, chamar e, em vez de abraço, um tiro no peito. E acabou-se."

"Aí está, ela é o Diabo. O Diabo em pessoa. Pois, contra minha vontade, ela tomou posse de mim. Matar? Sim. Só há duas saídas: matar a esposa ou a ela. Porque deste jeito não se pode viver.[8] É impossível. É preciso raciocinar e prever. Se ficar assim, o que vai acontecer?"

"Vai acontecer que vou de novo dizer que não quero, que parei, mas logo depois de dizer isso, irei à noite ao quintal da casa dela, e ela sabe, e ela irá também. Ou as pessoas vão descobrir e contar para a esposa, ou eu mesmo contarei para ela, porque não posso mentir, não posso viver assim. Não posso. Ela vai saber. Todos vão saber. Até Paracha e o ferreiro. Mas e então, por acaso é possível viver assim?"

"Impossível. Só há duas saídas: matar a esposa ou matar a ela. E ainda..."

"Ah, sim, há uma terceira: matar-me a mim mesmo", disse em voz baixa e, de repente, um calafrio percorreu sua pele. "Sim, matar-me, então não seria preciso matá-las." Sentiu um medo terrível justamente porque se deu conta de que só essa saída era possível. "Há um revólver. Será possível que vou me matar? Aí está uma coisa em que nunca pensei. Como vai ser estranho."

Voltou para seu quarto e imediatamente abriu o armário em que ficava o revólver. Porém mal teve tempo de abrir a arma quando sua esposa entrou.

---

8 A partir daqui começa a variante do final do conto. Ver a seguir, p. 336.

XXI

Ele jogou um jornal em cima do revólver.

– A mesma coisa de novo – disse ela, assustada, olhando para ele.

– Que coisa?

– A mesma expressão horrível no rosto que havia antes, quando você não queria me contar. Guénia, querido, me conte. Vejo que está sofrendo. Conte para mim, vai ficar aliviado. Seja o que for, qualquer coisa é melhor do que esse seu sofrimento. Pois sei que não é nada de ruim.

– Sabe? Por enquanto.

– Conte, conte, conte. Não vou deixar que saia.

Ele deu um sorriso de causar pena.

"Contar? Não, é impossível. E nem há o que dizer."

Talvez fosse contar para ela, mas naquele instante chegou a ama de leite e perguntou se podia dar um passeio. Liza saiu para vestir o bebê.

– Você vai contar. Volto logo.

– Sim, pode ser...

Ela nunca pôde esquecer o sorriso angustiado com que ele falou aquilo. Liza saiu.

Afobado, sorrateiro como um criminoso, ele apanhou o revólver, tirou do coldre. "Está carregado, sim, mas faz muito tempo, e está faltando um cartucho. Muito bem, que seja."

Encostou o cano na têmpora, hesitou um momento, mas assim que lembrou Stiepanida, a decisão de não vê-la, a luta, a sedução, a queda, de novo a luta, estremeceu de horror. "Não, é melhor assim." E apertou o gatilho.

Quando Liza entrou correndo no quarto – ela mal teve tempo de descer da varanda –, ele estava estirado de bruços no chão, o sangue negro e quente jorrava da ferida e o cadáver ainda tinha tremores.

Houve um inquérito. Ninguém conseguia entender e explicar as causas do suicídio. Em nenhum momento passou pela cabeça do tio que a causa pudesse ter alguma relação com a confissão que Ievguiéni lhe fizera dois meses antes.

Varvara Alekséievna garantia que sempre havia previsto aquilo. Era visível quando ele discutia. Liza e Mária Pávlovna não conseguiam entender por que aquilo havia acontecido e, no entanto, não acreditavam no que os médicos diziam, que ele tinha uma doença mental. Não podiam concordar com aquilo de maneira nenhuma porque sabiam que ele era mentalmente mais saudável do que centenas de pessoas que elas conheciam.

E, de fato, se Ievguiéni Irtiéniev era doente mental, todas as pessoas também são doentes mentais, e as mais doentes são sem dúvida aquelas que veem nas outras sinais de loucura que não enxergam em si mesmas.

Iásnaia Poliana, 19 de novembro de 1889

VARIANTE DO FIM DO CONTO "O DIABO"

... disse consigo e, chegando perto da mesa, apanhou o revólver, examinou-o – faltava um cartucho – e pôs no bolso da calça.

– Meu Deus! O que estou fazendo? – exclamou de repente e, cruzando as mãos, começou a rezar. – Senhor, me ajude, me salve. Você sabe que não quero fazer o mal, mas sozinho eu não consigo. Ajude – disse, fazendo o sinal da cruz diante de uma imagem.

"Sim, eu consigo me controlar. Vou andar um pouco e refletir."

Foi para o vestíbulo, vestiu um casaco curto de pele, calçou galochas e saiu para o alpendre. Sem perceber, seus passos o levaram para fora do jardim, pela trilha do campo, rumo à eira coberta. Lá, a debulhadora continuava a roncar e se ouviam gritos dos meninos que tangiam os animais. Ele entrou na eira coberta. Ela estava lá. Ele a viu na mesma hora. Ela empilhava espigas e, ao vê-lo, rindo com os olhos, cheia de vida, alegre, correu entre as espigas espalhadas, desviando-se dele com agilidade. Ievguiéni não queria, mas não conseguia deixar de olhar para ela. Só se controlou quando ela sumiu de vista. O administrador informou que agora estavam terminando de debulhar as espigas amassadas e que por isso demorava mais e rendia menos. Ievguiéni se aproximou do tambor, que de vez em quando sacudia, quando passavam os feixes mal amarrados.

– Vai dar uns cinco carroções.

– Então é o seguinte... – começou Ievguiéni e não terminou. Ela andava em volta do tambor, retirando as espigas que tinham caído embaixo, e incendiou Ievguiéni com seu olhar risonho.

Aquele olhar falava do amor alegre e despreocupado entre os dois, falava que ela sabia que ele a desejava, que ele tinha ido atrás dela no celeiro e que ela, como sempre, estava pronta para viver e divertir-se com ele, sem jamais pensar em condições ou consequências. Ievguiéni sentiu-se sob seu poder , mas não queria se render.

Lembrou sua prece e experimentou repeti-la. Começou a dizer as palavras para si, mas logo sentiu que era inútil.

Agora, só uma ideia o consumia por inteiro: como marcar um encontro com ela, sem ninguém notar?

– Se a gente terminar hoje, o senhor quer que a gente comece uma nova meda ou deixe para amanhã? – perguntou o administrador.

– Sim, sim – respondeu Ievguiéni, virando-se para ela, na direção da pilha, para onde ela e outra camponesa levavam as espigas.

"Será que não consigo me controlar?", disse consigo. "Será que estou perdido? Meu Deus! Mas não existe Deus. Existe o Diabo. E ela é o Diabo. Ele tomou conta de mim. E eu não quero, não quero. O Diabo, sim, o Diabo."

Chegou perto dela, tirou o revólver do bolso e disparou nas suas costas uma, duas, três vezes. Ela correu e caiu sobre a pilha.

– Minha nossa! Gente! O que é isso? – gritaram as camponesas.

– Não, não foi por acidente. Eu a matei de propósito – gritou Ievguiéni. – Mandem chamar o comissário de polícia.

Chegou em casa e, sem contar nada para a esposa, entrou no escritório e trancou-se.

– Não se aproxime – gritou para a esposa através da porta fechada. – Você vai saber de tudo.

Uma hora depois, tocou a campainha e perguntou ao lacaio que o atendeu:

– Vá saber se Stiepanida está viva.

O lacaio já sabia de tudo e respondeu que tinha morrido uma hora antes.

– Certo, muito bem. Agora, me deixe. Quando o comissário ou o juiz de instrução chegar, me avise.

O comissário e o juiz de instrução chegaram na manhã seguinte e Ievguiéni, depois de se despedir da esposa e da filha, foi levado para a prisão.

Foi julgado. Era o tempo em que os tribunais com jurados estavam começando a funcionar. Ele foi considerado temporariamente insano e condenado apenas à penitência eclesiástica.

Ficou dez meses na prisão e um mês num mosteiro.

Começou a beber já na prisão, continuou no mosteiro e voltou para casa alcoólatra, debilitado, irresponsável.

Varvara Alekséievna garantia que ela sempre havia previsto aquilo. Era evidente quando ele discutia. Liza e Mária Pávlovna não conseguiam de maneira nenhuma entender por que aquilo havia acontecido e mesmo assim não acreditavam no que os médicos diziam, que ele era doente mental, psicopata. Não conseguiam de maneira nenhuma concordar com isso, porque sabiam que ele era mentalmente mais saudável do que centenas de pessoas que elas conheciam.

E, de fato, se Ievguiéni Irtiéniev era doente mental quando cometeu seu crime, todas as pessoas também são doentes mentais, e as mais doentes são sem dúvida aquelas que veem nas outras sinais de loucura que não enxergam em si mesmas.

FRANÇOISE
(CONTO À MANEIRA DE MAUPASSANT)[1]

I

No dia 3 de maio de 1882, um navio de três mastros chamado *Nossa Senhora dos Ventos* partiu do Havre rumo ao mar da China. Deixou sua carga na China, recebeu uma carga nova, levou-a para Buenos Aires e, de lá, transportou mercadorias para o Brasil.

Travessias de canais, avarias, reparos, calmarias que duravam meses, ventos que desviavam o navio para longe da rota, aventuras e incidentes marítimos retardaram o navio de tal modo que ele navegou quatro anos por mares estrangeiros e só no dia 8 de maio de 1886 aportou em Marselha com uma carga de caixas de latas de doces em conserva americanos.

Quando o navio partiu do Havre, a bordo estavam o capitão, seu ajudante e catorze marinheiros. Durante a viagem, um marinheiro morreu, quatro se extraviaram por causa de várias aventuras e apenas nove voltaram para a França. No lugar dos marinheiros que se afastaram, foram contratados dois americanos, um negro e um sueco, encontrados numa taberna em Cingapura.

No navio, enrolaram as velas e amarraram os cordames nos mastros cruzados. Um rebocador a vapor se aproximou e, soltando baforadas, arrastou-o até a fila de navios. O mar estava calmo. Ondas muito fracas batiam na margem. O navio entrou na fila do porto, onde, lado a lado, junto ao cais, estavam navios de todos os países do mundo, grandes, pequenos, de vários tamanhos, formatos e equipagens. O *Nossa Senhora dos Ventos* ficou entre um brigue italiano e uma escuna inglesa, que se apertaram bastante a fim de abrir espaço para o novo companheiro.

Assim que o capitão acertou tudo com os funcionários da alfândega e do porto, liberou metade dos marinheiros para passarem a noite em terra.

Era uma noite quente de verão. Marselha estava muito iluminada, as ruas cheiravam a comida de fogão, ouviam-se vozes de todos os lados, rumor de rodas e gritos alegres.

Fazia cinco meses que os marinheiros do navio *Nossa Senhora dos Ventos* não desciam a terra e agora, ao desembarcar no porto, tímidos, caminhavam em duplas pelas ruas, como estranhos, desacostumados da gente das cidades. Eles se en-

---

1 Versão de Tolstói para o conto "O porto" [*Le Port*], do escritor francês Guy de Maupassant.

treolhavam, farejavam as ruas próximas do cais como se procurassem algo. Fazia quatro meses que não viam mulheres e o desejo os atormentava. Na frente, caminhava Celestin Duclos, rapagão saudável e ágil. Sempre conduzia os outros, quando desciam a terra. Sabia encontrar lugares bons, sabia também se safar quando necessário, e não se metia nas brigas que tantas vezes ocorrem entre marinheiros quando descem a terra; mas se a briga crescesse, ele não se afastava de seus camaradas e sabia se defender.

Os marinheiros vagaram muito tempo pelas ruas escuras, que, como calhas de drenagem, desciam todas na direção do mar e exalavam um cheiro pesado de porões e despensas. Por fim, Celestin escolheu um beco estreito onde lampiões proeminentes ardiam acima das portas e entrou por ali. Cantarolando e dizendo gracejos, os marinheiros foram atrás. Números enormes estavam escritos nos vidros coloridos e turvos dos lampiões. Sob os portais baixos, mulheres de roupão estavam sentadas em cadeiras de palha; ao verem os marinheiros, saltavam para fora e, correndo para o meio da rua, barravam o caminho dos homens e os atraíam cada uma para sua toca.

Às vezes, no fundo de um corredor, uma porta se escancarava. Nela aparecia uma jovem seminua, de ceroulas grosseiras de algodão, saia curta e peitilho de veludo preto com galões dourados.

– Ei, bonitões, venham cá, entrem! – chamava mesmo de longe e às vezes corria para fora, agarrava um dos marinheiros e o arrastava com toda a força na direção da porta. Ela se segurava ao marinheiro como uma aranha quando apanha uma mosca mais forte do que ela.

O rapaz, debilitado pelo desejo, resistia frouxamente, enquanto os outros paravam e observavam o que ia acontecer; mas Celestin Duclos gritava:

– Aqui não, não entre, só mais adiante!

O rapaz obedecia e se desvencilhava da jovem à força. Os marinheiros seguiam em frente, acompanhados pelos xingamentos da moça revoltada. Com o barulho, ao longo de todo o beco, outras mulheres gritavam, corriam para os marinheiros e, com vozes roucas, exaltavam sua mercadoria. Assim os marinheiros seguiam adiante, cada vez mais longe. De vez em quando, em seu caminho, topavam com soldados de esporas tilintantes, ou com um solitário balconista ou escrevente que entrava num local que ele já conhecia muito bem. Em outros becos, ardiam lampiões iguais àqueles, mas os marinheiros iam sempre adiante, pisando no líquido fedorento que gotejava por baixo das casas, cheias de corpos de mulheres. Mas então Duclos parou perto de uma casa um pouco melhor do que as outras e entrou ali com seus rapazes.

II

Os marinheiros sentaram-se no salão de uma taberna. Cada um escolheu uma amiga e, pelo resto da noite, não se separou mais dela: era o costume na taberna. Três mesas estavam unidas e os marinheiros, antes de tudo, beberam junto com as moças, depois se levantaram e subiram com elas para o primeiro andar. Por muito tempo, ressoaram bem alto as batidas de vinte sapatos pesados nos degraus de madeira, enquanto todos entravam aos tropeções pelas portas estreitas e se espalhavam pelos quartos de dormir. Dos quartos, eles desciam de novo para beber e em seguida subiam outra vez.

A farra não terminava. Todo o salário de meio ano desapareceu em quatro horas de orgia. Às onze horas, todos já estavam bêbados, berravam disparates com os olhos injetados de sangue e nem eles mesmos sabiam o que estavam dizendo. Sobre os joelhos de cada um deles, estava sentada uma jovem. Um cantava, outro berrava, outro batia com o punho na mesa, outro entornava vinho goela abaixo. Celestin Duclos estava sentado no meio dos camaradas. Sentada a cavalo sobre seus joelhos, estava uma jovem volumosa, gorda, bonitinha, de faces rosadas. Ele não bebia menos do que os outros, mas ainda não estava totalmente embriagado; alguns pensamentos soltos rodavam dentro de sua cabeça. Ficou mais afetuoso e procurou alguma coisa para dizer à sua amiga. Mas os pensamentos vinham e logo depois iam embora e ele não conseguia retê-los, lembrar-se e falar.

Riu e disse:

– Ora, ora, pois é, pois então... Faz muito tempo que você está aqui?

– Seis meses – respondeu a moça.

Ele fez que sim com a cabeça, como que para exprimir sua aprovação.

– Pois é, e você está bem?

Ela pensou um pouco.

– Acostumei – respondeu. – De algum jeito, a gente tem de viver. É melhor do que ser criada ou lavadeira.

Ele fez que sim com a cabeça em sinal de aprovação, como se a aprovasse também por aquilo.

– E você não é daqui?

Ela balançou a cabeça para dizer que não.

– É de longe?

Fez que sim.

– De onde?

Ela pensou um pouco, como se tentasse lembrar.

– De Perpignan – disse.

– Sei, sei – disse ele e calou-se.
– E você, o que é, marinheiro? – perguntou ela, agora.
– Sim, somos marinheiros.
– E foram muito longe?
– Sim, bem longe. A gente viu de tudo.
– Será que deram a volta ao mundo?
– E não só uma vez, mas umas duas vezes.
Ela pareceu refletir um pouco, lembrar-se de alguma coisa.
– Então já devem ter encontrado muitos navios, não é? – disse ela.
– Ah, sim, claro.
– Por acaso não toparam com o *Nossa Senhora dos Ventos*? Existe um navio com esse nome.

Ele ficou surpreso por ela dizer o nome de seu navio e inventou uma brincadeira.

– Como não? Encontramos na semana passada.
– É mesmo? É verdade?
– É verdade.
– Não está mentindo?
– Juro por Deus – disse ele.
– E não viu lá um homem chamado Celestin Duclos? – perguntou ela.
– Celestin Duclos? – repetiu, admirado e até assustado. De onde ela podia conhecer seu nome? – Por acaso você o conhece?
Era evidente que ela também estava assustada com alguma coisa.
– Não, eu não, mas tem uma mulher aqui que conhece.
– Que mulher? Aqui desta casa?
– Não, aqui perto.
– Mas perto onde?
– Não fica longe daqui.
– Quem é ela?
– Uma mulher comum, feito eu.
– E o que ela tem a ver com ele?
– Como é que vou saber? Na certa é sua conterrânea.
Fitaram-se nos olhos um do outro com ar interrogativo.
– Bem que eu gostaria de encontrar essa mulher – disse ele.
– Para quê? Quer contar alguma coisa?
– Contar...
– Contar o quê?
– Contar que vi Celestin Duclos.

– E você viu o Celestin Duclos? Está vivo, bem de saúde?

– Está bem de saúde, sim. Por quê?

Ela ficou calada, de novo reunindo seus pensamentos, depois disse em voz baixa:

– E para onde vai o *Nossa Senhora dos Ventos*?

– Para onde? Para Marselha.

– É verdade? – exclamou ela.

– É verdade.

– E você também conhece Duclos?

– Mas já disse que conheço.

Ela pensou um pouco.

– Pois é. Está certo, está certo – disse ela baixinho.

– O que você quer com ele?

– Olhe, se você o encontrar, diga que... Não, não precisa.

– O que é?

– Não, não é nada.

Ele olhou para ela e ficou cada vez mais alarmado.

– Então você o conhece? – perguntou ele.

– Não, eu não conheço.

– Mas então o que tem a ver com ele?

Sem responder, de repente ela se levantou com um pulo e correu para o balcão, atrás do qual ficava a proprietária, pegou um limão, cortou, espremeu o suco num copo, depois encheu de água e levou para Celestin.

– Tome, beba isto – disse ela e sentou, como antes, sobre os joelhos dele.

– Para que é isto? – perguntou ele, pegando o copo da mão dela.

– Para passar a bebedeira. Depois vou falar. Beba.

Ele bebeu tudo e enxugou os lábios com a manga.

– Pronto, conte, estou ouvindo.

– Mas você não vai contar para ele que me viu, não vai contar quem contou o que vou contar, está bem?

– Claro, não vou contar.

– Jure por Deus!

Ele jurou.

– Por Deus?

– Por Deus.

– Então você conte para ele que o pai dele morreu, a mãe morreu e o irmão também morreu. Foi uma febre que deu de repente. Num mês, os três morreram.

Duclos sentiu todo o sangue voltar para o coração. Ficou parado e mudo por alguns instantes, sem saber o que dizer, depois falou:

– Você tem certeza disso?

– Tenho.

– Quem contou para você?

Ela pôs as mãos nos ombros dele e fitou-o bem nos olhos.

– Jure por Deus que não vai sair falando por aí.

– Pronto, já jurei. Juro por Deus.

– Sou irmã dele.

– Françoise! – exclamou ele.

Ela olhou fixamente para ele e, mal movendo os lábios, quase sem pronunciar as palavras, disse:

– Então é você, Celestin!!

Não se mexeram, ficaram paralisados, fitando-se nos olhos um do outro.

Em volta, os outros rugiam com vozes embriagadas. Barulho de copos, som de palmas, saltos de botas batendo no chão, gritos estridentes de mulher se misturavam com o rumor de música.

– Como pode ser? – disse ele muito baixo, tão baixo que ela quase não conseguiu distinguir suas palavras.

Os olhos dela, de repente, se encheram de lágrimas.

– Sim, morreram. Os três, no mesmo mês – continuou ela. – O que eu ia fazer? Fiquei sozinha. A farmácia, o médico, o enterro dos três... vendi todas as coisas que tinha, paguei e sobrou só a roupa do corpo. Fui trabalhar na casa do sr. Cacheaux... Lembra, um manco? Eu tinha acabado de fazer quinze anos, nem tinha catorze quando você foi embora. Aí, pequei com ele... Sua irmã é uma boba. Depois fui trabalhar de babá na casa de um notário e foi a mesma coisa. No início, ele fez de mim sua amante, eu tinha um quarto só para mim. Mas durou pouco. Ele me largou, fiquei três dias sem ter o que comer, ninguém me deu emprego e acabei aqui, como as outras.

Falava e as lágrimas escorriam dos olhos, do nariz, molhavam as faces e se derramavam na boca.

– O que nós fizemos! – exclamou ele.

– Pensei que você estivesse morto também – disse ela, entre lágrimas. – O que eu podia fazer? – balbuciou.

– Mas como não me reconheceu? – disse ele num sussurro.

– Não sei, não tenho culpa – disse ela e chorou mais ainda.

– Como eu podia reconhecer você? Você está muito diferente de quando fui embora. Como você não me reconheceu?

Ela abanou a mão com desespero.

– Ah! Eu vejo tantos homens assim que, para mim, todos têm a mesma cara.

Ele sentiu um aperto no coração, tão forte e tão doloroso que teve vontade de gritar e urrar como um menino que levou uma surra.

Levantou-se, tirou-a do colo, segurou a cabeça da jovem com as mãos grandes de marinheiro e olhou fixamente seu rosto.

Pouco a pouco, enfim, reconheceu a pequena menina alegre e magricela que deixara em casa com os outros, aqueles cujos olhos ela teve de fechar.

– Sim, é você, Françoise, minha irmã! – exclamou. E de repente, soluços, pesados soluços de homem, semelhantes aos soluços de um bêbado, subiram em sua garganta. Largou a cabeça dela, bateu com o punho na mesa de tal modo que os copos tombaram, voaram e se fizeram em pedaços, e ele começou a gritar com voz desvairada.

Seus camaradas se viraram e olharam para ele, espantados.

– Puxa, ficou doido – disse um.

– Como berra – disse outro.

– Ei! Duclos! Que gritaria é essa? Vamos de novo lá para cima – disse um terceiro, e segurou Celestin com uma mão, enquanto com a outra abraçava sua amiga risonha, de cara vermelha e olhos pretos e brilhantes, vestida num corpete aberto, de seda cor-de-rosa.

Duclos se calou de repente e, controlando a respiração, olhou fixamente para os camaradas. Depois, com a expressão estranha e decidida com que, às vezes, entrava numa briga, avançou em passos largos na direção do marinheiro que abraçava a jovem e enfiou a mão com força entre ele e a jovem, separando os dois.

– Afaste-se! Não está vendo que ela é sua irmã? Todas elas são irmãs de alguém. Olhe esta aqui, é minha irmã Françoise. Ha-ha-ha-ha-ha!... – irrompeu em soluços parecidos com risadas, começou a cambalear, ergueu os braços, desabou de cara no chão e começou a rolar pelo chão, batendo com as mãos e os pés e berrando como se estivesse morrendo.

– Temos de pôr o Celestin para dormir – disse um dos camaradas. – A gente não tem como sair para a rua com ele desse jeito.

Levantaram Celestin e o arrastaram para o quarto de Françoise, no primeiro andar, e o deitaram em sua cama.

1890

CUSTA CARO
(HISTÓRIA REAL. CONTO À MANEIRA DE MAUPASSANT)[1]

Entre a França e a Itália, na beira do mar Mediterrâneo, existe um reino pequeno, diminuto. Esse reino se chama Mônaco. Nesse reino, há menos habitantes do que numa aldeia grande, ao todo são sete mil e, se toda a terra fosse dividida, daria uma *dessiatina* por habitante. Mas nesse reino há um reizinho de verdade. Nesse reino, há até palácio, cortesãos, ministros, bispos, generais e Exército.

Um Exército pequeno, ao todo sessenta homens, mas mesmo assim é um Exército. As receitas do rei são pequenas. Há impostos, como em toda parte, sobre o tabaco, o vinho, a vodca, e há o imposto individual; e por mais que bebam e fumem, o povo é pouco e o rei não teria com que alimentar seus cortesãos, seus funcionários e até a si mesmo, se não tivesse uma fonte especial de receita. O reino obtém essa receita especial graças a uma casa de jogo de roleta. As pessoas jogam, ganham, perdem e a banca sempre lucra. Da receita, a banca paga grande parte para o rei. E paga tanto dinheiro para o rei porque agora só resta uma casa de jogo assim em toda a Europa. Antes, havia casas de jogo nos pequenos principados alemães, mas faz dez anos que foram fechadas. E fecharam porque nas casas de jogo acontecem muitas desgraças. Chega alguém, começa a jogar, se descontrola, perde tudo o que tem e até o dinheiro que não lhe pertence e depois, de desgosto, se afoga ou se mata com um tiro. Os alemães mandaram seus principados fecharem as casas de jogo, mas o reizinho de Mônaco não tem quem o mande fechar: a dele foi a única que sobrou.

Desde então, todos os apreciadores de jogo vão ao seu reino, perdem para a banca e a banca paga para o rei. Não se constroem palácios de pedras com trabalho honesto. O rei de Mônaco também sabe que esse é um negócio sórdido, mas o que fazer? É preciso viver. Sustentar-se com o tabaco e a bebida não é melhor que isso. Então, assim vive esse rei, reina, arrecada o dinheiro e mantém a si e a seu palácio com toda a pompa, como fazem os grandes reis de verdade. Tem suas coroações, suas aparições em público, distribui títulos honoríficos, castiga, concede sua misericórdia, promove paradas, reuniões de conselhos, leis, julgamentos. Tudo como os reis de verdade. Só que tudo é pequeno.

Então aconteceu que há uns cinco anos houve um assassinato no reino desse reizinho. O povo do reino é pacífico e, antes, essas coisas não aconteciam. Os juízes

---

1 Adaptação do conto "O condenado à morte" [*Le Condamné à mort*], de Guy de Maupassant.

se reuniram com toda a pompa e cerimônia, começaram a julgar, tudo como deve ser. Juízes, procuradores, jurados e advogados. Julgaram, julgaram e deram a sentença de cortar a cabeça do criminoso, conforme a lei. Muito bem. Apresentaram a sentença ao rei. O rei leu a condenação e sancionou. Se é para executar, executem. Só tinha um problema: no reino não havia carrasco nem guilhotina para cortar a cabeça. Os ministros pensaram, pensaram e resolveram mandar um pedido para o governo francês: que os franceses deixassem a máquina com eles por um tempo, junto com seu operador, para cortar a cabeça do criminoso e, caso isso fosse possível, que informassem qual seria o custo de tal serviço. Mandaram o documento. Uma semana depois, receberam a resposta: era possível mandar a máquina e o carrasco e o custo de tudo era dezesseis mil francos. Informaram ao reizinho. Ele pensou, pensou... dezesseis mil francos! "O patife não vale esse dinheiro todo. Será que não existe um meio mais barato? Dezesseis mil francos... Isso é mais do que cobrar dois francos de imposto de cada habitante do reino. É muito pesado. Pode haver até uma revolta." Reuniram o conselho: como solucionar a questão? Resolveram mandar o mesmo pedido ao rei italiano. O governo francês é uma república, não respeita os reis, mas o rei italiano era um rei também. Quem sabe não conseguia um preço mais baixo? Escreveram; logo receberam a resposta. O governo italiano respondeu que enviaria, com todo o prazer, a máquina e uma pessoa para operar o equipamento. E que o custo de tudo, incluindo a viagem, seria doze mil francos. Mais barato, porém ainda era caro. De novo, o canalha não valia tanto dinheiro. De novo, seria preciso cobrar um pouco menos de dois francos por habitante. O conselho se reuniu outra vez. Pensaram, pensaram... Não haveria algum jeito mais barato? Não poderiam achar um soldado disposto a cortar aquela cabeça de modo mais simples, trivial? Chamaram o general.

– Não é possível achar um soldado para cortar essa cabeça? Na guerra também matam e ninguém liga. Afinal, os soldados são preparados para isso.

O general foi falar com os soldados e perguntou se alguém podia fazer o serviço. Os soldados não quiseram.

– Não, nós não somos capazes e não aprendemos a fazer isso.

O que fazer? De novo, pensaram, pensaram, reuniram um comitê, uma comissão, uma subcomissão. Pensaram melhor. É preciso, disseram, trocar a pena de morte por prisão perpétua. O rei demonstra misericórdia e os custos são menores. O reizinho concordou e assim ficou decidido. O único problema era que não existia uma prisão daquele tipo, para um preso cumprir uma pena de prisão perpétua. Havia calabouços e celas, onde podiam deixar alguém por um tempo, mas uma prisão sólida para encarcerar uma pessoa para sempre, isso não havia. Pois bem, mesmo assim conseguiram encontrar um local. Deixaram lá o rapaz. Puseram um guarda de sentinela.

O guarda tinha de vigiar e levar a comida da cozinha do palácio para o criminoso. Assim o rapaz ficou preso seis meses, um ano. No fim do ano, o reizinho fez o balanço das receitas e despesas e viu uma despesa nova: sustentar o criminoso. E não era pequena. O vigia especial e também a comida. O custo chegava a seiscentos francos por ano. E o rapaz era jovem, saudável, talvez vivesse mais cinquenta anos. Fez as contas de quanto ia custar. Uma grande despesa. Daquele jeito era impossível. O reizinho chamou os ministros:

– Inventem um modo mais barato de lidar com esse patife. Ele está nos custando muito caro.

Os ministros se reuniram, pensaram, pensaram. Um deles disse:

– Senhores, a meu ver a solução é dispensar o guarda.

Outro disse:

– Mas aí ele vai fugir.

– Que fuja, e que vá para o diabo que o carregue.

Informaram ao reizinho. O rei concordou. Dispensaram o guarda. Observaram o que ia acontecer. Apenas olharam: chegou a hora do almoço, o criminoso saiu, procurou o guarda, não achou e então foi ele mesmo à cozinha do rei atrás do seu almoço. Pegou o que deram, voltou para a prisão, fechou a porta ele mesmo e ficou ali. No dia seguinte, a mesma coisa. Ia pegar sua comida, mas fugir, não fugia. O que fazer? Pensaram. Disseram:

– É preciso lhe dizer, com todas as letras, que não queremos mais saber dele. Que vá embora de uma vez.

Muito bem. O ministro da Justiça o chamou e disse:

– Por que não fugiu? Não há nenhum guarda vigiando o senhor. Pode ir embora livremente, o rei não vai ficar ofendido.

Ele respondeu:

– O rei não vai ficar ofendido, só que eu não tenho para onde ir. Para onde vou? Com a condenação, vocês me cobriram de vergonha, agora ninguém quer me receber, e eu não sei mais fazer nenhum trabalho. Vocês agiram comigo de forma injusta. Não se deve fazer isso. Vocês me condenaram à pena de morte, muito bem. Tinham de me executar e não executaram. Foi a primeira coisa. Não discuti. Depois me condenaram à prisão perpétua, puseram um guarda para me levar comida e depois me deixaram sem o guarda. Foi a segunda coisa. De novo, não discuti. Fui eu mesmo buscar a comida. Agora, vocês me dizem: vá embora. Não, vocês podem fazer o que quiserem, mas eu não vou a lugar nenhum.

E agora? Reuniram de novo o conselho. O que fazer? Ele não vai fugir. Pensaram, pensaram. Era preciso conceder uma pensão para ele. Sem isso, não havia como se desvencilhar do homem. Informaram ao reizinho.

– Não há o que fazer, temos de nos livrar dele de algum modo.

Estabeleceram a quantia de seiscentos francos, comunicaram a ele.

– Bem, pode ser, se vocês pagarem direito, até posso ir embora.

Assim ficou resolvido. Recebeu um terço adiantado, despediu-se de todos e deixou os domínios do reizinho. Ao todo, foi um quarto de hora de viagem pela ferrovia. Foi embora do país, se estabeleceu nas proximidades, comprou umas terrazinhas, plantou uma horta, um jardim e leva uma vida confortável. Na data marcada, vai receber sua pensão. Recebe, vai à casa de jogo, aposta dois ou três francos, às vezes ganha, às vezes perde, e volta para casa. Vive bem e sossegado.

Ainda bem que seu crime não aconteceu num lugar onde não se importam com as despesas de cortar a cabeça de alguém ou da pena de prisão perpétua.

1890

O KARMA

Apresento a vocês minha versão de um continho budista intitulado "Karma",[1] *publicado na revista americana* Open Court. *Gostei muito do conto, de sua ingenuidade e profundidade. É bom nele, em especial, o esclarecimento de uma verdade ultimamente obscurecida, não raro por vários lados, segundo a qual a redenção do mal e a aquisição do bem são obtidas apenas com o esforço próprio, que não há e não pode haver um mecanismo mediante o qual, fora do esforço pessoal, se possa alcançar o bem próprio ou comum. Tal esclarecimento é especialmente bom, porquanto aqui se demonstra que o bem de um indivíduo só é um bem verdadeiro quando é um bem comum. Assim que o bandoleiro que saiu do inferno desejou o bem só para si, seu bem deixou de ser um bem e ele se perdeu. Esse conto ilumina de um ângulo novo duas verdades fundamentais reveladas pelo cristianismo: que só há vida na renúncia da individualidade – quem perde a alma a encontrará – e que o bem das pessoas só existe em sua união com Deus e por meio da presença de Deus entre elas: "Como tu estás em mim e eu em ti, também eles estarão em nós como um só...".*

João 17,21

Li esse conto para as crianças e elas gostaram. Entre adultos, depois da leitura, sempre se levantam discussões sobre as questões mais importantes da vida. E parece-me que isso é uma recomendação muito boa.

P. S.: Esta carta é para ser publicada.

L. Tolstói

Pandu, um joalheiro rico da casta dos brâmanes, viajou para Benares com seu criado. Encontrando no caminho um monge de aspecto honrado que seguia na mesma direção, ele pensou consigo: "Esse monge tem um aspecto santo e nobre. O convívio com pessoas boas traz sorte; se ele também vai para Benares, vou convidá-lo para ir comigo em minha carruagem". E, depois de cumprimentar o monge com

1 O karma é uma crença budista que consiste em que não só o caráter de cada pessoa como também todo o destino de sua vida resultam de seus crimes numa vida anterior e que o bem ou o mal de nossa vida futura também vai depender de nossos esforços para evitar o mal e das boas ações que praticamos nesta vida. (N. A.)

uma reverência, perguntou para onde ia e, ao saber que o monge, cujo nome era Narada, também ia para Benares, convidou-o para viajar em sua carruagem.

– Agradeço sua bondade – disse o monge ao brâmane. – De fato, a viagem sem pausas me deixou exausto. Como não tenho bens, não posso retribuir com dinheiro, mas pode acontecer de eu ter oportunidade de recompensar o senhor com algum tesouro espiritual do saber divino que adquiri, segundo o ensinamento de Sákia Múni, o grande abençoado Buda, mestre da humanidade.

Seguiram juntos na carruagem e Pandu escutou com atenção e prazer as palavras instrutivas de Narada. Após uma hora, chegaram a um local onde a estrada estava muito esburacada de ambos os lados e a carroça de um lavrador, com as rodas quebradas, obstruía o caminho.

Devala, dono da carroça, ia para Benares a fim de vender seu arroz e se apressava para estar pronto antes da aurora do dia seguinte. Se atrasasse um dia, os compradores do arroz poderiam ir embora da cidade, depois de comprar a quantidade de arroz de que precisavam.

Quando o joalheiro viu que não podia seguir viagem se a carroça do lavrador não fosse removida, irritou-se e chamou Magaduta, seu escravo, para virar a carroça de lado, para que sua carruagem pudesse passar. O lavrador se opôs, porque sua carroça estava tão perto do precipício que a carga podia desabar se a virassem, mas o brâmane não quis dar ouvidos ao lavrador e mandou seu criado virar a carroça com arroz. Magaduta, homem de força extraordinária que tinha prazer em fazer mal às pessoas, obedeceu, antes que o monge pudesse interferir, e virou a carroça. Quando Pandu passou e quis seguir viagem, o monge desceu de sua carragem e disse:

– Perdoe-me, senhor, por deixá-lo. Agradeço sua bondade por ter permitido que eu viajasse uma hora em sua carruagem. Eu estava muito cansado quando o senhor me acolheu, mas agora, graças a sua bondade, já descansei. Como reconheci naquele lavrador a encarnação de um dos ancestrais do senhor, o melhor que posso fazer para recompensar o senhor por sua bondade é ajudá-lo em seu infortúnio.

O brâmane olhou para o monge com surpresa.

– O senhor está dizendo que esse lavrador é a encarnação de um de meus antepassados; isso não é possível.

– Sei – respondeu o monge – que o senhor ignora as complexas e importantes relações que unem o senhor ao destino desse lavrador. Mas não se pode esperar que um cego enxergue e por isso receio que o senhor faça mal a si mesmo e vou tentar protegê-lo dos males que o senhor está prestes a atrair contra si.

O comerciante rico não estava acostumado a que lhe dessem lições; sentindo que as palavras do monge, embora ditas com grande bondade, continham uma incisiva repreensão, ordenou ao criado que seguisse viagem imediatamente.

O monge cumprimentou o lavrador Devala e começou a ajudá-lo a consertar a carroça e a juntar o arroz derramado. O trabalho correu depressa e Devala pensou: "Esse monge deve ser um homem santo... parece que os espíritos invisíveis o ajudam. Vou perguntar a ele por que mereci um tratamento cruel do brâmane orgulhoso".

E disse:

– Honrado senhor! Poderia me explicar por que sofri uma injustiça de um homem a quem nunca fiz nada de mau?

O monge disse:

– Amável amigo, o senhor sofreu uma injustiça, apenas sofreu na existência atual aquilo que praticou contra aquele brâmane numa vida anterior. E não me engano quando digo que, mesmo agora, o senhor faria com o brâmane o mesmo que ele fez ao senhor, se estivesse em seu lugar e também tivesse um criado forte.

O lavrador reconheceu que, se tivesse poder, não se arrependeria de agir como o brâmane ao topar com pessoas que barrassem seu caminho.

O arroz foi arrumado na carroça e o monge e o lavrador já se aproximavam de Benares, quando o cavalo de repente deu um salto para o lado.

– Uma cobra, uma cobra! – gritou o lavrador.

Mas o monge, depois de olhar fixamente para o que havia assustado o cavalo, desceu da carroça e viu que era uma carteira cheia de ouro.

"Ninguém pode ter perdido essa carteira senão o joalheiro rico", pensou, e depois de pegar a carteira, entregou-a ao lavrador, dizendo:

– Leve esta carteira e, quando chegar a Benares, vá ao hotel que vou lhe indicar, pergunte pelo brâmane Pandu e devolva a carteira. Ele vai se desculpar ao senhor pela brutalidade de seu gesto, mas o senhor lhe dirá que o perdoou e que lhe deseja sucesso em todos os seus negócios, porque, acredite, quanto maior for o sucesso dele, melhor será para o senhor. O seu destino depende muito do destino dele. Se Pandu pedir uma explicação ao senhor, leve-o ao monastério, onde ele sempre me encontrará pronto para ajudá-lo com um conselho, caso ele precise de conselhos.

Enquanto isso, Pandu havia chegado a Benares e encontrado Malmeka, seu parceiro comercial, um banqueiro rico.

– Estou perdido – disse Malmeka – e não poderei fazer nenhum negócio, se hoje mesmo não comprar uma carroça do melhor arroz para a cozinha do rei. Há em Benares um banqueiro meu inimigo, que, ao saber que fiz um acordo com o mordomo real para entregar hoje de manhã uma carroça de arroz, comprou todo o arroz que havia em Benares, no intuito de me arruinar. O mordomo real não me liberou das condições do acordo e amanhã eu estarei perdido, caso Krishna não me mande um anjo do céu.

Na hora em que Malmeka se lamentava de seu infortúnio, Pandu se lembrou de sua carteira. Depois de revirar sua carroça e não achar a carteira, desconfiou de seu escravo, Magaduta, chamou a polícia, acusou-o, mandou amarrá-lo, torturou--o cruelmente para arrancar dele uma confissão. O escravo gritava, sofrendo:

– Sou inocente, me soltem! Não consigo suportar essas torturas! Sou totalmente inocente desse crime e sofro pelo pecado de outras pessoas! Ah, se eu pudesse pedir perdão àquele lavrador a quem fiz mal por causa de meu patrão! Essas torturas sem dúvida servem de castigo por minha crueldade.

Enquanto a polícia ainda batia no escravo, o lavrador chegou ao hotel e, para grande surpresa de todos, devolveu a carteira. Imediatamente, libertaram o escravo das mãos de seu torturador, mas, descontente com o patrão, ele fugiu e foi se unir a um bando de salteadores de estrada que vivia nas montanhas. Quando Malmeka soube que o lavrador podia vender arroz da melhor qualidade, digno da mesa do rei, na mesma hora comprou a carroça toda pelo triplo do preço e Pandu, alegrando-se no coração pela devolução de seu dinheiro, prontamente se dirigiu ao monastério para receber do monge as explicações que ele lhe havia prometido.

Narada disse:

– Eu poderia lhe dar a explicação, mas, sabendo que o senhor não é capaz de compreender uma verdade espiritual, prefiro o silêncio. No entanto lhe darei um conselho de caráter geral: trate toda pessoa que encontrar assim como trata a si mesmo, sirva essa pessoa assim como gostaria de ser servido. Dessa forma, o senhor vai semear boas ações e não lhe faltará uma colheita farta.

– Ó, monge! Dê-me uma explicação – disse Pandu. – Então será mais fácil seguir seu conselho.

E o monge disse:

– Então escute, vou lhe dar a chave do mistério: se não compreender, acredite no que vou lhe dizer. Considerar-se uma criatura separada das outras é um erro e quem dirige a mente para cumprir a vontade dessa criatura separada segue uma luz falsa que o levará para o abismo do pecado. O fato de nos considerarmos criaturas separadas das outras decorre do véu de Maia, que cega nossos olhos e nos impede de ver o laço indissolúvel que nos une a nossos próximos, nos impede de reconstituir nossa unidade com a alma das outras criaturas. Poucos conhecem essa verdade. Que as palavras seguintes sejam seu talismã: "Aquele que prejudica os outros faz o mal a si mesmo. Aquele que ajuda os outros faz o bem a si mesmo. Pare de considerar-se uma criatura separada das outras e assim tomará o caminho da verdade. Para aquele que tem a visão toldada pelo véu de Maia, todo o mundo parece retalhado em infinitas individualidades. E essa pessoa não pode compreender o significado do amor universal por todos os seres vivos".

Pandu respondeu:

– Suas palavras, respeitável senhor, têm um sentido profundo e vou me lembrar delas. Fiz um pequeno bem, que não me custou nada, a um pobre monge durante minha viagem a Benares e aqui estão suas consequências benéficas. Devo muito ao senhor, pois sem o senhor eu não só perderia minha carteira como não poderia fazer, em Benares, os negócios comerciais que aumentaram consideravelmente minha fortuna. Além disso, sua solicitude e a chegada da carroça propiciaram a prosperidade de meu amigo Malmeka. Se todos conhecessem a verdade que o senhor me disse, nosso mundo seria muito melhor, o mal diminuiria e o bem-estar geral reinaria! Eu gostaria que a verdade de Buda fosse conhecida por todos e por isso quero fundar um monastério em minha terra, Kolchambi, e convido o senhor para se hospedar comigo para que eu possa consagrar esse lugar à irmandade dos discípulos de Buda.

Passaram os anos e o monastério de Kolchambi, fundado por Pandu, tornou-se um local de reunião de monges sábios, reconhecido como um centro de educação para o povo.

Naquele tempo, um rei vizinho, tendo ouvido falar da beleza das joias feitas por Pandu, mandou seu tesoureiro encomendar a ele uma coroa de ouro puro, enfeitada com as pedras mais preciosas da Índia.

Quando Pandu terminou o trabalho, foi à capital do rei e, na esperança de fazer lá uma boa transação comercial, levou consigo um grande suprimento de ouro. A caravana que levava suas joias preciosas era protegida por homens armados, mas quando chegaram à montanha, os salteadores, comandados por Magaduta, que se tornara seu atamã, atacaram a caravana, mataram os guardas e se apoderaram de todas as pedras preciosas e de todo o ouro. O próprio Pandu se salvou por pouco. Essa infelicidade foi um grande golpe na fortuna de Pandu: sua riqueza se reduziu consideravelmente.

Pandu ficou muito abatido, mas suportou seu infortúnio sem queixas; pensava: "Eu mereci esse prejuízo por causa dos pecados que cometi em minha vida anterior. Na mocidade, fui cruel com o povo; se agora colho os frutos dos males que pratiquei, não posso me queixar".

Assim, ele se tornou muito melhor para todas as criaturas e seus infortúnios só serviram para purificar seu coração.

Passaram os anos de novo e aconteceu que Pantaka, o jovem monge e aprendiz de Narada, em viagem pelas montanhas de Kolchambi, caiu na mão dos salteadores. Como não tinha consigo nenhum bem de valor, o atamã dos salteadores lhe deu uma grande surra e o soltou.

Na manhã seguinte, andando pela floresta, Pantaka ouviu o barulho de uma luta, foi naquela direção e viu muitos salteadores que atacavam com fúria seu próprio atamã, Magaduta.

Como um leão cercado por cães, Magaduta os enfrentava e matou muitos agressores. Mas o inimigo era muito mais numeroso e no fim ele foi derrotado e tombou por terra, quase morto, coberto de ferimentos.

Assim que os salteadores foram embora, o jovem monge se aproximou dos homens estirados, a fim de prestar socorro aos feridos. Mas todos os salteadores já estavam mortos, só no chefe deles ainda restava um pouco de vida. O monge imediatamente se dirigiu a um riacho que corria ali perto, trouxe água fresca em seu jarro e deu ao moribundo.

Magaduta abriu os olhos e, rangendo os dentes, disse:

– Onde estão esses cães ingratos que tantas vezes eu conduzi à vitória e ao triunfo? Sem mim, logo teriam sido destruídos, como chacais acuados por caçadores.

– Não pense em seus camaradas e parceiros de sua vida de pecados – disse Pantaka. – Pense em sua alma e aproveite, na última hora, a possibilidade de salvação que se apresenta ao senhor. Trouxe água potável para o senhor, deixe-me lavar suas feridas. Talvez eu consiga salvar sua vida.

– É inútil – respondeu Magaduta. – Estou condenado. Os canalhas me feriram mortalmente. Miseráveis ingratos! Bateram em mim com os golpes que eu mesmo lhes ensinei.

– O senhor colhe o que plantou – prosseguiu o monge. – Se o senhor ensinasse seus camaradas a fazer boas ações, receberia deles boas ações. Mas o senhor lhes ensinou o assassinato e por isso, por força de suas próprias ações, foi morto pelas mãos deles.

– É verdade – disse o atamã dos salteadores. – Mereci meu destino, mas meu fardo é tão pesado que, nas existências futuras, vou ter de colher os frutos de todos os males que cometi. Ensine-me, pai santo, o que posso fazer para aliviar minha vida dos pecados que me oprimem como uma rocha sobre o peito.

E Pantaka disse:

– Elimine seus desejos pecaminosos, destrua as paixões malignas e encha a alma de bondade para todas as criaturas.

O atamã respondeu:

– Fiz muito mal e nenhum bem. Como posso me desvencilhar dessa teia de sofrimento que teci com os desejos malignos de meu coração? Meu karma me arrasta para o inferno, nunca estarei em condições de trilhar o caminho da salvação.

O monge disse:

– Sim, nas futuras encarnações, seu karma colherá os frutos das sementes que o senhor semeou. Para aquele que pratica más ações não há como escapar das consequências das próprias más ações. Mas não se desespere: todo homem pode se salvar, na condição de que erradique de si mesmo a ilusão da individualidade. Como exemplo disso, vou contar a história do grande bandoleiro Kandata, que morreu impenitente e nasceu de novo como um diabo no inferno, onde se atormenta com os mais terríveis sofrimentos por causa das próprias más ações. Ele já estava no inferno havia muitos anos e não conseguia escapar de sua situação aterradora, quando Buda apareceu na terra e alcançou a bem-aventurada condição da iluminação. Naquele tempo memorável, um raio de luz caiu no inferno, inspirou vida e esperança em todos os demônios e o bandoleiro Kandata gritou bem alto: "Ah, Buda bendito, tenha piedade de mim! Sofro horrivelmente; apesar de ter feito o mal, agora desejo seguir o caminho da virtude. Mas não consigo me desvencilhar da rede de sofrimento; ajude-me, senhor, tenha piedade de mim!". A lei do karma determina que as más ações levem à destruição.

"Quando Buda ouviu o apelo do demônio sofredor no inferno, mandou para ele uma aranha numa teia e a aranha disse: 'Agarre-se à minha teia, suba por ela e saia do inferno'. Quando a aranha desapareceu, Kandata se agarrou à teia e começou a escalar. A teia era tão forte que não se rompeu e Kandata subia cada vez mais, agarrado a ela. De repente sentiu que o fio começou a tremer e oscilar, porque atrás dele outros sofredores também começavam a subir pela teia. Kandata se assustou; viu a finura da teia e viu que ela se esticava por causa do peso que aumentava. Mas ainda assim a teia o sustentou. Até então, Kandata tinha olhado só para cima, mas agora olhava para baixo e via que, atrás dele, subia pela teia a incontável multidão dos habitantes do inferno. Como pode esse fio fino sustentar o peso de toda essa gente?, pensou, assustado, e gritou bem alto: 'Larguem a teia, ela é minha!'. E de repente a teia se rompeu e Kandata caiu de volta no inferno. A ilusão da individualidade ainda estava viva em Kandata. Ele não conhecia a força milagrosa da aspiração sincera de elevar-se, com o propósito de tomar o caminho da virtude. Essa aspiração é fina como uma teia, mas pode sustentar milhões de pessoas e, quanto mais pessoas subirem pela teia, mais fácil será para cada uma delas. Porém, assim que surgir no coração do homem a ideia de que a teia é *minha*, de que a bênção da virtude pertence a *mim* somente e de que ninguém pode dividi-la *comigo*, o fio vai se romper e a pessoa vai tombar de volta para a situação anterior, de uma individualidade separada dos outros; a separação e a individualidade são uma maldição e a união é uma bênção. O que é o inferno? O inferno não é nada mais do que o egoísmo, e o nirvana é a vida compartilhada..."

– Deixe-me agarrar essa teia – disse Magaduta, o moribundo atamã dos salteadores, quando o monge terminou sua história – para que eu saia das profundezas do inferno.

Magaduta ficou alguns minutos em silêncio, reunindo os próprios pensamentos, depois prosseguiu:

– Escute, estou reconhecendo você. Eu era criado de Pandu, o joalheiro de Kolchambi. Mas depois, quando ele me torturou injustamente, fugi e me tornei atamã dos salteadores. Algum tempo atrás, soube por meus batedores que ele ia atravessar as montanhas e então o ataquei e tomei a maior parte de seu tesouro. Agora vá falar com ele e diga que eu o perdoo de todo o coração pela afronta que fez cair sobre mim injustamente e que peço perdão a ele por ter roubado sua fortuna. Quando eu vivia com ele, seu coração era cruel, duro como pedra, e aprendi o egoísmo com ele. Ouvi dizer que agora ele se tornou bondoso e que o apontam como modelo de bondade e de virtude. Não quero ficar em dívida com ele; por isso lhe diga que guardei a coroa de ouro que ele fez para o rei, bem como todos os seus tesouros, e escondi numa catacumba. Só dois salteadores sabiam o lugar e agora ambos estão mortos; que Pandu traga homens armados, vá a esse lugar e pegue de volta os bens que tomei dele.

Depois disso, Magaduta contou onde ficava a catacumba e morreu nos braços de Pantaka.

Assim que o jovem monge Pantaka voltou para Kolchambi, foi falar com o joalheiro e contou tudo que havia acontecido na floresta.

Acompanhado de homens armados, Pandu foi à catacumba e retirou de lá todos os tesouros que o atamã havia escondido. Enterraram com honra o atamã e seus camaradas mortos, e Pantaka, junto ao túmulo, discursando sobre as palavras de Buda, disse o seguinte:

– A pessoa faz o mal, a própria pessoa sofre por ele. A pessoa se abstém do mal, a pessoa se purifica. A pureza e a impureza pertencem à pessoa: ninguém pode purificar o outro. O próprio homem deve fazer o esforço; os Budas são apenas os pregadores. Nosso karma – disse ainda o monge Pantaka – não é uma criação de Ishvara nem de Brama nem de Indra nem de qualquer um dos deuses. Nosso karma é consequência de nossas ações. Minha ação é o útero que me gesta, é a herança que me cabe, é a maldição de minhas más ações e a bênção de minha virtude. Minha ação é o único meio de minha salvação.

Pandu levou todo o seu tesouro de volta para Kolchambi e, aproveitando com moderação sua riqueza, devolvida de modo tão inesperado, viveu em paz e feliz o resto de sua existência e, à beira da morte, já em idade muito avançada, todos os filhos, filhas e netos estavam reunidos à sua volta e ele lhes disse:

– Filhos queridos, não censurem os outros por seus próprios insucessos. Procurem em si mesmos a causa de seu próprio infortúnio. E, se não estiverem cegos pela vaidade, vão descobrir a causa e assim poderão se desvencilhar do mal. O remédio para seus infortúnios está em vocês mesmos. Que sua visão mental nunca seja encoberta pelo véu de Maia... Lembrem-se destas palavras, que foram o talismã de minha vida: "Aquele que prejudica os outros faz o mal a si mesmo. Aquele que ajuda os outros faz o bem a si mesmo". Que desapareça o erro da individualidade, e então vocês tomarão o caminho da virtude.

1894

TRÊS PARÁBOLAS

PRIMEIRA PARÁBOLA

Ervas daninhas cresceram num pasto bom. Para se livrarem delas, os proprietários do pasto cortaram as ervas, mas isso serviu apenas para que se multiplicassem. Então um senhor bondoso e sensato visitou os proprietários do pasto e, entre outros ensinamentos que lhes transmitiu, disse que não era preciso cortar a erva daninha, pois isso só servia para que ela se espalhasse mais ainda, e que o necessário era arrancá-la pela raiz.

Porém, ou porque os proprietários do pasto, entre as diversas instruções do senhor sensato, não tivessem dado atenção àquela que dizia que não se devia cortar a erva daninha, mas arrancá-la pela raiz, ou porque não o compreendessem, ou porque não quisessem de fato agir assim, aconteceu que a instrução de não cortar a erva daninha, mas sim arrancá-la pela raiz, não foi cumprida, como se nunca tivesse existido, e as pessoas continuaram a cortar a erva daninha, que assim se propagava ainda mais. Embora nos anos seguintes houvesse pessoas que lembrassem aos proprietários do pasto a orientação do senhor sensato e bondoso, eles não deram ouvidos e continuaram a agir como antes, de tal modo que cortar a erva daninha na hora em que ela surgia se tornou não só um costume como até uma tradição sagrada, e o pasto ficou cada vez mais cheio de ervas daninhas. E chegou o momento em que só havia ervas daninhas no pasto, as pessoas se queixavam, todos inventavam os mais variados meios de remediar a questão, mas só não empregavam justamente aquele proposto havia muito tempo pelo senhor bondoso e sensato. E então aconteceu que um homem, vendo o estado lamentável do pasto e tendo encontrado entre as instruções esquecidas do senhor bondoso e sensato a regra de não cortar a erva daninha, mas sim arrancá-la pela raiz, aconteceu que esse homem lembrou aos proprietários do pasto que eles agiram de maneira insensata e que aquela insensatez já havia sido apontada pelo senhor bondoso e sensato.

E então? Em lugar de verificar a validade da advertência daquele homem e, em caso de ele ter razão, parar de cortar a erva daninha, ou em caso de ele estar errado, mostrar o equívoco de sua advertência ou reconhecer que as instruções do senhor bondoso e sensato não tinham fundamento e não eram obrigatórias, os proprietários do pasto não fizeram nem uma coisa nem outra e tampouco uma terceira, mas ficaram ofendidos com a advertência do homem e o insultaram. Chamaram-no de louco orgulhoso, que imaginava ser o único capaz de entender as instruções do senhor, outros o chamaram de deturpador malévolo e caluniador, outros ainda, esquecidos de que ele não estava falando por si, mas apenas recordava as instruções deixadas para todos pelo senhor sensato, o chamaram de homem maligno, que desejava reproduzir a erva daninha e tomar o pasto que era deles.

– Ah, está dizendo que não precisa cortar, mas se não aniquilarmos a erva – disseram, silenciando deliberadamente o fato de que o homem não dizia que não era necessário aniquilar a erva daninha e sim que não era preciso cortar, mas sim arrancá-la pela raiz –, então a erva daninha vai se espalhar e acabar matando nosso pasto. Mas então para que nos foi dado o pasto, se temos de cultivar nele ervas daninhas?

E a opinião de que aquele homem era louco ou caluniador, ou tinha o intuito de causar dano às pessoas, ganhou tanto apoio que todos o acusavam e todos zombavam dele. Por mais que o homem explicasse que não só não desejava propagar a erva daninha como, ao contrário, considerava a aniquilação da erva daninha uma das tarefas mais importantes de um proprietário de terras, como entendia também o senhor bondoso e sensato cujas palavras ele apenas havia recordado – por mais que explicasse tudo isso, não lhe davam ouvidos, porque a decisão definitiva era de que aquele homem era ou um orgulhoso louco, que deturpava as palavras do senhor bondoso e sensato, ou um canalha que convocava as pessoas não para a destruição da erva daninha, e sim para sua proteção e propagação.

O mesmo aconteceu comigo, quando mostrei o preceito evangélico da não resistência ao mal pela força. Essa regra foi pregada por Cristo e, depois dele, em todos os tempos e por todos os seus discípulos verdadeiros. Porém, ou porque não o compreenderam, ou porque o cumprimento de tal regra se revelou difícil demais – quanto mais tempo passava, mais a regra era esquecida, mais a forma de vida das pessoas se afastava dessa regra, e por fim chegou-se ao ponto em que estamos agora, em que essa regra já parece às pessoas algo novo, nunca visto, estranho e até louco. E comigo aconteceu o mesmo que com o homem que lembrou às pessoas a instrução antiga do senhor bondoso e sensato, segundo a qual não se deve cortar a erva daninha, mas arrancá-la pela raiz.

Assim como os proprietários do pasto silenciaram deliberadamente o fato de que o conselho não consistia em não aniquilar a erva daninha, mas sim em aniquilá-la de forma sensata, e disseram: não vamos dar ouvidos a esse homem, ele é louco, manda não cortar a erva daninha, mas reproduzi-la, assim também foram tratadas minhas palavras que afirmavam que, segundo o ensinamento de Cristo, para destruir o mal não devemos nos opor a ele por meio da força, mas sim destruí-lo pela raiz por meio do amor, e disseram: não vamos dar ouvidos a ele, é louco; aconselha não se opor ao mal para que o mal nos vença.

O que eu disse foi que, segundo o ensinamento de Cristo, o mal não pode ser erradicado por meio do mal, que toda resistência ao mal por meio da força só serve para aumentar o mal, que segundo o ensinamento de Cristo o mal é erradicado pelo bem: "Abençoa quem te amaldiçoa, reza por quem te ofende, faz o bem a quem te odeia, ama teus inimigos, *e não terás inimigos*".[1] Eu disse que, segundo o ensinamento de Cristo, toda a vida do homem é uma luta contra o mal, uma resistência ao mal por meio da razão e do amor, mas que, entre todos os meios de se opor ao mal, Cristo exclui o meio insensato de se opor ao mal por meio da força, que consiste em lutar contra o mal com o próprio mal.

E essas minhas palavras foram entendidas como se eu tivesse dito que Cristo ensina que não é preciso se opor ao mal. E todos aqueles cuja vida se baseia na violência, pessoas a quem por isso mesmo a violência é algo caro, receberam muito bem tal interpretação de minhas palavras e, ao mesmo tempo, das palavras de Cristo, e ficou estabelecido que o ensinamento da não resistência ao mal é um ensinamento falso, absurdo, ímpio e nocivo. E as pessoas continuam tranquilamente a disseminar e aumentar o mal, sob o pretexto de aniquilá-lo.

SEGUNDA PARÁBOLA

Pessoas faziam negócios com farinha, manteiga, leite e todo tipo de comestíveis. E, disputando umas com as outras, no intuito de ganharem o máximo possível e ficarem ricas rapidamente, passaram a misturar cada vez mais substâncias nocivas e baratas em suas mercadorias: na farinha misturavam farelo e cal, na manteiga punham margarina, no leite, água e giz. Mas enquanto as mercadorias não chegavam aos consumidores, tudo corria bem: os atacadistas vendiam aos varejistas e os varejistas vendiam aos mascates.

Havia muitos armazéns e lojas e o comércio parecia correr de vento em popa. E os negociantes estavam satisfeitos. Mas para os consumidores da cidade, aqueles que não produziam o próprio alimento e por isso tinham de comprá-lo, era muito desagradável e nocivo.

A farinha era ruim, a manteiga e o leite eram ruins, mas como nos mercados das cidades não havia outras mercadorias senão as adulteradas, os consumidores da cidade continuavam a comprar aquelas mercadorias e atribuíam a si mesmos,

---

1 *Instrução dos doze apóstolos.* (N.A.) [*Instrução dos doze apóstolos*, ou *Didaquê*, é um escrito cristão primitivo, talvez do século I.]

e à maneira errada de preparar a comida, o paladar ruim que sentiam nos alimentos e os danos à saúde que causavam. E os comerciantes misturavam aos produtos quantidades cada vez maiores de substâncias baratas e estranhas aos alimentos.

Isso durou muito tempo; os habitantes da cidade não paravam de sofrer e ninguém se decidia a manifestar seu descontentamento.

E aconteceu de aparecer na cidade uma proprietária de terras que sempre havia alimentado a família com o que fazia na própria casa. Ela se havia ocupado a vida inteira com o preparo dos alimentos e, embora não fosse uma cozinheira extraordinária, sabia fazer um pão gostoso e preparar almoços saborosos.

Essa proprietária fez compras nos armazéns da cidade e começou a cozinhar e assar. Os pães não assavam direito, se desmanchavam. As panquecas não ficavam gostosas por causa da manteiga com margarina. A proprietária deixava o leite descansar, mas ele não formava nata. Ela logo entendeu que as mercadorias não eram boas. Examinou os alimentos e sua suspeita se confirmou: na farinha achou farelo, na manteiga, margarina, no leite, giz. Tendo comprovado que todos os produtos estavam adulterados, a proprietária foi ao mercado e reclamou com os comerciantes em voz bem alta e exigiu deles que oferecessem em suas barracas mercadorias boas, próprias para o consumo e que não estivessem estragadas, ou então que parassem seu comércio e fechassem suas lojas. Mas os comerciantes não deram nenhuma atenção à proprietária e lhe disseram que suas mercadorias eram de primeira qualidade, que havia muitos anos que a cidade inteira comprava deles e que tinham até ganhado medalhas, e lhe mostraram as medalhas nas molduras. Mas a proprietária não se acalmou.

– Não preciso de medalhas – disse ela –, mas de comida saudável, que não faça doer minha barriga e a dos meus filhos.

– Sem dúvida a senhora nunca soube o que são a farinha e a manteiga verdadeiras – responderam os comerciantes, apontando para a farinha de aspecto branco e puro que enchia caixas muito bem envernizadas, para a manteiga de aparência amarela, exposta em tigelas bonitas, e para um líquido branco, em jarros transparentes e brilhantes.

– É impossível que eu não saiba – respondeu a proprietária –, pois a vida inteira não fiz outra coisa senão preparar eu mesma a comida e comer junto com meus filhos. Suas mercadorias estão estragadas. Aqui está a prova – disse, mostrando o pão estragado, a margarina nas panquecas e a borra no leite. – É preciso jogar todas as suas mercadorias no rio ou então queimar, e oferecer em seu lugar mercadorias boas! – E a proprietária não parava, ficou na frente das barracas, gritava sempre a mesma coisa para os compradores que chegavam e os compradores começaram a hesitar.

Então, vendo que a atrevida proprietária podia prejudicar seu comércio, os comerciantes disseram aos compradores:

– Vejam só, senhores, como essa mulher está louca. Quer matar todo mundo de fome. Está mandando queimar ou jogar no rio todos os alimentos. O que vocês vão comer, se obedecermos e não vendermos comida para vocês? Não deem ouvidos a ela: é uma roceira ignorante, não sabe usar os alimentos e põe a culpa em nós só por inveja. É pobre e quer que todo mundo fique pobre como ela.

Assim falavam os comerciantes para a multidão que se havia reunido, calando de propósito o fato de que a mulher não queria destruir os alimentos, mas substituir os ruins por bons.

E então a multidão se voltou contra a mulher e passou a xingá-la. E por mais que garantisse a todos que não queria destruir os alimentos e que, ao contrário, tinha se ocupado a vida toda com comida, que havia alimentado os outros e a si mesma, e que queria apenas que as pessoas que forneciam produtos comestíveis não envenenassem seus fregueses com substâncias adulteradas, sob a aparência de comida, quanto mais ela falava e a despeito do que ela dizia, não lhe davam ouvidos, porque ficou decidido que ela queria privar as pessoas dos alimentos indispensáveis a elas.

O mesmo aconteceu comigo com relação à ciência e à arte de nosso tempo. A vida toda, eu me nutri desse alimento e – bom ou ruim – tentei alimentar com ele outras pessoas a meu alcance. E como, para mim, isso é um alimento e não um objeto de comércio ou de luxo, sem dúvida sei quando um alimento é alimento e quando apenas parece ser. Então, quando provei o alimento que começou a ser vendido, em nosso tempo, na feira intelectual sob o aspecto de ciência e de arte, e experimentei alimentar com ele as pessoas queridas, vi que a maior parte dessa comida não era verdadeira. E quando eu disse que essa ciência e essa arte que comercializam na feira intelectual têm margarina ou, pelo menos, vêm com uma mistura de muitas substâncias estranhas à ciência e à arte verdadeiras, e que sei disso porque os produtos comprados por mim na feira intelectual se mostraram incomestíveis para mim e para pessoas próximas a mim, e não só incomestíveis como francamente nocivos, então começaram a gritar contra mim, passaram a me vaiar e me advertir de que aquilo acontecia porque eu não era instruído, não sabia como lidar com coisas tão elevadas. Quando comecei a mostrar que os próprios comerciantes de tais mercadorias intelectuais se acusavam uns aos outros, o tempo todo, de engano; quando fiz ver que em todo o tempo, sob o nome de ciência e de arte, oferecem às pessoas muita coisa nociva e ruim, e que por isso também nosso tempo tem esse mesmo perigo pela frente, que esse assunto não é uma brincadeira, que o veneno espiritual é muitas vezes mais perigoso do que o veneno corporal e que por isso é preciso, com a máxima atenção, acompanhar os produtos espirituais que nos são fornecidos sob o aspecto de alimento e pôr de lado decididamente tudo o que houver de falso e nocivo – quando comecei a dizer isso, ninguém, ninguém, nenhuma pessoa, em nenhum artigo ou livro, respondeu a meus argumentos, mas de todas as barracas da feira começaram a gritar, como fizeram àquela mulher: "Ele é louco! Ele quer aniquilar a ciência e a arte, aquilo de que vivemos. Cuidado com ele, não lhe deem ouvidos! Venham, sejam bem-vindos à nossa feira! Temos as últimas mercadorias vindas do exterior".

TERCEIRA PARÁBOLA

Viajantes caminhavam. E aconteceu de saírem da estrada e assim tiveram de andar não numa trilha plana, mas num pântano, com mato fechado, espinhos, galhos pontudos que barravam a passagem, e ficou cada vez mais difícil deslocar-se.

Então os viajantes se dividiram em dois grupos: um resolveu seguir direto, sem parar, na direção em que estavam indo, garantindo a si mesmos e aos demais que não tinham se extraviado da direção correta e que, no final, chegariam ao destino da viagem; o outro grupo decidiu que a direção em que estavam andando agora obviamente estava errada – do contrário, já teriam chegado ao destino da viagem –, portanto era preciso procurar o caminho e, para procurá-lo, era necessário se deslocar o mais depressa possível, e sem parar, em todas as direções. Todos os viajantes se dividiram entre as duas opiniões: uns resolveram seguir sempre em linha reta e os outros resolveram andar em todas as direções, mas havia um homem que não concordava com nenhuma das duas opiniões e disse que, antes de seguir na direção em que já estavam indo ou de começar a andar depressa em todas as direções, na esperança de assim conseguir encontrar o rumo correto, era preciso antes de tudo parar e refletir sobre a situação em que estavam e, depois de refletir bastante, optar por uma coisa ou outra. Mas os viajantes estavam tão estimulados pelo movimento, tão assustados com sua situação, queriam tanto alimentar sua esperança de que não tinham se perdido, mas que apenas tinham se desviado da estrada por um breve tempo e que logo encontrariam outra vez o caminho e era tão grande, sobretudo, a vontade de abafar seu medo com o movimento que aquela opinião foi recebida com descontentamento geral, acusações e zombarias, tanto de um grupo quanto do outro.

– Esse é o conselho da fraqueza, da covardia, da preguiça – disseram uns.

– Que boa maneira de chegar ao destino da viagem, ficar parado no mesmo lugar, não se mover! – disseram outros.

E por mais que o homem que se afastou da maioria explicasse que, andando para uma direção falsa, sem mudar de rumo, seguramente não nos aproximaríamos de nosso destino e sim nos afastaríamos dele, e também que não chegaríamos ao destino se nos deslocássemos de um lado para outro e que a única maneira de chegar ao destino consistia em avaliar a posição do Sol e das estrelas e assim descobrir qual direção nos levaria a nosso destino, e uma vez definida a direção, segui-la, mas que para fazer isso era necessário em primeiro lugar deter-se um pouco, não para ficar parado no mesmo lugar, mas para poder descobrir o caminho verdadeiro e depois, já com segurança, segui-lo, e que para uma coisa e para outra era preciso primeiro parar um tempo e refletir – por mais que ele explicasse tudo isso, não lhe davam ouvidos.

E o primeiro grupo dos viajantes seguiu em frente na direção que já vinha seguindo, o segundo grupo começou a se movimentar de um lado para outro, mas nem um nem outro se aproximou do destino, sequer conseguiram sair da mata fechada e dos espinhos e até agora estão vagando sem rumo.

Exatamente a mesma coisa aconteceu comigo, quando tentei exprimir a dúvida de que o caminho pelo qual vagávamos na floresta escura da questão do trabalho e no pântano sem fim do armamento dos povos em que nos afundamos não pode ser absolutamente o caminho que precisamos trilhar, que é muito provável que tenhamos nos perdido da estrada e, por isso, perguntei se não era melhor deter por um tempo esse processo obviamente vão e analisar, antes de tudo, segundo os princípios gerais e eternos da verdade que nos foi revelada, que direção é essa em que estamos avançando e qual será aquela que temos de fato a intenção de seguir. Ninguém respondeu a essa pergunta, ninguém disse: não nos enganamos de direção e não estamos vagando sem rumo, temos certeza disso por tal e tal razão. Também ninguém disse: talvez tenhamos cometido um erro, mas temos um modo incontestável de remediar esse erro, sem deter nosso movimento. Ninguém disse nem uma coisa nem outra. Todos se irritaram, ficaram ofendidos e trataram logo de falar alto e em uníssono para abafar minha voz solitária.

– Do jeito que estão as coisas, já somos preguiçosos e atrasados. E agora ainda vem ele pregar a preguiça, a perda de tempo, a indolência!

Alguns até acrescentaram: a vadiagem.

– Não deem ouvidos a ele, vamos em frente, sigam-nos! – gritaram aqueles que acham que a salvação consiste em não mudar a direção e seguir de uma vez o rumo já escolhido, seja ele qual for, e também aqueles que acham que a salvação consiste em se deslocar em todas as direções.

– Parar para quê? Pensar em quê? Vamos em frente e depressa! Tudo vai se arranjar!

As pessoas perderam o caminho e sofrem por isso. Era de imaginar que o primeiro e principal empenho das energias devia ser direcionado não para o reforço do movimento que nos levou a esta situação falsa em que nos encontramos, mas sim para deter esse movimento. Era de imaginar que estivesse claro que só parando conseguiríamos entender, por pouco que fosse, nossa situação e descobrir a direção que temos de seguir, a fim de chegar ao bem verdadeiro, não de um só homem, não de uma classe de pessoas, mas o bem verdadeiro e geral da humanidade, a que aspiram todas as pessoas e cada coração humano em separado. Mas o que acontece? As pessoas inventam todos os meios possíveis, menos o único capaz de salvá-las, ou se não de salvá-las pelo menos de aliviar sua situação, justamente aquele que consiste em se deter, ainda que só por um minuto, em vez de continuar a reforçar suas desgraças com a mesma atividade falsa. As pessoas sentem o desastre de sua situação e fazem todo o possível para se esquivar, porém justamente o que, com certeza, aliviaria sua situação, isso elas não querem fazer de jeito nenhum, e qualquer conselho para agir assim as deixa mais irritadas do que qualquer outra coisa.

Se ainda é possível haver alguma dúvida de que perdemos o rumo, essa reação ao conselho para refletir demonstra, com toda a evidência, como nos perdemos de forma inapelável e como é grande nosso desespero.

1895

O PATRÃO E O TRABALHADOR

I

Aconteceu nos anos 70, no inverno, um dia depois do dia de São Nicolau.[1] Havia festa na paróquia e Vassíli Andreitch Brekhúnov, dono de uma estalagem e comerciante da segunda guilda,[2] não podia se ausentar: tinha de ir à igreja – era um decano da igreja – e, em casa, tinha de receber e servir parentes e conhecidos. Porém, assim que os últimos convidados se foram, Vassíli Andreitch logo tratou dos preparativos para ir a uma propriedade vizinha a fim de concretizar a aquisição de um bosque, que ele vinha negociando havia muito tempo. Vassíli Andreitch tinha pressa de partir para que comerciantes da cidade não tomassem sua frente naquela compra vantajosa. O jovem proprietário pediu dez mil rublos pelo bosque, só porque Vassíli Andreitch lhe ofereceu sete mil. E sete mil equivaliam apenas a um terço do valor real do bosque. Talvez Vassíli Andreitch ainda barganhasse um pouco mais, o bosque se encontrava na sua área e, entre ele e os comerciantes de aldeia da região, havia um acordo antigo segundo o qual um comerciante não devia aumentar o preço das terras na área do outro, no entanto Vassíli Andreitch soubera que negociantes de madeira da província planejavam fazer negócio com o bosque de Goriátchkin e decidiu ir logo fechar negócio com o proprietário. Por isso, assim que a festa acabou, tirou do cofre seus setecentos rublos, acrescentou dois mil e trezentos da igreja, que ele guardava consigo, para completar três mil rublos e, depois de contar as notas exaustivamente e enfiá-las na carteira, se arrumou para partir.

Nikita, o único dos trabalhadores de Vassíli Andreitch que não estava bêbado naquele dia, correu para atrelar os cavalos. Nikita não estava embriagado naquele dia justamente porque era um beberrão, mas agora, desde o último dia antes do grande jejum, quando bebeu até o casaco e as botas de couro que estava usando, tinha jurado não beber, e já fazia dois meses que de fato não bebia; mesmo agora não bebia, apesar da atração da bebida, servida e tomada em toda parte, nos dois primeiros dias da festa.

Nikita era um mujique de cinquenta anos, de uma aldeia próxima, sem-casa, como o chamavam, pois passava a maior parte do tempo fora de casa, trabalhando

---

1 Dia 6 de dezembro (calendário gregoriano) ou 19 de dezembro (calendário juliano).

2 Uma das categorias em que se dividia a classe dos comerciantes, conforme o volume de seu capital.

para os outros. Era estimado em toda parte por sua dedicação, habilidade, força no trabalho e sobretudo pelo caráter bom e simpático; mas não se fixava em lugar nenhum, porque duas vezes por ano, ou mais, começava a beber e então, além de gastar tudo que possuía com bebida, ainda por cima se tornava brigão e implicante. Vassíli Andreitch também o demitiu algumas vezes, mas depois contratou de novo, pois o apreciava pela honestidade, pelo amor aos animais e, sobretudo, por cobrar barato. Vassíli Andreitch não pagava a Nikita os oitenta rublos que custava um trabalhador do seu tipo, mas sim quarenta rublos, que lhe dava sem regularidade, em parcelas pequenas, e em geral não em dinheiro, mas em mercadorias de sua venda, com preços majorados.

A esposa de Nikita, Marfa, no passado uma camponesa bonita e ativa, cuidava da casa junto com um menino adolescente e duas meninas e não chamava Nikita para morar em sua casa, em primeiro lugar, porque já fazia vinte anos que ela vivia com um tanoeiro, um mujique de outra aldeia, que morava na casa deles; em segundo lugar, porque, embora maltratasse o marido à vontade quando estava sóbrio, o temia como fogo quando ele bebia muito. Certa vez, chegando em casa bêbado, certamente para se vingar da esposa por sua submissão em estado de sobriedade, Nikita arrebentou o cofre dela, pegou suas roupas prediletas, apanhou o machado e, sobre um cepo, picou em pedacinhos todos os seus vestidos e saias coloridas. Todo o salário recebido por Nikita ia para a esposa e Nikita não reclamava. Ainda agora, uns dois dias antes do feriado, Marfa foi à venda de Vassíli Andreitch e pegou farinha branca, chá, açúcar e um oitavo de vodca, no total de três rublos, e ainda pegou mais cinco rublos em dinheiro e agradeceu por isso, como se fosse um gesto de grande misericórdia, quando na verdade Vassíli Andreitch devia a Nikita vinte rublos, calculando muito por baixo.

– Alguma vez já deixei de cumprir um acordo com você? – dizia Vassíli Andreitch para Nikita. – Pegue o que precisar, depois você paga com seu trabalho. Comigo não é como com os outros: mandam esperar, fazem contas, cobram multas. Com a gente é na base da honestidade. Você me obedece e eu não deixo você abandonado.

Ao dizer isso, Vassíli Andreitch estava sinceramente convencido de que cobria Nikita de benefícios: sabia falar de modo tão convincente que todos que dependiam de seu dinheiro, a começar por Nikita, o apoiavam na convicção de que ele não trapaceava e ainda cobria todos de benefícios.

– Sei, eu entendo, sim, Vassíli Andreitch; olhe, eu trabalho e dou um duro danado para o senhor, como faria para meu pai. Entendo muito bem – respondeu Nikita, entendendo muito bem que Vassíli Andreitch o enganava, mas sentindo, ao mesmo tempo, que não adiantava nada tentar esclarecer suas contas com ele e que, enquanto não aparecesse outro lugar para ficar, era preciso viver e aceitar o que dessem.

Agora, tendo recebido a ordem do patrão de atrelar os cavalos, Nikita, como sempre alegre e bem-disposto, com os passos ágeis e vigorosos de seus pés que marchavam um atrás do outro no estábulo, retirou de um gancho uma correia pesada com freio e cabresto e, tilintando as argolas do arreio, foi para a baia fechada onde o cavalo que Vassíli Andreitch mandara atrelar estava sozinho.

– E aí, está chateado, está chateado, é, seu cabeça-dura? – disse Nikita, respondendo ao fraco relincho de saudação com que o recebeu o belo garanhão baio escuro, de estatura mediana e garupa um pouco arriada, que estava sozinho na baia. – Eh, eh! Vamos logo, primeiro vamos tomar água – disse para o cavalo exatamente como se fala para criaturas que compreendem as palavras e, depois de bater com a aba do casaco nas costas do cavalo, empoeiradas, gordas, roídas, com uma risca pelada no meio, pôs o cabresto na cabeça jovem e bonita do garanhão, soltou as orelhas e a franja, retirou o bridão e levou-o para beber água.

Depois de sair com cuidado do estábulo coalhado de esterco, Mukhórti[3] começou a brincar de levantar as patas traseiras, fingindo que queria dar coices em Nikita, que o levava para o poço, correndo a trote.

– Pode fazer suas gracinhas, seu malandro! – exclamou Nikita, que sabia do cuidado com que Mukhórti erguia as patas traseiras e fingia dar coices, de modo que apenas resvalassem em seu casaco ensebado, sem bater nele de verdade, e gostava muito daquele seu jeito.

Depois de beber a água quase congelada, o cavalo bufou, sacudindo os beiços molhados e fortes, dos quais gotas transparentes pingavam do bigode para o cocho, e se aquietou, como se parasse um pouco para pensar; em seguida, de repente, relinchou bem alto.

– Se não quer, não precisa, mas fique sabendo: depois não peça mais – disse Nikita, explicando para Mukhórti, com toda a seriedade e clareza, seu modo de proceder; e depois correu para o estábulo, puxando pela rédea o jovem e belo cavalo, que resfolegava e estalava os cascos por todo o caminho.

Nenhum trabalhador estava ali; só um homem de fora, o marido da cozinheira, que tinha vindo para passar os feriados.

– Vá lá perguntar, minha alma querida – disse-lhe Nikita –, qual é o trenó que tenho de atrelar: o mais largo ou o menor?

O marido da cozinheira foi à casa, que tinha alicerces de ferro e telhado de

---

3 Cavalo baio com marcas amarelas na pelagem.

ferro, e logo voltou com a notícia de que a ordem era atrelar o trenó menor. Nessa altura, Nikita já tinha posto a canga, prendido a cilha ornada com tachas e, levando na mão um leve arco de trenó pintado enquanto puxava o cavalo com a outra mão, se aproximava de dois trenós estacionados junto ao estábulo.

– Se é no menor, vamos no menor – disse ele, e conduziu o cavalo inteligente, que não parava de fingir que queria mordê-lo, para o intervalo entre os varais do trenó e, com ajuda do marido da cozinheira, Nikita começou a atrelar.

Quando estava quase tudo pronto e só faltava ajustar os arreios, Nikita mandou o marido da cozinheira ir ao estábulo pegar palha e ao celeiro pegar uma manta de estopa.

– Pronto, pronto, tudo bem. Eh, eh, não fique zangado! – disse Nikita, enquanto estofava o trenó com a palha de aveia recém-debulhada, trazida pelo marido da cozinheira. – Agora vamos pôr a aniagem, assim, que nem uma cama, e por cima a manta de estopa. Pronto, olhe só, assim vai ficar bom de sentar – ia falando enquanto fazia o que estava dizendo, ajeitando a manta de estopa por cima da palha, em todos os lados, ao redor do assento. – Pronto, obrigado, alma querida – disse Nikita ao marido da cozinheira. – Com dois, tudo anda mais rápido. – E, segurando as rédeas de couro, unidas por uma argola na ponta, Nikita sentou no trenó e tocou o bom cavalo, ansioso para andar, na direção do portão, por cima do esterco congelado.

– Tio Mikit, titio, ei, titio! – começou a gritar atrás dele a vozinha fina de um menino de sete anos que saiu afobado pela porta e veio correndo pelo pátio, num casaco preto, botas de feltro brancas e novas e gorro quente. – Me leve também – pediu, enquanto abotoava o casaco na corrida.

– Está bem, está bem, corre, pombinho – disse Nikita e, depois de parar, sentou no trenó o menino magrinho, pálido e radiante de alegria, o filho do patrão, e saiu para a rua.

Passava das duas horas. Fazia muito frio – uns dez graus abaixo de zero, estava escuro e ventava. Metade do céu estava coberta por uma nuvem baixa e escura. Mas no pátio o tempo estava ameno. Já na rua, dava para sentir mais o vento: a neve era varrida do telhado do celeiro do vizinho e rodopiava na esquina, perto da casa de banho. Assim que Nikita atravessou o portão e conduziu o cavalo na direção da varanda, Vassíli Andreitch, com um cigarro na boca, vestindo um casaco forrado de pele de ovelha e com o cinto bem apertado, saiu pela porta na varanda alta e coalhada de neve, que rangia sob suas botas de feltro com solas de couro, e parou. Deu uma tragada no que restava do cigarro, jogou-o junto aos pés, pisou e, soltando a fumaça entre os fios do bigode, olhando de lado para o cavalo que se aproximava, começou a levantar a gola do casaco de ambos os lados do rosto rosado, barbeado, exceto pelo bigode, mas com cuidado, para evitar que a respiração umedecesse a pele do forro da gola.

– Já está aí, é, seu brincalhão? Vamos, caia fora, já! – disse, ao ver o filho no trenó. Vassíli Andreitch estava excitado pela bebida que tomara com os convidados e por isso, ainda mais do que o costume, se mostrava satisfeito com tudo que lhe pertencia e tudo que fazia. A visão do filho, que em pensamento sempre chamava de herdeiro, agora despertou nele uma grande satisfação; estreitando os olhos e deixando à mostra os dentes compridos, olhou para o menino.

Grávida, magra e pálida, com a cabeça e os ombros embrulhados num xale de lã, de modo que só os olhos ficavam visíveis, a esposa de Vassíli Andreitch o acompanhou até a varanda e ficou atrás dele.

– Na verdade, era melhor levar o Nikita com você – disse ela, ao aparecer timidamente por trás da porta.

Vassíli Andreitch nada respondeu às palavras dela, que obviamente não lhe agradaram. Fechou a cara, zangado, e cuspiu.

– Está levando dinheiro – insistiu a esposa com a mesma voz queixosa. – E se o tempo não melhorar? É sério, pelo amor de Deus.

– Como se eu não conhecesse o caminho e precisasse necessariamente de um guia! – exclamou Vassíli Andreitch, com a estranha tensão dos lábios com que costumava falar com vendedores e compradores, pronunciando cada sílaba com uma clareza especial.

– Não, é verdade, leve o Nikita. Peço pelo amor de Deus! – repetiu a esposa, puxando o xale para o outro lado.

– Agora ela cismou e não vai mais parar... Mas como é que vou levar o Nikita?

– Puxa, Vassíli Andreitch, estou prontinho – disse Nikita, contente. – É só darem comida para os cavalos, enquanto eu não estiver aqui – acrescentou, se dirigindo à patroa.

– Vou cuidar disso, Nikituchka, vou mandar o Semion – disse a patroa.

– Pronto. E então, vamos lá, Vassíli Andreitch? – disse Nikita, esperando.

– Sim, parece que tenho de fazer a vontade de minha velha. Só que, se vamos mesmo, é melhor você pôr um agasalho mais quente – disse Vassíli Andreitch, sorrindo de novo e piscando o olho para o casaco curto de pele de Nikita, rasgado nos sovacos e nas costas, com uma franja de farrapos na borda, ensebado, desengonçado e que já tinha visto de tudo neste mundo.

– Ei, alma querida, vem cá, segure o cavalo! – gritou Nikita para o marido da cozinheira, do outro lado do pátio.

– Eu seguro, eu seguro! – guinchou o menino, tirando dos bolsos as mãozinhas vermelhas e enregeladas e segurando com elas as rédeas frias de couro.

– Só não fique muito tempo se enfeitando com esse casaco, vamos logo! – gritou Vassíli Andreitch, zombando de Nikita.

– Um momentinho só, caro Vassíli Andreitch – respondeu Nikita e, movendo depressa as botas de feltro velhas, com as pontas viradas para dentro e com solas de feltro costuradas, correu pelo pátio e entrou na isbá dos trabalhadores.

– Ei, Arinuchka, pegue meu capote perto da estufa... Vou viajar com o patrão! – exclamou Nikita, entrando correndo pela isbá e tirando um cinto do gancho.

A trabalhadora, que havia cochilado após o almoço e agora preparava o samovar para o marido, recebeu Nikita com alegria e, contagiada por sua afobação, começou a se movimentar tão depressa quanto ele e pegou na estufa um casaco péssimo, esburacado, de feltro, que deixaram ali para secar, e começou a sacudir e bater o agasalho às pressas.

– Quer dizer que você vai ter a chance de ficar sossegada com seu parceiro, hein? – disse Nikita, que por bondade sempre dizia algo gentil quando ficava sozinho com alguém.

E, puxando o cinto esticado na cintura, respirou fundo, encolheu bem a barriga e apertou o cinto com toda a força, em redor do casaco de pele de carneiro.

– Pronto, agora, sim – disse em seguida, dirigindo-se já não à cozinheira, mas ao cinto mesmo, enquanto enfiava a ponta solta na cintura da calça. – Agora não vai se soltar. – Ergueu e baixou os ombros para ganhar desenvoltura nos braços, vestiu o capote por cima, também esticou as costas para os braços ficarem mais livres, bateu com as mãos nos sovacos e pegou as luvas na estante. – Pronto, agora está certo.

– Ei, Stepánitch, era melhor enrolar os pés – disse a cozinheira –, suas botas estão um horror.

Nikita parou, como se só então lembrasse.

– É mesmo... Mas vão aguentar, não é tão longe! – E correu para fora.

– Não vai sentir frio, Nikituchka? – perguntou a patroa, quando ele se aproximou do trenó.

– Que frio, nada, estou bem quentinho – respondeu Nikita, ajeitando a palha na parte dianteira do trenó, a fim de cobrir seus pés com ela, e dobrando embaixo da palha seu chicote, desnecessário para o bom cavalo.

Vassíli Andreitch já estava sentado no trenó, coberto por dois casacos de pele e enchendo com suas costas quase todo o vão da parte traseira do trenó, e sem demora segurou as rédeas e tocou o cavalo. Nikita embarcou de um salto, pelo lado esquerdo, com o trenó já em movimento, e um pé ficou pendurado para fora.

II

Com um leve rangido dos esquis, o bom garanhão moveu o trenó e, em passadas ligeiras, avançou através da aldeia, pela estrada nivelada pelo gelo.

– Mas aonde você pensa que vai? Me dê o chicote, Nikita! – gritou Vassíli Andreitch, obviamente divertido com o herdeiro, que havia subido na parte traseira dos esquis. – Vou acertar em você! Corra para a mamãe, filho de uma cadela!

O menino pulou. Mukhórti acelerou o passo e, depois de dar um gemido, começou a trotar.

Krésti, a aldeia onde ficava a casa de Vassíli Andreitch, era formada por seis casas. Assim que passaram pela última, a isbá de Kuznétsov, logo notaram que o vento estava soprando muito mais forte do que imaginavam. Quase não dava mais para enxergar os caminhos. A trilha dos esquis logo se apagava e só se conseguia distinguir a estrada porque ela estava mais alta do que o terreno em volta. A neve rodopiava por todo o campo e não se via a linha que separa a terra do céu. A floresta de Tieliátin, sempre bastante visível, só de vez em quando surgia, de modo vago, em meio à poeira da neve. O vento soprava do lado esquerdo, virando a crina de Mukhórti com insistência para o lado, sobre o pescoço vigoroso e bem nutrido, e empurrando na diagonal a cauda peluda, amarrada com um laço simples. A gola comprida do casaco de Nikita, sentado de lado para o vento, batia no rosto e no nariz.

– É neve demais, não dá para ele correr o que sabe – disse Vassíli Andreitch, orgulhoso de seu bom cavalo. – Uma vez, fui com ele a Pachútino e chegou lá em meia hora.

– O quê? – perguntou Nikita, que não tinha ouvido por trás da gola.

– Pachútino, cheguei lá em meia hora – gritou Vassíli Andreitch.

– É o que eu digo, esse cavalo é muito bom! – disse Nikita.

Ficaram calados. Mas Vassíli Andreitch estava com vontade de conversar.

– E então, você mandou sua mulher não dar bebida para o tanoeiro? – disse Vassíli Andreitch com a mesma voz alta, tão convencido de que Nikita devia se sentir lisonjeado de conversar com um homem tão inteligente e culto como ele, e também tão satisfeito com seu gracejo, que nem passou pela sua cabeça a ideia de que Nikita poderia não gostar daquela conversa.

De novo, Nikita não ouviu o som das palavras do patrão, levadas pelo vento.

Vassíli Andreitch repetiu o gracejo sobre o tanoeiro, com sua voz alta e clara.

– Que eles fiquem com Deus, Vassíli Andreitch, eu não me meto nesses assuntos. Contanto que ela não maltrate o menino, está tudo certo.

– É isso mesmo – disse Vassíli Andreitch. – Mas e então, vai mesmo comprar um cavalo na primavera? – perguntou, mudando de assunto.

– Não tem outro jeito – respondeu Nikita, baixando a gola do casaco e virando para o patrão.

Agora a conversa já era do interesse de Nikita e ele queria escutar tudo.

– O pequeno já cresceu, tem de arar a terra, e até agora a gente alugou um cavalo – disse ele.

– Por que não fica com aquele magro e alto? Não vou cobrar caro! – gritou Vassíli Andreitch, sentindo-se estimulado e, por isso, dando início à sua atividade predileta, aquela que absorvia todas as suas energias mentais: trapacear nos negócios.

– Ou então o senhor me dá quinze rublinhos e eu compro um na feira de cavalos – disse Nikita, sabendo que o valor do cavalo de garupa arriada que Vassíli Andreitch queria lhe empurrar era de sete rublos, mas que Vassíli Andreitch, ao lhe passar o cavalo, ia cobrar uns vinte e cinco rublos e depois Nikita ia ficar meio ano sem ver dinheiro nenhum.

– É um cavalo bom. Desejo para você o mesmo que desejo para mim. De coração. Brekhúnov não é de enganar ninguém. Deixe que eu fique com o prejuízo, não sou como os outros. Palavra de honra – gritou com a mesma voz com que tapeava seus compradores e vendedores. – É um senhor cavalo!

– Se é – disse Nikita, depois de um suspiro, e, convencido de que não tinha mais nada que ouvir, soltou a gola, que imediatamente cobriu a orelha e o rosto.

Viajaram calados por meia hora. O vento soprava forte no lado e no braço de Nikita, onde o casaco estava rasgado.

Ele se encolhia, respirava por trás da gola que cobria a boca e, no todo, não sentia frio.

– Então, o que você acha? Vamos por Karamíchevo ou vamos reto mesmo? – perguntou Vassíli Andreitch.

Por Karamíchevo, a estrada era mais movimentada e bem marcada por duas fileiras de estacas, porém o trajeto era mais longo. Seguindo reto, o caminho era mais curto, mas a estrada era pouco usada, não havia estacas marcando a estrada, ou estavam tombadas, cobertas de neve.

Nikita pensou um pouco.

– Por Karamíchevo fica mais longe, mas a estrada é melhor – disse.

– Sim, mas seguindo reto, é só passar pelo valezinho, não dá para se perder, e depois vem a floresta e aí o caminho fica mais fácil – disse Vassíli Andreitch, que preferia ir reto.

– O senhor manda – disse Nikita, e soltou de novo a gola.

Assim fez Vassíli Andreitch e, depois de percorrer meia versta, dobrou à esquerda, junto a um carvalho alto que balançava com o vento e, aqui e ali, ainda tinha algumas folhas secas presas aos galhos.

Depois da curva, o vento passou a bater quase de frente. E caía uma neve fina. Vassíli Andreitch conduzia o trenó, inflava as bochechas e soprava para baixo, através do bigode. Nikita cochilava. Seguiram calados por uns dez minutos. De repente, Vassíli Andreitch falou alguma coisa.

– O que foi? – perguntou Nikita, abrindo os olhos. Vassíli Andreitch não respondeu: estava andando com o corpo inclinado, olhando para trás e para a frente, adiante do cavalo. Com o pelo encrespado pelo suor, que encharcava a virilha e o pescoço, o cavalo avançava devagar.

– O que foi? – repetiu Nikita.

– O que foi, o que foi! – arremedou Vassíli Andreitch, zangado. – Não dá para ver as marcas da estrada! Acho que nos perdemos!

– Pare aqui um pouquinho, vou procurar a estrada – disse Nikita e, pulando ligeiro para fora do trenó, pegou o chicote embaixo da palha e foi para a esquerda do lado em que estava sentado.

Naquele ano, a neve não estava tão funda e era possível andar para todo lado, no entanto aqui e ali a neve batia no joelho e entrava nas botas de Nikita. Ele andou, tateou com os pés e com o chicote, mas não achou a estrada em lugar nenhum.

– E aí? – perguntou Vassíli Andreitch, quando Nikita voltou para perto do trenó.

– Desse lado, não tem estrada. Temos de ir para o outro lado.

– Tem alguma coisa escura lá na frente, vá dar uma olhada – disse Vassíli Andreitch.

Nikita foi até lá, se aproximou do que parecia escuro – era a terra dos campos nus de inverno que o vento havia espalhado sobre a neve, deixando manchas pretas sobre ela. Depois de ir também para a direita, voltou para o trenó, sacudiu a neve do corpo, tirou-a de dentro das botas e sentou no trenó.

– Temos de ir para a direita – disse ele, em tom decidido. – O vento estava batendo no meu lado esquerdo e agora bate bem de frente no focinho. Vá para a direita! – disse, em tom decidido.

Vassíli Andreitch obedeceu e tomou a direita. Mas a estrada não aparecia. Avançaram assim por um tempo. O vento não diminuía e caía uma neve fina.

– Pois é, Vassíli Andreitch, pelo visto a gente se perdeu mesmo – disse Nikita de repente, como que com satisfação. – O que é aquilo? – perguntou, apontando para umas ramas de batata que sobressaíam na neve.

Vassíli Andreitch deteve o cavalo, já suado, cujas ancas salientes se moviam com dificuldade.

– O que é? – perguntou.

– Acontece que a gente está no meio da plantação de Zakhárov. Olhe só onde a gente veio parar!

– Está mentindo – exclamou Vassíli Andreitch.

– Não estou mentindo, Vassíli Andreitch, estou dizendo a verdade – respondeu Nikita. – E pelo barulho dos esquis dá para ver que estamos andando numa plantação de batata; olhe lá os montes de ramas cortadas. É o campo da usina de Zakhárov.

– Olhe só onde viemos parar! – exclamou Vassíli Andreitch. – O que vamos fazer?

– Tem de seguir reto, em frente, só isso, e a gente vai dar em algum lugar – disse Nikita. – Se não é na casa de Zakhárov, a gente vai dar no sítio do senhor de terras.

Vassíli Andreitch obedeceu e conduziu o cavalo na direção indicada por Nikita. Avançaram por muito tempo. Às vezes saíam em campos nus e os esquis roncavam ao passar sobre torrões de terra congelada. Às vezes saíam sobre o restolho, ora de inverno, ora de primavera, onde se viam hastes de absinto e de palha que sobressaíam na neve e que o vento sacudia; às vezes saíam numa neve profunda, toda branca e nivelada, sobre a qual já não se via coisa alguma.

A neve caía do alto e às vezes também vinha por baixo. Era visível que o cavalo estava exausto, todo encrespado e espumoso de suor, e andava devagar. De repente, escorregou e tombou sentado numa vala ou canal. Vassíli Andreitch quis parar, mas Nikita gritou para ele:

– Que parar, nada! A gente veio, então a gente tem de voltar. Vamos, meu cavalinho! Ô, ô, meu filho! – começou a gritar para o cavalo com voz alegre, descendo do trenó e se atolando também no canal.

O cavalo deu um puxão e logo subiu no aterro congelado. Pelo visto, era um canal escavado.

– Onde é que nós estamos? – perguntou Vassíli Andreitch.

– Daqui a pouco a gente vai saber! – respondeu Nikita. – Vamos em frente que logo vamos dar em algum lugar.

– Será que é a floresta de Goriátchkin? – perguntou Vassíli Andreitch, apontando para algo escuro que surgia através da neve, na frente deles.

– Vamos até lá e aí vamos ver que floresta é essa – disse Nikita.

No lado onde havia algo escuro, Nikita percebeu que folhas secas e compridas de salgueiros se mexiam depressa e por isso soube que não era uma floresta, mas um restolho, só que não queria dizer. E, de fato, mal andaram dez *sájeni* após o canal, apareceu algo escuro à sua frente, obviamente árvores, e ouviram um som novo e melancólico. Nikita tinha razão: não era uma floresta, mas uma fileira de salgueiros altos, com folhas que, aqui e ali, ainda sacudiam. Pelo visto, os salgueiros tinham sido plantados ao longo do canal junto a uma eira coberta. O cavalo avançou na direção do som melancólico do vento que batia nos salgueiros e, de repente, ergueu as patas dianteiras mais alto do que o trenó, desvencilhou as patas traseiras na subida da rampa, virou para a esquerda e já não estava mais atolado na neve até o joelho. Era a estrada.

– Pronto, chegamos – disse Nikita. – Só não sei onde.

O cavalo, sem se desviar do caminho, avançou pela estrada coberta de neve e não tinha ainda percorrido quarenta *sájeni* quando surgiu a faixa escura e reta de uma cerca de varas amarradas de uma eira coberta, sob um telhado coberto por uma grossa camada de neve, que não parava de escorrer para o chão. Depois que passaram pela eira coberta, a estrada virava a favor do vento e eles toparam com um monte de neve. Porém, mais à frente, via-se um caminho entre duas casas, de modo que o monte de neve, obviamente, tinha sido formado pelo vento bem no meio da estrada e era preciso passar por ele. De fato, depois de passarem pelo monte de neve, saíram numa rua. Na última casa, roupas penduradas num cordão sacudiam-se desesperadamente por causa do vento: camisas, uma vermelha e uma branca, calças, perneiras e uma saia. A camisa branca, agitando as mangas, se sacudia com especial desespero.

– Olhe só que mulher preguiçosa, ou então morreu e não tirou as roupas antes do feriado – disse Nikita, olhando para as camisas tremulantes.

III

No início da rua, o vento batia com força e o caminho estava coberto de neve, mas no meio da aldeia era mais calmo, mais quente e alegre. No terreiro de uma casa, um cachorro latia; em outro, uma mulher com a cabeça coberta por um casaco veio correndo de algum lugar e entrou pela porta da isbá, depois de parar um instante na soleira, a fim de dar uma olhadinha nos viajantes. Do meio da aldeia, vinha o som de meninas que cantavam.

Na aldeia, parecia que o vento, a neve e a friagem eram menores.

– Puxa, isto aqui é Gríchkino – disse Vassíli Andreitch.

– É mesmo – disse Nikita.

E, de fato, era Gríchkino. Aconteceu que eles se desviaram para a esquerda e percorreram umas oito verstas numa direção muito diferente daquela que tinham de tomar, no entanto mesmo assim acabaram avançando no rumo do seu destino. De Gríchkino até Goriátchkin eram umas cinco verstas.

No meio da aldeia, quase atropelaram um homem alto que vinha andando pelo meio da rua.

– Quem vem lá? – perguntou o homem, segurando o cavalo e, logo que reconheceu Vassíli Andreitch, agarrou o varal e, tateando com as mãos, avançou até o trenó e sentou-se na boleia.

Era um conhecido de Vassíli Andreitch, o mujique Issai, famoso na região como o maior ladrão de cavalos.

– Ah! Vassíli Andreitch! Para onde Deus está levando você? – disse Issai, envolvendo Nikita no cheiro da vodca que tinha bebido.

– Estamos indo para Goriátchkin.

– E olhem só onde vieram parar! Tinham de ir por Malákhovo.

– Pois é, mas a gente não conseguiu – disse Vassíli Andreitch, freando o cavalo.

– Esse cavalinho é bom – disse Issai, dando uma olhada no cavalo e, com um movimento hábil, apertou o laço muito frouxo que prendia o rabo peludo.

– Então, vão passar a noite aqui, não é?

– Não, irmão, precisamos ir em frente, a todo custo.

– É, pelo visto precisam mesmo. E esse aí, quem é? Ah! Nikita Stepánitch!

– Quem mais podia ser? – respondeu Nikita. – Agora, alma querida, diga aí como fazer para a gente não se perder outra vez.

– Mas como é que alguém pode se perder aqui? Dê a volta para trás, siga direto pela rua, vá reto toda a vida. Não pegue a esquerda. Chegue à estrada principal e então, à direita.

– Mas onde a gente sai da estrada principal? Pelo caminho do verão ou do inverno? – perguntou Nikita.

– Do inverno. E assim que você fizer a curva, tem uns arbustos e em frente aos arbustos tem um marco do caminho, um carvalho grande, ainda frondoso, então é por ali.

Vassíli Andreitch fez o cavalo dar meia-volta e seguiu pela periferia da aldeia.

– Era melhor passar a noite aqui! – gritou Issai, atrás deles.

Vassíli Andreitch não respondeu e tocou o cavalo: as cinco verstas de estrada nivelada, das quais duas eram de floresta, pareciam fáceis de percorrer, ainda mais porque o vento parecia ter amainado e a neve cessara.

Depois de percorrer de novo a rua batida e escurecida, aqui e ali, pelo estrume fresco e depois de passar pela casa com roupas penduradas, onde a camisa branca já se soltara e pendia presa apenas por uma manga congelada, eles foram de novo na direção dos salgueiros, que uivavam de dar medo, e de novo se viram em campo aberto. A nevasca não só não amainara como parecia ter ficado mais forte ainda. Toda a estrada se encontrava coberta de neve e só pelas marcas na beira do caminho era possível saber que não tinham se perdido. Porém, mais à frente, ficou difícil até distinguir as marcas, porque o vento era contrário.

Vassíli Andreitch estreitava as pálpebras, inclinava a cabeça e se esforçava para enxergar as marcas, mas em geral deixava por conta do cavalo, confiando nele. E o cavalo de fato não se perdia e avançava, virando ora para a esquerda, ora para a direita, conforme as curvas da estrada, que ele percebia com as patas, e assim, apesar de a neve cair mais forte e o vento bater com mais força, as marcas continuaram visíveis, ora à direita, ora à esquerda.

Assim passaram uns dez minutos, quando de repente, bem na frente do cavalo, surgiu algo escuro que se movia na rede oblíqua da neve varrida pelo vento. Eram viajantes, como eles. Mukhórti logo os alcançou e bateu com as patas no trenó que ia à frente.

– Passe pelo lado... ado-ado-ado... vai na frente! – gritaram do trenó.

Vassíli Andreitch começou a ultrapassar. No trenó, iam três mujiques e uma mulher. Na certa eram convidados que voltavam da festa. Um mujique deu uma lambada com uma vara na garupa coberta de neve do cavalinho. Os outros dois, abanando as mãos, gritaram algo para o que estava na frente. A mulher agasalhada, toda coberta de neve, estava sentada, quieta, taciturna, na traseira do trenó.

– De onde são vocês? – gritou Vassíli Andreitch.

– A-a-a... ski! – Ouviu-se apenas.

– De onde?

– A-a-a... ski! – gritou com toda a força um dos mujiques, mas mesmo assim era impossível entender.

– Passe! Não demore! – gritou o outro, que não parava de bater com a vara no cavalinho.

– Estão vindo da festa, não é?

– Isso, isso mesmo! Vai, Siomka! Passe! Vai!

Os trenós bateram de lado um no outro, quase se engancharam, separaram-se, e o trenó dos mujiques começou a ficar para trás.

Seu cavalinho peludo e barrigudo, todo coberto de neve, ofegava cansado sob o arco estreito e era evidente que, com suas últimas forças, tentava em vão fugir da vara que o golpeava, claudicando com suas pernas curtas na neve funda, que ele fazia espirrar embaixo de si. Com o focinho jovem, lábio inferior pendente como o de um peixe, narinas muito abertas e orelhas encolhidas de medo, ele se manteve alguns segundos ao lado do ombro de Nikita e depois começou a ficar para trás.

– Aí está o que faz a bebida – disse Nikita. – Torturam o cavalinho até acabar com ele. São uns asiáticos!

Durante alguns minutos, ouviram o bufo das narinas do cavalinho torturado e os gritos bêbados dos mujiques, depois o bufo silenciou, depois os gritos também. E de novo não se ouvia mais nada ao redor senão o assovio do vento nos ouvidos e, de vez em quando, o débil guincho dos esquis nos trechos da estrada mais varridos pelo vento.

Aquele encontro animou e alegrou Vassíli Andreitch, que, com mais audácia e sem dar atenção às marcas da estrada, tocava o cavalo para a frente, confiando nele.

Nikita não podia fazer nada e, como sempre acontecia quando se encontrava numa situação assim, cochilava para compensar todo o tempo que ficava sem dormir. De repente, o cavalo parou e Nikita por pouco não caiu para a frente.

– Olhe só, perdemos o caminho outra vez! – disse Vassíli Andreitch.

– O quê?

– Não se veem mais as marcas. Na certa, nos perdemos de novo.

– Se perdemos o caminho, temos de procurar – disse Nikita e, sem mais conversa, desceu e, pisando devagar com os pés virados para dentro, começou de novo a andar pela neve.

Andou muito tempo, sumia e reaparecia, para de novo sumir, até que afinal voltou.

– Aqui não tem estrada, talvez mais para a frente – disse e sentou no trenó.

Já começava a escurecer, dava para notar. A nevasca não aumentava, mas também não diminuía.

– Quem dera ainda pudéssemos ouvir aqueles mujiques – disse Vassíli Andreitch.

– É, mas eles não passaram, a gente deve ter se desviado para longe. Vai ver que eles também se perderam – disse Nikita.

– Para onde vamos agora? – perguntou Vassíli Andreitch.

– Tem de deixar o cavalo andar sozinho – disse Nikita. – Ele vai achar o caminho. Me dê as rédeas.

Vassíli Andreitch entregou as rédeas de muito bom grado, porque suas mãos começavam a gelar dentro das luvas grossas.

Nikita pegou as rédeas e se limitou a segurar, tentando não mexer com elas, satisfeito com a inteligência de seu cavalo predileto. De fato, o cavalo inteligente, virando ora uma orelha, ora outra, ora para um lado, ora para outro, começou a dar a volta.

– Só falta falar – exclamou Nikita. – Olhe só o que está fazendo! Vai, vai, você sabe! Assim, assim.

O vento passou a soprar de trás, ficou mais quente.

– Como é sabido – Nikita continuou a exprimir seu contentamento com o cavalo. – Um cavalo quirguiz é forte, mas é bobo. Agora, este aqui, olhe só o que faz com as orelhas. Ele não precisa de telégrafo nem nada, sente o cheiro a uma versta.

E passou menos de meia hora quando, de fato, à frente deles surgiu algo escuro: uma floresta, árvores, e do lado direito surgiram de novo as marcas da estrada. Era evidente que tinham encontrado de novo a estrada.

– Olhe, é Gríchkino outra vez – exclamou Nikita, de repente.

De fato, à esquerda deles estava de novo a mesma eira coberta da qual a neve escorria e, mais adiante, a mesma corda com roupas penduradas e congeladas, as camisas e a calça que continuavam a sacudir desesperadamente com o vento.

Seguiram outra vez pela rua, ficou mais quente outra vez, mais ameno, mais alegre, via-se outra vez a estrada cheia de estrume, ouviram-se outra vez as vozes, as canções, outra vez o cachorro latiu. Já tinha escurecido tanto que em algumas janelas havia luzes acesas.

Na metade da rua, Vassíli Andreitch virou o cavalo para uma casa grande, com duas camadas de tijolos, e parou na frente da varanda.

Nikita se aproximou da janela iluminada e coberta de neve, à luz da qual cintilavam pequenos flocos de neve rodopiantes, e bateu no vidro com o cabo do chicote.

– Quem é? – gritou uma voz ao chamado de Nikita.

– De Krésti, Brekhúnov, bom homem – respondeu Nikita. – Venha cá um instante!

Afastaram-se da janela e, uns dois minutos depois, ouviu-se a tranca da porta do vestíbulo abrir, depois a batida do ferrolho da porta da rua e, segurando a porta por causa do vento, um velho mujique alto pôs a cabeça para fora, de barba branca, o casaco curto de pele aberto por cima da camisa branca de festa e, atrás dele, um rapaz de camisa vermelha e botas de couro.

– É você, Andreitch? – perguntou o velho.

– A gente se perdeu, irmão – disse Vassíli Andreitch. – Queríamos ir para Goriátchkin, mas viemos parar aqui. Partimos de novo e nos perdemos outra vez.

– É, se perderam mesmo – disse o velho. – Petrukha, vá abrir o portão! – disse para o rapaz de camisa vermelha.

– Já vou – respondeu o rapaz com voz alegre e correu para dentro.

– Nós não vamos passar a noite aqui, irmão – disse Vassíli Andreitch.

– E para onde vão assim, no meio da noite? Passem a noite aqui!

– Bem que eu gostaria, mas tenho de viajar. Negócios, irmão, não tem jeito.

– Bem, pelo menos se esquente um pouco, o samovar está pronto – disse o velho.

– Esquentar, pode ser – respondeu Vassíli Andreitch. – Não vai ficar mais escuro do que já está, a lua vai subir e a noite vai clarear. E então, que tal se esquentar um pouco, Mikit?

– É bom, sim, dar uma esquentadinha – respondeu Nikita, que sentia muito frio e queria aquecer os membros enregelados.

Vassíli Andreitch entrou com o velho na isbá, enquanto Nikita entrou pelo portão aberto por Petrukha e, por recomendação dele, levou o cavalo para baixo do telheiro do galpão. O chão estava coberto de estrume e o arco alto sobre a cabeça do cavalo agarrou na viga. O galo e as galinhas pousados na viga se agitaram descontentes com o baque e se agarraram à viga com as patas. Ovelhas se assustaram e pularam para o lado, batendo com os cascos no estrume congelado. O cachorro que latia desesperado, com medo e maldade, latiu manso como um filhotinho para o estranho.

Nikita falou um pouquinho com todos: desculpou-se com as galinhas, tranquilizou-as, dizendo que não ia mais perturbar, censurou as ovelhas por terem se assustado sem saber por quê, e não parou de dar explicações ao cachorrinho, enquanto amarrava o cavalo.

– Pronto, assim vai ficar bom – disse, enquanto tirava a neve da roupa. – Olhe como late! – acrescentou para o cachorro. – Chega, é pior para você! Chega, seu bobo. Só serve para se irritar à toa – disse. – Não somos ladrões, somos amigos...

– Esses são os três conselheiros de casa, como dizem – falou o rapaz, enquanto, com o braço forte, puxava para baixo do telheiro o trenó que continuava do lado de fora.

– Que conselheiros? – perguntou Nikita.

– É assim que está escrito em Paulson:[4] o ladrão entra na casa, o cachorro late e isso quer dizer: não bobeie, atenção. O galo canta e isso quer dizer: acorde. O gato se lambe e isso quer dizer: vai chegar uma visita boa, se prepare para receber – disse o rapaz, sorrindo.

Petrukha era alfabetizado e sabia quase de cor o único livro que tinha, o de Paulson, e sobretudo quando estava um pouco embriagado, como naquele dia, gostava de extrair do livro ideias que lhe pareciam adequadas à situação.

– É isso mesmo – disse Nikita.

– Aposto que está morrendo de frio, não é, tio? – acrescentou Petrukha.

– Pois é, isso mesmo – respondeu Nikita e passaram pelo pátio, pelo vestíbulo e entraram na casa.

IV

A casa a que Vassíli tinha ido era uma das mais ricas da aldeia. A família tinha cinco lotes e ainda alugava uma terra vizinha. Tinham seis cavalos, três vacas, dois bezerros de um ano e umas vinte ovelhas. Ao todo, moravam na casa vinte e duas almas:

---

4 Trata-se da obra *Livro para leitura*, de Ióssif Ivánovitch Paulson (1825-98).

quatro filhos casados, seis netos, dos quais só Petrukha era casado, dois bisnetos e três órfãos, além de quatro noras e seus filhos. Era uma das raras casas que não tinham sido divididas; mas também nela já estava em curso o surdo trabalho da disputa interna, que sempre começava entre as mulheres e que, inevitavelmente, devia em breve acarretar a separação. Dois filhos moravam em Moscou e eram aguadeiros, um estava no Exército. Agora, em casa, estavam o velho, a velha, o segundo filho, que cuidava da casa, e o filho mais velho, que viera de Moscou para passar os feriados, bem como todas as mulheres e crianças; além do pessoal da família, havia também uma visita, o vizinho, padrinho de uma das crianças.

Acima da mesa, na isbá, pendia um lampião com um grande quebra-luz, que iluminava com clareza as louças do chá, a garrafa de água, as comidas leves e as paredes de tijolos, decoradas com ícones no canto do oratório e com quadros dos dois lados. Vassíli Andreitch estava sentado à cabeceira da mesa, com um casaco de pele preto, chupando seu bigode congelado e, com os olhos proeminentes de águia, observava as pessoas e a isbá em redor. Além de Vassíli Andreitch, estava também à mesa o velho e careca dono da casa, de camisa branca, feita em casa; a seu lado, de camisa de chita, costas e ombros vigorosos, estava o filho que viera de Moscou para passar os feriados, e também outro filho de ombros largos, que tomava conta da casa, e um mujique ruivo e magricela: o vizinho.

Tendo comido e bebido, os mujiques se preparavam para tomar o chá, e o samovar já estava chiando, no chão, junto à estufa. No jirau e acima da estufa, viam-se as crianças. Uma mulher estava sentada num estrado por cima de um berço. A velha dona da casa, com o rosto coberto de rugas pequenas por todos os lados, com ruguinhas até nos lábios, fazia as honras a Vassíli Andreitch.

Na hora em que Nikita entrou na isbá, ela havia enchido de vodca um copinho de vidro grosso e oferecia a seu hóspede.

– Não rejeite, Vassíli Andreitch, não pode, tem de brindar – disse ela. – Prove, meu querido.

O aspecto e o cheiro da vodca, sobretudo agora, quando estava gelado e exausto, impressionaram muito Nikita. Ele franziu as sobrancelhas, sacudiu a neve do gorro e do casaco, se postou na frente dos ícones e, como se não estivesse vendo ninguém, fez o sinal da cruz três vezes, curvou-se diante dos ícones, depois se voltou para o velho dono da casa, saudou-o com uma reverência primeiro, depois saudou da mesma forma todos que estavam à mesa, depois as mulheres que estavam perto da estufa, e disse:

– Bom feriado – e começou a tirar os agasalhos, sem olhar para a mesa.

– Puxa, está todo coberto de geada, titio – disse o irmão mais velho, olhando para o rosto, os olhos e a barba de Nikita, cobertos de neve.

Nikita tirou o casaco, sacudiu-o outra vez, pendurou junto à estufa e foi para a mesa. Também lhe ofereceram vodca. Houve um combate torturante que durou um minuto: por pouco ele não pegou o copinho e levou à boca o líquido luminoso e aromático; mas olhou de relance para Vassíli Andreitch, lembrou-se do juramento, lembrou-se das botas que havia bebido, lembrou-se do tanoeiro, lembrou-se do filho pequeno, para quem tinha prometido comprar um cavalo na primavera, deu um suspiro e recusou.

– Não bebo, muito agradecido – disse, de rosto fechado, e foi sentar-se num banco junto à segunda janela.

– Como assim? – perguntou o irmão mais velho.

– Não bebo, só isso, não bebo – disse Nikita, sem erguer os olhos, voltados para o próprio bigode e barba úmidos, enquanto retirava pedacinhos de gelo entranhados nos pelos.

– Ele não se dá bem com bebida – disse Vassíli Andreitch, enquanto mordia uma rosca, depois de beber do copinho.

– Bem, então tome um chazinho – disse a velha, carinhosa. – Deve estar todo gelado, meu querido. O que estão esperando, mulheres? Não vão aquecer o samovar?

– Está pronto – respondeu uma mocinha e, depois de abanar com o avental a tampa do samovar que fervia, levou-o com dificuldade e colocou-o com um baque sobre a mesa.

Enquanto isso, Vassíli Andreitch contava como tinham se perdido, como voltaram duas vezes àquela mesma aldeia, como se enganaram, como fora o encontro com os bêbados do outro trenó. Os anfitriões se admiraram, explicaram onde e por que eles tinham se perdido, quem eram os bêbados que encontraram na estrada e ensinaram como tinham de fazer para seguir viagem.

– Daqui a Moltchanovka, até uma criança consegue chegar, é só virar na curva da estrada, onde tem uns arbustos, dá para ver daqui. E vocês nem chegaram lá! – exclamou o vizinho.

– Ou então passam a noite aqui, é o melhor. As mulheres arrumam as camas – a velha tentou convencê-los.

– Aí partem logo de manhãzinha, é preferível – reforçou o velho.

– Impossível, irmão. Negócios! – respondeu Vassíli Andreitch. – Uma hora perdida não se recupera nem em um ano – acrescentou, lembrando-se do bosque e dos compradores que podiam se antecipar a ele naquela transação. – Vamos chegar, não é? – virou-se para Nikita.

Nikita demorou muito para responder, parecia ainda atarefado em retirar o gelo da barba e do bigode.

– Se a gente não se perder de novo – disse ele, em tom sombrio. Nikita estava sombrio porque morria de vontade de tomar vodca e a única coisa capaz de sufocar aquele desejo era o chá, mas ainda não tinham lhe servido o chá.

– Afinal, é só chegar à curva, de lá para a frente já não tem como se perder; é só ir pela floresta até o fim – disse Vassíli Andreitch.

– O senhor é que manda, Vassíli Andreitch; se tem de ir, vamos – disse Nikita, enquanto segurava o copo de chá que lhe ofereceram.

– Vamos tomar um chazinho e depois, pé na estrada.

Nikita não disse nada, apenas balançou a cabeça e, depois de derramar o chá com cuidado no pires, começou a aquecer no vapor as mãos e os dedos sempre inchados por causa do trabalho. Em seguida mordeu um minúsculo torrãozinho de açúcar, fez uma reverência para os anfitriões e disse:

– Saúde – e virou para dentro o líquido quente.

– Será que alguém pode nos guiar até a curva? – perguntou Vassíli Andreitch.

– Claro, pode ser – respondeu o filho mais velho. – Petrukha vai atrelar um cavalo e levar vocês até a curva.

– Então atrele o cavalo, irmão. Agradeço muito, desde já.

– Não tem de quê, meu caro! – disse a velha carinhosa. – O prazer é nosso.

– Petrukha, atrele a égua – disse o irmão mais velho.

– É para já – respondeu Petrukha sorrindo, pegou o gorro num prego da parede e correu para atrelar o animal.

Enquanto atrelava a égua, a conversa recomeçou no ponto em que havia parado na hora em que Vassíli Andreitch bateu na janela. O velho se queixava com o vizinho de seu terceiro filho, que não lhe mandara nada para os feriados, apesar de ter mandado um xale francês para sua esposa.

– O povo jovem está ficando fora de controle – disse o velho.

– E como – disse o vizinho e padrinho. – Ninguém pode com eles! Ficaram inteligentes de doer. Olhe só o Demótchkin, quebrou o braço do pai. Tudo por causa da inteligência grande, pelo visto.

Nikita escutava, olhava para os rostos e, era evidente, também queria participar da conversa, mas estava muito ocupado tomando chá e apenas fazia que sim com a cabeça. Bebia um copo depois do outro e sentia-se cada vez mais aquecido, cada vez mais confortável. A conversa prosseguiu muito tempo, sempre sobre a mesma coisa, o prejuízo das partilhas; e a conversa, estava claro, não era em termos gerais, mas sobre a partilha naquela casa – a partilha que o filho exigia, aquele que estava ali sentado e calado. Obviamente era um assunto penoso e a questão preocupava todos da casa, mas, por decoro, não discutiam assuntos particulares na presença de estranhos. Porém, enfim, o velho não se conteve e, com lágrimas na voz, disse que não admitia a partilha enquanto estivesse vivo, que a casa estava bem, graças a Deus, e que, se dividisse, tudo iria por água abaixo.

– Olhe só o caso dos Matviéiev – disse o vizinho. – Era uma senhora propriedade, aí dividiram e agora ninguém tem nada.

– E é isso que você quer – disse o velho para o filho.

O filho não respondeu e sobreveio um silêncio incômodo. O silêncio foi interrompido por Petrukha, que, tendo atrelado o cavalo ao trenó, fazia alguns minutos que estava de volta à isbá e sorria o tempo todo.

– No livro de Paulson tem uma fábula sobre isso – disse ele. – O pai deu uma vassoura para os filhos quebrarem. De uma vez só, não conseguiram quebrar, mas um ramo de cada vez, foi fácil. É a mesma coisa – disse ele, sorrindo com a boca toda. – Está tudo pronto! – acrescentou.

– Se está pronto, vamos embora – disse Vassíli Andreitch. – E quanto à partilha, não permita, vovô. Você juntou, você é o dono. Vá falar com o juiz de paz. Ele vai mostrar o que você deve fazer.

– Ele fica martelando o tempo todo, o tempo todo – não parava de dizer o velho, com voz chorosa. – Já não sei mais o que fazer com ele. Parece possuído por Satanás!

Enquanto isso, Nikita tinha bebido o quinto copo de chá, mas em vez de colocá-lo de borco sobre o pires, deixou-o de lado, à espera de que lhe dessem o sexto copo. Porém não havia mais água no samovar e a anfitriã não lhe serviu mais, e além disso Vassíli Andreitch começou a vestir-se. Não havia o que fazer. Nikita também se levantou, devolveu ao açucareiro seu torrãozinho de açúcar roído de todos os lados, enxugou com a aba da camisa o rosto molhado de suor e foi vestir o casaco.

Depois de se agasalhar, suspirou fundo, agradeceu aos donos da casa, se despediu e saiu da sala quente e iluminada para o vestíbulo escuro, frio, coberto pela neve, onde um vento cortante penetrava pela fresta da porta frouxa, e de lá saíram para o pátio escuro.

Petrukha, de casaco de pele, estava no meio do pátio com seu cavalo e disse, sorrindo, uns versos de Paulson:

– "A tempestade esconde o céu com o nevoeiro, faz a neve subir rodopiante, ora uiva como fera, ora chora como criança."

Nikita balançou a cabeça em sinal de aprovação e ajeitou as rédeas.

O velho, acompanhando Vassíli Andreitch, trouxe um lampião ao vestíbulo e quis pendurá-lo ali, mas o vento logo apagou o lampião. E no pátio já se notava que a nevasca caía com mais força.

"Puxa, que tempinho", pensou Vassíli Andreitch. "Talvez fosse melhor esperar, mas não é possível, os negócios! E eu já estou pronto, o cavalo dos anfitriões já está atrelado. Vamos, e que Deus nos ajude!"

O velho também pensou que não convinha partir, mas já havia tentado convencer os viajantes a ficar e não lhe deram ouvidos. Não ia pedir mais. "Talvez seja a velhice que me faça ter medo, eles vão chegar lá", pensou. "Pelo menos, vamos poder dormir na hora. Sem confusão."

Petrukha já não pensava no perigo: conhecia o caminho e toda a redondeza, além disso o versinho "faz a neve subir rodopiante" lhe dava coragem, pois exprimia perfeitamente o que estava acontecendo ali fora. Nikita não tinha a menor vontade de partir, porém fazia muito tempo que estava habituado a não ter vontade própria e apenas servir aos outros, portanto ninguém impediu que os viajantes partissem.

V

Vassíli Andreitch, tateando no escuro com dificuldade, se aproximou do trenó, subiu nele e segurou as rédeas.

– Vá na frente! – gritou.

Petrukha, de joelhos num trenozinho baixo e sem assento, tocou seu cavalo. Mukhórti, que havia muito relinchava, sentindo à sua frente o cheiro da égua, partiu atrás dela e eles seguiram pela rua. De novo passaram pelo vilarejo, pelo mesmo caminho, pela mesma casa com as roupas penduradas e congeladas, que agora já não dava para ver; passaram pelo mesmo celeiro que já estava coberto de neve quase até o telhado, do qual a neve escorria sem parar; pelos mesmos salgueiros que farfalhavam, assoviavam e gemiam e saíram de novo no mesmo mar de neve, que se agitava com fúria, para cima e para baixo. O vento estava tão forte que, quando soprava de lado, os viajantes inflavam como velas, inclinados contra ele, ameaçava tombar os trenós e arrastava os cavalos para o lado. Petrukha seguia na frente a trote desenvolto, gritava com coragem e tocava adiante sua boa égua. Mukhórti ia atrás com esforço.

Depois que passaram assim uns dez minutos, Petrukha virou-se e gritou algo. Nem Vassíli Andreitch nem Nikita escutaram, por causa do vento, mas adivinharam que tinham chegado à tal curva. De fato, Petrukha virou à direita e o vento, que batia de lado, começou de novo a soprar contra eles e, à direita, através da neve, se avistou algo escuro. Era o bosque que ficava na curva.

– Pronto, que Deus os acompanhe!

– Obrigado, Petrukha!

– A tempestade esconde o céu com o nevoeiro – gritou Petrukha e desapareceu.

– Puxa, que poeta – exclamou Vassíli Andreitch e sacudiu as rédeas.

– É mesmo, um bom rapaz, um verdadeiro mujique – disse Nikita.

Foram em frente.

Todo encolhido nos agasalhos e com a cabeça tão enfiada entre os ombros que a barba curta espetava o pescoço, Nikita se mantinha calado, tentava não desperdiçar o calor acumulado na isbá, tomando chá. À frente, via as linhas retas dos varais do trenó, que o iludiam o tempo todo e pareciam sulcos de esquis na estrada, via a garupa ondulante do cavalo, com a cauda presa por um nó que o vento empurrava para o lado, e via mais adiante o arco alto, a cabeça oscilante e o pescoço do cavalo com a crina esvoaçante. De vez em quando, os marcos da estrada se mostravam a seus olhos, como que para lhe dizer que estava no caminho certo e que não precisava fazer nada.

Vassíli Andreitch segurava as rédeas, deixando por conta do cavalo a tarefa de seguir a estrada. Mas Mukhórti, apesar de ter descansado na aldeia, trotava de má vontade e parecia desviar-se da estrada, de modo que Vassíli Andreitch corrigia seu rumo várias vezes.

"Lá está um marco do lado direito, ali está outro, e um terceiro", contava Vassíli Andreitch, "e lá na frente está a floresta", pensou, olhando algo escuro mais adiante. No entanto o que lhe parecia uma floresta era apenas um pequeno bosque. Passaram pelo bosque, percorreram mais umas vinte *sájeni* – o quarto marco da estrada não apareceu, a floresta não apareceu. "A floresta deve estar logo adiante", pensou Vassíli Andreitch e, animado pela vodca e pelo chá, sem parar o trenó, batia com as rédeas, e o animal, dócil e bom, obedecia e, ora a trote, ora marchando, avançava para onde o guiavam, embora soubesse que não o guiavam para onde era preciso ir. Passaram dez minutos e a floresta não aparecia.

– Parece que a gente se perdeu outra vez! – disse Vassíli Andreitch, detendo o cavalo.

Calado, Nikita desceu do trenó e, segurando o casaco, que o vento ora colava a seu corpo, ora virava para o lado e abria, caminhou com as pernas enfiadas na neve; foi para um lado, foi para o outro. Três ou quatro vezes, sumiu de vista completamente. Por fim voltou, tomou as rédeas das mãos de Vassíli Andreitch.

– Tem de ir para a direita – disse com ar severo e decidido, virando o cavalo.

– Certo, se é para a direita, vamos à direita – disse Vassíli Andreitch, entregando as rédeas e enfiando as mãos enregeladas nas mangas.

Nikita não respondeu.

– Vamos lá, amiguinho, mais depressa – gritou para o cavalo, mas o animal, apesar das rédeas sacudidas, seguia a passo lento.

A neve, em alguns pontos, batia no joelho e o trenó sacolejava aos trancos a cada movimento do cavalo.

Nikita pegou o chicote, pendurado na parte dianteira do trenó, e bateu. O bom cavalo, que não estava acostumado ao chicote, deu um arranco, trotou, mas logo passou de novo a marchar e a andar a passo lento. Passaram uns cinco minutos. Estava tão escuro e vinha tanta neblina de cima e de baixo que às vezes nem dava para ver o arco dos arreios sobre a cabeça do cavalo. Às vezes, parecia que o trenó estava parado e o campo corria para trás. De repente, o cavalo parou de supetão, sem dúvida farejou algo errado à sua frente. Nikita desceu do trenó outra vez, com agilidade, soltou as rédeas e avançou um pouco à frente do cavalo para observar por que ele havia parado; no entanto, mal deu um passo adiante do cavalo, seus pés escorregaram e ele rolou por uma escarpa.

– Opa, opa, opa – dizia para si, enquanto caía e tentava se segurar, mas não conseguia agarrar-se em nada, e só parou quando os pés se fincaram na grossa camada de neve acumulada embaixo do barranco.

Um monte de neve pendurado na beira do barranco, abalado pela queda de Nikita, desabou sobre ele e a neve entrou pelo seu colarinho...

– Ei, está pensando o quê? – exclamou Nikita para o monte de neve e para o barranco, em tom de repreensão, enquanto retirava a neve de dentro do colarinho.

– Nikita, ei, Nikita! – gritou Vassíli Andreitch, lá em cima.

Mas Nikita não respondeu.

Não tinha tempo para isso: sacudiu a neve, depois procurou o chicote, que havia largado quando rolou pelo barranco. Depois de encontrar o chicote, começou a galgar de volta por onde havia rolado, mas a subida era impossível; sempre escorregava de novo, portanto era preciso descer e procurar outro caminho de volta para cima. A três ou quatro *sájeni* do local onde havia despencado, Nikita subiu com dificuldade, de gatinhas, até chegar à beirada do barranco, ao lugar onde deveria estar o cavalo. Mas não viu nem o cavalo nem o trenó; porém, como andava contra o vento, antes de vê-los, ouviu os gritos de Vassíli Andreitch e o relincho de Mukhórti, chamando por ele.

– Já vou, já vou, não precisa se esgoelar! – exclamou.

Assim que chegou ao trenó, viu o cavalo e, de pé a seu lado, Vassíli Andreitch, que parecia enorme.

– Que diabo, onde você se meteu? Temos de ir para trás. Vamos voltar para Gríchkino – irritado, o patrão começou a esbravejar para Nikita.

– Eu bem que gostaria de voltar, Vassíli Andreitch, mas por onde? Por aqui tem um barranco que não tem mais tamanho. Se entrar, não sai mais. Despenquei lá para baixo e quase morri para voltar.

– Mas então vamos ficar aqui? Temos de ir para algum lugar – disse Vassíli Andreitch.

Nikita nada respondeu. Sentou-se no trenó de costas para o vento, descalçou os pés, bateu para fora a neve que enchia as botas, apanhou um punhado de palha e, com cuidado, por dentro, encheu um buraco que havia na bota esquerda.

Vassíli Andreitch ficou calado, como se agora tivesse deixado tudo por conta de Nikita. Depois de se calçar, Nikita ajeitou as pernas no trenó, calçou de novo as luvas, segurou as rédeas e fez o cavalo dar meia-volta na beira do barranco. Porém, mal deram cem passos, o cavalo empacou de novo. À sua frente, havia outro barranco.

Nikita desceu outra vez e começou a andar com esforço pela neve funda. Caminhou muito tempo. Por fim ressurgiu do lado oposto àquele por onde tinha ido.

– Andreitch, está vivo? – gritou.

– Aqui! – respondeu Vassíli Andreitch. – O que foi?

– Não dá para enxergar nada. Está escuro. É cheio de barrancos por todo lado. Temos de ir de novo na direção do vento.

Avançaram outra vez, Nikita caminhou outra vez, andando com esforço na neve funda. Subiu no trenó outra vez, caminhou outra vez e, por fim, sem fôlego, parou junto ao trenó.

– Então, o que foi? – perguntou Vassíli Andreitch.

– O que foi é que eu não estou mais me aguentando em pé! E o cavalo também não.

– E o que vamos fazer?

– Pois é, espere um pouco.

Outra vez Nikita se afastou e logo voltou.

– Venha atrás de mim – disse, caminhando na frente do cavalo.

Vassíli Andreitch já não dava ordem nenhuma e, obediente, fez o que Nikita lhe dizia.

– Aqui, atrás de mim! – gritou Nikita, afastando-se depressa para a direita, puxando Mukhórti pela rédea e conduzindo-o para um monte de neve, mais abaixo.

De início, o cavalo relutou, mas depois avançou, esperando galgar o monte de neve, mas não conseguiu e afundou-se na neve até o pescoço.

– Desce! – gritou Nikita para Vassíli Andreitch, que continuava sentado no trenó e, depois de segurar com força um varal, começou a puxar o trenó na direção do cavalo. – Está meio difícil, irmão – disse para Mukhórti. – Mas qual é o jeito? Faz uma forcinha, vai! Ô, ô, mais um pouquinho! – gritou.

O cavalo deu uma arrancada, e outra, mas não se livrou da neve e parou de novo, como se estivesse pensando em alguma coisa.

– O que foi, irmão? Desse jeito não pode ficar – Nikita exortou Mukhórti. – Vamos, mais um pouco!

De novo, Nikita puxou o varal do seu lado; Vassíli Andreitch fez o mesmo com o outro varal. O cavalo sacudiu a cabeça e depois deu um tranco repentino.

– Isso! Vamos! Não vai ficar aí soterrado! – gritou Nikita.

Um solavanco, outro, um terceiro e por fim o cavalo se desvencilhou do monte de neve e parou, sacudindo-se, ofegante. Nikita queria ir em frente, mas Vassíli Andreitch arquejava tanto embaixo de seus dois casacos de pele que não conseguia andar e desabou dentro do trenó.

– Deixe-me tomar fôlego – disse, soltando o lenço que, na aldeia, tinha amarrado em torno da gola do casaco de pele.

– Tudo bem, você fica deitado – disse Nikita. – Eu guio. – E, com Vassíli Andreitch no trenó, foi a pé e conduziu o cavalo, puxando pelo bridão, avançou uns dez passos, depois subiu um pouco e parou.

O lugar onde Nikita havia parado não ficava propriamente no fundo de uma depressão, onde a neve varrida dos montes de neve poderia soterrá-los por completo, acumulando-se ali embaixo, mas era um lugar parcialmente protegido do vento pela beira do barranco. Havia momentos em que o vento parecia amainar um pouco, mas isso não durava muito e em seguida, como se quisesse compensar o descanso, a tempestade arremetia com força decuplicada e rugia e fazia rodopiar a neve com mais fúria ainda. Uma rajada de vento desse tipo os atingiu no minuto em que Vassíli Andreitch, tendo recobrado o fôlego, tinha descido do trenó e se aproximava de Nikita a fim de conversar sobre o que podiam fazer. Num movimento involuntário, os dois se agacharam e esperaram que a fúria da rajada de vento cessasse para poderem conversar. Nikita tirou as luvas, enfiou-as no cinturão, bafejou nas mãos e começou a soltar os arreios presos ao arco por cima da cabeça do cavalo.

– Para que está fazendo isso? – perguntou Vassíli Andreitch.

– Vou desatrelar o cavalo. O que mais se pode fazer? Não tenho mais forças – respondeu Nikita, como que se desculpando.

– Mas, então, não vamos mais continuar?

– A gente não está indo para lugar nenhum, está só martirizando o cavalo. E ele, falando sério, já não aguenta mais, olhe só – disse Nikita, apontando para o cavalo parado, obediente, pronto para tudo, enquanto os flancos molhados e vigorosos subiam e baixavam no ritmo da respiração. – Temos de passar a noite aqui – repetiu, como se fosse pernoitar numa estalagem, e começou a desafivelar as correias do pescoço.

As fivelas se abriram.

– Mas não vamos congelar? – perguntou Vassíli Andreitch.

– Que jeito? Se for para congelar, congela, azar – disse Nikita.

VI

Em seus dois casacos de pele, Vassíli Andreitch estava perfeitamente aquecido, ainda mais depois de ter empurrado o trenó no monte de neve; mas um calafrio percorreu sua espinha, quando entendeu que, de fato, teria de passar a noite ali. A fim de se acalmar, sentou-se no trenó e pegou cigarros e fósforos.

Enquanto isso, Nikita desatrelava o cavalo. Soltou a barrigueira, os arreios das costas, as rédeas, desprendeu os tirantes, desamarrou o arco e, falando o tempo todo com o cavalo, o incentivava.

– Vai, sai, sai daí – dizia, enquanto retirava o cavalo do meio dos varais. – Olhe, vou deixar você bem amarradinho aqui. Vou pôr um punhadinho de palha para você e vou tirar o bridão – disse, enquanto fazia o que estava dizendo. – Come um pouquinho, vai ficar mais alegre.

Mas Mukhórti, pelo visto, não se acalmava com as palavras de Nikita e estava alarmado; batia com as patas na neve, se encostava muito ao trenó, ficava com a garupa virada para o vento e esfregava a cabeça na manga de Nikita.

Como se fosse apenas para não fazer uma desfeita a Nikita, recusando a palha que lhe havia oferecido e pusera na sua frente, Mukhórti, de um só golpe, apanhou afoito entre os dentes um feixe de palha do trenó, mas logo resolveu que não estava na hora de comer, largou o feixe e assim, no mesmo instante, o vento desfez o feixe, carregou a palha para longe e a cobriu de neve.

– Agora vamos fazer um sinal – Nikita virou o trenó de frente para o vento, amarrou os varais com a correia dos arreios, levantou-os e puxou-os na direção da parte dianteira do trenó. – Pronto, assim, se a gente ficar soterrado, o povo bom vai ver a ponta dos varais e aí eles vão cavar – disse Nikita, enquanto batia as luvas e calçava-as. – Foi assim que os velhos me ensinaram.

Enquanto isso, Vassíli Andreitch tinha aberto o casaco de pele e, protegendo-se com as abas, riscava um fósforo sulfúrico depois do outro numa caixinha de aço; mas as mãos tremiam e os fósforos ou não acendiam ou eram apagados pelo vento, no instante em que ele os aproximava do cigarro. Por fim um fósforo acendeu e o fogo pegou com mais força, iluminou por um momento o pelo do casaco, a mão com um anel de ouro no indicador curvado para dentro e a palha de aveia atulhada de neve que se via por baixo da manta, e o cigarro acendeu. Por duas ou três vezes, ele inspirou sofregamente, tragou, soprou fumaça através do bigode, quis tragar mais uma vez, porém o tabaco aceso foi arrancado e carregado pelo vento para o mesmo lugar onde estava a palha.

No entanto aquelas poucas tragadas de fumaça de tabaco já animaram Vassíli Andreitch.

– Se temos de pernoitar, vamos pernoitar! – disse, em tom resoluto. – Espere um pouco, vou fazer também uma bandeira – e pegou o lenço que havia soltado da gola do casaco e tinha jogado no trenó, tirou as luvas, ficou de pé na parte dianteira do trenó e, esticando-se para alcançar as correias que prendiam os varais, amarrou o lenço ali, com um nó bem apertado.

Na mesma hora, o lenço se debateu desesperadamente no vento, ora aderindo ao varal, ora enfunando de repente, alargando e estalando.

– Puxa, ficou ótimo – disse Vassíli Andreitch, admirando o próprio trabalho, enquanto descia para dentro do trenó. – Ficaria mais quente com nós dois juntos, mas não tem lugar para dois – disse.

– Eu me viro – respondeu Nikita. – Só que temos de cobrir o cavalo, está encharcado de suor, coitado. Me dê isso aqui – acrescentou e, aproximando-se do trenó, puxou a manta de debaixo de Vassíli Andreitch.

Tendo pegado a manta, Nikita dobrou-a ao meio e, depois de tirar a canga e a coelheira das costas do cavalo, cobriu Mukhórti com ela.

– Você vai ficar bem quentinho, seu bobo – disse, enquanto colocava de novo a coelheira e a canga sobre o cavalo, por cima da manta.

Tendo terminado essa tarefa, aproximou-se outra vez do trenó.

– Não vai precisar desse saquinho de aniagem, vai? Deixe a palha para mim – disse Nikita, e puxou as duas coisas de debaixo de Vassíli Andreitch, foi para a traseira do trenó, cavou um buraco na neve, colocou ali dentro a palha, enterrou o gorro na cabeça, enrolou-se todo no caftã, cobriu-se com o saco de aniagem, sentou-se sobre a palha estirada e apoiou-se na traseira arredondada do trenó, que o protegia do vento e da neve.

Vassíli Andreitch balançava a cabeça de modo depreciativo diante do que Nikita estava fazendo, como se não aprovasse em geral a ignorância e a tolice dos mujiques, e começou a se ajeitar para a noite.

Alisou a palha restante no trenó, acumulou um montinho mais fofo embaixo do flanco, enfiou as mãos nas mangas e acomodou a cabeça num canto, na parte dianteira do trenó, que o protegia do vento.

Não tinha vontade de dormir. Ficava deitado e pensava: pensava sempre a mesma coisa, aquilo que constituía o único fim, sentido, alegria e orgulho de sua vida – quanto dinheiro tinha ganhado e quanto ainda podia ganhar; quanto dinheiro seus conhecidos tinham ganhado e possuíam, como aquelas pessoas tinham ganhado e ganhavam dinheiro e como ele, e elas também, poderiam ganhar ainda muito mais dinheiro. A compra da floresta de Goriátchkin representava para ele um negócio imensamente vantajoso. Com a floresta, esperava ter um lucro imediato de talvez dez mil rublos. E, em pensamento, começou a avaliar o bosque que vira no outono, onde contara todas as árvores numa área de duas *dessiatinas*.

"O carvalho vai servir para fazer esquis de trenó. Vigas, nem se fala. E ainda vão sobrar umas trinta *sájeni* de lenha por *dessiatina*", pensou. "No mínimo, vai render duzentos e vinte e cinco rublos por *dessiatina*. Cinquenta e seis *dessiatinas* são cinquenta e seis centenas, e cinquenta e seis centenas mais cinquenta e seis dezenas, e mais cinquenta e seis dezenas e mais cinquenta e seis quintos..." Viu que dava mais de doze mil rublos, mas sem o ábaco não tinha como determinar exatamente quanto era. "Mesmo assim, não vou dar dez mil, mas oito mil, com a dedução das clareiras. Dou uma propina para o agrimensor, uns cem ou cento e cinquenta, e ele calcula que há umas cinco *dessiatinas* de clareiras. Aí fica por oito mil. Dou três mil no ato. Na certa, vai amolecer o dono", pensou, apalpando com o antebraço a carteira no bolso. "E como foi que a gente se perdeu na curva, só Deus sabe! Aqui deveria ter a floresta e o guarda-florestal. Era para a gente estar ouvindo os cachorros. Os desgraçados não latem, quando a gente precisa deles." Afastou a gola do casaco da orelha e escutou com atenção; o tempo todo se ouvia o mesmo assovio do vento, as batidas e os estalos do lenço amarrado nos varais e o rumor da neve que caía no casco do trenó. Ele se cobriu outra vez.

"Se soubesse, teria ficado para pernoitar. Bem, dá na mesma, iremos amanhã. Só um dia a mais. Com um tempo assim, não dá mesmo para ir." E lembrou que no dia 9 tinha de receber do açougueiro o pagamento pelo carneiro castrado. "Gosta de vir em pessoa; não vai me encontrar, minha esposa não sabe tratar de dinheiro. É muito ignorante. Não sabe tratar direito as pessoas", continuou a pensar, lembrando que ela não soube como receber o comissário de polícia, que tinha ido a sua casa na véspera, no feriado. "Claro, é mulher! Como é que ia aprender? No tempo de meus pais, que tipo de casa era a nossa? Uma coisa à toa, uma casa de mujique rico da roça: um moinho, uma estalagem, e isso era toda a propriedade. E eu, em quinze anos, o que fiz? Uma venda, duas tavernas, um moinho, um armazém, duas propriedades arrendadas, uma casa com celeiro, de telhado de ferro", lembrou-se com orgulho. "Muito diferente do tempo de meus pais! Hoje, quem fala grosso na região? Brekhúnov. E por quê? Porque cuido dos negócios, me esforço, não faço como os outros, uns preguiçosos, ou então só se ocupam com bobagens. Passo a noite sem dormir. Com nevasca ou sem nevasca, eu viajo. Para fazer negócio, tem de se mexer. Eles acham que podem ganhar dinheiro na moleza. Não, você tem de quebrar a cabeça e suar muito. Olhe só agora, estou no campo, mas não durmo de noite. São tantos pensamentos na cabeça que o travesseiro parece girar", refletia com orgulho. "Acham que as pessoas melhoram de vida por pura sorte. Olhem só, os Mirónov agora têm milhões. Por quê? Deram duro. Deus recompensa. Só peço que Deus me dê saúde."

E o pensamento de que ele também podia ser milionário como Mirónov, que antes não tinha nada, agitou Vassíli Andreitch a tal ponto que ele sentiu necessidade de falar com alguém. Mas não tinha com quem falar... Se tivesse chegado a Goriátchkin, falaria com o proprietário, mostraria com quantos paus se faz uma canoa.

"Puxa, como venta! Vamos ficar debaixo de tanta neve que de manhã não vai dar para sair!", pensou, escutando o vento que soprava na parte dianteira, sacudia o trenó, açoitava seu casco com a neve. Ele se ergueu um pouco e espiou: na escuridão esbranquiçada e oscilante, só se via a cabeça escura de Mukhórti, seu dorso coberto pela manta esvoaçante e a cauda espessa e amarrada por um nó; ao redor, de todos os lados, na frente, atrás, em toda parte, era a mesma escuridão esbranquiçada, monótona e oscilante, às vezes parecia querer clarear um pouquinho, às vezes se adensava mais ainda.

"Foi bobagem dar ouvidos a Nikita", pensou. "Era preciso seguir viagem, acabaríamos chegando a algum lugar. Pelo menos podíamos voltar para Gríchkino e pernoitar na casa de Tarás. Agora temos de ficar plantados aqui a noite inteira. Mas como era mesmo aquela coisa boa que eu estava pensando? Sim, que Deus recompensa o trabalho duro, mas não a preguiça, a vadiagem e a burrice. E também é preciso fumar um pouquinho!" Acomodou-se, pegou a cigarreira, deitou de barriga para baixo, protegendo o fogo com a aba do casaco, mas o vento sempre encontrava um caminho e apagava um fósforo depois do outro. Por fim, deu um jeito de acender um cigarro e começou a fumar. O fato de ter conseguido o que queria alegrou-o muito. Embora o vento fumasse o cigarro mais do que ele, ainda assim Vassíli Andreitch deu umas três tragadas e ficou muito contente. De novo se aconchegou na parte dianteira do trenó, encolheu-se e recomeçou a lembrar, devanear e, de modo totalmente inesperado, de repente perdeu a consciência e adormeceu.

No entanto teve a impressão de que alguém o sacudia e o acordava. Ou Mukhórti estava puxando a palha debaixo de seu corpo ou alguma coisa dentro dele tinha se mexido. Assim que acordou, o coração começou a bater tão depressa e tão forte que lhe pareceu que o próprio trenó sacudia embaixo dele. Abriu os olhos. Em volta, estava igual, só que parecia mais claro. "Está clareando", pensou, "na certa vai amanhecer daqui a pouco." Mas no mesmo instante lembrou que estava mais claro porque a lua havia surgido. Ele se levantou, primeiro lançou um olhar para o cavalo. Mukhórti continuava de costas para o vento, tremendo todo. A manta coberta de neve estava virada para o lado, a coelheira estava inclinada e agora se via melhor a cabeça coberta de neve, com a franja e a crina esvoaçantes. Vassíli Andreitch inclinou-se para o lado e espiou Nikita. Ele continuava na mesma posição em que havia sentado. O saco de aniagem com que se cobrira e as pernas estavam densamente cobertos de neve. "Tomara que o mujique não congele; sua roupa é ruim. Vou acabar sendo responsabilizado. Que povo mole. Na verdade, é a ignorância", pensou Vassíli Andreitch e quis tirar a manta do cavalo e cobrir Nikita, mas se levantasse e virasse ia sentir muito frio, e também teve medo de que o cavalo congelasse. "Para que fui trazê-lo comigo? Tudo por bobagem dela!", pensou Vassíli Andreitch, lembrando-se da esposa desagradável, e de novo se acomodou no lugar de antes, junto à dianteira do trenó. "Uma vez, o titio passou a noite inteira assim, no meio da neve", lembrou, "e não aconteceu nada. É, mas quando desenterraram o Sevastian", lembrou-se de outro caso, "já estava morto, todo duro, que nem carne congelada. Se eu tivesse ficado em Gríchkino para pernoitar, não teria acontecido nada." E, agasalhando-se com afinco para não desperdiçar o calor do casaco de pele por nenhuma fresta, aquecido em toda parte – no pescoço, nos joelhos, nos pés –, fechou os olhos e tentou dormir outra vez. Porém, por mais que tentasse, agora já não conseguia perder a consciência e, ao contrário, sentia-se muito animado e alegre. De novo, começou a contar seus lucros, as dívidas das pessoas, de novo começou a se vangloriar para si mesmo e a se alegrar com sua situação – mas a todo instante era interrompido por um medo que se aproximava sorrateiro e pelo pensamento irritado de não ter ficado em Gríchkino para pernoitar. "Quem dera eu estivesse deitado dentro de uma casa, aquecido." Virava-se e se ajeitava muitas vezes, tentando encontrar uma posição mais confortável e mais protegida do vento, mas tudo lhe parecia incômodo: erguia-se um pouco, outra vez, mudava de posição, agasalhava as pernas, fechava os olhos e sossegava. Porém ou os pés encolhidos dentro das grossas botas de feltro começavam a se queixar, ou o vento entrava por alguma brecha e ele, depois de ficar um tempo deitado, de novo e com irritação lembrava como poderia estar confortavelmente deitado àquela hora, numa isbá aquecida, em Gríchkino, e de novo se levantava um pouco, se virava, se agasalhava e de novo se ajeitava.

A certa altura, Vassíli Andreitch pensou ter ouvido o canto distante de galos. Alegrou-se, abriu um pouco o casaco de pele e escutou com atenção, porém, por mais que forçasse os ouvidos, nada escutava, senão o som do vento, que assoviava entre os varais do trenó e estalava o lenço, e o barulho da neve que açoitava o casco do trenó.

O tempo todo, Nikita continuava do mesmo jeito que sentara ao anoitecer, não se mexia e sequer respondia aos chamados de Vassíli Andreitch, que duas vezes gritou para ele. "Esse daí não sabe o que é preocupação, na certa está dormindo", pensou Vassíli Andreitch, irritado, espiando pela traseira do trenó e vendo Nikita coberto por uma espessa camada de neve.

Vassíli Andreitch levantou e deitou umas vinte vezes. Tinha a impressão de que a noite não ia acabar nunca. "Agora já deve estar perto de amanhecer", pensou a certa altura e levantou para espiar. "Bem que eu gostaria de olhar um relógio.

Mas, se eu me descobrir, congelo. Bom, quando eu souber que está amanhecendo, vou ficar mais alegre. Era melhor atrelar logo o cavalo."

No fundo, Vassíli Andreitch sabia que ainda não podia ser a manhã, começou a sentir um medo cada vez mais forte e queria, ao mesmo tempo, corrigir e iludir a si mesmo. Com cuidado, abriu as presilhas do casaco de pele, enfiou a mão por baixo da roupa e apalpou o peito por muito tempo, até alcançar o colete. A muito custo, pegou o relógio de prata com flores esmaltadas e olhou. Sem lampião, não se enxergava nada. Deitou-se de barriga para baixo outra vez, apoiado nos cotovelos e nos joelhos, do modo como ficara para fumar, pegou os fósforos e tentou acender. Dessa vez, se dedicou à tarefa com mais cuidado e, tendo escolhido o palito com mais fósforo na ponta, acendeu-o logo na primeira tentativa. Colocou o mostrador do relógio sob a chama, viu e seus olhos não acreditaram... Meia-noite e dez. Ainda tinha a noite inteira pela frente.

"Ah, que noite comprida!", pensou Vassíli Andreitch, sentindo um calafrio percorrer sua espinha, e se abotoou de novo, cobriu-se e apertou-se ao cantinho do trenó, preparando-se para esperar com paciência. De repente, por trás do barulho monótono do vento, escutou nitidamente um som novo e vivo. O som aumentou de maneira contínua e, ao alcançar a nitidez perfeita, começou a diminuir, também de maneira contínua. Não havia a menor dúvida de que era um lobo. E o lobo estava tão perto que, pelo vento, dava para ouvir claramente como ele mudava o timbre da própria voz, movendo a mandíbula. Vassíli Andreitch baixou a gola do casaco e escutou com atenção. Tenso, Mukhórti também escutava, girando as orelhas e, quando o lobo terminou sua toada, o cavalo mudou a posição das patas e deu um relincho de advertência. Depois disso, Vassíli Andreitch não conseguiu, de jeito nenhum, nem dormir nem se acalmar. Por mais que tentasse pensar em suas contas, em seus negócios, em sua glória, dignidade e riqueza, o medo se apoderava dele cada vez mais, prevalecia sobre todos os pensamentos e, em todos os pensamentos, se misturava outro pensamento, o motivo de não ter ficado em Gríchkino para pernoitar.

"Dane-se a floresta, sem ela os negócios vão muito bem, graças a Deus. Ah, quem dera eu tivesse pernoitado lá!", disse consigo. "Ouvi dizer que as pessoas embriagadas morrem congeladas", pensou. "E eu bebi bastante." Atento a suas sensações, notou que começava a tremer, sem que ele mesmo soubesse se tremia de frio ou de medo. Experimentou cobrir-se e ficar deitado como antes, mas já não conseguia fazer isso. Não conseguia ficar quieto na mesma posição, tinha vontade de levantar, fazer qualquer coisa capaz de abafar o medo que crescia dentro dele e contra o qual se sentia impotente. De novo, pegou cigarros e fósforos, mas agora só restavam três fósforos, todos ruins. Todos falharam, não acenderam.

"Que o diabo te carregue, desgraçado, vai para o inferno!", praguejou sem saber nem para quem estava falando e jogou longe o cigarro amassado. Queria jogar longe também a caixa de fósforos, mas deteve o movimento da mão e enfiou os fósforos no bolso. Sentia tamanha inquietação que não conseguia mais ficar parado. Desceu do trenó e, colocando-se de costas para o vento, começou outra vez a fechar o cinto com força, abaixo da cintura.

"Que adianta ficar deitado esperando a morte? Vou montar o cavalo e ir em frente", lhe veio de repente à cabeça. "Com alguém montado, o cavalo vai avançar. E para ele", pensou em Nikita, "morrer não faz diferença. Que vida, a sua! Não vai sentir falta desta vida; já eu, graças a Deus, tenho motivos para viver..."

E, depois de desamarrar o cavalo, jogou as rédeas por cima do pescoço do animal e quis montar, mas o casaco de pele e as botas eram tão pesados que ele escorregou. Então subiu no trenó e, ali de cima, quis montar no cavalo. Mas o trenó balançou sob seu peso e ele desabou novamente. Afinal, na terceira tentativa, puxou o cavalo para bem junto do trenó, ficou de pé na beirada com cuidado e deu um jeito de se deitar de barriga para baixo, atravessado sobre as costas do cavalo. Depois de permanecer um tempo assim deitado, deu um, dois, três impulsos e afinal conseguiu passar a perna por cima das costas do cavalo e montou, apoiando a sola dos pés nas correias frouxas dos arreios. Os trancos e estalos no trenó acordaram Nikita, que se levantou um pouco, e Vassíli Andreitch teve a impressão de que ele disse alguma coisa.

– Só um burro como você para ter uma ideia feito essa! Acha que vou morrer assim à toa? – gritou Vassíli Andreitch e, ajeitando por baixo do joelho a aba do casaco de pele, virou o cavalo e o fez andar para longe do trenó, na direção que ele supunha levar à floresta e ao guarda-florestal.

VII

Desde o instante em que havia sentado, Nikita permanecera imóvel, coberto com o saco de aniagem, atrás da parte traseira do trenó. Como todos que vivem na natureza e sabem o que é passar necessidade, ele era paciente e sabia esperar com calma durante horas, até dias, sem experimentar inquietação ou irritação. Ouviu como o patrão o havia chamado, mas não retrucou, porque não queria se mexer nem falar. Embora ainda estivesse quente por causa do chá que havia bebido e por ter se movimentado bastante andando pela neve funda, sabia que esse calor não ia durar muito e que já não tinha forças para se aquecer com movimentos do corpo, pois se sentia tão cansado quanto um cavalo quando para e não consegue ir adiante, mesmo debaixo de chicotadas, e o dono entende que é preciso alimentá-lo para que ele consiga trabalhar outra vez. Na bota esburacada, o pé tinha gelado e Nikita já não sentia o dedão. Além disso, todo o seu corpo ficava cada vez mais frio. Ocorreu-lhe a ideia de que era muito provável que morresse naquela noite, mas tal ideia não lhe pareceu especialmente desagradável ou estranha. Tal ideia não lhe pareceu desagradável também porque toda a sua vida não tinha sido um feriado constante, mas, ao contrário, tinha sido de trabalho ininterrupto, do que ele começava a se sentir cansado. Tal ideia não lhe pareceu especialmente assustadora porque, além dos patrões a quem servira aqui, como Vassíli Andreitch, Nikita sempre se sentira, nesta vida, na dependência de um patrão principal, aquele que o mandara para esta vida, e sabia que, ao morrer, ficaria sob o poder daquele patrão e que tal patrão não lhe faria mal. "Dá pena deixar para trás as coisas de minha vida, as coisas com que me acostumei, não é? Bem, o que se vai fazer? É preciso se acostumar também com as coisas novas."

"Os pecados?", pensou e lembrou seu fraco pela bebida, o dinheiro gasto com bebida, as ofensas à esposa, as blasfêmias, as missas a que não assistia, os jejuns que não fazia e tudo aquilo que dizia ao pope na hora da confissão. "É mesmo, tenho pecados. Mas, afinal, será que fui eu mesmo que pratiquei os pecados? Não, é claro que foi Deus quem me fez assim. Certo, tudo bem, tenho pecados! Mas onde é que eu ia me enfiar para fugir deles?"

Assim, de início, pensava no que podia lhe acontecer naquela noite, mas depois já não voltou a tais pensamentos e entregou-se a recordações que lhe vinham espontaneamente. Lembrava ora a chegada de Marfa, as bebedeiras dos trabalhadores, sua recusa em beber, ora a viagem que estava fazendo, a isbá de Tarás, as conversas sobre a divisão dos bens, ora seu pequeno e Mukhórti, agora abrigado sob a manta, ora o patrão, que agora fazia o trenó guinchar, remexendo-se dentro dele. "Na certa, o coitado não está nada contente de ter partido", pensou. "Com a vida que leva, ninguém quer morrer. Já com a gente, a história é outra, irmão." E todas essas recordações começaram a se entrelaçar, se misturar em sua cabeça, e Nikita adormeceu.

Quando Vassíli Andreitch, ao montar no cavalo, fez o trenó sacudir, a traseira, na qual Nikita se recostava, saiu do lugar e um dos esquis bateu em suas costas. Com isso, Nikita acordou e, gostando ou não, foi obrigado a mudar de posição. Esticando as pernas com dificuldade e sacudindo delas a neve, levantou-se um pouco e, na mesma hora, o frio torturante atravessou todo o seu corpo. Entendendo o que se passava, quis que Vassíli Andreitch deixasse com ele a manta, que agora de nada servia para o cavalo, a fim de poder cobrir-se com ela, e foi isso que gritou para o patrão.

Mas Vassíli Andreitch não parou e sumiu na poeira da neve.

Vendo-se sozinho, Nikita refletiu um minuto no que ia fazer. Para andar à procura de abrigo, não tinha forças. Sentar-se no lugar de antes já era impossível – o buraco estava todo atulhado de neve. E dentro do trenó, sentia que não ia se aquecer, porque não tinha nada com que se cobrir, seu caftã e seu casaco de pele já não o aqueciam nem um pouco. Sentia tanto frio que parecia estar só de camisa. Começou a ficar assustado. "Meu Paizinho do Céu!", exclamou, e a consciência de que não estava sozinho, de que alguém o ouvia e não o abandonava acalmou Nikita. Suspirou fundo e, sem tirar da cabeça o saco de aniagem, entrou no trenó e deitou-se no lugar do patrão.

Mas no trenó também não conseguiu se aquecer. De início, o corpo todo tremia, depois o tremor passou e aos poucos ele começou a perder a consciência. Se estava morrendo ou adormecendo, não sabia, mas sentia-se pronto tanto para uma coisa quanto para outra.

VIII

Enquanto isso, Vassíli Andreitch, com os calcanhares e com a ponta das rédeas, atiçava e tocava o cavalo na direção em que, por algum motivo, supunha estar a floresta e o abrigo do guarda-florestal. A neve cegava seus olhos, o vento parecia querer detê-lo, mas ele não parava de atiçar o cavalo, curvando-se para a frente, toda hora fechando com força o casaco de pele e enfiando as abas do casaco entre si e o cilhão gelado, que o impedia de sentar direito. O animal, embora com dificuldade, avançava obediente na direção em que o mandavam seguir.

Vassíli Andreitch andou uns cinco minutos sempre reto, assim lhe pareceu, sem enxergar nada senão a cabeça do cavalo e o vazio branco, e também sem ouvir nada senão o assovio do vento roçando nas orelhas do cavalo e resvalando na gola de seu casaco de pele.

De súbito, à sua frente, surgiu algo escuro. O coração começou a bater forte e com alegria e ele avançou na direção daquela coisa preta, já vendo ali as paredes das casas de uma aldeia. Mas a coisa preta não estava parada, mexia-se toda, não era uma aldeia e sim as hastes altas de um absinto que atravessavam a camada de neve sobre a terra na divisa entre dois campos e se sacudiam desesperadamente sob a pressão do vento que as empurravam todas para um lado e assoviava entre elas. Por algum motivo, a visão do absinto atormentado pelo vento implacável forçou Vassíli Andreitch a tremer e logo ele tratou de tocar o cavalo mais depressa, sem notar que, ao se aproximar do absinto, mudara totalmente de direção e agora conduzia o cavalo para outro lado, mas mesmo assim imaginava que ia para o lado onde devia estar o abrigo do guarda-florestal. Só que o cavalo insistia em virar para a direita e por isso ele o puxava toda hora para a esquerda.

De novo, à sua frente, surgiu algo escuro. Ele se alegrou, convencido de que agora tinha de ser uma aldeia. Mas, novamente, era a divisa entre dois terrenos, com o absinto muito alto. Novamente, a erva seca sacudia em desespero e, por algum motivo, despertou pavor em Vassíli Andreitch. No entanto, além da erva silvestre, havia perto dela pegadas de cavalo, encobertas pelo vento. Vassíli Andreitch parou, abaixou-se, observou: eram pegadas ligeiramente apagadas e não podiam ser de outro cavalo senão o seu. Estava claro que ele tinha andado em círculo e por uma área pequena. "Deste jeito, estou perdido!", pensou, mas para não se render ao medo, passou a atiçar o cavalo com mais força ainda, observando atentamente a branca neblina de neve, na qual tinha a impressão de avistar pontos brilhantes, que logo desapareciam, assim que fixava o olhar sobre eles. Em certo momento lhe pareceu ouvir latidos de cachorros ou uivos de lobos, mas eram sons tão fracos e vagos que não sabia se tinha de fato ouvido ou se fora só uma impressão e, parando, pôs-se a escutar com atenção.

De repente, uma espécie de grito terrível e ensurdecedor irrompeu perto de seus ouvidos, tudo embaixo dele começou a tremer e sacolejar. Vassíli Andreitch agarrou-se ao pescoço do cavalo, mas o pescoço do animal também estava tremendo todo e o grito terrível se tornou ainda mais assustador. Por alguns segundos, Vassíli Andreitch não conseguiu se recuperar e entender o que estava acontecendo. E o que estava acontecendo era apenas que Mukhórti, para instigar coragem em si mesmo ou pedir socorro a alguém, começou a relinchar com sua voz alta, ondulante. "Ah, que o diabo te carregue! Me assustou, desgraçado!", disse consigo Vassíli Andreitch. No entanto, mesmo tendo entendido a causa verdadeira do medo, já não conseguia mais rechaçar o pavor.

"Tenho de usar a cabeça, me acalmar", disse consigo, mas ao mesmo tempo não conseguia se controlar e continuou a atiçar o cavalo, sem se dar conta de que agora já andava na direção do vento e não contra ele. Seu corpo gelava e doía, sobretudo entre as pernas, onde estava descoberto e roçava no cilhão, braços e pernas tremiam e a respiração estava entrecortada. Ele via que ia sucumbir no meio do apavorante deserto de neve e não enxergava nenhum meio de se salvar.

De repente, o cavalo baqueou embaixo dele e, tendo atolado num monte de neve, começou a se debater enquanto tombava para o lado. Vassíli Andreitch desceu do cavalo de um pulo, mas, com o salto, empurrou para o lado a correia dos arreios em que apoiava os pés e virou também o cilhão, no qual se segurou ao pular. Assim que Vassíli Andreitch desmontou, o cavalo corrigiu sua posição, arrancou para a frente, deu um pinote, e outro, e de novo relinchando e arrastando atrás de si a manta pendurada e os arreios soltos, sumiu de vista, deixando Vassíli Andreitch sozinho no meio do monte de neve. Vassíli Andreitch correu atrás do cavalo, mas a neve estava tão funda e os casacos eram tão pesados que, com as pernas atoladas acima dos joelhos, ficou sem fôlego e parou, depois de não mais de vinte passos. "A floresta, os carneiros castrados, os arrendamentos, a venda, as tavernas, a casa com telhado de ferro e o celeiro, o herdeiro", pensou, "como deixar tudo isso para trás? O que vai acontecer? Não é possível!", explodiu em sua cabeça. E por algum motivo lembrou-se do absinto sacudido pelo vento, pelo qual passara duas vezes, e lhe veio um horror tão grande que nem acreditou na realidade do que se passava com ele. Pensou: "Será que não estou sonhando tudo isso?", e quis acordar, só que não havia do que acordar. Era real a neve que açoitava seu rosto, cobria-o, gelava a mão direita, da qual havia tirado a luva, e era real aquele deserto em que agora se encontrava sozinho, assim como o absinto, à espera da morte inevitável, precoce e sem sentido.

"Rainha Mãe do Céu, pai Santo Nicolau, mestre da abstinência", lembrou-se da missa da véspera e da imagem de semblante preto na moldura dourada, das velas que ele vendia para acenderem àquela mesma imagem, que logo depois lhe traziam de volta, apenas um pouco queimadas, e que ele escondia numa caixa para revender. E começou a pedir àquele mesmo Nicolau Milagroso que o salvasse, prometeu a ele uma missa solene e velas acesas. Porém na mesma hora entendeu com toda a clareza, sem nenhuma sombra de dúvida, que o semblante, a moldura, as velas, o sacerdote, a missa solene – tudo aquilo era muito importante e necessário lá na igreja, mas ali, para ele, não podiam servir de nada e, entre as velas e as missas solenes, de um lado, e sua situação desamparada, de outro, não havia nem podia haver nenhuma relação. "É preciso não se abater", pensou. "É preciso seguir as pegadas do cavalo, antes que apaguem", lhe veio à cabeça. "Ele vai me guiar para fora daqui, ou quem sabe consigo montar no cavalo de novo? É só não me afobar, senão vou perder o fôlego ou até morrer." Porém, apesar da intenção de andar devagar, precipitou-se para a frente em desabalada carreira, caindo várias vezes, levantando e caindo de novo. As pegadas do cavalo já estavam ficando quase apagadas nos lugares onde a neve era menos profunda. "Estou perdido", pensou Vassíli Andreitch, "vou perder as pegadas e não vou mais alcançar o cavalo." Mas no mesmo instante, olhando para a frente, avistou algo preto. Era Mukhórti, e não só Mukhórti, mas também o trenó e os varais com o lenço amarrado na ponta. Mukhórti, com a manta e o cilhão tombados para o lado, agora não estava no mesmo lugar de antes, e sim mais perto dos varais, e sacudia a cabeça, puxada para baixo e embolada nas rédeas, em que ele pisava. Pelo visto, Vassíli Andreitch tinha ido parar no mesmo barranco com que tinha topado, quando ainda viajava ao lado de Nikita, parecia que o cavalo o havia trazido de volta ao trenó e que ele descera do cavalo com um pulo a não mais de cinquenta passos do lugar onde estava o trenó.

IX

Depois de alcançar o trenó a duras penas, Vassíli Andreitch agarrou-se nele e ficou muito tempo parado, tentando se acalmar e recuperar o fôlego. Nikita não estava no mesmo lugar de antes, mas havia algo dentro do trenó, já coberto pela neve, e Vassíli Andreitch adivinhou que era Nikita. Agora, o medo de Vassíli Andreitch tinha passado completamente e, se temia alguma coisa, era apenas o horrível estado de pavor que havia sentido montado no cavalo e, em especial, quando ficou sozinho no monte de neve. Era preciso a todo custo impedir que aquele pavor o alcançasse e para isso era necessário fazer alguma coisa, ocupar-se com alguma coisa. Portanto a primeira coisa que fez foi se colocar de costas para o vento e abrir o casaco de pele. Depois, assim que recuperou um pouco o fôlego, sacudiu a neve das botas e da luva esquerda, pois a direita estava inapelavelmente perdida, na certa caída em algum lugar qualquer debaixo de dois palmos de neve; depois afrouxou e apertou de novo o cinto com força, bem baixo, como fazia quando se preparava para os negócios e saía da venda para comprar trigo nas carroças trazidas pelos mujiques. A primeira questão que se apresentou a ele foi desembaraçar a perna do cavalo. Vassíli Andreitch tratou disso e, tendo soltado as rédeas, amarrou Mukhórti de novo na barra de ferro que ficava na frente do trenó, lugar onde antes Vassíli Andreitch se abrigara, e começou a dar a volta por trás do cavalo a fim de ajeitar o cilhão, os arreios e a manta; mas naquele momento viu que algo se mexeu dentro do trenó e a cabeça de Nikita se levantou, de debaixo da neve que a cobria. Era evidente que Nikita, que já estava congelando, se levantou e sentou com grande esforço e abanou a mão na frente do nariz de um jeito estranho, como se espantasse uma mosca. Abanou a mão e falou alguma coisa, deixando em Vassíli Andreitch a impressão de que o estava chamando. Vassíli Andreitch largou a manta sem ajeitá-la e se aproximou do trenó.

– O que é? – perguntou. – O que está dizendo?

– Estou mo-mo-mo-rrendo, é isso – pronunciou Nikita com dificuldade e voz entrecortada. – Dê o que me deve para o pequeno ou para a mulher, tanto faz.

– O que foi, está congelado? – perguntou Vassíli Andreitch.

– Estou sentindo, é a minha morte... Me perdoe, em nome de Cristo... – disse Nikita com voz chorosa, sempre abanando a mão na frente do rosto, como se espantasse uma mosca.

Vassíli Andreitch ficou meio minuto parado e em silêncio, depois, de repente, com a mesma determinação com que batia as mãos uma na outra para comemorar uma compra vantajosa, deu um passo para trás, arregaçou as mangas do casaco de pele e, com as duas mãos, começou a remover a neve que cobria Nikita e o trenó. Removida a neve, Vassíli Andreitch desafivelou o cinto às pressas, abriu o casaco de pele, empurrou Nikita para trás e deitou-se por cima dele, cobrindo-o não só com o casaco de pele, mas com todo o corpo quente, acalorado. Com as mãos, Vassíli Andreitch enfiou as abas do casaco entre o trenó e Nikita, prendeu a bainha do casaco com os joelhos e ficou assim deitado de bruços, a cabeça apoiada na dianteira do trenó, e agora já não ouvia nem os movimentos do cavalo nem o assovio da tempestade, tinha ouvidos só para a respiração de Nikita. De início, Nikita apenas se deixou ficar deitado, imóvel, depois suspirou alto e se mexeu um pouco.

– Olhe, veja só, e você dizia que estava morrendo. Fique quieto, se aqueça, a gente chega lá... – começou Vassíli Andreitch.

Mas então, para sua enorme surpresa, ele não conseguiu mais falar, porque as lágrimas tomaram seus olhos e a mandíbula começou a tremer depressa. Parou de falar e se limitou a engolir o que lhe vinha à garganta. "Parece que passei um grande apuro e fiquei muito enfraquecido", pensou. Mas aquela fraqueza não só nada tinha de desagradável como lhe trazia uma alegria diferente, algo que nunca havia experimentado.

"A gente chega lá", disse consigo, sentindo uma espécie de ternura festiva e fora do comum. Ficou assim deitado e calado por muito tempo, enxugando os olhos com o pelo do casaco e prendendo embaixo do joelho a aba direita do casaco, que o vento tentava virar o tempo todo.

No entanto desejava com muito ardor falar com alguém sobre seu estado de alegria:

– Nikita! – chamou.

– Está bom, quentinho – soou a voz embaixo dele.

– Pois é, irmão, eu também quase morri. Você ia congelar e eu também...

Mas então, outra vez, o queixo começou a tremer, outra vez os olhos se encheram de lágrimas e ele não conseguiu mais falar.

"Não faz mal", pensou. "Eu sei o que eu sei."

E calou-se. Assim permaneceu deitado por muito tempo.

Por baixo, estava aquecido por Nikita; por cima, pelo casaco de pele; só as mãos, com que segurava as abas do casaco junto aos flancos de Nikita, e as pernas, que o vento toda hora descobria, começavam a gelar. O que mais gelava era a mão direita, sem luva. Mas ele nem pensava nas pernas, nas mãos, só pensava em manter aquecido o mujique deitado embaixo de si.

Várias vezes, voltava os olhos para o cavalo e via que as costas do animal estavam descobertas e a manta jazia sobre a neve, junto com o cilhão, via que era preciso levantar-se e cobrir o cavalo, mas ele não era capaz de deixar Nikita nem por um minuto e perturbar o estado de alegria em que se encontrava. Medo nenhum experimentava agora.

"Acho que ele escapou", pensou, dizendo para si mesmo que tinha aquecido o mujique, com o mesmo entusiasmo com que falava de suas compras e vendas.

Vassíli Andreitch ficou assim deitado durante uma hora, duas horas, três horas, mas nem viu o tempo passar. De início, em sua imaginação, repetiam-se as impressões da nevasca, os varais e o cavalo embaixo do arco dos arreios, que sacolejavam diante de seus olhos, e veio a lembrança de Nikita deitado embaixo dele; depois começaram a se misturar recordações da festa na aldeia, da esposa, do comissário de polícia, da caixa de velas e de novo de Nikita, agora deitado embaixo daquela caixa de velas; depois vieram imagens de mujiques vendendo e comprando, paredes brancas, casas com telhado de ferro, sob o qual Nikita estava deitado; depois tudo isso se misturou, uma coisa se fundiu na outra e, como as cores do arco-íris se dissolvem na cor branca, todas aquelas impressões diversas se dissolveram em um mesmo nada, e ele adormeceu. Dormiu muito tempo sem sonhar, mas pouco antes da alvorada lhe vieram sonhos outra vez. Teve a impressão de que estava do lado da caixa de velas e a mulher de Tikhónov lhe exigia uma vela de cinco copeques para a festa do dia santo e ele queria pegar uma vela e lhe dar, mas suas mãos não se mexiam, fechadas dentro dos bolsos. Ele queria dar a volta para o outro lado da caixa, mas os pés não se mexiam e as galochas novas, limpas, estavam coladas no chão de pedra, não se levantavam, e os pés também não saíam de dentro delas. De repente, a caixa de velas não era mais uma caixa de velas e sim uma cama e Vassíli Andreitch se viu deitado de bruços sobre a caixa de velas, ou seja, na sua cama, em sua casa. Está deitado na cama e não consegue levantar, só que precisa levantar, porque agora Ivan Matviéitch, o comissário de polícia, vem buscá-lo para irem juntos ou negociar a floresta, ou ajeitar o cilhão sobre Mukhórti. E ele pergunta para a esposa: "E então, Mikolavna, ele não chegou?". "Não, ele não chegou", responde a esposa. E ele ouve que alguém se aproxima, vindo do alpendre. Deve ser ele. Não, passou direto. "Mikolavna, ei, Mikolavna, ele ainda não chegou?" "Não." E Vassíli Andreitch fica deitado na cama, não consegue levantar, continua sempre esperando e essa espera é sinistra e alegre. De repente, a alegria prevalece: chega quem ele espera. Chega e o chama, e esse mesmo que o chama, que gritou chamando por ele, é o mesmo que mandou que ele deitasse em cima de Nikita. E Vassíli Andreitch está feliz por esse alguém ter vindo levá-lo. "Já vou!", grita, feliz, e esse grito o acorda. Ele desperta, mas desperta muito diferente daquele que havia adormecido. Quer levantar e não consegue, quer mexer a mão e não consegue, quer mexer o pé e também não consegue. E se admira; mas não fica nem um pouco frustrado com isso. Entende que é a morte e não fica nem um pouco frustrado com isso também. Lembra que Nikita está deitado embaixo dele, que se aqueceu e está vivo, e lhe parece que ele é Nikita e Nikita é ele, e que sua própria vida não está nele mesmo, mas em Nikita. Apura os ouvidos e ouve a respiração e até o leve ronco de Nikita. "Nikita está vivo, quer dizer que eu também estou vivo", diz consigo, em triunfo.

E se lembrou do dinheiro, do armazém, da casa, da compra, da venda e dos milhões de Mirónov; achou difícil entender para que aquele homem a quem chamavam de Vassíli Andreitch se ocupava com todas as coisas com que se ocupava. "Ora, era porque ele não sabia", pensou, referindo-se a Vassíli Brekhúnov. "Não sabia, como agora eu sei. Agora, já sem a menor possibilidade de erro, *agora sei*." E ouve outra vez o chamado daquele que antes já o chamara. "Já vou, já vou!", responde, alegre, comovido, por inteiro. E sente que está livre e que nada mais o retém.

E Vassíli Andreitch já não viu mais nada, não ouviu nem sentiu mais nada neste mundo.

Em volta, tudo continuava a rodopiar ao vento. Os mesmos rodamoinhos de neve giravam, recobriam o casaco de pele de Vassíli Andreitch e todo o corpo trêmulo de Mukhórti, e quase não dava mais para ver o trenó e, no fundo dele, o aquecido Nikita, deitado embaixo do patrão já morto.

x

Nikita acordou antes do amanhecer. O frio que tinha começado de novo a arrepiar suas costas o acordou. Sonhou que conduzia para o moinho uma carroça com a farinha do patrão e, ao atravessar o riacho, desviou-se da ponte e atolou a carroça. E, no sonho, vê que vai para baixo da carroça e tenta levantá-la nas costas retas. Mas, que surpresa! A carroça não se move e está grudada às suas costas, ele não consegue nem levantar a carroça nem sair de debaixo dela. A região lombar parece ser esmagada. E que frio! Claro, é preciso sair dali. "Agora chega", diz para quem quer que esteja apertando a carroça sobre suas costas. "Tire os sacos!" Mas a carroça, cada vez mais fria, continua a esmagá-lo; de súbito, ele ouve batidas estranhas e desperta totalmente, compreende tudo. A carroça fria é o patrão morto e congelado, deitado em cima dele. O som das batidas vem de Mukhórti, que por duas vezes bateu com o casco no trenó.

– Andreitch, ah, Andreitch! – chama Nikita pelo patrão, com cuidado, já pressentindo a verdade e fazendo força com as costas.

Mas Andreitch não responde e a barriga e as pernas estão duras, frias e pesadas como halteres.

"Na certa, chegou ao fim. É o Reino dos Céus!", pensa Nikita.

Vira a cabeça, escava com a mão a neve na sua frente e abre os olhos. Está claro; o vento continua a assoviar nos varais do trenó, a neve continua a cair, a única diferença é que não açoita mais, apenas cai, no trenó e no cavalo, sem fazer barulho, e se acumula cada vez mais alta e já não se vê o movimento nem se ouve a respiração do cavalo. "Também morreu congelado, na certa", pensa Nikita, a respeito de Mukhórti. E, de fato, as batidas dos cascos no trenó que acordaram Nikita foram o esforço agonizante de Mukhórti para se manter de pé, já completamente congelado.

"O Deus Paizinho, pelo visto, também está me chamando", diz Nikita consigo. "Seja feita Sua vontade. Dá medo. Bem, ninguém morre duas vezes e, dessa única vez, ninguém escapa. Mas tomara que venha logo..." E de novo esconde as mãos, fecha os olhos e perde a consciência, inteiramente convencido de que agora já está morrendo, sem apelação e por completo.

Foi só na hora do almoço do dia seguinte que os mujiques, empunhando pás, desenterraram Vassíli Andreitch e Nikita, a trinta *sájeni* da estrada e a meia versta da aldeia.

A neve tinha se acumulado acima do trenó, mas os varais e o lenço amarrado neles ainda estavam visíveis. Com neve até acima da barriga, o cilhão e a manta tombados para o lado, Mukhórti estava de pé, todo branco, e a cabeça morta muito abaixada apertava o pomo de adão congelado; pedaços de gelo pendentes entupiam as narinas, os olhos cobertos pela geada, também congelados, pareciam ter lágrimas. Numa noite, havia emagrecido tanto que só restava pele e osso. Vassíli Andreitch estava duro como uma carcaça congelada quando o retiraram, e as pernas ficaram abertas, do jeito como ele havia montado sobre Nikita. Os olhos protuberantes de águia haviam congelado e a boca aberta abaixo do bigode aparado estava entupida de neve. Já Nikita estava vivo, embora todo enregelado. Quando acordaram Nikita, estava convencido de que já havia morrido e que tudo aquilo que se passava com ele acontecia não aqui, mas no outro mundo. Porém, quando ouviu a gritaria dos mujiques que o desencavaram e que retiraram o congelado Vassíli Andreitch de cima dele, de início se admirou com o fato de, no outro mundo, os mujiques gritarem assim e terem um corpo igual ao de antes, mas quando entendeu que continuava aqui, neste mundo, ele se decepcionou mais do que se alegrou, sobretudo quando sentiu que os dedos dos pés tinham congelado.

Nikita ficou dois meses no hospital. Amputaram três dedos, os outros se recuperaram, ele pôde voltar a trabalhar e ainda viveu mais vinte anos – de início, como trabalhador braçal e depois, quando velho, de vigia. Só morreu este ano, em casa, como queria, junto às imagens dos santos e com uma vela de cera acesa entre as mãos. Antes de morrer, pediu perdão à sua velha e perdoou-a pelo tanoeiro; despediu-se do filho, dos netos e morreu, sinceramente alegre pelo fato de a morte livrar o filho e a nora do peso de ter de alimentá-lo e também por ele mesmo passar desta vida, que já o cansava, para a outra vida, que a cada ano e a cada hora se tornava mais compreensível e mais atraente para ele. Estará melhor ou pior lá, onde acordou depois da morte real? Decepcionou-se ou encontrou lá o que esperava? Em breve, todos saberemos.

1895

A DESTRUIÇÃO DO INFERNO E SUA RECONSTRUÇÃO

(LENDA)

I

Foi no tempo em que Cristo revelou Sua doutrina aos homens.

A doutrina era tão clara, tão fácil de seguir e estava tão evidente que livrava as pessoas do mal que era impossível não adotá-la e nada foi capaz de conter sua propagação por todo o mundo. E Belzebu, pai e soberano de todos os demônios, ficou preocupado. Viu claramente que seu poder sobre as pessoas ia terminar para sempre, a menos que Cristo desmentisse Sua pregação. Estava preocupado, mas não se desesperou e incitou os fariseus e os escribas, obedientes a ele, a insultar e atormentar Cristo o mais possível, e também recomendou aos discípulos de Cristo que fugissem e O deixassem sozinho. Esperava que a condenação a uma pena vergonhosa, a desonra, ser abandonado por todos os Seus discípulos e, por fim, os próprios sofrimentos e a execução levassem Cristo, no último minuto, a desmentir Sua doutrina, e que esse desmentido aniquilasse toda a força da doutrina.

A questão foi resolvida na Cruz. E quando Cristo exclamou: "Meu Deus, meu Deus, por que me abandonaste?", Belzebu ficou exultante. Pegou as correntes com cadeados, preparadas para Cristo, e experimentou-as nos próprios pés, ajustou-as melhor, para que não pudessem se abrir, quando presas nos pés de Cristo.

Mas de repente ouviram-se as palavras de Cristo:

– Pai, perdoai-os, pois não sabem o que fazem – e em seguida Cristo proclamou: "*Está feito!*" – e expirou.

Belzebu entendeu que, para ele, tudo estava perdido. Quis tirar as correntes dos pés e fugir, mas não conseguiu sair do lugar. As correntes tinham grudado nele e seguravam os pés. Quis subir batendo as asas, mas não conseguiu abri-las. E Belzebu viu que Cristo, num halo de luz, estava diante dos portões do inferno, viu que os pecadores, de Adão até Judas, saíam do inferno, viu que todos os demônios fugiam, viu que os próprios muros do inferno queimavam e desmoronavam, sem fazer barulho, em todos os quatro lados. Ele não conseguiu mais suportar aquilo e, com um grito estridente, despencou para as profundezas, através do chão rachado do inferno.

II

Passaram cem, duzentos, trezentos anos.

Belzebu não contava o tempo. Ficava deitado e imóvel nas trevas negras e no silêncio da morte e tentava não pensar no que havia acontecido, mas mesmo assim pensava e, impotente, odiava o culpado de sua ruína.

Porém de repente – ele não lembrava e não sabia quantos séculos tinham passado –, ouviu, vindos de cima, sons parecidos com batidas de pés, gemidos, gritos, rilhar de dentes.

Belzebu ergueu a cabeça e escutou com atenção.

Belzebu não podia acreditar que fosse possível reconstruir o inferno, depois da vitória de Cristo, no entanto as batidas de pés, os gemidos, os gritos e o rilhar de dentes soavam cada vez mais claros.

Belzebu ergueu o torso, dobrou embaixo de si as pernas peludas, com cascos muito crescidos (as correntes, para sua surpresa, se soltaram sozinhas dos pés) e, depois de bater livremente as asas abertas, deu o assovio de alerta com que, antigamente, convocava seus servos e auxiliares.

Mal teve tempo de tomar fôlego quando, acima de sua cabeça, uma fenda se escancarou, reluziu um fogo vermelho e uma multidão de demônios, apertando-se uns aos outros, se derramou daquela fenda para as profundezas e, como corvos ao redor de um cadáver, eles se acomodaram num círculo em volta de Belzebu.

Eram demônios grandes e pequenos, gordos e magros, de rabos compridos e curtos e de chifres retos e curvos.

Um deles, com uma capa cobrindo os ombros e, de resto, nu, negro e reluzente, de cara redonda, sem barba e sem bigode, e com uma barriga enorme, estava de cócoras bem na frente da cara de Belzebu e, girando os olhos de fogo ora para cima, ora para baixo, não parava de sorrir, enquanto abanava o rabo comprido e fino, de um lado para outro, num ritmo constante.

III

– O que significa esse barulho todo? – perguntou Belzebu, apontando para o alto. – O que tem lá?

– O mesmo de sempre – respondeu o demônio reluzente e de capa.

– Mas então existem pecadores? – perguntou Belzebu.

– Muitos – respondeu o reluzente.

– Mas e aquela doutrina, cujo nome não quero dizer? – perguntou Belzebu.

O demônio de capa abriu um sorriso tão largo que deixou à mostra os dentes pontudos e, entre todos os demônios, ressoou uma risada contida.

– Essa doutrina não nos atrapalha. Eles não acreditam nela – disse o demônio de capa.

– Mas a doutrina obviamente os salva de nós, e Ele deu testemunho da doutrina por meio da própria morte – disse Belzebu.

– Eu mudei tudo isso – disse o demônio de capa, batendo depressa com o rabo no chão.

– Mudou como?

– Mudei de tal jeito que as pessoas acreditam não na doutrina Dele, mas sim na minha, e a chamam com o nome da outra.

– E como você fez isso? – perguntou Belzebu.

– Aconteceu por si mesmo. Eu só dei uma ajuda.

– Conte de forma resumida – pediu Belzebu.

O demônio de capa baixou a cabeça, ficou calado um instante, como se organizasse as ideias, sem pressa, e depois começou a contar:

– Quando aconteceu a terrível destruição do inferno e nosso pai e soberano se afastou de nós – disse –, fui aos lugares onde se pregava a doutrina que por pouco não nos aniquilou. Senti vontade de ver como viviam as pessoas que a praticavam. E vi que as pessoas que viviam segundo a tal doutrina eram totalmente felizes e estavam fora de nosso alcance. Não se zangavam umas com as outras, não cediam aos encantos femininos e ou não casavam ou, se casavam, tinham uma só mulher, não possuíam propriedades, tudo era considerado bem comum, não se defendiam com violência de quem os atacava e pagavam com o bem o mal que recebiam. Sua vida era tão boa que os outros povos se sentiam cada vez mais atraídos por eles. Vendo isso, achei que tudo estava mesmo perdido e quis logo ir embora. Mas então aconteceu algo, em si mesmo, insignificante, mas que me pareceu digno de mais atenção, e então fiquei. Aconteceu que, entre aquelas pessoas, alguns achavam que era preciso circuncidar todos os homens e que não se devia comer carne de animais sacrificados aos ídolos, enquanto outros achavam que isso não era necessário e que era possível não ser circuncidado e comer de tudo. Então comecei a incutir, tanto nos de um lado como nos do outro, a ideia de que aquela discórdia era muito importante, que nem um lado nem o outro deviam transigir, pois a questão tinha a ver com o modo de cultuar Deus. E eles acreditaram em mim e as discussões recrudesceram. E as pessoas de ambos os lados começaram a se irritar umas com as outras e aí passei a incutir em todos a ideia de que podiam demonstrar a veracidade de sua doutrina por meio de milagres. Por mais que seja óbvio que milagres não podem demonstrar a veracidade de uma doutrina, eles sentiam tamanha vontade de ter razão que acreditaram em mim e eu promovi milagres para eles. Não foi difícil fazer isso. Eles acreditavam em tudo que confirmasse seu desejo de ter razão sozinhos.

"Uns diziam que línguas de fogo haviam descido sobre eles, outros diziam que tinham visto o próprio mestre que já havia morrido, e muitas outras coisas. Inventavam coisas que nunca aconteceram e, em nome daquele que nos chamava de mentirosos, mentiam não menos do que nós, sem perceber o que faziam. Uns diziam, sobre os outros: seus milagres não são verdadeiros, os nossos são verdadeiros; e os outros diziam sobre aqueles: não, os seus milagres é que não são verdadeiros, os nossos são verdadeiros.

"As coisas estavam correndo bem, mas tive medo de que notassem a trapaça, demasiado evidente, e então inventei a Igreja. E quando eles acreditaram na Igreja, fiquei tranquilo: entendi que nós estávamos salvos e que o inferno ia ser reconstruído."

IV

– E o que é a Igreja? – perguntou com ar severo Belzebu, que não queria acreditar que um súdito seu pudesse ser mais inteligente do que ele.

– Igreja é o fato de que, quando as pessoas mentem e sentem que não acreditam, falam, sempre invocando Deus: *Juro por Deus que é verdade o que estou dizendo*. Isso é a Igreja, propriamente falando, mas apenas com a particularidade de que as pessoas que se reconhecem como Igreja estão convencidas de que não podem errar e, portanto, qualquer que seja a tolice que digam, elas não podem mais voltar atrás. Uma Igreja se forma assim: as pessoas convencem a si e aos outros de que seu mestre é Deus e que, a fim de evitar que a lei por Ele revelada seja mal interpretada, Deus escolheu algumas pessoas especiais e que só elas, ou aqueles a quem elas transmitiram esse poder, têm a capacidade de interpretar corretamente a doutrina. Assim, as pessoas que se chamam de Igreja se consideram detentoras da verdade, não porque o que pregam seja verdade, mas porque se consideram os únicos sucessores oficiais dos discípulos dos discípulos dos discípulos e, por fim, dos discípulos do próprio mestre – Deus. Embora também esse método, a exemplo do método dos milagres, tenha a inconveniência de que todas as pessoas podem, ao mesmo tempo, se convencer de que são membros da única Igreja verdadeira (o que de fato sempre aconteceu), a vantagem desse método reside em que, tão logo as pessoas dizem que elas são a Igreja e, com base nessa convicção, constroem sua doutrina, já não podem mais desmentir o que disseram, por mais absurdo que seja o que foi dito, e a despeito do que digam as outras pessoas.

– Mas por que as Igrejas interpretaram a doutrina a nosso favor? – perguntou Belzebu.

– Fizeram isso – prosseguiu o demônio de capa – porque, tendo se declarado os únicos intérpretes da lei de Deus, e tendo convencido os outros disso, tais pessoas se tornaram os árbitros supremos do destino das demais e por isso receberam um poder absoluto sobre elas. Tendo recebido tal poder, elas naturalmente se encheram de orgulho e, em sua maioria, se corromperam e com isso atraíram contra si a indignação e a inimizade das pessoas. Para lutar contra os inimigos, não tendo outra arma que não a violência, passaram a perseguir, executar e queimar todos que não reconheciam seu poder. Assim, por força da própria posição que ocupavam, elas se viram na necessidade de deturpar a interpretação da doutrina, de modo que ela justificasse sua vida corrupta e também as crueldades que praticavam contra os inimigos. E assim fizeram.

V

– Mas a doutrina era tão simples e clara que era impossível interpretá-la de maneira errada – disse Belzebu, cada vez menos disposto a crer que seus súditos tinham feito o que ele mesmo não pensara em fazer. – "Faz aos outros como queres que façam a ti mesmo." Como interpretar mal essas palavras?

– Para isso, seguindo meus conselhos, eles usaram vários meios – respondeu o demônio de capa. – Entre as pessoas, conta-se a história de um bruxo bom que, para salvar um homem do bruxo malvado, o transforma num grão de milho e, quando o bruxo malvado, disfarçado de galo, está prestes a bicar aquele grão, o bruxo bom despeja um saco de grãos sobre ele. E o bruxo malvado não consegue comer todos os grãos de milho nem consegue identificar aquele de que precisava. Seguindo meu conselho, fizeram o mesmo com a doutrina Daquele que ensinou que a única lei consiste em fazer aos outros aquilo que queremos que façam conosco, e declararam que quarenta e nove livros contêm a explanação sagrada da lei de Deus e estabeleceram que, nesses livros, todas as palavras vêm de Deus, do Espírito Santo. Em cima de uma verdade simples, compreensível, despejaram um monte tão grande de verdades supostamente sagradas que se tornou impossível aceitar todas elas e até mesmo encontrar no meio delas a única, de fato, necessária às pessoas. Esse foi o primeiro método. O segundo método que empregaram com sucesso por mais de mil anos foi simplesmente assassinar e queimar quem quisesse revelar a verdade. Agora, tal método já saiu de uso, mas não o abandonaram de todo e, embora não queimem mais as pessoas que tentam revelar a verdade, caluniam de tal modo essas pessoas e a tal ponto envenenam sua vida que só muito raramente alguém resolve expor a verdade. Esse é o segundo método. O terceiro consiste em que, reconhecendo a si mesmas como Igreja e, portanto, como infalíveis, elas ensinam explicitamente, quando lhes é necessário, o contrário do que está dito nas Escrituras, deixando por conta de seus discípulos a tarefa de se desembaraçarem de tais contradições, como quiserem e como forem capazes. Assim, por exemplo, está dito nas Escrituras: Teu único mestre é Cristo e não chames ninguém de pai na terra, pois teu único pai está no céu, então não chames ninguém de mestre na terra, pois teu único mestre é Cristo. Mas eles dizem: Só nós somos os pais e só nós somos os mestres dos homens. Ou está dito: Se quiseres rezar, reza sozinho e em segredo, que Deus escutará. Mas eles ensinam que é preciso rezar nos templos, todos juntos, ao som de cantos e música. Ou está dito nas Escrituras: Não jure de maneira nenhuma, mas eles ensinam que todos devem jurar obediência inquestionável às autoridades, a despeito do que possam exigir tais autoridades. Ou está dito: Não mate, mas eles ensinam que se pode e se deve matar na guerra e para cumprir a sentença de um julgamento. Ou então está dito: Minha doutrina é espírito e é vida, te alimenta com ela como se fosse pão. Mas eles ensinam que, pondo um pedacinho de pão no vinho e pronunciando sobre tais pedacinhos determinadas palavras, o pão se torna corpo e o vinho, sangue, e ensinam que comer esse pão e beber esse vinho é muito útil para a salvação da alma.[1] As pessoas acreditam nisso e tomam sofregamente esse caldinho e depois, quando caem em nosso poder, ficam muito surpresas, porque o tal caldinho não as ajudou – concluiu o demônio de capa, girou os olhos e abriu um sorriso de orelha a orelha.

– Isso é muito bom – disse Belzebu e sorriu. E todos os demônios deram uma sonora gargalhada.

VI

– Mas será possível que existam libertinos, ladrões e assassinos como antigamente? – perguntou Belzebu, já mais animado.

---

1 Na Igreja ortodoxa, a comunhão é feita com pão encharcado no vinho e servido aos fiéis numa colher.

Os demônios, também muito alegres, começaram de repente a falar todos ao mesmo tempo, cada um querendo ser o primeiro a contar a Belzebu.

– Não como antigamente, e sim muito mais do que antes – gritou um.

– Os libertinos não cabem mais nas antigas seções – guinchou outro.

– Os ladrões atuais são piores do que os antigos – esbravejou um terceiro.

– Não há lenha que chegue para os assassinos – rugiu um quarto.

– Não falem todos ao mesmo tempo. Que responda apenas aquele a quem eu perguntar. Quem cuida da libertinagem dê um passo à frente e conte como faz, agora, com os discípulos daquele que proibiu trocar de esposa e disse que não se devia olhar para uma mulher com desejo. Quem cuida da libertinagem?

– Eu – respondeu um demônio marrom e de aspecto feminino, rosto obeso e molhado, e se aproximou de Belzebu, arrastando o traseiro no chão e mastigando sem parar.

O demônio se arrastou para a frente da fila dos demais, ficou de cócoras, inclinou a cabeça para o lado, enfiou entre as pernas o rabo com franjinha e, enquanto o balançava, começou a falar com voz cantada:

– Nós fazemos isso pelo método antigo, empregado por você, nosso pai e soberano, desde o paraíso, e que deixou sob nosso poder toda a espécie humana, e também pelo método novo da Igreja. Segundo o método novo da Igreja, fazemos assim: convencemos as pessoas de que o verdadeiro casamento consiste não naquilo que ele é de fato, a união de homem e mulher, mas em vestir as melhores roupas, ir a grandes prédios construídos para isso e, lá, pôr na cabeça uns chapéus grandes e especiais, feitos para isso, e depois, ao som de várias canções, andar três vezes em volta de uma mesinha.[2] Convencemos as pessoas de que só isso é o verdadeiro casamento. E, convencidas, elas naturalmente consideram que qualquer união entre homem e mulher fora de tais condições é um simples prazer que não as obriga a nada, ou não passa da satisfação de uma necessidade higiênica, e por isso, sem constrangimento, se entregam a tal prazer.

O demônio de aspecto feminino inclinou a cabeça obesa para o outro lado e ficou em silêncio, como que esperando o efeito de suas palavras em Belzebu.

Belzebu balançou a cabeça em sinal de aprovação e o demônio de aspecto feminino prosseguiu:

– Com esse método, sem abandonar também o pecado antigo, o do fruto proibido e da curiosidade, empregado no paraíso – continuou, obviamente que-

---

2 Referência ao ritual do casamento na Igreja ortodoxa russa. Coroas são colocadas na cabeça dos noivos, que dão três voltas em torno do altar.

rendo bajular Belzebu –, alcançamos os maiores êxitos. Imaginando que podem realizar para si um casamento eclesiástico puro também depois da união com muitas mulheres, os homens trocam centenas de esposas e, de resto, estão a tal ponto habituados com a prostituição que fazem o mesmo também após o casamento eclesiástico. Se por algum motivo lhes parecem constrangedoras certas exigências ligadas ao casamento eclesiástico, eles arranjam um jeito para, pela segunda vez, dar umas voltinhas em redor da mesa, alegando que da primeira não valeu.

O demônio de aspecto feminino calou-se e, enxugando com a pontinha do rabo a saliva que enchia a boca, inclinou a cabeça para o outro lado e, em silêncio, encarou Belzebu.

VII

– Simples e bom – disse Belzebu. – Aprovo. Quem cuida dos ladrões?

– Eu – respondeu e se adiantou um demônio volumoso, de chifres grandes e curvos, bigode retorcido para cima e imensas patas tortas.

O demônio rastejou para a frente, como o anterior, ajeitou o bigode com duas patas e esperou a pergunta.

– Aquele que destruiu o inferno – disse Belzebu – ensinou as pessoas a viver como os pássaros do céu e ordenou que dessem também o casaco a quem pedisse ou quisesse lhes tomar a camisa, e disse que, para se salvarem, era preciso distribuir os bens que possuíam. Como vocês induziram à prática do roubo pessoas que ouviram tais palavras?

– Fizemos isso – respondeu o demônio de bigode, inclinando majestosamente a cabeça para trás – exatamente como fez nosso pai e soberano, quando Saul foi escolhido rei. Da mesma forma como aquilo foi incutido nas pessoas na época, nós as persuadimos de que, em lugar de parar de roubarem uns aos outros, seria mais vantajoso permitir que só uma pessoa roubasse as demais, conferindo a ela o poder máximo sobre todos. A única novidade em nosso método consiste em que, para confirmar o direito de roubar atribuído a essa única pessoa, nós a levamos a um templo, pomos em sua cabeça um chapéu especial, a sentamos numa cadeira bem alta, colocamos em sua mão um pauzinho e uma bola, esfregamos nela o óleo da Quaresma e, em nome de Deus e do Seu filho, proclamamos que esse sujeito lambuzado de óleo é sagrado. Desse modo, o roubo praticado por esse sujeito, considerado sagrado, já não pode ser impedido. E tais pessoas sagradas e seus assistentes, e todos os assistentes dos assistentes, roubam o povo o tempo todo, tranquilamente e sem riscos. Ao mesmo tempo, de forma corriqueira, eles estabelecem leis e preceitos que permitem que uma minoria ociosa, mesmo sem unção, roube impunemente a maioria que trabalha. E na verdade, nos últimos tempos, em certas nações, o roubo tem sido praticado por não ungidos tanto quanto lá onde existem os ungidos. Como pode ver nosso pai e soberano, em essência, o método empregado por nós é o velho método. A novidade consiste apenas em que tornamos o método mais geral, mais encoberto, mais difundido pelo espaço e pelo tempo e mais estável. Nós o tornamos mais geral porque, antes, as pessoas voluntariamente se submetiam a quem elas escolhiam e agora nós fazemos as pessoas, de modo totalmente alheio à sua vontade, se submeterem não a quem elas escolhem, mas a qualquer um. Nós tornamos o método mais encoberto porque agora, graças à instituição dos tributos especiais e indiretos, quem é roubado nem vê seus ladrões. O método está mais difundido no espaço porque os assim chamados povos cristãos não se contentam em roubar seu povo e, sob os pretextos mais variados e estranhos, sobretudo sob o pretexto de propagar o cristianismo, roubam também todos os povos estrangeiros que possuam algo para ser roubado. E o método novo está mais difundido pelo tempo do que o antigo método, graças à instituição dos empréstimos, sociais e estatais: agora, roubam não só as gerações presentes, mas também as futuras. Tornamos o método mais estável porque os principais ladrões são considerados sagrados e as pessoas hesitam em se opor a eles. Basta o ladrão principal se ungir com óleo que poderá roubar tranquilamente, quem e quanto quiser. Então, certa vez, na Rússia, a título de experiência, pus no trono real, uma depois da outra, as mulheres mais malvadas, tolas, ignorantes e depravadas, e que, por suas próprias leis, não tinham nenhum direito a isso. A última era não só depravada como uma verdadeira criminosa, que matou o marido e o herdeiro legal. No entanto, só porque ela havia sido ungida com óleo, as pessoas não cortaram seu nariz nem lhe deram chicotadas, como faziam com todas as mulheres que assassinavam o marido, e durante os trinta anos seguintes se submeteram a ela como escravos, permitindo que ela e seus inúmeros amantes roubassem não só suas propriedades como também a liberdade. Portanto, em nosso tempo, os roubos visíveis, ou seja, tomar à força uma carteira, um cavalo, uma roupa, constituem no máximo a milionésima parte de todos os roubos legais praticados o tempo todo por pessoas que têm a possibilidade de fazê-lo. Em nosso tempo, os roubos impunes, escondidos, e a disposição geral para o roubo se estabeleceram de tal forma entre as pessoas que o objetivo principal da vida de quase todas elas é o roubo, moderado apenas em razão da luta entre os próprios ladrões.

VIII

– Puxa, mas isso é muito bom – disse Belzebu. – E os assassinatos? Quem cuida dos assassinatos?

– Sou eu – respondeu e ergueu-se da multidão um demônio vermelho, de cor sanguínea, dentes caninos salientes na boca, chifres pontudos e com o rabo grosso e imóvel empinado.

– Como é que você consegue levar à prática de assassinatos os discípulos Daquele que disse: não paguem o mal com o mal, amem seus inimigos? Como você transforma essas pessoas em assassinos?

– Fazemos isso pelo método antigo – respondeu o demônio vermelho, com voz ensurdecedora e estrondosa. – Excitando nas pessoas a cobiça, a voracidade, o ódio, a vingança, o orgulho. E também, seguindo o método antigo, insuflamos nos discípulos a convicção de que o melhor meio de afastar as pessoas do assassinato consiste em levar aqueles que cometeram assassinato a serem mortos em público e pelas mãos dos próprios discípulos. Esse método não só nos abastece de assassinos como também nos prepara outros. Uma quantidade ainda maior nos foi fornecida, e continua a ser fornecida, pela nova doutrina da infalibilidade da Igreja, do casamento cristão e da igualdade cristã. A doutrina da infalibilidade da Igreja nos forneceu, em tempos passados, uma enorme quantidade de assassinos. As pessoas que se reconheciam como membros de uma Igreja infalível consideravam que era um crime permitir que intérpretes falsos da doutrina corrompessem as pessoas e, por isso, achavam que o assassinato deles era um ato agradável a Deus. E assim mataram gerações inteiras e executaram e queimaram centenas de milhares de pessoas. No entanto, o engraçado é que aqueles que executaram e queimaram as pessoas que começavam a entender a doutrina verdadeira, justamente as pessoas mais perigosas para nós, achavam que elas eram nossos servos, ou seja, súditos dos demônios. Só que aqueles que executavam e queimavam os outros nas fogueiras, e que eram na realidade nossos servos mais leais, se consideravam santos cumpridores da vontade de Deus. Assim era antigamente. Já no nosso tempo, uma quantidade muito maior de assassinos nos é fornecida pela doutrina do casamento cristão e da igualdade cristã. A doutrina do casamento nos dá, primeiro, os assassinatos dos cônjuges entre si e dos filhos pelas mães. Maridos e esposas se matam mutuamente, quando certas exigências da lei e do costume do casamento eclesiástico lhes parecem constrangedoras. As mães matam os filhos, em geral, quando as uniões das quais redundaram filhos não são aceitas como casamento. Tais assassinatos são cometidos de modo constante e regular. Já os assassinatos causados pela doutrina cristã da igualdade ocorrem de tempos em tempos, mas em compensação, quando ocorrem, são praticados em quantidade muito maior. Segundo essa doutrina, as pessoas são convencidas de que todas são iguais perante a lei. Só que as pessoas roubadas sentem que isso não é verdade. Elas veem que tal igualdade perante a lei consiste apenas em que os ladrões ficam à vontade para continuar roubando, enquanto elas não podem fazer o mesmo, e então se rebelam e atacam seus ladrões. Aí têm início os assassinatos recíprocos, que às vezes nos fornecem, de uma só vez, dezenas de milhares de assassinos.

IX

– Mas assassinatos na guerra? Como vocês conseguem levar a isso os discípulos Daquele que reconheceu que todas as pessoas eram filhos de um mesmo pai e mandou amar os inimigos?

O demônio vermelho sorriu de orelha a orelha, soltou pela boca um jato de fogo e de fumaça e, satisfeito, bateu nas costas com o rabo grosso.

– Fazemos assim: insuflamos em cada povo a ideia de que ele, esse povo, é o melhor do mundo, *Deutschland über alles*,[3] França, Inglaterra, Rússia *über alles*, e que esse povo, qualquer um, precisa dominar todos os outros povos. E assim insuflamos em todos os povos a mesma convicção, de modo que todos eles, sentindo-se ameaçados por seus vizinhos, sempre se preparam para a defesa e se irritam uns com os outros. E quanto mais um lado se prepara para a defesa e por isso se irrita com os vizinhos, tanto mais todos os outros também se preparam para a defesa e se irritam uns contra os outros. Assim, agora, todos que acataram a doutrina Daquele que nos chamou de assassinos vivem constantemente ocupados, acima de tudo, com os preparativos para os assassinatos ou com os assassinatos propriamente ditos.

X

– Puxa, mas isso é sagaz – disse Belzebu, depois de um breve silêncio. – Porém como é que pessoas instruídas e isentas de ilusões não viram que a Igreja havia adulterado a doutrina e não a restauraram?

---

3 "Alemanha acima de tudo". Título de uma canção tradicional alemã, da qual foi extraído o hino nacional alemão.

– Mas eles não podem fazer isso – respondeu com voz segura de si, rastejando para a frente, um demônio preto fosco, de manto nos ombros, testa lisa e oblíqua, ombros descarnados e orelhas grandes e salientes.

– Por quê? – perguntou Belzebu, com ar severo, descontente com o tom seguro de si do demônio de manto.

Sem se perturbar com o grito de Belzebu, o demônio de manto, em vez de se pôr de cócoras como os demais, sem pressa, tranquilamente, sentou-se à maneira oriental, cruzando as pernas descarnadas, e começou a falar sem hesitação, em voz baixa e medida:

– Não podem fazer isso porque, o tempo todo, eu desvio sua atenção daquilo que podem e precisam saber e a direciono para o que não precisam saber e que jamais saberão.

– E como fez isso?

– Fiz e faço de várias formas, conforme a época – respondeu o demônio de manto. – Na Antiguidade, eu convencia as pessoas de que o mais importante para elas era conhecer detalhes das relações entre as pessoas da Santíssima Trindade, o nascimento de Cristo, Sua natureza, os atributos de Deus etc. E elas raciocinaram muito e demoradamente sobre tais assuntos, demonstraram, discutiram e se zangaram. E tais raciocínios as mantiveram tão ocupadas que não pensavam nem um pouco em como deviam viver e, portanto, não precisavam saber o que lhes disse seu mestre sobre a vida.

"Depois, quando já estavam tão confusas por aqueles raciocínios que nem elas mesmas entendiam mais o que estavam dizendo, incuti em algumas pessoas a ideia de que o mais importante era estudar e explicar tudo que havia escrito um homem chamado Aristóteles, que tinha vivido mil anos antes, na Grécia; em outras pessoas, incuti a ideia de que o mais importante era descobrir uma pedra por meio da qual seria possível fazer ouro e também um elixir que eliminaria todas as doenças e tornaria as pessoas imortais. E as pessoas mais inteligentes e instruídas empregaram todas as suas forças intelectuais com esse fim.

"Naqueles que não se interessaram por isso, incuti a ideia de que o mais importante era saber se a Terra gira em torno do Sol ou se é o Sol que gira em torno da Terra. E quando aprenderam que a Terra gira e o Sol não, e quando determinaram quantos milhões de verstas separam a Terra do Sol, ficaram muito contentes e, desde então e até hoje, investigam com mais afinco ainda as distâncias até as estrelas, embora saibam que o fim de tais distâncias não existe nem pode existir, que o próprio número de estrelas é infinito e que eles não têm a menor necessidade de saber isso. Além do mais, incuti também neles a ideia de que é muito importante e indispensável saber como se originaram todos os animais, todos os vermes, todas as plantas, todos os seres vivos infinitamente pequenos. E embora, para eles, seja também absolutamente desnecessário saber isso e esteja perfeitamente claro que descobrir isso é impossível, porque tais criaturas são tão infinitamente numerosas quanto as estrelas, eles empregam todo o seu poder intelectual nisso e em pesquisas semelhantes, a respeito de fenômenos do mundo material, e ficam muito admirados com o fato de que, quanto mais descobrem daquilo que não têm necessidade de saber, mais permanece desconhecido para eles. E apesar de ser evidente que, à proporção que suas pesquisas avançam, o campo do que permanece por ser conhecido se torna cada vez mais vasto, os objetos da pesquisa se tornam cada vez mais complexos e os próprios conhecimentos alcançados por eles se tornam cada vez menos aplicáveis à vida, nada disso os incomoda e eles, plenamente convencidos da importância de seus conhecimentos, continuam a pesquisar, pregar, escrever, publicar e traduzir de uma língua para outra todas as suas pesquisas e raciocínios, que na maior parte nada têm de útil, e se de vez em quando acontece de serem úteis, é só para o divertimento da minoria de ricos ou para piorar a condição da maioria de pobres.

"A fim de impedir que, algum dia, se deem conta de que a única coisa necessária é a aplicação das leis da vida indicadas na doutrina de Cristo, incuti neles a ideia de que não podem conhecer as leis da vida espiritual e que toda doutrina religiosa, entre as quais a doutrina de Cristo, são ilusões e superstições, e que podem descobrir como precisam viver por meio de uma ciência, que inventei para eles, chamada sociologia, que consiste em estudar como os povos antigos viviam de modo diferente e pior. Assim, em lugar de eles mesmos, segundo a doutrina de Cristo, tentarem viver melhor, pensam que precisam apenas estudar a vida dos povos antigos, que de tais conhecimentos poderão extrair as leis gerais da vida e que, para viver bem, bastará apenas conformar sua vida a essas leis inventadas por eles.

"A fim de reforçar mais ainda seu engano, eu insuflo neles algo semelhante à doutrina da Igreja, a saber, que existe uma transmissão do conhecimento, que se chama ciência, e que as afirmações dessa ciência são tão infalíveis quanto as afirmações da Igreja.

"Tão logo aqueles que se consideram agentes da ciência se convencem de sua infalibilidade, eles naturalmente declaram ser verdades inquestionáveis não só as coisas mais desnecessárias como as tolices mais absurdas, as quais, uma vez proclamadas, eles já não podem mais desmentir.

"Aí está por que digo que, enquanto eu incutir neles o respeito e a subserviência a essa ciência, que inventei para eles, jamais compreenderão a doutrina que por muito pouco não nos aniquilou."

XI

– Muito bem. Obrigado – disse Belzebu, e seu rosto ficou radiante. – Vocês merecem um prêmio e vou recompensá-los dignamente.

– Mas o senhor está se esquecendo de nós – gritaram em várias vozes os demais demônios, malhados, pequenos, grandes, de pernas tortas, gordos e magros.

– O que vocês fizeram? – perguntou Belzebu.

– Eu sou o demônio do aprimoramento técnico.

– Eu sou o da divisão do trabalho.

– Eu sou o das vias de comunicação.

– Eu sou o da impressão de livros.

– Eu sou o da arte.

– Eu sou o da medicina.

– Eu sou o da cultura.

– Eu sou o da educação.

– Eu sou o da reabilitação das pessoas.

– Eu sou o do entorpecimento.

– Eu sou o da filantropia.

– Eu sou o do socialismo.

– Eu sou o do feminismo – gritaram todos de repente, avançando e se espremendo, bem na frente da cara de Belzebu.

– Fale um de cada vez e de forma sucinta – gritou Belzebu. – Você – virou-se para o demônio do aprimoramento técnico. – O que você faz?

– Convenço as pessoas de que, quanto mais fizerem objetos e quanto mais depressa os fizerem, será melhor para elas. E as pessoas, arruinando a própria vida a fim de produzir objetos, fazem cada vez mais objetos, apesar de tais objetos não serem necessários àqueles que obrigam as pessoas a fazê-los e de serem inacessíveis àqueles que os produzem de fato.

– Muito bem. E você? – perguntou Belzebu ao demônio da divisão do trabalho.

– Eu convenço as pessoas de que, como é possível fazer objetos mais depressa por meio de máquinas do que de gente, é preciso transformar as pessoas em máquinas, e elas fazem isso, e as pessoas, transformadas em máquinas, odeiam aqueles que fizeram isso com elas.

– Puxa, muito bem. E você? – perguntou Belzebu ao demônio das vias de comunicação.

– Eu convenço as pessoas de que, para seu bem, é preciso deslocar-se o mais depressa possível de um lugar para outro. E as pessoas, em lugar de melhorar a própria vida no lugar onde estão, passam a maior parte dela em deslocamentos de um lugar para outro e se orgulham muito de poder percorrer cinquenta verstas ou mais numa hora.

Belzebu também elogiou isso.

O demônio da impressão de livros se adiantou. Sua tarefa, como explicou, consiste em comunicar ao maior número possível de pessoas todas as sujeiras e tolices que se fazem e se escrevem no mundo.

O demônio da arte explicou que, sob o pretexto de consolar e despertar sentimentos elevados, ele estimula os vícios, representando-os com um aspecto atraente.

O demônio da medicina explicou que sua tarefa consiste em convencer as pessoas de que o mais necessário para elas é a preocupação com o próprio corpo. E como a preocupação com o próprio corpo não tem fim, as pessoas, preocupadas com o próprio corpo, graças à ajuda da medicina, não só se esquecem da vida das outras pessoas como também se esquecem de sua própria vida.

O demônio da cultura explicou que convence as pessoas de que o aproveitamento de todas aquelas atividades conduzidas pelos demônios do aprimoramento técnico, da divisão do trabalho, das vias de comunicação, da impressão de livros, da arte, da medicina é algo semelhante à virtude e que o homem que tira proveito de tudo isso pode se sentir plenamente satisfeito consigo e não se empenhar em ser melhor.

O demônio da educação explicou que convence as pessoas de que podem ensinar as crianças a viver bem, mesmo vivendo de modo ruim e até sem saber em que consiste uma vida boa.

O demônio da reabilitação explicou que ensina às pessoas que, mesmo sendo corrompidas, elas podem reabilitar pessoas corrompidas.

O demônio do entorpecimento disse que ensina às pessoas que, em vez de livrar-se dos sofrimentos produzidos pela vida ruim tentando viver melhor, é preferível esquecer, sob o efeito do entorpecimento por bebida, tabaco, ópio e morfina.

O demônio da filantropia disse que torna as pessoas inacessíveis ao bem convencendo-as de que, roubando em *pud* e devolvendo em *zólotnik*[4] às pessoas que foram roubadas, elas se tornam virtuosas e não precisam se aprimorar.

O demônio do socialismo se gabou de que, em nome da mais elevada organização da vida social, ele provoca a inimizade de classe.

O demônio do feminismo se gabou de que, para um aprimoramento ainda maior da organização da vida, além da inimizade de classe, ele provoca a inimizade entre os sexos.

---

4 Medida russa, equivalente a 4,6 g.

– Eu sou o conforto! Eu sou a moda! – gritaram e guincharam outros demônios, arrastando-se na direção de Belzebu.

– Por acaso vocês pensam que sou tão velho e tolo que não entenda que, assim que a doutrina da vida é adulterada, logo tudo aquilo que podia ser nocivo para nós se torna útil para nós? – gritou Belzebu, e deu uma gargalhada. – Chega. Agradeço a todos.

Abanou as asas e, com um pulo, ficou de pé. Os demônios formaram um círculo em torno de Belzebu. Na hora de fechar o círculo de demônios, numa ponta estava o demônio de capa, o inventor da Igreja, e na outra ponta o demônio de manto, o inventor da ciência. Os demônios deram as patas uns aos outros e o círculo se fechou.

E todos os demônios, rindo, guinchando, assoviando e urrando, começaram a rodar e dançar em redor de Belzebu, abanando e batendo os rabos. Já Belzebu, abrindo e batendo as asas, dançava no meio da roda, erguendo as patas bem alto. No alto, por cima de tudo, ouviam-se gritos, choro, gemidos e rilhar de dentes.

1902

DEPOIS DO BAILE

– Então os senhores dizem que o homem não é capaz de compreender por si mesmo o que é bom e o que é mau, dizem que todos dependem do ambiente, que todos são vítimas de seu meio. Pois penso que tudo depende do acaso. E falo por experiência própria.

Assim começou Ivan Vassílievitch, a quem todos respeitavam, após uma conversa que tivemos em torno da ideia de que, para o aprimoramento pessoal, é necessário antes de tudo mudar as condições em que as pessoas vivem. Ninguém disse propriamente que era impossível compreender o que é bom e o que é mau, mas Ivan Vassílievitch tinha aquela maneira peculiar de responder aos próprios pensamentos, surgidos no correr de uma conversa e, sob o efeito de tais pensamentos, contar episódios da sua vida. Muitas vezes esquecia completamente o motivo que o levara a contar, deixava-se arrebatar pelo relato, ainda mais porque contava com muita franqueza e veracidade.

Assim fez também naquela ocasião.

– Falo por experiência própria. Toda a minha vida se constituiu dessa forma, e não de outro modo, não em decorrência do meio, mas sim de algo bem diferente.

– E do que foi, então? – perguntamos.

– Bem, essa é uma longa história. Para entender, é preciso contar.

– Pois então conte.

Ivan Vassílievitch pôs-se a refletir, balançou a cabeça.

– Sim – disse. – Toda a minha vida se transformou em uma noite, ou melhor, em uma manhã.

– O que aconteceu?

– Aconteceu que eu estava intensamente apaixonado. Apaixonei-me muitas vezes, mas aquele foi o amor mais forte que senti. Faz tempo; agora ela já tem uma filha casada. Era B., sim, Várienka B. – Ivan Vassílievitch disse o sobrenome da família. – Mesmo aos cinquenta anos, ela era de uma beleza notável. Mas na juventude, aos dezoito anos, era fascinante: alta, esbelta, graciosa e majestosa, majestosa no rigor da palavra. Sempre se portava de modo extraordinariamente ereto, como se não pudesse ser de outra forma, com a cabeça um pouco inclinada para trás e, com a beleza e a estatura elevada, apesar da magreza, que chegava a deixar os ossos à mostra, adquiria certo aspecto imperial, que levaria as pessoas a se afastar, não fossem o sorriso e a boca sempre carinhosa e alegre, os olhos encantadores e brilhantes e todo o seu ser jovem e gentil.

– Como Ivan Vassílievitch retrata bem.

– Sim, mas, por melhor que eu retrate, é impossível retratar de modo que os senhores entendam como ela era. Porém a questão não é essa: o que quero contar se passou nos anos 40. Nessa época, eu era estudante numa universidade de província. Não sei se isso é bom ou ruim, mas na época não havia entre nós, em nossa universidade, nenhum círculo, nenhuma teoria, éramos simplesmente jovens e vivíamos como é próprio da juventude: estudávamos e nos divertíamos. Eu era um rapaz muito alegre, esperto e ainda por cima rico. Tinha um cavalo fogoso que andava a passo esquipado, descia os morros com as senhoritas (ainda não havia chegado a moda dos patins), fazia farras com os camaradas (naquele tempo, não bebíamos senão champanhe; quando não tínhamos dinheiro, não bebíamos nada, nem vodca, como fazemos agora). Os meus principais prazeres eram as festas e os bailes. Eu dançava bem e não era feio.

– Ora, deixe de modéstia – interrompeu-o uma das senhoras que o ouviam. – Afinal, conhecemos o seu retrato em daguerreótipo. O senhor não só não era feio, como era um homem belíssimo.

– Belíssimo ou não belíssimo, não vem ao caso. O caso é que, na época desse que foi o mais forte amor de minha vida, estava eu num baile, no último dia do Carnaval, na casa do chefe da província, um velhinho bonachão, ricaço, hospitaleiro e camarista da corte. Sua esposa, tão simpática quanto ele, recebia os convidados num vestido de veludo marrom, com uma tiara de brilhantes na cabeça e o peito e os ombros descobertos, velhos, fartos, brancos, como um retrato de Ielizavieta Petróvna.[1] O baile estava maravilhoso. O salão estava lindo, tinha um coro, músicos, os famosos conjuntos de servos formados naquele tempo pelos senhores de terras amantes da música, um bufê magnífico e um mar transbordante de champanhe, mas não bebi porque sem a bebida eu já estava embriagado de amor, em compensação dançava até me esgotar, dançava as quadrilhas, as valsas, as polcas e, é claro, o mais possível, sempre com Várienka. Ela usava um vestido branco com um cinto cor-de-rosa e luvas brancas de pelica, que por pouco não chegavam aos cotovelos magros, pontudos, e sapatinhos brancos de cetim. Tomaram-me a mazurca: o odioso engenheiro Aníssimov, e eu até hoje não consigo perdoá-lo por isso, convidou-a para dançar logo que ela chegou, enquanto eu corria para o barbeiro e andava atrás de umas luvas e me atrasava. Assim, não dancei com ela a mazurca, mas sim com uma alemãzinha que antes eu já havia namorado um pouquinho. Mas receio ter sido muito rude com a alemãzinha nessa noite, não conversei nem olhei para ela, só via o vulto alto, esbelto, de vestido branco e cinto cor-de-rosa, o

---

1 Tsarina da Rússia entre 1741 e 1762.

rosto radiante, ruborizado, as covinhas e os olhos carinhosos, meigos. Eu não era o único, todos olhavam para ela e ficavam encantados, os homens e também as mulheres, apesar de ela ofuscar todas as outras. Era impossível não se encantar.

"Por força de uma lei, por assim dizer, não dancei com ela a mazurca, mas na realidade dançamos quase todo o tempo. Sem se perturbar, ela atravessava o salão inteiro, direto ao meu encontro, eu dava um salto para a frente sem esperar o convite e ela, com um sorriso, agradecia minha perspicácia. Quando havia troca de pares e eu era conduzido de volta na sua direção, às vezes ela não adivinhava o meu passo e segurava outra mão que não a minha, encolhia os ombros magros e, em sinal de pesar e de consolo, sorria para mim. Quando fazíamos as figuras da mazurca em tempo de valsa, valsávamos juntos demoradamente e ela, muitas vezes sem fôlego, sorria e me dizia: '*Encore*'.[2] E valsei e valsei e nem sentia o meu corpo."

– Ora, como não sentia, acho que sentia bastante, quando a apertava pela cintura, sentia não só seu corpo, como também o dela – disse um dos convidados.

De repente Ivan Vassílievitch ficou ruborizado e quase gritou, com irritação:

– Sim, aí está como são os senhores, a juventude de hoje em dia. Os senhores, além do corpo, não enxergam nada. Em nosso tempo não era assim. Quanto mais intensamente eu estava apaixonado, mais incorpórea ela se tornava para mim. Os senhores, hoje, olham os pés, os tornozelos e outras coisas, os senhores despem as mulheres pelas quais estão apaixonados, mas para mim, como dizia Alphonse Karr,[3] um bom escritor, o objeto do meu amor veste sempre roupas de bronze. Nós não só não despíamos como nos empenhávamos em cobrir a nudez, como faz um bom filho de Noé. Ora, mas os senhores não vão entender...

– Não lhe dê ouvidos. E depois, o que houve? – perguntou um de nós.

– Pois bem. Assim, dancei mais com ela e não vi o tempo passar. Os músicos, já com certo desespero de cansaço, os senhores sabem como acontece no fim de um baile, repetiam os mesmos temas da mazurca, as mães e os pais já haviam se levantado das mesas de jogar cartas nos salões, aguardavam o jantar, os criados passavam correndo com mais frequência, levando coisas. Ainda não eram três horas. Era preciso aproveitar os últimos minutos. Chamei-a de novo para a mazurca e, pela centésima vez, percorremos o salão.

"'Então, depois do jantar, a quadrilha será minha?', perguntei, enquanto a levava para seu lugar.

"'Claro, se não me levarem embora', ela respondeu, sorrindo.

---

2 "Mais uma vez".

3 Escritor francês (1809-90).

“‘Não permitirei’, disse eu.

“‘Dê-me o leque’, pediu.

“‘Fico triste em devolvê-lo’, respondi, enquanto lhe entregava um leque branco e baratinho.

“‘Pois tome isto, para que o senhor não fique triste’, disse ela, e arrancou uma peninha do leque e me deu.

“Segurei a peninha e só com o olhar pude exprimir todo o meu entusiasmo e gratidão. Eu estava não só alegre e satisfeito, eu estava feliz, abençoado, eu me sentia bem, eu não era mais eu, e sim uma criatura extraterrena, que desconhecia o mal e só era capaz de fazer o bem. Escondi a peninha dentro da luva e fiquei parado, sem forças para separar-me dela.

“‘Veja, estão convidando o papai para dançar’, disse ela, apontando para o vulto alto e esbelto do pai, um coronel com dragonas prateadas, que estava na porta, junto à anfitriã e outras senhoras.

“‘Várienka, venha cá’, ouvimos a voz alta da anfitriã de tiara de brilhantes e ombros ielizavetanos.

“Várienka seguiu na direção da porta e eu fui logo atrás.

“‘*Ma chère*,[4] convença seu pai a dar uns passos de dança com você. Vamos, por favor, Piotr Vladislávitch’, voltou-se a anfitriã para o coronel.

“O pai de Várienka era um velho muito bonito, esbelto, alto e viçoso. Tinha o rosto muito corado, com um bigode branco de pontas levantadas *à la Nicolas I*,[5] suíças já brancas que se uniam ao bigode, o cabelo das têmporas penteado para a frente e, nos lábios e nos olhos radiantes, o mesmo sorriso carinhoso e alegre da filha. Tinha um porte magnífico, o peito largo, inflado à maneira militar, ornado de medalhas e sem ostentação, os ombros fortes, as pernas compridas e bem-feitas. Era um chefe militar bem ao tipo dos veteranos do tempo de Nicolau.

“Quando nos aproximamos da porta, o coronel se recusava, dizendo que havia desaprendido a dançar, no entanto, sorrindo, baixou a mão no lado esquerdo, desembainhou a espada, entregou-a a um jovem solícito e, após tirar a luva de camurça da mão direita – ‘tudo tem de ser feito conforme as regras’, disse sorrindo –, tomou a mão da filha e postou-se a um quarto de volta, à espera do compasso.

“No aguardado início do tema da mazurca, ele bateu agilmente um pé no chão, esticou a outra perna, e sua figura alta, corpulenta, deslocou-se em redor do salão, num sapateado ora baixo e suave, ora barulhento e tempestuoso. A figu-

---

4 “Minha querida”.

5 Referência ao tsar Nicolau I, que reinou de 1825 a 1855.

ra graciosa de Várienka planava à sua volta, de maneira imperceptível, no tempo certo, encurtando ou esticando os passos de seus pezinhos brancos de cetim. O salão inteiro seguia todos os movimentos do par. Eu não estava apenas encantado, eu os observava com um enternecimento extasiado. Comoviam-me, sobretudo, as botas do pai, com presilhas bem justas – boas botas de couro de bezerro, mas não de bico fino, como ditava a moda, e sim antigas, de bico quadrado e sem salto. Pelo visto, tinham sido feitas pelo sapateiro do batalhão. 'Para vestir e apresentar bem a filha querida, ele não compra botas da moda, usa botas feitas em casa', pensei, e aquelas botas de bico quadrado enterneceram-me de modo especial. Via-se que outrora ele dançara muito bem, mas agora estava pesado e as pernas já não eram bastante flexíveis para todos os passos ligeiros e bonitos que tentava executar. Mesmo assim, deu duas voltas no salão com agilidade. Quando abriu e logo depois fechou as pernas e tombou sobre um joelho, ainda que de modo um pouco pesado, enquanto ela, sorrindo e ajeitando a saia em que o pai havia esbarrado, o circundava com suavidade, todos aplaudiram bem alto. Após se levantar com certo esforço, o pai tomou carinhosamente nas mãos a cabeça da filha e, após beijar sua testa, trouxe-a para mim, pensando que eu ia dançar com ela. Respondi que não era eu o seu par.

" 'Ora, não importa, dance com ela o senhor, agora', disse o coronel, sorrindo de modo afetuoso, e recolocou a espada na bainha.

"Tal como acontece com o conteúdo de uma garrafa que, após escorrer a primeira gota, se derrama em grandes jatos, assim também, na minha alma, o amor por Várienka liberou toda a capacidade de amar que estava oculta dentro de mim. Naquela hora, eu abraçaria o mundo inteiro com meu amor. Eu amava também a anfitriã de tiara, com seu busto ielizavetano, e seu marido, e seus convidados, e seus criados, e até o engenheiro Aníssimov, que estava aborrecido comigo. Em relação ao pai dela, com suas botas feitas em casa e seu sorriso carinhoso, tão parecido com o da filha, eu experimentava então uma espécie de sentimento de ternura e enlevo.

"A mazurca terminou, os anfitriões chamaram os convidados para o jantar, mas o coronel B. recusou o convite, dizendo que no dia seguinte precisava acordar cedo, e despediu-se dos anfitriões. Cheguei a temer que ela também fosse embora, porém ficou no baile com a mãe.

"Depois do jantar, dancei com ela a quadrilha prometida e, embora eu parecesse estar infinitamente feliz, minha felicidade crescia mais e mais. Nada falávamos de amor. Eu não perguntava, nem a ela nem mesmo a mim, se ela me amava. Eu a amava e isso era o bastante. Só temia uma coisa, que alguém estragasse a minha felicidade.

"Quando cheguei em casa, tirei a roupa e pensei em dormir, mas vi que era completamente impossível. Tinha na mão a peninha do seu leque e sua luva inteira, que ela me dera ao ir embora, no momento de subir na carruagem, quando ajudei sua mãe e depois a ela. Eu observava esses objetos e, sem fechar os olhos, via seu vulto na minha frente, naquele minuto em que, optando entre dois cavalheiros, ela adivinhou o sentido do meu passo e ouvi sua voz meiga, quando disse: '*Orgulho*, não é?', e com alegria me deu a mão, ou quando, depois do jantar, tomou um gole de uma taça de champanhe e olhou-me de soslaio com os olhos carinhosos. Porém, mais que tudo, eu a via dançar com o pai, no momento em que se movia suavemente em torno dele e, com orgulho e alegria, por si e por ele também, olhava de relance para os espectadores admirados. E, involuntariamente, uni o pai e a filha num mesmo sentimento terno e comovido.

"Na época, eu morava com o meu falecido irmão. Ele não gostava da vida mundana, em geral, e não ia a bailes; naquela altura meu irmão estava se preparando para o exame de doutoramento e levava uma vida regrada. Estava dormindo. Observei sua cabeça afundada no travesseiro, encoberta até a metade pelo cobertor de flanela, e me veio uma pena afetuosa em relação a ele, tive pena, porque meu irmão não conhecia e não compartilhava aquela felicidade que eu experimentava. Nosso servo e criado Petrucha veio ao meu encontro com uma vela e quis ajudar-me a trocar de roupa, mas dispensei-o. O aspecto de seu rosto sonolento, de cabelos emaranhados, pareceu-me enternecedor e tocante. Tentando não fazer barulho, segui para meu quarto na ponta dos pés e sentei na cama. Não, eu estava feliz demais, não podia dormir. Além disso, fazia calor nos cômodos muito aquecidos e eu, sem tirar o uniforme, saí de mansinho para o vestíbulo, pus a túnica, abri a porta e fui para a rua.

"Eu saíra do baile antes das cinco horas, mais umas duas horas se passaram enquanto fui para casa e fiquei lá algum tempo, portanto, quando saí já estava claro. Fazia um tempo típico da época do Carnaval, havia uma neblina, a neve encharcada de água se derretia nas ruas e todos os telhados gotejavam. Na época, B. morava no fim da cidade, junto a um vasto campo, numa extremidade havia uma alameda, na outra, um colégio interno para moças. Cruzei nossa travessa deserta e saí numa rua grande, onde começavam a se encontrar pedestres, carroceiros e trenós cheios de lenha, cujos patins chegavam a raspar na calçada. E os cavalos, que em movimentos regulares, sob os arreios lustrosos, balançavam a cabeça molhada, e os cocheiros que, cobertos por umas esteirazinhas, batiam forte no chão as botas enormes ao lado das carroças, e as casas da rua, que na neblina pareciam muito altas, tudo era para mim singularmente doce e significativo.

"Quando cheguei ao campo onde ficava a casa deles, avistei na extremidade, na alameda da direita, algo grande, negro, e ouvi sons de flauta e tambor que vinham de lá. Minha alma cantava o tempo todo e, de quando em quando, se fazia ouvir o tema da mazurca. Mas aquele era outro tipo de música, rude e má.

"'O que é isso?', pensei e, por um caminho escorregadio que atravessava o meio do campo, segui na direção dos sons. Depois de percorrer uns cem passos, comecei a distinguir, por trás da neblina, muitas pessoas negras. Pelo visto, soldados. 'Um treinamento, na certa', pensei, e me aproximei, junto com um ferreiro de peliça curta e ensebada e de avental, que carregava algo e andava na minha frente. Os soldados, de uniforme preto, estavam postados em duas fileiras, uma de frente para a outra, com os fuzis em posição de descansar armas, e não se moviam. Atrás deles, estavam o flautista e o tocador de tambor, que não paravam de repetir a mesma melodia desagradável e estridente.

"'O que estão fazendo?', perguntei para o ferreiro, que havia parado ao meu lado.

"'Estão castigando um tártaro por deserção', respondeu o ferreiro em tom zangado, enquanto tentava enxergar a outra ponta das fileiras.

"Fiquei olhando para lá também e vi, no meio das duas fileiras, algo terrível, que vinha na minha direção. Vinha na minha direção um homem nu da cintura para cima, preso por cordas aos fuzis de dois soldados, que o conduziam. A seu lado, caminhava um militar alto, de túnica e quepe, cuja figura me pareceu conhecida. Contorcendo o corpo inteiro, tropeçando na neve derretida, o castigado avançava na minha direção sob os golpes que choviam sobre ele de ambos os lados, ora o homem tombava para trás – e então os sargentos que o conduziam preso aos fuzis empurravam-no para a frente –, ora caía para a frente – e então os sargentos, segurando-o para que não caísse, puxavam-no para trás. E, sem se afastar do castigado, o militar alto caminhava a passo firme, ligeiramente trêmulo. Era o pai dela, com seu rosto corado, seu bigode e as suíças brancas.

"A cada golpe, o castigado, como que surpreso, virava o rosto franzido de sofrimento para o lado de onde viera a pancada e, arreganhando os dentes brancos, repetia sempre a mesma frase. Só quando já estavam bem perto, distingui essa frase. Ele não falava, mas soluçava: 'Irmãozinhos, tenham dó. Irmãozinhos, tenham dó'. Mas os irmãozinhos não tinham dó e, quando o cortejo passou bem junto a mim, vi como o soldado que estava na minha frente deu um passo decidido adiante e, com um zunido, brandiu no ar um porrete, antes de golpear com força as costas do tártaro. O tártaro tombou para a frente, mas os sargentos seguraram-no e uma pancada semelhante atingiu-o do outro lado, e de novo desse lado, e de novo do outro. O coronel acompanhava de perto e, olhando ora os próprios pés, ora o castigado, inspirava e, inflando as bochechas, soltava o ar lentamente entre os lábios contraídos em bico. Quando o cortejo passou pelo lugar onde eu estava, vi de relance, entre as fileiras, as costas do castigado. Era uma coisa colorida, molhada, vermelha, antinatural e nem acreditei que pudesse ser o corpo de um homem.

"'Ah, meu Deus', exclamou o ferreiro ao meu lado.

"O cortejo começou a afastar-se, golpeavam sem parar, dos dois lados, o homem tropeçava, se contorcia, e continuavam a bater no tambor e a assobiar na flauta, e sempre no seu passo firme avançava a figura alta, esbelta, do coronel, junto ao castigado. De súbito, o coronel parou e aproximou-se rápido de um dos soldados.

"'Vou ajudar você', ouvi sua voz raivosa. 'Quer errar o alvo, é? Quer mesmo?'

"E vi como ele, com a mão forte metida numa luva de camurça, bateu no rosto de um soldado baixinho, assustado, fraco, por não ter baixado seu porrete com força bastante nas costas vermelhas do tártaro.

"'Tragam açoites novos!', gritou, virando-se para trás, e me viu. Fez de conta que não me conhecia, franziu as sobrancelhas com ar ameaçador e raivoso, deu-me as costas depressa. Senti tamanha vergonha que, sem saber para que lado olhar, como se tivesse sido apanhado em flagrante no ato mais vergonhoso do mundo, baixei os olhos e apressei-me em ir para casa. Ao longo de todo o caminho, em meus ouvidos ora batia o rufar do tambor e assobiava a flauta, ora ouviam-se as palavras: 'Irmãozinhos, tenham dó', ora eu ouvia a voz arrogante e raivosa do coronel, que gritava: 'Quer errar o alvo, é? Quer mesmo?'. Enquanto isso, no coração, havia uma tristeza quase física, que beirava o enjoo, a tal ponto que parei várias vezes e pareceu-me que a qualquer momento eu ia vomitar todo o horror que entrara em mim por causa daquele espetáculo. Não lembro como cheguei em casa e deitei. Porém, assim que comecei a dormir, vi e ouvi tudo outra vez, e acordei de um salto.

"'Na certa, ele sabe alguma coisa que desconheço', pensei a respeito do coronel. 'Se eu soubesse o que ele sabe, entenderia o que vi e isso não me perturbaria.' Contudo, por mais que eu refletisse, não conseguia atinar com o que o coronel sabia e só fui dormir ao entardecer, depois de ir à casa de um amigo e beber com ele até ficar totalmente bêbado.

"Pois bem, os senhores pensam que concluí, então, que aquilo que vi era algo ruim? De maneira alguma. 'Se fazem isso com tamanha convicção e se todos o consideram necessário, quer dizer que sabem alguma coisa que eu desconheço', pensava, e me esforçava em descobrir o que era. Porém, como não descobri, não fui capaz de ingressar no serviço militar, como antes desejava, e tampouco ingressei no serviço civil e, como veem, não servi para nada, em parte alguma."

– Bem, nós sabemos muito bem que o senhor não serviu para nada – disse um de nós. – É melhor dizer: quantas pessoas não teriam servido para nada, se não fosse o senhor.

– Ora, isso é uma tolice completa – exclamou Ivan Vassílievitch, com irritação sincera.

– Bem, e o amor? – perguntamos.

– Amor? A partir daquele dia, o amor começou a minguar. Quando ela, como lhe acontecia muitas vezes, com um sorriso no rosto, se punha pensativa, na mesma hora eu me lembrava do coronel na praça e me vinha uma sensação tão incômoda e tão desagradável que passei a encontrá-la cada vez menos. E assim o amor deu em nada. Vejam como são as coisas e o que transforma e governa a vida inteira de um homem. E os senhores dizem... – concluiu ele.

Iásnaia Poliana, 20 de agosto de 1903

O REI ASSÍRIO ASSARHADDON

O rei assírio Assarhaddon conquistou o reino de Lailie, devastou e queimou todas as cidades, capturou e levou todos os habitantes para seu país, matou os guerreiros e aprisionou o próprio rei Lailie numa jaula.

À noite, deitado na cama, o rei Assarhaddon pensava em como castigar Lailie, quando ouviu de repente a seu lado um sussurro e, abrindo os olhos, viu um velho de barba grisalha e olhos dóceis.

– Você quer castigar Lailie? – perguntou o velho.

– Quero – respondeu. – Estava tentando imaginar um castigo para ele.

– Mas, veja, Lailie é você – disse o velho.

– Não é verdade – respondeu o rei. – Eu sou eu e Lailie é Lailie.

– Você e Lailie são um só – disse o velho. – Apenas lhe parece que você não é Lailie e que Lailie não é você.

– Como assim, me parece? – retrucou o rei. – Estou aqui, deitado num leito macio, à minha volta tenho escravos e escravas obedientes e amanhã serei como hoje, vou me banquetear com os amigos, enquanto Lailie, como um pássaro, está preso numa gaiola e amanhã, com a língua para fora, vai ser empalado, vai se contorcer até morrer e seu corpo será despedaçado pelos cães.

– Você não pode aniquilar a vida dele – disse o velho.

– E os catorze mil guerreiros que matei e com cujos corpos fiz um monte? – perguntou o rei. – Estou vivo, e eles, não; portanto eu posso aniquilar a vida.

– Como sabe que eles não existem?

– Porque não os vejo. E acima de tudo porque eles sofreram tormentos e eu, não. Foi ruim para eles, mas para mim foi bom.

– Isso é apenas o que lhe parece. Você atormentou a si mesmo, e não a eles.

– Não entendo – disse o rei.

– Quer entender?

– Quero.

– Venha cá – disse o velho, apontando para uma tina cheia de água.

O rei levantou-se e se aproximou da tina.

– Tire a roupa e entre na tina.

Assarhaddon fez o que o velho mandou.

– Agora, quando eu começar a derramar essa água sobre você, afunde a cabeça – disse o velho, pegando água numa caneca.

O velho inclinou a caneca acima da cabeça do rei, que afundou.

E assim que o rei Assarhaddon afundou, sentiu que não era mais Assarhaddon, mas outra pessoa. Viu-se deitado numa cama de luxo, ao lado de uma bela mulher. Nunca tinha visto aquela mulher, mas sabia que era sua esposa. A mulher se levantou um pouco e disse:

– Meu querido marido Lailie, você está cansado dos trabalhos de ontem e por isso dormiu até mais tarde do que o costume, mas eu vigiei seu repouso e não acordei você. No entanto, agora, os príncipes o esperam no salão principal. Vista--se e vá ao encontro deles.

E Assarhaddon, entendendo pelas palavras da mulher que ele era Lailie, ficou admirado não só com aquilo, como também com o fato de até então não saber disso, e levantou-se, vestiu-se e foi para o salão principal, onde os príncipes o aguardavam.

Inclinando-se até o chão, os príncipes saudaram seu rei Lailie, depois se levantaram e, por uma ordem sua, sentaram-se à sua frente, e o mais velho deles começou a dizer que não era mais possível tolerar todos os insultos do perverso rei Assarhaddon e que era preciso ir à guerra contra ele. Mas Lailie não concordou, mandou enviar embaixadores ao encontro de Assarhaddon a fim de trazê-lo de volta à razão e dispensou os príncipes. Depois disso, escolheu pessoas respeitáveis como embaixadores e explicou-lhes em detalhe o que deviam comunicar ao rei Assarhaddon.

Terminada essa tarefa, Assarhaddon, sentindo-se Lailie, foi à montanha caçar asnos selvagens. A caçada foi bem-sucedida. Ele mesmo matou dois asnos e, ao voltar para casa, banqueteou-se com os amigos, vendo a dança das escravas.

No dia seguinte, como de hábito, saiu para o pátio, onde o aguardavam peticionários, réus e litigantes, e resolveu as questões que lhe foram apresentadas. Terminada essa tarefa, foi de novo para sua atividade predileta: a caça. E naquele dia conseguiu, ele mesmo, matar uma leoa velha e capturar seus dois filhotes. Depois da caçada, de novo banqueteou-se com os amigos, divertindo-se com música e dança, e passou a noite com a querida esposa.

Assim viveu os dias e as semanas, esperando o regresso dos embaixadores que enviara ao rei Assarhaddon, que antes era ele. Os embaixadores só voltaram depois de um mês, e voltaram com as orelhas e o nariz cortados.

O rei Assarhaddon mandou dizer a Lailie que o que tinha feito aos embaixadores seria feito com ele também, a menos que mandasse imediatamente um determinado tributo em prata, ouro e madeira de cipreste, e fosse em pessoa render homenagens a ele.

Lailie, que antes era Assarhaddon, de novo reuniu os príncipes e discutiu com eles o que fazer. Todos a uma só voz disseram que era preciso travar guerra contra Assarhaddon, sem esperar seu ataque. O rei concordou e, pondo-se à frente do exército, partiu em campanha. A campanha durou sete dias. Todo dia, o rei andava em redor das tropas e incentivava a coragem de seus guerreiros. No oitavo dia, suas tropas encontraram as tropas de Assarhaddon num grande vale, à beira de um rio. As tropas de Lailie combateram com coragem, mas Lailie, que antes era Assarhaddon, viu que os inimigos desciam das montanhas como formigas, inundavam o vale e estavam vencendo suas tropas, e ele, em sua carruagem, atirou-se para o centro do combate, furou e cortou os inimigos. Porém os guerreiros de Lailie eram centenas e os de Assarhaddon eram milhares, e Lailie sentiu que estava ferido e que era levado prisioneiro.

Por nove dias, ao lado de outros prisioneiros, ele caminhou amarrado, cercado por guerreiros de Assarhaddon. No décimo dia, foi levado a Nínive e preso numa jaula.

Lailie sofria menos por causa da fome e do ferimento do que da vergonha e da raiva impotente. Sentia-se impotente para fazer o inimigo pagar por todo o mal que ele havia suportado. A única coisa que podia fazer era não dar aos inimigos a alegria de ver seu sofrimento e resolveu, com determinação e coragem, suportar sem nenhum murmúrio tudo o que acontecesse com ele.

Ficou vinte dias na jaula, à espera da execução. Viu como eram executados seus familiares e amigos, ouviu os gemidos dos condenados, alguns tiveram mãos e pés cortados, outros foram esfolados vivos, e não demonstrou nem angústia, nem arrependimento, nem medo. Viu como eunucos levaram sua esposa amarrada. Ele sabia que a levavam para ser uma das escravas de Assarhaddon. E também suportou aquilo sem lamentos.

Então dois carrascos abriram a jaula e, amarrando suas mãos nas costas com uma correia, levaram-no para o local da execução, banhado de sangue. Lailie viu a estaca pontuda e ensanguentada, da qual pouco antes arrancaram o corpo de um amigo seu, morto ali, e entendeu que tinham liberado a estaca para a sua execução.

Tiraram sua roupa. Lailie sentiu-se horrorizado com a magreza do próprio corpo, antes forte e bonito. Dois carrascos suspenderam aquele corpo pelo quadril magro, ergueram-no e iam soltá-lo em cima da estaca.

"Agora é a morte, o aniquilamento", pensou Lailie. "Sei que estou dormindo. Isto é um sonho." E fez um esforço para acordar. "Pois eu não sou Lailie, sou Assarhaddon", pensou.

– Você é Lailie e também é Assarhaddon – ouviu uma voz dizer e sentiu que a execução começava. Gritou e no mesmo instante levantou a cabeça de dentro da tina cheia de água. O velho estava de pé, acima dele, e derramava em sua cabeça o resto de água que havia na caneca.

– Ah, como sofri horrivelmente! E como demorou! – exclamou Assarhaddon.

– Demorou muito? – perguntou o velho. – Mas você acabou de afundar a cabeça e logo depois a levantou; olhe, ainda não terminei de derramar a água da caneca. Agora entendeu?

Assarhaddon nada respondeu e apenas olhou com horror para o velho.

– Agora entendeu que Lailie é você – prosseguiu o velho – e que os guerreiros que você levou à morte também são você? E não só os guerreiros, os animais que você matou nas caçadas e assou em seus banquetes também são você. Veja, você achava que a vida estava só em você, mas eu retirei de você o véu da ilusão e você viu que, fazendo o mal aos outros, fazia o mal a si mesmo. A vida é uma só em todos e você manifesta em si apenas uma parte dessa vida única. E apenas nessa parte da vida você pode melhorar ou piorar, aumentar ou diminuir a vida. Você só pode melhorar a vida em você mesmo quando destruir as barreiras que separam sua vida da dos outros seres, quando considerar os outros seres como sendo você mesmo: *quando amá-los*. Destruir a vida em outros seres é algo que não está em seu poder. A vida dos seres mortos por você desapareceu de sua vista, mas não foi aniquilada. Você pensava que alongava a própria vida e encurtava a vida dos outros, mas não pode fazer isso. Para a vida, não existe tempo nem lugar. Uma vida de um instante e uma vida de mil anos, a sua vida e a vida de todos os seres visíveis e invisíveis do mundo são iguais. É impossível aniquilar e modificar a vida, porque ela é a única coisa que existe. Todo o resto apenas nos parece existir.

Dito isso, o velho desapareceu.

Na manhã seguinte, o rei Assarhaddon mandou soltar Lailie e todos os prisioneiros e cancelou as execuções.

No terceiro dia, chamou seu filho Assurbanípal e lhe entregou o reino, enquanto ele mesmo, de início, retirou-se para o deserto a fim de meditar sobre o que havia descoberto. Depois começou a caminhar pelas aldeias e cidades, sob o disfarce de um vagabundo, pregando às pessoas que a vida era só uma e que as pessoas só faziam o mal a si mesmas, quando queriam fazer o mal a outras criaturas.

1903

O CUPOM FALSIFICADO

PRIMEIRA PARTE

I

Fiódor Mikháilovitch Smokóvnikov, presidente da Câmara Fiscal, homem de uma honestidade incorruptível, e orgulhoso disso, sobriamente liberal e não apenas livre-pensador como vigorosamente hostil a qualquer manifestação de religiosidade, que considerava resquícios de superstição, voltou da Câmara com o pior humor possível. O governador tinha escrito para ele um documento tolíssimo, que podia ser entendido como uma insinuação de que Fiódor Mikháilovitch tinha agido de forma desonesta. Fiódor Mikháilovitch ficou muito irritado e na mesma hora, curto e grosso, redigiu uma resposta.

Em casa, Fiódor Mikháilovitch teve a impressão de que tudo andava mal. Faltavam cinco minutos para as cinco horas. Ele achou que logo iriam servir o jantar, mas a refeição ainda não estava pronta. Fiódor Mikháilovitch fechou a porta com força e foi para seu quarto. Alguém bateu na porta. "Diabos, que mais está faltando?", pensou, e gritou:

– Quem é, agora?

Um ginasiano da quinta série entrou no quarto, um menino de quinze anos, filho de Fiódor Mikháilovitch.

– O que você quer?

– Hoje é o primeiro dia do mês.

– O que é? Dinheiro?

Estava combinado que, todo primeiro dia do mês, o pai dava uma mesada de três rublos para o filho se divertir. Fiódor Mikháilovitch fez cara feia, pegou a carteira, procurou e tirou um cupom de dois rublos e meio, depois pegou a bolsa com moedas de prata e contou cinquenta copeques. O filho ficou em silêncio e não pegou o dinheiro.

– Papai, por favor, me dê um adiantamento.

– Como?

– Eu não ia pedir, mas peguei emprestado e dei minha palavra, prometi. Como pessoa honesta que sou, não posso... preciso de mais três rublos, não vou pedir mais, palavra... não vou pedir mais, só agora... por favor, pai.

– Eu já tinha falado para você...

– Sei, papai, mas só uma vez...

– Você recebe uma mesada de três rublos e ainda acha pouco. Com sua idade, eu não ganhava nem cinquenta copeques.

– Hoje, todos os meus amigos recebem mais. Petrov e Ivánitski ganham cinquenta rublos.

– Pois eu lhe digo que, se você se comportar como eles, vai acabar virando um patife. Escute o que estou dizendo.

– Ora, o que o senhor está dizendo. O senhor nunca vai se colocar na minha posição, vou ser visto como canalha. Para o senhor, tanto faz.

– Saia, seu malandro. Fora daqui.

Fiódor Mikháilovitch se levantou de repente e se lançou contra o filho.

– Fora. Vocês precisam é de chicote.

O filho se assustou e se irritou, porém se irritou mais do que se assustou e, de cabeça baixa, seguiu para a porta em passos ligeiros. Fiódor Mikháilovitch não queria bater nele, mas ficou contente com a própria raiva e continuou, por um bom tempo, a gritar palavras ofensivas, atrás do filho.

Quando a empregada veio dizer que o jantar estava pronto, Fiódor Mikháilovitch se levantou.

– Finalmente – disse. – Já nem sinto mais vontade de comer.

E, de sobrancelhas franzidas, foi para a sala de jantar.

À mesa, a esposa começou a falar com ele, mas o marido resmungou uma resposta tão curta e zangada que ela se calou. O filho também não ergueu os olhos do prato e se manteve mudo. Comeram em silêncio e em silêncio levantaram e se separaram.

Depois do jantar, o ginasiano voltou para seu quarto, tirou do bolso o cupom e o dinheiro trocado e jogou sobre a mesa, depois tirou o uniforme e vestiu uma jaqueta. De início, o ginasiano estudou uma surrada gramática do latim, depois fechou a porta com o ferrolho, enfiou o dinheiro na gaveta da mesa, da qual tirou papel de cigarro, enrolou, encheu com algodão e começou a fumar.

Ficou umas duas horas sentado na frente da gramática e do caderno, sem entender nada, depois se levantou e se pôs a andar pelo quarto, batendo os calcanhares no chão, e recordou tudo o que havia se passado na conversa com o pai. Todas as palavras injuriosas do pai, sobretudo seu rosto cruel, vieram à sua memória e era como se o menino o visse e o escutasse naquele momento.

“Malandro. Precisa de chicote.” E quanto mais lembrava, mais se enfurecia contra o pai. Lembrou que o pai lhe dissera: “Vejo que você está se tornando um patife. Eu já sabia”. “Se é desse jeito, a gente acaba mesmo virando um patife. Para ele, tanto faz. Esqueceu como era quando jovem. Ora, qual foi o crime que cometi? Só fui ao teatro, não tinha dinheiro, peguei emprestado com o Piétia Gruchétski. O que há de mau nisso? Outro pai teria pena, perguntaria, mas ele só sabe xingar, só pensa em si mesmo. Mas quando é ele que não tem alguma coisa, é uma gritaria só na casa inteira, e eu é que sou o patife. Não, ele pode ser meu pai, mas não tenho amor por ele. Não sei se é sempre assim que acontece, mas não tenho amor por ele."

A empregada bateu na porta. Trouxe um bilhete.

– Pediram uma resposta já.

No bilhete, estava escrito:

> Já é a terceira vez que peço a você que me pague os seis rublos que emprestei, mas você se esquiva. Não é assim que se comportam as pessoas honestas. Peço que mande sem demora o dinheiro pelo portador. Eu mesmo estou num grande aperto. Será que você não consegue arranjar essa quantia? Do seu camarada, que o despreza ou que o respeita, conforme você mande ou não o dinheiro,
>
> Gruchétski

"Ora vejam só. Mas que porco. Não pode esperar. Vou tentar de novo."

Mítia foi falar com a mãe. Era a última esperança. Sua mãe era bondosa e não sabia negar, talvez o ajudasse, mas naquele dia estava abalada com a ligeira enfermidade do filho menor, Piétia, de dois anos. Ela se zangou com Mítia por ter entrado fazendo barulho e logo de saída negou seu pedido. Ele resmungou qualquer coisa para si e andou para a porta. A mãe teve pena do filho e o chamou de volta.

– Espere, Mítia – disse. – Não tenho agora, mas amanhã consigo.

Porém a raiva contra o pai continuava a ferver dentro de Mítia.

– De que me adianta amanhã, se preciso agora? Fique sabendo que vou falar com um amigo.

Saiu, batendo a porta.

"Não há mais nada a fazer, ele vai me ensinar onde posso penhorar meu relógio", pensou, apalpando o relógio no bolso.

Mítia tirou o cupom e os trocados da gaveta da mesa, vestiu o paletó e foi à casa de Mákhin.

II

Mákhin era aluno do ginásio e tinha bigode. Jogava cartas, conhecia mulheres e sempre tinha dinheiro. Morava com a tia. Mítia sabia que Mákhin era um mau garoto, mas quando estava com ele não conseguia deixar de se submeter à sua vontade. Mákhin estava em casa e se preparava para ir ao teatro: seu quarto imundo cheirava a sabonete perfumado e água-de-colônia.

– Meu caro, é o último recurso – disse Mákhin, quando Mítia contou seu apuro, mostrou o cupom e os cinquenta copeques e disse que precisava de nove rublos. – É possível penhorar o relógio, mas é possível fazer coisa melhor – disse Mákhin, piscando o olho.

– Melhor, como?

– Mas é muito simples. – Mákhin pegou o cupom. – É só colocar o número um na frente do dois e meio e teremos doze rublos e meio.

– Mas existem cupons desse valor?

– Claro, há cupons assim presos nas notas de mil rublos. Uma vez, já paguei com um desses.

– Não é possível!

– E então, vamos lá? – disse Mákhin, enquanto pegava uma pena e ajeitava o cupom com um dedo da mão esquerda.

– Mas isso é errado.

– Ora, que absurdo.

"É mesmo um absurdo", pensou Mítia e lembrou de novo o xingamento do pai: patife. "Pronto, agora vou virar um patife." Fitou o rosto de Mákhin. Mákhin estava olhando para ele e sorria, tranquilo.

– E então, vamos lá?

– Vamos.

Com cuidado, Mákhin escreveu o número um.

– Muito bem, agora vamos à loja. É logo ali na esquina: equipamento fotográfico. Estou justamente precisando de uma moldura, para esta pessoa.

Pegou uma fotografia de uma jovem de olhos grandes, cabelos colossais e busto majestoso.

– Que gracinha, não é?

– Sim, sim. Mas como...

– Muito simples. Vamos.

Mákhin trocou de roupa e saíram juntos.

III

A campainha tocou na porta da loja de fotografia. Os ginasianos entraram, observando a loja deserta, com prateleiras cheias de equipamentos e vitrines nos balções. Pela porta de trás, veio uma mulher feia, de rosto simpático, parou atrás de um balcão e perguntou o que desejavam.

– Uma moldurazinha bem bonita, madame.

– De que preço? – perguntou a senhora, enquanto, ágil e ligeira, separava molduras de vários tipos, com as mãos metidas em luvas que deixavam de fora os dedos inchados nas articulações. – Estas custam cinquenta copeques e estas aqui são mais caras. Olhe esta bem pequenininha, é um estilo novo, sai por um rublo e vinte.

– Certo, me dê essa. Mas não pode fazer um abatimento? Faça por um rublo.

– Não fazemos abatimentos – respondeu a mulher, com orgulho.

– Certo, deixe para lá – disse Mákhin, colocando o cupom sobre a vitrine. – Dê a moldurinha e o troco, mas bem rápido. Não podemos chegar tarde ao teatro.

– Ainda tem tempo – disse a senhora, e examinou o cupom com os olhos míopes.

– Vai ficar uma graça nessa moldurazinha, não vai? Hein? – perguntou Mákhin, para Mítia.

– O senhor não tem outro dinheiro? – perguntou a vendedora.

– Pois é, que azar, não tenho. O papai me deu o cupom, tenho de trocar.

– Mas o senhor não teria um rublo e vinte?

– Tenho cinquenta copeques. Mas o que foi? Tem medo de que nós estejamos pagando com dinheiro falso?

– Não, nem de longe.

– Então devolva. Vamos trocar.

– Bem, quanto tenho de dar de troco?

– Ah, pois é, onze e uns quebrados.

A vendedora fez as contas num ábaco, abriu a escrivaninha, pegou uma nota de dez rublos e, depois de remexer uns trocados, separou mais seis moedas de vinte copeques e duas de cinco.

– Faça a gentileza de embrulhar – disse Mákhin e pegou o dinheiro, sem pressa.

– Sim, senhor.

A vendedora fez um embrulho e amarrou com um barbante. Mítia só recobrou o fôlego quando a campainha da porta tilintou atrás deles e os dois seguiram pela rua.

– Muito bem, agora você tem dez rublos, mas o resto deixe comigo. Eu devolvo a você.

Mákhin foi ao teatro, enquanto Mítia foi à casa de Gruchétski para acertar as contas com ele.

IV

Uma hora depois que os ginasianos saíram, o dono da loja chegou em casa e contou a receita do dia.

– Ah, sua burra atrapalhada! Como você é burra – começou a gritar para a esposa, ao ver o cupom e logo notar a falsificação. – Para que aceitar um cupom?

– Mas você mesmo, Génia, aceitou cupons na minha frente, e justamente esses de doze rublos – disse a esposa, confusa, magoada e à beira de chorar. – Nem eu mesma sei como me tapearam, aqueles ginasianos – disse ela. – Um rapazinho bonito, parecia tão *comilfô*.[1]

– Sua burra *comilfô* – continuou a brigar o marido, enquanto contava o dinheiro do caixa. – Quando pego um cupom, bato os olhos e sei logo o que está escrito nele. Mas você, pelo visto, depois de velha, só sabe olhar para a cara bonita dos ginasianos.

A esposa não conseguiu suportar aquilo e também ficou irritada.

– Que grande homem! Só sabe acusar os outros, mas ele mesmo perdeu cinquenta e quatro rublos no jogo de cartas... Isso não é nada.

– Comigo é outra história.

– Não quero mais falar com você – retrucou a esposa, foi para seu quarto e começou a lembrar que sua família não queria que ela casasse, pois achavam o marido de posição muito inferior, e só ela havia insistido no casamento; lembrou-se de seu bebê que havia morrido, da indiferença do marido àquela perda e sentiu tanto ódio do marido que chegou a pensar como seria bom se ele morresse. Porém, ao pensar nisso, se assustou com os próprios sentimentos, trocou de roupa às pressas e saiu. Quando o marido voltou para casa, a esposa já não estava. Sem esperar por ele, a esposa havia trocado de roupa e fora sozinha à casa de um professor de francês, seu conhecido, que estava dando uma festa naquela noite.

V

Na casa do professor de francês, um polonês-russo, foi servido um chá de gala com biscoitos doces e depois os convidados sentaram em torno de algumas mesas para jogar *vint*.[2]

---

1 Corruptela do francês *comme il faut*: "conveniente", "correto".

2 Jogo parecido com o bridge.

A esposa do vendedor de equipamento fotográfico sentou-se junto com o anfitrião, um oficial e uma senhora surda e velha, de peruca, viúva, dona de uma loja de música, grande aficionada e mestre do jogo de cartas. As cartas boas iam para a esposa do vendedor de material fotográfico. Bateu duas vezes. A seu lado, estava um pratinho com uvas e peras e ela se sentia alegre.

– Mas então, o Ievguiéni Mikháilovitch não vem? – perguntou a esposa do anfitrião, de outra mesa. – Reservamos para ele o quinto lugar no jogo.

– Na certa, ficou entretido com a contabilidade – respondeu a esposa de Ievguiéni Mikháilovitch. – Hoje é dia de pagar as contas das provisões e da lenha.

E, ao lembrar a discussão com o marido, ela franziu as sobrancelhas, e suas mãos, metidas em luvas e com os dedos de fora, começaram a tremer de raiva dele.

– Olhem quem chegou, estávamos justamente falando de você – disse o anfitrião, dirigindo-se a Ievguiéni Mikháilovitch, que acabara de entrar. – Por que se atrasou?

– Muito trabalho – respondeu Ievguiéni Mikháilovitch com voz animada, esfregando as mãos. E, para espanto da esposa, se aproximou dela e disse: – Sabe, passei o cupom adiante.

– É mesmo?

– É, dei para um mujique, em troca da lenha.

E Ievguiéni Mikháilovitch contou a todos, com grande indignação – a esposa acrescentava detalhes em seu relato –, como alguns ginasianos sem consciência enganaram sua esposa.

– Muito bem, agora vamos ao trabalho – disse, sentando-se à mesa, quando chegou sua vez, e embaralhou as cartas.

VI

De fato, Ievguiéni Mikháilovitch usou o cupom para comprar a lenha do camponês Ivan Mirónov.

Ivan Mirónov ganhava a vida comprando lenha por *sájen* em depósitos de madeira, para revender pela cidade, e arrumava a lenha de tal modo que, de uma *sájen*, ele fazia cinco feixes, os quais revendia pelo preço que havia pagado por um quarto no depósito de madeira. Naquele dia funesto para Ivan Mirónov, bem cedo ele tinha pegado um oitavo de lenha, vendeu logo, pegou mais um oitavo e fez de tudo para vender, andou até o fim da tarde à procura de um comprador, mas ninguém comprava. Topava toda hora com experientes moradores da cidade, que conheciam as trapaças costumeiras dos mujiques vendedores de lenha e não acreditavam que ele havia trazido a lenha do campo, como tentava convencê-los. Ivan Miriónov já estava com muita fome, o frio picava por dentro de seu casaco curto e de seu capote rasgado; ao anoitecer, a friagem chegou aos vinte graus negativos; o cavalinho, do qual ele não tinha pena, porque pensava em vendê-lo para os açougueiros, estava nas últimas. Então, quando já estava disposto a se desfazer da lenha até com prejuízo, Ivan Miriónov encontrou Ievguiéni Mikháilovitch, que tinha saído para comprar tabaco e voltava para casa.

– Aceite, patrão, vendo barato. Meu cavalinho não aguenta mais.

– Você veio de onde?

– Vim do campo. Minha lenha é boa, seca.

– Eu conheço vocês. Bem, e quanto quer?

Ivan Miriónov começou a pedir, foi baixando e acabou cobrando o mesmo preço que tinha pagado.

– Só para o senhor, patrão, que mora perto – disse ele.

Ievguiéni Mikháilovitch não barganhou muito, contente com a ideia de que ia passar o cupom adiante. Aos trancos e barrancos, puxando ele mesmo os varais da carroça, Ivan Miriónov levou a lenha para o pátio e, sozinho, descarregou no celeiro. O zelador não estava. De início, Ivan Miriónov hesitou em aceitar o cupom, mas Ievguiéni Mikháilovitch tanto insistiu, e se deu ares de um senhor tão importante, que ele acabou aceitando.

Entrando na ala dos empregados pela porta dos fundos, Ivan Miriónov fez o sinal da cruz, esfregou os fios de gelo da barba para derretê-los, levantou a aba do casaco, pegou uma bolsa de couro, tirou oito rublos e cinquenta copeques, deu como troco e colocou o cupom dobrado dentro da carteira, que guardou na bolsa.

Depois de agradecer ao senhor, como de hábito, Ivan Miriónov partiu para a taberna e, em vez de usar a tira do chicote, bateu com o cabo para tocar o cavalinho, que, recoberto de gelo, já sem a carga e condenado à morte, mal conseguia mover as patas.

Na taberna, Ivan Miriónov pediu oito copeques de vinho e chá e, depois de aquecido, e até suado, no estado de ânimo mais alegre do mundo, começou a conversar com um zelador, sentado a seu lado. Entabulou conversa com ele, contou toda a sua situação. Contou que era da aldeia de Vassíliev, a doze verstas da cidade, que tinha se separado do pai e dos irmãos e agora morava com a esposa e dois filhos, dos quais o mais velho tinha acabado de entrar na escola e ainda não ajudava nada. Contou que, por ora, ia ficar num albergue e no dia seguinte iria para o mercado de cavalos vender seu pangaré e ver se conseguia comprar outro cavalinho. Contou que tinha juntado quase vinte e cinco rublos, só faltava um, e que metade desse dinheiro era um cupom. Pegou o cupom e mostrou ao zelador. O zelador era analfabeto, mas disse que trocava aquele tipo de dinheiro para os inquilinos, que o dinheiro era bom, mas havia falsificações e por isso recomendou trocar o cupom ali mesmo, por via das dúvidas. Ivan Mirónov deu o cupom para o garçom e pediu o troco, mas o garçom não trouxe troco, quem veio foi o gerente careca, de rosto reluzente, com o cupom na mão gorducha.

– O dinheiro de vocês não serve – disse, mostrando o cupom, mas sem devolvê-lo.

– O dinheiro é bom, foi um nobre que me deu.

– Bom uma conversa, é falsificado.

– Se é falsificado, então me dê aqui.

– Não, meu caro, o amigo tem de aprender. Você e outros vigaristas fizeram isso.

– Devolva o dinheiro. Que direito você acha que tem?

– Sídor! Chame o guarda – disse o gerente para o garçom.

Ivan Mirónov estava embriagado. Embriagado, ficava nervoso. Agarrou o gerente pelo colarinho e desatou a berrar:

– Devolva, vou levar para o nobre. Sei onde ele mora.

O gerente se desvencilhou de Ivan Mirónov e sua camisa rasgou.

– Ah, você é assim. Segure o homem.

Um garçom segurou Ivan Mirónov e foi aí que chegou o guarda. Depois de ouvir a história, com ar superior, logo tomou sua decisão:

– Para a delegacia.

O guarda pôs o cupom no porta-moedas e levou Ivan Mirónov e o cavalo para a delegacia.

VII

Ivan Mirónov passou a noite na delegacia, com bêbados e ladrões. Já quase ao meio-dia, foi chamado à presença do delegado. O delegado o interrogou e mandou que um policial o acompanhasse até a casa do vendedor de material fotográfico. Ivan Mirónov se lembrava da rua e da casa.

Quando o guarda chamou o dono da casa e apresentou o cupom e Ivan Mirónov, que garantiu que aquele mesmo senhor lhe dera o cupom, Ievguiéni Mikháilovitch fez cara de surpresa e depois tomou ares de severidade.

– Parece que ficou louco. É a primeira vez que vejo essa pessoa.

– Patrão, é pecado, todos vamos morrer – disse Ivan Mirónov.

– O que foi que deu nele? Deve estar sonhando. Você vendeu para outra pessoa – disse Ievguiéni Mikháilovitch. – Mas espere um pouco, vou perguntar para minha esposa se ela comprou lenha ontem.

Ievguiéni Mikháilovitch saiu e logo depois chamou o zelador, Vassíli, rapaz elegante, bonito, alegre, extraordinariamente forte e ágil, e disse que, se lhe perguntassem onde tinham comprado o último lote de lenha, respondesse que tinha sido no depósito e que, naquela casa, não compravam lenha com mujiques.

– Apareceu um mujique dizendo que dei um cupom falsificado para ele. É um mujique idiota, Deus sabe o que está falando, mas você é um homem sensato. Então vá lá e diga que só compramos lenha no depósito. E, aliás, já faz tempo que eu queria lhe dar um casaco – acrescentou Ievguiéni Mikháilovitch, e deu cinco rublos para o zelador.

Vassíli pegou o dinheiro, os olhos brilharam diante da cédula, depois ele se voltou para o rosto de Ievguiéni Mikháilovitch, balançou os cabelos e sorriu de leve.

– Todo mundo sabe que o povo é mesmo idiota. É a ignorância. Não se preocupe, senhor. Eu sei como falar.

Por mais que Ivan Mirónov chorasse e suplicasse a Ievguiéni Mikháilovitch que reconhecesse que o cupom era dele e que o zelador confirmasse suas palavras, Ievguiéni Mikháilovitch e o zelador fincaram pé: nunca compravam lenha de carroceiros. E o guarda levou Ivan Mirónov de volta à delegacia, acusado de falsificar um cupom.

Só depois de ouvir o conselho de um escrevente embriagado que estava na mesma cela, Ivan Mirónov deu cinco rublos para o delegado e foi solto da cadeia, sem o cupom e com sete rublos, em lugar dos vinte e cinco que possuía no dia anterior. Ivan Mirónov gastou em bebida três daqueles sete rublos e, com a cara quebrada e caindo de bêbado, foi para casa, ao encontro da esposa.

A esposa estava doente e com uma gravidez avançada. Começou a xingar o marido, ele a empurrou, ela bateu nele. Sem reagir, ele deitou de bruços na cama de palha e começou a chorar.

Só na manhã seguinte, a esposa entendeu o que tinha acontecido, acreditou no marido e ficou muito tempo rogando pragas contra o senhor ladrão que havia enganado seu Ivan. E Ivan, já sóbrio, lembrou-se do que lhe aconselhou um artesão com o qual havia bebido na véspera e resolveu ir dar queixa a um advogado.

VIII

O advogado assumiu o caso não tanto pelo dinheiro que poderia ganhar, mas sim porque acreditou em Ivan e ficou revoltado com a maneira desavergonhada como haviam enganado o mujique.

No tribunal, as duas partes se apresentaram e o zelador Vassíli foi testemunha. Repetiram a mesma coisa, no tribunal. Ivan Miriónov falou em Deus, falou que todos vamos morrer. Ievguiéni Mikháilovitch, embora atormentado pela consciência da sordidez e do risco daquilo que estava fazendo, já não podia mudar o depoimento e continuou a negar tudo, com uma aparência de tranquilidade.

O zelador Vassíli ganhou mais dez rublos e, com um sorriso, confirmou tranquilamente que nunca tinha visto Ivan Miriónov. E quando o levaram a fazer o juramento, embora hesitasse por dentro, repetiu com tranquilidade aparente as palavras do juramento, ditas pelo velho sacerdote, e jurou sobre a cruz e o santo Evangelho que ia dizer toda a verdade.

O julgamento terminou por negar o pedido de Ivan Miriónov, condenando-o a pagar cinco rublos de custas judiciais, que Ievguiéni Mikháilovitch generosamente pagou por ele. Antes de liberar Ivan Miriónov, o juiz o advertiu com severidade de que, no futuro, devia ser mais cuidadoso antes de apresentar acusações contra pessoas respeitáveis e também que devia ser grato por ter sido dispensado de pagar as custas judiciais e por não ser processado por calúnia, crime que o levaria a passar uns três meses na prisão.

– Agradeço humildemente – disse Ivan Miriónov e, balançando a cabeça e suspirando, saiu da sala do tribunal.

Tudo aquilo parecia ter terminado bem para Ievguiéni Mikháilovitch e o zelador Vassíli. Mas só parecia.

Aconteceu algo que ninguém viu, mas que era mais importante do que tudo que estavam vendo.

Fazia já quase três anos que Vassíli deixara o campo e morava na cidade. A cada ano, mandava menos dinheiro para o pai e nunca chamava a esposa para morar com ele, pois ela não lhe fazia falta. Ali, na cidade, Vassíli podia ter esposas bem melhores do que sua mulher ingênua, e quantas quisesse. A cada ano, Vassíli esquecia mais e mais as normas do campo e se familiarizava com os costumes da cidade. Lá, tudo era rude, cinzento, pobre, desmazelado; aqui, tudo era refinado, bonito, limpo, rico, sempre em ordem. E Vassíli se convencia mais e mais de que os habitantes do campo viviam na ignorância, como animais selvagens, enquanto aqui estavam as pessoas de verdade. Ele lia livros de bons autores, romances, ia a espetáculos apresentados na Casa do Povo. No campo, nem em sonho se via tal coisa. No campo, os velhos diziam: viva com a esposa conforme a lei, trabalhe, não coma demais, não ostente; ao passo que ali as pessoas eram inteligentes, instruídas – ou seja, conheciam as leis verdadeiras – e viviam para seu prazer. E tudo andava bem. Até o caso do cupom, Vassíli não acreditava que os patrões não tivessem nenhuma lei sobre como se devia viver. Ele sempre teve a impressão de que não conhecia a lei deles, mas que existia uma lei. No entanto o caso do cupom e, sobretudo, de seu falso juramento, que, apesar do medo que sentiu, não teve nenhuma consequência ruim, ao contrário, lhe trouxe mais dez rublos, deixou Vassíli totalmente convencido de que não existia lei nenhuma e de que era preciso viver para o próprio prazer. Assim ele viveu e continuou vivendo. De início, apenas tirava proveito das compras dos inquilinos, mas aquilo era pouco para todas as suas despesas e Vassíli, quando era possível, passou a furtar dinheiro e objetos de valor dos quartos dos inquilinos e surrupiar da bolsa de Ievguiéni Mikháilovitch. Ievguiéni Mikháilovitch o apanhou em flagrante, mas não o denunciou à Justiça, apenas o demitiu.

Vassíli não queria voltar para o campo e continuou a morar em Moscou, com sua amante, procurando um emprego novo. Apareceu um emprego de porteiro de pátio numa mercearia, que pagava pouco. Vassíli aceitou, mas logo no mês seguinte foi apanhado roubando sacos. O patrão não deu queixa, mas bateu em Vassíli e o pôs para fora. Depois disso, já não conseguiu mais emprego, o dinheiro foi embora, depois vendeu as roupas e acabou ficando só com um paletó rasgado, uma calça e um par de sapatos furados. A amante o deixou. Mas Vassíli não perdeu sua disposição alegre, simpática e, quando chegou a primavera, partiu a pé para casa, no campo.

IX

Piotr Nikoláievitch Sventítski, homem miúdo e atarracado, de óculos pretos (tinha uma doença nos olhos, corria o risco da cegueira completa), levantou-se antes de o sol nascer, como de costume, bebeu um copo de chá, vestiu um casaquinho curto de pele de carneiro forrado e debruado, e saiu para percorrer suas terras.

Piotr Nikoláievitch foi funcionário da alfândega e lá acumulou dezoito mil rublos. Uns doze anos antes, tinha pedido aposentadoria, não exatamente por vontade própria, e comprou as terras de um jovem proprietário que esbanjara seus bens. Piotr Nikoláievitch se casara ainda no serviço público. A esposa era órfã e pobre, de uma velha família da nobreza, mulher robusta, farta, bonita, que não lhe deu filhos. Piotr Nikoláievitch, em todos os assuntos, era homem ponderado e enérgico. Sem nada saber de agricultura (era filho de um pequeno nobre polonês), administrou tão bem suas terras que, após dez anos, as trinta *dessiatinas* da propriedade devastada se tornaram um modelo. Todas as construções na propriedade, da casa até o celeiro e o galpão para a bomba de combate a incêndios, eram resistentes, sólidas, cobertas de ferro e pintadas no tempo certo. No galpão de ferramentas, estavam em ordem as carroças, as charruas, os arados, os ancinhos. Os arreios estavam lubrificados. Os cavalos não eram grandes, quase todos eram de criação própria – baios, bem nutridos, robustos, e todos iguais. A máquina debulhadora funcionava sob a eira coberta, a forragem era armazenada num celeiro especial, o esterco líquido escorria para um poço pavimentado. As vacas, também de criação própria, não eram volumosas, mas davam muito leite. Os porcos eram ingleses. Tinha um viveiro de aves com uma raça de galinhas que punham muitos ovos. O pomar era pulverizado e estaqueado. Em toda parte, reinavam a boa administração, o zelo, a limpeza, a conservação. Piotr Nikoláitch alegrava-se com sua propriedade rural e tinha orgulho por ter alcançado tudo aquilo sem oprimir os camponeses, mas, ao contrário, sendo rigorosamente justo com eles. Mesmo entre os nobres, ele sustentava posições intermediárias, mais liberais do que conservadoras, e diante dos defensores da servidão sempre tomava o partido do povo. Seja bom para eles que eles também serão bons. Na verdade, Piotr não fazia vista grossa para as falhas e os enganos dos trabalhadores, às vezes ele mesmo os pressionava, exigia trabalho, mas em compensação as acomodações e a alimentação eram ótimas, os salários eram sempre pagos no dia certo e, nos dias de festa, mandava servir vodca.

Pisando com cuidado na neve que já derretia – era fevereiro –, Piotr Nikoláitch passou pela cavalariça dos empregados, a caminho da isbá onde moravam os trabalhadores. Ainda estava escuro; e mais escuro ainda por causa da neblina, porém nas janelas da isbá dos trabalhadores havia uma luz. Os trabalhadores estavam levantando. Piotr Nikoláitch tinha intenção de apressá-los: a obrigação deles era ir pegar o resto da lenha na mata, com uma carroça de seis cavalos.

"O que é isso?", pensou, ao ver uma porta escancarada na cavalariça.

– Ei, quem está aí?

Ninguém respondeu. Piotr Nikoláitch entrou na cavalariça.

– Ei, quem está aí?

Ninguém respondeu. Estava escuro, embaixo dos pés estava mole, havia um cheiro de esterco. À direita da porta, numa baia, ficava um par de jovens cavalos baios. Piotr Nikoláitch estendeu a mão – estava vazia. Esticou o pé. Será que o cavalo não estava deitado? O pé nada encontrou. "Para onde levaram o cavalo?", pensou. "Atrelar, não atrelaram, o trenó ainda está lá fora". Piotr Nikoláitch saiu pela porta e gritou bem alto:

– Ei, Stiepan.

Stiepan era um trabalhador antigo. Na mesma hora, ele saiu da isbá dos trabalhadores.

– Oi! – gritou Stiepan, alegre. – É o senhor, Piotr Nikoláitch? O pessoal já vai.

– O que houve que a cavalariça está aberta?

– A cavalariça? Não sei. Ei, Prochka, traga a lanterna.

Prochka veio com a lanterna. Entraram na cavalariça. Stiepan logo entendeu.

– Foram os ladrões, Piotr Nikoláitch. O ferrolho foi quebrado.

– Não está mentindo?

– Os bandoleiros levaram. O Machka sumiu, o Falcão também. Não, o Falcão está aqui. O Manchado não está, nem a Beldade.

Faltavam três cavalos. Piotr Nikoláitch não disse nada.

Franziu as sobrancelhas e bufava.

– Ah, se eu pegasse. Quem estava de vigia?

– Piotka. Piotka pegou no sono.

Piotr Nikoláitch deu queixa à polícia, falou com o chefe da polícia rural, com o chefe do *ziémstvo*, mandou seus empregados darem uma busca. Não acharam os cavalos.

– Gente desgraçada! – exclamou Piotr Nikoláitch. – O que foi que fizeram? E eu ainda trato bem essa gente. Mas esperem só para ver. Bandidos, todos bandidos. Agora, não vou mais ser assim com vocês.

X

Os cavalos, os três baios, já tinham sido passados adiante. Um, Machka, foi vendido para os ciganos por dezoito rublos; Malhado foi trocado por outro cavalo com um mujique, a quarenta verstas de distância; Beldade ficou esgotada de tanto correr e foi abatida. Venderam o couro por três rublos. Todas essas transações foram conduzidas por Ivan Mirónov. Ele já havia trabalhado para Piotr Nikoláitch, conhecia o funcionamento da propriedade e resolveu recuperar o dinheiro que tinha perdido. E organizou aquilo tudo.

Depois de seu infortúnio com o cupom falsificado, Ivan Mirónov ficou muito tempo bebendo e teria gastado tudo em bebida se não fosse a esposa, que escondeu e trancou as roupas, os arreios e tudo o que pudesse ser vendido para beber. Enquanto estava embriagado, Ivan Mirónov não parava de pensar não só no homem que o prejudicara, como também em todos os senhores endinheirados que só sabem viver para espoliar seus irmãos. Certa vez, Ivan Mirónov bebeu com mujiques dos arredores de Podolsk. Na estrada, bêbados, os mujiques lhe contaram como tinham tomado os cavalos de um mujique. Ivan Mirónov começou a brigar com os ladrões de cavalo porque tinham prejudicado um mujique.

– Isso é pecado – disse ele. – Para um mujique, um cavalinho é que nem um irmão, aí vocês tiraram o sustento dele. Se é para roubar, roubem dos patrões. Esses cachorros merecem.

Continuaram conversando e os mujiques de Podolsk disseram que era preciso ser esperto para roubar cavalos de um rico. Era preciso conhecer os caminhos e, sem alguém de dentro para ajudar, era impossível. Então Ivan Mirónov lembrou-se de Sventítski, em cuja propriedade havia trabalhado, lembrou-se de que Sventítski, certa vez, deduziu um rublo e meio na hora de lhe pagar o salário, por causa de uma cravija quebrada, e lembrou-se também dos cavalos baios com os quais trabalhava.

Ivan Mirónov foi à casa de Sventítski fingindo que queria um emprego, mas era só para observar e reconhecer o ambiente. Tendo observado tudo e sabendo que não havia vigia, que os cavalos ficavam nas baias, dentro da cavalariça, trouxe os ladrões e fez todo o serviço. Depois de dividir os lucros com os mujiques de Podolsk, Ivan Mirónov voltou para casa com cinco rublos. Em casa, não tinha o que fazer: não havia cavalos. Daí em diante, Ivan Mirónov passou a andar com ladrões de cavalos e ciganos.

XI

Piotr Nikoláitch Sventítski tentou, com todo o empenho, encontrar os ladrões. Sem a ajuda de alguém da propriedade, não poderiam ter feito nada. Por isso começou a desconfiar de seus empregados, interrogou os trabalhadores para saber quem não havia passado aquela noite em casa e descobriu que Prochka Nikolaiev não ficara em casa – era um jovem que acabara de chegar do serviço militar, bonito, pequeno, ágil, que Piotr Nikoláitch contratou para ser cocheiro. O chefe de polícia rural era amigo de Piotr Nikoláitch, que conhecia também o comissário, o chefe da nobreza, o presidente do *ziémstvo* e o juiz de instrução. Todas essas pessoas iam a sua casa no dia de seu santo onomástico e conheciam seus licores saborosos e cogumelos salgados – brancos, *opiónoki* e *grúzdi*.[3] Todos ficaram com pena dele e quiseram ajudar.

– Está vendo, e você ainda defende os mujiques – disse o chefe de polícia. – Eu bem que disse que são piores do que feras. Sem o chicote e o porrete, não se consegue nada. Então o senhor está dizendo que foi esse tal Prochka, que trabalha para o senhor como cocheiro, não é?

– É, ele mesmo.

– Mande chamá-lo.

Trouxeram Prochka e começaram a interrogá-lo:

– Onde você estava?

---

3 *Agaricus melleus* e *Lactarius resimus*, típicos da Rússia.

Prochka puxou o cabelo para trás, os olhos brilhavam.

– Em casa.

– Como em casa? Todos os trabalhadores contaram que você não estava.

– O senhor é que manda.

– Mas não é uma questão de eu mandar. Onde você estava?

– Em casa.

– Certo, muito bem. Guarda, leve para a cadeia.

– O senhor é que manda.

Assim, Prochka não contou onde estava, e não contou porque, à noite, estava na casa de sua namorada, Paracha; tinha prometido não trair a moça, e não traiu. Não havia provas. E Prochka foi solto. Mas Piotr Nikoláitch estava convencido de que tudo tinha sido armado por Prokófi e sentia ódio dele. Certa vez, Piotr Nikoláitch pôs Prokófi de cocheiro e mandou-o à estação de muda de cavalos. Prochka, como sempre fazia, pegou na estalagem duas medidas de aveia. Uma medida e meia, deu para os cavalos, com a outra meia medida de aveia, pagou a bebida. Piotr Nikoláitch soube disso e levou o caso ao juiz de paz. O juiz de paz sentenciou Prochka a três meses de prisão. Prokófi era orgulhoso. Considerava-se superior aos outros e tinha orgulho de si mesmo. A prisão o humilhou. Era impossível se mostrar orgulhoso diante das pessoas e ele logo ficou deprimido.

Prochka voltou magoado da prisão, não apenas com Piotr Nikoláitch, mas com todo mundo.

Depois da prisão, como todos diziam, Prokófi afundou, passou a trabalhar com preguiça, deu de beber, logo foi apanhado roubando roupas na casa de uma senhora de terras e acabou indo de novo para a cadeia.

Já quanto a Piotr Nikoláitch, a única coisa que ele descobriu sobre os cavalos foi que acharam a pele de um baio castrado, que Piotr Nikoláitch reconheceu como sendo de Beldade. E a impunidade dos ladrões deixou Piotr Nikoláitch ainda mais irritado. Agora, não conseguia ver os mujiques ou falar deles sem sentir raiva e, sempre que podia, se esforçava para oprimi-los.

XII

Apesar de Ievguiéni Mikháilovitch ter parado de pensar no assunto, depois que passou o cupom adiante, Mária Vassílievna, sua esposa, não conseguia se perdoar pelo engano que cometera, não conseguia perdoar o marido pelas palavras cruéis que lhe dissera e, acima de tudo, não conseguia perdoar aqueles dois meninos patifes, que a ludibriaram com tanta habilidade.

Desde o dia em que foi enganada, ela observava com atenção todos os ginasianos. Certa vez, encontrou Mákhin, mas não o reconheceu, porque ele, ao vê-la, fez uma careta tão feia que seu rosto ficou completamente modificado. Mas ela logo reconheceu Mítia Smokóvnikov, ao topar com ele cara a cara na calçada, mais ou menos duas semanas depois do episódio. Deixou Mítia passar, fez a volta e foi atrás dele. Chegou à sua casa, descobriu de quem ele era filho e, no dia seguinte, foi ao ginásio e, na entrada, encontrou-se com o professor de catecismo, Mikhail Vviediénski. O professor perguntou o que ela desejava. Respondeu que queria falar com o diretor.

– O diretor não veio, está doente. Será que posso ajudar você, ou transmitir seu recado a ele?

Mária Vassílievna resolveu contar tudo para o professor de catecismo.

O professor de catecismo Vviediénski era viúvo, membro da academia, homem muito orgulhoso. Ainda no ano anterior, havia encontrado o pai de Smokóvnikov numa reunião social, ocasião em que os dois entabularam uma conversa sobre a fé, na qual Smokóvnikov o derrotou em todos os pontos, e ainda por cima o ridicularizou, por isso Vviediénski resolveu prestar uma atenção especial no filho e, encontrando nele a mesma indiferença com relação à lei de Deus que havia no pai descrente, passou a persegui-lo e até o reprovou nos exames.

Quando Mária Vassílievna lhe contou o que o jovem Smokóvnikov tinha feito, Vviediénski não pôde deixar de sentir satisfação por encontrar naquele caso a confirmação de suas hipóteses sobre a imoralidade das pessoas livres da orientação da Igreja e resolveu aproveitar o caso, como ele tentou se convencer, para demonstrar o perigo que ameaçava toda ausência da Igreja – mas, no fundo da alma, era mesmo para vingar-se de um ateu orgulhoso e cheio de si.

– Sim, é muito triste, muito triste – disse o padre Mikhail Vviediénski, enquanto alisava com a mão as bordas lisas do crucifixo sobre o peito. – Estou muito contente por ter me contado isso; como servo da Igreja, vou cuidar para que o jovem não fique sem uma repreensão, mas vou me esforçar também para que o sermão seja o mais brando possível.

“Sim, e farei isso de modo compatível com minha posição”, disse consigo o padre Mikhail, pensando que havia esquecido completamente a hostilidade do pai do menino contra ele e que tinha em vista apenas o bem e a salvação do jovem.

No dia seguinte, na aula de catecismo, o padre Mikhail contou aos alunos todo o episódio do cupom falsificado e disse que um ginasiano tinha feito aquilo.

– Uma conduta má, vergonhosa – disse –, mas negar é pior ainda. Não acredito que seja o caso, mas se algum de vocês fez isso, é melhor acusar-se do que esconder-se.

Ao dizê-lo, o padre Mikhail olhou fixamente para Mítia Smokóvnikov. Os ginasianos, seguindo seu olhar, também olharam para Smokóvnikov. Mítia ficou vermelho, suou, por fim desatou a chorar e saiu correndo da sala.

A mãe de Mítia, ao saber do caso, arrancou toda a verdade do filho e correu à loja de material fotográfico. Pagou doze rublos e cinquenta copeques à esposa do dono da loja e a persuadiu a esconder o nome do ginasiano. Mandou que o filho negasse tudo e não confessasse ao pai, em nenhuma hipótese.

E, de fato, quando Fiódor Mikháilovitch soube o que havia acontecido no ginásio e o filho, questionado por ele, negou tudo, foi falar com o diretor, relatou o caso todo, disse que a conduta do professor de catecismo era extremamente censurável e que ele não ia deixar as coisas assim. O diretor chamou o sacerdote e, entre ele e Fiódor Mikháilovitch, houve uma discussão acalorada.

– Uma imbecil qualquer vem caluniar meu filho, depois ela mesma retira a acusação e o senhor não encontra nada melhor para fazer do que ultrajar um menino honesto e correto.

– Não ultrajei e não permito que o senhor fale assim comigo. O senhor está faltando ao respeito com meu hábito.

– Não dou a mínima para seu hábito.

– As opiniões pervertidas do senhor são conhecidas em toda a cidade – exclamou o professor de catecismo, com o queixo trêmulo, o que fez sua barbicha rala sacudir-se.

– Senhores, padre – o diretor tentou acalmar os ânimos. Mas foi impossível.

– Por obrigação ao hábito que eu visto, tenho de me preocupar com a educação moral e religiosa.

– Chega de fingir. Acha que não sei que o senhor não acredita nem em Deus nem no diabo?

– Considero indigno da minha posição falar com uma pessoa como o senhor – exclamou o padre Mikhail, ofendido pelas últimas palavras de Smokóvnikov, sobretudo porque sabia que eram verdadeiras. Tinha feito o curso completo na academia religiosa e por isso fazia muito tempo que não acreditava no que professava e pregava, e só acreditava que todo mundo devia se obrigar a crer naquilo em que ele mesmo se obrigava a crer.

Smokóvnikov não estava tão chocado com a conduta do professor de catecismo, na verdade achava que aquilo era um bom exemplo da influência clerical que começava a se manifestar em nossa sociedade e contava aquele caso para todo mundo.

Já o padre Vviediénski, vendo as manifestações do niilismo e do ateísmo prosperarem não apenas na nova geração como também entre os mais velhos, se convencia cada vez mais da necessidade de combatê-las. Quanto mais condenava a descrença de Smokóvnikov e de outros como ele, mais se convencia da firmeza e da solidez de sua própria fé, e menos necessidade sentia de pôr sua fé à prova ou de conciliar sua vida com ela. Sua fé, reconhecida por todo mundo em redor, era para ele uma importante arma na luta contra aqueles que a negavam.

Os pensamentos despertados no confronto com Smokóvnikov, somados aos aborrecimentos no ginásio decorrentes daquele confronto – ou seja, a repreensão e a advertência recebidas do diretor –, obrigaram-no a tomar a decisão que havia muito, desde a morte da esposa, o atraía: tornar-se monge e adotar a mesma carreira seguida por vários colegas da academia, um dos quais já era bispo e outro, arquimandrita, na fila para uma vaga no bispado.

No fim do ano escolar, Vviediénski abandonou o ginásio, tomou ordens de monge com o nome de Missail e em pouco tempo recebeu o cargo de diretor de um seminário numa cidade à margem do Volga.

XIII

Enquanto isso, o zelador Vassíli caminhava pela estrada principal rumo ao sul.

Andava de dia e, à noite, algum policial rural o encaminhava para um albergue próximo. Em toda parte lhe davam pão e às vezes o chamavam para sentar à mesa e jantar. Numa aldeia da província de Oriol, onde pernoitou, lhe contaram que um comerciante havia arrendado o pomar de um senhor de terras e procurava jovens para trabalhar como vigias. Vassíli estava farto de mendigar, também não tinha nenhuma vontade de ir para casa, então se apresentou ao comerciante que arrendara o pomar e foi contratado como vigia por cinco rublos ao mês.

Vassíli achou muito agradável a vida na cabana, sobretudo depois que as maçãs começaram a amadurecer e os vigias passaram a trazer do celeiro senhorial grandes feixes de palha fresca, apanhada debaixo da debulhadora. Ele ficava o dia todo deitado sobre a palha fresca, cheirosa, junto a pilhas de maçãs caídas do pé na primavera e no inverno, ainda mais cheirosas do que a palha, e aí era só vigiar, enquanto assoviava e cantarolava, para não deixar que a meninada pegasse as maçãs. Pois, para cantar, Vassíli era um mestre. Tinha voz boa. Mulheres e mocinhas vinham da aldeia atrás de maçãs. Vassíli dizia gracejos para elas e, em troca de ovos ou de copeques, lhes dava mais ou menos maçãs, conforme seu aspecto lhe agradasse – e ia deitar-se outra vez; só saía para comer o desjejum, almoçar e jantar.

Camisa, Vassíli só tinha uma, rosa, estampada e com buracos, não calçava nada nos pés, mas tinha o corpo forte, saudável e, quando tiravam do fogo a caçarola com *kacha*, Vassíli comia por três, a tal ponto que o velho vigia ficava admirado com ele. À noite, Vassíli não dormia, dava assovios ou gritos e, como um gato, enxergava longe no escuro. Certa vez, uns garotos grandes vieram da aldeia sacudir os pés de maçã. Vassíli se aproximou de mansinho e pulou sobre eles; quiseram fugir, mas Vassíli pôs todos para correr debaixo de pancada, menos um, que levou para a cabana e entregou ao patrão.

A primeira cabana de Vassíli ficava num pomar distante, mas a segunda, quando as maçãs começaram a ser colhidas, ficava a quarenta passos da casa senhorial. Naquela cabana, a vida de Vassíli era mais alegre ainda. O dia todo, Vassíli via como os patrões e as patroas brincavam, andavam a cavalo, passeavam e, ao fim da tarde e à noite, tocavam piano, violino, cantavam, dançavam. Via que as jovens patroas e os estudantes de faculdade ficavam sentados junto às janelas, se acariciavam e depois iam passear sozinhos nas alamedas escuras de tílias, onde só o luar penetrava, em faixas e manchas. Via como os criados corriam levando comidas e bebidas e como as cozinheiras, as lavadeiras, os feitores, os jardineiros, os cocheiros – todos trabalhavam só para dar comida, bebida e alegria aos patrões. Às vezes, jovens senhores iam à sua cabana e Vassíli selecionava e lhes dava as maçãs melhores, mais suculentas e vermelhas, e as jovens patroas, com um estalo entre os dentes, mordiam as maçãs, elogiavam, falavam alguma coisa em francês entre si – Vassíli entendia que era sobre ele – e o obrigavam a cantar.

E Vassíli adorava aquela vida, lembrando-se de sua vida em Moscou, e a ideia de que tudo estava no dinheiro penetrou cada vez mais fundo em sua cabeça.

E Vassíli passou a pensar cada vez mais em como fazer para tomar logo posse de uma grande quantidade de dinheiro. Começou a lembrar como fazia antes para tirar proveito e resolveu que não era necessário agir como antes, agarrar coisas que tivessem deixado fora do lugar, mas sim pensar muito, traçar um plano e executar um serviço limpo, sem deixar pistas. Na época da Natividade de Nossa Senhora,[4] colheram as últimas maçãs. O patrão teve muito lucro, pagou o salário e agradeceu a Vassíli e a todos os vigias.

Vassíli trocou de roupa – o jovem senhor lhe dera de presente um casaco curto e um chapéu –, mas não foi para casa, sentia nojo só de pensar na vida grosseira dos mujiques; em vez disso, voltou para a cidade em companhia de soldados beberrões que, com ele, vigiavam o pomar. Na cidade, resolveu arrombar e roubar, à noite, a loja do comerciante em cuja casa ele antes havia morado e que o havia espancado e demitido, sem pagar seu salário. Vassíli conhecia todos

---

4 Festa comemorada em 8 de setembro.

os caminhos, sabia onde ficava o dinheiro, pôs os soldados de vigia, enquanto ele mesmo arrombou a janela que dava para o pátio, saltou para dentro da casa e pegou todo o dinheiro. O trabalho foi feito com capricho e, depois, não encontraram nenhuma pista. O dinheiro somava trezentos e setenta rublos. Vassíli deu cem rublos para seus camaradas e, com o resto, foi para outra cidade, onde se divertiu com amigos e amigas.

XIV

Enquanto isso, Ivan Miónov se transformava num ladrão de cavalos astuto, corajoso e bem-sucedido. Afímia, sua esposa, que antes brigava com ele por suas más ações, como ela dizia, agora estava satisfeita, tinha orgulho do marido, pois andava de casaco forrado, enquanto ela mesma vestia um xale bordado e um casaco de pele novo.

Na aldeia e nos arredores, todos sabiam que nenhum roubo de cavalo ocorria sem sua participação, mas tinham medo de denunciá-lo, e, quando havia alguma suspeita contra Ivan Mirónov, ele conseguia escapar inocente e ileso. Seu último roubo tinha sido em Kolotovka, no pasto noturno. Quando possível, Ivan Mirónov escolhia quem roubar, preferia tomar de senhores de terras e de comerciantes. No entanto era mais difícil roubar de comerciantes e senhores de terras. Por isso, quando não havia comerciantes nem senhores de terras à mão, roubava de camponeses. Foi assim que, em Kolotovka, no pasto noturno, capturou todos os cavalos que encontrou pela frente. Quem fez o serviço não foi ele, mas Guerássim, um rapaz esperto, instigado por Ivan Mirónov. Só ao nascer do dia os mujiques se deram conta do roubo dos cavalos e saíram à procura deles, pelas estradas. Mas os cavalos estavam escondidos numa ravina, numa floresta do Estado. Ivan Mirónov tinha intenção de deixá-los ali até a noite seguinte para então levá-los à casa de um zelador conhecido seu, a quarenta verstas de distância. Ele foi ao encontro de Guerássim, na mata, levou para ele vodca e um empadão e voltou para casa por um atalho na mata, onde não esperava encontrar ninguém. Para seu azar, topou com o soldado que vigiava a floresta.

– Por acaso está procurando cogumelos? – perguntou o soldado.

– Nesta época, não tem nenhum – respondeu Ivan Mirónov, mostrando o cesto de palha que levava, por via das dúvidas.

– É, neste verão deu pouco cogumelo – disse o soldado. – Quem sabe na Quaresma eles aparecem? – E foi em frente.

O soldado entendeu que havia alguma coisa errada. Não havia motivo para Ivan Mirónov ir tão cedo para a floresta do Estado. O soldado voltou e começou a vasculhar na mata. Perto da ravina, ouviu um cavalo resfolegar e foi de mansinho na direção de onde veio o barulho. A terra na ravina estava bastante pisada, havia excremento de cavalo. Mais adiante, Guerássim estava sentado, comendo alguma coisa, e dois cavalos estavam amarrados a uma árvore.

O soldado correu para a aldeia, chamou o estaroste, um guarda e duas testemunhas. Foram com mais três guardas para o lugar onde estava Guerássim e o prenderam. Gueraska nem tentou negar e, como estava embriagado, confessou logo. Contou que Ivan Mirónov tinha lhe dado muita bebida e o convencera, e contou que ele havia prometido buscar os cavalos na floresta naquele mesmo dia. Os mujiques deixaram os cavalos e Guerássim na mata e armaram uma cilada, à espera de Ivan Mirónov. Quando anoiteceu, ouviu-se um assovio. Guerássim respondeu. Assim que Ivan Mirónov começou a descer o barranco, atacaram-no e levaram para a aldeia. De manhã, na frente da isbá do estaroste, reuniu-se uma multidão. Trouxeram Ivan Mirónov para fora e começaram a interrogá-lo. Stiepan Pelaguêiuchkin, mujique alto, curvado, de braços compridos, nariz aquilino e rosto de expressão sombria, foi o primeiro a fazer perguntas. Stiepan era um mujique solitário, que havia terminado o serviço militar pouco tempo antes. Assim que se separou do pai e começou a ganhar a vida por conta própria, roubaram seu cavalo. Então, depois de trabalhar um ano nas minas, Stiepan comprou dois cavalos. Roubaram os dois.

– Diga onde estão meus cavalos – exclamou Stiepan, pálido de raiva, olhando sombrio ora para a terra, ora para o rosto de Ivan.

Ivan Mirónov negou. Então Stiepan bateu na cara dele e quebrou o nariz, do qual saiu sangue.

– Conte, eu mato você!

Ivan Mirónov ficou calado, baixando a cabeça. Stiepan bateu uma vez, e mais outra, com o braço comprido. Ivan continuou calado, apenas inclinava a cabeça ora para um lado, ora para outro.

– Batam, todo mundo! – gritou o estaroste.

E todos começaram a bater. Ivan Mirónov tombou em silêncio e depois começou a gritar:

– Bárbaros, demônios, podem bater até matar. Não tenho medo de vocês.

Então Stiepan apanhou uma pedra de uma pilha, já preparada para isso, e partiu a cabeça de Ivan Mirónov.

XV

Os assassinos de Ivan Miriónov foram acusados e julgados. Entre os assassinos estavam Stiepan Pelaguêiuchkin. Recebeu uma pena mais pesada do que a dos outros, porque todos declararam que foi ele que, com uma pedra, quebrou a cabeça de Ivan Miriónov. No julgamento, Stiepan não escondeu nada, explicou que, quando roubaram sua última parelha de cavalos, deu parte à polícia e ainda seria possível achar os ciganos pelas pegadas, mas o chefe de polícia rural nem quis falar com ele pessoalmente e não fez nenhuma busca.

– O que é que a gente vai fazer com um sujeito feito ele? Arruinou a gente.

– Por que os outros não bateram, mas você, sim? – perguntou o promotor.

– Não é verdade, todo mundo bateu, o *mir* resolveu matar. Eu só terminei de matar. Para que torturar à toa?

Os juízes ficaram impressionados com a expressão de absoluta tranquilidade com que Stiepan contou como agiu, como espancaram Ivan Miriónov e como ele mesmo terminou de matar.

De fato, Stiepan não via nada de terrível naquele assassinato. No serviço militar, aconteceu de Stiepan ter de fuzilar um soldado e, tanto naquele evento como no assassinato de Ivan Miriónov, não via nada de terrível. Mataram e pronto. Hoje é ele, amanhã sou eu.

Deram uma pena leve para Stiepan, um ano de cadeia. Tiraram suas roupas dc mujique, guardaram no depósito da prisão com um número, vestiram-no com um roupão e uma botina de presidiário.

Stiepan nunca tivera respeito pelas autoridades, mas agora ficou totalmente convencido de que todas as autoridades, todos os senhores, todos, exceto o tsar, o único que tinha pena do povo e era justo, todos eram bandidos, que sugavam o sangue do povo. Os relatos dos degredados e condenados a trabalhos forçados com os quais se juntou na prisão confirmaram aquele ponto de vista. Um foi condenado a trabalhos forçados porque denunciou uma autoridade por roubo; outro, porque bateu num superior que quis confiscar injustamente os bens de um camponês; um terceiro, porque falsificava dinheiro. Os patrões, os comerciantes, podiam fazer o que bem entendessem que nada acontecia, mas os mujiques e os pobres por qualquer bobagem eram mandados para a prisão para virar comida de piolhos.

Na prisão, Stiepan recebia visitas da esposa. Sem ele, a esposa já vivia mal e agora, ainda por cima, a casa tinha pegado fogo, ela ficou na miséria e mendigava junto com os filhos. A pobreza da esposa amargurou Stiepan mais ainda. Também na prisão, ele era malvado com todos e, certa vez, por pouco não partiu o cozinheiro ao meio com o machado, o que lhe rendeu mais um ano de pena. Naquele ano, ele soube que a esposa tinha morrido e que seu lar não existia mais...

Quando Stiepan terminou de cumprir a pena, foi chamado ao depósito da prisão, retiraram de uma prateleira as roupas com que havia chegado e lhe entregaram.

– Para onde vou agora? – perguntou ao quarteleiro, enquanto se vestia.

– Para casa, é claro.

– Não tenho casa. Vou ter de andar pela estrada. Roubar as pessoas.

– Se roubar, vai acabar aqui outra vez.

– É, não tem jeito.

E Stiepan foi embora. Apesar de tudo, foi na direção de sua casa. Não tinha mais nenhum lugar para ir.

Antes de chegar, resolveu passar a noite na estalagem de um conhecido, onde havia uma cantina.

O dono da estalagem era um pequeno-burguês gordo, de Vladímir. Ele conhecia Stiepan. Sabia que tinha ido para a prisão por causa de uma infelicidade. E deixou que pernoitasse na estalagem. Era um pequeno-burguês que, depois de enriquecer, havia tomado a esposa de um mujique vizinho e morava com ela, como esposa e empregada.

Stiepan sabia da história toda – como o homem havia humilhado o mujique, como aquela mulher indecente tinha deixado o marido e agora se fartava de comida, bebia chá até suar e servia chá para Stiepan, por caridade. Viajantes, não havia nenhum. Deixaram que Stiepan pernoitasse na cozinha. Matriona arrumou tudo e foi para o quarto. Stiepan deitou em cima da estufa, mas não conseguia dormir, se mexia e toda hora fazia estalar as lascas de lenha colocadas sobre a estufa para secar. Não saía de sua cabeça a barriga gorda do pequeno-burguês, estufada embaixo da cintura da camisa de chita, já descolorida de tanto ser lavada. Toda hora vinha à sua cabeça a ideia de cortar aquela barriga com uma faca e deixar sair a banha. E da mulher também. Então disse consigo: "Bom, que o diabo os carregue, amanhã vou embora", e ora se lembrava de Ivan Miriónov, ora pensava de novo na barriga do pequeno-burguês e na garganta branca e suada de Matriona. Se é para matar, que sejam os dois. O segundo galo cantou. Se é para fazer, que seja agora, antes de nascer o dia. A faca, ele reparou onde estava na noite anterior, e o machado também. Desceu da estufa, pegou o machado e a faca e saiu da cozinha. Assim que saiu, o ferrolho sacudiu atrás da porta. O pequeno-burguês estava saindo pela porta. Ele não fez como queria. Não precisou da faca, ergueu o machado e partiu a cabeça ao meio. O pequeno-burguês desabou encostado na ombreira da porta e veio até o chão.

Stiepan entrou no quarto. Matriona se levantou bruscamente e ficou parada junto à cama, só de camisa. Stiepan a matou com o mesmo machado.

Depois acendeu uma vela, pegou o dinheiro da escrivaninha e foi embora.

XVI

Numa cidade que era sede de distrito, um velho ex-funcionário que bebia muito morava em sua casa, uma construção afastada das outras, vivia com duas filhas e um genro. A filha casada também bebia e levava uma vida desregrada; já a mais velha, Mária Semiónovna, era viúva, enrugada, magra, de cinquenta anos, e sozinha sustentava todos em casa: ganhava uma pensão de duzentos e cinquenta rublos. Com o dinheiro, alimentava toda a família. Na casa, só Mária Semiónovna trabalhava. Cuidava do velho pai, fraco e beberrão, do bebê da irmã, fazia a comida e lavava a roupa. Como sempre acontece, recaía sobre ela tudo o que era preciso fazer e os outros três a xingavam e o genro até batia nela, quando se embriagava. Ela suportava tudo calada e com resignação e, como também sempre acontece, quanto mais trabalho tinha para fazer, mais rápido conseguia dar conta de tudo. Também ajudava os pobres, sacrificava o que tinha, dava suas roupas e ajudava a cuidar dos doentes.

Certa vez, um alfaiate do campo, manco e perneta, ficou trabalhando na casa dela. Consertava o casaco do velho e remendava com pano um casaco de pele para Mária Semiónovna ir à feira no inverno.

O alfaiate manco era um homem inteligente e observador, tinha visto muita gente diferente por causa de sua profissão e, como era aleijado, ficava sempre sentado, o que o estimulava a pensar. Depois de ficar uma semana na casa de Mária Semiónovna, não podia deixar de se admirar com a vida dela. Certa vez, ela entrou na cozinha, onde ele costurava, para lavar umas toalhas e começou a conversar com o alfaiate sobre a vida dele, como o irmão o maltratava e como se separou do irmão.

– Pensei que ia ser melhor, mas é a mesma coisa, a pobreza.

– O melhor é não mudar, a gente deve viver do jeito como vive – disse Mária Semiónovna.

– O que mais me admira em você, Mária Semiónovna, é como faz tudo sozinha, cuida de todo mundo sozinha. E deles recebe pouca coisa boa, eu vejo.

Mária Semiónovna não disse nada.

– Na certa você aprendeu nos livros que a recompensa por isso vai vir no outro mundo.

– Isso a gente não sabe – respondeu Mária Semiónovna. – Só tem de viver do jeito melhor.

– Mas isso tem nos livros?

– Também tem nos livros – respondeu ela e leu para ele o Sermão da Montanha, do Evangelho. O alfaiate ficou pensando. E quando recebeu seu pagamento e foi para casa, não parava de pensar no que tinha visto na casa de Mária Semiónovna, no que ela lhe disse e leu.

XVII

Piotr Nikoláitch mudou de opinião sobre o povo e o povo também mudou de opinião sobre ele. Nem passou um ano e derrubaram vinte e sete carvalhos e incendiaram uma eira coberta e um celeiro que não estava no seguro. Piotr Nikoláitch resolveu que não era possível viver com o povo local.

Nessa época, os Livientsov estavam à procura de um administrador para sua propriedade e o chefe do *ziémstvo* recomendou Piotr Nikoláitch como o melhor agricultor do distrito. A propriedade dos Livientsov era enorme, mas não dava renda e os camponeses tiravam proveito de tudo. Piotr Nikoláitch tratou de pôr tudo em ordem e, depois de arrendar suas próprias terras, mudou-se com a esposa para uma distante província à margem do Volga.

Piotr Nikoláitch sempre havia adorado a ordem e a lei e agora, mais que nunca, não podia admitir que aquele povo selvagem, brutal, se apoderasse, contra a lei, de uma propriedade que não lhe pertencia. Ficou satisfeito com a oportunidade de lhes dar uma lição e se lançou ao trabalho com rigor. Mandou um camponês para a cadeia por roubar madeira da mata, espancou outro, com as próprias mãos, por não ter lhe dado passagem na estrada nem ter tirado o chapéu. Quanto aos pastos, sobre os quais havia uma disputa e dos quais os camponeses se consideravam donos, Piotr Nikoláitch comunicou aos camponeses que, se levassem seu gado para lá, ele iria confiscá-lo.

Chegou a primavera e os camponeses, como tinham feito no ano anterior, levaram o gado para o pasto senhorial. Piotr Nikoláitch reuniu todos os empregados e mandou levar o gado para o curral senhorial. Os mujiques estavam na lavoura, por isso, apesar dos gritos das camponesas, os empregados levaram o gado. Quando voltaram do trabalho, os mujiques se juntaram e foram à casa senhorial exigir a devolução do gado. Piotr Nikoláitch saiu ao encontro deles com uma espingarda nos ombros (tinha acabado de voltar de uma ronda de inspeção) e comunicou que não ia devolver o gado, a menos que pagassem cinquenta copeques por animal com chifres e dez por ovelha. Os mujiques começaram a gritar que o pasto era deles, que antes deles os pais e os avós tinham sido donos do pasto e que não existia lei que permitisse tomar o gado alheio.

– Devolva o gado, senão vai ser pior – disse um velho, avançando para Piotr Nikoláitch.

– Vai ser pior como? – gritou Piotr Nikoláitch, muito pálido, avançando na direção do velho.

– Devolva, fuja do pecado, parasita.

– O quê? – gritou Piotr Nikoláitch e bateu no rosto do velho.

– Você não tem coragem de brigar. Pessoal, peguem o gado à força.

A multidão se aproximou. Piotr Nikoláitch quis fugir, mas não deixaram. Ele começou a se debater. A espingarda disparou e matou um camponês. Começou uma luta tremenda. Pisotearam Piotr Nikoláitch. Cinco minutos depois, jogaram seu corpo desfigurado num barranco.

Os assassinos foram julgados por uma corte marcial e dois foram condenados a morrer na forca.

XVIII

Na aldeia do alfaiate, cinco camponeses ricos arrendaram de um senhor de terras, por mil e cem rublos, cento e cinco *dessiatinas* de terra boa para o cultivo, gordurosa, negra como piche, e a distribuíram entre os mujiques, a uns por dezoito rublos, a outros por quinze. Nenhuma terra ficou por menos de doze. Assim, o lucro foi bom. Os próprios arrendatários pegaram cinco *dessiatinas* para si e essa terra saiu de graça para eles. Um daqueles cinco mujiques morreu e eles ofereceram a vaga na sociedade ao alfaiate manco.

Quando os arrendatários começaram a dividir a terra, o alfaiate parou de beber vodca e, quando se falou de quanta terra caberia a cada um, o alfaiate disse que era preciso repartir igualmente, e que não era preciso cobrar dos arrendatários mais do que já havia sido pago.

– Como assim?

– Afinal, não somos hereges. Isso pode ser bom para os patrões, mas nós somos cristãos. É preciso fazer como Deus quer. E essa é a lei de Cristo.

– Onde está essa lei?

– No livro, no Evangelho. Venham ver no domingo, vou ler e vamos conversar.

No domingo, não foram todos à casa do alfaiate, só três, e ele começou a ler para eles. Leu cinco capítulos de Mateus. Começaram a interpretar. Todos escutaram, mas só um aceitou, o Ivan Tchúiev. E aceitou tanto que passou a viver à risca como Deus quer. Na sua família, também passaram a viver assim. Ele abriu mão da terra excedente e só ficou com sua parte.

E começaram a ir à casa do alfaiate e de Ivan e começaram a entender, e entenderam, e pararam de fumar, de beber, de xingar e praguejar, passaram a ajudar uns aos outros. Pararam de ir à igreja e levaram os ícones para o pope. E assim viviam dezessete famílias. Ao todo, sessenta e cinco almas. O sacerdote se assustou e avisou o bispo. O bispo pensou no que fazer e resolveu mandar à aldeia o arquimandrita Missail, antigo professor de catecismo do ginásio.

XIX

O bispo pediu a Missail para sentar e começou a falar sobre as novidades que estavam acontecendo em sua eparquia.

– Isso tudo vem da fraqueza de espírito e da ignorância. Você é um homem instruído. Confio em você. Vá, reúna o povo e esclareça essa gente.

– Se o senhor me der sua bênção, vou tentar – disse o padre Missail. Ficou contente com aquela missão. Alegrava-se sempre que podia mostrar que acreditava. Com mais força do que qualquer outra coisa, era convertendo os outros que ele se convencia de que acreditava.

– Faça um esforço, estou sofrendo muito com meu rebanho – disse o bispo, enquanto, impaciente, com as mãos brancas e roliças, pegava o copo de chá que a criada lhe serviu. – Mas como? Só uma geleia? Traga outra – disse para a criada. – Estou sofrendo muito, muito – prosseguiu o que estava dizendo para Missail.

Missail estava contente por mostrar seu zelo. Mas, como não era rico, pediu dinheiro para as despesas da viagem e, com medo da hostilidade do povo rude, pediu também uma ordem do governador para que a polícia local lhe desse apoio, em caso de necessidade.

O bispo organizou tudo e Missail, com a ajuda do criado e da cozinheira, arrumou um baú com bebidas e mantimentos, o necessário para se manter numa viagem a uma região erma, e partiu rumo ao local indicado. Ao se dirigir àquela missão, Missail experimentava o sentimento agradável da consciência da importância de seu cargo sacerdotal e também da extinção de qualquer dúvida sobre sua fé – ao contrário, havia a certeza absoluta de sua autenticidade.

Seus pensamentos estavam voltados não para a essência da fé – ela era tida como um axioma –, mas sim para a refutação das objeções às formas exteriores da fé.

XX

O sacerdote da aldeia e sua esposa receberam Missail com grandes honras e, no dia seguinte à sua chegada, reuniram o povo na igreja. Com um manto de seda novo, uma cruz no peito e os cabelos penteados, Missail subiu no púlpito, a seu lado estavam o sacerdote, um pouco mais afastados estavam os sacristãos e os cantores, e nas portas laterais, a polícia. Vieram também os sectários – com casacos de pele ensebados e duros.

Depois do *Te Deum*, Missail fez o sermão, exortou os dissidentes a voltar para o seio da Madre Igreja, ameaçou com os tormentos do inferno e prometeu o perdão completo aos que se arrependessem.

Os sectários ficaram calados. Quando lhes fizeram perguntas, responderam. À pergunta sobre o motivo de se afastarem, responderam que na igreja cultuavam deuses feitos de madeira e que nas Escrituras aquilo não só não existia como nas profecias se declarava o contrário. Quando Missail perguntou a Tchúiev se era verdade que eles chamavam os ícones sagrados de tábuas, Tchúiev respondeu:

– É só você virar qualquer ícone que quiser que vai ver.

Quando lhes perguntaram por que não reconheciam o clero, responderam que nas Escrituras estava dito: "Vocês receberam de graça e de graça darão", mas os popes só davam suas bênçãos por dinheiro. Toda vez que Missail tentava se respaldar na Sagrada Escritura, o alfaiate e Ivan retrucavam, com calma, mas com firmeza, citando as Escrituras, que conheciam a fundo. Missail se irritou, ameaçou-os com os poderes seculares. A isso, os sectários responderam que estava escrito:

– "Vocês me perseguiram e também serão perseguidos."

Aquilo não deu em nada e tudo poderia ter ficado por isso mesmo, mas no dia seguinte, na missa, Missail fez um sermão sobre a malignidade dos sedutores, disse que eles mereciam todo tipo de castigo, e as pessoas que estavam na igreja começaram a discutir se valia a pena dar uma lição nos infiéis, para que não confundissem mais o povo. E naquele dia, na hora em que Missail estava comendo salmão e trutas com o pároco e com um inspetor que viera da cidade, houve um tumulto na aldeia. Os ortodoxos se aglomeraram em frente à isbá de Tchúiev e esperavam a saída das pessoas que estavam lá, para lhes dar uma surra. Os sectários eram umas vinte pessoas, entre homens e mulheres. O sermão de Missail e agora a aglomeração dos ortodoxos e suas palavras de ameaça despertaram nos sectários um sentimento ruim, que antes não havia. A tarde havia caído, estava na hora de as mulheres ordenharem as vacas, os ortodoxos continuavam à espera, bateram num menino que tentou sair e o enxotaram de novo para dentro da isbá. Lá, debateram sobre o que fazer e não entraram num acordo.

O alfaiate dizia: é preciso suportar e não atacar. Já Tchúiev dizia que, se fosse para suportar assim, todos seriam massacrados, pegou um atiçador e saiu para a rua. Os ortodoxos se atiraram sobre ele.

– É agora, pela lei de Moisés – gritou e começou a bater nos ortodoxos, furou o olho de um deles, enquanto os outros sectários fugiram da isbá e voltaram para suas casas.

Tchúiev foi preso e julgado por sedição e blasfêmia e condenado ao degredo.

Já o padre Missail ganhou uma condecoração e foi promovido.

XXI

Dois anos antes, vinda da terra do Exército do Don, a jovem Turtchanínova, bela, saudável, de aspecto oriental, chegara a Petersburgo para estudar. Em Petersburgo, a moça conheceu o estudante Tiurin, filho do chefe de um *ziémstvo* na província de Simbirsk, apaixonou-se por ele, mas não com o amor habitual das mulheres, não com o desejo de ser sua esposa e mãe de seus filhos, e sim com um amor de camaradas, que se nutria principalmente do mesmo ódio e da mesma revolta contra a ordem vigente e contra as pessoas que a representavam, e também da consciência de sua própria superioridade intelectual, educacional e moral sobre aquelas pessoas.

Turtchanínova tinha talento para os estudos, memorizava as lições com facilidade, tirava boas notas nos exames e, além disso, devorava livros novos em enorme quantidade. Estava convencida de que sua vocação não era dar à luz e criar filhos – até já encarava com aversão e desprezo essa vocação –, mas sim destruir a ordem vigente, que acorrentava as melhores forças do povo, e apontar às pessoas os novos caminhos da vida, que os novíssimos escritores europeus revelaram para ela. Carnuda, branca, rosada, bonita, de olhos negros e brilhantes, com uma grande trança negra, Turtchanínova despertava nos homens sentimentos que ela não queria e que também não podia compartilhar, a tal ponto estava imersa em sua atividade de promover agitação e debate. Mesmo assim, dava-lhe prazer despertar tais sentimentos e por isso, embora não se enfeitasse, também não descuidava da aparência. Achava bom que gostassem dela e poder mostrar, na prática, como desprezava aquilo que as outras mulheres valorizavam. Em suas opiniões sobre os meios de luta contra a ordem vigente, ela ia além da maioria de seus camaradas e de seu amigo Tiurin; admitia que, na luta, todos os meios são bons e podem ser usados, até mesmo o assassinato. Ao mesmo tempo, essa mesma revolucionária, Kátia Turtchanínova, era, no fundo, uma mulher muito boa e abnegada, sempre dava preferência imediata ao benefício, à satisfação, ao bem-estar dos outros em detrimento de seu próprio benefício, satisfação e bem-estar, e sempre se alegrava sinceramente com a possibilidade de fazer algo de bom a quem quer que fosse – uma criança, uma velha, um animal.

Turtchanínova estava passando o verão numa cidade pequena à margem do Volga, em casa de uma amiga, professora rural. Na mesma região, Tiurin morava na casa do pai. Os três e o médico da região muitas vezes se encontravam, trocavam livros, discutiam e se enchiam de revolta. A propriedade de Tiurin era vizinha à dos Livientsov, onde Piotr Nikoláitch fora trabalhar como administrador. Assim que Piotr Nikoláitch chegou e cuidou de impor a ordem, o jovem Tiurin, vendo que entre os camponeses dos Livientsov havia um espírito independente e a firme intenção de defender seus direitos, interessou-se por eles, ia muitas vezes à aldeia e conversava com os camponeses, difundia entre eles a teoria do socialismo em geral e, em particular, da nacionalização da terra.

Quando ocorreu o assassinato de Piotr Nikoláitch e houve o julgamento, o círculo dos revolucionários da localidade viu naquilo uma forte motivação para a revolta e, com destemor, conclamou uma rebelião. O fato de Tiurin ir à aldeia e conversar com os camponeses veio à luz durante o julgamento. Deram uma busca na casa de Tiurin, acharam alguns livretos revolucionários, prenderam o estudante e o levaram para Petersburgo.

Turtchanínova partiu atrás dele e foi à prisão para uma visita, mas não a deixaram entrar num dia qualquer, só no dia das visitas, quando ela falou com Tiurin através de duas grades. A visita aumentou mais ainda a revolta de Turtchanínova. Porém o que levou sua revolta ao extremo foi uma conversa com um belo oficial da guarda, que deu a entender que estava disposto a mostrar complacência, caso ela aceitasse sua proposta. Aquilo a levou ao último grau de indignação e ira contra todas as pessoas investidas de poder. Foi queixar-se com o chefe da polícia. O chefe da polícia lhe disse o mesmo que o oficial da guarda, que não podiam fazer nada, que se tratava de uma ordem do ministro. Ela mandou uma petição ao ministro, solicitando uma visita; recusaram. Decidiu-se, então, por um gesto desesperado e comprou um revólver.

XXII

O ministro estava atendendo no horário de costume. Esquivou-se de três peticionários, recebeu um governador e se aproximou de uma jovem bonita de olhos pretos e roupa preta que segurava um papel na mão esquerda. Uma chama de volúpia e carinho ardeu nos olhos do ministro, ao ver a bela peticionária, mas, lembrando sua posição, o ministro fez uma cara séria.

– O que a senhora deseja? – disse ele, aproximando-se.

Sem responder, ela rapidamente tirou a mão com o revólver de debaixo da capa, apontou para o peito do ministro e atirou, mas errou o alvo.

O ministro quis segurar sua mão, ela recuou e atirou outra vez. O ministro fugiu correndo. Ela foi agarrada. Tremia, não conseguia falar. E de repente deu uma gargalhada histérica. O ministro nem ficou ferido.

Era Turtchanínova. Levaram-na para a casa de detenção preliminar. Já o ministro, depois de receber as congratulações e o apoio das personalidades do mais alto escalão e até do soberano, instaurou uma comissão para investigar a conspiração que organizou aquele atentado.

A conspiração, é claro, não existia; mas os funcionários da polícia secreta e da polícia comum se empenharam com afinco na localização de qualquer pista da conspiração inexistente e, de modo consciencioso, fizeram jus a seu salário e a sua remuneração: levantando de manhã bem cedo, no escuro, faziam buscas e mais buscas, copiavam documentos, livros, liam diários, cartas particulares, retiravam extratos de tudo isso em lindas folhas de papel, com linda caligrafia, interrogaram Turtchanínova muitas vezes e fizeram acareações com ela, a fim de arrancar da jovem os nomes de seus cúmplices.

O ministro, no fundo, era um bom homem e tinha muita pena daquela bela e saudável cossaca, mas dizia a si mesmo que sobre ele se impunham os pesados deveres do Estado, os quais havia de cumprir, por mais difíceis que fossem. E quando um antigo colega, um camareiro do imperador, conhecido dos Tiurin, o encontrou num baile da corte e pediu sua ajuda para o caso de Tiurin e Turtchanínova, o ministro encolheu os ombros de tal modo que enrugou a fita vermelha sobre o colete branco, e disse:

– *Je ne demanderais pas mieux que de lâcher cette pauvre fillette, mais vou savez... le devoir.*[5]

Enquanto isso, Turtchanínova continuava na casa de detenção preliminar e às vezes, tranquilamente, se comunicava com os camaradas por meio de batidas na parede e lia livros que lhe davam, mas às vezes, de súbito, caía no desespero, tinha ataques de fúria, debatia-se contra as paredes, dava gritos esganiçados e gargalhava.

XXIII

Certo dia, Mária Semiónovna recebeu sua pensão na tesouraria do Estado e, ao voltar, encontrou um professor conhecido seu.

– E então, Mária Semiónovna, recebeu sua pensão? – gritou para ela, do outro lado da rua.

– Recebi – respondeu Mária Semiónovna. – Só dá para tapar os buracos.

– Que nada, é bastante dinheiro, vai tapar os buracos e ainda vai sobrar – disse o professor, despediu-se e foi em frente.

---

5 "Eu adoraria soltar a pobre mocinha, mas o senhor sabe... o dever".

– Até logo – disse Mária Semiónovna e, olhando para o professor, esbarrou em cheio num homem alto, de braços muito compridos e rosto severo.

No entanto, quando já estava perto de casa, ela se admirou ao ver de novo o mesmo homem de braços compridos. Depois de observar a mulher entrando na casa, ele ainda permaneceu ali um tempo, antes de dar meia-volta e ir embora.

Mária Semiónovna, no início, ficou assustada e depois triste. Mas, quando entrou na casa, distribuiu os presentes para o velho pai e o sobrinho Fédia, pequenino e escrofuloso, e fez carinhos no cão Trezorka, que ganiu de alegria, voltou a sentir-se bem e, depois de entregar o dinheiro para o pai, foi cuidar do trabalho, que nunca faltava para ela.

O homem em quem havia esbarrado era Stiepan.

Da estalagem onde matara o estalajadeiro, Stiepan não foi para a cidade. E o estranho era que não apenas não lhe causava desgosto lembrar o assassinato como, de fato, ele o recordava várias vezes por dia. Gostava de pensar que era capaz de fazer aquilo com tanto cuidado e habilidade que ninguém podia descobrir nem impedir que o fizesse, e até mais, com outras pessoas. Sentado na taverna, tomando chá e vodca, observava as pessoas sempre do mesmo ponto de vista: como era possível matá-las. Foi pernoitar na casa de um conterrâneo, um carroceiro. O carroceiro não estava em casa. Stiepan disse que ia esperar, sentou-se e ficou conversando com a mulher. Depois, quando ela se virou para a estufa, veio à cabeça de Stiepan a ideia de matá-la. Espantou-se, balançou a cabeça para si mesmo, depois tirou uma faca do cano da bota, derrubou a mulher e cortou sua garganta. As crianças começaram a gritar, ele matou também as crianças e saiu da cidade, sem pernoitar ali. Numa aldeia, fora da cidade, entrou numa estalagem e dormiu.

No dia seguinte, voltou à cidade e, na rua, ouviu a conversa de Mária Semiónovna com o professor. O olhar dela assustou Stiepan, mas mesmo assim ele resolveu penetrar escondido em sua casa e tomar o dinheiro que a mulher havia ganhado. À noite, arrebentou a fechadura e entrou. A filha mais nova, casada, foi a primeira a ouvir o barulho. Começou a gritar. Stiepan a esfaqueou na mesma hora. O genro acordou e atracou-se com ele. Agarrou-o pelo pescoço, lutou muito tempo, mas Stiepan era mais forte. Depois de matar o genro, Stiepan, perturbado e excitado pela briga, foi para o outro lado da divisória. Lá, Mária Semiónovna estava na cama, levantou-se, olhou para Stiepan com olhos assustados e dóceis e fez o sinal da cruz. O olhar dela assustou Stiepan outra vez. Ele baixou os olhos.

– Onde está o dinheiro? – perguntou, sem erguer os olhos.

Ela ficou calada.

– Onde está o dinheiro? – disse Stiepan, mostrando a faca.

– O que está fazendo? Como pode? – disse ela.

– Vai ver como posso.

Stiepan se aproximou, pronto para segurá-la pelos braços para que ela não o impedisse, mas Mária Semiónovna não ergueu as mãos, não se opôs, limitou-se a apertar as mãos contra o peito, suspirou fundo e repetiu:

– Ah, que grande pecado. O que está fazendo? Tenha piedade de si mesmo. Destrói a alma dos outros e ainda mais a sua... A-ah! – gritou ela.

Stiepan não conseguiu mais suportar a voz e o olhar dela e passou a faca em sua garganta. "Chega de conversa." Ela afundou no travesseiro e emitiu um gemido rouco, enquanto banhava o travesseiro de sangue. Stiepan lhe deu as costas e andou pela casa, recolhendo coisas. Depois de pegar o necessário, Stiepan fumou um cigarro, sentou-se, limpou a roupa e foi embora. Achou que aquele assassinato teria sobre ele o mesmo efeito que os anteriores, porém, antes mesmo de chegar ao albergue noturno, de repente sentiu tamanho cansaço que não conseguiu mais mover nenhum membro. Deitou-se na sarjeta e ali ficou estirado o resto da noite, o dia todo e a noite seguinte.

SEGUNDA PARTE

I

Deitado na sarjeta, Stiepan não parava de ver à sua frente o rosto dócil, magro, assustado de Mária Semiónovna e ouvia sua voz. "Como pode?", dizia sua voz diferente, ciciante e cheia de pena. E Stiepan revivia mais uma vez tudo o que fizera com ela. Tinha uma sensação horrível, fechava os olhos e sacudia a cabeça cabeluda para expulsar aqueles pensamentos e recordações. Por um minuto, livrava-se das recordações, mas no lugar delas vinha primeiro um demônio negro, depois outros, de olhos vermelhos, faziam caretas e todos falavam ao mesmo tempo: "Você deu cabo da mulher, então dê cabo de si mesmo também, senão nós não vamos deixar você em paz". Ele abria os olhos e via de novo a mulher, ouvia sua voz, sentia pena dela e tinha horror e asco de si mesmo. E de novo fechava os olhos e de novo vinham os demônios.

À noite, no dia seguinte, Stiepan se levantou e foi a uma cantina. A muito custo, conseguiu chegar à cantina e começou a beber. No entanto, por mais que bebesse, não ficava embriagado. Mudo, sentado diante da mesa, bebia um copo depois do outro. Um guarda entrou na cantina.

– Quem é você? – perguntou o guarda.

– Sou aquele que ontem degolou todo mundo na casa dos Dobrotvórov.

Foi amarrado, passou um dia na delegacia e depois o levaram para a capital da província. O inspetor da prisão reconheceu nele um de seus antigos prisioneiros, um dos mais rebeldes, agora um grande criminoso, e por isso o recebeu com severidade.

– Preste atenção, não quero saber de baderna aqui – disse o inspetor, com voz ríspida, de sobrancelhas franzidas e queixo empinado. – Se eu notar qualquer coisa, mato você a chicotadas. De mim, você não escapa.

– Não tenho por que escapar – respondeu Stiepan, de olhos baixos. – Eu mesmo me entreguei.

– Certo, mas comigo não tem conversa. E quando um superior está falando, você tem de olhar nos olhos – gritou o inspetor, e bateu com o punho cerrado embaixo do queixo de Stiepan.

Naquele momento, Stiepan estava vendo de novo a mulher e ouvia sua voz. Não escutava o que o inspetor lhe dizia.

– O quê? – perguntou, voltando a si, quando sentiu o murro na cara.

– Vá, vá, marche, e nada de se fazer de bobo.

O inspetor esperava tumultos, intrigas com outros presos, tentativas de fuga. Mas não houve nada disso. Quando o guarda ou o próprio inspetor espiava pela janelinha de sua porta, Stiepan estava sentado em cima de um saco cheio de palha, a cabeça apoiada nas mãos, e sempre sussurrava algo para si. Nos interrogatórios do juiz de instrução, ele também não se parecia com os demais detentos: ficava distraído, não ouvia as perguntas; mas quando as compreendia, era tão sincero que o juiz de instrução, acostumado a lutar contra a astúcia e a habilidade dos acusados, experimentava um sentimento semelhante ao que acontece quando, no escuro, no fim de uma escada, levantamos um pé para um degrau que não existe. De sobrancelhas franzidas, com os olhos fixos num ponto, Stiepan contava todos os seus assassinatos da maneira mais simples e mais prática, tentando recordar todos os detalhes.

– Ele saiu – contou Stiepan o primeiro assassinato –, estava descalço, ficou na porta, bati nele, quer dizer, dei uma pancada, ele deu um grito rouco, e então fui cuidar da mulher... – E assim por diante.

Durante uma visita do promotor às celas da prisão, perguntaram a Stiepan se tinha alguma queixa e se precisava de alguma coisa. Respondeu que não precisava de nada e que não era maltratado. O promotor, depois de dar alguns passos pelo corredor fedorento, parou e perguntou ao inspetor que o acompanhava como aquele preso se comportava.

– Não canso de me admirar dele – respondeu o inspetor, satisfeito por Stiepan ter elogiado o tratamento que recebia. – Faz dois meses que está aqui, seu comportamento é exemplar. Só tenho medo de que esteja tramando alguma coisa. É corajoso e tem uma força fora do comum.

II

No primeiro mês na prisão, Stiepan não parou de sofrer a mesma coisa: via a parede cinzenta da cela, escutava os barulhos da prisão – o rumor surdo na cela coletiva, embaixo da sua, os passos da sentinela no corredor, as batidas do relógio – e, ao mesmo tempo, via a mulher – seu olhar dócil, que o derrotou ainda na rua, quando esbarrou com ela, e seu pescoço magro, enrugado, que ele cortou, e ouvia sua voz meiga, piedosa, ciciante: "*A alma dos outros e a sua alma. Como pode fazer isso?*". Depois a voz se calava e apareciam aqueles três demônios negros. E apareciam de qualquer jeito, estivesse ele de olhos fechados ou abertos. De olhos fechados, eles apareciam com mais nitidez. Quando Stiepan abria os olhos, eles se confundiam com as portas, as paredes e aos poucos iam sumindo, mas depois avançavam e vinham de três direções, fazendo caretas e condenando: se mate, se mate. Pode fazer um laço de forca, pode tacar fogo. E então um calafrio penetrava em Stiepan e ele começava a rezar o que sabia: ave-maria, pai-nosso, e no início aquilo pareceu ajudar. Rezando, começou a se lembrar de sua vida: lembrou-se do pai, da mãe, da aldeia, do cachorro Lobinho, do trabalho na estufa, dos bancos em que ele brincava de cavalinho com os meninos, depois se lembrou das meninas e suas canções, depois se lembrou dos cavalos, se lembrou de que os cavalos foram roubados, pegaram o ladrão e ele matou o ladrão com uma pedra. E lembrou-se da primeira prisão, lembrou-se de como fugiu, lembrou-se do estalajadeiro gordo, da esposa do carroceiro, dos filhos e depois se lembrou de novo dela. E sentiu calor, tirou o roupão dos ombros, ergueu-se bruscamente da cama de palha e, como uma fera numa jaula, começou a andar para um lado e para outro em passos ligeiros, na cela pequena, dando meia-volta bruscamente ao chegar às paredes suadas e cinzentas. E rezava de novo, mas as preces já não ajudavam.

Numa das longas noites de outono, quando o vento assoviava e zunia dentro das chaminés, Stiepan, cansado de percorrer a cela, sentou-se na cama e sentiu que não podia mais lutar, que os demônios tinham vencido, e se submeteu a eles. Fazia tempo que observava o cano de ventilação da estufa. Se amarrasse nele uns barbantes finos ou umas tiras finas de pano, não ia soltar. Mas era preciso montar aquilo com astúcia. E se lançou ao trabalho e em dois dias fez tiras de pano arrancadas do saco em que dormia (quando o guarda entrava, Stiepan cobria a cama de palha com o roupão). Amarrou as tiras com nós duplos, para não soltarem e para aguentarem o peso do corpo. Enquanto fazia os preparativos, não sofria. Quando tudo ficou pronto, fez o laço mortal, pôs no pescoço, subiu na cama e se enforcou. Mas bem na hora em que a língua saía da boca, as tiras se romperam e ele caiu. Com o barulho, veio o guarda. Chamaram o enfermeiro e o levaram para o hospital. No dia seguinte, estava plenamente recuperado, foi retirado do hospital e instalado não numa cela isolada, mas numa cela coletiva.

Na cela coletiva, ele vivia com vinte homens como se estivesse sozinho, não olhava para ninguém, não falava com ninguém e continuava atormentado. Sofria mais quando todos estavam dormindo, pois ficava acordado e, como antes, via a mulher, ouvia sua voz, depois apareciam de novo os demônios negros, com seus olhos terríveis, e o atormentavam.

De novo, como antes, ele rezava e, como antes, as preces não ajudavam.

Certa vez, quando, depois de rezar, a mulher apareceu de novo, Stiepan começou a rezar por ela, por sua alma querida, para que ela o libertasse, o perdoasse. E quando, quase de manhã, desabou sobre o saco amarrotado, Stiepan adormeceu profundamente e, no sonho, a mulher, com seu pescoço magro, enrugado e cortado, apareceu diante dele.

– Então, vai perdoar?

Ela o fitou com seu olhar dócil e nada disse.

– Vai perdoar?

E assim ele perguntou três vezes. Mas ela, apesar de tudo, nada disse. E Stiepan acordou. A partir daí, sentiu-se mais leve, pareceu recuperado, observou ao redor e pela primeira vez tomou a iniciativa de se aproximar de seus camaradas de cela e conversar com eles.

III

Na mesma cela de Stiepan, estava Vassíli, preso de novo por roubo e condenado à deportação, bem como Tchúiev, também condenado ao degredo. Vassíli, o tempo todo, ou cantava canções com sua voz bonita ou contava suas aventuras aos camaradas. Por sua vez, Tchúiev trabalhava, costurando roupas ou lençóis, ou lia o Evangelho e os Salmos.

Quando Stiepan perguntou por que tinha sido deportado, Tchúiev explicou que o haviam deportado por causa da verdadeira fé cristã, porque os popes impostores do espírito não suportavam ouvir as pessoas que viviam segundo o

Evangelho e que os desmascaravam. E quando Stiepan perguntou qual era a verdadeira lei do Evangelho, Tchúiev explicou que a lei do Evangelho é não rezar para deuses feitos com as mãos, e sim orar no espírito e na verdade. E contou como tinham aprendido aquela fé verdadeira com um alfaiate pobre, na hora em que faziam a divisão da terra.

– Mas e aqueles que fizeram coisas ruins, o que será deles? – perguntou Stiepan.

– Tudo está dito.

E Tchúiev leu:

– "Quando o Filho do Homem vier em Sua glória, e todos os anjos santos com Ele, então se assentará no trono da Sua glória e serão reunidas em Sua presença todas as nações e Ele separará uns dos outros, como o pastor separa as ovelhas dos cabritos, e porá as ovelhas à Sua direita e os cabritos à Sua esquerda. Então dirá o rei aos que estiverem à Sua direita: 'Vinde, benditos de Meu Pai, recebei por herança o Reino preparado para vós desde a criação do mundo: pois tive fome e me destes de comer; tive sede e Me destes de beber; era forasteiro e Me acolhestes, estive nu e vós Me vestistes, doente e Me visitastes, preso e viestes Me ver'. Então os justos Lhe responderão: 'Senhor, quando foi que Te vimos com fome e Te alimentamos, com sede e Te demos de beber? Quando foi que Te vimos forasteiro e Te acolhemos ou nu e Te vestimos? Quando foi que Te vimos doente ou preso e fomos Te ver?'. Ao que lhes responderá o rei: 'Em verdade vos digo: cada vez que o fizestes a um desses Meus irmãos mais pequeninos, a Mim o fizestes'. Em seguida, dirá aos que estiverem à Sua esquerda: 'Apartai-vos de Mim, malditos, para o fogo eterno preparado para o diabo e para os seus anjos. Porque tive fome e não Me destes de comer. Tive sede e não Me destes de beber. Fui forasteiro e não Me acolhestes. Estive nu e não Me vestistes, doente e preso, e não Me visitastes'. Então, também eles responderão: 'Senhor, quando foi que Te vimos com fome ou com sede, forasteiro ou nu, doente ou preso e não Te servimos?'. E ele responderá com estas palavras: 'Em verdade vos digo: todas as vezes que o deixastes de fazer a um desses pequeninos, foi a Mim que o deixastes de fazer'. E irão estes para o castigo eterno, enquanto os justos irão para a vida eterna" (Mateus 25,31-46).

Vassíli, que havia sentado no chão de frente para Tchúiev e escutara a leitura, balançou a bela cabeça em sinal de aprovação.

– Está certo – exclamou, em tom resoluto. – Vão para o castigo eterno, seus malditos, que não deram de comer a ninguém e devoraram tudo sozinhos. Assim que deve ser. Agora, me dê aqui, vou ler um pouco – acrescentou, desejando se gabar de sua leitura.

– Sei, mas será que não vai haver perdão? – perguntou Stiepan, que tinha ouvido a leitura calado, com a cabeça cabeluda voltada para baixo.

– Espere um instante, fique quieto – disse Tchúiev para Vassíli, que já começava a falar dos ricos, que não tinham dado de comer ao forasteiro nem tinham visitado o preso. – Espere aí – repetiu Tchúiev, folheando o Evangelho. Quando achou o que procurava, Tchúiev alisou a folha de papel com a mão grande e forte, que tinha ficado branca na prisão.

– "Eram conduzidos também dois malfeitores para serem executados com ele", quer dizer, com Cristo – explicou Tchúiev. – "Chegando ao lugar chamado Caveira, lá o crucificaram, bem como aos malfeitores, um à direita e outro à esquerda. Jesus dizia: 'Pai, perdoa-os: não sabem o que fazem'. [...] O povo permanecia lá, a olhar. Os chefes, porém, zombavam e diziam: 'A outros salvou, que salve a si mesmo, se é o Cristo, o escolhido de Deus'. Os soldados também caçoavam dele; aproximando-se, traziam-lhe vinagre, e diziam: 'Se és o rei dos judeus, salva-te a ti mesmo'. E havia uma inscrição acima dele: 'Este é o Rei dos judeus'. Um dos malfeitores suspensos à cruz o insultava, dizendo: 'Não és tu o Cristo? Salva-te a ti mesmo e a nós'. Mas o outro, ao contrário, o repreendia dizendo: 'Nem sequer temes a Deus, estando na mesma condenação? Quanto a nós, é de justiça; estamos pagando por nossos atos; mas ele não fez nenhum mal'. E acrescentou: 'Jesus, lembra-te de mim, quando vieres com teu reino'. E Jesus lhe disse: 'Em verdade, eu te digo, hoje mesmo estarás comigo no Paraíso'" (Lucas 23,32-43).

Stiepan nada disse e ficou sentado, pensativo, como se escutasse, mas já sem nada ouvir do que Tchúiev lia.

"Então aí está o que é a fé verdadeira", pensou. "Só vai se salvar quem deu de comer e beber aos pobres, quem visitou os encarcerados, e irá para o inferno quem não fez isso. E mesmo assim o bandido se arrependeu na cruz e foi para o Paraíso." Ele não via nisso nenhuma contradição, ao contrário, uma coisa confirmava a outra: o fato de os piedosos irem para o paraíso e os impiedosos, para o inferno significava que todos tinham de ser piedosos, e o fato de Cristo ter perdoado o bandido significava que Cristo também era piedoso. Tudo aquilo era absolutamente novo para Stiepan; apenas ficou surpreso por aquilo tudo ter ficado escondido dele, até então. E passava todo o tempo livre em companhia de Tchúiev, perguntando e escutando. E, quando escutava, entendia. Revelou-se para Stiepan que o significado geral de toda a doutrina residia no fato de que todos eram irmãos, era preciso amar uns aos outros, ter piedade uns dos outros, e que então tudo passaria a correr bem. E quando escutava, como se fosse algo conhecido que esquecera, assimilava na mesma hora tudo que confirmava o significado geral dessa doutrina e deixava passar, sem dar atenção, aquilo que não a confirmava, atribuindo tal fato à sua falta de compreensão.

E a partir dessa época, Stiepan se tornou outro homem.

IV

Mesmo antes, Stiepan Pelaguêiuchkin já era um homem humilde, mas ultimamente vinha impressionando o inspetor, os guardas e os camaradas da prisão com a mudança que sofrera. Sem que ordenassem, mesmo fora de seu turno, executava as tarefas mais árduas, entre elas a limpeza das privadas. No entanto, apesar de sua resignação, os companheiros o respeitavam e temiam, cientes de sua firmeza e de sua grande força física, sobretudo após o incidente em que dois vagabundos atacaram Stiepan, que quebrou o braço de um deles e os rechaçou. Os vagabundos tinham inventado de ganhar dinheiro no jogo à custa de um jovem prisioneiro rico e tomaram tudo que ele possuía. Stiepan intercedeu em seu favor e tomou de volta o dinheiro que os dois haviam ganhado no jogo. Os vagabundos xingaram Stiepan, depois o agrediram, mas ele venceu os dois. Quando o inspetor quis saber o motivo da briga, os vagabundos explicaram que Pelaguêiuchkin tinha batido neles. Stiepan não se justificou e aceitou com resignação o castigo, que consistiu em três dias na solitária e depois a transferência para uma cela individual.

A cela individual foi penosa para ele, porque o separava de Tchúiev e do Evangelho e, além disso, ele temia que as visões da mulher e dos demônios voltassem. Mas não teve visões. Toda a sua alma estava repleta de um conteúdo novo, alegre. Ficaria contente com seu isolamento, se pudesse ler e se tivesse um Evangelho. Até podiam lhe dar o Evangelho, só que ele não sabia ler.

Criança, começara a aprender a ler à maneira antiga: ave, bola, casa, mas, por causa da dificuldade de aprender, não passou do beabá, não houve jeito de entender a formação das sílabas e ficou analfabeto. Mas então resolveu aprender e pediu a um guarda o Evangelho. O guarda trouxe e Stiepan se lançou ao trabalho. Identificava as letras, mas não conseguia combiná-las. Por mais que se esforçasse para entender como as letras formavam palavras, não chegava a lugar nenhum. Ficava acordado à noite, pensando o tempo todo, não tinha vontade de comer e, como uma praga, a tristeza tomou conta de Stiepan, a tal ponto que não conseguia se livrar dela.

– Mas como assim, até agora não conseguiu? – perguntou o guarda, um dia.

– Não.

– Você sabe o pai-nosso?

– Sei.

– Então leia. Está aqui – e o guarda mostrou o pai-nosso no Evangelho.

Stiepan começou a ler o pai-nosso, comparando as letras que conhecia com os sons que já sabia. E de repente se revelou para ele o mistério da formação das sílabas e Stiepan começou a ler. Foi uma grande alegria. E desde então passou a ler, e o sentido que aos poucos ressaltava das palavras, soletradas com tanto esforço, ganhava um significado ainda maior.

O isolamento, agora, já não o oprimia e sim o alegrava. Estava sempre tomado por sua tarefa e não ficou contente quando o levaram de novo para a cela coletiva, a fim de abrir vagas para presos políticos recém-chegados.

V

Agora, já não era Tchúiev, mas Stiepan quem lia o Evangelho na cela, e enquanto alguns presos cantavam músicas obscenas, outros escutavam a leitura de Stiepan e seus comentários. Dois homens sempre o escutavam em silêncio e com atenção: Makhórkin, carrasco, homicida, condenado a trabalhos forçados, e Vassíli, preso por roubo e aguardando julgamento, que se encontravam na mesma prisão. Desde o dia em que foi para a prisão, Makhórkin exerceu seu ofício duas vezes, em ambas teve de viajar, pois no local não acharam quem executasse o que os juízes haviam sentenciado. Os camponeses que mataram Piotr Nikoláitch foram julgados por uma corte marcial e dois deles foram condenados à morte por enforcamento.

Makhórkin foi convocado para ir a Pienza a fim de exercer seu ofício. Em ocasiões anteriores, nesses casos, ele imediatamente escrevia – sabia ler e escrever muito bem – um documento para o governador em que explicava que recebera ordens para exercer seu ofício e por isso pedia às autoridades da província que lhe designassem uma verba destinada à alimentação durante a viagem; no entanto, dessa vez, para surpresa do diretor da prisão, Makhórkin comunicou que não ia para Pienza e não ia mais exercer o ofício de carrasco.

– E as chicotadas, esqueceu? – gritou o diretor da prisão.

– Tanto faz, com chicotada ou sem chicotada, não tem lei que mande matar.

– O que é isso, agora está igual ao Pelaguêiuchkin? Achou um profeta na prisão? Tome cuidado.

VI

Enquanto isso, Mákhin, o ginasiano que havia ensinado a falsificar o cupom, tinha terminado o ginásio e se formado em direito na universidade. Graças a seu sucesso com as mulheres e em especial com a ex-amante de um antigo camarada do ministro, foi nomeado juiz de instrução, ainda muito jovem. Não honrava dívidas, seduzia mulheres, jogava de modo contumaz, porém era hábil, sagaz, tinha boa memória e sabia conduzir bem seu trabalho.

Era juiz de instrução na mesma comarca onde Stiepan Pelaguêiuchkin estava sendo julgado. Ainda no primeiro interrogatório, Stiepan o deixou admirado com suas respostas simples, justas e serenas. De modo inconsciente, Mákhin sentiu que aquele homem à sua frente, preso em correntes e de cabeça raspada, que dois soldados trouxeram, vigiavam e iam levar de volta para o cárcere, era um homem totalmente livre e de uma estatura moral inacessivelmente superior à sua. Por isso, ao interrogá-lo, Mákhin não parava de se encorajar e reunir forças a fim de não se confundir nem se desorientar. O que o impressionava era o fato de Stiepan falar de seus atos como de coisas muito antigas, que não diziam respeito a ele de modo nenhum, mas a outra pessoa.

– E você não teve pena deles? – perguntou Mákhin.

– Não tive pena. Na época, eu não entendia.

– Bem, e agora?

Stiepan sorriu com tristeza.

– Agora, nem se tacassem fogo em mim eu faria aquilo.

– Por quê?

– Porque entendi que todos são irmãos.

– Então eu também sou seu irmão?

– Claro.

– Como pode? Sou seu irmão e estou condenando você a trabalhos forçados?

– É porque não entende.

– O que eu não entendo?

– Se está julgando, não entende.

– Bem, vamos prosseguir. Depois você foi para onde?...

O que mais impressionou Mákhin foi saber, por meio do inspetor, da influência de Pelaguêiuchkin sobre o carrasco Makhórkin, que, mesmo sob o risco de ser castigado, se recusou a exercer seu ofício.

VII

Numa festa na casa dos Ierópkin, onde moravam duas moças ricas e em idade de casar – ambas cortejadas por Mákhin –, depois de cantarem romanças, em que Mákhin se destacou por sua musicalidade – acompanhava ao piano e fazia uma segunda voz linda –, ele contou de modo fiel e detalhado – tinha excelente memória –, e com absoluta indiferença, o encontro com o estranho criminoso que havia convertido um carrasco. Mákhin era capaz de lembrar e transmitir tudo muito bem justamente porque era sempre de uma indiferença absoluta a respeito das pessoas com as quais lidava no trabalho. Não penetrava nem sabia penetrar no estado espiritual dos outros e por isso conseguia recordar tão bem tudo que acontecia com as pessoas, o que faziam, o que diziam. Porém Pelaguêiuchkin despertou seu interesse. Mákhin não penetrou em sua alma, no entanto, não podia deixar de se fazer uma pergunta: o que havia na alma dele? Como não achava resposta, mas sentia que era algo interessante, relatou o caso todo naquela festa: a conversão do carrasco, as histórias do inspetor sobre o comportamento estranho de Pelaguêiuchkin, como lia o Evangelho e como era forte sua influência sobre os camaradas de prisão.

Todos se interessaram pelo relato de Mákhin e, mais que todos, a caçula Liza Ierópkin, de dezoito anos, que acabara de concluir o curso do instituto e de se dar conta da obscuridade e do acanhamento das condições ilusórias em que tinha sido criada e, como quem sobe à superfície da água, sorvia sofregamente o ar fresco da vida. Passou a interrogar Mákhin, pediu detalhes sobre como e por que ocorreu tamanha transformação com Pelaguêiuchkin, e Mákhin contou o que ouvira de Stiepan sobre o último assassinato e como a resignação, a humildade e o destemor da mulher bondosa em face da morte, a última pessoa assassinada por ele, venceram Stiepan, abriram seus olhos, e depois a leitura do Evangelho fez o resto.

Naquela noite, Liza demorou muito para dormir. Já havia meses que nela se travava uma luta entre a vida mundana, para a qual a irmã a atraía, e a paixão por Mákhin, misturada com o desejo de corrigi-lo. Agora, esta última prevalecia. Já tinha ouvido falar da mulher assassinada. Mas agora, depois daquela morte horrível e do relato de Mákhin a partir das palavras de Pelaguêiuchkin, Liza passou a conhecer em detalhes a história de Mária Semiónovna e ficou impressionada com tudo que soube a respeito dela.

Liza sentiu uma tremenda vontade de ser como Mária Semiónovna. Era rica e temia que Mákhin a cortejasse por causa do dinheiro. Resolveu distribuir sua propriedade e falou sobre isso com Mákhin.

Mákhin ficou satisfeito com a oportunidade de demonstrar desinteresse e disse a Liza que a amava não pelo dinheiro e que aquela decisão generosa, assim parecia a ele, o comovia. Enquanto isso, teve início uma luta entre Liza e sua mãe (a propriedade pertencera ao pai), a qual não aceitava a partilha da propriedade. E Mákhin ajudou Liza. E quanto mais agia assim, mais ele compreendia aquele mundo de aspirações espirituais que via em Liza, um mundo muito diferente e, até então, totalmente estranho para ele.

VIII

Na cela, tudo ficou em silêncio. Stiepan estava deitado em sua cama de palha e ainda não dormia. Vassíli se aproximou, puxou seu pé e piscou o olho, num sinal para que levantasse e viesse para perto dele. Stiepan desceu da cama e chegou perto de Vassíli.

– Escute, irmão – disse Vassíli. – Faça um trabalhinho para mim, me dê uma ajuda.

– Que ajuda?

– Quero fugir.

E Vassíli revelou para Stiepan que tinha tudo pronto para fugir.

– Amanhã, vou arrumar confusão com eles – e apontou para os que estavam deitados. – Vão me acusar. Vão me transferir para cima e lá eu já sei o que fazer. Só queria que você soltasse a argola do ferrolho da porta do necrotério.

– Dá para fazer. Mas para onde você vai?

– Sei lá, qualquer lugar. Afinal, não tem gente ruim de sobra?

– É, sim, irmão, só que não cabe a nós julgar.

– Sei, mas por acaso eu sou algum assassino? Não tirei a vida de ninguém. Roubar? O que é que tem de ruim? Eles não vivem roubando a gente?

– O problema é deles. Vão ter de responder por isso.

– Mas a gente tem de ficar vendo isso de bico fechado? Olhe, já roubei uma igreja. Prejudicou alguém? Agora o que quero fazer não é roubar uma vendinha qualquer, mas pôr a mão no tesouro mesmo e depois distribuir. Para as pessoas boas.

Então um dos presos se levantou um pouco na cama de palha e ficou escutando. Stiepan e Vassíli se separaram.

No dia seguinte, Vassíli fez o que queria. Começou a reclamar do pão, disse que estava mofado, atiçou todos os presos a chamar o inspetor e fazer a reclamação. O inspetor veio, repreendeu todos e, ao saber que o causador de tudo tinha sido Vassíli, mandou levá-lo para o confinamento, numa cela solitária, no andar superior.

Era tudo que Vassíli queria.

IX

Vassíli conhecia a cela do andar superior, para onde foi levado. Conhecia o chão e, assim que chegou lá, tratou logo de rebentar o piso. Quando conseguiu se enfiar por baixo do piso, soltou algumas tábuas do teto do andar de baixo, onde ficava o necrotério, e pulou. Naquele dia, no necrotério, havia um cadáver sobre a mesa. Ali mesmo no necrotério ficavam os sacos de palha para fazer os colchões. Vassíli sabia e aquilo já estava em seus planos. A argola do ferrolho da porta tinha sido solta e estava só encostada. Vassíli saiu pela porta e entrou no banheiro em construção, no final do corredor. Dentro do banheiro, havia um buraco que ligava o terceiro andar à parte de baixo, ao porão. Depois de tatear até achar a porta, Vassíli voltou para o necrotério, tirou o pano que cobria o cadáver, frio como gelo (tocou na mão dele ao tirar o pano), depois pegou sacos, amarrou-os com nós para formar uma corda e levou essa corda de sacos para o banheiro; lá, amarrou a ponta a uma viga e desceu, agarrado à corda improvisada. A corda não alcançava o chão. Se faltava pouco ou muito, ele não sabia, mas não havia o que fazer: Vassíli ficou pendurado e saltou. Machucou o pé, mas conseguiu andar. No porão, havia duas janelas. Daria para pular, mas havia uma grade de ferro. Seria preciso arrancá-la. Com o quê? Vassíli começou a procurar, tateando. No porão, havia pedaços de tábuas. Achou um pedaço com ponta fina e, com ele, começou a arrancar os tijolos que seguravam a grade. Trabalhou muito tempo. Os galos já cantavam pela segunda vez e a grade resistia. Por fim, um lado soltou. Vassíli enfiou o pedaço de tábua por baixo e empurrou com força, a grade se soltou inteira, mas um tijolo caiu e fez barulho. As sentinelas poderiam ouvir. Vassíli ficou imóvel. Tudo era silêncio. Ele subiu na janela. Saiu. Para fugir, tinha de passar para o outro lado do muro. No canto do pátio, havia um anexo. Tinha de subir no anexo e, de lá, pular o muro. Precisava levar o pedaço de tábua. Sem isso, não poderia subir. Vassíli voltou. De novo saiu pela janela com o pedaço de tábua e ficou quieto, atento aos passos da sentinela. Como ele havia calculado, a sentinela estava caminhando pelo outro lado do pátio. Vassíli foi até o anexo, apoiou-se na tábua, subiu. A tábua escorregou, caiu. Vassíli estava de meias. Tirou as meias para firmar melhor os pés, apoiou de novo a tábua, trepou nela e se segurou numa calha com a mão. "Vamos lá, não solte, aguente." Ele se apoiou firme na calha e o joelho tocou no telhado. Chega a sentinela. Vassíli se deita e fica parado. A sentinela não vê e se afasta de novo. Vassíli dá um pulo. O ferro trepida embaixo de seus pés. Mais um passo, dois, aí está o muro. É fácil alcançar o muro com a mão. Uma mão, a outra, estica-se todo e está em cima do muro. Agora é só não se ferir, ao pular. Vassíli se vira, pendurado nas mãos, se estica, solta uma das mãos, a outra – "Deus me abençoe!". Está no chão. E a terra é mole. As pernas não quebraram e ele corre.

Num subúrbio, Malánia abre a porta e ele se enfia embaixo de um cobertor quente, feito de retalhos e saturado do cheiro de suor.

X

Grande, bonita, sempre tranquila, sem filhos, carnuda, como uma vaca que não tem filhotes, a esposa de Piotr Nikoláitch viu pela janela como mataram seu marido e o arrastaram para algum lugar no campo. Diante daquele massacre, o sentimento de horror que Natália Ivánovna experimentou (era o nome da viúva de Piotr Nikoláitch), como sempre acontece, foi tão forte que sufocou todos os outros sentimentos. Quando a multidão sumiu por trás da cerca do jardim e o rumor das vozes cessou, e quando Malánia, a criada deles, veio correndo, descalça, de olhos arregalados e, como se fosse algo alegre, deu a notícia de que tinham matado Piotr Nikoláitch e levado o corpo para um barranco, por trás do sentimento de horror outro sentimento começou a se delinear: a alegria da libertação de um déspota de olhos cobertos por óculos escuros que por dezenove anos manteve Natália na escravidão. Ela mesma se horrorizou com aquele sentimento, não o confessava nem a si mesma, muito menos o revelava a quem quer que fosse. Quando lavaram o corpo amarelo, peludo e desfigurado, o vestiram e colocaram no caixão, ela se horrorizou, chorou e soluçou. Quando veio o juiz de instrução encarregado de casos importantes e, como juiz de instrução, interrogou Natália, ela viu ali mesmo, no gabinete do juiz de instrução, dois camponeses acorrentados, acusados de serem os principais culpados. Um, já velho, de barba comprida, branca e encaracolada, tinha o rosto tranquilo, severo e bonito; o outro era de origem cigana, não era velho, tinha olhos negros e brilhantes e cabelos desgrenhados e crespos. Ela declarou o que sabia, reconheceu nos dois as pessoas que primeiro seguraram os braços de Piotr Nikoláitch e, apesar de o mujique que parecia cigano, e que a fitava com os olhos radiantes por baixo das sobrancelhas agitadas, dizer em tom de censura: "Isso é pecado, patroa! Ah, vamos morrer", apesar disso, ela não teve nenhuma pena deles. Ao contrário, no interrogatório, cresceu dentro dela um sentimento de hostilidade e o desejo de vingar-se dos assassinos do marido.

Mas quando, um mês depois, o processo foi transferido para uma corte marcial e decidiram condenar oito homens a trabalhos forçados e outros dois, o velho de barba branca e o cigano moreno, como o chamavam, a morrer na forca, ela teve uma sensação desagradável. No entanto, sob a influência da solenidade do tribunal, aquela dúvida desagradável logo passou. Se a autoridade suprema reconhecia que era necessário, então devia ser bom.

A execução tinha de ocorrer na aldeia. E, no domingo, ao voltar da missa, de vestido novo e sapatos novos, Malánia comunicou à patroa que estavam construindo uma forca, que esperavam a chegada do carrasco de Moscou na quarta-feira e que as famílias dos condenados choravam sem parar e seus gritos eram ouvidos em toda a aldeia.

Natália Ivánovna não saía de casa para não ver a forca nem o povo e só desejava uma coisa: que o que tinha de acontecer terminasse o mais rápido possível. Só pensava em si e não nos condenados nem em suas famílias.

XI

Na terça-feira, o comissário de polícia rural, conhecido de Natália Ivánovna, foi a sua casa. Natália Ivánovna ofereceu vodca e cogumelos em conserva, feitos por ela mesma. Depois de tomar vodca e comer um pouco, o policial avisou que a execução do dia seguinte não ia ocorrer.

– Como? Por quê?

– É uma história surpreendente. Não conseguiram arranjar um carrasco. Havia um em Moscou, só que ele, meu filho me contou, deu para ler muito o Evangelho e disse: "Não posso matar". O próprio carrasco já está condenado a trabalhos forçados por assassinato, mas agora, de repente, não pode matar, nem de forma legal. Disseram a ele que ia ser chicoteado. "Podem chicotear", respondeu, "eu não posso fazer isso."

Natália Ivánovna ficou vermelha de repente, e até suou com o pensamento que lhe veio à cabeça.

– E agora não é possível lhes dar o perdão?

– Perdoar como, se o tribunal condenou? Só o tsar pode perdoar.

– Mas como o tsar vai ficar sabendo?

– Eles têm direito de pedir indulto.

– Mas estão sendo enforcados por minha causa – disse a tola Natália Ivánovna. – E eu perdoo.

O comissário de polícia riu.

– Então peça o indulto.

– Pode?

– Na verdade, pode.

– Mas agora ainda dá tempo?

– Pode mandar um telegrama.

– Para o tsar?

– Claro, pode mandar para o tsar.

A notícia de que o carrasco se recusava a executar a pena e preferia sofrer um castigo a matar causou de repente uma reviravolta na alma de Natália Ivánovna, e o sentimento de angústia e horror que algumas vezes quisera se manifestar veio à tona e tomou conta dela.

– Meu caro Filip Vassílievitch, escreva o telegrama para mim. Quero pedir o indulto ao tsar.

O comissário balançou a cabeça.

– Será que isso não vai nos trazer problemas?

– Mas eu sou a responsável. Nem vou falar do senhor.

"Que mulher bondosa", pensou o comissário. "Boa mulher. Quem dera a minha fosse assim, seria um paraíso, e não o que é agora."

E o comissário escreveu o telegrama para o tsar: "A Vossa Alteza Imperial, o Soberano Imperador. Súdita fiel de Vossa Alteza Imperial, viúva do assessor colegiado Piotr Nikoláitch Sventítski, morto por camponeses, prostrando-se aos sagrados pés" (esse trecho agradou em especial ao comissário, na hora em que redigia) "de Vossa Alteza Imperial, suplico o indulto para os camponeses tal e tal, condenados à morte em tal província, em tal distrito, em tal concelho, em tal aldeia".

O telegrama foi enviado pelo próprio comissário e a alma de Natália Ivánovna ficou alegre e bem-disposta. Tinha a impressão de que, se ela, viúva do assassinado, perdoava e pedia perdão, o tsar não podia deixar de perdoar também.

XII

Liza Ierópkina vivia num estado de constante exaltação. Quanto mais avançava no caminho da vida cristã que havia se revelado para ela, mais convencida ficava de que aquele era o caminho da verdade e mais alegre ficava sua alma.

Agora tinha dois objetivos imediatos: o primeiro era converter Mákhin, ou melhor, como dizia consigo, devolver Mákhin a si mesmo, à sua natureza bondosa e bela. Liza o amava e, à luz de seu amor, se revelou para ela, na alma de Mákhin, o elemento divino, comum a todas as pessoas; no entanto, naquele fundamento da vida, comum a todas as pessoas, Liza enxergava uma bondade, uma ternura e uma elevação próprias apenas a ele. O outro objetivo de Liza era deixar de ser rica. Queria livrar-se da propriedade para testar Mákhin, mas também pelo bem da própria alma – queria agir assim para seguir as palavras do Evangelho. Começou a distribuir os bens, mas o pai a impediu e, mais do que o pai, uma multidão avassaladora de pessoas que, pessoalmente ou por carta, lhe faziam pedidos. Então ela resolveu se dirigir a um *stárets*[6] famoso por sua vida santa, pedir que ficasse com o dinheiro dela e o usasse como achasse necessário. Ao

---

6 Monge ancião, tido como sábio ou santo.

saber disso, o pai se irritou e, numa conversa ríspida com a filha, chamou-a de louca, psicopata e disse que ia tomar medidas para protegê-la de si mesma, pois estava louca.

A reação irritada e furiosa do pai contagiou Liza e, antes que tivesse tempo de se controlar, ela desatou a chorar com rancor e insultou o pai com rudeza, chamou-o de déspota e até de interesseiro.

Pediu desculpas ao pai, ele disse que não ia se zangar, mas ela viu que, no fundo, o pai estava ofendido e não a perdoava. Liza não quis falar do assunto com Mákhin. A irmã, enciumada de Mákhin, se afastou dela por completo. Liza não tinha com quem dividir seu sentimento, ninguém para se confessar.

"Tenho de me confessar a Deus", disse consigo e, como estavam na Quaresma, resolveu jejuar e, na confissão, contar tudo ao padre confessor e pedir seu conselho sobre como devia agir.

Perto da cidade, havia um mosteiro onde morava o *stárets* famoso pelo modo como vivia, pelos ensinamentos, profecias e curas atribuídas a ele.

O *stárets* recebeu uma carta do velho Ierópkin, que o prevenia da visita da filha e de seu estado anormal, perturbado, e expressava a convicção de que o *stárets* a levaria para o caminho da verdade – o meio-termo de ouro, a vida da bondade cristã, sem transgressão dos padrões vigentes.

Cansado após atender muita gente, o *stárets* recebeu Liza e começou a incutir nela a moderação, a obediência aos padrões vigentes e aos pais. Liza ouviu calada, ruborizou-se e suou, mas quando o monge terminou, ela, com lágrimas nos olhos, começou a falar, primeiro com timidez, aquilo que Cristo tinha dito: "Abandona o pai e a mãe e Me segue". Depois, animando-se cada vez mais, fez uma exposição completa da maneira como entendia o cristianismo. O *stárets*, de início, chegou a sorrir e respondeu com os ensinamentos habituais, mas depois se calou e começou a suspirar, apenas repetindo: "Ah, meu Deus".

– Muito bem, venha se confessar amanhã – disse ele e lhe deu a bênção com a mão enrugada.

No dia seguinte, o *stárets* ouviu sua confissão, prosseguiu a conversa da véspera e lhe deu a absolvição, depois de proibi-la, sem mais explicações, de dispor livremente de seus bens.

A pureza, a plena dedicação à vontade de Deus e o fervor da moça impressionaram o *stárets*. Fazia tempo que ele desejava renunciar ao mundo, mas o mosteiro exigia que continuasse em atividade. Aquela atividade gerava receitas para o mosteiro. E ele concordava, embora sentisse vagamente toda a falsidade de sua posição. Fizeram dele um santo, um milagreiro, mas era um homem fraco, seduzido pelo sucesso. E a alma daquela moça, ao se revelar para ele, havia também revelado ao *stárets* sua própria alma. E ele viu como estava longe do que desejava ser e daquilo que seu coração almejava.

Pouco depois da visita de Liza, ele se isolou num retiro e só três semanas depois foi à igreja, celebrou a missa e fez um sermão, em que se confessou arrependido, denunciou que o mundo vivia em pecado e conclamou o mundo ao arrependimento.

De duas em duas semanas, fazia um sermão. E cada vez mais gente vinha ouvir seus sermões. Sua fama de pregador se propagava mais e mais. Havia em seus sermões algo especial, corajoso, sincero. E por isso ele produzia um efeito tão forte nas pessoas.

XIII

Enquanto isso, Vassíli fazia tudo que queria. À noite, com seus camaradas, penetrou na casa de Krasnopúzov,[7] um ricaço. Vassíli sabia que o homem era avarento e devasso, subiu ao seu escritório e pegou trinta mil rublos. E Vassíli fez o que queria. Até parou de beber e deu dinheiro para noivas pobres. Arranjou casamentos, saldou as dívidas das pessoas, e tudo sem aparecer. A única preocupação era distribuir bem o dinheiro. Dava até propina para a polícia. E não o procuravam.

Seu coração estava alegre. E quando, apesar de tudo, foi preso, ele riu e se gabou no julgamento, disse que "o dinheiro do barrigudo estava mal empregado, o homem nem sabia quanto tinha, mas eu botei o dinheiro em circulação e, com ele, ajudei pessoas boas".

Sua defesa foi tão bem-humorada e simpática que os jurados quase o absolveram. Foi condenado à deportação.

Ele agradeceu e, de antemão, avisou que ia fugir.

XIV

O telegrama de Sventítskaia para o tsar não teve nenhum efeito. Na comissão de indulto, de início, resolveram que nem iam apresentar o pedido ao tsar, mas depois, durante um almoço com o soberano, quando começaram a falar sobre o caso de Sventítski, o diretor da comissão, presente ao almoço, informou que havia um telegrama da esposa da vítima.

---

7 Em russo, "barriga vermelha".

– *C'est très gentil de sa part*[8] – disse uma das damas da família do tsar.

O soberano suspirou, encolheu os ombros com as dragonas e disse:

– É a lei. – E ofereceu a taça, na qual o lacaio da corte serviu um vinho Mosela espumante.

Todos fingiram ficar admirados com a sabedoria das palavras do soberano. E não se falou mais do telegrama. E os dois mujiques – o velho e o jovem – foram enforcados, com a ajuda de um carrasco tártaro, enviado de Kazan, um assassino cruel, que praticava sexo com animais.

A velha quis vestir o corpo de seu velho com uma camisa branca, perneiras brancas e botas novas, mas não deixaram e os dois foram enterrados na mesma cova, fora do cemitério.

– A princesa Sófia Vladímirovna me contou que ele é um pregador admirável – disse, um dia, a mãe do soberano, antiga imperatriz, para seu filho. – *Faites le venir. Il peut prêcher à la cathédrale.*[9]

– Não, é melhor na igreja do palácio – respondeu o soberano, e mandou convidar o *stárets* Issidor.

Na igreja do palácio, estavam todos os generais. O novo e extraordinário pregador era um acontecimento.

Apareceu um velhinho grisalho, magricela, lançou um olhar para todos: "Em nome do Pai, do Filho e do Espírito Santo". E começou.

De início, foi bom, mas depois piorou. "*Il devenait de plus en plus agressif*",[10] como disse mais tarde a imperatriz. Ele censurou todos com veemência. Falou sobre as execuções. E atribuiu a necessidade de execuções a um mau governo. Será que num país cristão era possível matar pessoas?

Todos se entreolharam e a todos preocupava apenas a inconveniência e o fato de aquilo desagradar ao soberano, porém ninguém disse nada. Quando Issidor falou "Amém", o metropolita se aproximou dele e o chamou ao seu gabinete.

Depois da conversa com o metropolita e o procurador-geral, mandaram o velhinho imediatamente de volta para um mosteiro, não o seu e sim para o de Suzdal, onde o padre Mikhail era o superior e o diretor-geral.

---

8 "É muito gentil da parte dela".

9 "Mande que ele venha. Pode pregar na catedral".

10 "Foi ficando cada vez mais agressivo".

XV

Todos fingiram que nada de desagradável havia acontecido no sermão de Issidor e ninguém falava do assunto. O tsar tinha a impressão de que as palavras do *stárets* não haviam deixado nenhum vestígio nele, porém, ao longo do dia, se lembrou duas vezes da execução dos camponeses, cujo indulto Sventítskaia tinha pedido num telegrama. Durante o dia, houve uma parada, depois um passeio, depois a audiência com os ministros, depois o jantar e, à noite, o teatro. Como de costume, o tsar adormeceu assim que baixou a cabeça no travesseiro. Durante a noite, foi perturbado por um sonho terrível: no campo, estavam forcas, delas pendiam cadáveres, os cadáveres estavam com a língua de fora e as línguas se esticavam cada vez mais. E alguém gritou: "É obra tua, é obra tua". O tsar acordou suado e começou a pensar. Pela primeira vez, começou a pensar na responsabilidade que pesava sobre ele e todas as palavras do velhinho voltaram à sua memória...

No entanto só muito vagamente via em si um homem e não conseguia se dedicar às exigências simples de um homem, por causa das exigências que, de todos os lados, eram feitas ao tsar; e admitir que as exigências de um homem eram mais necessárias do que as exigências de um tsar estava além de suas forças.

XVI

Cumprida a segunda pena na prisão, Prokófi, aquele rapaz atrevido, orgulhoso e vaidoso, saiu de lá como um homem completamente arruinado. Sóbrio, ficava sentado sem fazer nada e, por mais que o pai o repreendesse, Prokófi comia, não queria trabalhar e além disso tentava furtar qualquer coisa na taberna, para poder beber. Ficava sentado, tossia, escarrava e cuspia. O médico que ele foi consultar auscultou seu peito e balançou a cabeça.

– Irmão, você precisa daquilo que não tem.

– É sempre assim, todo mundo sabe.

– Tome leite, não fume.

– Está na época do jejum e lá em casa não tem vaca.

Certa vez, na primavera, não conseguia dormir, estava angustiado, queria beber. Em casa, não tinha nada para tomar. Pôs o chapéu e saiu. Andou pela rua, chegou à casa dos padres. O ancinho do sacristão estava do lado de fora, encostado na cerca. Prokófi foi até lá, apoiou o ancinho nas costas para levá-lo à taverna de Petrovna. "Quem sabe ela me dá uma garrafinha." Mal havia saído quando o sacristão apareceu no alpendre. Já estava bem claro, ele viu que Prokófi estava levando seu ancinho.

– Ei, o que está fazendo?

Apareceu mais gente, pegaram Prokófi, levaram para a cadeia. O juiz de paz o condenou a onze meses de prisão.

Era outono. Levaram Prokófi para o hospital. Ele tossia e o peito se rasgava todo. Não conseguia se esquentar. Os que eram mais fortes não tremiam, apesar de tudo. Mas Prokófi tremia dia e noite. O inspetor mandara fazer economia de lenha e por isso só iam acender as lareiras do hospital em novembro. O corpo de Prokófi doía muito, porém o que mais doía era sua alma. Tudo lhe dava nojo e ele tinha ódio de todos: do sacristão, do inspetor, porque não acendia a lareira, do guarda, do vizinho de leito, que tinha o beiço inchado e vermelho. Também sentia ódio do novo condenado a trabalhos forçados que tinham levado para lá. O condenado era Stiepan. Estava com erisipela na cabeça, tinha sido transferido para o hospital e colocado no leito vizinho ao de Prokófi. No início, Prokófi teve ódio dele, mas depois passou a gostar muito de Stiepan, a tal ponto que a coisa que esperava com mais ansiedade era a hora de poder conversar com ele. Só depois da conversa a angústia no coração de Prokófi amainava.

Stiepan sempre falava com todos sobre seu último assassinato e como aquilo o havia afetado.

– Não começou a gritar nem nada – dizia Stiepan. – Ela disse: "Pode degolar. Não é de mim, mas de você que tenho pena".

– Claro, todo mundo sabe, tirar a vida de alguém é horrível, uma vez eu também tive de degolar um carneiro e não gostei nada. Eu não matei ninguém, mas em compensação esses miseráveis acabaram comigo. Não fiz mal a ninguém...

– Isso vai contar a seu favor.

– É? Onde?

– Como onde? E Deus?

– Uma coisa que ninguém vê; irmão, eu não acredito... penso assim, a gente morre... o capim cresce. E mais nada.

– Como pode pensar isso? Quanta gente matei, enquanto ela, afetuosa, só ajudava as pessoas. Como é que você pode achar que eu e ela vamos ficar juntos? Não, espere só...

– Então você acha que a gente morre e a alma fica?

– Claro. É verdade.

A morte de Prokófi foi penosa, ele sufocava. Mas na última hora, de repente, ficou aliviado. Chamou Stiepan.

– Bem, irmão, adeus. Já se vê que chegou minha morte. Eu tinha medo, mas agora, tudo bem. Só quero que não demore.

E Prokófi morreu no hospital.

XVII

Enquanto isso os negócios de Ievguiéni Mikháilovitch estavam cada vez piores. A loja foi hipotecada. As vendas não andavam. Na cidade, tinham aberto outra loja, estavam cobrando dele os juros. Era preciso pegar um empréstimo a juros outra vez. E acabou que a loja e todas as mercadorias foram levadas a leilão. Ievguiéni Mikháilovitch e a esposa correram para todo lado, mas em nenhum lugar conseguiram os quatrocentos rublos necessários para salvar o negócio.

Tinham uma pequena esperança no comerciante Krasnopúzov, cuja amante era conhecida da esposa de Ievguiéni Mikháilovitch. Mas àquela altura todo mundo na cidade sabia que tinham roubado uma grande soma de dinheiro de Krasnopúzov. Diziam que tinham roubado meio milhão.

– E sabe quem foi que roubou? – perguntou a esposa de Ievguiéni Mikháilovitch. – O Vassíli, nosso antigo zelador. Dizem que agora ele anda jogando esse dinheiro fora por aí e comprou até a polícia.

– Era um sem-vergonha – disse Ievguiéni Mikháilovitch. – Lembra como ele cometeu o crime de perjúrio com a maior calma do mundo? Eu nunca ia imaginar.

– Dizem que veio aqui nos fundos de nossa casa. A cozinheira disse que veio. Contou que ele arranjou dinheiro para catorze noivas pobres casarem.

– Sei, eles vivem inventando história.

Naquele momento, um velho estranho, com um casaco curto e esfarrapado, entrou na loja.

– O que quer?

– Uma carta para o senhor.

– De quem?

– Está escrito aqui.

– Mas não é para responder? Espere um pouco.

– Não posso.

E o homem estranho, depois de entregar o envelope, foi embora afobado.

– Que esquisito!

Ievguiéni Mikháilovitch rasgou o envelope grosso e não acreditou nos próprios olhos: notas de cem rublos. Quatro. O que é isso? E também uma carta, cheia de erros de ortografia, para Ievguiéni Mikháilovitch: “No Evangelho está dito para pagar o mal com o bem. Você me fez muito mal com o cupom e eu tive de prejudicar o mujiquezinho, mas tenho pena de você. Tome aqui quatro catarinas e se lembre de seu zelador Vassíli”.

– Não, isso é espantoso – disse Ievguiéni Mikháilovitch, para a esposa e para si. E quando se lembrava ou falava disso com a esposa, as lágrimas vinham aos olhos e sua alma se alegrava.

XVIII

Na prisão de Suzdal, havia catorze religiosos, quase todos presos por desvio da ortodoxia; para lá foi mandado também Issidor. O padre Mikhail tratou Issidor conforme o documento que havia recebido e, sem conversar com ele, mandou que ficasse isolado numa cela solitária, como se fosse um grande criminoso. Na terceira semana de permanência de Issidor na prisão, o padre Mikhail fez a visita a todos os detentos. Ao entrar na cela de Issidor, perguntou:

– Precisa de alguma coisa?

– Preciso de muita coisa, mas não posso falar disso na frente dos outros. Dê a mim uma chance de falar com você a sós.

Os dois se fitaram nos olhos e Mikhail entendeu que não tinha o que temer. Mandou que levassem Issidor à sua cela e, quando ficaram sozinhos, disse:

– Pronto, fale.

Issidor caiu de joelhos.

– Irmão! – disse Issidor. – O que está fazendo? Tenha piedade de si. Pois não existe ninguém pior do que você, ofendeu tudo o que é sagrado...

Um mês depois, Mikhail apresentou os documentos que pediam a libertação, por arrependimento, não só de Issidor como de outros sete presos, e pediu para ficar em retiro num mosteiro.

XIX

Passaram dez anos.

Mítia Smokóvnikov terminou o curso na escola técnica, era engenheiro em minas de ouro na Sibéria e ganhava um salário elevado. Teve de inspecionar uma área. O diretor mandou levar o condenado a trabalhos forçados Stiepan Pelaguêiuchkin.

– Um condenado a trabalhos forçados? Não será perigoso?

– Com ele, não tem perigo. É um homem santo. Pergunte a quem quiser.

– Então por que está aqui?

O diretor sorriu.

– Matou seis pessoas, mas é um homem santo. Eu garanto.

Então Mítia Smokóvnikov aceitou Stiepan, careca, magro, queimado de sol, e foi com ele.

No caminho, Stiepan cuidava de Smokóvnikov como se fosse seu filho, como fazia com todos, sempre que podia, e no caminho lhe contou toda a sua história. E contou como, por quê e de que ele vivia, agora.

E foi surpreendente. Mítia Smokóvnikov, que até então vivia apenas para a bebida, a comida, o baralho, o vinho, as mulheres, pela primeira vez começou a pensar na vida. E tais pensamentos não se afastavam dele e, cada vez mais, desenvolviam sua alma. Ofereceram-lhe um cargo muito mais vantajoso. Ele recusou e resolveu comprar uma propriedade com o dinheiro que possuía, casar e servir ao povo da melhor forma que pudesse.

XX

Assim fez. Mas antes foi falar com o pai, com quem tinha relações desagradáveis por causa da família nova que o pai havia formado. Mas agora resolveu se aproximar do pai. E assim fez. O pai ficou admirado, zombou do filho, mas depois parou de acusá-lo e lembrou-se das muitas e muitas vezes em que fora culpado diante do filho.

1904

ALIOCHA GORCHOK

Aliocha era o irmão caçula. Chamavam-no de Gorchok[1] porque a mãe o mandou levar um pote de leite para a esposa do diácono e ele tropeçou e quebrou o pote. A mãe bateu nele e a garotada passou a zombar do menino, chamando-o de "pote". Assim, Aliocha Gorchok se tornou seu apelido.

Aliocha era miúdo, magricela, orelhudo (as orelhas se abriam como asas) e narigudo. A garotada zombava:

– O nariz do Aliocha é que nem um cachorro em cima de um morrinho.

Tinha uma escola na aldeia, mas Aliocha não aprendeu a ler, pois não tinha tempo para estudar. O irmão mais velho morava na casa de um comerciante, na cidade, e Aliocha teve de ajudar o pai desde pequeno. Tinha seis anos e, com a irmãzinha pequena, já vigiava as ovelhas e as vacas no pasto e, um pouco mais crescido, começou a vigiar os cavalos de dia e também de noite. Aos doze anos, já arava a terra e guiava a carroça. Força não tinha, mas era jeitoso. Estava sempre alegre. A garotada zombava dele; Aliocha ficava calado ou ria. Se o pai ralhava, ele ficava calado e obedecia. E assim que paravam de ralhar, sorria e tratava de fazer o trabalho que tinha na sua frente.

Aliocha estava com dezenove anos quando mandaram seu irmão para o Exército. E o pai pôs Aliocha no lugar do irmão, na casa do comerciante, para trabalhar de zelador. Deram a Aliocha as botas velhas do irmão, um chapéu e um casaco do pai e o mandaram para a cidade. Aliocha era só alegria com suas roupas, mas o comerciante não ficou satisfeito com o aspecto de Aliocha.

– Pensei que ia mandar um homem de verdade no lugar do Semion – disse o comerciante, olhando para Aliocha. – E você me manda esse espantalho. Para que ele serve?

– É capaz de fazer tudo, põe arreios, vai a qualquer lugar a cavalo e trabalha feito uma mula; esse jeito de caniço é só aparência. É muito forte.

– Está bem, vamos ver.

– E acima de tudo, é obediente. É doido para trabalhar.

– Vou ver o que eu faço com você. Pode ficar.

E Aliocha passou a morar com o comerciante.

A família do comerciante era pequena: a esposa e sua mãe idosa, o filho mais velho, casado e de pouca instrução, que trabalhava com o pai, e outro filho, mais

---

1 Em russo, "penico", "pote de barro".

instruído, que tinha terminado o ginásio e entrado na universidade, mas tinha sido expulso e morava na casa do pai, além de uma filha que cursava o ginásio.

No início, não gostaram de Aliocha – era muito mujique, se vestia mal, não tinha boas maneiras, tratava todos por "você", mas logo se acostumaram com ele. Aliocha trabalhava ainda melhor do que o irmão. Era mesmo obediente, mandavam Aliocha cuidar de qualquer coisa e ele fazia tudo rápido e com boa vontade, passando de um serviço a outro, sem parar. E assim como acontecia em sua casa, também na casa do comerciante empurravam todo o trabalho nas costas dele. Quanto mais coisas Aliocha fazia, mais empurravam tarefas para Aliocha. A patroa, a mãe da patroa, a filha da patroa, o filho do patrão, o administrador, a cozinheira, todos mandavam Aliocha para um lado e para outro e o obrigavam a fazer ora isso, ora aquilo. Só se ouvia: "Vai correndo, irmão", ou: "Aliocha, arrume isso, vamos. O que foi, Aliocha, você esqueceu, é? Olhe lá, não vá esquecer, hein, Aliocha". E Aliocha corria, arrumava, prestava atenção e não esquecia, fazia tudo depressa e sempre rindo.

Aliocha logo arrebentou as botas do irmão, o patrão ralhou com ele por andar de botas com os dedos de fora e mandou comprarem botas novas para ele na feira. As botas eram novas e Aliocha se alegrou com elas, mas os pés continuavam os mesmos pés velhos de sempre e, à noite, se queixavam da canseira, e Aliocha se zangava com os pés. Aliocha tinha medo de que o pai, quando viesse pegar o dinheiro, ficasse zangado, porque o comerciante tinha descontado do seu salário o preço das botas.

No inverno, Aliocha se levantava antes do amanhecer, cortava lenha, depois varria o pátio, dava comida e água para a vaca e os cavalos. Depois apagava a estufa, limpava as botas e as roupas dos patrões, preparava os samovares, limpava, depois ou o administrador o chamava para pôr a mercadoria para fora ou a cozinheira o chamava para sovar massa de pão e limpar panelas. Depois mandavam Aliocha ir à cidade para entregar um bilhete, levar a filha da patroa ao ginásio, trazer azeite barato para a velha. "Onde você se meteu que demorou tanto, seu desgraçado?", lhe dizia ora um, ora outro. "Para que você vai lá? Mande o Aliocha. Aliochka! Ei, Aliochka!" E Aliocha ia correndo.

Almoçava trabalhando e raramente tinha tempo para jantar com os outros. A cozinheira ralhava com ele por não chegar na hora e comer com os outros, mas tinha pena de Aliocha e guardava alguma coisa quente para ele jantar e cear. O trabalho aumentava bastante nos feriados e nos preparativos para os feriados. Aliocha se alegrava com os feriados especialmente porque, nessa ocasião, lhe davam gorjetas, bem pouco, é verdade, chegavam só a uns sessenta copeques, mesmo assim era um dinheiro seu. Podia gastar como quisesse. Já no seu salário mesmo, ele nem punha os olhos. O pai vinha, pegava o dinheiro com o comerciante e dizia para Aliocha que dali a pouco ele ia estragar as botas de novo.

Quando Aliocha juntou dois rublos com aquele dinheiro "de gorjetas", comprou, por conselho da cozinheira, um casaco vermelho de tricô e, quando vestiu, não conseguiu parar de sorrir de satisfação.

Aliocha falava pouco e, quando falava, suas palavras eram sempre breves e entrecortadas. Quando o mandavam fazer alguma coisa ou perguntavam se podia fazer isso ou aquilo, ele sempre dizia, sem a menor hesitação:

– Para tudo tem um jeito. – E logo tratava de pôr mãos à obra e acabava fazendo.

Rezar, ele não sabia; assim que a mãe terminava de ensinar, ele logo esquecia, e mesmo assim Aliocha rezava de manhã e de noite – rezava com as mãos, fazia o sinal da cruz.

Aliocha viveu assim um ano e meio e então, na segunda metade do segundo ano, aconteceu com ele o fato mais extraordinário de sua vida. O fato foi que, para sua própria surpresa, descobriu que, entre as pessoas, além das relações que vinham da necessidade que uns têm dos outros, existia outra relação muito diferente: não era a necessidade que tem uma pessoa de que limpem suas botas, tragam as compras ou arreiem o cavalo, mas sim uma relação em que uma pessoa não é nem um pouco necessária para outra, mas tem a necessidade de servir a ela, mostrar carinho por ela; e ele, Aliocha, era essa pessoa. Descobriu isso por meio da cozinheira Ustínia. Ustiucha era órfã, jovem, tão trabalhadora quanto Aliocha. Começou a sentir pena de Aliocha e ele, pela primeira vez, sentiu que ele, ele mesmo, não seus serviços, era necessário a outra pessoa. Quando a mãe tinha pena dele, Aliocha nem notava, parecia que era assim porque tinha de ser, era a mesma coisa que ele ter pena de si mesmo. Mas de repente, agora, Aliocha via que Ustínia era uma pessoa de fora da família, e tinha pena dele, guardava comida quentinha para ele, separava papa com manteiga, e quando ele comia e limpava o queixo nas costas da mão fechada, ficava olhando para ele. E Aliocha olhava para ela de relance, e Ustínia ria e ele também ria.

Era algo tão novo e tão estranho que, de início, assustou Aliocha. Ele sentiu que aquilo atrapalhava seu trabalho, a maneira de trabalhar. Mesmo assim estava contente e, quando olhava suas calças remendadas por Ustínia, balançava a cabeça e sorria. Durante o trabalho ou na estrada, muitas vezes se lembrava de Ustínia e dizia:

– Ai, essa Ustínia!

Ustínia ajudava Aliocha como podia e ele a ajudava. Ela contou para Aliocha seu destino, como tinha ficado órfã, como foi criada pela tia, como foi deixada na cidade, como o filho do comerciante lhe disse umas bobagens e como ela deu uma boa bronca no rapaz. Ustínia adorava falar e Aliocha gostava de escutar. Ouvia dizer que, na cidade, muitas vezes acontecia de mujiques empregados nas residências casarem com as cozinheiras. E uma vez ela perguntou a Aliocha se iam casá-lo em pouco tempo. Ele respondeu que não sabia e que não tinha vontade de casar com nenhuma moça da aldeia.

– Mas, então, está de olho em quem? – perguntou Ustínia.

– Eu podia ficar com você. Eu caso, que tal? Quer?

– Puxa, cabecinha de pote de barro, que jeito você inventou de falar – disse ela, e bateu nas costas dele com um martelinho de bater carne. – E por que eu não ia querer?

Na época do Carnaval, o pai veio à cidade pegar o dinheiro. A esposa do comerciante tinha descoberto que Aleksei queria casar com Ustínia e ela não gostou daquilo. "Fica grávida e, com um filho, para que ela vai servir?" Contou para o marido.

O patrão entregou o dinheiro ao pai de Alekséiev.

– E então, meu filho vai bem? – perguntou o mujique. – Eu disse que era obediente.

– Obediente, sim, até demais, só que inventou uma bobagem. Inventou de casar com a cozinheira. E eu não quero saber de criados casados. Não vamos aceitar isso.

– Que burro, que burro, o que foi inventar agora – disse o pai. – Não se preocupe. Vou mandar que ele não faça nada disso.

O pai foi à cozinha, sentou-se diante da mesa e esperou o filho. Aliocha estava cuidando de seus afazeres e voltou correndo, ofegante.

– Pensei que você tinha a cabeça no lugar. O que inventou agora? – disse o pai.

– Eu? Nada.

– Como, nada? Quer casar. Vou casar você quando chegar a hora e vou casar você com a pessoa certa, e não com uma vagabunda da cidade.

O pai falou muito. Aliocha ficou parado, suspirando. Quando o pai terminou, Aliocha sorriu.

– Está bem, posso deixar para lá.

– Certo.

Quando o pai foi embora e Aliocha ficou sozinho com Ustínia, disse para ela (Ustínia estava atrás da porta e tinha ouvido o pai falar com o filho):

– O nosso trato não vai poder ser. Você ouviu? Ele ficou com raiva, não deixa.

Ustínia começou a chorar, em silêncio, a cara no avental. Aliocha estalou a língua.

– A gente tem de obedecer. Claro, tem de deixar para lá.

À noite, quando a esposa do comerciante chamou Aliocha para fechar as venezianas, ela lhe disse:

– Então, obedeceu ao pai? Largou essa bobagem?

– Claro, larguei – respondeu Aliocha, riu, e na mesma hora começou a chorar.

Desde então, Aliocha não falou mais com Ustínia sobre casamento e continuou a viver como antes.

Tempos depois, o administrador mandou Aliocha remover a neve do telhado. Ele subiu no telhado, limpou tudo, começou a soltar a neve congelada nas calhas, os pés escorregaram e ele caiu com a pá. Por azar, não caiu sobre a neve, mas em cima da porta de saída, revestida de ferro. Ustínia e a filha da patroa foram correndo.

– Se machucou, Aliocha?

– Pois é, machuquei. Não foi nada.

Quis levantar, mas não conseguiu e começou a sorrir. Carregaram Aliocha para o quarto do zelador. Veio um enfermeiro. Examinou e perguntou onde doía.

– Está doendo tudo, mas não é nada, não. Só que o patrão vai ficar zangado. Tem de avisar meu pai.

Aliocha ficou de cama dois dias inteiros e, no terceiro, chamaram o padre.

– Mas o que é isso? Será que você vai morrer? – perguntou Ustínia.

– E o que é que tem? Por acaso a gente vive para sempre? Um dia tem de ser – respondeu Aliocha, depressa, como sempre. – Obrigado, Ustínia, por ter pena de mim. Olhe, no final foi melhor mesmo não deixarem a gente casar, senão, no que ia dar? Agora, tudo está melhor.

Rezou com o padre só com as mãos e o coração. E dentro do coração o que estava era que assim como aqui é bom, se a gente obedece e não ofende, no outro mundo também vai ser bom.

Falou pouco. Só pedia para beber e estava admirado com alguma coisa.

Ficou admirado com alguma coisa, esticou-se e morreu.

1905

KORNEI VASSÍLIEV

I

Kornei Vassíliev tinha cinquenta e quatro anos quando foi à aldeia pela última vez. Não havia ainda nenhum fio branco nos densos cabelos encaracolados e só na parte alta da barba preta, embaixo dos olhos, havia algum grisalho. O rosto era liso e rosado, a nuca larga e robusta e todo o seu corpo forte era envolvido em gordura, por causa da vida de fartura da cidade.

Vinte anos antes, havia deixado o serviço militar e voltara do Exército com dinheiro. No início, montou uma venda, depois largou a venda e começou a negociar com gado. Viajava para a Circássia para pegar a "mercadoria" (o gado) e levava para Moscou.

Na aldeia de Gai, em sua casa de pedra com telhado de ferro, moravam a velha mãe, a esposa e dois filhos (um menino e uma menina), além de um sobrinho órfão, mudo, de quinze anos, e um empregado. Kornei casou duas vezes. A primeira esposa era fraca, doente, morreu sem filhos e ele, um viúvo já de certa idade, casou com uma bonita moça saudável, filha de uma viúva pobre de uma aldeia vizinha. Seus filhos eram da segunda esposa.

Kornei vendeu em Moscou a última "mercadoria" com tanto lucro que acumulou quase três mil rublos. Tendo sabido por um conterrâneo que, perto da aldeia dele, um proprietário arruinado estava vendendo um bosque em condições vantajosas, teve a ideia de negociar também aquela floresta. Conhecia aquele ramo de negócio, pois ainda antes do serviço militar tinha trabalhado como ajudante do administrador de um comerciante de madeira.

Na estação da estrada de ferro, onde os passageiros desembarcavam do trem para ir para Gai, Kornei encontrou um conterrâneo de Gai, o manco Kuzmá. Ele vinha de Gai para ver o desembarque de todo trem que chegava, na esperança de conseguir passageiros para seu trenó, puxado por uma péssima parelha de pangarés peludos. Kuzmá era pobre e por isso detestava todos os ricos, especialmente o ricaço Kornei, que ele conhecia como Korniúchka.

De paletó e casaco de pele de ovelha, com uma maleta na mão, Kornei saiu no alpendre da estação e, depois de estufar a barriga, parou, bufando e olhando para os lados. Era de manhã. O tempo estava sereno, cinzento, com uma leve friagem.

– O que houve? Não achou passageiros, tio Kuzmá? – perguntou. – Não quer me levar?

– Claro, me dá um rublozinho. Eu levo.

– Por setenta copeques está feito.

– A barriga toda estufada e ainda quer tirar trinta copeques de um pobre.

– Bem, está certo, vamos lá, que seja – disse Kornei. E, colocando a mala e uma trouxa no pequeno trenó, sentou-se esparramado no banco de trás.

Kuzmá ficou na boleia.

– Muito bem. Toque os cavalos.

Deixaram os buracos em frente à estação e tomaram uma estradinha lisa.

– E então, como vão as coisas com você, não com a gente, mas com você, na aldeia? – perguntou Kornei.

– De bom, tem pouca coisa.

– Ah é? E a minha velha está viva?

– A velha está viva, sim. Outro dia mesmo estava lá na igreja. Sua velha está vivinha. E também a sua jovem patroa. Ela andou fazendo das suas. Contratou um empregado novo.

E Kuzmá deu uma risada esquisita, foi o que pareceu a Kornei.

– Que empregado? O que houve com o Piotr?

– Piotr ficou doente. Ela contratou o Evstígniei Biéli, de Kamienka – disse Kuzmá –, quer dizer, da sua própria aldeia.

– Mas como? – perguntou Kornei.

Ainda no tempo em que Kornei casou com Marfa, as mulheres já falavam de Evstígniei.

– Pois é, Kornei Vassílitch – disse Kuzmá. – A mulherada hoje em dia manda e desmanda.

– Nem me fale! – exclamou Kornei. – E a sua velha ficou bem grisalha – acrescentou, querendo mudar de assunto.

– Eu mesmo não sou mais jovem. Que nem o patrão – exclamou Kuzmá em resposta às palavras de Kornei, e deu uma lambada no cavalinho castrado, peludo e de perna torta.

No caminho, havia uma estalagem. Kornei mandou parar e entrou. Kuzmá conduziu os cavalos para um cocho vazio e ajeitou os arreios, sem olhar para Kornei e esperando que ele o chamasse.

– Vem cá, tio Kuzmá – disse Kornei, saindo para o alpendre. – Vem tomar um copinho.

– Claro, já vou – respondeu Kuzmá, fingindo não ter pressa.

Kornei pediu uma garrafa de vodca e levou para Kuzmá. Como não tinha comido nada desde a manhã, na mesma hora Kuzmá ficou embriagado. E assim que ficou embriagado, começou a contar para Kornei, em sussurros, inclinado para ele, o que andavam falando na aldeia. Diziam que Marfa, esposa de

Kornei, tinha contratado como empregado um antigo namorado e que agora vivia com ele.

– Não é da minha conta. Mas tenho pena de você – disse Kuzmá, embriagado. – Só que não acho certo o povo ficar zombando. É claro que não têm medo do pecado. Pois esperem só, eu disse para eles. Vocês vão ver, no dia em que ele chegar. Ele não é de brincadeira, irmãos, o Kornei Vassílitch, não, senhor.

Em silêncio, Kornei escutava o que Kuzmá dizia e as sobrancelhas espessas se abaixavam cada vez mais sobre os cintilantes olhos pretos como carvão.

– Então, vai dar de beber aos cavalos? – disse ele apenas, quando a garrafa ficou vazia. – Senão, é melhor seguirmos viagem.

Pagou ao dono da estalagem e foi para fora.

Chegou em casa já no pôr do sol. Primeiro, encontrou o próprio Evstígniei Biéli, que Kornei não tinha conseguido tirar do pensamento durante toda a viagem. Kornei cumprimentou-o. Ao ver o rosto descarnado e o cabelo louro desbotado do afoito Evstígniei, Kornei se limitou a balançar a cabeça, perplexo. "Mentiu, o cachorro velho", pensou, tendo em mente as palavras de Kuzmá. "Mas quem vai saber? Logo vou descobrir."

Kuzmá estava parado junto aos cavalos e piscou um olho para Evstígniei.

– Quer dizer que está morando conosco, é? – perguntou Kornei.

– Pois é, a gente tem de trabalhar em algum lugar – respondeu Evstígniei.

– E está aquecida a sala?

– Claro. Matviévna está lá – respondeu Evstígniei.

Kornei subiu na varanda. Marfa, tendo ouvido vozes, foi à entrada, viu o marido, se entusiasmou, correu e o cumprimentou com um carinho especial.

– Já não aguentávamos mais de tanto esperar – disse ela, e entrou na sala, atrás de Kornei.

– E então, como passaram sem mim?

– Estamos todos como antes – respondeu ela e, segurando pela mão a filhinha de dois anos, que se agarrava à sua saia e pedia leite, foi para o vestíbulo em passadas largas e resolutas.

Kornéieva, mãe de Kornei, com olhos pretos como os dele, entrou na sala arrastando com dificuldade os pés metidos em botas de feltro.

– Obrigada por vir nos visitar – disse ela, balançando a cabeça trêmula.

Kornei explicou à mãe os negócios de que tinha ido tratar e, lembrando-se de Kuzmá, foi levar o dinheiro para ele. Assim que abriu a porta do vestíbulo, viu Marfa e Evstígniei bem na sua frente, parados junto à porta de saída. Estavam perto um do outro e ela lhe dizia alguma coisa. Ao ver Kornei, Evstígniei foi para fora, enquanto Marfa se aproximou para ajeitar a chaminé que estava chiando em cima do samovar.

Kornei passou por trás das costas curvadas da esposa sem dizer nada, pegou a trouxa e chamou Kuzmá para beber chá no salão. Antes do chá, Kornei distribuiu os embrulhos que trouxera de Moscou para os familiares: o xale de lã para a mãe, um livrinho com ilustrações para Fiédka, um paletozinho para o sobrinho mudo e uma estampa de vestido para a esposa.

Durante o chá, Kornei ficou sentado de sobrancelhas franzidas e não falou nada. Só de vez em quando, e de má vontade, sorria, olhando para o mudo, que divertia todos com sua alegria. Não cabia em si de tanto contentamento com o paletó. Dobrava e desdobrava o paletó, vestia e beijava a própria mão, olhava para Kornei, e sorria.

Depois do chá, Kornei foi imediatamente para o cômodo onde dormia com Marfa e a filha pequena. Marfa ficou no salão para arrumar a louça. Kornei sentou-se sozinho à mesa, apoiado nos braços, e esperou. O rancor pela esposa se revolvia, cada vez mais, dentro dele. Pegou o ábaco que estava pendurado na parede, tirou do bolso um caderninho de anotações e, a fim de distrair os pensamentos, começou a fazer contas. Fazia contas olhando para a porta e ouvindo as vozes no salão.

Ouviu a porta abrir algumas vezes e alguém ir para o vestíbulo, mas nunca era ela. Por fim, ouviu os passos da esposa, a porta sacudiu, abriu e ela, corada, bonita, num xale vermelho, entrou com a menina nos braços.

– A viagem deve ter deixado você exausto – disse, sorrindo, como se não percebesse o ar sombrio do marido.

Kornei olhou para ela um momento e recomeçou a fazer contas, apesar de não ter nada para calcular.

– Já não é cedo – disse ela e, baixando a menina dos braços, foi para trás da divisória.

Ele ouviu como ela arrumava a cama e punha a filhinha para dormir.

"As pessoas estão zombando", lembrou-se das palavras de Kuzmá. "Esperem só para ver...", pensou Kornei, controlando com dificuldade a respiração e, com um movimento vagaroso, levantou-se, enfiou um lápis roído no bolso do colete, pendurou o ábaco no prego, tirou o casaco de pele e foi na direção da divisória. Ela estava com o rosto voltado para os ícones e rezava. Ele parou, à espera. Ela se benzia demoradamente, se curvava e falava as preces num sussurro. Kornei teve a impressão de que a esposa já havia rezado todas as preces fazia muito tempo e estava repetindo de propósito. Então ela baixou a cabeça até o chão, levantou-se, sussurrou umas palavras de prece para si e virou o rosto para ele.

– A Agachka já está dormindo – disse, apontando para a menina e, sorrindo, sentou-se na cama, que rangeu.

– Evstígniei está aqui há muito tempo? – perguntou Kornei, entrando pela porta.

Com um movimento tranquilo, ela acomodou uma trança grossa por cima do ombro e sobre o peito e, com dedos ligeiros, começou a desmanchá-la. Olhava direto para o marido e seus olhos riam.

– O Evstígniei? Ah, quem sabe? Umas duas semanas, talvez três.

– Você vive com ele? – perguntou Kornei.

Ela soltou a trança, mas logo segurou de novo os cabelos espessos e duros e recomeçou a trançar.

– O que falta essa gente inventar? Se eu vivo com Evstígniei? – disse ela, pronunciando de forma especialmente sonora o nome Evstígniei. – Inventam tudo! Quem falou isso para você?

– Diga: é verdade ou não? – perguntou Kornei e, nos bolsos, cerrou os punhos vigorosos.

– Para que perder tempo com bobagens? Vai tirar as botas?

– Fiz uma pergunta – repetiu ele.

– Era só o que faltava. Eu ter interesse por Evstígniei – disse ela. – Mas quem foi que mentiu para você?

– O que você estava falando com ele, na porta?

– O que falei? Falei que era preciso pregar o arco do barril. Mas o que deu em você para me atormentar?

– Eu ordeno: diga a verdade. Eu te mato, canalha imunda.

Agarrou-a pela trança.

Ela tirou a trança de sua mão; o rosto dela estava contraído de dor.

– Por qualquer coisa você quer logo brigar... O que foi que vi de bom em você? Não sei mais o que fazer dessa vida.

– O que fazer? – exclamou ele, avançando para ela.

– Por isso puxou minha trança? Olhe, ficou tudo bagunçado. O que deu em você? Mas é verdade que...

Não terminou de falar. Ele a segurou pelo braço, puxou-a da cama e começou a bater na cabeça, nos lados, no peito. Quanto mais batia, mais a raiva aumentava dentro dele. A esposa gritava, se defendia, queria fugir, mas ele não a soltava. A menina acordou e correu para a mãe.

– Mamãe – berrou.

Kornei agarrou a menina pelo braço, separou-a da mãe e, como se fosse um gatinho, jogou-a para o canto. A menina deu um gemido e, segundos depois, não se ouviu mais nada.

– Bandido! Matou a menina – gritou Marfa e quis ir para perto da filha.

Mas ele a agarrou de novo e bateu no peito com tanta força que ela caiu de costas e também parou de gritar. Só a menina recomeçou a gritar desesperada, sem parar para respirar.

A velha, sem xale, com os cabelos grisalhos desgrenhados, a cabeça trêmula, arrastando os pés, entrou no quarto e, sem olhar para Kornei nem para Marfa, se aproximou da neta, afogada em lágrimas de desespero, e levantou-a.

Kornei estava de pé, ofegante, e olhava em volta, como se estivesse entorpecido, sem entender onde estava e quem estava com ele.

Marfa levantou a cabeça e, gemendo, enxugou com a blusa o rosto ensanguentado.

– Maldito desgraçado! – exclamou. – Eu vivo com Evstígniei e sempre vivi. Sim, me bata até a morte. E Agachka não é sua filha; ele é o pai – disse, falando depressa e cobrindo o rosto com o braço, à espera de uma pancada.

Mas Kornei, como se não estivesse entendendo nada, apenas fungava e olhava em volta.

– Olhe o que você fez com a menina: quebrou o braço – disse a velha, mostrando a ele o bracinho pendente e torcido para fora da menina, que não parava de dar gritos engasgados. Kornei virou-se e saiu em silêncio para o vestíbulo e depois para a varanda.

Lá fora, tudo continuava cinzento e gelado. A neve e a geada batiam nas bochechas e na testa, que queimavam. Sentou-se num degrau e comeu punhados de neve, que apanhava no corrimão. Pela porta, ouvia que Marfa gemia e a menina chorava de dar pena; depois a porta do vestíbulo se abriu e ele ouviu que sua mãe e a menina saíram do quarto, atravessaram o vestíbulo e foram para o salão. Kornei levantou-se e entrou no quarto. O lampião com quebra-luz iluminava pouco, sobre a mesa. Por trás da divisória, se ouviam os gemidos de Marfa, que aumentaram assim que ele entrou. Kornei vestiu-se calado, pegou a mala embaixo do banco, colocou suas coisas dentro dela e amarrou-a com uma corda.

– Por que me matou? Por quê? O que fiz a você? – disse Marfa com voz de dar pena. Sem responder, Kornei levantou a mala e levou para a porta. – Condenado. Bandido! Espere só para ver. Acha que não vai ser preso? – exclamou ela com uma voz raivosa e muito diferente.

Sem responder, Kornei empurrou a porta com o pé e bateu-a com tanta força que as paredes tremeram.

Ao entrar no salão, Kornei voltou um pouco a si e mandou atrelar o cavalo. O mudo, que acabara de acordar, olhava espantado para o tio, com ar interrogativo, e repuxava os cabelos com as duas mãos. Tendo afinal compreendido o que queriam dele, deu um pulo, calçou as botas de feltro, o casaco de pele rasgado, pegou o lampião e foi para o pátio.

Já estava claro quando Kornei saiu pelo portão no trenó com o mudo e voltou pelo mesmo caminho que tinha feito na véspera, com Kuzmá.

Chegou à estação cinco minutos antes da partida do trem. O mudo viu como ele comprou a passagem, pegou a mala e sentou-se dentro do vagão, de cabeça baixa, e como o vagão rolou em frente e sumiu de vista.

Marfa, além das pancadas no rosto, fraturou duas costelas e partiu a cabeça. No entanto a mulher, jovem e saudável, em meio ano estava recuperada, só restaram algumas marcas das pancadas. Mas a menina ficou aleijada para sempre. Teve dois ossos do braço fraturados e o braço ficou torto.

Quanto a Kornei, desde que foi embora, ninguém nunca mais ouviu falar dele. Ninguém sabia se estava vivo ou morto.

II

Passaram dezessete anos. Era um outono nebuloso. O sol subia pouco e antes das quatro horas da tarde já estava quase escuro. O rebanho de Andréievka estava voltando para a aldeia. O pastor, depois de cumprir seu turno de trabalho, tinha ido embora e só ia voltar na véspera do jejum, e as mulheres e as crianças que estavam de serviço tocavam o gado.

Mal o rebanho saiu do restolho de aveia para a estrada grande, enlameada, de terra preta, marcada por cascos bipartidos e riscada por sulcos, seguiu rumo à aldeia, com mugidos e balidos incessantes. Pela estrada, à frente do rebanho, ia andando um velho alto, de barba grisalha e cabelos grisalhos cacheados, num casaco caseiro e remendado, escurecido pela chuva, de chapéu grande e com um saco de couro nas costas arqueadas; só as sobrancelhas espessas eram pretas. Ele andava na lama, movendo com esforço as botas molhadas, grosseiras, arrebentadas, de bico aberto, e a cada passo se apoiava num cajado de carvalho. Quando o rebanho o alcançou, o velho parou, apoiando-se no cajado. Tocando os animais, vinha uma mocinha com um pano de aniagem cobrindo a cabeça, saia arregaçada e botas de mujique, e corria de um lado da estrada para outro em passos ligeiros, cuidando de juntar as ovelhas e os porcos que ficavam para trás. Ao passar pelo velho, parou, olhando para ele.

– Boa tarde, vovô – disse com voz sonora, fresca e jovem.

– Boa tarde, menina – respondeu o velho.

– Não vai passar a noite com a gente?

– É, parece que sim. Estou exausto – disse o velho com voz rouca.

– Vovô, não precisa ir à delegacia rural – disse a mocinha, em tom carinhoso. – Vá direto a nossa casa, a terceira isbá a partir da ponta da aldeia. Minha sogra deixa entrar pessoas de fora.

– A terceira isbá. Quer dizer, a de Zinóviev? – perguntou o velho, movendo as sobrancelhas pretas de modo expressivo.

– Ora, você conhece?

– Conheci.

– O que está fazendo, Fiéduchka, está babando... e mancando desse jeito acabou ficando para trás – gritou a mocinha, apontando para uma ovelha manca, de três patas, que tinha ficado para trás, e, erguendo uma vara na mão direita e, com o braço esquerdo torto, estranhamente baixo, prendendo o pano de aniagem sobre a cabeça, correu para trás, na direção da ovelha preta, molhada e manca.

O velho era Kornei. A moça era a própria Agachka, cujo braço ele havia quebrado dezessete anos antes. Tinha casado e trabalhava para uma família rica de Andréievka, a quatro verstas de Gai.

III

De homem forte, rico, orgulhoso, Kornei Vassíliev se tornara aquilo que era agora: um velho mendigo que não possuía nada senão as esfarrapadas roupas do corpo, uma carteira de identidade militar e duas camisas na bolsa. Toda essa transformação ocorreu de modo tão gradual que nem ele poderia dizer quando começou e quando terminou. A única coisa que sabia, e de que estava firmemente convencido, era que a culpa de sua desgraça era de sua esposa malvada. Ele achava estranho e doloroso recordar o que tinha sido antes. E quando a lembrança vinha, Kornei se lembrava com ódio daquela que ele considerava a causa de todo o mal que tinha sofrido naqueles dezessete anos.

Na noite em que espancou a esposa, ele foi à casa do senhor de terras que estava vendendo um bosque. Não pôde comprar o bosque. Já tinha sido vendido. Kornei Vassíliev voltou para Moscou e lá desandou a beber. Já bebia antes, mas dessa vez ficou duas semanas inteiras embriagado e, quando se recuperou, foi para o campo a fim de comprar gado. A compra não foi bem-sucedida e ele teve prejuízo. Viajou uma segunda vez. E a segunda compra também não deu certo. E depois de um ano, dos três mil rublos que possuía, só restavam vinte e cinco rublos e ele teve de trabalhar como empregado. Antes, já bebia, mas agora passara a beber cada vez mais.

No início, por um ano, foi administrador de um criador de gado, mas bebia demais e o patrão o demitiu. Depois, graças a um conhecido, arranjou um emprego de vendedor de vinho, mas também não ficou muito tempo. Ele se embrulhava nas contas e o mandaram embora. Tinha vergonha de voltar para casa e a raiva o dominava. "Que se virem sem mim. Além do mais, a menina nem é minha filha", pensou.

Tudo andava de mal a pior. Sem bebida, ele não conseguia viver. Já se empregava não como administrador, mas como condutor de carro de boi, e depois nem essa obrigação ele era capaz de cumprir. Quanto pior sua situação, mais culpava a esposa e mais se inflamava a raiva que sentia contra ela.

Na última vez, Kornei se empregou de condutor de carro de boi com um patrão desconhecido. O boi se machucou. Kornei não teve culpa, mas o patrão se enfureceu e demitiu Kornei e também o administrador. Ninguém queria lhe dar emprego e Kornei resolveu caminhar sem rumo. Fez ele mesmo um bom par de botas, uma bolsa, pegou chá, açúcar, oito rublos e partiu para Kíev. Não gostou de Kíev e seguiu para o Cáucaso, para Nova Athos. Antes de chegar a Nova Athos, teve uma febre. Enfraqueceu de repente. De seu dinheiro, só restavam um rublo e setenta copeques, não havia mais ninguém que ele conhecesse e então resolveu ir para a casa do filho. "Quem sabe, talvez ela tenha morrido, a minha miserável", pensou. "Se estiver viva, tanto melhor, pois vou lhe contar tudo o que fez comigo, para que a desalmada fique sabendo, antes da morte", pensou, e foi para casa.

A febre o fez tremer o dia inteiro. Ficou cada vez mais fraco, já não conseguia andar mais de dez ou quinze verstas por dia. Antes de percorrer as duzentas verstas até sua casa, o dinheiro terminou e ele passou a pedir esmola e dormir na delegacia rural. "Alegre-se, veja o que fez de mim!", pensava em dizer para a esposa e, por um costume antigo, as mãos velhas e fracas cerravam os punhos. Mas não tinha em quem bater e os punhos cerrados já não tinham força.

Percorreu as duzentas verstas em duas semanas e, muito doente e fraco, alcançou aquele lugar, a quatro verstas de casa, onde, sem a reconhecer e sem ser reconhecido, encontrou a mesma Agachka que ele achava não ser sua filha e cujo braço ele havia quebrado.

IV

Kornei fez o que Agáfia lhe disse. Ao chegar à casa de Zinóviev, foi convidado a pernoitar ali. Eles o receberam.

Ao entrar na isbá, se benzeu diante dos ícones, como sempre fazia, e cumprimentou os anfitriões.

– Está congelado, vovô! Vá, vá para perto da estufa – disse a dona da casa, velha, alegre e enrugada, encolhida junto à mesa.

O marido de Agáfia, um mujique jovenzinho, estava sentado num banco perto da mesa e ajeitava o lampião.

– Como está molhado, vovô! – disse ele. – Desse jeito, não dá. Seque aí!

Kornei tirou a roupa, as botas, pendurou as perneiras junto à estufa e subiu na estufa.

Agáfia entrou com uma jarra na isbá. Já havia conseguido recolher o rebanho e preparar os animais.

– Não veio aqui um velho forasteiro? – perguntou ela. – Mandei que viesse para cá.

– Olhe ele lá – disse o dono da casa, apontando para o alto da estufa, onde Kornei estava sentado, esfregando as pernas peludas e descarnadas.

Os anfitriões chamaram também Kornei para o chá. Ele desceu da estufa e sentou na ponta do banco. Deram a ele uma xícara e um pedaço de açúcar.

Conversaram sobre o tempo, a colheita. Não tinha como transportar o cereal do campo. Os feixes de cereal ceifado dos senhores de terras estavam dando brotos no campo. Toda vez que começavam a carregar as carroças, caía chuva de novo. Os mujiques retiraram o seu. Mas o dos senhores de terras estava apodrecendo aos montes. E nos feixes havia ratos de meter medo.

Kornei contou que, na estrada, tinha visto um campo inteiro cheio de feixes amontoados. A mocinha encheu para ele uma quinta xícara de chá amarelo e ralo e serviu.

– Não tem importância. Beba, vovô, faz bem – disse ela, em resposta à recusa dele.

– O que houve com esse seu braço defeituoso? – perguntou ele, enquanto recebia com cuidado a xícara cheia, mexendo as sobrancelhas.

– Quebraram quando ainda era criança – disse a sogra, que gostava de falar. – Foi o pai dela que quis matar a nossa Agachka.

– Mas como foi isso? – perguntou Kornei. E, olhando para o rosto da mocinha, lembrou-se de repente de Evstígniei Biéli, com seus olhos azuis, e a mão que segurava a xícara tremeu tão forte que derramou metade do chá, enquanto a colocava sobre a mesa.

– Lá em Gai, havia um homem chamado Kornei Vassíliev. Era rico. Ficou chateado com a esposa. Deu uma surra na mulher e aleijou a menina desse jeito.

Kornei ficou calado, olhando ora para a dona da casa, ora para Agachka, por baixo das sobrancelhas negras, franzidas, que se mexiam.

– Por quê? – perguntou ele, mordendo o torrão de açúcar.

– Quem sabe? Todo mundo fala qualquer coisa de nossa irmã, quem vai saber? – respondeu a velha. – Houve alguma coisa lá por causa de um empregado. O empregado era um bom rapaz da nossa aldeia. Ele também morreu na casa deles.

– Morreu? – perguntou de repente Kornei e tossiu.

– Morreu faz tempo... Nós trouxemos a menina para casar. Viviam bem. Eram os mais importantes no povoado. Enquanto o dono da casa morou lá.

– E o que houve com ele? – perguntou Kornei.

– Também deve ter morrido. Foi embora desde aquele tempo. Já faz uns quinze anos.

– Não sei mais nada, mamãe só me disse que depois disso parou de me amamentar.

– Mas você não ficou magoada com ele porque seu braço... – Kornei começou a perguntar e foi interrompido por soluços.

– Não, afinal é meu pai, não é nenhum estranho. Tome mais chá, está com frio. Quer que ponha mais?

Kornei não respondeu e, soluçando, chorou.

– O que você tem?

– Nada, não ligue, que Cristo nos salve.

E Kornei, com as mãos trêmulas, agarrou-se ao jirau de tábuas sobre a estufa e à coluna que as escorava e, com as pernas magras e grandes, subiu para deitar ali.

– Ora, vejam só – disse a velha para o filho, piscando o olho na direção do velho.

V

No dia seguinte, Kornei acordou mais cedo do que os outros. Desceu da estufa, amarrou as perneiras secas; com esforço, calçou as botas endurecidas e pôs a bolsa nas costas.

– Mas, vovô, não vai comer com a gente? – perguntou a velha.

– Deus nos salve. Vou embora.

– Então leve uma panqueca de ontem. Vou pôr na sua bolsa.

Kornei agradeceu e se despediu.

– Passe aqui quando voltar, ainda vamos estar vivos...

Do lado de fora, havia uma densa neblina de outono que encobria tudo. Mas Kornei conhecia bem o caminho, conhecia toda descida e subida, cada arbusto e todo salgueiro pela estrada, os bosques à direita e à esquerda, embora em dezessete anos tenham derrubado alguns bosques e outros se formaram dos velhos, e aqueles que antes eram novos agora tinham ficado velhos.

A aldeia de Gai estava igual a antes, só que na periferia tinham sido construídas casas novas, como antigamente não se fazia. As casas de madeira passaram a ser de tijolos. Sua casa de pedra estava igual, só que mais velha. Fazia muito tempo que não pintavam o telhado, no canto havia tijolos quebrados e o alpendre estava torto.

Na hora em que ele se aproximava de sua antiga casa, pela porteira rangente estavam saindo uma égua, um potro, um velho cavalo ruão castrado e um cavalo de três anos. O ruão velho era muito parecido com a égua prenhe que Kornei tinha trazido de uma feira, um ano antes de ir embora de casa.

"Deve ser aquele mesmo que ela trazia na barriga, na época. Tem a mesma anca meio caída, o mesmo peito largo e as pernas peludas", pensou.

Um menino de olhos pretos, com alparcatas de palha novas, tocava os cavalos para o bebedouro. "Deve ser meu neto, o filho de Fiédka, tem os mesmos olhos pretos dele", pensou Kornei.

O menino observou o velho desconhecido e correu atrás do potro de um ano, que dava pinotes na lama. Atrás do menino, veio um cachorro correndo, tão preto quanto o antigo Voltchok.[1]

"Será o Voltchok?", pensou. E lembrou que o cachorro teria vinte anos.

Kornei se aproximou do alpendre e, com dificuldade, subiu os degraus em que havia sentado, naquele dia, mastigando a neve do corrimão, e abriu a porta para o vestíbulo.

– Onde já se viu entrar sem pedir licença? – gritou uma voz de mulher, na isbá. Ele reconheceu a voz. E então ela própria, uma velha seca, forte, enrugada, apareceu na porta. Kornei esperava a bela e jovem Marfa que o havia ofendido. Tinha ódio dela e queria acusá-la, mas de repente, em seu lugar, na frente de Kornei, surgiu uma velha. – Para pedir esmola, fique na janela – exclamou com voz esganiçada, cortante.

– Não vim pedir esmola – disse Kornei.

– Então o que você quer? O que é?

De repente, ela ficou parada. E em seu rosto, ele viu que ela o havia reconhecido.

– Não interessa por onde andou. Vá embora, vá embora. Vá com Deus.

Kornei apoiou as costas na parede, escorando-se no cajado, olhou fixamente para a mulher e, com surpresa, sentiu que em sua alma não existia a raiva que ele havia alimentado por tantos anos, mas sim uma espécie de fraqueza comovida, que de repente o dominou.

– Marfa! Vamos morrer.

– Vá embora, vá embora, vá com Deus – disse ela, depressa, com rancor.

– Não tem mais nada a dizer?

---

1 "Lobinho".

– Não tenho nada para dizer – respondeu ela. – Vá com Deus. Vá, vá embora. Tem muitos que nem você, pobres-diabos, vagabundos, sem casa.

E voltou para dentro da isbá em passos ligeiros e bateu a porta.

– Para que brigar? – soou a voz de um mujique e, pela porta, com um machado na cintura, entrou um mujique moreno, tal como era Kornei quarenta anos antes, só que mais baixo e mais magro, porém com os mesmos olhos pretos e brilhantes.

Era o mesmo Fiédka, a quem ele dera de presente um livro ilustrado, dezessete anos antes. Era ele que censurava a mãe por não ter pena do mendigo. Junto, também com um machado na cintura, entrou o sobrinho mudo. Agora era um homem adulto, forte, de barba rala, rosto enrugado, pescoço comprido e olhar decidido, atento e penetrante. Os dois mujiques apenas tinham ido almoçar e voltavam para o bosque.

– Espere um pouco, vovô – disse Fiódor e, para o mudo, apontou primeiro para o velho e depois para a sala e fez com a mão o gesto de cortar pão.

Fiódor foi para o lado de fora e o mudo voltou para dentro da isbá. Kornei continuava de pé, de cabeça baixa, encostado na parede e escorado no cajado. Sentia uma grande fraqueza e, com dificuldade, continha o choro. O mudo voltou da isbá com um grande pedaço de pão preto, fresco e cheiroso, fez o sinal da cruz e entregou para Kornei. Quando Kornei recebeu o pão e também fez o sinal da cruz, o mudo virou-se para a porta da isbá, passou as duas mãos pela cara e fingiu que cuspia. Com isso, exprimiu sua desaprovação do comportamento da tia. De repente, ficou parado, a boca abriu, encarou Kornei como se o reconhecesse. Kornei não conseguiu mais reprimir as lágrimas e, esfregando os olhos, o nariz e a barba grisalha na aba do casaco, deu as costas para o mudo e saiu para o alpendre. Experimentava um sentimento estranho, comovente, arrebatador, de humildade, de humilhação, diante das pessoas, diante dela, diante do filho, diante de todo mundo, e esse sentimento rasgava sua alma, com dor e alegria.

Marfa estava olhando pela janela e só respirou sossegada quando viu o velho sumir por trás do canto da casa.

Quando Marfa se convenceu de que o velho tinha ido embora, sentou-se no tear e começou a tecer. Moveu dez vezes o mecanismo, mas as mãos não se mexiam. Ela parou e começou a pensar e se lembrar do Kornei que tinha acabado de ver – sabia que era ele –, o mesmo que a havia espancado e que antes a amava, e ela achou horrível o que havia acabado de fazer. Não fez o que era correto. Mas como devia proceder com ele? Pois afinal o homem não tinha dito que era Kornei nem que tinha voltado para casa.

E pegou de novo a lançadeira do tear e continuou a tecer, até de tarde.

VI

Mancando e com esforço, Kornei chegou a Andréievka ao anoitecer e, de novo, pediu para pernoitar na casa dos Zinóviev. Deixaram.

– O que houve, vovô? Não seguiu sua viagem?

– Não fui. Estou fraco. Vou ter de voltar. Me deixam passar a noite aqui?

– Deite onde quiser. Vá se secar.

A noite toda, Kornei tremeu de febre. Antes de amanhecer, perdeu a consciência e, quando acordou, as pessoas da casa tinham saído para cuidar de seus afazeres e, na isbá, só havia ficado Agáfia.

Kornei estava deitado no jirau, sobre o casaco seco que a velha tinha estendido para ele. Agáfia tirou o pão da estufa.

– Boa menina – chamou ele, com voz fraca. – Chegue aqui perto.

– Já vou, vovô – respondeu ela, cortando o pão. – Quer beber alguma coisa? Um *kvás*?

Ele não respondeu.

Depois de cortar o último pedaço de pão, ela se aproximou de Kornei com uma tijelinha de *kvás*. Ele não se virou para ela, não bebeu e, do jeito que estava, deitado de rosto para cima, sem se virar, começou a falar.

– Gacha – disse, em voz baixa. – Minha hora chegou. Quero morrer. Então, em nome de Cristo, me perdoe.

– Deus vai perdoar. Você não me fez mal nenhum...

Ele ficou calado.

– Tem mais uma coisa: vá à casa de sua mãe, boa menina, e diga a ela... aquele vagabundo, por favor, diga... o vagabundo de ontem, diga a ela...

E começou a soluçar.

– Então você foi lá na nossa casa?

– Fui. Diga que o vagabundo de ontem... o vagabundo, diga... – parou de novo por causa dos soluços e, por fim, reunindo suas forças, disse: – Veio para se despedir dela – e começou a apalpar em volta do peito.

– Vou dizer, vovô, vou dizer, sim. O que está procurando? – perguntou Agachka.

O velho, sem responder, franzindo o rosto com o esforço, pegou no peito uma folha de papel, com a mão magra e peluda, e entregou para ela.

– Isto aqui, você dê a quem pedir. É minha carteira militar. Graças a Deus, todos os meus pecados estão desfeitos.

E seu rosto adquiriu uma expressão de triunfo. As sobrancelhas se levantaram, os olhos se fixaram no teto e ele ficou quieto.

– Uma velinha – disse ele, sem mover os lábios.

Agáfia entendeu. Pegou uma velinha de cera já queimada que estava junto dos ícones, acendeu e deu para ele. Kornei segurou a vela com os dedos grandes.

Agáfia se afastou para guardar a carteira militar de Kornei numa arca e, quando voltou para perto dele, a vela tinha tombado de sua mão, os olhos parados já não viam, o peito não respirava. Agáfia fez o sinal da cruz, soprou a vela, pegou uma toalha limpa e cobriu o rosto dele.

Durante toda a noite, Marfa não conseguiu dormir, pensou em Kornei o tempo todo. De manhã, vestiu uma túnica, cobriu-se com um xale e foi saber onde estava o velho da véspera. Logo soube que estava em Andréievka. Tirou um mourão da cerca, para servir de bengala, e foi para Andréievka. Quanto mais andava, mais medo sentia. "Eu e ele fazemos as pazes, trazemos para casa, acabou-se o pecado. Que possa morrer em casa, junto do filho", pensou ela.

Quando Marfa se aproximava da casa da filha, viu uma grande multidão de gente junto à isbá. Uns estavam na entrada, outros embaixo das janelas. Todos já sabiam que o rico e famoso Kornei Vassíliev, que vinte anos antes mandava e desmandava na região, era aquele velho pobre que tinha passado a noite na casa da filha. A isbá também estava cheia de gente. As mulheres sussurravam, suspiravam e gemiam.

Quando Marfa entrou na isbá e o povo abriu caminho, ela viu ao pé dos ícones o corpo defunto lavado, arrumado, coberto, junto ao qual o alfabetizado Filip Konónitch, imitando um sacristão, lia em voz cantada as palavras dos Salmos em eslavo antigo.

Já não era possível perdoar nem pedir perdão. Mas pelo rosto velho, severo, bonito de Kornei, era impossível entender se ele perdoava ou se ainda tinha raiva.

1905

MORANGOS

Chegaram os dias quentes e sem vento que ocorrem em junho. As folhas na floresta estão cheias de seiva, densas e verdes, apenas aqui e ali caem umas folhas amareladas de bétula e de tília. As roseiras estão coalhadas de flores cheirosas, as campinas junto à mata estão cobertas de trevo doce, o centeio denso, viçoso, já meio maduro, ondula e ganha um tom escuro, nas várzeas os passarinhos cantam uns para os outros, no centeio e na aveia as codornizes oram chiam, ora estalam as asas, o rouxinol na floresta só de vez em quando canta uma firula e depois se cala, o calor seco torra. Nas estradas, a poeira ressecada se depositou numa camada de um dedo de espessura e se ergue numa nuvem espessa, que uma aragem fraca arrasta a esmo, ora para a direita, ora para a esquerda.

Camponeses terminam suas construções, carregam estrume em carroças, o gado passa fome na esturricada terra de pousio, à espera da nova brotação. Vacas e bezerros mugem com a cauda levantada e torcida e fogem dos vaqueiros no estábulo. A criançada vigia os cavalos nas trilhas e encruzilhadas. Mulheres trazem da mata sacos cheios de trevo, meninas e mocinhas, disputando umas com as outras, rastejam em meio aos arbustos, entre as árvores cortadas na floresta, para colher morangos, que vão vender de porta em porta nas casas de campo.

Os moradores das casas de campo, com sua arquitetura pomposa e pretensiosa, vagueiam preguiçosamente ao abrigo de sombrinhas, em trajes limpos, claros e caros, por trilhas cobertas de areia, ou sentam à sombra de árvores ou caramanchões, diante de mesinhas coloridas e, enlanguescidos pelo calor, tomam chá ou bebidas refrescantes.

Na frente da esplêndida datcha[1] de Nikolai Semiónitch, que tem torre, varanda, sacada, galerias – tudo fresquinho, novinho, limpinho –, estão uma troica e uma carruagem de posta, com guizos, que chegou da cidade trazendo um senhor de Petersburgo, ao preço de quinze "vaivém", como diz o cocheiro.

Esse senhor é um conhecido ativista liberal, que participa de todos os comitês, comissões e petições, astutamente preparados de modo que pareçam leais ao regime, mas no fundo imbuídos das orientações mais liberais possíveis. Ele chegou da cidade onde vive, como sempre, tremendamente ocupado e vai passar só um dia na casa de um amigo, seu camarada de infância e quase seu aliado.

---

1 Casa de campo ou veraneio.

Os dois divergem apenas um pouco quanto aos meios de aplicar as regras constitucionais. O de Pertersburgo é mais europeu, até com uma leve inclinação para o socialismo, e recebe um salário bastante alto em função das posições que ocupa. Já Nikolai Semiónitch é um puro russo, ortodoxo, com um toque eslavófilo, e possui muitos milhares de *dessiatinas* de terra.

Almoçaram no jardim uma refeição de quatro pratos, mas por causa do calor quase não comeram nada e, assim, o trabalho do cozinheiro de quarenta rublos e de seus ajudantes, que trabalharam com especial empenho para o hóspede, foi quase todo desperdiçado. Apenas tomaram umas poucas colheradas da *botvínia*[2] feita com salmão branco fresco, do sorvete colorido e esculpido em formato bonito, enfeitado com açúcar cristalizado e bolinhos fofos. Almoçaram juntos o hóspede, um médico liberal, o professor dos filhos – um estudante social-democrata desesperado, um revolucionário, que Nikolai Semiónitch aprendeu a manter sob controle –, Marie, esposa de Nikolai Semiónitch, e os três filhos, dos quais o menor veio só para a sobremesa.

O jantar foi um pouco tenso, porque Marie, mulher extremamente nervosa, estava preocupada com a barriga desarranjada de Goga – assim se chamava o filho caçula de Nikolai (como é comum entre pessoas respeitáveis) – e também porque, logo que teve início a conversa sobre política entre o hóspede e Nikolai Semiónitch, o estudante desesperado, desejoso de mostrar que não tinha receio de exprimir suas convicções diante de pessoa alguma, interveio na conversa, e o hóspede se manteve calado, enquanto Nikolai aplacava o revolucionário.

Jantaram às sete horas. Depois do jantar, sentaram-se na varanda, refrescando-se com Narzan[3] gelada e vinho branco leve, e conversaram.

A divergência entre eles se manifestava, antes de tudo, na questão de como devia ser a eleição, em um turno ou em dois turnos, e já estavam começando a discutir com fervor quando foram chamados para o chá na sala de jantar, protegida das moscas por uma tela. Durante o chá, conversaram sobre assuntos gerais com Marie, que não conseguiu se interessar por tal conversa, pois estava dominada pela preocupação com os sintomas do desarranjo de Goga. Falaram sobre pintura, e Marie declarou que na pintura decadentista existe um *je ne sais quoi*[4] que é impossível negar. Naquele momento, ela não estava pensando nem um pouco na pintura decadentista, apenas dizia o que já dissera muitas vezes. O hóspede, por sua vez,

---

2 Sopa fria de *kvás*, folhas de beterraba e peixe.

3 Água mineral do Cáucaso.

4 "Não sei o quê".

não tinha nenhum interesse no assunto, mas entendeu que estavam falando contra o decadentismo e se exprimiu de maneira tão verossímil que ninguém poderia adivinhar que ele nada tinha a ver nem com o decadentismo nem com seu oposto. Já Nikolai Semiónitch, olhando para a esposa, sentiu que ela estava insatisfeita com alguma coisa e que talvez fosse fazer algo desagradável – além do mais, achava muito maçante ouvir o que a esposa dizia e que, assim lhe parecia, já tinha ouvido mais de cem vezes.

Do lado de fora da casa, acenderam lanternas e lampiões caros, de bronze, e em seguida puseram os filhos para dormir, depois que o enfermo Goga foi submetido a procedimentos médicos.

O hóspede, Nikolai Semiónitch e o médico saíram para a varanda. Um lacaio levou velas com quebra-luz e mais água mineral Narzan e, já por volta da meia-noite, teve início uma conversa a sério e animada sobre as medidas governamentais que deviam ser tomadas no momento atual, tão importante para a Rússia. Os dois não paravam de fumar, enquanto conversavam.

Fora, além dos portões da datcha, os cavalos da carruagem batiam as patas no chão e tilintavam os guizos, pois estavam sem comer, como também estava sem comer o velho cocheiro, que ora bocejava, ora roncava, e que já trabalhava havia vinte anos para o mesmo patrão e sempre mandava todo o dinheiro do salário para o irmão, em casa, exceto três ou cinco rublos, que guardava para beber. Quando em várias casas de campo os galos começaram a cantar, especialmente o galo de uma casa vizinha, que cantou mais alto e agudo, o cocheiro desconfiou que tinham se esquecido dele, desceu da carruagem e entrou na datcha. Viu que seu passageiro estava sentado, bebia alguma coisa e falava alto, em intervalos. Ficou preocupado e foi falar com o lacaio. Sentado, de libré, o lacaio dormia na antessala. O cocheiro acordou-o. O lacaio, que tinha sido servo doméstico e sustentava sua família numerosa – cinco filhas e dois filhos – com seu emprego (era um emprego lucrativo – quinze rublos de salário, além das gorjetas do patrão, que podiam chegar a cem rublos ao ano), se ergueu de um pulo e, depois de se arrumar e se sacudir, foi dizer aos senhores que o cocheiro estava preocupado e pedia que o deixassem ir embora.

Quando o lacaio entrou, a discussão estava no auge. O médico tinha se aproximado e tomava parte na conversa.

– Não posso admitir – disse o hóspede – que o povo russo tenha de seguir outro caminho de desenvolvimento. Antes de tudo, é preciso liberdade, liberdade política, essa liberdade, como é sabido por todos, é a principal liberdade, no respeito aos principais direitos das outras pessoas.

O hóspede sentiu que havia se confundido e que não era assim que se falava, mas no calor da discussão não conseguiu lembrar direito como se devia falar.

– Pois é – respondeu Nikolai Semiónitch, sem ouvir o hóspede e desejando apenas exprimir seu pensamento, que lhe agradava de modo especial. – Pois é, porém se pode chegar a isso por outro caminho, que não os votos da maioria, mas pela concordância geral. Observe as decisões do *mir*.

– Ah, lá vem você com o *mir*.

– Não se pode negar – disse o médico – que os povos eslavos têm seu olhar especial. Por exemplo, o direito polonês do *veto*. Não afirmo que isso seria melhor.

– Permitam que eu exprima toda a minha maneira de pensar – começou Nikolai Semiónitch. – O povo russo tem atributos específicos. Tais atributos...

Mas Ivan, de libré, que havia chegado com os olhos sonolentos, interrompeu:

– O cocheiro está preocupado...

– Diga a esse senhor (o hóspede de Petersburgo tratava todos os cocheiros por "senhor" e se orgulhava disso) que irei já. E pagarei pelo tempo a mais.

– Sim, senhor.

Ivan saiu e Nikolai Semiónitch pôde expor todo o seu pensamento. Porém o hóspede e o médico já tinham ouvido aquilo vinte vezes (ou pelo menos assim lhes parecia) e começaram a refutar, sobretudo o hóspede, que usou exemplos da história. Ele conhecia história esplendidamente.

O médico estava do lado do hóspede, admirava sua erudição e estava feliz por ter tido a chance de conhecê-lo.

A conversa se prolongou tanto que, do outro lado da estrada, atrás da floresta, começou a clarear, um rouxinol acordou, mas os interlocutores continuavam a fumar e conversar, a conversar e fumar.

A conversa talvez pudesse se estender ainda mais, no entanto uma criada entrou pela porta.

A criada era uma órfã que, para se sustentar, teve de trabalhar desde cedo. No início, trabalhou na casa de um comerciante, onde o administrador a seduziu e ela deu à luz. Seu bebê morreu, ela foi trabalhar na casa de um funcionário, onde o filho, estudante do liceu, não lhe dava sossego; depois foi trabalhar na casa de Nikolai Semiónitch como ajudante de criada e se considerava feliz, porque não era mais assediada pela luxúria dos senhores e porque recebia o salário em dia. Ela veio dizer que a senhora estava chamando o médico e Nikolai Semiónitch.

"Bem, na certa há alguma coisa com o Goga", pensou Nikolai Semiónitch.

– O que é? – perguntou ele.

– O sr. Nikolai Nikoláievitch não está passando bem – disse a criada. Nikolai Nikoláievitch e o tratamento respeitoso por ela usado referiam-se a Goga, o menino com diarreia e que tinha comido demais.

– Bem, está na hora – disse o hóspede. – Vejam como está claro. Como demoramos – disse ele, sorrindo, como se elogiasse a si e a seus interlocutores por terem conversado tanto, e despediu-se.

Ivan, com as pernas cansadas, teve de correr muito tempo para encontrar e trazer o chapéu e o guarda-chuva do hóspede, que o próprio hóspede havia metido nos lugares mais despropositados. Ivan esperava ganhar uma gorjeta, mas o hóspede, sempre generoso e que não se importaria em absoluto de lhe dar um rublo, entusiasmado com a conversa, esqueceu aquilo por completo e só na estrada foi lembrar que não dera nada ao lacaio. "Bem, agora não se pode fazer nada."

O cocheiro subiu na boleia, empunhou as rédeas, sentou-se de lado e tocou os cavalos. Os guizos tilintaram. O homem de Petersburgo viajava no balanço das molas macias e pensava nas limitações e preconceitos de seu amigo.

O mesmo pensava Nikolai Semiónitch, que não foi logo ao encontro da esposa. "É horrível essa estreiteza provinciana de Petersburgo. Não conseguem escapar disso", pensava.

Demorou para ir ao quarto da esposa, porque agora não esperava nada de bom de tal encontro. Toda a questão eram os morangos. No dia anterior, uns meninos trouxeram morangos. Nikolai Semiónitch comprou, sem pechinchar, dois tabuleiros de morangos que ainda não estavam maduros. Os filhos vieram correndo, pediram para provar e começaram a comer direto dos tabuleiros. Marie ainda não tinha saído de casa. Quando saiu e soube que tinham dado morangos para Goga, ficou tremendamente irritada, porque a barriga do menino já estava desarranjada. Começou a recriminar o marido, e o marido, a esposa. Houve uma conversa desagradável, quase uma discussão. À noite, justamente, Goga teve diarreia. Nikolai Semiónitch achou que aquilo ia passar, mas o chamado do médico significava que o problema havia piorado.

Quando foi ao encontro da esposa, ela, num roupão de seda colorido de que gostava muito, mas no qual agora nem estava pensando, se encontrava no quarto dos filhos com o médico, os dois debruçados sobre o penico, que ela iluminava com uma vela gotejante.

De pincenê, com o olhar atento, o médico observava o penico e remexia seu conteúdo fedorento com um pauzinho.

– Sim – disse ele, com ar grave.

– Tudo por causa dos malditos morangos.

– Mas o que têm os morangos? – disse Nikolai Semiónitch, de modo tímido.

– O que têm os morangos? Você encheu o menino de morangos, eu passei a noite sem dormir e o menino agora está morrendo...

– Ora, não está morrendo – disse o médico, sorrindo. – Uma pequena dose de bismuto e cuidado. Vamos dar agora.

– Ele está dormindo – disse Marie.

– Bem, é melhor não incomodar, darei amanhã.

– Obrigado.

O médico foi embora, Nikolai Semiónitch ficou sozinho e demorou muito para acalmar a esposa. Quando ele pegou no sono, já era dia claro.

Na aldeia vizinha, naquela mesma hora, os mujiques e a criançada voltavam do turno da noite, em que vigiavam os animais no pasto. Alguns vinham sozinhos, outros traziam os cavalos pelas rédeas e, atrás, corriam os potros e os filhotes de dois anos.

Taraska Rezúnov, menino de doze anos, com um casaco de pele curto, mas sem nada por baixo, de gorro, montado numa égua malhada, puxando pelo cabresto um cavalo castrado e um potro também malhado, como a mãe, ultrapassava todos os outros e galopava pelo morro na direção da aldeia. Um cachorro preto corria alegre na frente dos cavalos, virando-se para olhar para eles. Mais atrás, o potro malhado e bem nutrido dava pinotes ora para um lado, ora para outro, com as patas brancas junto aos cascos. Taraska aproximou-se da isbá, desmontou, amarrou os cavalos na porteira e entrou no vestíbulo.

– Ei, ainda estão dormindo? – começou a gritar para as irmãs e o irmão, que dormiam no vestíbulo, sobre sacos de aniagem.

A mãe, que dormia ao lado deles, estava levantando para ordenhar a vaca.

Olguchka ergueu-se de um salto e ajeitou com as mãos os cabelos compridos e desgrenhados; já Fiédka, que dormia com ela, continuou deitado, a cabeça enfiada no casaco de pele, e apenas esfregou com o calcanhar calejado o pezinho infantil e gracioso, por baixo da manta.

A criançada tinha colhido morangos desde o fim da tarde e Taraska prometera acordar as irmãs e o irmão caçula, quando voltasse do turno da noite.

Assim fez. Durante o turno da noite, sentado embaixo de um arbusto, ele tinha caído de sono; agora estava sem sono, resolveu não dormir, e sim ir com as meninas colher morangos. A mãe lhe deu um canecão de leite. Ele mesmo cortou uma fatia de pão e sentou-se à mesa, num banco alto, e começou a comer.

Quando ele saiu, só de calça e camisa, a passos rápidos, com os pés descalços traçando pegadas bem definidas na poeira da estrada, onde já havia pegadas também de pés descalços, umas maiores, outras menores, com os dedos nitidamente estampados, as meninas já estavam muito à frente, ao longe, como pontinhos vermelhos e brancos no verde-escuro do bosque. (Ao anoitecer, elas prepararam tigelas e cuias e, sem comer o desjejum e sem levar pão, fizeram o sinal da cruz duas ou três vezes no canto do oratório e saíram.) Taraska alcançou-as depois do grande bosque, na hora em que elas já deixavam a estrada.

O orvalho continuava no capim, nas moitas, até nos ramos baixos das moitas e das árvores, e os pezinhos nus das meninas logo ficaram molhados e começaram a esfriar, mas depois se aqueceram, batendo ora no capim macio, ora nas irregularidades da terra seca. Os morangueiros ficavam na área onde as árvores do bosque tinham sido cortadas. As meninas foram primeiro ao lugar onde as árvores tinham sido derrubadas no ano anterior. A brotação nova tinha acabado de nascer e, entre os arbustos jovens e viçosos, viam-se áreas de capim baixo, onde amadureciam e se ocultavam morangos ainda rosados e esbranquiçados e, aqui e ali, já vermelhos.

As meninas, curvadas, colhiam morango após morango com as pequenas mãozinhas queimadas de sol e colocavam os piores na boca e os melhores nas cuias.

– Olguchka! Vem cá. Tem um monte de morango!

– Ah, é? Está mentindo! Ei! – gritaram as meninas umas para as outras, sem se afastar muito, enquanto iam para trás dos arbustos.

Taraska se afastou delas e foi além de uma ravina onde as árvores tinham sido cortadas havia mais de um ano e onde a brotação nova, sobretudo de nogueiras e bordos, já tinha uma altura maior do que a de uma pessoa. O capim crescia mais viçoso e espesso e, quando apareciam os morangueiros, as frutas estavam maiores e mais viçosas por baixo do capim.

– Gruchka!

– Oi!

– E se aparece um lobo?

– Que lobo, que nada! Quer me assustar. Mas eu não tenho medo – disse Gruchka e, distraída, pensando no lobo, colhia morango após morango, mas punha os melhores na boca e não na cuia.

– Olhe, o nosso Taraska foi para o outro lado da ravina. Ta-raaas-ka!

– Oi, estou aqui! – respondeu Taraska, do outro lado da ravina. – Venham cá.

– Vamos, sim, lá tem mais.

E as meninas desceram a borda da ravina, segurando-se nos arbustos, e subiram para o outro lado, se agarrando aos galhos, e lá, debaixo do sol, logo toparam com uma clareira de capim miúdo, totalmente abarrotada de morangos. As duas ficaram caladas e trabalharam sem parar, com as mãos e com os lábios.

De repente, algo passou em disparada e, no meio do silêncio, no capim e nos arbustos, ressoou um barulho que lhes pareceu aterrador.

Gruchka caiu de medo e entornou da cuia metade dos morangos.

– Mãezinha! – gritou ela, esganiçada, e desatou a chorar.

– É uma lebre, uma lebre! Taraska! É uma lebre, olha – gritou Olguchka, apontando para o dorso cinzento-amarronzado e com orelhas, que cintilava no meio dos arbustos. – O que deu em você? – perguntou Olguchka para Gruchka, depois que a lebre sumiu.

– Pensei que fosse um lobo – respondeu Gruchka e, de repente, logo depois do susto e das lágrimas de desespero, deu uma gargalhada.

– Como é boba.

– Puxa, morri de medo! – disse Gruchka, soltando um riso tilintante como uma sineta.

Colheram morangos e foram adiante. O sol já havia subido e, com raios brilhantes, coloria a vegetação de manchas e sombras e cintilava nas gotas do orvalho, no qual as meninas se molhavam agora até a cintura.

As meninas já estavam quase no fim do bosque, continuaram a colher morangos, cada vez mais longe, na esperança de que, quanto mais longe, mais morangos houvesse, quando ouviram, de vários pontos, gritos de meninas e mulheres que tinham saído mais tarde, também para colher morangos.

Na hora do almoço, a caneca e o pote já estavam pela metade, quando as meninas se juntaram à tia Akulina, que também tinha ido pegar morangos. Atrás da tia Akulina, um menino barrigudo, só de camisa e sem gorro, muito miúdo, mancava nas perninhas tortas e gorduchas.

– Ele se agarrou em mim – disse Akulina às meninas, segurando o menino nos braços. – E eu não tinha com quem deixar.

– E a gente, que levou o maior susto com uma lebre. Que barulho ela fez... que medo...

– É mesmo? – disse Akulina e baixou o menino dos braços.

Depois de falar assim, as meninas deixaram Akulina e continuaram seus afazeres.

– Vamos sentar aqui – disse Olguchka, sentando à sombra de um espesso arbusto de avelãs. – Estou cansada. Eh, a gente não trouxe nem um pãozinho, agora bem que eu gostaria de comer.

– Também estou com vontade – disse Gruchka.

– Por que a tia Akulina está gritando desse jeito? Está ouvindo? Ei, tia Akulina!

– Olguchka-a-a-a! – respondeu Akulina.

– O que foi?

– O menino não está com vocês? – gritou Akulina, atrás das ramagens.

– Não.

Mas então os arbustos sacudiram e, por trás dos galhos, surgiu a própria tia Akulina, com a saia levantada acima dos joelhos e um saco na mão.

– Não viram o menino?

– Não.

– Mas que desgraça! Michka-a-a-a!

– Michka-a-a-a!

Ninguém respondeu.

– Ah, que infelicidade, ele se perdeu. Vai acabar entrando no bosque grande.

Olguchka se levantou depressa e foi, com Gruchka, procurar num lado, enquanto tia Akulina foi para outro. Não pararam de chamar Michka em voz alta, mas ninguém respondia.

– Estou morta de cansaço – disse Gruchka, e parou, mas Olguchka gritava o tempo todo e andava ora para a direita, ora para a esquerda, olhando para os lados.

A voz desesperada de Akulina se ouvia ao longe, no bosque grande. Olguchka já queria parar de procurar e voltar para casa, quando, num arbusto mais espesso, perto de um cepo de tília que começava a brotar de novo, ela ouviu o trinado insistente, nervoso e irritado de um passarinho, na certa com filhotes, aborrecido com alguma coisa. O passarinho, pelo visto, estava com medo e algo o irritava. Olguchka olhou por trás do arbusto, envolto por um capim espesso e alto, com flores brancas, e bem embaixo dele viu um montinho azulado, que não parecia nenhum tipo de capim do bosque. Parou e olhou bem. Era Michka. Era com ele que o passarinho estava irritado e assustado.

Deitado em cima da barriga gorducha, as mãozinhas cruzadas embaixo da cabeça, as perninhas tortas e rechonchudas esticadas, Michka dormia docemente.

Olguchka gritou chamando a mãe, acordou o menino e lhe deu um morango.

E depois, por muito tempo, a todos que encontrava – a mãe, o pai, os vizinhos –, Olguchka contava como tinha procurado e encontrado o caçula de Akulina.

O sol já estava alto, por trás do bosque, e abrasava a terra e tudo que nela havia.

– Olguchka! Vamos tomar banho! – As meninas chamaram Olga para ir com elas. E todas, numa grande roda, foram cantando para o rio. Dando gritos esganiçados, se molhando e batendo os pés na água, as meninas nem notaram que uma nuvem baixa e preta se aproximava do lado oeste, o sol ora brilhava, ora ficava encoberto, soprava um aroma de flores e de folhas de bétula e começavam a ressoar trovões espaçados. As meninas nem tiveram tempo de se vestir quando a chuva desabou e as deixou ensopadas até os ossos.

Com as blusas escurecidas e coladas ao corpo, as meninas voltaram correndo para casa, comeram e levaram o jantar para o pai, que estava no campo, plantando batata.

Quando voltaram e jantaram, as blusinhas já estavam secas. Depois de selecionar os morangos e colocar em tigelas, levaram para a datcha de Nikolai Semiónitch, onde pagavam bem; mas, dessa vez, não quiseram.

Marie, sentada embaixo de uma sombrinha, numa grande cadeira estofada, entorpecida pelo calor, ao ver as meninas com morangos, sacudiu o leque na direção delas.

– Não precisa, não precisa.

Mas Vália, o filho mais velho, de doze anos, que relaxava dos esforços excessivos do liceu clássico e que estava jogando críquete com vizinhos, ao ver os morangos, se aproximou de Olguchka e perguntou:

– Quanto é?

Ela disse:

– Trinta copeques.

– Está caro – respondeu ele. E disse "está caro" porque era assim que os adultos sempre falavam. – Espere, dê a volta pelo outro lado – disse ele e correu para a babá.

Enquanto isso, Olguchka e Gruchka admiravam o globo espelhado que enfeitava o jardim e no qual se viam pequeninas casas, bosques, jardins. Aquele globo e muitas outras coisas não eram tão surpreendentes para elas, porque já esperavam as coisas mais espantosas do mundo dos senhores, para elas misterioso e incompreensível.

Vália correu para a babá e lhe pediu trinta copeques. A babá disse que bastavam vinte, pegou o dinheiro numa bolsinha e entregou a ele. O menino, dando a volta para evitar o pai, que tinha acabado de se levantar, depois da noite penosa da véspera, e fumava e lia os jornais, entregou as moedinhas às meninas e, depois de entornar os morangos num prato, se atirou a eles.

De volta para casa, Olguchka desatou com os dentes o nó do lenço em que tinha guardado as moedinhas e entregou-as para a mãe. A mãe escondeu o dinheiro e levou a roupa para lavar no riacho.

Já Taraska, que tinha plantado batatas com o pai desde a hora do almoço, estava dormindo à sombra de um carvalho espesso e escuro, onde o pai também estava sentado, vigiando o cavalo meio tonto, livre do arado, que pastava na divisa da terra do vizinho e a qualquer momento podia entrar na plantação de aveia ou no pasto do outro.

Na família de Nikolai Semiónitch, tudo estava como de costume. Tudo corria normalmente. O café da manhã de três pratos estava pronto, as moscas já se serviam dele fazia tempo, mas ninguém aparecia, porque não tinham vontade de comer.

Nikolai Semiónitch estava satisfeito com a justiça de suas opiniões, confirmada pelo que tinha acabado de ler nos jornais. Marie estava calma, porque Goga tinha evacuado normalmente. O médico estava satisfeito, porque os procedimentos aplicados por ele deram resultado. Vália estava satisfeito, porque havia comido um prato inteiro de morangos.

1905

MEMÓRIAS PÓSTUMAS DO *STÁRETS* FIÓDOR KUZMITCH

[MORTO NO DIA 20 DE JANEIRO DE 1864 NA SIBÉRIA, PERTO DE TOMSK, NAS TERRAS DO COMERCIANTE KHRÓMOV.]

Ainda em vida do *stárets* Fiódor Kuzmitch,[1] que chegou à Sibéria em 1836 e viveu em vários lugares durante vinte e sete anos, corriam a seu respeito boatos estranhos: de que ele escondia o nome e o título, de que ele não era outra pessoa senão o imperador Alexandre I; depois de sua morte, os boatos se espalharam mais ainda e ganharam força. E não só pessoas do povo como também da alta sociedade, e até da família imperial, durante o reinado de Alexandre III, acreditavam que ele, na verdade, era Alexandre I. O sábio Childer, historiador do reinado de Alexandre I, também acreditava nisso.

A causa dos boatos era que, em primeiro lugar, Alexandre morrera de forma totalmente inesperada, não havia sofrido nenhuma doença grave antes de morrer; em segundo lugar, havia morrido longe de todos, num lugar bastante obscuro, Taganrog; em terceiro lugar, quando foi colocado no caixão, os que o viram disseram que ele havia mudado tanto que era impossível reconhecê-lo e por isso o cobriram e não o mostraram a ninguém; em quarto lugar, Alexandre, repetidamente, disse e escreveu (com frequência maior ainda no final da vida) que só desejava uma coisa: livrar-se de sua condição e fugir do mundo; em quinto lugar – uma circunstância pouco conhecida –, na descrição protocolar do corpo de Alexandre I, estava dito que as costas e as nádegas eram vermelhas e roxas, o que nunca poderia acontecer no corpo muito bem tratado do imperador.

No que diz respeito a acharem que justamente Kuzmitch era um disfarce de Alexandre, o motivo era que, em primeiro lugar, na estatura, na constituição física e nas feições, o *stárets* era tão parecido com o imperador que as pessoas (os camaristas da corte chamavam Alexandre de Kuzmitch) que viam Alexandre e seus retratos encontravam entre os dois uma semelhança impressionante, além de terem a mesma idade e a mesma curvatura característica; em segundo lugar, Kuzmitch, que se via como uma espécie de andarilho que não se lembrava da origem familiar, sabia línguas estrangeiras e, por todas as suas maneiras, pela afabilidade impo-

1 O monge Fiódor Kuzmitch foi canonizado pela Igreja ortodoxa russa em 1984.

nente, revelava um homem habituado à mais alta esfera da sociedade; em terceiro lugar, o *stárets* jamais revelou a ninguém seu nome verdadeiro e sua posição social, todavia, em certas expressões que, sem querer, deixava escapar transparecia a imagem de um homem que, no passado, estivera acima dos demais; em quarto lugar, antes da morte, ele destruiu alguns papéis, dos quais restou uma folha com estranhos sinais cifrados e as iniciais A e P.; em quinto lugar, apesar de toda a devoção, o *stárets* nunca jejuava e confessava. Quando um bispo o visitou e quis convencê-lo a cumprir o dever cristão, o *stárets* disse:

– Se, na confissão, eu contasse a verdade sobre mim, o céu ficaria surpreso; se eu contasse quem sou, a terra ficaria surpresa.

Todas essas suposições e dúvidas deixaram de ser dúvidas e ganharam veracidade após a descoberta das memórias de Kuzmitch. Essas memórias são as seguintes. Começam assim:

I

Deus proteja o inestimável amigo Ivan Grigórievitch[2] por este refúgio encantador. Não mereço suas atenções e a misericórdia divina. Aqui, estou tranquilo. Vem menos gente e estou sozinho com minhas lembranças criminosas e com Deus. Tentarei tirar proveito da solidão a fim de contar minha vida em detalhes. Ela pode ser instrutiva às pessoas.

Nasci e passei quarenta anos de minha vida entre as mais horríveis tentações e não só não me opunha a elas como me deleitava com elas, me deixava seduzir e seduzia os outros, pecava e obrigava a pecar. Mas Deus se voltou para mim. E toda a sordidez de minha vida, que eu tentava justificar e mesmo lançar sobre os outros, por fim se revelou para mim em todo o seu horror e Deus me ajudou a me libertar não do mal – ainda estou repleto de mal, embora o combata –, mas da cumplicidade com ele. Que tormentos espirituais padeci e o que se passou em minha alma, quando entendi toda a minha depravação e a necessidade de redenção (não a fé na redenção, mas a verdadeira redenção dos pecados por meio dos próprios sofrimentos), isso eu contarei em seu devido lugar. Agora vou descrever apenas meus atos propriamente ditos, como consegui escapar de minha situação, deixando para

---

2 Ivan Grigórievitch Latichev. Esse camponês da aldeia de Krasnorétchenski, o qual Fiódor Kuzmitch conheceu e a quem se uniu em 1839, depois de várias mudanças de moradia, construiu uma cela para Kuzmitch na montanha, à beira de um abismo, na floresta, longe da estrada. Nessa cela, Kuzmitch começou a escrever suas memórias.

trás, em lugar do meu cadáver, o cadáver de um soldado que eu havia torturado até a morte, e depois passarei a descrever minha vida, desde o início.

Minha fuga começou assim. Em Taganrog, eu vivia na mesma loucura em que vivi todos aqueles últimos vinte e quatro anos. Eu, grande criminoso, assassino do pai, assassino de centenas de milhares de pessoas em guerras de que eu fui a causa, devasso abominável, malfeitor, acreditava no que diziam de mim, me considerava o salvador da Europa, o benfeitor da humanidade, de uma perfeição excepcional, *un hereux hasard*,[3] como eu mesmo dizia para *Madame* de Staël. Eu me considerava assim, mas Deus não me abandonou de todo e a voz da consciência, que não dorme, não parava de me roer. Para mim, tudo era ruim. Todos eram culpados. Só eu era bom e ninguém entendia isso. Voltei-me para Deus, rezei ora ao Deus ortodoxo com Fóti, ora ao católico, ora ao protestante com Parrot, ora ao dos iluminados com Madame Krudener,[4] mas eu só me voltava para Deus diante das pessoas para que elas gostassem de mim. Eu desprezava todos, mas a opinião dessas mesmas pessoas que eu desprezava era aquilo que mais me importava no mundo e eu vivia e agia só por conta de sua opinião. Ficar sozinho era um horror. Horror ainda maior era ficar com ela, minha esposa. Tacanha, falsa, caprichosa, malévola, tuberculosa e toda fingimento, ela, mais do que qualquer outra coisa, intoxicava minha vida. *Nous étions censés*[5] viver nossa nova *lune de miel*,[6] mas foi um inferno sob uma capa de decência, uma farsa e um horror.

Certa vez, me senti mais sórdido do que o comum: na véspera, tinha recebido uma carta de Araktchéiev sobre o assassinato de sua amante. Descrevia-me seu desgosto desesperado. E que grande surpresa: sua bajulação constante, mais que bajulação, sua dedicação verdadeiramente canina, que começara ainda no tempo de meu pai, quando nós, escondidos da vovó, juramos lealdade a ele, essa dedicação canina fez que eu amasse Araktchéiev, se é que nos últimos tempos amei alguém. Ainda que seja indecente empregar a palavra "amei" com relação a esse monstro. Também me unia a ele o fato de ele não ter participado do assassinato de meu pai, como muitos outros, que, justamente pelo fato de serem cúmplices de meu crime, eram detestáveis para mim. Ele não só não participou como era dedicado a meu pai e dedicado a mim. De resto, tratarei disso adiante.

---

3 "Um acaso feliz".

4 Referência a alguns líderes religiosos que tiveram contato com Alexandre I: o arquimandrita Fóti, o professor Parrot, reitor da universidade de Tartu, e a baronesa de Krudener, escritora e mentora de uma corrente mística chamada "os iluminados" ou "os eleitos".

5 "Esperávamos".

6 "Lua de mel".

Dormi mal. É estranho dizer, mas o assassinato da bela e malévola Nastássia (era extraordinariamente bela e sensual) despertou em mim a luxúria. Fiquei a noite toda sem dormir. O fato de, no quarto vizinho, estar deitada minha esposa tuberculosa e infame, inútil para mim, me irritava e atormentava mais ainda. Também me atormentavam as recordações de "Marie" (Naríchkina), que me largara em favor de seu insignificante diplomata. Está claro que meu destino e de meu pai é ter ciúme dos Gagárin. Mas de novo me deixo levar pelas recordações. Fiquei a noite toda sem dormir. O dia começou a nascer. Levantei a cortina da janela, vesti o roupão branco e chamei o camareiro. Todos continuavam dormindo. Vesti o paletó, o capote civil e o quepe, passei pelas sentinelas e saí para a rua.

O sol tinha acabado de subir na linha do mar, era um fresco dia de outono. Ao ar livre, logo me senti melhor. Os pensamentos sombrios desapareceram e andei na direção do mar, que aqui e ali brincava com a luz do sol. Antes de chegar à casa verde na esquina, ouvi o som de tambor e de flauta que vinha da praça. Prestei atenção e entendi que, na praça, ia haver uma execução: soldados passariam por um corredor formado por outros soldados que iriam golpeá-los com vergastas. Eu, que tantas vezes já havia autorizado esse castigo, nunca tinha presenciado o espetáculo. Por estranho que pareça (claro, deve ter sido influência do diabo), os pensamentos sobre a sensual Nastássia assassinada e sobre os corpos dos soldados rasgados por golpes de vergastas se fundiram num único sentimento exasperante. Lembrei-me dos soldados do regimento Semiónov e dos colonos militares, dos quais centenas foram golpeados até a morte, e de repente me veio a estranha ideia de assistir àquele espetáculo. Como estava disfarçado de civil, podia fazer isso.

Quanto mais perto chegava, mais claramente ouvia o rufo do tambor e a flauta. Com meus olhos míopes, não conseguia enxergar com clareza sem óculos, mas vi as fileiras de soldados e um vulto alto, de costas brancas, que passava entre elas. Quando parei no meio da multidão que estava atrás das fileiras e assistia ao espetáculo, pus os óculos e consegui distinguir tudo o que se passava. Um homem alto, com os braços nus amarrados a uma baioneta e as costas nuas já vermelhas de sangue em vários pontos, andava pela rua entre as fileiras de soldados com bastões. Aquele homem era eu, era meu duplo. A mesma altura, as mesmas costas curvadas, a mesma cabeça calva, as mesmas costeletas, sem bigode, as mesmas maçãs do rosto, a mesma boca e os mesmos olhos azuis, mas a boca não sorria, ela se abria e se retorcia com gritos a cada golpe, e os olhos não eram complacentes, afetuosos, mas terrivelmente protuberantes e ora fechavam, ora abriam.

Quando olhei para o rosto do homem, logo o reconheci. Era Struménski, um militar, sargento do flanco esquerdo da terceira companhia do regimento Semiónov, conhecido em toda a guarda por sua semelhança comigo. De brincadeira, o chamavam de Alexandre II.

Eu sabia que ele tinha sido transferido para uma guarnição junto com os revoltosos do Regimento Semiónov e entendi que, provavelmente, ali na guarnição, ele tinha feito algo, na certa fugira, fora capturado e agora seria castigado. E foi isso mesmo, como eu soube depois.

Fiquei como que enfeitiçado, vendo como aquele infeliz ia caminhando e como o espancavam, e sentia que algo acontecia dentro de mim. Mas de repente notei que havia pessoas comigo, espectadores, que olhavam para mim – uns se afastaram, outros se aproximaram. Era evidente que me reconheceram. Percebendo isso, dei meia-volta e retornei depressa para casa. O tambor continuava a bater, a flauta continuava a tocar; portanto o castigo continuava. O principal sentimento em mim deveria ser de simpatia pelo que faziam com meu duplo. Se não simpatia, ao menos o reconhecimento de que faziam o que era necessário – mas eu sentia que não era capaz. Ao mesmo tempo, sentia que, se eu não reconhecia que aquilo era o correto, que era bom, então eu devia reconhecer que toda a minha vida, toda a minha atividade, tudo era ruim e eu precisava fazer aquilo que havia muito tempo desejava: abandonar tudo, fugir, desaparecer.

Tal sentimento me dominou, lutei contra ele, ora reconhecia que o que faziam era o correto, que devia ser assim, que aquilo era uma triste necessidade, ora eu reconhecia que precisava ficar no lugar daquele infeliz. No entanto, por estranho que pareça, eu não sentia pena dele e, em vez de suspender a execução do castigo, apenas tive medo de que me reconhecessem e fugi de volta para casa.

Logo cessou o rufo do tambor e, depois que voltei para casa, tive a impressão de me libertar do sentimento que me havia dominado, tomei meu chá e recebi o relatório de Volkónski.[7] Depois, o almoço de costume, as habituais, rotineiras, penosas e falsas relações com a esposa, depois Dibitch[8] e um relatório que confirmava as informações sobre uma sociedade secreta. Quando chegar a hora de escrever toda a história de minha vida, se Deus permitir, vou descrever tudo em pormenores. Agora, direi apenas que ouvi tudo exibindo uma imagem exterior de calma. Mas isso se prolongou só até o fim do jantar. Depois do jantar, fui para o escritório, deitei no sofá e adormeci imediatamente.

Mal tinha dormido cinco minutos quando um solavanco em todo o corpo me acordou e ouvi o rufo do tambor, a flauta, os sons das pancadas, os gritos de Stru-

---

7 Piotr Mikháilovitch Volkónski (1776-1852), general e ministro de Alexandre I.

8 Ivan Ivánovitch Dibitch-Zabalkánski (1785-1831), general russo, de origem alemã.

ménski e vi a ele ou a mim – eu mesmo não sabia se era ele ou eu –, vi seu rosto que sofria, as contrações sem esperança, o rosto soturno dos soldados e oficiais. Essa confusão mental durou pouco: levantei-me depressa, abotoei a sobrecasaca, peguei o chapéu e a espada e saí, dizendo que ia passear.

Sabia onde ficava o hospital militar e fui direto para lá. Como sempre, todos estavam afobados. O médico-chefe veio logo, ofegante, bem como o comandante do Estado-Maior. Eu disse que queria percorrer as enfermarias. Na segunda enfermaria, vi a cabeça calva de Struménski. Estava deitado de bruços, a cabeça apoiada na mão, e gemia de dar pena.

– Foi castigado por fugir – me explicaram.

Exclamei "Ah!", fiz meu gesto habitual de que ouço e concordo, e segui adiante.

No dia seguinte, mandei saber como estava Struménski. Disseram-me que tinham dado a extrema-unção e que estava morrendo.

Era o dia do santo onomástico de meu irmão Mikhail. Houve uma parada e uma revista de tropas. Eu disse que não estava me sentindo bem, depois da viagem à Crimeia, e não fui ao jantar. Dibitch veio de novo falar comigo e me informou de novo sobre a conspiração do Segundo Exército, lembrando-me de que o conde Vitt já me falara a respeito, antes da viagem à Crimeia, bem como do relatório do sargento Chervud.

Só então, ao escutar o relatório de Dibitch, que atribuía uma relevância tão enorme àqueles planos de conspiração, senti de repente todo o significado e todo o poder da reviravolta que acontecera dentro de mim. Eles fazem uma conspiração para mudar a forma de governo, estabelecer uma Constituição – o mesmo que eu quis fazer, vinte anos atrás. Fiz e desfiz Constituições na Europa e para que e para quem isso trouxe algum benefício? Acima de tudo, quem era eu para fazer isso? O principal é que toda a vida exterior, toda a organização de assuntos exteriores, toda a participação neles – e eu já havia participado tanto deles, já tinha feito tantas reformas nos povos da Europa – não tinha importância, era desnecessária e não me dizia respeito. De repente, entendi que tudo aquilo não era da minha conta. Que da minha conta era a minha alma. E todos os meus anteriores desejos de renúncia ao trono, na época apenas uma afetação, o mero desejo de causar espanto, impressionar as pessoas, mostrar a elas minha grandeza de alma, agora se transformaram, e se transformaram com força nova e sinceridade plena, e já não era para as pessoas, mas apenas para mim, para a alma. Como se todo o círculo radiante da vida percorrido por mim, no sentido mundano, tivesse sido percorrido apenas para eu regressar ao desejo juvenil de fugir de tudo, provocado pelo arrependimento, no entanto era um regresso sem vaidade, sem a ideia da glória mundana, era para mim, para Deus. Naquele tempo, eram desejos obscuros; agora, era a impossibilidade de continuar na mesma vida.

Mas como? Não para provocar a admiração das pessoas, para me elogiarem;

ao contrário, era preciso fugir disso, para ninguém saber e para sofrer. E essa ideia me alegrou e me deslumbrou a tal ponto que comecei a pensar nos meios de colocá-la em prática e empreguei toda a força de minha inteligência, de minha astúcia, que me é peculiar, a fim de concretizar tal ideia.

E, para minha surpresa, a realização de meu intento se revelou imensamente mais fácil do que eu esperava. Minha intenção era esta: fingir que eu estava doente e moribundo, convencer e subornar o médico, pôr em meu lugar o moribundo Struménski, enquanto eu ia embora, fugia, escondendo meu nome de todos.

E, como se fosse de propósito, tudo contribuiu para o sucesso de meu plano. No dia 9, como se tudo estivesse combinado, adoeci e tive febre. Fiquei doente mais ou menos por uma semana, tempo em que minha intenção se tornou ainda mais forte e meus planos, mais precisos. No dia 16, levantei da cama e me senti recuperado.

Nesse dia, como de costume, fui fazer a barba e, distraído em meus pensamentos, me cortei com força em volta do queixo. Saiu muito sangue, me senti tonto e caí. Vieram correndo, me levantaram. Logo me dei conta de que aquilo podia me ser útil para a realização de meu plano e, embora me sentisse bem, fingi que estava muito fraco, deitei na cama e mandei chamar o ajudante do dr. Villiers. O dr. Villiers não aceitaria a minha fraude, mas eu tinha esperança de subornar aquele jovem. Revelei a ele minha intenção, o plano para alcançá-la, e propus lhe dar oitenta mil rublos, se fizesse tudo que eu exigisse. Meu plano era o seguinte: Struménski, como eu sabia, naquela manhã estava à beira da morte e devia chegar ao fim à noite. Deitei na cama, fingi estar irritado com todos e não admiti falar com ninguém, exceto o assistente do médico. Naquela noite, o médico devia trazer o corpo de Struménski dentro de uma banheira, colocá-lo no meu lugar e comunicar minha morte inesperada. O surpreendente é que tudo se passou exatamente como planejamos. E no dia 17 de novembro eu estava livre.

O corpo de Struménski foi enterrado num caixão fechado, com honras solenes. Meu irmão Nikolai ocupou o trono, depois de mandar os conspiradores para os trabalhos forçados.[9] Mais tarde, vi alguns deles na Sibéria e meus sofrimentos foram insignificantes, em comparação com meus crimes, bem como são imerecidas minhas imensas alegrias, sobre as quais falarei em seu devido lugar.

Já agora, à beira da sepultura, velho de setenta e dois anos, tendo compreendido a futilidade da vida anterior e o significado da vida atual, em que vivi e vivo como um andarilho vagabundo, vou me esforçar para contar a história de minha vida horrorosa.

---

9 Trata-se dos dezembristas, oficiais e nobres revoltosos, presos em 1825.

12 de dezembro de 1849
Taiga da Sibéria, perto de Krasnorétchinsk

Hoje é o dia de meu aniversário, tenho setenta e dois anos. Há setenta e dois anos, nasci em Petersburgo, no palácio de Inverno, nos aposentos de minha mãe, a imperatriz – na época, a grande princesa Mária Fiódorovna.

Esta noite, dormi muito bem. Depois do mal-estar de ontem, fiquei um pouco melhor. O importante é que o estado de sonolência espiritual cessou e renasceu a possibilidade de dirigir toda a alma para Deus. Ontem à noite, rezei no escuro. Tive clara consciência de minha situação no mundo: eu – toda a minha vida – sou algo necessário a quem me enviou. E posso fazer o que é necessário a Ele ou não. Ao fazer o que é necessário a Ele, promovo o bem para mim e para o mundo todo. Não fazendo isso, privo-me do meu bem – não de todo o bem, mas daquele que poderia ser meu –, mas não privo o mundo do bem que lhe é destinado. Aquilo que eu deveria fazer outros farão. E Sua vontade será cumprida. Nisso reside a liberdade da minha vontade. Mas se Ele sabe o que vai acontecer, se tudo é determinado por Ele, não existe liberdade? Não sei. Aqui se encontra o limite do pensamento e o começo da prece, da prece simples, da criança e do velho: "Pai, não será a minha vontade, mas a Sua. Ajude-me. Venha e more em nós". Simples: "Senhor, perdoe e tenha piedade; sim, Senhor, perdoe e tenha piedade, perdoe e tenha piedade. Não consigo dizer com palavras, mas Você conhece o coração, Você mesmo está dentro dele".

E adormeci bem. Como sempre, por fraqueza da velhice, acordei umas cinco vezes e sonhei que estava tomando banho de mar, nadava e me admirava com a maneira como a água me mantinha suspenso no alto – de tal modo que eu não afundava; e a água era esverdeada, bonita; mas algumas pessoas me atrapalhavam, havia mulheres na praia, eu estava nu, era impossível sair. O significado do sonho é que a força de meu corpo ainda me atrapalha, mas a saída está próxima.

Levantei antes do nascer do sol, tentei riscar uma fagulha na pederneira e demorei muito para acender o pavio. Vesti meu roupão de couro de alce e saí. Por trás dos pinheiros e lariços cobertos de neve, a alvorada raiava num tom laranja-avermelhado. Levei para dentro a lenha cortada no dia anterior e depois cortei mais lenha. O dia clareou. Comi biscoitos molhados. O fogo da estufa pegou, fechei a chaminé e me sentei para escrever.

Nasci há exatamente setenta e dois anos, no dia 12 de dezembro de 1777, em Petersburgo, no palácio de Inverno. O nome que me foi dado, conforme o desejo de minha avó, foi Aleksandr – um presságio, como ela mesma me disse, de que eu seria tão grande quanto Alexandre da Macedônia e tão santo quanto Alexandre Niévski. Fui batizado uma semana depois, na grande igreja do palácio de Inverno. A duquesa de Courlande me levou sobre um travesseiro de seda bordada em ouro, os mais altos dignitários seguravam o véu, a madrinha era a imperatriz, os padrinhos eram o imperador austríaco e o rei da Prússia. O quarto onde me puseram tinha sido construído conforme os planos de minha avó. Não me lembro de nada disso, mas sei pelo que me contaram depois.

Naquele vasto quarto, com três janelas altas, um baldaquim de veludo com cortinas de seda que iam até o chão ficava suspenso no teto alto, bem no centro do quarto, entre quatro colunas. Sob o baldaquim, puseram uma caminha de ferro com colchão de couro, um travesseirinho e um leve cobertor inglês. Em volta do baldaquim, havia uma balaustrada com dois *archin* de altura, de modo que os visitantes não pudessem se aproximar. No quarto, não havia nenhum móvel, apenas a cama da ama de leite, atrás do baldaquim. Todos os detalhes de meus cuidados corporais eram decididos por minha avó. Era proibido me embalar, enfaixavam-me de um modo especial, os pés ficavam sem meias, davam-me banho primeiro com água quente e depois com água fria, as roupas eram especiais, não tinham costuras nem cadarços e eram vestidas de uma vez só. Assim que comecei a engatinhar, punham-me sobre um tapete e me deixavam por minha conta. Dizem que, nos primeiros dias, minha avó muitas vezes sentava no tapete e brincava comigo. Não me lembro de nada disso, também não me lembro da ama de leite.

Minha ama de leite era a esposa do jovem jardineiro, Avdótia Petrova, de Tsárskoie Seló. Não me lembro dela. Eu a vi pela primeira vez quando eu tinha dezoito anos, em Tsárskoie Seló. Ela se aproximou de mim e disse seu nome. Foi uma das melhores épocas de minha vida, a de minha primeira amizade com Czartoryski[10] e da sincera repulsa por tudo que se praticava nas duas Cortes, a de meu pai infeliz e a de minha avó, que eu detestava. Eu já era um homem, na época, e não era um homem mau, tinhas boas aspirações. Eu caminhava com Adam pelo parque, quando de uma alameda lateral veio uma mulher bem-vestida, com um rosto extraordinariamente bondoso, muito branco, agradável, sorridente e emocionado. Aproximou-se de mim depressa, se pôs de joelhos, agarrou minha mão e começou a beijá-la.

– Paizinho, Vossa Alteza. Afinal Deus permitiu.

– Quem é a senhora?

---

10 Adam Czartoryski (1770-1861), príncipe polonês.

– Sua ama de leite, Avdótia, Duniacha, amamentei por onze meses. Deus permitiu ver o senhor.

Levantei-a com esforço, perguntei onde morava e prometi ir visitá-la. Sua meiga e limpa casinha de *intérieur*; sua filhinha, de uma beleza perfeitamente russa, minha irmã de leite, noiva de um instrutor de equitação; o pai dela, jardineiro, sorridente como a esposa, e um bando de crianças, também sorridentes – todos pareceram me iluminar na escuridão. "Isto é a vida autêntica, a felicidade autêntica", pensei. "Tudo é simples, claro, nenhuma intriga, inveja, desavença."

Então foi aquela meiga Duniacha que me amamentou. Minha babá mais importante foi a alemã Sófia Ivánovna Benkendorf; minha preceptora foi uma inglesa, Gessler. Sófia Ivánovna Benkendorf, a alemã, era gorda, branca, de nariz reto, de aspecto imponente quando impunha ordem no quarto das crianças, mas surpreendentemente humilde, submissa, servil com minha avó, cuja cabeça batia em seu ombro. Comigo, mostrava-se especialmente obsequiosa e, ao mesmo tempo, severa. Ora era uma tsarina, com suas saias largas e seu rosto imponente, de nariz reto, ora de repente se tornava uma menina dissimulada.

Praskóvia Ivánovna (Gessler), a inglesa, tinha rosto comprido, cabelo castanho e estava sempre séria. Em compensação, quando sorria, se iluminava toda e era impossível evitar sorrir também. Eu gostava de sua pontualidade, moderação, limpeza e cordialidade firme. Parecia-me que ela sabia algo que ninguém mais sabia, nem mamãe, nem papai, nem mesmo vovó.

De minha mãe, lembro-me em princípio como uma visão estranha, triste, sobrenatural e fascinante. Bela, elegante, radiosa em seus diamantes, suas roupas de seda, seus braços brancos, fartos, nus e com rendas, ela entrava em meu quarto e, com uma expressão no rosto estranha, triste, alheia a mim e que não me dizia respeito, me fazia carinhos, me tomava em seus braços fortes e lindos, me encostava em seu rosto ainda mais lindo, inclinava os cabelos densos e perfumados e me beijava e chorava e, certa vez, até me soltou das mãos e caiu, desfalecida.

É estranho: talvez fosse algo incutido por minha avó, ou a maneira como minha mãe me tratava, ou meu faro de criança que percebia aquela intriga da Corte da qual eu era o centro, o fato é que eu não tinha o simples sentimento ou mesmo nenhum sentimento de amor por minha mãe. Sentia-se algo artificial em sua relação comigo. Ela parecia expressar alguma coisa para além de mim, esquecendo-se de mim, e eu sentia isso. E era isso mesmo. Vovó me afastou dos pais, me tomou sob seu controle total a fim de transferir o trono para mim em detrimento do filho, que ela odiava, meu pai infeliz. Claro, durante muito tempo eu não soube nada disso, mas desde os primeiros dias de consciência, sem entender os motivos, me dei conta de que eu era objeto de uma espécie de hostilidade, de uma rivalidade, que eu era o joguete de certas intrigas e sentia a frieza e a indiferença que havia por mim, por meu espírito infantil, que não precisava de coroa nenhuma, apenas de um amor simples. E isso não existia. Havia mamãe, sempre triste em minha presença. Certa vez, depois de falar algo em alemão com Sófia Ivánovna, ela desatou a chorar e quase fugiu correndo do quarto, ao ouvir o som dos passos da vovó. Havia papai, que às vezes entrava em nosso quarto e a cuja presença, depois, me levavam, junto com meu irmão. Mas esse pai, meu pai infeliz, ao me ver, de modo ainda mais forte e mais decidido do que minha mãe, exprimia sua insatisfação e até sua raiva contida.

Lembro que certa vez nos levaram, a mim e a meu irmão Konstantin, a seus aposentos. Foi antes de sua viagem ao exterior, em 1781. De repente, ele me afastou com a mão e, com olhos terríveis, levantou-se da cadeira e, ofegante, disse algo sobre mim e minha avó. Não entendi, mas lembro as palavras:

– *Après 62, tout est possible...*[11]

Fiquei assustado, comecei a chorar. Mamãe pegou-me nos braços e começou a me beijar. Depois me entregou a meu pai. Ele me abençoou às pressas e, batendo com saltos altos no chão, saiu quase correndo da sala. Muito tempo depois entendi o significado daquela comoção. Ele e mamãe iam viajar para o exterior, sob os nomes de *Comte* e *Comtesse du Nord*. Foi vovó quem quis assim. E ele temia que, durante sua ausência, fosse declarado privado do direito ao trono e eu fosse nomeado herdeiro...

Meu Deus, meu Deus! E ele tinha apreço por aquilo que nos destruiu, a ele e a mim, física e espiritualmente, e eu, pobre de mim, também dava valor a isso.

Alguém bate na porta e diz a prece: "Em nome do Pai e do Filho". Digo "Amém". Vou guardar estas páginas e abrir a porta. Se Deus permitir, continuarei amanhã.

13 de dezembro

Dormi mal e tive sonhos ruins: uma mulher desagradável, fraca, se aperta a mim e eu não tenho medo dela, nem do pecado, mas tenho medo de que minha esposa a veja. E de que haja de novo as acusações. Setenta e dois anos e ainda não estou livre de tudo... Em vigília, é possível me iludir, mas o sonho dá a verdadeira medida do grau que alcançamos. Sonhei também – e de novo isso confirma o baixo nível de moralidade em que me encontro – que alguém me trouxe aqui uns bombons envoltos

11 "Depois de 62, tudo é possível...".

em musgos, mas bombons extraordinários, e nós retiramos os bombons do musgo e distribuímos. Mas, depois da distribuição, ainda sobraram bombons e escolhi alguns para mim, mas então um menino semelhante ao filho do sultão turco, de olhos pretos, desagradável, estende a mão para os bombons, apanha-os na mão, eu o afasto com um empurrão e, no mesmo instante, me dou conta de que desejar bombons é muito mais adequado a um menino do que a mim, mesmo assim não lhe dou os bombons e sinto algo ruim por ele, e no mesmo instante sei que isso é ruim.

Por estranho que pareça, hoje, durante a vigília, aconteceu comigo a mesma coisa. Mária Martiemiánovna veio me ver. Ontem, ela mandou alguém perguntar se poderia vir hoje. Respondi que sim. Essas visitas são penosas para mim, mas sei que ela ficaria ofendida se eu negasse. Então ela veio hoje. Ouvi de longe os patins do trenó chiando sobre a neve. E, ao entrar em seu casaco de pele e com seus xales, trouxe uma bolsinha com guloseimas, junto com um frio tão forte que vesti meu capote. Ela trouxe panquequinhas, azeite e maçãs. Veio perguntar a respeito da filha. Um viúvo rico quer casar com ela. Deve concordar? É muito penosa para mim a confiança que eles têm em minha sagacidade. Tudo o que digo contra isso eles atribuem à minha modéstia. Disse o que sempre digo, que a castidade é melhor do que o casamento, mas, como disse Paulo, é melhor casar do que arder. Com ela, veio seu cunhado Nikanor Ivánovitch, o mesmo que me convidou para visitar sua casa e depois não parou mais de me assediar com suas visitas.

Nikanor Ivánovitch é uma grande tentação para mim. Não consigo superar a antipatia, a repugnância que sinto por ele. "Ah, Senhor, faça que eu veja meus pecados e não julgue meus irmãos." Mas eu vejo todos os seus pecados, adivinho e, com a perspicácia da maldade, vejo toda a sua fraqueza e não consigo vencer a antipatia por ele, meu irmão, que, assim como eu, é portador do princípio divino.

O que significam tais sentimentos? Durante minha longa vida, já os experimentei várias vezes. Mas minhas duas antipatias mais fortes foram contra Ludovico XVIII, com sua barriga, seu nariz curvado, suas mãos brancas e repugnantes, sua autoconfiança, sua petulância, sua obtusidade (pronto, já comecei a insultá-lo), e a outra antipatia é por esse Nikanor Ivánovitch, que ontem me atormentou por duas horas. Do som da voz até o cabelo e as unhas, tudo nele despertou aversão em mim. E eu, para explicar a Mária Martiemiánovna meu mau humor, menti e disse que não me sentia bem. Depois deles, fiquei rezando e depois me acalmei. Obrigado a Ti, Deus, por deixar a meu alcance a única coisa de que preciso. Lembrei que Nikanor Ivánovitch foi menino e vai morrer, também me lembrei de Ludovico XVIII, sabendo que já morreu, e lamentei que Nikanor Ivánovitch não estivesse mais presente, para que eu pudesse exprimir meu bom sentimento por ele.

Mária Martiemiánovna me trouxe muitas velas e posso escrever à noite. Fui para o ar livre. Do lado esquerdo, as estrelas brilhantes se apagavam numa admirável aurora boreal. Que bonito, que bonito! Agora, vou continuar.

Meu pai e minha mãe partiram numa viagem para o exterior e eu e meu irmão Konstantin, que nascera dois anos depois de mim, ficamos totalmente sob a autoridade da vovó, durante todo o tempo da ausência dos pais. Deram a meu irmão o nome Konstantin como expressão do desejo de que ele um dia fosse como o imperador grego em Constantinopla.

As crianças gostam de todos, sobretudo daqueles que gostam delas e fazem carinhos. Vovó era carinhosa, me elogiava e eu a amava, apesar do cheiro ruim que me repugnava e que sempre pairava em sua volta, por mais perfumes que usasse; sobretudo quando me colocava sobre os joelhos. Eu também achava desagradáveis suas mãos limpas, amareladas, enrugadas, meio escorregadias e brilhosas, com os dedos recurvos para dentro e as unhas estranhamente compridas e nuas. Tinha os olhos turvos, cansados, quase mortos, que junto com a boca sorridente e desdentada causavam uma impressão penosa, mas não repulsiva. Eu atribuía aquela expressão de seus olhos (da qual me lembro agora com aversão) a todo o trabalho que tinha com as pessoas, pois assim me convenceram, e eu sentia pena dela por causa da expressão debilitada em seus olhos. Duas ou três vezes, vi Potiomkin. Era horrível, aquele homem curvado, torto, enorme, moreno, suado, sujo.

O que mais me assustava nele era o fato de ser o único que não tinha medo da vovó, falava diante dela com voz alta e cortante e, embora me chamasse de Alteza, mexia comigo e me fazia carinhos de modo atrevido.

Entre as pessoas que eu via com minha avó, em minha primeira infância, havia também Lanskoi. Estava sempre com ela, todos o respeitavam e lhe obedeciam. O importante era que a própria imperatriz seguia sempre suas recomendações. Na época, é claro, eu não entendia quem era Lanskoi e gostava muito dele. Gostava de seu cabelo cacheado, dos quadris e das panturrilhas bonitas, envoltas em tiras de couro de alce, gostava de seu sorriso alegre, feliz, despreocupado e dos diamantes que reluziam nele todo.

Foi uma época muito alegre. Levavam-nos a Tsárskoie Seló. Andávamos de bote, cavávamos no jardim, passeávamos, andávamos a cavalo. Konstantin, gorducho, ruivinho, *un petit Bacchus*,[12] como vovó o chamava, divertia todos com seus gracejos, seu atrevimento e suas histórias. Ele imitava todo mundo, até Sófia Ivánovna e vovó.

---

12 "Um pequeno Baco".

O acontecimento mais importante dessa época foi a morte de Sófia Ivánovna Benkendorf. Ocorreu à noite, em Tsárskoie Seló, nos aposentos da vovó. Foi depois do jantar, Sófia Ivánovna tinha acabado de nos trazer, disse algo, sorriu, e de repente seu rosto ficou sério, ela começou a oscilar, se encostou na porta, escorregou e caiu pesadamente. Pessoas acudiram, levaram-nos embora. Mas no dia seguinte soubemos que tinha morrido. Chorei muito tempo, fiquei triste e não conseguia me recuperar. Todos achavam que eu chorava por causa de Sófia Ivánovna, mas eu não chorava por ela e sim porque as pessoas morriam, porque a morte existia. Eu não conseguia entender isso, não conseguia acreditar que esse fosse o destino de todas as pessoas. Lembro que então, em minha alma infantil de cinco anos, se ergueram, com todo o seu alcance, questões sobre o que é a morte, o que é a vida que termina com a morte. Essas graves questões, que se apresentam a todos, para as quais os sábios em vão procuram respostas e que os levianos tentam pôr de lado, esquecer. Fiz como é peculiar numa criança, em especial naquele mundo em que eu vivia: afastei de mim aqueles pensamentos, esqueci a morte, vivi como se ela não existisse, e com isso ela se tornou aterradora para mim.

Outro fato importante relacionado à morte de Sófia Ivánovna foi nossa transferência para mãos masculinas e a indicação de Nikolai Ivánovitch Saltikov como nosso preceptor. Não aquele Saltikov que, muito provavelmente, era nosso avô, mas Nikolai Ivánovitch, que servia à Corte de meu pai, homem miúdo, de cabeça enorme, rosto estúpido, sempre com uma careta, que meu irmão menor Kóstia imitava de modo admirável. Essa mudança para mãos masculinas foi dolorosa para mim, por causa do afastamento de minha antiga babá, Praskóvia Ivánovna.

Para as pessoas que não têm a infelicidade de nascer na família imperial, eu creio, é difícil imaginar toda a distorção da imagem que se tem das pessoas, e da relação com elas, que experimentamos, que eu experimentei. Em lugar do sentimento, natural a uma criança, de dependência dos adultos e dos mais velhos, em lugar da gratidão por todo o bem que se desfruta, incutiam em nós a convicção de que somos seres especiais, que não apenas devem ser satisfeitos com todos os bens possíveis como também, só por meio de uma palavra ou sorriso, pagam todo e qualquer bem que recebam, premiam as pessoas e as deixam felizes. Na verdade, exigiam de nós uma relação cortês com as pessoas, porém, com minha sensibilidade infantil, eu entendia que se tratava apenas de uma fachada e que fazíamos aquilo não para elas, não para as pessoas com quem devíamos ser corteses, mas para nós mesmos, para que nossa grandeza ganhasse ainda mais relevo.

Num dia solene qualquer, passamos pela avenida Niévski num landau enorme e alto: eu, meu irmão e Nikolai Ivánovitch Saltikov. Estávamos nos lugares da frente da carruagem. Dois lacaios empoados, de libré vermelha, estavam postados nas laterais. Era um dia claro de primavera. Eu vestia um uniforme militar, colete branco e, sobre ele, a fita azul da condecoração da Cruz de Santo André, igual ao Kóstia; estávamos de chapéus com plumas que, aqui e ali, tirávamos em cumprimento às pessoas. O povo em volta parava, se curvava para nos saudar, alguns até corriam atrás de nós.

– *On vous salue* – repetia Nikolai Ivánovitch. – *À droite*.[13]

Passamos pelo calabouço e as sentinelas vieram correndo para fora, para nos ver passar.

Esses eu via sempre. O amor pelos soldados, pelos exercícios militares, é algo que tenho desde criança. Incutiram em nós – sobretudo vovó, ela própria, que acreditava nisso menos do que qualquer outra pessoa – que todas as pessoas são iguais e que devíamos nos lembrar sempre disso. Mas eu sabia que aqueles que assim falavam não acreditavam nisso.

Lembro que uma vez Sacha Golítsin, brincando comigo, me empurrou e me machucou.

– Como se atreve?

– Foi sem querer. Não foi tão sério.

Senti o sangue subir ao coração de tanta raiva e afronta. Fui me queixar com Nikolai Ivánovitch e não tive vergonha quando Golítsin me pediu desculpas.

Mas por hoje chega. A vela está chegando ao fim. E preciso juntar uns gravetos para o fogo. O machado está cego e não tenho com que amolar. De resto, não sei mesmo fazer isso.

16 de dezembro

Fiquei dois dias sem escrever. Andei doente. Li o Evangelho, mas não consegui despertar em mim aquela compreensão, aquela relação com Deus que antes experimentava. Antes, muitas vezes pensei que o homem não podia deixar de desejar. Sempre desejei e desejo. Antes, desejei a vitória sobre Napoleão, desejei a pacificação da Europa, desejei me libertar da Coroa, e todos os meus desejos se realizaram, porém, quando se realizaram, pararam de me atrair, ou se tornaram irrealizáveis, e parei de desejar. Mas, enquanto os desejos anteriores estavam por se realizar ou se tornavam irrealizáveis, nasciam desejos novos, e assim continuava

---

13 "Estão saudando os senhores" / "À direita".

até o fim. Agora, desejei o inverno, ele começou, desejei a solidão, e quase consegui, e agora desejo escrever minha vida e fazer isso da melhor forma possível, para ser útil às pessoas. Quer isso se realize, quer não, surgirão desejos novos. A vida toda reside nisso.

Veio à minha cabeça que, se toda a vida consiste na geração de desejos e se a alegria da vida é sua realização, será que não existe um desejo que seja próprio do homem, de todo homem, sempre, e que sempre se realiza, ou melhor, sempre se caminha para sua realização? Então ficou claro para mim que assim seria para o homem que desejasse a morte. Sua vida toda seria uma aproximação do cumprimento desse desejo; e esse desejo certamente se realizaria.

De início, me pareceu estranho. Mas, pensando bem, de repente vi que era isso mesmo, que o único desejo razoável do homem era a aproximação da morte. Não o desejo da morte, da morte em si, mas do movimento da vida que conduz à morte. Esse movimento consiste em libertar das paixões e das seduções o princípio espiritual que habita todas as pessoas. Sinto isso agora, que estou livre da maior parte daquilo que escondia de mim a essência de minha alma, sua unidade com Deus, e escondia Deus de mim. Cheguei a esse estado de modo inconsciente. No entanto, se eu definisse isso como meu bem supremo (e isso não só é possível como deve ser assim), se eu considerasse meu bem supremo libertar-me das paixões e aproximar-me de Deus, então tudo que me aproximasse da morte – a velhice, a doença – seria a realização de meu principal e único desejo. É assim e é o que sinto quando estou saudável. Mas quando, como aconteceu ontem e anteontem, sinto dores na barriga, não consigo despertar esse sentimento e, embora não me oponha à morte, não consigo desejar aproximar-me dela. Sim, esse estado é o estado de sono espiritual. É preciso esperar com calma.

Continuo o texto anterior. O que escrevi sobre minha infância é baseado, sobretudo, no que me contaram, e muitas vezes o que me contaram se mistura com aquilo que de fato experimentei, e assim, às vezes, não distingo o que vivi daquilo que ouvi das pessoas.

Minha vida, toda ela, do meu nascimento até a velhice atual, me faz lembrar um local todo encoberto por uma densa neblina, como o que vi após a batalha de Dresden, quando tudo ficou encoberto, não se enxergava nada, e de repente, aqui e ali, revelavam-se ilhotas, *des éclaircies*,[14] nas quais se viam pessoas e objetos desconexos, envoltos de todos os lados numa cortina impenetrável. Assim são minhas lembranças de infância. Essas *éclaircies* na infância só raramente, muito raramen-

---

14 "Clareiras".

te, se revelam no meio do infinito mar de neblina ou de fumaça; depois, aparecem com frequência cada vez maior. No entanto, até agora, há momentos de que não restou nada em minha memória. Na infância, as clareiras são extremamente escassas e, quanto mais recuo no tempo, mais raras se tornam.

Falei desses intervalos de claridade dos primeiros tempos: a morte de Benkendorf, a despedida de meus pais, as imitações de Kóstia, mas algumas outras lembranças daquele tempo se revelam diante de mim, agora, quando penso no passado. Por exemplo, não lembro claramente quando apareceu Kóstia, quando começamos a morar juntos, no entanto lembro nitidamente que, certa vez, quando eu tinha sete anos e Kóstia cinco, após a missa da véspera do Natal, fomos dormir e, aproveitando que todos tinham saído de nosso quarto, ficamos juntos na mesma cama. Kóstia, só de camisa, subiu em mim e começou alguma brincadeira engraçada, que consistia em dar palmadas um no outro, no corpo nu. E ríamos de doer a barriga, estávamos muito felizes, quando de repente entrou Nikolai Ivánovitch, em seu caftã bordado e com medalhas, sua imensa cabeça empoada, os olhos esbugalhados, e se atirou sobre nós com um horror que eu não consegui entender de forma nenhuma, nos separou e, com raiva, prometeu nos castigar e se queixar à vovó.

Outra recordação marcante, já um pouco mais tarde – eu tinha uns nove anos –, foi uma desavença entre Aleksei Grigórievitvh Orlov e Potiomkin, que teve lugar nos aposentos da vovó e em nossa presença. Foi pouco antes da viagem de vovó à Crimeia e de nossa primeira viagem a Moscou. Como de hábito, Nikolai Ivánovitch nos levou aos aposentos de vovó. O quarto grande, com teto pintado e ornado com relevos, estava cheio de gente. Vovó já estava penteada. O cabelo estava puxado para o alto, acima da testa, e com um arranjo especialmente caprichado no topo da cabeça. Usava um robe branco, sentada diante de uma penteadeira dourada. Suas serviçais estavam a seu lado e arrumavam sua cabeça. Sorrindo, ela olhava para nós, enquanto continuava a falar com um general grande, alto, largo, com a fita da condecoração de Santo André e, na face, uma cicatriz apavorante, que ia da boca até a orelha. Era Orlov, *Le Balafré*.[15] Foi a primeira vez que o vi. Em torno da vovó, estavam cães galgos e borzóis. Minha preferida, Mimi, pulou do colo da vovó, saltou com as patas sobre mim e lambeu meu rosto. Chegamos perto da vovó e beijamos sua mão branca e balofa. A mão se virou e os dedos recurvos seguram meu rosto e me afagam. Apesar dos perfumes, sinto o cheiro desagradável da vovó. Mas ela continua a olhar para o *Balafré* e fala com ele.

---

15 Marcado por cicatriz.

– Que rapagão – diz ela, apontando para mim. – O senhor ainda não o tinha visto, não é, conde? – pergunta.

– Os dois são belos rapazes – diz o conde, beijando minha mão e a de Kóstia.

– Muito bem, muito bem – diz ela para a criada que ajeita o gorro em sua cabeça. Essa criada, Mária Stiepánovna, era uma mulher empoada, maquiada, simpática, que sempre me fazia carinho.

– *Où est ma tabatière?*[16]

Lanskoi se adianta e entrega a tabaqueira aberta. Vovó cheira e, sorrindo, olha para Matriona Danílovna, sua comediante particular, que se aproxima.[17]

1905

---

16 "Onde está minha caixinha de rapé?".

17 O texto se interrompe aqui.

PADRE VASSÍLI

I

Era outono. Ainda não tinha amanhecido quando uma carroça, fazendo grande barulho pela estrada congelada, chegou à casa pequena, de duas alas e telhado de palha, que pertencia ao sacerdote Vassíli Davíditch. Da carroça, desceu um mujique de caftã com a gola levantada e gorro e, depois de prender o cavalo, começou a bater com o chicote na janela da ala em que sabia residirem o empregado e a cozinheira do padre.

– Quem é?

– Quero falar com o padre.

– Para quê?

– Tem uma pessoa doente.

– De onde você é?

– Vozdremo.

O empregado acendeu um lampião, foi para o vestíbulo e para o lado de fora e deixou o mujique entrar pelo portão.

De xale, botas de feltro e casaco curto forrado de pele, a mulher do padre, gorda e troncuda, saiu da ala dos patrões e começou a falar com voz rouca e zangada:

– Quem mais o diabo mandou aqui para esta casa?

– Vim falar com o padre.

– Mas vocês ainda estão dormindo? Nem acenderam a estufa.

– Já está na hora?

– Eu não estaria falando se não estivesse na hora.

O mujique de Vozdremo entrou na ala dos empregados, fez o sinal da cruz voltado para os ícones, cumprimentou a senhora com uma reverência e sentou-se num banco junto à porta.

A esposa do mujique estava sofrendo havia muito tempo, dera à luz uma criança morta e agora ela mesma estava morrendo.

O mujique sentou-se e, enquanto via o que acontecia na isbá, pensava no modo de transportar o padre: diretamente, ou por Kóssoie, como tinha vindo, ou então fazendo um desvio. "Pelo lado da aldeia já está horrível. O rio congelou, mas o gelo não sustenta a carroça. Quase não consegui passar." O empregado entrou e, depois de largar uma braçada de lenha de bétula junto à estufa, pediu que o mujique picasse lascas de uma acha seca. E o mujique começou a trabalhar.

O sacerdote acordou alegre e bem-disposto, como sempre. Ainda deitado na cama, fez o sinal da cruz e pronunciou sua oração predileta, "Ao Rei do Céu", e repetiu algumas vezes:

– Senhor, tende misericórdia.

Depois de baixar os pés no chão, se calçou, se lavou, penteou o cabelo comprido, vestiu a batina velha e se pôs de pé na frente dos ícones para rezar. No meio do pai-nosso, nas palavras "perdoai nossas dívidas, assim como perdoamos nossos devedores", ele se deteve e lembrou-se do diácono que havia encontrado na véspera, com ar de embriagado, e que murmurava com uma voz que mal dava para ouvir:

– Fariseus, hipócritas.

As palavras "fariseus, hipócritas" tinham ofendido Vassíli Davídovitch de forma especial, porque ele se considerava sujeito a todos os defeitos, menos à hipocrisia. E ficou aborrecido com o diácono. "Deixe para lá", disse consigo, "que Deus o ajude", e foi em frente. Nas palavras "não nos deixeis cair em tentação", lembrou-se de que, na véspera, depois da vigília doméstica que ele havia celebrado na casa do rico proprietário Moltchánov, sentiu prazer ao beber chá com rum.

II

Depois de rezar, mirou-se num espelho que deformava o rosto, penteou de ambos os lados os cabelos louros que cresciam em redor de uma grande calva, observou com prazer o rosto largo, simpático, de barba rala, jovial, apesar de seus quarenta e dois anos, e saiu rumo à sala, para onde a esposa, afobada, com dificuldade, tinha acabado de trazer o samovar à beira de ferver.

– Por que está cuidando disso? E a Fiokla?

– Por que está cuidando disso? – arremedou a mulher do padre. – Quem vai fazer?

– Mas por que tão cedo?

– Tem alguém de Vozdremo para falar com você, por causa de uma pessoa doente. A mulher está morrendo.

– Chegou faz muito tempo?

– Já faz um tempo.

– Por que não me acordaram?

O padre Vassíli bebeu o chá do jejum[1] (era sexta-feira), pegou o material para o sacramento, vestiu o casaco de pele, o gorro e saiu a passo firme para a porta. O mujique de Vozdremo o esperava no vestíbulo.

---

1 Sem leite.

– Bom dia, Mítri – disse o padre Vassíli e, arregaçando a manga, fez o sinal da cruz para o mujique, lhe deu para beijar a mão pequena e firme, de unhas curtas e lixadas, e saiu para a varanda.

O sol tinha nascido, mas não dava para vê-lo atrás das nuvens baixas. O mujique pegou a carroça no portão e levou-a até a frente da varanda. Vassíli Davíditch subiu com facilidade na carroça, apoiando-se num dos raios da roda de trás, e sentou-se no banco forrado de feno. Mítri sentou-se ao lado, tocou o chicote na égua pançuda, de orelhas caídas, e a carroça seguiu, fazendo muito barulho, pela estrada congelada. Uma neve fina pairava no ar.

III

A família de Vassíli Davídovitch Mojáiski consistia em esposa, a mãe dela, viúva de um pope, e três filhos: dois meninos e uma menina. O mais velho tinha terminado o curso no seminário e se preparava para a faculdade; o segundo, o caçula Aliocha, era o predileto da mãe, tinha quinze anos e ainda estava no seminário; a filha, Liona, de dezesseis anos, morava em casa, pouco ajudava a mãe e estava insatisfeita com sua vida. O próprio Mojáiski, em seu tempo de seminário, tinha sido tão bom estudante que, em 1840, ao terminar o curso entre os melhores alunos, se preparou para entrar na Academia e sonhava em ser professor na universidade ou bispo. Mas sua mãe, viúva de um sacristão, com um filho alcoólatra e três filhas, passava grande necessidade. E a decisão que ele tomou, então, deu a toda a sua vida um sentido de sacrifício e de renúncia. A fim de não magoar a velha mãe, resolveu abandonar os sonhos de Academia e tornar-se sacerdote no campo. Fez isso por amor à mãe, porém, para si mesmo, não era assim que justificava sua decisão: ele a justificava como fruto da preguiça e da falta de amor pelo estudo.

A condição para obter o cargo de sacerdote num povoado pequeno era o casamento com a filha do sacerdote anterior. Tratava-se de um emprego modesto, o sacerdote anterior era pobre, como era pobre também sua família: a viúva e as duas filhas.

A tal Ánnotchka a que estava ligada a obtenção do cargo era uma jovem feia, mas muito animada, e, no verdadeiro sentido da palavra, enfeitiçou Vassíli Davídovitch, forçou-o a casar sem refletir.

Vassíli Mojáiski casou-se e tornou-se o padre Vassíli, de início com cabelos curtos, mas depois compridos, e viveu feliz com a esposa Anna Tikhónovna por vinte e dois anos, e agora, apesar de uma breve paixão romântica de Anna Tikhónovna por um estudante universitário, filho do diácono anterior, Vassíli continuava a ser bom para ela como antes e parecia amar a esposa com mais ternura ainda, para compensar o sentimento ruim que teve por ela durante sua paixão. Essa paixão serviu para Vassíli como mais um motivo para o mesmo sentimento de renúncia e abnegação em razão do qual havia desistido da Academia, e lhe deu a mesma discreta alegria interior e serena.

IV

De início, o pope e o mujique viajaram calados. Mas a estrada tinha tantos buracos que, apesar de andarem devagar, a carroça sacudia de um lado para outro e o pope volta e meia escorregava do banco, se ajeitava e se enrolava no casaco.

Só quando saíram da aldeia, atravessaram o canal e o mujique entrou no prado, o pope começou a falar:

– Então quer dizer que a patroa está muito mal? – perguntou.

– Já nem deve estar viva – respondeu o mujique, relutante.

– Está nas mãos de Deus, não nas nossas. É a vontade divina – disse o pope. – O que fazer? Agora é se conformar.

O mujique ergueu a cabeça e lançou um olhar para o rosto do pope. Estava claro que queria dizer alguma coisa áspera. Porém, ao ver o rosto que o fitava com carinho, se abrandou, sacudiu a cabeça e disse apenas:

– A vontade de Deus é a vontade de Deus. Mas é muito difícil, padre. Estou sozinho. O que se vai fazer com a criançada?

– Não perca a coragem, Deus vai ajudar.

O mujique não respondeu e se limitou a xingar a égua, que havia passado do trote para o passo lento, e deu puxões nas rédeas.

Entraram na floresta, onde a estrada cheia de sulcos era igualmente ruim para todas as direções. Seguiram muito tempo calados, atentos aos locais por onde era melhor passar. Só quando saíram na estrada que seguia entre fileiras radiantes de plantações o pope recomeçou a falar:

– Bonita plantação – disse ele.

– É – disse o mujique e não respondeu a mais nada que o pope falou.

Chegaram à casa da enferma na hora do desjejum.

A mulher ainda estava viva. O sofrimento tinha acabado e ela estava deitada na cama, fraca demais para se mexer, só pelo movimento dos olhos demonstrava a presença de vida. Com ar de súplica, fitava o sacerdote e apenas o sacerdote. A seu lado, estava uma velha. Os filhos estavam em cima da estufa. A filha mais velha, de dez anos, só de camisa, sem gorro, estava de pé junto a um pilar, como se fosse adulta, a cabeça apoiada na mão direita e o cotovelo apoiado na esquerda, e olhava para a mãe em silêncio.

O pope chegou perto da doente, rezou uma prece, deu o sacramento, fez o sinal da cruz sobre ela e rezou para os ícones.

A velha se aproximou da agonizante, olhou para ela, balançou a cabeça e cobriu seu rosto com um pano. Dali, chegou perto do pope e pôs uma moeda em sua mão. Ele sabia que era uma moeda de cinco copeques e guardou-a.

O dono da casa entrou.

– Morreu? – perguntou.

– Está morrendo – respondeu a velha.

Ao ouvir isso, a menina começou a chorar, enquanto balbuciava alguma coisa. Em três vozes, as crianças que estavam em cima da estufa também começaram a berrar.

O mujique fez o sinal da cruz, se aproximou da esposa, retirou o pano e olhou para ela. O rosto sem sangue estava calmo e imóvel. O mujique ficou parado uns dois minutos diante da morta, depois cobriu o rosto de novo com cuidado e fez novamente o sinal da cruz algumas vezes, virou para o pope e disse:

– E então, está na hora de ir?

– Pois é, vamos.

– Certo. A égua tem de tomar um pouco de água.

E o mujique saiu da isbá.

A velha começou uma cantoria de lamento, que falava de órfãos, sem mãe, sem ninguém que os alimentasse, que os vestisse, e que crianças sem a mãe são como filhotes de passarinho que caem do ninho. E a cada verso da cantoria, ela tomava fôlego, com força e barulho, e ouvindo a si mesma, ficava cada vez mais comovida. O pope escutava, ficou triste, teve pena das crianças e quis fazer alguma coisa para elas. Apalpou a carteira dentro do bolso e lembrou que ainda tinha ali meio rublo, que ganhara no dia anterior na casa de Moltchánov. Não tivera tempo de entregar para a esposa, como fazia com todo o dinheiro, e, sem pensar nas consequências, pegou o meio rublo, mostrou para a velha e colocou no peitoril da janela.

O dono da casa entrou sem casaco e disse que tinha pedido ao compadre que levasse o padre, enquanto ele ia arranjar tábuas para fazer o caixão.

V

O compadre de Mítia que levou Vassíli Davídovitch para casa era um mujique barbado, ruivo, bem-disposto, alegre e falante. Para celebrar a convocação do filho para o Exército, ele já havia bebido muito e estava especialmente alegre.

– A égua do Mítia já não se aguentava mais – disse ele. – Por que não ajudar? A gente tem de ter pena. Não estou dizendo a verdade?... Ei, vamos, meu amigo – gritou para o cavalo baio castrado, de rabo amarrado com força, e tocou-o com o chicote.

– Vá mais devagar – disse Vassíli Davídovitch, sacudindo com os buracos da estrada.

– Tudo bem, a gente pode ir mais devagar. E aí, ela morreu?

– Sim, descansou – disse o pope.

O ruivo também queria ter pena, mas também tinha vontade de se divertir.

– Bom, uma mulher se foi, uma moça vai vir – disse ele, dando alegria à voz.

– Não, dá pena de verdade – disse o pope.

– Claro que dá pena. Coitado. Ficou sozinho. Vem cá, ele disse, leve o pope, minha égua está cansada. Claro, a gente tem de ter pena mesmo. É o que eu digo, não é, padre?

– E você, pelo que vejo, já bebeu muito. Não é? Isso não adianta nada, Fiódor. Hoje é dia útil.

– E por acaso eu bebo à conta dos outros? Bebo por minha conta mesmo. Levei meu filho para o Exército. Desculpe, padre. Em nome de Cristo.

– O que tenho para perdoar? Só disse que é melhor não beber.

– E é melhor mesmo, mas como? Se eu fosse qualquer um, mas graças a Deus a gente vive bem. Na frente dos outros, não pode. Mas no fundo tenho muita pena do Mítri. Como é que pode não ter pena? No verão, alguém roubou o cavalo dele. Hoje em dia, o povo também não quer saber.

E Fiódor começou a contar uma história comprida, como roubaram uns cavalos na feira, como tiraram o couro de um para vender e como os mujiques apanharam um ladrão.

– E bateram, mas bateram tanto – contou Fiódor com prazer.

– Mas bater para quê?

– Mas, então, era para fazer carinho?

Em conversas como essa, acabaram chegando à casa de Vassíli Davídovitch.

Vassíli Davídovitch esperava poder descansar, mas para seu azar, em sua ausência, havia chegado um documento do deão e uma carta do filho. O documento do deão não tinha importância, mas a carta do filho provocou uma tempestade na família, que ganhou mais força ainda quando a esposa do pope exigiu dele o dinheiro das vésperas celebradas no dia anterior, e ele já não tinha o meio rublo. A perda do meio rublo apenas reforçou a raiva da esposa, mas a causa principal da raiva foi a carta do filho e a impossibilidade de satisfazer seu desejo, impossibilidade cuja causa a esposa do pope identificava na indiferença do marido.

1906

PARA QUÊ?

I

Na primavera de 1830, a Rozanka, a propriedade ancestral da família do Pan Jaczewski, chegou o filho único de um amigo falecido, o jovem Ióssif Migurski. Jaczewski era um velho de sessenta anos, testa larga, peito largo, bigodes compridos e brancos no rosto vermelho-tijolo, um patriota dos tempos da segunda divisão da Polônia.[1] Quando jovem, tinha servido no Exército com o pai de Migurski, sob a bandeira de Kosciuszko, e, com todas as forças de seu espírito patriótico, odiava a prostituta apocalítica, como ele chamava Catarina II, e seu amante, o traidor abominável Poniatowski, e continuava a acreditar na restauração da Rzecz Pospolita,[2] assim como acreditava que o sol ia nascer depois da noite. Em 1812, comandou um regimento das tropas de Napoleão, a quem adorava. A ruína de Napoleão deixou-o abatido, mas ele não perdeu a esperança na restauração, ainda que mutilada, do reino da Polônia. A instauração do Parlamento em Varsóvia, por Alexandre I, reanimou suas esperanças, mas a Santa Aliança,[3] a reação por toda a Europa e a tirania de Konstantin[4] adiaram a realização do desejo acalentado. A partir de 1825, Jaczewski se fixou no campo e vivia o tempo todo em sua Rozanka, se ocupava com a propriedade, a caça e a leitura de jornais e cartas, por meio dos quais acompanhava, ainda com ardor, os acontecimentos políticos em sua pátria. Era casado em segundas núpcias com uma bela e empobrecida *szlchatka*[5] e seu casamento não era feliz. Ele não amava nem respeitava a segunda esposa, sentia-se incomodado com ela, tratava-a mal, de modo grosseiro, como se castigasse a esposa por seu próprio erro de ter casado uma segunda vez. Não tinha filhos com a segunda esposa. Da primeira, tinha duas filhas: a mais velha, Wanda, uma beldade imponente, que sabia o valor da própria beleza e se sentia entediada no campo, e a caçula, Albina, a predileta do pai, menina animada, magra, de cabelos louros, cacheados, e olhos grandes, brilhantes, azuis e afastados um do outro, como os do pai.

Albina tinha quinze anos quando da visita de Ióssif Migurski. Tempos antes,

---

1 Em 1793, a Polônia foi dividida entre a Prússia e a Rússia.

2 Denominação tradicional da nação polonesa a partir de 1569, quando a Lituânia e a Polônia estavam unificadas num só reino.

3 Coalizão entre Rússia, Áustria e Prússia, decorrente da derrota de Napoleão.

4 Irmão do tsar Alexandre I. Governou a Polônia como um ditador.

5 Mulher da aristocracia polonesa.

quando era estudante, Migurski já estivera na casa de Jaczewski, em Vilnius, onde eles passavam os invernos, havia cortejado Wanda e agora vinha visitá-los no campo, pela primeira vez na condição de homem adulto e independente. A chegada do jovem Migurski agradou a todos os moradores de Rozanka. Agradou ao velho, porque o rapaz o fazia lembrar-se do amigo, pai dele, no tempo em que os dois eram jovens, e conversavam com o mesmo ardor e com as mais róseas esperanças sobre a fermentação revolucionária não só na Polônia, mas também no exterior, de onde o jovem tinha acabado de chegar. Agradou à Pani Jaczewskaia, porque, diante de visitas, o velho Jaczewski se continha e não brigava com ela por qualquer motivo, como era seu costume. Agradou a Wanda, porque estava convencida de que Migurski tinha vindo por sua causa, com o propósito de lhe fazer um pedido de casamento; ela se preparava para responder que aceitava, mas tinha a intenção de, como ela mesma dizia para si, *lui tenir la dragée haute*.[6] Albina estava contente, porque todos estavam contentes. Não era só Wanda que estava convencida de que Migurski tinha vindo com a intenção de fazer um pedido de casamento. Todos na casa pensavam assim – do velho Jaczewski até a governanta Ludvika, apesar de ninguém o dizer.

E era mesmo verdade. Migurski viera com essa intenção, mas, depois de uma semana, confuso e desconcertado com alguma coisa, foi embora sem fazer o pedido de casamento. Todos ficaram surpresos com aquela partida inesperada e ninguém, exceto Albina, entendia o motivo. Albina sabia que o motivo da estranha partida era ela mesma. Durante todo o tempo em que Migurski esteve em Rozanka, ela notou que o rapaz só ficava especialmente animado e alegre quando se achava em sua companhia. Ele a tratava como uma criança, brincava com ela, a provocava, mas Albina, com faro de mulher, pressentia que nessa maneira de tratá-la não havia a atitude de um adulto com uma criança, mas sim de um homem com uma mulher. Albina percebia isso no olhar enamorado e no sorriso afetuoso dele quando a encontrava, ou quando Migurski entrava num aposento onde ela estava, e no fato de que ele a acompanhava, quando ela saía. Albina não formulava para si mesma uma resposta clara sobre o significado daquilo, mas a atitude de Migurski em relação a ela a deixava alegre e, sem se dar conta, Albina tentava fazer tudo que agradasse a ele. Já Migurski, tudo o que Albina fizesse lhe agradava. Por isso, na presença dele, Albina fazia tudo com um entusiasmo especial. A Migurski, agradava a maneira como ela apostava corrida com o belo cão borzói, que pulava em cima dela e lambia seu rosto radiante, afogueado e vermelho; agradava-lhe a maneira como Albina, continuando a sorrir alegremente com os olhos, fazia cara séria e ouvia o sermão maçante do padre cató-

---

6 Criar alguma dificuldade. Literalmente, em francês: "Segurar no alto a amêndoa confeitada".

lico; agradava-lhe a maneira como ela imitava, com extraordinária exatidão e senso de humor, a velha governanta, ou um vizinho beberrão, ou o próprio Migurski, passando num piscar de olhos da representação de um para o retrato de outro. Acima de tudo, agradava-lhe sua vivacidade entusiasmada, como se ela tivesse acabado de descobrir todo o encanto da vida e se apressasse para desfrutá-lo. Agradava a Migurski aquela vivacidade peculiar de Albina, mas a vivacidade se alvoroçava e aumentava exatamente porque ela sabia que a vivacidade o encantava. Por isso só Albina sabia por que Migurski, que tinha vindo para pedir Wanda em casamento, fora embora sem fazer o pedido. Embora não se decidisse a contar a ninguém, e também não o dissesse com clareza nem para si mesma, no fundo da alma ela sabia que Migurski queria gostar da irmã, mas acabou gostando dela, Albina. Isso deixou Albina muito surpresa, pois se considerava inteiramente insignificante em comparação com a inteligente, culta e bela Wanda, porém não podia ignorar que era verdade e também não podia deixar de se alegrar com isso, porque ela mesma, com todas as forças da alma, tinha se enamorado de Migurski, e o amava como se ama só na primeira vez, e só uma vez, na vida.

II

No fim do verão, os jornais trouxeram a notícia da revolução em Paris.[7] Depois, começaram a chegar notícias sobre as iminentes desordens em Varsóvia. Com temor e esperança, Jaczewski esperava, a cada chegada do correio, a notícia do assassinato de Konstantin e do início da revolução. Por fim, em novembro, chegou a Rozanka a notícia, primeiro, da queda do palácio Belvedere e da fuga de Konstantin Pávlovitch; depois, de que o Parlamento havia declarado que a dinastia Románov estava banida do trono polonês, que Chlopicki tinha sido declarado ditador e que o povo polonês estava livre de novo. A revolta não chegou a Rozanka, mas todos os habitantes do local acompanhavam seus passos, esperavam sua chegada ao local e se preparavam para isso. O velho Jaczewski trocava cartas com um velho conhecido, que era um dos líderes da revolta, recebia agentes comerciais secretos judeus, não para tratar de questões econômicas, mas revolucionárias, e se preparava para integrar-se à revolta, quando chegasse a hora. Pani Jaczewskaia, não como sempre e sim mais ainda, se preocupava com as condições materiais do marido e, como sempre, por isso mesmo, o irritava cada vez mais. Wanda mandou seus diaman-

---

7 Chamada Revolução de Julho, contra Carlos X.

tes para uma amiga em Varsóvia vender e, depois, doar o dinheiro para o comitê revolucionário. Albina só se interessava pelo que Migurski fazia. Por meio do pai, soube que ele fazia parte da brigada de Dwernicki e Albina tentava saber de tudo o que dissesse respeito àquela brigada. Migurski escreveu duas vezes: uma vez comunicou que tinha se incorporado ao Exército; na outra vez, na metade de fevereiro, mandou uma carta entusiástica sobre a vitória dos poloneses em Stoczek, onde capturaram seis canhões russos e fizeram prisioneiros. "*Zwyciestwo Polakòw i kleska Moskali! Wiwat!*"[8] – assim ele terminava a carta. Albina ficou em êxtase. Observava a carta, avaliava quando e onde os moscovitas deviam ser definitivamente derrotados e ficava pálida e trêmula quando o pai desembrulhava lentamente os pacotes trazidos pelo correio. Certa vez, a madrasta, ao entrar no quarto de Albina, surpreendeu-a na frente do espelho, em calças de homem e *konfederatka*.[9] Albina se preparava para fugir de casa em roupas masculinas a fim de se incorporar às tropas polonesas. A madrasta contou para o pai. O pai chamou a filha e, escondendo sua simpatia por ela, e até sua admiração, repreendeu-a com dureza e exigiu que tirasse da cabeça as ideias tolas sobre participar da guerra.

– As mulheres têm outra função: amar e confortar aqueles que se sacrificam pela pátria – disse ele.

Agora, Albina era necessária a ele, constituía sua alegria e seu consolo, e chegaria o tempo em que ela também seria necessária ao marido. Ele sabia como impressionar Albina. Lembrou que era um homem sozinho e infeliz, e beijou-a. Ela estreitou seu rosto ao dele, escondendo as lágrimas, que mesmo assim molharam a manga do roupão do pai, e lhe prometeu não tomar nenhuma iniciativa sem sua concordância.

III

Só as pessoas que experimentaram o mesmo que os poloneses, depois da divisão da Polônia e da sujeição de uma parte de seu país ao poder dos odiados alemães e da outra parte ao poder dos ainda mais odiados moscovitas, podem entender o júbilo que os poloneses experimentaram nos anos de 1830 e 1831, quando, após as primeiras tentativas frustradas de libertação, uma nova esperança de libertação pareceu viável. Mas tal esperança não durou muito. As forças eram demasia-

---

8 "Vitória aos poloneses, destruição aos moscovitas! Viva!".

9 Quepe militar polonês.

do desproporcionais e a revolução, mais uma vez, foi esmagada. Mais uma vez, de forma insensata, dezenas de milhares de russos foram subjugados e conduzidos à Polônia e, sob o comando ora de Dibitch, ora de Paskevitch, e também do chefe supremo, Nicolau I, sem saberem eles mesmos para que faziam isso, depois de encharcarem a terra com o próprio sangue e com o sangue de seus irmãos poloneses, os esmagaram e os devolveram, mais uma vez, ao poder de pessoas fracas e insignificantes, que não queriam nem a liberdade nem a opressão dos poloneses, mas sim só uma coisa: satisfazer sua ambição e sua vaidade infantil.

Varsóvia foi tomada, as brigadas isoladas foram destruídas. Centenas, milhares de pessoas foram fuziladas, surradas com porretes, exiladas. Entre os exilados, estava o jovem Migurski. Sua propriedade foi confiscada e ele mesmo foi alistado como soldado raso no batalhão de linha de Uralsk.

Os Jaczewski passaram o inverno de 1832 em Vilnius, por causa da saúde do velho, que havia trinta e um anos sofria do coração. Lá, ele recebeu uma carta de Migurski, vinda da fortaleza onde servia. Contou que, por mais penoso que fosse o que ele havia suportado, e o que ainda teria de enfrentar, estava feliz, porque tivera a chance de sofrer pela pátria; disse que não perdera a esperança naquela causa sagrada, à qual tinha sacrificado uma parte da própria vida e estava disposto a sacrificar a vida que lhe restava, e que, se amanhã surgisse uma nova oportunidade, ele agiria da mesma forma. Ao ler a carta em voz alta, o velho soluçou nesse ponto e demorou muito, até conseguir continuar. Na parte restante da carta, que Wanda leu em voz alta, Migurski escreveu que "quaisquer que tenham sido seus planos e sonhos" na ocasião de sua última visita, que permaneceria para sempre como um ponto luminoso em sua vida, ele agora não podia e não queria falar sobre aquilo.

Wanda e Albina entenderam, cada uma à sua maneira, o sentido de tais palavras, porém não explicaram a ninguém como as entendiam. No fim da carta, Migurski mandou saudações a todos e, de passagem, no mesmo tom de brincadeira com que se dirigia a Albina na época de sua visita, se dirigiu a ela também na carta, perguntando se ainda corria tão depressa, ultrapassando o cão borzói, e se ainda imitava todos tão bem quanto antes. Desejou saúde ao velho, sucesso nos afazeres domésticos para a mãe, um marido que fosse digno de Wanda e que Albina continuasse a ter a mesma vivacidade de antes.

IV

A saúde do velho Jaczewski ficava cada vez pior e, em 1833, a família toda mudou-se para o exterior. Em Baden, Wanda conheceu um emigrante polonês rico e casou com ele. O velho enfermo piorou e, no início de 1833, morreu no exterior, nos braços de Albina. Não havia permitido que a esposa o acompanhasse e, até o último minuto, não pôde lhe pedir perdão pelo erro que havia cometido ao casar com ela. Pani Jaczewskaia voltou com Albina para o campo. O principal interesse da vida de Albina era Migurski. A seus olhos, era o maior dos heróis e mártires, a quem havia decidido dedicar sua vida. Ainda antes da partida para o exterior, Albina havia começado a se corresponder com ele, primeiro como porta-voz do pai, depois por conta própria. Em seguida à morte do pai, ela voltou à Rússia e continuou a se corresponder com ele e, quando fez dezoito anos, comunicou à madrasta que decidira partir para Uralsk, ao encontro de Migurski, a fim de casar com ele. A madrasta passou a acusar Migurski de, por motivos egoístas, buscar alívio para sua situação difícil seduzindo uma jovem rica e obrigando-a a compartilhar sua infelicidade. Albina irritou-se e declarou à madrasta que só ela era capaz de atribuir pensamentos tão baixos ao homem que havia sacrificado tudo por seu povo, que Migurski, ao contrário, rejeitava a ajuda que ela lhe oferecia e que ela, de forma irrevogável, decidira ir a seu encontro e casar com ele, caso Migurski quisesse lhe dar essa felicidade. Albina era maior de idade e tinha dinheiro – os trinta mil zloti que um tio falecido deixara para as duas sobrinhas. Portanto, nada podia impedir Albina.

Em novembro de 1833, Albina deu adeus aos criados, que se despediram com lágrimas, como se fosse sua morte, na hora da partida rumo à distante e desconhecida fronteira da bárbara Moscóvia, e ela sentou ao lado da velha e dedicada governanta Ludvika, que Albina levou consigo, no trenó fechado que pertencia ao pai e que tinha sido reformado para aquela longa viagem, e seguiu pela longa estrada.

V

Migurski não morava na caserna, mas num alojamento individual. Nikolau Pávlovitch[10] exigia que os oficiais poloneses rebaixados de posto não apenas suportassem todo o peso da vida dura de um soldado raso como também sofressem todas as humilhações a que os soldados estavam sujeitos na época; porém a maior parte das pessoas simples que deveriam cumprir tais ordens compreendia todo o peso da situação daqueles rebaixados e, apesar do perigo decorrente de não cumprirem sua vontade, quando possível, não a cumpriam. O comandante do batalhão a que Migurski fora incorporado era um semianalfabeto que tinha subido na hierarquia

---

10 O tsar Nicolau I.

desde o posto de soldado raso e compreendia a situação do jovem instruído que havia sido rico e perdera tudo, sentia pena de Migurski, o respeitava e lhe fazia todo tipo de concessão. E Migurski não podia deixar de reconhecer a bondade do tenente-coronel de costeletas brancas no rosto gorducho de soldado e, para recompensá-lo, aceitou dar aulas de francês e matemática para seus filhos, que se preparavam para entrar na escola militar.

A vida de Migurski em Uralsk, que já se arrastava havia seis meses, era não só monótona, melancólica e maçante como também árdua. Além do comandante do batalhão, de quem ele tentava manter a maior distância possível, suas relações se limitavam a um polonês desterrado, homem desagradável, dissimulado e de pouca instrução, que ali trabalhava no comércio de peixes. O que havia de mais penoso na vida de Migurski era sua dificuldade para se habituar à penúria. Depois do confisco de sua propriedade rural, ele ficou sem nenhum recurso e conseguia sobreviver vendendo os objetos de ouro que lhe restaram.

Sua única e grande alegria após a deportação era a correspondência com Albina, a imagem meiga, poética, que desde o tempo de sua estadia em Rozanka ficara gravada em seu espírito e agora, no exílio, se tornava cada vez mais bela. Numa de suas primeiras cartas, ela, de passagem, perguntou o que significavam as palavras que Migurski escrevera numa carta antiga: "Quaisquer que tenham sido meus planos e sonhos". Ele respondeu que agora podia confessar que os sonhos eram pedir Albina em casamento. Ela respondeu que o amava. Ele respondeu que melhor seria ela não ter escrito isso, porque era horrível pensar que na época seria possível e que agora não era mais. Albina respondeu que não só era possível como iria acontecer, a qualquer preço. Ele respondeu que não podia aceitar o sacrifício dela, que nas condições atuais isso era impossível para ele. Logo depois dessa carta, Migurski recebeu uma remessa de dois mil zloti. Pelo selo no envelope e pela letra, reconheceu que tinha sido enviado por Albina e lembrou que, numa das primeiras cartas, em tom de brincadeira, ele tinha descrito para ela a satisfação que experimentava agora com as aulas, que lhe rendiam o dinheiro necessário para comprar tudo de que necessitava – chá, tabaco e até livros. Migurski colocou o dinheiro em outro envelope e o devolveu, junto com uma carta, na qual pediu que ela não corrompesse com dinheiro as sagradas relações que havia entre ambos. Ele tinha tudo em quantidade suficiente, escreveu, e sentia-se plenamente feliz sabendo que tinha uma amiga como ela. Com isso, a correspondência entre os dois parou.

Em novembro, Migurski estava na casa do tenente-coronel, dando aula para os meninos, quando se ouviu a sineta de uma carruagem de posta que se aproximava, o chiado de esquis sobre a neve congelada, e um trenó parou na frente da casa.

Os meninos se levantaram de um pulo para ver quem tinha chegado. Migurski ficou no quarto, olhando para a porta e esperando o regresso das crianças, mas pela porta veio a própria esposa do tenente-coronel.

– Pan, algumas senhoras vieram para ver o senhor, estão perguntando pelo senhor – disse. – Devem vir da sua terra, parecem polonesinhas.

Se perguntassem a Migurski se achava possível que Albina viesse vê-lo, responderia que era inconcebível; mas, no fundo, era o que esperava. O sangue afluiu ao coração e ele, ofegante, correu para a entrada. Ali, uma mulher gorda, com o rosto marcado por bexigas, estava desamarrando o xale que cobria a cabeça. Outra mulher estava entrando pela porta do quarto do tenente-coronel. Ao ouvir passos atrás de si, ela se virou. Por baixo do capuz, brilharam os olhos azuis de Albina, alegres, radiantes, bem afastados um do outro, com as pestanas cobertas de geada. Ele parou estupefato, sem saber como recebê-la, como cumprimentá-la.

– Iusiô! – gritou Albina, chamando-o como o pai o chamava e como ela mesma o chamava, em pensamento, envolveu seu pescoço com os braços, uniu ao rosto dele seu rosto frio, ruborizado, e começou a rir e chorar.

Sabendo quem era Albina e por que tinha vindo, a boa esposa do tenente-coronel recebeu-a e hospedou-a em sua casa, até o casamento.

VI

O generoso tenente-coronel insistiu muito até obter uma autorização de seus superiores. Chamaram um padre católico de Orenburg e casaram os Migurski. A esposa do comandante do batalhão foi a madrinha, um dos alunos levou o ícone e Brzozowski, o polonês exilado, foi o padrinho.

Albina, por mais estranho que possa parecer, amava apaixonadamente seu marido, mas não o conhecia de maneira nenhuma. Só agora travava conhecimento com ele. Nem é preciso dizer que ela descobriu no homem de carne e osso muitas coisas banais e nada poéticas que não existiam na imagem que ela trazia e alimentava na imaginação; porém, justamente por ser um homem de carne e osso, Albina descobriu nele muitas coisas simples e boas que não existiam naquela imagem abstrata. Por conhecidos e amigos, Albina ouvira falar da bravura de Migurski na guerra e sabia da coragem com que enfrentara a perda da fortuna e da liberdade e o imaginava como um herói, sempre levando uma vida heroica e grandiosa; mas na realidade, mesmo com sua incomum força física e bravura, ele se revelou um dócil e tímido cordeiro, um homem extremamente simples, com suas brincadeiras bem-humoradas, com o mesmo sorriso infantil na boca sensual, rodeada pelo bigode e pela barba loura que fascinavam Albina em Rozanka, e com um inextinguível cachimbo, que foi um grande incômodo para ela durante a gravidez.

Também Migurski só agora estava conhecendo Albina e, pela primeira vez, descobria a mulher que havia nela. Nas mulheres que tinha conhecido antes do casamento, ele não pudera conhecer a mulher propriamente. E aquilo que descobriu em Albina, como na mulher em geral, o surpreendeu e poderia muito bem deixá-lo desapontado com a mulher em geral, caso não sentisse por Albina, e só por Albina, uma ternura e uma gratidão especial. Por Albina, como pelas mulheres em geral, ele sentia uma indulgência carinhosa, um pouco irônica, mas por Albina, e só por Albina, sentia um amor terno e um arrebatamento, além da consciência de uma dívida impossível de pagar, por causa do sacrifício dela, que lhe deu uma felicidade imerecida.

Os Migurski eram felizes porque, dirigindo toda a força de seu amor de um para o outro, experimentavam, em meio a pessoas estranhas, o sentimento de dois andarilhos que, sob os rigores do inverno gelado, se aquecem um ao outro. A alegria da vida dos Migurski era reforçada graças à participação da governanta Ludvika, generosa, ranzinza e divertida, abnegadamente dedicada à sua senhora, como uma escrava, e pronta para se apaixonar por qualquer homem. Os Migurski também foram felizes com os filhos. Após um ano, nasceu um menino. Um ano e meio depois, uma menina. O menino era uma réplica da mãe: os mesmos olhos, a mesma vivacidade e graça. A menina era um animalzinho selvagem, saudável e bonito.

No entanto os Migurski eram infelizes devido a seu afastamento da terra natal e, sobretudo, ao peso da condição de pobreza a que não estavam acostumados. Albina era quem mais sofria com aquela pobreza. Ele, o seu Iusiô, o herói, o homem ideal, tinha de prestar continência diante de qualquer oficial, ficar em posição de apresentar armas, ficar de sentinela e obedecer sem reclamar.

Além disso, as notícias que vinham da Polônia eram as mais tristes. Quase todos os parentes e amigos tinham sido ou exilados ou tinham fugido para o exterior, privados de tudo. Quanto aos próprios Migurski, não havia nenhuma perspectiva de um fim para aquela situação. Toda tentativa de apresentar uma petição de clemência ou mesmo de qualquer melhoria de sua situação, como de uma promoção a um posto de oficial, não alcançava nenhum resultado. Nikolai Pávlovitch fazia revistas de tropas, paradas, exercícios, ia a bailes de máscaras, flertava disfarçado com fantasias, galopava à toa pela Rússia, de Tchugúiev até Novorossisk, em Petersburgo e em Moscou, assustando o povo e chicoteando os cavalos até a exaustão, e quando algum imprudente se atrevia a pedir clemência da parte de exilados dezembristas ou poloneses, que sofriam por causa do mesmo amor à pátria que ele tanto enaltecia, o tsar, estufando o peito, cravava os olhos cor de estanho em qualquer coisa que estivesse na sua frente e dizia:

– Que continuem a pagar. É cedo. – Como se soubesse quando já não seria mais cedo, quando estaria na hora. E todas as pessoas próximas, generais, cortesãos e suas esposas, que viviam às custas dele, se comoviam diante da extraordinária sagacidade e sabedoria daquele grande homem.

Porém, no geral, havia mais felicidade do que infelicidade na vida dos Migurski.

Assim viveram cinco anos. Mas de repente ocorreu uma desgraça inesperada e terrível. Primeiro, adoeceu a menina e, dois dias depois, o menino: ardeu de febre por três dias e, sem ajuda de médicos (era impossível encontrar um médico), morreu no quarto dia. Dois dias depois, morreu também a menina.

Albina só não se afogou no rio Ural porque não conseguia pensar sem horror na situação do marido, ao receber a notícia de seu suicídio. Mas, para ela, viver era difícil. Antes sempre atarefada e ativa, agora deixava todos os seus afazeres por conta de Ludvika, ficava horas sentada sem ter o que fazer, olhando calada para o que estivesse diante dos olhos, e de repente se levantava de um pulo e fugia correndo para seu quarto e lá, sem responder aos consolos do marido e de Ludvika, chorava em silêncio, apenas balançando a cabeça, pedindo que eles saíssem e a deixassem sozinha. No verão, ia ao túmulo dos filhos e ficava ali sentada, dilacerando o coração com recordações do passado e pensando no que poderia ter sido sua vida. Mais que tudo, a torturava a ideia de que as crianças poderiam estar vivas se morassem numa cidade, onde era possível obter socorro médico. "Para quê? Para quê?", pensava Albina. "Iusiô e eu não queremos nada de ninguém, senão que ele viva como nasceu e como viveram seus avós e bisavós, e para mim, só que eu possa viver com ele, amá-lo, amar meus filhinhos, educá-los. E de repente o fazem sofrer, o mandam para o exílio, e tomam de mim aquilo que me é caro no mundo. Para quê? Para quê?" Albina lançava essa pergunta às pessoas e a Deus. E não conseguia imaginar nenhuma resposta possível.

E sem essa resposta não havia vida. E a vida dela estagnou. A vida pobre, no desterro, que ela antes sabia enfeitar com seu gosto e requinte femininos, tornou-se insuportável não só para ela como também para Migurski, que sofria por ela e não sabia como ajudá-la.

VII

Justamente nessa época mais penosa para os Migurski, apareceu em Uralsk um polonês chamado Rosolowski, envolvido num plano grandioso de insurreição e de fuga, organizado naquela época na Sibéria pelo padre católico exilado Sirocynsky.

A exemplo de Migurski e de milhares de outras pessoas condenadas ao exílio na Sibéria porque desejavam viver como haviam nascido, ou seja, como poloneses, Rosolowski tinha se envolvido naquele plano e por isso foi castigado com vergastadas e incorporado ao Exército no mesmo batalhão em que estava Migurski. Ex-professor de matemática, Rosolowski era um homem alto, magro, arqueado, de bochechas encovadas e testa franzida.

Na primeira noite de sua estadia, Rosolowski, tomando chá na casa dos Migurski, com naturalidade, com sua voz de baixo, calma e vagarosa, começou a contar o caso pelo qual havia sofrido tão cruelmente. Aconteceu que Sirocynsky estava organizando em toda a Sibéria uma sociedade secreta cujo objetivo era, com a ajuda dos poloneses incorporados aos regimentos de linha e de cossacos, amotinar os soldados e os condenados a trabalhos forçados, sublevar os colonos, capturar a artilharia em Omsk e libertar todos.

– Mas isso era possível? – perguntou Migurski.

– Perfeitamente possível, tudo estava pronto – disse Rosolowski, franzindo as sobrancelhas com ar sombrio.

E, devagar e com calma, passou a contar todo o plano de libertação e todas as medidas tomadas para o sucesso do plano e, em caso de insucesso, para o salvamento dos conspiradores. O êxito seria certo, se não fossem dois traidores. Pelas palavras de Rosolowski, Sirocynsky era um homem genial e de grande força de espírito. Morreu como herói e mártir. E, com voz de baixo, calma e contida, Rosolowski relatou detalhes da execução que ele, por ordem das autoridades, teve de presenciar, junto com todos os condenados naquele caso.

– Dois batalhões de soldados formaram duas filas, num corredor comprido, cada soldado tinha na mão uma vara flexível, com a espessura determinada por Sua Alteza, de modo que mais do que três não pudessem entrar juntas no cano de um fuzil. Primeiro levaram o médico Szakalski. Dois soldados o conduziam e os que tinham varas nas mãos batiam em suas costas nuas, quando passava por eles. Só vi isso quando ele se aproximou do lugar onde eu estava. De início, eu só ouvia o toque do tambor, mas depois, quando deu para ouvir o sibilar das varas e o som dos golpes no corpo, entendi que ele estava chegando. E vi como os soldados o empurravam com os fuzis, e ele andava, tremendo, virando a cabeça, ora para um lado, ora para outro. E uma vez, quando o fizeram passar por nós, ouvi como o médico russo dizia aos soldados: "Não batam com força, tenham pena". Mas eles continuavam batendo; quando ele passou por mim pela segunda vez, já não conseguia andar sozinho, estava sendo arrastado. Era pavoroso olhar suas costas. Fechei os olhos. O homem caía e eles o carregavam. Depois levaram o segundo. Depois o terceiro, depois o quarto. Todos caíam e eram arrastados: uns pareciam mortos, outros, com a vida por um fio, e nós éramos obrigados a ficar de pé e ver tudo. Aquilo demorou seis horas, desde de manhã cedo até duas da tarde. Por último, levaram o próprio Sirocynsky. Fazia tempo que eu não o via e não o teria reconhecido, de tão envelhecido que estava. Seu rosto de barba raspada, cheio de rugas, estava branco e esverdeado. O copo nu era magro, amarelo e as costelas sobressaíam na pele esticada da barriga. Ele caminhava como todos os outros, a cada golpe estremecia e levantava a cabeça, mas não gemia e rezava em voz alta: "*Miserere mei Deus secundam magnam misericordiam Tuam*".[11] Eu mesmo ouvi – disse rápido Rosolowski, com voz rouca, fechou a boca e bufou pelo nariz.

Sentada junto à janela, Ludvika chorava, com o rosto coberto por um lenço.

– Nem precisa dizer mais! São feras, feras! – exclamou Migurski, atirou o cachimbo para o lado, ergueu-se bruscamente da cadeira e, a passos ligeiros, saiu para o quarto escuro. Albina ficou onde estava, como que petrificada, os olhos cravados num canto escuro.

VIII

No dia seguinte, ao chegar em casa depois de uma aula, Migurski ficou surpreso com o aspecto da esposa, que, como no passado, veio recebê-lo em passos ligeiros e com o rosto radiante e o conduziu para o quarto.

– Bem, Iusiô, escute.

– Estou ouvindo. O que foi?

– Pensei a noite inteira naquilo que Rosolowski contou. E tomei uma decisão: não posso viver assim, não consigo viver desse jeito. Não consigo! Vou morrer, mas não vou ficar aqui.

– Mas o que fazer?

– Fugir.

– Fugir? Como?

– Pensei em tudo. Escute.

E ela contou o plano que tinha elaborado naquela noite. O plano era o seguinte: ele, Migurski, sairia de casa à noite, deixaria seu capote na margem do rio Ural e, no capote, uma carta na qual estaria escrito que ia se matar. Iam pensar que ele se afogou. Iam procurar o corpo, iam mandar os documentos. E ele ia ficar escondido. Albina ia escondê-lo de tal modo que ninguém o en-

---

11 "Tem misericórdia de mim, Deus, conforme Tua grande misericórdia".

contraria. Poderia viver assim talvez por um mês. E, quando tudo tivesse se acalmado, eles fugiriam.

No primeiro minuto, o plano de Albina pareceu impraticável para Migurski, mas no fim do dia, quando ela argumentou com muito ardor e muita convicção, ele começou a concordar. Além disso, também ficou inclinado a concordar porque o castigo por uma tentativa de fuga frustrada, o mesmo castigo que Rosolowski tinha descrito, seria aplicado contra ele, Migurski, ao passo que o sucesso da fuga traria a liberdade para Albina e ele via que, depois da morte dos filhos, era doloroso demais para ela continuar vivendo ali.

Rosolowski e Ludvika se envolveram no esquema e, depois de longas discussões, alterações e correções, o plano de fuga ficou estabelecido. De início, queriam que Migurski fugisse sozinho, a pé, depois de ser declarado morto por afogamento. Albina iria embora de carruagem e o encontraria num lugar combinado. Esse foi o primeiro plano. Mas depois, quando Rosolowski contou a respeito de todas as tentativas fracassadas de fuga dos últimos cinco anos na Sibéria (tempo em que só um felizardo tinha conseguido se salvar), Albina concebeu outro plano, no qual Iusiô viajaria com ela e Ludvika, escondido na carruagem, até Sarátov. Em Sarátov, disfarçado, ele caminharia rio abaixo pela margem do Volga e, num local combinado, entraria num barco que Albina alugaria em Sarátov e ele navegaria com Albina e Ludvika rio abaixo pelo Volga, até Astrakhan, atravessariam o mar Cáspio e chegariam à Pérsia. O plano foi aprovado por todos, inclusive por seu principal arquiteto, Rosolowski, mas surgiu o problema de instalar na carruagem um esconderijo que não chamasse a atenção das autoridades e ao mesmo tempo fosse capaz de comportar uma pessoa. Quando Albina, depois de uma visita ao túmulo dos filhos, disse a Rosolowski que sentia muita tristeza por deixar as cinzas dos filhos numa terra estrangeira, ele pensou um pouco e disse:

– Peça às autoridades permissão para levar consigo os caixões dos filhos, eles vão autorizar.

– Não, eu não quero, não quero fazer isso! – disse Albina.

– Peça. Faça apenas isso. Não vamos levar os caixões, mas faremos uma caixa grande para eles e, lá dentro, instalaremos o Ióssif.

Por um momento, Albina quis rejeitar a sugestão, pois achava repulsivo associar aquela fraude à memória dos filhos, mas, quando Migurski aprovou com alegria o projeto, ela também concordou.

Portanto o plano definitivo ficou estabelecido assim: Migurski faria tudo o que fosse necessário para persuadir as autoridades de que havia se afogado. Quando sua morte fosse reconhecida, Albina mandaria a solicitação para que, após a morte do marido, tivesse permissão de voltar a seu país e levar consigo as cinzas dos filhos. Quando ela recebesse a permissão, dariam a impressão de que as sepulturas tinham sido escavadas e os caixões, exumados, mas os caixões continuariam no mesmo lugar e, em vez dos caixões dos filhos, na caixa preparada com esse fim, seria instalado Migurski. Fixariam a caixa na carruagem e seguiriam assim até Sarátov. Em Sarátov, tomariam um barco. No barco, Iusiô sairia da caixa e eles seguiriam pelo rio até o mar Cáspio. De lá, iriam para a Pérsia ou para a Turquia e... para a liberdade.

IX

Antes de tudo, os Migurski compraram uma carruagem sob o pretexto de que Ludvika ia partir para a terra natal. Depois teve início a instalação no veículo de uma caixa, dentro da qual, sem sufocar, fosse possível ficar deitado, ainda que torto, e da qual fosse possível sair e entrar outra vez, rastejando, depressa e sem ser notado. Os três, Albina, Rosolowski e o próprio Migurski, projetaram e fixaram a caixa. Foi especialmente importante a ajuda de Rosolowski, que era um bom marceneiro. A caixa foi feita de modo que, fixada às hastes traseiras da carroceria, ficou bem unida a ela, e a parede colada à carroceria podia ser aberta, de tal modo que um homem, depois de baixar a parede, podia deitar-se e ficar com uma parte do corpo na caixa e a outra no fundo da carruagem. Além disso, na caixa, foram abertos furos para a entrada de ar, e a parte de cima e as laterais da caixa deviam ser cobertas por esteiras, presas por cordas. Era possível entrar e sair da caixa pelo interior da carruagem, onde foi feito um assento.

Quando a carruagem e a caixa ficaram prontas, antes mesmo do desaparecimento do marido, Albina, a fim de preparar as autoridades, procurou o coronel e comunicou que o marido tinha caído num estado de melancolia, tentara se matar e que ela temia por sua vida e pedia que o libertassem enquanto ainda era tempo. Seus talentos na arte dramática foram úteis. A preocupação e o medo que exprimiu pelo marido foram tão naturais que o coronel ficou tocado e prometeu fazer tudo o que pudesse. Depois disso, Migurski compôs a carta que devia ser encontrada no punho de seu capote, na beira do rio Ural e, no dia combinado, à tardinha, foi até o rio Ural, esperou escurecer, deixou na margem a roupa, o capote com a carta e, às escondidas, voltou para casa. No sótão, trancado com ferrolho, foi preparado um esconderijo para ele. À noite, Albina mandou Ludvika comunicar ao coronel que o marido tinha saído de casa vinte horas antes e não voltara. De manhã, trouxeram para ela a carta do marido e Albina, com expressão de forte desespero, em lágrimas, levou-a para o coronel.

Uma semana depois, Albina entregou um pedido para voltar à terra natal. O sofrimento que a sra. Migurski exprimia impressionava a todos que a viam. Todos tinham pena da mãe e esposa infeliz. Quando sua partida foi autorizada, ela mandou outro pedido: uma autorização para exumar os cadáveres dos filhos e levá-los consigo. As autoridades ficaram admiradas com aquele sentimentalismo, mas acataram também esse pedido.

No dia seguinte, depois de receber a autorização, à tardinha, Rosolowski, Albina e Ludvika, num coche alugado e com uma caixa onde deviam ser colocados os caixões dos filhos, partiram rumo ao cemitério e ao túmulo dos filhos. Albina, de joelhos diante da sepultura dos filhos, rezou, logo se levantou e, de sobrancelhas franzidas, dirigindo-se a Rosolowski, disse:

– Faça o que for preciso, eu não consigo... – e se afastou.

Rosolowski e Ludvika moveram a pedra sepulcral e escavaram com a pá as camadas de terra de cima da sepultura, de modo a dar a impressão de que a terra do túmulo tinha sido revirada. Uma vez feito isso, chamaram Albina e, com a caixa cheia de terra, voltaram para casa.

Chegou o dia marcado para a partida. Rosolowski se alegrou com o bom andamento do plano, já levado quase até o fim. Ludvika assou biscoitos e tortas para a viagem e, recitando seu provérbio predileto, "*Jak mame kocham*",[12] dizia que seu coração estava rebentando de medo e de alegria. Migurski estava muito alegre por se livrar do sótão, onde já estava escondido fazia mais de um mês, e sobretudo com a animação e o entusiasmo de Albina. Ela parecia ter esquecido a antiga mágoa, todo o perigo e, como nos tempos de menina, corria ao encontro dele, no sótão, radiante e extasiada de alegria.

Às três horas da manhã, chegou o cossaco que ia acompanhá-las, trazendo um cocheiro cossaco e uma troica de cavalos. Albina, Ludvika e um cãozinho sentaram nas almofadas da carruagem, cobertas por um tapete. O cossaco e o cocheiro sentaram-se na boleia. Migurski, em trajes de camponês, estava deitado no interior da carroceria da carruagem.

Saíram da cidade e a boa troica conduziu a carruagem pela estrada batida e lisa como pedra, através da estepe infinita, de terra não lavrada, coberta pelo capim prateado, crescido no ano anterior.

---

12 Parte do provérbio "*Jak mame kocham, nie klamie*": "Se é por amor, não é mentira".

X

No peito de Albina, o coração se apertava de esperança e exaltação. Desejando compartilhar seus sentimentos, de vez em quando, quase sorrindo, ela acenava com a cabeça para Ludvika, apontando ora para as costas largas do cossaco sentado na boleia, ora para o fundo da carruagem. Ludvika, com fisionomia expressiva, olhava imóvel para a frente e apenas franzia os lábios muito de leve. O dia estava claro. A estepe vazia e ilimitada se alastrava para todos os lados, o capim prateado reluzia nos raios oblíquos do sol da manhã. Viam-se montinhos de terra feitos por esquilos, ora de um lado, ora do outro da estrada dura, na qual os cascos ligeiros e não ferrados dos cavalos dos baskires batiam com som oco, como se andassem sobre asfalto; sentados no alto daqueles montinhos, os animaizinhos ficavam de sentinela e, ao pressentir o perigo, davam um guincho estridente e se escondiam na toca. Era raro elas encontrarem um viajante: apenas alguma carroça de cossacos com trigo ou baskires a cavalo, com os quais o cossaco trocava zombarias animadas, misturadas com palavras tártaras. Em todas as estações de muda, os cavalos estavam descansados e bem alimentados e as moedas de meio rublo que Albina dava para a vodca garantiam que os cocheiros tocassem os animais a galope por todo o caminho, como *Feldjägers*,[13] nas palavras deles.

Já na primeira estação de muda, na hora em que o cocheiro anterior desatrelou os cavalos e o novo ainda não havia trazido os outros, e o cossaco tinha ido para o pátio, Albina se curvou e perguntou ao marido como se sentia, se precisava de alguma coisa.

– Está tudo ótimo, fique tranquila. Não preciso de nada. Posso muito bem ficar aqui deitado dois dias e duas noites.

Ao anoitecer, chegaram à grande aldeia de Dergatchi. Para que o marido pudesse esticar os braços e as pernas e se refrescar, Albina parou não numa estação de muda de cavalos, mas sim numa estalagem de cocheiros, e imediatamente deu um dinheiro para o cossaco e mandou-o comprar ovos e leite. A carruagem estava embaixo de um toldo, no pátio estava escuro e, depois de mandar Ludvika vigiar o cossaco, Albina deixou o marido sair do esconderijo, alimentou-o e, antes do regresso do cossaco, Migurski rastejou de novo para seu esconderijo. Atrelaram novos cavalos e seguiram adiante, outra vez. Albina sentia uma exaltação de ânimo cada vez maior e não conseguia conter seu entusiasmo e sua alegria. Não tinha com quem falar, a não ser com Ludvika, o cossaco e o cachorro Trezorka, e Albina se divertia com eles.

---

13 Do alemão, mensageiros ou soldados de infantaria.

Ludvika, apesar de sua falta de beleza, a cada contato com um homem, logo achava que ele tinha intenções amorosas em relação a ela e agora supunha exatamente isso, a respeito do corpulento e simpático cossaco do Ural, de olhos azuis, bondosos e extraordinariamente claros, que as conduzia e que, com sua simplicidade e seu carinho bondoso, agradava muito às duas mulheres. Além de Trezorka, que Albina ameaçava, impedindo que ele ficasse farejando embaixo do assento, ela agora se divertia com Ludvika e suas cômicas tentativas de sedução do cossaco, que nem desconfiava das intenções atribuídas a ele e sorria com muita simpatia em resposta a tudo que lhe diziam. Albina, animada com o perigo, com o sucesso do plano que começava a se realizar, com o tempo bonito que estava fazendo e com o ar da estepe, experimentava um entusiasmo e uma alegria infantil, que fazia muito tempo não provava. Migurski ouvia as palavras alegres de Albina e, apesar do incômodo físico de sua posição, que ele escondia das mulheres (sentia muito calor e a sede o torturava), esquecendo-se de si mesmo, também se alegrava com a alegria de Albina.

Na tarde do segundo dia, começaram a distinguir algo na neblina. Era Sarátov e o rio Volga. Com seus olhos de homem da estepe, o cossaco avistou o Volga e os mastros dos barcos e apontou-os para Ludvika. Ela disse que também estava vendo. Mas Albina não conseguia enxergar nada. E falou alto, de propósito, para que o marido também pudesse ouvir:

– Sarátov, o Volga – como se estivesse falando para o cachorro Trezorka, Albina contava ao marido tudo o que estava vendo.

XI

Sem entrar em Sarátov, Albina parou a carruagem no lado esquerdo do Volga, no vilarejo de Pokrov, bem em frente à cidade. Ali, Albina tinha esperança de poder conversar com o marido durante a noite e até de retirá-lo do esconderijo. No entanto, durante toda a curta noite de verão, o cossaco não se afastou da carruagem e ficou sentado junto a ela, numa carroça vazia, parada embaixo de um telheiro. A pedido de Albina, Ludvika ficou na carruagem e, como estava absolutamente convencida de que era por sua causa que o cossaco não se afastava da carruagem, Ludvika piscava o olho, ria e cobria com o xale o rosto marcado pela varíola. Mas Albina já não via nisso nenhuma graça e, cada vez mais, se inquietava, sem entender por que o cossaco se mantinha tão obstinadamente perto da carruagem.

Durante aquela breve noite de maio, em que o pôr do sol se misturava com a aurora, Albina saiu várias vezes dos aposentos da estalagem, através do corredor malcheiroso, e ia ao alpendre dos fundos. O cossaco continuava acordado e, com os pés para baixo, se mantinha sentado na carroça vazia, ao lado da carruagem. Pouco antes do raiar do dia, quando os galos já haviam despertado e cantavam uns para os outros em várias casas, Albina saiu mais uma vez para tentar falar com o marido. O cossaco roncava, estirado na carroça. Albina se aproximou da carruagem com cuidado e bateu na caixa.

– Iusiô! – Não veio resposta. – Iusiô, Iusiô! – assustada, ela falou mais alto.

– O que é, querida, o que foi? – exclamou Migurski com voz de sono, dentro da caixa.

– Por que não respondeu?

– Estava dormindo – sussurrou ele, e Albina, pelo tom de voz, entendeu que ele estava sorrindo. – E então, vou sair? – perguntou.

– Não é possível, o cossaco está aqui. – E, dizendo isso, espiou o cossaco, que dormia na carroça.

E o extraordinário era que o cossaco roncava, mas seus olhos, os bondosos olhos azuis, estavam abertos. O cossaco olhava para ela e, percebendo o olhar de Albina, fechou os olhos.

"Foi impressão minha ou parece mesmo que ele não está dormindo?", perguntou-se Albina. "Sem dúvida, foi só impressão", pensou e dirigiu-se de novo ao marido.

– Aguente mais um pouco – disse ela. – Quer comer?

– Não. Quero fumar.

Albina olhou outra vez para o cossaco. Estava dormindo. "Sim, foi só impressão minha", pensou.

– Agora vou falar com o governador.

– Certo, é uma boa hora...

E Albina, depois de pegar um vestido na mala, foi para o quarto trocar de roupa.

Usando seu melhor vestido de viúva, Albina atravessou o Volga. No cais, pegou um coche de aluguel e foi ao encontro do governador. O governador a recebeu. A bela viúva polonesa, de sorriso meigo, que falava francês esplendidamente, causou uma ótima impressão no velho governador, que gostava de passar por jovem. Ele acatou tudo que ela solicitou e pediu que Albina voltasse no dia seguinte para receber dele a ordem escrita para o governador da cidade de Tsarítsin. Contente com o êxito de sua petição e com o efeito de seu aspecto atraente, que ela percebeu na atitude do governador, Albina, feliz e cheia de esperança, voltou morro abaixo pela rua não calçada, no coche, rumo ao cais. O sol já estava acima da floresta e, com os raios oblíquos, reluzia na água encrespada do vasto rio. À direita e à esquerda, pelo morro, viam-se macieiras cobertas de flores cheirosas, como nuvens brancas. Via-se uma floresta de mastros junto à margem e as velas brilhavam brancas na água do rio, encrespada pela brisa e reluzente com o sol. No cais, ao conversar com o cocheiro de praça, Albina perguntou se podia alugar um barco até Astrakhan e logo dezenas de barqueiros ruidosos, alegres, ofereceram-lhe seus serviços e seus barcos. Albina acertou tudo com um dos barqueiros, que lhe agradou mais do que os outros, e foi examinar sua embarcação, que estava no cais, espremida no meio dos outros barcos. Tinha um pequeno mastro com uma vela adaptada, para poder se deslocar com o vento. No caso de não ventar, havia remos e, sentados no barco debaixo do sol, dois vigorosos e alegres barqueiros, prontos para remar ou ir para a margem e puxar a embarcação com cordas. O piloto simpático e animado recomendou a Albina não abandonar a carruagem, mas retirar as rodas e levá-la para o barco.

– Tem o espaço certinho para isso e na carruagem a senhora vai viajar com mais conforto. Se Deus nos permitir um tempo bom, chegaremos a Astrakhan em uns cinco dias.

Albina negociou o preço com o dono do barco e mandou que ele fosse mais tarde ao povoado de Pokrov, na estalagem dos Loguin, para examinar a carruagem e receber uma parte do pagamento. Tudo correu melhor do que ela esperava. No maior entusiasmo e felicidade, Albina atravessou o Volga e, depois de acertar as contas com o cocheiro de praça, se dirigiu à estalagem.

XII

O cossaco Danilo Lifánov era de Strelétski Umet, em Óbschi Sirt.[14] Tinha trinta e quatro anos e estava terminando o último mês de seu tempo do serviço obrigatório dos cossacos. Na família, tinha um avô de noventa anos, que ainda se lembrava de Pugatchóv, dois irmãos, a nora do irmão mais velho, condenado a trabalhos forçados na Sibéria por ser adepto dos Velhos Crentes, a esposa, duas filhas e dois filhos. Seu pai tinha morrido na guerra contra os franceses. Agora, era ele que sustentava a família. Tinham dezesseis cavalos, duas parelhas de bois para puxar o arado e quinhentas *sájeni* de terras próprias, aradas e plantadas com trigo. Danilo prestara o serviço obrigatório em Orenburg, em Kazan e agora estava concluindo seu tempo de serviço. Seguia com afinco a fé dos Velhos Crentes, não fumava, não bebia,

---

14 Strelétski Umet: localidade habitada por descendentes dos *streltsi* (arqueiros), força militar especial criada por Ivan, o Terrível (século XVI), e extinta por Pedro, o Grande (1708). Óbschi Sirt: um planalto que se estende entre o sul da Rússia europeia e o Cazaquistão.

não comia nos pratos usados pelos mundanos e, com o mesmo rigor, era fiel ao juramento que havia prestado. Em tudo que fazia, era lento, rigoroso e minucioso na execução daquilo que seu chefe ordenara, empregava toda a sua atenção e, até ter encerrado tudo, não esquecia por nenhum instante sua missão, tal como a entendia. Dessa vez, suas ordens eram conduzir até Sarátov duas polonesas e os caixões, para que nada de ruim lhes acontecesse na viagem, para que elas viajassem sem sofrer nenhuma maldade, e, em Sarátov, entregá-las sãs e salvas às autoridades. Assim, ele as levou até Sarátov com o cachorrinho e com todos os seus caixões. Mas ali no povoado de Pokrov, à tarde, ao passar pela carruagem, ele viu que o cachorro saltou para dentro da carruagem e, lá, começou a ganir e abanar o rabo, e o cossaco teve a impressão de ouvir uma voz que vinha da parte de baixo da carruagem. Uma das polonesas, a mais velha, ao ver o cachorro dentro da carruagem, se assustou, pegou o cachorro e o levou embora.

"Tem alguma coisa aí", pensou o cossaco e começou a observar. Quando a polonesa jovem saiu à noite e foi à carruagem, ele fingiu que dormia e ouviu claramente a voz do marido, dentro da caixa. De manhã cedo, o cossaco foi à polícia e comunicou que as polonesas que ele fora encarregado de acompanhar estavam agindo mal e, em vez de mortos, levavam um homem vivo dentro de uma caixa.

Albina voltou à estalagem num estado de ânimo muito alegre e exultante, convencida de que agora tudo estava terminado e de que, dali a poucos dias, eles estariam livres, mas quando chegou viu com surpresa, junto ao portão, uma carruagem elegante com uma parelha de cavalos e um terceiro cavalo ao lado, além de dois cossacos. No portão, amontoava-se um bando de gente, olhando para a estalagem.

Albina estava tão cheia de esperança e de energia que nem passou pela sua cabeça que a parelha de cavalos e as pessoas aglomeradas tinham alguma relação com ela. Entrou no pátio e, assim que olhou para o telheiro onde estava sua carruagem, viu que as pessoas estavam aglomeradas justamente em volta da sua carruagem e, no mesmo instante, ouviu um latido desesperado de Trezorka. Aconteceu exatamente a coisa horrível que podia acontecer. Diante da carruagem, reluzente em seu uniforme limpo, cintilante ao sol, com os botões, os galões e as botas laqueadas, estava um homem distinto, de suíças pretas, que falava algo em voz alta, rouca e autoritária. À sua frente, entre dois soldados, em trajes de camponês, com feno misturado aos fios do cabelo alvoroçado, estava o seu Iusiô e, com o ar de quem não entendia o que se passava à sua volta, erguia e baixava os ombros vigorosos. Trezorka, sem saber que ele era a causa de toda aquela infelicidade, eriçava o pelo e latia raivoso e em vão para o chefe de polícia. Ao ver Albina, Migurski teve um sobressalto, quis andar na direção dela, mas os soldados o seguraram.

– Está tudo bem, Albina, está tudo bem! – exclamou Migurski, sorrindo do seu jeito dócil.

– Aí está a senhora! – exclamou o chefe de polícia. – Por favor, venha cá. Os caixões são de seus filhos? Hein? – disse ele, piscando os olhos para Migurski.

Albina não respondeu, apenas apertou o peito com as mãos, abriu a boca e olhou com horror para o marido.

Como acontece nos minutos que antecedem a morte e, em geral, nos momentos decisivos da vida, num instante ela pressentiu e previu um turbilhão de sentimentos e pensamentos e, no entanto, ainda não entendia e não acreditava em sua desgraça. O primeiro foi um sentimento que ela já conhecia havia muito tempo – o sentimento de orgulho ferido ao ver seu marido e herói humilhado diante daquelas pessoas rudes, selvagens, que agora o tinham sob seu poder. "Como se atrevem a prender a *ele*, o melhor entre todos os homens?" O outro sentimento que a dominou, ao mesmo tempo que aquele, foi a consciência da desgraça que estava de fato ocorrendo. E a consciência de tal desgraça despertou em sua memória a principal desgraça de sua vida: a morte dos filhos. E logo lhe veio a pergunta: para quê? Para que os filhos foram tirados dela? E essa pergunta, para que os filhos foram tirados dela, despertou outra: para que aniquilar e torturar agora seu marido, o melhor dos homens? E então ela lembrou o castigo desonroso que o aguardava e também que ela, só ela, era a culpada daquilo.

– O que ele é da senhora? Seu marido? – repetiu o chefe de polícia.

– Para quê? Para quê? – gritou Albina e, dando uma risada histérica, caiu sobre a caixa, que tinha sido retirada da carroceria e agora estava no chão, ao lado da carruagem. Toda trêmula de soluços, com o rosto coberto de lágrimas, Ludvika se aproximou de Albina.

– *Panienka*, querida *panienka*! *Jak Boga kocham*,[15] nada vai acontecer, nada – disse Ludvika, aturdida, afagando Albina.

Algemaram Migurski e o levaram embora. Ao ver isso, Albina correu atrás dele.

– Perdoe-me, perdoe-me – disse ela. – É tudo culpa minha! Sou a única culpada.

– Lá no tribunal será decretado de quem é a culpa. E a questão vai alcançar a senhora – disse o chefe de polícia e, com a mão, empurrou-a para trás.

Levaram Migurski para a passagem que atravessava o rio e Albina, sem saber por que agia assim, foi atrás deles sem dar ouvidos aos apelos de Ludvika.

O cossaco Danilo Lifánov, durante todo o tempo, ficou junto a uma roda da carruagem, lançando olhares sombrios ora para o chefe de polícia, ora para Albina, ora para os próprios pés.

---

15 "Senhora"/ "Pelo amor de Deus".

Quando levaram Migurski embora, Trezorka se viu sozinho e, abanando o rabo, começou a se esfregar no cossaco. Danilo tinha se acostumado ao cachorro durante a viagem. De repente, o cossaco se desencostou da carruagem, arrancou o gorro da cabeça, jogou-o com toda a força de encontro ao chão, empurrou Trezorka para longe com o pé e entrou numa taverna. Ali, pediu vodca e bebeu um dia e uma noite seguidos, bebeu todo o dinheiro que tinha e toda a roupa do corpo e só na noite seguinte, ao acordar caído numa vala, parou de pensar na pergunta que o torturava: será que tinha agido bem ao denunciar às autoridades que o marido da polonesinha estava dentro da caixa?

Migurski foi julgado e condenado a passar por um corredor de soldados, com mil varas. Seus parentes e Wanda, que tinham conhecidos em Petersburgo, apelaram para amenizar o castigo e ele foi enviado para o exílio perpétuo na Sibéria. Albina foi com ele. Já Nikolai Pávlovitch estava alegre, porque havia esmagado a hidra da revolução, não só na Polônia, mas em toda a Europa, e se orgulhava por não ter violado os princípios da autocracia russa e, para o bem do povo russo, ter mantido a Polônia sob o poder da Rússia. E pessoas de medalhas e de uniformes engalanados o exaltaram por isso a tal ponto que ele mesmo acreditou sinceramente que era um grande homem e que sua vida era um grande bem para a humanidade, sobretudo para os russos, cuja corrupção e cujo entorpecimento constituíam o objetivo inconsciente de todos os seus poderes.

1906

O DIVINO E O HUMANO

I

Eram os anos 1870, na Rússia, no auge da luta dos revolucionários contra o governo.

O general governador de uma província do sul, um alemão robusto, de bigode curvado para baixo, olhar frio, rosto inexpressivo e casaco militar, com uma cruz branca no pescoço, estava à noite em seu gabinete, sentado diante da mesa, com quatro velas acesas atrás de abajures verdes, e examinava e assinava documentos levados a ele por seu secretário. "General ajudante fulano", concluía ele, com um floreado comprido da pena, e punha o documento de lado.

Entre os documentos, estava a sentença de morte na forca de um candidato à universidade de Novorrossia chamado Anatóli Svetlogub, por tomar parte numa conspiração cujo objetivo era derrubar o governo vigente. O general, com uma contração especial das sobrancelhas, assinou também esse documento. Com os dedos brancos, bem cuidados, enrugados pela velhice e pelo sabonete, ele alinhou meticulosamente as beiradas das folhas de papel e colocou-as de lado. O documento seguinte tratava da destinação de dinheiro para o transporte de provisões militares. Ele estava lendo com atenção o documento, pensando se as quantias tinham sido calculadas de modo correto, quando de repente se lembrou de sua conversa com seu ajudante de ordens sobre o caso de Svetlogub. O general supunha que a descoberta de dinamite na casa de Svetlogub ainda não bastava para provar sua intenção criminosa. Já o ajudante de ordens insistia no fato de que, além da dinamite, havia muitos indícios que mostravam que Svetlogub era o cabeça do bando. E, lembrando isso, o general pôs-se a refletir e, por baixo do casaco acolchoado no peito e com lapelas duras como papelão, o coração começou a bater descompassado e o general respirou de modo tão ofegante que a grande cruz branca, objeto de sua alegria e de seu orgulho, se agitou sobre o peito. Ainda era possível chamar de volta o secretário e, se não modificar, pelo menos adiar a sentença.

"Chamar de volta? Não chamar?"

O coração continuava batendo descompassado. Ele tocou a sineta. Em passos ligeiros e silenciosos, entrou o mensageiro.

– Ivan Matviéievitch já saiu?

– Não, senhor, Vossa Excelentíssima, ele se dirigiu à chancelaria.

O coração do general ora estancava, ora dava pancadas aceleradas. Ele se lembrou da advertência do médico que o auscultara dias antes de seu ataque do coração: "O principal", dissera o médico, "é que o senhor, assim que sentir que existe um coração, interrompa seus afazeres e se distraia. O pior de tudo são as emoções fortes. Não permita isso em nenhuma hipótese".

– O senhor quer que eu o chame?

– Não, não precisa – respondeu o general. "Sim", disse consigo, "a indecisão é o que mais perturba. Está assinado e pronto, acabou. *Ein jeder macht sich sein Bett und muss d'rauf schlafen*",[1] repetiu para si seu provérbio predileto. "Afinal, isso não é da minha conta. Sou um executor de uma vontade superior e devo ficar acima de tais considerações", acrescentou, movendo as sobrancelhas, a fim de incutir em si a crueldade que não existia em seu coração.

E então se lembrou de seu último encontro com o soberano e como o soberano, depois de mostrar um rosto severo e dirigir a ele seu olhar de vidro, disse: "Confio em você: assim como não se poupou na guerra, agirá com a mesma determinação na luta contra os vermelhos, não ceda, não se iluda e não tenha medo. Adeus!". E, depois de lhe dar um abraço, o soberano lhe ofereceu o ombro para receber um beijo. O general lembrou-se daquilo e também do que respondeu ao soberano: "Meu único desejo é dar minha vida a serviço de meu soberano e da pátria".

E, tendo recordado o sentimento de comoção servil que experimentou com a consciência da devoção abnegada ao soberano, o general afastou de si o pensamento que o confundira por um momento, assinou os documentos restantes e tocou a sineta outra vez.

– O chá está pronto? – perguntou.

– Vou servir já, Vossa Excelentíssima.

– Está bem, vá.

O general suspirou fundo e, esfregando a mão no lugar onde ficava o coração, saiu em passos arrastados rumo a um grande salão vazio e, atravessando o assoalho recém-encerado do salão, entrou na sala de visitas, de onde vinham vozes.

A esposa do general recebia convidados: o governador e a esposa, uma velha princesa, grande patriota, e um oficial da guarda, noivo da última filha solteira do general.

A esposa do general, seca, de rosto frio e lábios finos, sentada diante de uma mesinha baixa, sobre a qual estavam as xícaras de chá, com uma chaleira prateada sobre um bico de gás aceso, contava num falso tom de tristeza para uma senhora gorda, que se fazia de jovem, esposa do governador, suas inquietações com a saúde do marido.

---

1 "Quem faz a cama, nela se deita".

– Todo dia, chegam novas mensagens revelando conspirações e uma porção de coisas horríveis... E tudo isso cai nas costas de Basile, ele tem de resolver tudo.

– Ah, nem me fale! – disse a princesa. – *Je deviens féroce quand je pense à cette maudite engeance.*[2]

– Sim, sim, é horrível! Acredite, ele trabalha doze horas por dia, e com seu coração fraco. Tenho muito medo de que...

Ela não terminou, vendo que o marido se aproximava.

– Sim, a senhora não pode deixar de ouvi-lo. Barbini é um tenor extraordinário – disse ela, sorrindo com simpatia para a esposa do governador, referindo-se a um cantor recém-chegado de maneira tão natural como se elas estivessem, de fato, conversando sobre aquilo.

A filha do general, mocinha carnuda e atraente, estava sentada com o noivo num canto afastado da sala, atrás de um pequeno biombo chinês. Ela se levantou e, acompanhada do noivo, se aproximou do pai.

– Puxa, nós nem nos vimos hoje! – disse o general, beijando a filha e apertando a mão do noivo.

Depois de cumprimentar os convidados, o general sentou-se junto à mesinha e travou conversa com o governador sobre as últimas notícias.

– Não, não, não vamos falar de trabalho, é proibido! – a esposa do general interrompeu as palavras do governador. – Ah, bem na hora, chegou o Kopiov; ele vai nos contar algo divertido. Bom dia, Kopiov.

E Kopiov, famoso gozador e espirituoso, de fato contou a mais recente anedota, que fez todos rirem.

II

– Não, não é possível, não pode ser, não pode! Larguem-me! – gritava a mãe de Svetlogub com voz estridente, desvencilhando-se das mãos de um professor do ginásio, camarada do filho, e de um médico, que tentavam contê-la.

A mãe de Svetlogub era uma mulher de boa aparência, ainda jovem, com cachos que começavam a ficar grisalhos e rugas em forma de estrela no canto dos olhos. O professor, camarada de Svetlogub, que já sabia que a sentença de morte tinha sido assinada, queria prepará-la com cuidado para a notícia terrível, mas as-

---

2 "Fico furiosa quando penso nessa ralé maldita".

sim que começou a falar sobre Svetlogub, pelo tom da voz, pelo olhar temeroso, a mulher adivinhou que acontecera o que ela temia.

Aquilo se passava num pequeno quarto do melhor albergue da cidade.

– Por que vocês me seguram? Larguem-me! – gritou, desvencilhando-se do médico, velho amigo de seu filho, que com uma mão a segurava pelo cotovelo magro e, com a outra, colocava sobre a mesa oval, na frente do sofá, um frasco de gotas calmantes. Ela estava contente por eles a segurarem, pois sentia que precisava fazer alguma coisa, mas não sabia o quê, e tinha medo de si mesma.

– Acalme-se. Tome, beba umas gotas – disse o médico, oferecendo um copo com um líquido turvo.

Ela se acalmou de repente, quase dobrou o corpo ao meio, baixou a cabeça até o peito afundado e, de olhos fechados, deixou-se cair no sofá.

E lembrou como o filho, três meses antes, se despedira, com um ar misterioso e tristonho. Depois se lembrou do menino de oito anos, de casaquinho de veludo, perninhas nuas e cabelos compridos, louros, torcidos em cachos. "E é com ele, ele, esse mesmo menino... que vão fazer isso!"

Ela se levantou de um pulo, empurrou a mesa e se desprendeu das mãos do médico. Ao chegar à porta, ela tombou de novo numa poltrona.

– E ainda dizem... que Deus existe! Que Deus é ele, se permite uma coisa dessas? Que o diabo o carregue, a esse Deus! – gritou, ora soluçando, ora dando uma risada histérica. – Vão enforcar, vão enforcar aquele que abriu mão de tudo, de toda a carreira, que entregou a fortuna aos outros, ao povo, deu tudo – disse ela, que antes sempre censurara o filho justamente por fazer aquilo, mas agora enaltecia para si mesma o mérito que havia na abnegação do filho. – E é com ele, com ele, que vão fazer isso! E vocês ainda me dizem que Deus existe! – gritou.

– Sim, não digo nada, apenas peço à senhora que tome umas gotas.

– Não quero nada. Ha, ha, ha! – gargalhava e soluçava, inebriando-se com o próprio desespero.

À noite, estava tão exausta que já não conseguia falar nem chorar, apenas olhava fixo para a frente, com um olhar parado, louco. O médico lhe aplicou uma dose de morfina e ela adormeceu.

O sono foi sem sonhos, mas o despertar foi ainda mais horrível. E o mais horrível de tudo era que as pessoas pudessem ser tão cruéis, não só os horríveis generais de barba raspada e os policiais, mas todos, todos: a jovem arrumadeira, que com o rosto tranquilo veio arrumar o quarto; os hóspedes no quarto vizinho, que se cumprimentaram com alegria e riram de alguma coisa, como se não estivesse acontecendo nada.

III

Svetlogub estava preso havia mais de um mês numa cela solitária e, durante aquele tempo, tinha sofrido muito.

Desde a infância, de modo inconsciente, Svetlogub sentia a injustiça de sua condição excepcional de homem rico e, embora tentasse sufocar essa consciência dentro de si mesmo, muitas vezes, quando encontrava gente necessitada, e em certas ocasiões só por sentir-se especialmente bem e alegre, ele ficava envergonhado diante daquelas pessoas – camponeses, velhos, mulheres, crianças que nasciam, cresciam e morriam não só sem conhecer todas as alegrias que ele desfrutava, sem lhes dar valor, como também sem conseguir jamais escapar da fadiga, do trabalho e da pobreza. Quando terminou a universidade, a fim de se libertar da consciência da própria culpa, criou uma escola em suas terras, no campo, uma escola-modelo, um armazém de consumo comunitário, um asilo para velhas e velhos desamparados. Porém, por estranho que pareça, mesmo se ocupando com alegria de tais afazeres, que lhe traziam proveito, sua vergonha diante do povo era ainda maior do que quando jantava com os amigos ou galopava num cavalo caro e puro-sangue. Sentia que tudo aquilo não era o correto e, até pior do que isso: era algo ruim, moralmente impuro.

Num daqueles períodos em que se sentia decepcionado com suas iniciativas no campo, foi a Kíev e se encontrou com um de seus melhores camaradas da universidade. Esse camarada, três anos depois do encontro dos dois, foi fuzilado no fosso da fortaleza de Kíev.

Aquele camarada, fervoroso, determinado e com enormes talentos, convencera Svetlogub a participar de uma sociedade cujos fins eram a educação do povo, a promoção da consciência de seus direitos e a formação de círculos interligados, que trabalhassem com afinco para se libertar do poder dos senhores de terras e do governo. As conversas com aquele homem e seus amigos pareceram a Svetlogub criar uma consciência clara de tudo que até então ele sentia de maneira confusa. Agora ele entendia o que precisava fazer. Sem interromper a relação com os novos camaradas, foi para o campo e, lá, deu início a uma atividade bem diferente. Ele mesmo passou a ser o professor, organizou turmas para adultos, lia para eles livros e folhetos, explicava aos camponeses sua situação; além disso, imprimia livros e folhetos populares clandestinos e, sem tocar no que pertencia à mãe, gastava tudo que podia na construção de centros semelhantes em outras aldeias.

Desde os primeiros passos da nova atividade, Svetlogub encontrou dois obstáculos inesperados: um foi que a maioria das pessoas do povo não só era indiferente a suas exortações como olhava quase com desprezo para ele. (Só alguns indivíduos fora do comum e, muitas vezes, pessoas de moralidade duvidosa o compreendiam e mostravam simpatia por ele.) O outro obstáculo veio do governo. A escola foi proibida, fizeram buscas em sua casa e nas casas de pessoas próximas a ele e apreenderam livros e documentos.

Svetlogub deu pouca atenção ao primeiro obstáculo – a indiferença do povo –, pois ficou chocado demais com o segundo obstáculo: os atos de repressão do governo, insensatos e ultrajantes. O mesmo sofriam seus camaradas, em suas atividades em outros lugares, e o sentimento de irritação com o governo, fomentado de modo recíproco, chegou a tal ponto que a maior parte daquele círculo resolveu usar a força na luta contra o governo.

O chefe do círculo era um certo Mejeniétski – que todos consideravam dotado de uma força de vontade inabalável, de uma lógica invencível e totalmente dedicado à revolução.

Svetlogub se submeteu à influência daquele homem e, com a mesma energia com que antes trabalhava no campo, se entregou à atividade terrorista. Tratava-se de uma atividade perigosa, mas era exatamente o perigo que atraía Svetlogub, acima de tudo.

Dizia para si: "A vitória ou o martírio e, se for o martírio, esse martírio será também uma vitória, só que no futuro". E o fogo aceso dentro dele não só não se apagou no decorrer dos sete anos de sua atividade revolucionária como ardeu cada vez mais forte, sustentado pelo amor e pelo respeito que tinha pelas pessoas que o rodeavam.

Ele não atribuía nenhuma importância ao fato de ter dado àquela causa quase toda a sua fortuna, deixada em herança pelo pai; tampouco dava importância ao trabalho árduo e às necessidades que muitas vezes tinha de suportar naquela atividade. Só uma coisa o afligia: era o sofrimento que ele, com tal atividade, causava à mãe e à sua protegida, uma jovem que morava com ela e que amava Svetlogub.

Nos últimos tempos, um camarada terrorista desagradável e de quem ele não gostava, vendo-se perseguido pela polícia, pediu a Svetlogub que escondesse dinamite para ele. Sem hesitar, Svetlogub concordou justamente porque não gostava daquele camarada, mas, no dia seguinte, a polícia deu uma busca no apartamento de Svetlogub e achou a dinamite. Svetlogub se recusou a responder a todas as perguntas sobre a origem da dinamite.

E então o martírio que ele esperava começou. Nos últimos tempos, em que tantos amigos eram executados, presos, degredados, em que tantas mulheres sofriam, Svetlogub quase desejava o martírio. E nos primeiros minutos de detenção e interrogatório, ele sentiu uma emoção singular, quase uma alegria.

Experimentou esse sentimento quando o despiram, o revistaram, quando o levaram para a prisão e trancaram a porta de ferro. No entanto, quando passou um dia, outro, o terceiro, quando passou uma semana, e outra e a terceira, na cela úmida e imunda, repleta de insetos, na solidão e na ociosidade involuntária, apenas interrompida pelas mensagens que, por meio de batidas, trocava com os camaradas presos e que davam sempre notícias ruins e tristes, e de vez em quando por interrogatórios feitos por pessoas frias e hostis, que se empenhavam para arrancar dele a denúncia contra algum camarada, suas forças morais se debilitaram continuamente, junto com as forças físicas, e ele apenas se angustiava e desejava, como dizia para si, algum fim, qualquer que fosse, para aquela situação martirizante. Sua angústia aumentava também porque ele duvidava das próprias forças. No segundo mês de encarceramento, começou a se apanhar de surpresa pensando em contar toda a verdade, contanto que ficasse livre. Horrorizava-se com a própria fraqueza, mas já não encontrava em si as forças de antes, abominava e desprezava a si mesmo e sua angústia aumentava cada vez mais.

O mais horrível era que, na prisão, começou a lamentar a tal ponto as forças e as alegrias de juventude que ele havia sacrificado com tanta facilidade quando era livre, e que agora lhe pareciam tão fascinantes, que se arrependia do que considerava bom, às vezes se arrependia até de toda a sua atividade. Vinham-lhe pensamentos de como poderia viver bem e feliz, em liberdade – no campo, livre, no exterior, entre amigos queridos e amados. Casar com ela, talvez com outra, e ter com ela uma vida simples, alegre, radiante.

IV

Num dos dias torturantemente rotineiros do segundo mês de prisão, o carcereiro, em sua ronda habitual, deu a Svetlogub um livrinho com uma cruz dourada na capa marrom, e disse que a esposa do governador tinha visitado a prisão e deixara exemplares do Evangelho, que era permitido distribuir aos detentos. Svetlogub agradeceu e sorriu de leve, colocando o livrinho na mesinha encostada à parede.

Quando o carcereiro foi embora, Svetlogub comunicou aos vizinhos, por meio de batidas, que o carcereiro tinha vindo e nada contara de novo, apenas deixara o Evangelho, e um vizinho respondeu que também tinha ganhado um exemplar.

Depois do almoço, Svetlogub abriu as folhas do livrinho, grudadas pela umidade, e começou a ler. Nunca tinha lido o Evangelho como um livro. Tudo que sabia a respeito era o que o professor de religião, no ginásio, tinha ensinado e o que o padre e o sacristão liam na igreja, com voz cantada.

"Primeiro capítulo. Genealogia de Jesus Cristo, filho de Davi, filho de Abraão [...], Isaac gerou Jacó, Jacó gerou Judá [...]", leu ele. "[...] Zorobabel gerou Abiud

[...]", continuou a ler. Tudo aquilo era o que ele já esperava: um palavrório confuso e que não servia para nada. Se não estivesse na prisão, não conseguiria ler nem uma página, mas ali continuou a ler, pelo mero processo da leitura. "Como o Petruchka, de Gógol",[3] pensou. Leu o primeiro capítulo sobre o parto da Virgem e sobre a profecia segundo a qual dariam ao recém-nascido o nome de Emanuel, que significa "Deus está conosco". "Mas de onde vem essa profecia?", pensou, e continuou a ler. Leu também o segundo capítulo – sobre a estrela cadente –, e o terceiro – sobre João, que comia gafanhotos –, e o quarto – sobre uma espécie de diabo, que sugeriu a Cristo um exercício de ginástica, pulando do telhado. Tudo aquilo lhe pareceu tão desprovido de interesse que, apesar do tédio da prisão, já queria fechar o livro e começar sua atividade vespertina rotineira – tirar a camisa e catar pulgas no pano –, quando de repente lembrou que, numa prova que fez na quinta série do ginásio, ele tinha esquecido uma das bem-aventuranças e o professor, de cara rosada, cabelo crespo, de repente se irritou e lhe deu nota 2. Svetlogub não conseguia lembrar qual era a bem-aventurança e leu todas. "Bem-aventurados os que são perseguidos por causa da justiça, pois deles é o Reino dos Céus", leu. "Na certa, isso se refere a nós", pensou. "Bem-aventurados sois, quando vos injuriarem e vos perseguirem [...]. Alegrai-vos e regozijai-vos, [...] pois foi assim que perseguiram os profetas que vieram antes de vós." "Vós sois o sal da terra. Se o sal se tornar insosso, com que a salgaremos? Para nada mais servirá, senão para ser jogado fora e pisado pelos homens."

"Isso se refere a nós, não há dúvida", pensou, e continuou a ler. Depois de ler o quinto capítulo até o fim, pôs-se a refletir: "Não se irrite, não cometa adultério, suporte o mal, ame os inimigos".

"Sim, se vivêssemos desse jeito", pensou, "nem seria preciso uma revolução." Continuando a ler, o pensamento assimilava cada vez mais a fundo as passagens do livro que eram plenamente compreensíveis. E quanto mais lia, mais lhe vinha ao pensamento que, naquele livro, era dita uma coisa especialmente importante. Importante, simples e comovente, como ele jamais tinha ouvido antes, mas que também parecia algo já sabido por ele havia muito tempo.

"E a todos eles disse: 'Se alguém quer vir comigo, negue a si mesmo, tome a sua cruz e siga-me. Pois aquele que quiser salvar a sua alma, vai perdê-la, mas aquele que perder a sua alma por causa de mim, esse a salvará. Pois que aproveitará ao homem ganhar o mundo inteiro e arruinar e perder a si mesmo?' "

---

3 Referência ao criado do personagem Tchítchikov, do romance *Almas mortas*, do escritor russo Nikolai Gógol.

– Sim, sim, é isso! – exclamou de repente, com lágrimas nos olhos. – Era isso mesmo que eu queria fazer. Sim, era isso mesmo que eu queria: dar minha alma; não salvar, mas dar. Nisso está a alegria desta vida. "Fiz muita coisa para as pessoas, para a glória humana", pensou, "não para obter a glória da multidão, mas a glória da boa opinião daqueles que eu respeitava e amava: Natacha, Dmítri Chelómov, e então vinham dúvidas, eu ficava perturbado. Só me sentia bem quando fazia algo apenas porque a alma exigia, quando eu queria me dar, dar tudo..."

A partir desse dia, Svetlogub passou a dedicar a maior parte do tempo à leitura e à reflexão do que estava dito naquele livro. A leitura despertava nele não só um estado de comoção que o retirava das condições em que se encontrava, como também uma atividade de pensamento como ele jamais conhecera em si mesmo. Tentava entender por que razão as pessoas, todas as pessoas, não viviam como estava dito no livro. "Pois viver assim é bom não só para um, mas para todos. Basta viver assim e não haverá mais infelicidade, penúria, só vai haver bem-aventurança. Se ao menos isto terminar, se eu ficar de novo em liberdade", pensava às vezes, "se um dia me soltarem, mesmo que me mandem para os trabalhos forçados, não importa. Em toda parte é possível viver assim. E vou viver assim. É possível e é necessário viver assim, e não viver assim é loucura."

V

Num dos dias em que ele se encontrava nesse estado de alegria e arrebatamento, o carcereiro entrou em sua cela num horário incomum e perguntou se ele estava bem, se não queria alguma coisa. Svetlogub se admirou, sem entender o que significava aquela mudança, e pediu um cigarro, esperando uma negativa. Mas o carcereiro disse que ia trazer logo; e de fato trouxe para ele um maço de cigarros e fósforos.

"Na certa, alguém está intercedendo a meu favor", pensou, fumou um cigarro e começou a andar para um lado e para outro, dentro da cela, refletindo sobre o significado daquela mudança.

No dia seguinte, foi levado ao tribunal. Na sala do tribunal, onde ele já estivera algumas vezes, não o interrogaram. Mas um dos juízes, sem olhar para ele, se levantou da cadeira, os outros também se levantaram, e, segurando um papel nas mãos, começou a ler em voz bem alta, impostada e inexpressiva.

Svetlogub ouvia e olhava para o rosto dos juízes. Nenhum dos juízes olhava para ele e todos ouviam com fisionomia fatigada e imponente.

No papel estava dito que Anatóli Svetlogub, por comprovada participação em atividade revolucionária, cujo objetivo era a derrubada, no futuro imediato ou distante, do governo vigente, estava condenado à perda de todos os direitos e à pena de morte por enforcamento.

Svetlogub ouviu e entendeu o sentido das palavras pronunciadas pelo funcionário. Observou o absurdo das palavras: no futuro próximo ou distante, além da privação dos direitos de um homem condenado à morte, mas não compreendeu perfeitamente o significado para ele daquilo que foi lido.

Só muito depois, quando lhe disseram que podia ir, e ele saiu para a rua, escoltado pelos guardas, Svetlogub começou a entender o que tinham anunciado.

"Tem alguma coisa aqui que não está certa, não está certa... É um absurdo. Não pode ser", dizia consigo, ao sentar na carroça que o levou de volta para a prisão.

Sentia em si tamanha força de vida que não conseguia conceber a morte: não conseguia unir a consciência de seu "eu" com a morte, com a ausência do "eu".

De volta para sua cela na prisão, Svetlogub sentou em seu beliche e, de olhos fechados, tentou representar para si, de maneira real, aquilo que o aguardava, e não conseguiu, de jeito nenhum. Não conseguia, de maneira nenhuma, imaginar que ele não existia, também não conseguia imaginar que pessoas pudessem querer matá-lo.

"Sou jovem, bondoso, feliz, amado por tanta gente...", pensava. E lembrou-se do amor que a mãe, Natacha e os amigos tinham por ele. "Vão me matar, me enforcar! Quem está fazendo isso? Para quê? E depois, o que vai acontecer, quando eu não existir mais? Não pode ser", disse para si.

Veio o carcereiro. Svetlogub não percebeu sua entrada.

– Quem é? Quem é você? – exclamou Svetlogub, sem reconhecer o carcereiro.
– Ah, sim, é você! Quando vai ser? – perguntou.

– Não tenho como saber – respondeu o carcereiro e, depois de alguns segundos de silêncio, de repente com voz branda, afetuosa, declarou: – O nosso padre aqui gostaria de... dar... gostaria de falar com o senhor...

– Não preciso, não preciso, não preciso de nada! Vá embora! – gritou Svetlogub.

– Não precisa escrever para alguém? É permitido – disse o carcereiro.

– Sim, sim, traga uma folha. Vou escrever.

O carcereiro saiu.

"Deve ser de manhã", pensou Svetlogub. "Sempre fazem assim. Amanhã de manhã, eu não vou mais existir... Não, não pode ser, isto é um sonho."

Mas o carcereiro voltou, o carcereiro real, conhecido, e trouxe duas penas, um tinteiro, um maço de folhas de papel de carta, envelopes azulados, e pôs um banquinho junto à mesa. Tudo aquilo era real, não era um sonho.

"É preciso não pensar, não pensar. Sim, sim, escrever. Vou escrever para mamãe", pensou Svetlogub. Sentou-se no banquinho e logo começou a escrever.

"Querida, adorada!", escreveu e começou a chorar. "Perdoe-me, perdoe-me por todo o desgosto que causei a você. Não sei se errei ou não, mas eu não podia agir de outro modo. Só peço uma coisa: me perdoe." "Mas isso eu já escrevi", pensou. "Bem, não faz diferença, agora não há tempo para reescrever." "Não fique triste por minha causa", escreveu ainda.

> Um pouco mais cedo, um pouco mais tarde... faz alguma diferença? Não tenho medo e não me arrependo do que fiz. Não podia agir de outro modo. Apenas me perdoe. E não se zangue com eles, nem com aqueles com quem trabalhei, nem com quem me executar. Nenhum deles podia agir de outro modo: perdoe a eles, não sabem o que fazem. Não me atrevo a repetir essas palavras sobre mim mesmo, mas elas estão na minha alma e me elevam e me acalmam. Perdoe-me, beijo suas queridas mãos velhas e enrugadas!

Duas lágrimas, uma depois da outra, pingaram no papel e se desmancharam na folha.

> Estou chorando, mas não é de dor ou de medo, e sim de comoção em face do minuto mais solene de minha vida e também porque amo você. Não repreenda meus amigos, ame-os. Em especial o Prókhorov, justamente por ter sido ele a causa de minha morte. Dá muita alegria amar quem, mesmo sem culpa, pode ser alvo de repreensão e de ódio. Amar tal pessoa – um inimigo – é uma grande felicidade. Diga à Natacha que seu amor foi meu consolo e minha alegria. Eu não entendia isso com clareza, mas bem lá no fundo eu tinha consciência. Para mim, foi mais fácil viver sabendo que ela existe e me ama. Bem, já disse tudo. Adeus!

Releu a carta e, no fim, ao ler o nome de Prókhorov, de repente lembrou que podiam ler a carta, seguramente iam ler, e seria a ruína de Prókhorov.

– Meu Deus, o que eu fiz! – gritou de repente, rasgou a carta em tiras compridas e começou a queimá-las às pressas na chama do lampião.

Sentou-se para escrever em desespero e agora se sentiu tranquilo, quase alegre.

Pegou outra folha e logo se pôs a escrever. Os pensamentos se aglomeravam, um após o outro, dentro da cabeça.

"Querida, adorada mamãe!", escreveu e de novo os olhos se turvaram de lágrimas, e ele teve de enxugá-los com a manga do casaco, para enxergar o que estava escrevendo.

Como eu não conhecia a mim mesmo, não conhecia toda a força do amor por você e da gratidão que sempre existiu no meu coração! Agora sei e sinto e, quando lembro nossas discórdias, minhas palavras ruins, ditas para você, sofro, sinto vergonha e é quase inexplicável. Perdoe-me e lembre-se apenas do que for bom em mim, se houver algo de bom.

Não temo a morte, mas, para dizer a verdade, não a entendo, não acredito nela. Pois se existe a morte, a aniquilação, então não faz diferença nenhuma morrer aos trinta anos ou aos trinta minutos, mais cedo ou mais tarde. E se não existe morte, também não faz a menor diferença, mais cedo ou mais tarde.

"Mas para que fico filosofando?", pensou. "Tenho de escrever o que estava na outra carta, algo mais bonito no fim... Sim." "Não repreenda meus amigos, ame-os, e sobretudo aquele que foi a causa involuntária de minha morte. Dê um beijo em Natacha, por mim, e diga a ela que sempre a amei."

Dobrou a carta, fechou e sentou-se na cama, com as mãos nos joelhos e engolindo as lágrimas.

Continuava sem acreditar que devia morrer. Várias vezes, perguntando de novo a si mesmo se estava dormindo, tentava acordar, sem conseguir. E essa ideia o levou para outra: será que toda a vida neste mundo é um sonho cujo despertar é a morte? Se for assim, será que a consciência da vida neste mundo é apenas o despertar do sono de uma vida anterior, de cujos detalhes não me lembro? De modo que a vida aqui não é um início, mas apenas uma nova forma de vida. Vou morrer e passarei para uma forma nova. A ideia agradou a Svetlogub; mas, quando quis apoiar-se nela, sentiu que tal ideia, como toda e qualquer ideia, não podia lhe dar coragem diante da morte. Por fim, se cansou de pensar. O cérebro não trabalhava mais. Fechou os olhos e ficou muito tempo parado assim, sem pensar.

"Como vai ser? O que vai acontecer?", lembrou-se de novo. "Nada? Não, nada, não. Mas o quê?"

E de repente ficou absolutamente claro que, para um homem vivo, aquelas perguntas não têm e não podem ter resposta.

"Então para que fico me perguntando sobre isso? Para quê? Sim, para quê? Não é preciso perguntar, é preciso viver, como eu vivo agora, quando escrevo esta carta. Pois estamos todos condenados há muito tempo, sempre, e vivemos. Vivemos bem, com alegria, quando... amamos. Sim, quando amamos. Veja, eu estava escrevendo a carta, amava e me sentia bem. É assim que é preciso viver. E é possível viver em toda parte e sempre, em liberdade, na prisão, hoje, amanhã, até o fim."

Agora tinha vontade de conversar com alguém, com carinho, afeição. Bateu na parede e quando a sentinela olhou para ele, Svetlogub perguntou que horas eram e se faltava muito para terminar seu turno de vigia, mas a sentinela nada respondeu. Então pediu para falar com o carcereiro. O carcereiro veio e perguntou o que ele queria.

– Olhe, escrevi uma carta para minha mãe, entregue, por favor – disse, e lágrimas lhe correram dos olhos, ao lembrar-se da mãe.

O carcereiro pegou a carta e, prometendo entregá-la, fez menção de sair, mas Svetlogub o deteve.

– Escute, o senhor é bom. Por que o senhor trabalha neste serviço tão penoso? – perguntou, tocando-o gentilmente na manga.

O carcereiro sorriu com um ar de pena pouco natural e, de olhos baixos, disse:

– É preciso viver.

– O senhor podia largar esse trabalho. Afinal, sempre se dá um jeito. O senhor é tão bom. Talvez eu pudesse...

De repente o carcereiro teve um soluço de choro, deu meia-volta e saiu depressa, batendo a porta.

A emoção do carcereiro comoveu Svetlogub mais ainda e, contendo lágrimas de alegria, ele começou a andar de uma parede à outra, já agora sem experimentar nenhum temor, mas apenas um estado de ternura que o erguia acima do mundo.

A mesma pergunta – o que aconteceria com ele após a morte? –, a que ele tanto se esforçava para responder, e não conseguia, agora lhe parecia resolvida, e não com alguma resposta positiva, racional, mas com a consciência da verdade da vida que existia dentro dele.

E lembrou-se das palavras do Evangelho: "Em verdade, em verdade, vos digo: se o grão de trigo que cai na terra não morrer, permanecerá só; mas se morrer, produzirá muito fruto". "Agora eu também vou cair na terra. Sim, é verdade, é verdade", pensou.

"Era melhor dormir", pensou, de repente, "para não ficar fraco depois." E deitou no beliche, fechou os olhos e adormeceu imediatamente.

Acordou às seis horas da manhã, dominado pela impressão de um sonho radiante e alegre. No sonho, viu que estava com uma menina loura, miúda, trepava em árvores frondosas, carregadas de cerejas pretas e maduras, colhia as frutas e jogava numa grande tigela de bronze. As cerejas não caíam dentro da tigela, se espalhavam na terra, e alguns animais estranhos, parecidos com gatos, pegavam as cerejas, jogavam para o alto e pegavam de novo. Vendo aquilo, a menina dava risadas, seu riso era tão contagiante que também Svetlogub ria com alegria no sonho, sem saber por quê. De repente a tigela de bronze escorregou das mãos da menina, Svetlogub quis apanhá-la, mas não teve tempo, e a tigela de bronze, com estrondo, batendo pelos galhos, caiu na terra. Ele acordou sorrindo e ainda ouvindo o prolongado barulho da tigela de bronze. Aquele barulho era o som das trancas de ferro que abriam, no corredor. Ouviram-se, no corredor, passos e o tilintar de fuzis. De repente, lembrou tudo. "Ah, quem dera eu adormecesse outra vez!", pensou Svetlogub, mas já era impossível adormecer. Os passos se aproximaram de sua porta. Ele ouviu a chave entrar na fechadura e girar, ouviu a porta ranger.

Entraram um oficial da polícia, o carcereiro e uma escolta.

"A morte? Bem, e então? Já vou. Sim, está certo. Tudo certo", pensou Svetlogub, sentindo que voltava ao estado de comoção solene em que se encontrava na véspera.

VI

Na mesma prisão em que estava Svetlogub, também se encontrava preso um velho *raskólnik*,[4] um "sem-pope", que desconfiava de seus guias espirituais e buscava a fé verdadeira. Ele recusava não só a igreja de Nikon como também o governo, desde o tempo de Pedro, o Grande, que ele considerava o Anticristo, chamava o regime do tsar de "poder do tabaco" e dizia corajosamente o que pensava, denunciando os popes e os funcionários, por isso foi julgado e aprisionado, e o mandavam de uma prisão para outra. O fato de não estar livre, mas na prisão, de ser xingado pelos carcereiros, de ficar preso em correntes, de ser ridicularizado pelos companheiros detentos, e de todos eles, inclusive o diretor do presídio, renegarem Deus, se insultarem uns aos outros e profanarem de mil maneiras a imagem de Deus que traziam dentro de si – tudo isso não o incomodava, tudo isso ele tinha visto em toda parte no mundo, quando esteve em liberdade. Tudo isso acontecia, ele sabia, porque as pessoas tinham perdido a fé verdadeira e todos se extraviaram, como cachorrinhos cegos que se perderam da mãe. No entanto ele sabia que existe uma fé verdadeira. Sabia disso porque sentia essa fé em seu coração. E procurava essa fé em toda parte. Acima de tudo, esperava encontrá-la no Apocalipse de São João.

"Que o injusto cometa ainda a injustiça e o sujo continue a sujar-se; que o justo pratique ainda a justiça e que o santo continue a santificar-se. Eis que eu venho

---

4 Dissidente ou cismático. Termo usado para se referir aos Velhos Crentes, cristãos que recusaram as reformas na Igreja ortodoxa promovidas pelo patriarca Nikon, em 1654. "Sem-pope" é outra expressão com o mesmo sentido.

em breve, e trago comigo o salário para retribuir a cada um conforme o seu trabalho." E lia o tempo todo aquele livro misterioso e esperava a qualquer minuto "o anunciado", que não só retribuiria a cada um segundo seu trabalho como também revelaria às pessoas toda a verdade de Deus.

Na manhã da execução de Svetlogub, ele ouviu os tambores e, trepado na janela, viu através das grades que traziam uma carroça, viu que um jovem de olhos radiantes e cabelos crespos subiu sorrindo na carroça. Na mão branca e pequena do jovem, havia um livro. O jovem apertava o livro ao coração – o *raskólnik* sabia que era o Evangelho – e, sorrindo, cumprimentou com a cabeça os detentos que estavam nas janelas, trocou olhares com eles. Os cavalos se puseram em movimento e o jovem, luminoso como um anjo, foi sentado na carroça, que saiu pelo portão, rodeada por guardas, fazendo barulho nas pedras do calçamento.

O *raskólnik* desceu da janela, sentou em seu beliche e pôs-se a pensar. "Esse conheceu a verdade", pensou. "Por isso os servos do Anticristo vão estrangular esse homem com uma corda, para que ele não a revele para ninguém."

VII

Era uma cinzenta manhã de outono. Não se via o sol. Um vento morno e úmido soprava do mar.

O ar livre, a visão das casas, da cidade, dos cavalos, das pessoas que olhavam para ele – tudo aquilo distraía Svetlogub. Sentado num banquinho da carroça, as costas viradas para o cocheiro, ele não podia deixar de ver o rosto dos soldados que o escoltavam e dos habitantes da cidade que passavam.

Era muito cedo, as ruas por onde o levavam estavam quase desertas e só cruzavam com trabalhadores. Pedreiros em aventais manchados de cal, que caminhavam depressa em sentido contrário, pararam um momento e voltaram atrás, ao lado da carroça. Um deles disse alguma coisa, sacudiu a mão, e todos deram meia-volta e retornaram a seus afazeres; carreteiros que transportavam barras de ferro em suas carroças puxaram os cavalos possantes para o lado, a fim de dar passagem para a carroça de Svetlogub, pararam e, com uma curiosidade perplexa, olharam para ele. Um dos carreteiros tirou o chapéu e fez o sinal da cruz. Uma cozinheira de avental branco e touca, com uma cesta na mão, saiu por um portão, mas, ao ver a carroça, rapidamente voltou para dentro, saiu de novo com outra mulher e as duas, com olhos arregalados, sem parar para tomar fôlego, seguiram a carroça enquanto puderam vê-la. Um homem grisalho, vestido em trapos, de barba por fazer, com gestos enérgicos, tentava convencer um porteiro de alguma coisa, apontando para Svetlogub com evidente desaprovação. Dois meninos vieram correndo para alcançar a carroça e, com a cabeça virada, sem olhar para a frente, andavam pela calçada a seu lado. Um, o mais velho, andava a passos ligeiros; o outro, o menor, sem gorro, segurava-se ao mais velho e olhava assustado para a carroça, enquanto se apressava com dificuldade, aos tropeções, com as perninhas curtas, atrás do mais velho. Svetlogub cumprimentou-o com a cabeça. Esse gesto do homem terrível, transportado na carroça, perturbou o menino a tal ponto que ele arregalou os olhos, escancarou a boca e se preparou para chorar. Então Svetlogub levou a mão à boca e lhe mandou um beijo, sorrindo para ele. De repente, de modo inesperado, o menino respondeu com um sorriso meigo e bondoso.

Durante todo o tempo da viagem, a consciência do que o aguardava não perturbava o ânimo tranquilo e solene de Svetlogub. Só quando a carroça se aproximou do cadafalso, o retiraram da carroça e ele viu as colunas com a trave e, nela, a forca que balançava de leve com o vento, Svetlogub sentiu como que um golpe físico no coração. De repente, sentiu náuseas. Mas não durou muito. Em torno do palanque, viu fileiras negras de soldados com fuzis. À frente dos soldados, andavam oficiais. E assim que o fizeram descer da carroça, irrompeu o rufo dos tambores com um estrondo inesperado, que o obrigou a se retrair. Atrás das fileiras de soldados, Svetlogub viu carruagens de senhores e damas que, sem dúvida, tinham ido assistir ao enforcamento. No primeiro minuto, a visão de tudo aquilo surpreendeu Svetlogub, mas logo ele se refez, lembrou-se de como estava se sentindo na prisão e começou a lamentar o fato de aquelas pessoas não saberem o que ele agora sabia. "Mas eles vão saber. Vou morrer, mas a verdade não vai morrer. Eles vão saber. Vão saber como todos, não eu, mas todos eles, poderiam ser e serão felizes."

Levaram-no ao cadafalso e, atrás, foi um oficial. Os tambores silenciaram e o oficial leu, com uma voz impostada que, no meio do campo largo e depois do rufo dos tambores, soava especialmente fraca, a mesma tola sentença de morte que tinham lido no tribunal: privação de todos os direitos da pessoa que vão matar.

"Para quê, para que fazem tudo isso?", pensou Svetlogub. "Que pena que eles ainda não sabem e que eu não posso mais transmitir tudo para eles, mas vão saber. Vão saber tudo."

Aproximou-se de Svetlogub um sacerdote de manto lilás, com uma pequena cruz banhada em ouro no peito e outra cruz, grande, de prata, que segurava na mão fraca, branca, nodosa, magra, que brotava do punho preto de veludo.

– O Senhor é misericordioso – começou, passando a cruz da mão esquerda para a direita e aproximando-a de Svetlogub.

Svetlogub recuou a cabeça e se retraiu. Por pouco não falou palavras hostis para o sacerdote, que participava do que estavam fazendo com ele e falava de misericórdia, mas, lembrando as palavras do Evangelho, "não sabem o que fazem", Svetlogub fez um esforço e falou timidamente:

– Desculpe, não preciso disso. Por favor, me desculpe, mas não preciso mesmo. Agradeço ao senhor.

Estendeu a mão para o sacerdote. O sacerdote passou a cruz de novo para a mão esquerda, apertou a mão de Svetlogub, tentando não olhar para seu rosto, e desceu do cadafalso. Os tambores rufaram de novo, abafando todos os outros sons. Após o sacerdote, a passos ligeiros, fazendo ranger as tábuas do cadafalso, aproximou-se de Svetlogub um homem de estatura mediana, ombros arqueados e braços musculosos, com um casaco por cima de uma camisa russa. Depois de lançar um rápido olhar para Svetlogub, ele chegou bem perto, exalou um cheiro desagradável de bebida e suor, segurou-o pelo braço, acima do pulso, com dedos tenazes e, apertando a ponto de causar dor, inclinou as costas de Svetlogub e amarrou-o com força. Depois de amarrar as mãos, o carrasco parou um instante, como que para se preparar, e olhava ora para Svetlogub, ora para alguns objetos que havia trazido e colocara sobre o cadafalso, ora para a corda suspensa na trave. Depois de preparar o que era necessário, foi até a corda, fez alguma coisa com ela, moveu Svetlogub para a frente, para perto da corda e da beira do cadafalso.

Assim como na hora da leitura da sentença de morte Svetlogub não tinha conseguido entender todo o significado do que lhe comunicavam, agora também não conseguia entender todo o significado do minuto iminente e, com admiração, olhava para o carrasco, que, com agilidade, rapidez e preocupação, cumpria sua tarefa horrorosa. O rosto do carrasco era o mais comum dos rostos do trabalhador russo; não era mau, mas concentrado, como acontece com pessoas empenhadas em executar, com a máxima precisão, uma tarefa necessária e complicada.

– Chegue um pouco para cá... para a frente... – disse o carrasco com voz rouca, empurrando-o na direção da forca. Svetlogub obedeceu.

– Senhor, me ajude, me ajude! – disse ele.

Svetlogub não acreditava em Deus e até ria de quem acreditava. Mesmo agora, ele não acreditava em Deus, e não acreditava porque não conseguia exprimi-Lo com palavras nem explicá-Lo por meio do pensamento. Mas isso que agora havia entendido sobre aquele a quem se dirigia – Svetlogub sabia disso – era o que havia de mais real em tudo o que sabia. E sabia que aquele apelo era necessário e importante. Sabia disso porque o apelo, imediatamente, o havia tranquilizado e revigorado.

Moveu-se na direção da forca e, sem querer, lançou um olhar para as fileiras de soldados e de espectadores diversos, e pensou mais uma vez: "Para quê, para que fazem isso?". E sentiu pena deles e de si, e vieram-lhe lágrimas aos olhos.

– Você não sente pena de mim? – perguntou, cruzando o olhar com os olhos cinzentos e vivazes do carrasco.

O carrasco se deteve um instante. De repente, seu rosto mostrou uma expressão malvada.

– Ora essa! Conversa! – resmungou e inclinou-se ligeiro para o chão, onde estavam seu casacão e um pano e, com um movimento ágil das mãos, abraçou Svetlogub pelas costas, cobriu sua cabeça com um saco de lona e, às pressas, curvou-o ao meio para a frente.

"Em Tuas mãos entrego minha alma", lembrou-se Svetlogub das palavras do Evangelho.

Sua alma não se opunha à morte, mas seu corpo forte e jovem não a aceitava, não se rendia e queria lutar.

Ele quis gritar, resistir, mas no mesmo instante sentiu um baque, perdeu o ponto de apoio, o horror animal do sufocamento, um barulho dentro da cabeça e o desaparecimento de tudo.

Balançando, o corpo de Svetlogub pendia da forca. Duas vezes, os ombros baixaram e subiram.

O carrasco esperou dois minutos, de rosto franzido e ar sombrio, pôs as mãos nos ombros do cadáver e puxou-o para baixo com um movimento forte. Todos os movimentos do cadáver cessaram, exceto o balanço vagaroso daquele boneco de marionete, com a cabeça enfiada num saco e inclinada para a frente, de um jeito pouco natural, com as pernas esticadas e os pés cobertos por meias de presidiário.

Ao descer do cadafalso, o carrasco avisou ao chefe que o cadáver podia ser retirado do laço e enterrado.

Uma hora depois, o cadáver foi retirado da forca e levado para um cemitério não consagrado.

O carrasco fez o que queria e o que tinha sido incumbido de fazer. Mas a execução não tinha sido fácil. As palavras de Svetlogub – "Você não sente pena de mim?" – não saíam de sua cabeça. Ele era um assassino, condenado a trabalhos forçados, e a função de carrasco lhe concedia uma liberdade relativa e uma vida de luxo, mas a partir daquele dia ele se recusou a cumprir a função que lhe foi designada e, durante aquela semana, bebeu tanto que gastou não só todo o dinheiro recebido com a execução como também toda a sua roupa, relativamente cara, e tanto fez que acabou sendo posto na prisão e, da prisão, foi levado ao hospital.

VIII

Um dos cabeças do partido revolucionário dos terroristas, Ignáti Mejeniétski, o mesmo que atraíra Svetlogub para a atividade terrorista, foi transferido da província onde foi preso para Petersburgo. Na mesma prisão, estava o velho *raskólnik* que vira a execução de Svetlogub. Ele estava a caminho da Sibéria, para onde tinha sido transferido. Continuava pensando o tempo todo em como e onde ia descobrir o que era a fé verdadeira e às vezes se lembrava daquele jovem radiante que sorria, a caminho da morte.

Ao saber que numa das celas da mesma prisão estava um camarada daquele jovem, que tinha a mesma fé que ele, o *raskólnik* se alegrou e pediu a um guarda que o apresentasse ao amigo de Svetlogub.

Mejeniétski, apesar de todo o rigor da disciplina da prisão, não parava de se comunicar com as pessoas de seu partido e, todo dia, esperava notícias do túnel que ele mesmo havia imaginado e projetado para mandar pelos ares o trem do tsar. Agora, tendo reparado em alguns detalhes do plano que deixara escapar, ele inventava meios de transmiti-los a seus cúmplices. Quando o guarda entrou em sua cela e, com cuidado, em voz baixa, disse que um dos presos queria falar com ele, Mejeniétski se alegrou, na esperança de que o encontro lhe daria a chance de comunicar-se com seu grupo.

– Quem é? – perguntou.

– Um dos camponeses.

– E o que ele quer?

– Quer falar sobre a fé.

Mejeniétski sorriu.

– Bem, tanto faz, mande vir – disse. "Eles, os *raskólniki*, também odeiam o governo. Talvez seja útil", pensou.

O guarda saiu e, minutos depois, abriu a porta e fez entrar na cela um velho seco e baixo, de cabelos espessos, barbicha rala e grisalha, olhos bondosos, cansados e azuis.

– O que o senhor quer? – perguntou Mejeniétski.

O velho lançou um olhar para ele, baixou os olhos às pressas e estendeu a mão pequena, vigorosa e seca.

– O que o senhor quer? – repetiu Mejeniétski.

– Uma palavra com você.

– Que palavra?

– Sobre a fé.

– Que fé?

– Dizem que você tem a mesma fé daquele jovem que os servos do Anticristo enforcaram em Odessa.

– Que jovem?

– Foi em Odessa, enforcaram no outono.

– Deve ser o Svetlogub, não é?

– Ele mesmo. Amigo seu? – a cada pergunta, com os olhos bondosos, o velho lançava um olhar curioso para o rosto de Mejeniétski e, logo em seguida, baixava os olhos de novo.

– Sim, era um homem muito ligado a mim.

– E tem a mesma fé?

– Deve ser a mesma – respondeu Mejeniétski, sorrindo.

– É sobre isso que quero conversar com você.

– Mas o que exatamente o senhor quer?

– Conhecer sua fé.

– Nossa fé... Bem, sente – disse Mejeniétski, encolhendo os ombros. – Nossa fé é a seguinte. Acreditamos que existem pessoas que tomaram o poder do povo, torturam e enganam o povo, e que é preciso não ter piedade de si mesmo e lutar contra essas pessoas para salvar o povo, que elas exploram – disse Mejeniétski, como era costume –, que elas torturam – emendou ele. – E então é preciso dar cabo dessas pessoas. Elas matam, então é preciso matá-las, antes que elas possam se recuperar e reagir.

O velho suspirou, sem erguer os olhos.

– Nossa fé é que, sem ter pena de si mesmo, é preciso derrubar o regime despótico e estabelecer um regime livre, eleito, popular.

O velho deu um suspiro profundo, ajeitou as abas do casacão, ficou de joelhos e se estirou aos pés de Mejeniétski, batendo com a testa nas tábuas imundas do chão.

– Por que o senhor se curvou?

– Não me engane, revele qual é a fé de vocês – disse o velho, sem se levantar e de cabeça baixa.

– Já disse qual é nossa fé. Agora, levante, senão eu não falo mais nada.

O velho levantou-se.

– Essa também era a fé daquele jovem? – perguntou, de pé, diante de Mejeniétski, olhando de vez em quando para o rosto dele com os olhos bondosos, e baixando-os logo em seguida.

– Era essa mesma, e por isso foi enforcado. Quanto a mim, por essa mesma fé, estou sendo levado para a prisão na fortaleza de Pedro e Paulo.

O velho curvou-se para a frente num cumprimento e saiu da cela.

"Não, não era essa a fé daquele jovem", pensou. "Aquele jovem sabia a fé verdadeira, mas esse outro ou está querendo contar vantagem dizendo que tem a mesma fé dele, ou não quer me revelar... Seja como for, vou procurar até achar. Aqui ou na Sibéria. Deus está em toda parte, tem gente em toda parte. Se a gente está na estrada, pergunta para a estrada", pensou o velho e de novo pegou o Novo Testamento, abriu no Apocalipse, pôs os óculos, sentou-se junto à janela e começou a ler.

IX

Passaram mais sete anos. Mejeniétski tinha cumprido a pena de prisão em cela solitária na fortaleza de Pedro e Paulo e foi enviado aos trabalhos forçados.

Tinha sofrido muito naqueles sete anos, mas a orientação de seu pensamento não mudara e sua energia não enfraquecera. Nos interrogatórios, antes do encarceramento na fortaleza, ele impressionou os investigadores e juízes com sua firmeza e seu desprezo pelas pessoas sob cujo poder se encontrava. No fundo da alma, sofria por estar preso e não poder concluir a missão iniciada, mas não o demonstrava: assim que entrava em contato com as pessoas, a energia do rancor se erguia dentro dele. Diante das perguntas que lhe faziam, ele silenciava e só falava quando tinha chance de ofender os interrogadores – um agente da polícia ou promotor.

Quando lhe diziam a frase rotineira: "O senhor pode aliviar sua situação com uma confissão sincera", ele sorria com desdém e, depois de ficar calado um momento, dizia:

– Se vocês acham que com o medo ou com vantagens vão me convencer a trair meus camaradas, estão enganados. Por acaso acham que, fazendo aquilo pelo que estou sendo julgado, eu não estou preparado para enfrentar o pior? Vocês não podem me surpreender nem me assustar com nada. Façam o que quiserem comigo, não importa, não vou falar.

E tinha prazer ao ver que eles trocavam entre si olhares confusos.

Na fortaleza Pedro e Paulo, quando o levaram para uma cela pequena, úmida, com um vidro escuro numa janela alta, ele entendeu que não ia ficar ali meses, mas sim anos – e lhe veio um horror. Era horroroso aquele sistemático silêncio de morte, a consciência de que não estava sozinho, de que atrás daquelas paredes impenetráveis estavam prisioneiros condenados a dez, vinte anos, que se matavam, se enforcavam e enlouqueciam, ou morriam lentamente de tuberculose. Ali também estavam mulheres, e homens, talvez amigos... "Vão se passar os anos e você também vai enlouquecer, se enforcar ou morrer, e ninguém vai saber o que houve com você", pensou.

Em sua alma, cresceu uma raiva contra todas as pessoas, em especial contra os que eram a causa de seu encarceramento. Essa raiva exigia a presença de objetos para extravasar, exigia movimento, barulho. Mas ali só havia um silêncio de morte, passos leves de gente calada, que não respondia às perguntas das pessoas, sons de cadeados de portas que abriam e fechavam em horários regulares, para as refeições, a visita de pessoas caladas e, através do vidro turvo, a luz do sol nascente, a penumbra e o mesmo silêncio, os mesmos passos leves, os mesmos sons de sempre. Era assim hoje, amanhã... E a raiva, sem encontrar uma saída, corroía seu coração.

Tentava se comunicar por meio de batidas, mas ninguém respondia e suas batidas despertavam apenas os mesmos passos leves lá fora e a voz sempre igual de um homem que o ameaçava com a cela de castigo.

A única ocasião de descanso e de alívio era a hora do sono. Em compensação, o despertar era horrível. No sono, ele sempre se via em liberdade e, na maioria das vezes, atraíam-no coisas que ele considerava em desacordo com a atividade revolucionária. Ora tocava um violino estranho, ora fazia a corte a mocinhas, ora andava de bote, ora ia caçar, ora ganhava o título de doutor numa universidade estrangeira por causa de uma estranha descoberta científica que ele tinha feito e fazia um discurso de agradecimento após o almoço. Aqueles sonhos eram tão vívidos e a realidade era tão maçante e monótona que as recordações dos sonhos pouco se distinguiam da realidade.

Nos sonhos, a única coisa penosa era que, em geral, Mejeniétski acordava no momento em que estava prestes a se realizar o que ele desejava, o que ele queria alcançar. De repente, uma batida do coração e toda a alegria da situação desaparecia; restava um desejo torturante e insatisfeito, e de novo aquela parede úmida e cinzenta, com arabescos formados pela umidade, iluminada pela lamparina e, sob o corpo, a cama dura, com o colchão de palha todo achatado de um lado.

O sono era a melhor hora. Porém, quanto mais tempo demorava o encarceramento, menos ele dormia. Esperava o sono como uma felicidade suprema, porém, quanto mais desejava, menos sono sentia. Bastava fazer a si mesmo a pergunta: "Será que vou dormir?", e toda a sonolência passava.

Correr e pular dentro de sua jaula não ajudava. O movimento e o esforço apenas lhe davam fraqueza e deixavam os nervos ainda mais agitados, ele sentia dor de cabeça no escuro e bastava fechar os olhos para que, sobre um fundo escuro com pontinhos de luz, começassem a surgir caras cabeludas, carecas, de boca grande, de boca torta, cada uma mais terrível do que a outra. As caras faziam as mais horríveis caretas. Depois começavam a aparecer mesmo quando estava de olhos abertos, e já não eram só caras, mas vultos completos que começaram a falar e dançar. Era um horror, ele dava pulos, batia com a cabeça na parede e berrava. A janelinha da porta se abria.

– É proibido gritar – dizia uma voz calma, monótona.

– Chame o carcereiro! – gritava Mejeniétski. Nada respondiam e a janelinha era fechada.

E tamanho foi o desespero que dominou Mejeniétski que ele só desejava uma coisa: a morte.

Certa vez, naquele estado, resolveu tirar a própria vida. Na cela, havia um tubo de ventilação no qual era possível prender uma corda com um laço e, ficando de pé sobre a cama, enforcar-se. Mas não havia corda. Ele começou a rasgar o lençol em tiras estreitas, mas o lençol era pequeno. Resolveu se matar de fome e ficou dois dias sem comer, mas no terceiro dia foi dominado pela fraqueza e teve um ataque de alucinação especialmente forte. Quando trouxeram a refeição, estava deitado no chão, sem sentidos, de olhos abertos.

Veio o médico, colocou-o na cama, lhe deu bromato e morfina e ele adormeceu.

Quando acordou, no dia seguinte, o médico estava de pé a seu lado e balançou a cabeça. De repente Mejeniétski foi dominado pelo conhecido sentimento de raiva que antes o revigorava e que fazia muito tempo não experimentava.

– Como não se envergonha de trabalhar aqui? – disse ele para o médico, que tomava seu pulso, de cabeça inclinada. – Para que o senhor me cura só para depois me torturar? Afinal, é o mesmo que fazer uma amputação e decidir repetir a cirurgia.

– Tente ficar deitado de costas – disse o médico, impassível, sem olhar para ele e tirando o estetoscópio do bolso lateral.

– É como aqueles médicos que curam os ferimentos de um homem para que possa levar as cinco mil chibatadas que faltam. Vá para o diabo, para o inferno! – começou a gritar de repente, baixando as pernas da cama. – Suma daqui, posso bater as canelas sem o senhor!

– Isso é ruim, meu jovem, nós sabemos como responder a suas grosserias.

– Vá para o diabo, para o diabo!

E Mejeniétski se mostrou tão assustador que o médico saiu depressa.

X

Se aquilo passou por causa dos remédios, ou porque ele superou a crise, ou porque a raiva contra o médico o curou, não se sabe, mas o fato é que a partir daí ele retomou o domínio de si e teve início uma vida totalmente diferente.

"Eles não podem me manter preso aqui para sempre e não vão fazer isso", pensou. "Um dia, vão me libertar. Talvez, e isso é o mais provável, o regime mude (os nossos continuam trabalhando), e por isso é preciso cuidar da vida, para sair forte, saudável e estar em condições de continuar o trabalho."

Refletiu por muito tempo sobre a melhor forma de vida para alcançar esse objetivo e planejou o seguinte: deitar às nove horas e obrigar-se a ficar deitado – dormir ou não dormir, não fazia diferença – até cinco horas da manhã. Às cinco horas, ele ia levantar, se arrumar, se lavar, fazer ginástica e depois, como dizia para si mesmo, ir para o trabalho. E, em sua imaginação, ia a Petersburgo, andava da avenida Niévski para a rua Nadiéjdinskaia, tentando imaginar tudo o que podia encontrar naquele caminho: letreiros, prédios, guardas, pedestres e carruagens que passavam. Na rua Nadiéjdinskaia, entrava na casa de um colaborador, conhecido seu, e lá os dois, com outros camaradas que iam chegando, discutiam sua próxima operação. Havia debates, desavenças. Mejeniétski falava por si e pelos outros. Às vezes erguia muito a voz e a sentinela o repreendia pela janelinha, mas Mejeniétski não lhe dava a menor atenção e continuava seu dia imaginário em Petersburgo. Depois de ficar umas duas horas na casa do amigo, voltava para casa e almoçava, de início na imaginação e depois na realidade, a refeição que lhe traziam, e sempre comia moderadamente. Depois, na imaginação, ficava em casa e se ocupava em estudar história, matemática e às vezes, aos domingos, literatura. O estudo de história consistia em escolher uma determinada época ou algum povo e recordar os fatos e a cronologia. O estudo de matemática consistia em fazer cálculos e resolver problemas geométricos de cabeça. (Ele gostava muito dessa atividade.) Aos domingos, lembrava-se de Púchkin, Gógol, Shakespeare e também escrevia ele mesmo.

Antes do sono, ainda fazia uma pequena excursão com seus camaradas, homens e mulheres, travando conversas divertidas, alegres, às vezes sérias, às vezes eram conversas que de fato tivera antes, outras vezes, inventadas. E assim se mantinha ocupado até a noite. Antes do sono, para se exercitar, dava na realidade dois mil passos dentro da cela, deitava na cama e, em geral, dormia.

No dia seguinte, fazia a mesma coisa. Às vezes viajava para o sul e incitava o povo, começava uma revolta e, junto com o povo, enxotava os senhores de terras e distribuía as terras entre os camponeses. No entanto ele não imaginava tudo isso de repente, mas pouco a pouco, em todos os detalhes. Na imaginação, o partido revolucionário triunfava em toda parte, o poder do governo se enfraquecia e se via obrigado a convocar um concílio. A família do tsar e todos os opressores do povo desapareciam, era fundada uma república e ele, Mejeniétski, era eleito presidente. Às vezes alcançava isso muito depressa e então recomeçava outra vez do início e alcançava o objetivo por outros meios.

Assim viveu um ano, dois, três, às vezes fugia dessa vida ordenada e rigorosa, mas em geral voltava a ela. Dirigindo sua imaginação, ele se livrava das alucinações involuntárias. Só em raras ocasiões lhe vinham ataques de insônia e visões, rostos, e então olhava para o tubo de ventilação e imaginava como ia amarrar a corda, como ia fazer o laço e se enforcar. Mas esses ataques não duravam muito. Ele os vencia.

Assim passaram quase sete anos. Quando seu período de encarceramento terminou e o mandaram para os trabalhos forçados, Mejeniétski estava muito bem-disposto, saudável e em pleno domínio de suas faculdades mentais.

XI

Na condição de criminoso muito importante, foi mantido isolado durante a viagem, sem poder se comunicar com os outros. E só na prisão de Krasnoiarsk lhe permitiram, pela primeira vez, entrar em contato com outros criminosos políticos, também deportados para os trabalhos forçados; eram seis pessoas – duas mulheres e quatro homens. Todos jovens, de um tipo novo, desconhecido de Mejeniétski. Eram da geração revolucionária seguinte à sua, seus herdeiros, e por isso lhe interessavam de modo especial. Mejeniétski esperava encontrar pessoas que seguissem seu exemplo e que, por isso, valorizassem ao máximo tudo o que tinha sido feito por seus predecessores, sobretudo por ele, Mejeniétski. Estava pronto para se entender com eles, de modo afetuoso e condescendente. Mas, para sua desagradável surpresa, aquela juventude não só não o considerava seu predecessor e mestre como o tratava com uma espécie de indulgência, desculpando e evitando suas opiniões, tidas como antiquadas. Na opinião deles, os novos revolucionários, tudo o que Mejeniétski e seus amigos fizeram, todas as tentativas de revoltar os camponeses e, acima de tudo, o terror e todos os assassinatos – do governador Kropótkin, de Meziéntsov e do próprio tsar Alexandre II[5] –, tudo aquilo era uma série de equívocos. Tudo aquilo só servira para dar mais força à reação, que havia triunfado com Alexandre III, e fizera a sociedade regredir quase ao regime escravo. O caminho para a libertação do povo, na opinião dos novos, era totalmente distinto.

Ao longo de dois dias e quase duas noites, as discussões entre Mejeniétski e seus novos conhecidos não cessaram. Em especial um deles, o mentor dos demais, Ro-

---

5 Referência às ações terroristas dos grupos Terra e Liberdade e Vontade do Povo, nas décadas de 1870 e 1880. No dia 1º de março de 1881, o tsar Alexandre II foi morto num atentado.

man, como o chamavam, usando apenas o prenome, afligia Mejeniétski de modo torturante, com sua inabalável convicção de que tinha razão e com a recusa indulgente e até desdenhosa de toda a atividade anterior de Mejeniétski e seus camaradas.

No entender de Roman, o povo era uma multidão grosseira, "boçal", e com o povo no grau de desenvolvimento em que se encontrava agora não era possível fazer nada. Qualquer tentativa de levantar a população rural russa era o mesmo que tentar atear fogo numa pedra ou no gelo. Era preciso educar o povo, era preciso ensinar-lhe a solidariedade, e isso só era possível por meio da grande indústria e construindo nela a organização socialista do povo. A terra não apenas não era necessária ao povo como o tornava conservador e escravo. Não só ali, mas também na Europa. E ele trazia à memória opiniões de autoridades no assunto além de dados estatísticos. É preciso libertar o povo da terra. E quanto antes se fizer isso, melhor. Quanto mais deles forem para as fábricas, quanto mais terras forem para as mãos dos capitalistas e quanto mais forem os oprimidos, melhor. Só é possível aniquilar o despotismo e, sobretudo, o capitalismo mediante a solidariedade da gente do povo e tal solidariedade só pode ser alcançada por meio das associações, das corporações de trabalhadores, ou seja, só quando as massas populares deixarem de ser formadas por pequenos proprietários de terras e passarem a ser proletárias.

Mejeniétski discutia e se exaltava. Sobretudo se irritava com uma das mulheres, morena de cabelo bonito e olhos muito brilhantes, que, sentada na janela e dando a impressão de não participar diretamente da conversa, de vez em quando introduzia uma palavrinha de apoio aos argumentos de Roman, ou apenas dava um riso de desdém para as palavras de Mejeniétski.

– Mas será mesmo possível transformar todo o povo agrícola em operários fabris? – perguntou Mejeniétski.

– Por que seria impossível? – retrucou Roman. – É uma lei geral da economia.

– E como sabemos que é uma lei universal? – disse Mejeniétski.

– Leia Kautsky – disse a morena, sorrindo com desdém.

– Mesmo se admitirmos – argumentou Mejeniétski – (e eu não admito) que o povo vai se transformar em proletários, por que acham que eles vão se organizar da forma preestabelecida por vocês?

– Porque isso está cientificamente comprovado – disse a morena, dando as costas para a janela.

Quando a discussão tratava da forma de ação necessária para alcançar o objetivo, a discordância se tornava maior ainda. Roman e seus amigos insistiam que era preciso preparar um exército de trabalhadores, promover a transição de camponeses a operários fabris e fazer propaganda do socialismo entre os trabalhadores. E não só não lutar diretamente contra o governo, como fazer uso do governo para alcançar os objetivos deles. Por seu lado, Mejeniétski dizia que era preciso combater diretamente o governo, aterrorizá-lo, e que o governo era mais astuto do que eles. "Vocês não enganam o governo, ele é que engana vocês. Nós também fizemos propaganda com o povo e lutamos contra o governo."

– E quanta coisa conseguiram! – exclamou a morena, em tom de ironia.

– Sim, acho que a luta direta contra o governo é um gasto inútil de energia – disse Roman.

– O Primeiro de Março foi um desperdício de energia! – gritou Mejeniétski. – Nós nos sacrificamos, sacrificamos nossa vida, enquanto vocês estavam tranquilos em casa, gozando a vida, e só sabem fazer sermões.

– Não gozamos a vida tanto assim – disse Roman tranquilo, olhando para seus camaradas, e gargalhou triunfante, com sua risada que não era contagiosa, mas alta, clara e segura de si.

A morena, balançando a cabeça, sorriu.

– Não gozamos a vida tanto assim – disse Roman. – E se estamos aqui, é por causa da reação, a reação provocada justamente pelo Primeiro de Março.

Mejeniétski ficou calado. Sentiu-se sufocar de raiva e saiu pelo corredor.

XII

Tentando se acalmar, Mejeniétski começou a andar para um lado e para outro, pelo corredor. As portas das celas ficavam abertas até a chamada vespertina. Um prisioneiro alto, louro, com um rosto cuja simpatia não era em nada prejudicada pelo fato de ter metade da cabeça raspada,[6] se aproximou de Mejeniétski.

– Tem um prisioneiro na nossa cela que viu Vossa Senhoria e disse: traga aquele homem para falar comigo.

– Que prisioneiro?

– O "Poder do Tabaco", é assim que ele é chamado. Um velhinho, um dos *raskólniki*. Disse: chame aquele homem para falar comigo. É Vossa Senhoria.

– E onde ele está?

– Ali, na nossa cela. Disse: Chamem aquele senhor.

Mejeniétski entrou com o prisioneiro numa cela pequena, com camas de tábuas, sobre as quais os prisioneiros estavam sentados ou deitados.

---

6 Os presos condenados ao exílio na Sibéria em geral tinham metade da cabeça raspada, para facilitar o reconhecimento.

Sobre as tábuas nuas, na beira da cama, debaixo de um roupão cinzento, estava deitado o mesmo velho *raskólnik* que, sete anos antes, havia procurado Mejeniétski e perguntado a respeito de Svetlogub. O rosto do velho, pálido, estava todo enrugado e ressequido, o cabelo continuava espesso, a barba rala estava toda grisalha e retorcida para cima. Os olhos azuis eram bondosos e atentos. Ele estava de barriga para cima e, pelo visto, tinha febre: havia um rosado doentio nas bochechas ossudas.

Mejeniétski chegou perto dele.

– O que o senhor quer? – perguntou.

O velho levantou-se com dificuldade, apoiado nos cotovelos, e estendeu a mão trêmula, pequena e seca. Preparando-se para falar, o velho pareceu balançar, começou a ofegar e, controlando a respiração com esforço, falou em voz baixa:

– Você não quis me revelar naquele dia. Deus o proteja, mas agora eu estou revelando para todo mundo.

– E o que o senhor está revelando?

– O cordeiro... o cordeiro, eu estou revelando... aquele jovem estava com o cordeiro. E está dito: o cordeiro vencerá, vencerá a todos... E aqueles que estiverem com ele serão os escolhidos e os fiéis.

– Não estou entendendo – disse Mejeniétski.

– Mas vai entender com o espírito. Os tsares terão uma província com a besta. Mas o cordeiro vencerá.

– Que tsares?

– Os tsares são sete: cinco caíram e sobrou um; o outro ainda não vem, quer dizer, não veio. E quando vier, vai ter pouco tempo... quer dizer, seu fim virá logo... entendeu?

Mejeniétski balançou a cabeça, achando que o velho delirava e que suas palavras eram loucas. O mesmo achavam os prisioneiros, camaradas de cela. O prisioneiro de cabeça raspada que tinha chamado Mejeniétski se aproximou, tocou-o de leve com o cotovelo e, chamando a atenção para si, piscou o olho, apontando para o velho.

– Fala o tempo todo, fala sem parar, o nosso Poder do Tabaco – disse. – Nem ele mesmo sabe o que diz.

Olhando para o velho, assim pensavam Mejeniétski e seus camaradas de cela. Mas o velho sabia muito bem o que estava dizendo e o que dizia tinha, para ele, um sentido muito claro e profundo. O sentido era que não restava muito tempo para o reinado do mal, que o cordeiro venceria todos por meio do bem e da humildade, que o cordeiro enxugaria todas as lágrimas e não haveria choro nem dor nem morte. E ele sentia que isso já estava se realizando, se realizava em todo o mundo, porque estava se realizando na sua alma, iluminada na iminência da morte.

– Ei, vem logo! Amém. Vem, Senhor Jesus! – exclamou e sorriu de leve, com ar expressivo e, assim pareceu a Mejeniétski, enlouquecido.

XIII

"Aí está ele, um representante do povo", pensou Mejeniétski, ao deixar o velho. "E é um dos melhores entre eles. E que ignorância! Eles (referia-se a Roman e seus amigos) dizem: com esse povo que existe hoje, não se pode fazer nada."

Mejeniétski, no passado, tinha executado seu trabalho revolucionário entre o povo e conhecia toda a "inércia", como ele dizia, do camponês russo; conhecera soldados no serviço militar e na reserva e conhecia sua fé obtusa no juramento, na necessidade de obediência, e a impossibilidade de influenciá-los por meio de raciocínios. Conhecia tudo isso, mas nunca extraíra desse conhecimento a conclusão que necessariamente decorre daí. A conversa com os novos revolucionários o havia desconcertado e irritado.

"Dizem que tudo que fizemos, tudo que fizeram Khaltúrin, Kibaltchitch, Peróvskaia,[7] que tudo isso foi desnecessário e até prejudicial, que foi isso que provocou a reação de Alexandre III, que graças a eles o povo foi convencido de que toda atividade revolucionária é promovida pelos senhores de terras, que assassinaram o tsar por ter tirado deles os servos. Que absurdo! Que incompreensão e que descaramento pensar desse jeito!", pensava, enquanto caminhava pelo corredor.

Todas as celas foram fechadas, menos aquela em que estavam os novos revolucionários. Ao aproximar-se dela, Mejeniétski ouviu o riso da morena que ele detestava e a voz cortante e decidida de Roman. Era evidente que falavam sobre ele. Mejeniétski parou para ouvir. Roman disse:

– Sem entender as leis econômicas, eles não se davam conta do que estavam fazendo. Na maior parte, eram...

Mejeniétski não conseguiu e não quis ouvir até o fim, não quis saber o que eram na maior parte, mas também não precisava saber. Só o tom de voz daquele homem demonstrava o completo desprezo que sentiam por ele, Mejeniétski, um herói da revolução, que sacrificara doze anos de vida por aquela causa.

---

7 Militantes ligados à organização clandestina Vontade do Povo. Kibaltchitch e Peróvskaia participaram do atentado contra o tsar Alexandre II e foram enforcados em 1881.

E na alma de Mejeniétski se ergueu um rancor tão terrível como nunca havia experimentado. Um rancor contra todos, contra tudo, contra todo esse mundo enlouquecido em que só podiam viver pessoas semelhantes a animais, como aquele velho com seu cordeiro, e outros quase animais, como os carrascos, os carcereiros, e aqueles doutrinários insolentes, arrogantes e natimortos.

Entrou o guarda de plantão e conduziu as prisioneiras políticas para a ala feminina. Mejeniétski se afastou para o fim do corredor, para não se encontrar com elas. Ao voltar, o guarda trancou a porta dos novos presos políticos e sugeriu a Mejeniétski que fosse para sua cela. Mecanicamente, Mejeniétski obedeceu, mas pediu que não trancasse sua porta.

De volta à cela, Mejeniétski deitou-se no beliche, de cara para a parede.

"Será que de fato sacrificamos à toa todas as nossas energias: o vigor, a força de vontade, a genialidade (ele jamais acreditara que existisse alguém superior a ele, nas faculdades intelectuais) foram sacrificados em vão?" E lembrou-se da carta da mãe de Svetlogub, que ele tinha recebido pouco antes, já na viagem para a Sibéria, em que ela, estupidamente, à maneira das mulheres, como ele achava, o acusava por ter destruído seu filho, ao atraí-lo para o partido revolucionário. Quando recebeu a carta, ele se limitou a sorrir com desdém: o que uma mulher tola podia entender das questões que ele e Svetlogub enfrentavam? Mas agora, ao lembrar-se da carta e da personalidade meiga, crédula, ardorosa de Svetlogub, Mejeniétski pensou de início no amigo e depois em si mesmo. Será possível que toda a vida foi um erro? Fechou os olhos e quis dormir, mas de repente sentiu com horror que havia voltado ao estado que experimentara em seu primeiro mês na fortaleza de Pedro e Paulo. De novo o sofrimento no escuro, de novo os rostos de boca grande, cabeludos, horrorosos, os pontos luminosos sobre o fundo escuro, e de novo os vultos que apareciam de olhos abertos. A novidade era que agora um criminoso comum, de calças cinzentas e cabeça raspada, se balançava montado em suas costas. E de novo, por uma associação de ideias, ele se pôs a procurar um tubo de ventilação em que fosse possível amarrar uma corda.

Uma raiva insuportável, que exigia uma forma de se manifestar, queimava o coração de Mejeniétski. Ele não conseguia ficar parado, não conseguia se acalmar, não conseguia rechaçar aqueles pensamentos.

"Como?", pôs-se a se fazer perguntas. "Cortar uma artéria? Não sei fazer isso. Enforcar-me? Claro, é o mais simples."

Lembrou-se da corda que usavam para amarrar feixes de lenha e que estava no corredor. "Ficar de pé em cima da lenha ou sobre um banquinho. O guarda passa no corredor. Mas ele vai dormir ou vai dar uma volta. É preciso esperar e então trazer a corda aqui para dentro e prender no tubo de ventilação."

Parado na porta, Mejeniétski escutou com atenção os passos do guarda no corredor e, em alguns momentos, quando o guarda se afastava para longe, lançava um olhar pelo buraco da porta. O guarda não dormia nem saía. Mejeniétski escutava sofregamente o som de seus passos e esperava.

Naquela mesma hora, na cela em que estava o velho doente, no escuro, mal iluminado por um lampião turvo de fuligem, no meio dos sons noturnos das pessoas adormecidas – a respiração, as tosses, os roncos, os gemidos, os resmungos –, se passava a questão mais importante do mundo. O velho *raskólnik* estava morrendo e, ao seu olhar espiritual, se revelava tudo aquilo que ele procurava e desejava tão apaixonadamente, ao longo de toda a vida. Em meio a uma luz ofuscante, via o cordeiro na forma do jovem luminoso, e uma grande multidão de pessoas, de todos os povos, estava à sua frente em roupas brancas, e todos estavam alegres, o mal já não existia no mundo. Tudo aquilo se realizara, o velho sabia e, em sua alma, sentia uma grande alegria e serenidade.

Já para as pessoas que estavam na cela, o que havia era que o velho ofegava alto, nos estertores da morte, e seu vizinho acordou e despertou os demais; e quando a respiração ofegante cessou e o velho silenciou e esfriou, seus camaradas de cela começaram a bater na porta.

O guarda abriu a tranca e entrou na cela. Uns dez minutos depois, dois prisioneiros levaram o corpo morto e puseram no necrotério. O guarda foi atrás deles e trancou a porta ao sair. O corredor ficou vazio.

"Feche, pode fechar", pensou Mejeniétski, acompanhando de sua porta tudo o que se passava. "Não vai me impedir de fugir de todo este horror absurdo."

Mejeniétski já não experimentava, agora, aquele horror interior que o afligia até então. Todo ele estava tomado por um só pensamento: não permitir que nada o impedisse de realizar o que pretendia.

Com o coração palpitante, aproximou-se do feixe de lenha amarrado, soltou a corda, puxou-a por baixo da lenha e, lançando um olhar para a porta, levou-a para sua cela. Dentro da cela, subiu num banquinho e passou a corda por cima do tubo de ventilação. Amarrou as duas pontas da corda, apertou o nó e, com a corda dobrada, fez um laço. O laço ficou apertado demais. Soltou a corda de novo, refez o laço, ajustou-o à medida do pescoço e, escutando com atenção e olhando inquieto para a porta, subiu no banquinho, enfiou a cabeça no laço, ajeitou-o, empurrou o banquinho para o lado e se enforcou...

Só na ronda da manhã o guarda viu Mejeniétski, que estava de pé, com os joelhos dobrados, ao lado do banquinho tombado. Retiraram-no do laço. O carcereiro veio correndo e, ao saber que Roman era médico, chamou-o para prestar socorro ao estrangulado.

Foram empregados todos os meios habituais para reanimá-lo, mas Mejeniétski não voltou à vida.

Levaram o corpo de Mejeniétski e puseram numa cama de tábua, ao lado do corpo do velho *raskólnik*.

1906

O QUE VI NUM SONHO

I

– Eu não a considero como uma filha; entenda, não considero, mas também não sou capaz de deixá-la viver por conta de outras pessoas. Farei o necessário para que ela possa viver como quiser, mas não posso ter contato com ela. Sim, sim. Nunca poderia sequer passar pela minha cabeça uma coisa assim... Horrível, horrível!

Encolheu os ombros, balançou a cabeça e levantou os olhos. Quem falou isso foi o príncipe Mikhail Ivánovitch III, de sessenta anos, para seu irmão caçula, o príncipe Piotr Ivánovitch, de cinquenta e seis anos, marechal da nobreza naquela capital de província.

A conversa se passava na capital da província aonde chegara o irmão mais velho, vindo de Petersburgo, depois de saber que a filha que fugira de sua casa um ano antes se havia estabelecido naquela cidade, com um bebê.

O príncipe Mikhail Ivánovitch era um velho bonito, alto, viçoso, de cabelo grisalho, rosto orgulhoso e maneiras cativantes. Sua família era formada pela esposa vulgar, irritável, que muitas vezes discutia com ele por qualquer bobagem, um filho malsucedido na vida, esbanjador e farrista, mas ainda assim um homem perfeitamente "digno", do ponto de vista do pai, e duas filhas, uma das quais, a mais velha, estava muito bem casada e morava em Petersburgo, e a mais jovem, sua filha predileta, Liza, a mesma que um ano antes tinha fugido de casa e só agora fora encontrada, com um bebê, numa distante cidade de província.

O príncipe Piotr Ivánovitch queria perguntar ao irmão em que circunstâncias a sobrinha tinha fugido e quem poderia ser o pai da criança, mas não conseguia tomar coragem. Naquela mesma manhã, quando a esposa de Piotr Ivánovitch demonstrara compaixão pelo cunhado, o príncipe Piotr Ivánovitch viu o sofrimento que se exprimiu no rosto do irmão, percebeu como se esforçou para esconder o sofrimento atrás de uma expressão de orgulho inexpugnável e passou a perguntar à cunhada quanto pagava por sua residência. Durante o almoço, entre familiares e convidados, ele, como sempre, foi irônico, mordaz e espirituoso. Com todos, mostrou-se de uma arrogância inabalável, menos com as crianças, que tratava com uma espécie de carinho respeitoso. De resto, fazia aquilo de modo tão natural que todos pareciam reconhecer seu direito de ser arrogante.

Ao anoitecer, o irmão organizou um jogo de cartas, uma partida de *vint*. Depois foi para o quarto preparado para ele e, na hora em que ia tirar a dentadura, soaram duas batidas bem leves na porta.

– Quem é?

– *C'est moi, Michel!*[1]

O príncipe Mikhail Ivánovitch reconheceu a voz da cunhada, franziu as sobrancelhas, recolocou na boca os dentes postiços e disse consigo mesmo: "O que será que ela quer?", e pediu em voz alta:

– *Entrez.*[2]

A cunhada era uma criatura discreta, dócil, que se submetia com obediência ao marido, mas era um tanto excêntrica (alguns a julgavam até idiota) e, embora fosse bonita, estava sempre mal penteada, vestida com desleixo e sem cuidado, sempre distraída e com as ideias mais estranhas do mundo, nada aristocráticas, incompatíveis com a condição de esposa de um marechal da nobreza, ideias que ela exprimia de súbito, para surpresa de todos, dos conhecidos e também do marido.

– *Vous pouvez me renvoyer, mais je ne m'en irai pas, je vous le dis d'avance*[3] – começou ela, com sua peculiar falta de lógica.

– *Dieu preserve* – respondeu o cunhado, com sua cortesia habitual, um pouco exagerada, e empurrou uma cadeira para ela sentar. – *Ça ne vous dérange pas?*[4] – disse, pegando um cigarro.

– Veja, Michel, não vou falar nada desagradável, só queria falar sobre Lizanka.

Mikhail Ivánitch deu um suspiro, que pareceu de dor. Mas logo se refez, deu um sorriso cansado e disse:

– Minha conversa com você só pode ser sobre um assunto, exatamente aquele sobre o qual você deseja falar – disse, sem olhar para a cunhada e, pelo visto, evitando até nomear o objeto da conversa.

Mas a cunhada gordinha, carnuda, bonita, não se embaraçou e, com o mesmo olhar bondoso, humilde e suplicante dos olhos azuis, continuou fitando Mikhail Ivánovitch e disse, também com um suspiro, ainda mais fundo que o dele:

– *Michel, mon bon ami,*[5] tenha pena dela. – Como sempre fazia ao falar com o cunhado, o tratava por "senhor". – Ela é um ser humano.

– Nunca duvidei disso – retrucou Mikhail Ivánovitch, com um sorriso desagradável.

– É sua filha.

– Foi. Sim. Mas, querida Alin, para que esta conversa?

---

1 "Sou eu, Mikhail".

2 "Entre".

3 "O senhor pode me mandar sair, mas não vou, aviso logo de antemão".

4 "Deus me livre" / "Você se incomoda?".

5 "Mikhail, meu bom amigo".

– Michel, meu caro, vá conversar com ela. Eu só queria dizer ao senhor que aquele que é culpado de tudo...

O príncipe Mikhail Ivánovitch suspirou, seu rosto adquiriu um aspecto terrível.

– Pelo amor de Deus, não vamos conversar. Já sofri o bastante. Agora, não existe mais nada para mim, exceto o desejo de deixá-la numa situação em que ela não seja um peso para ninguém, em que ela não precise travar nenhum contato comigo, em que ela possa viver sua vida à parte, sem que eu e minha família saibamos nada sobre ela. Não posso agir de outro modo.

– Michel, sempre "eu". Mas ela também é um "eu".

– Não há dúvida, porém, querida Alin, por favor, deixemos isso de lado. É penoso demais para mim.

Aleksandra Dmítrievna calou-se, balançou a cabeça.

– E a Macha (a esposa de Mikhail Ivánovitch) também pensa assim?

– Exatamente igual.

Aleksandra Dmítrievna estalou a língua.

– *Brissons là-dessus. Et bonne nuit*[6] – disse ele.

Mas Aleksandra Dmítrievna não se retirou. Continuou ali, calada, mais um pouco.

– Pétia me disse que o senhor queria deixar dinheiro para a mulher em cuja casa ela está morando. O senhor sabe o endereço?

– Sei.

– Então não faça isso por nosso intermédio, leve o senhor mesmo. Apenas veja como ela está vivendo. Se o senhor não quer vê-la, certamente não a verá. E ele não está lá, não há ninguém lá.

Mikhail Ivánovitch teve um tremor dos pés à cabeça.

– Ah, para quê, para que a senhora me atormenta? Isso é falta de hospitalidade.

Aleksandra Dmítrievna levantou-se e, com lágrimas na voz, comovida consigo mesma, exclamou:

– Ela dá tanta pena e é tão bonita.

Ele se levantou e ficou de pé, esperando que a cunhada terminasse. Ela lhe estendeu a mão.

– Michel, isso não está certo – disse e saiu.

Muito depois, Mikhail continuava caminhando sobre o tapete do quarto preparado para ele e, de sobrancelhas franzidas, trêmulo, exclamava: "Oh, oh!", e ao ouvir a própria voz, se assustava e emudecia.

---

6 "Deixemos isso de lado. E boa noite".

O orgulho ferido o torturava. A filha dele, homem que tinha sido criado na casa de sua mãe, a famosa Avdótia Boríssovna, que recebia visitas da imperatriz, a filha dele, homem cuja mera atenção já representava uma grande honra para todos, a filha dele, homem que levara uma vida de cavalheiro, sem temor e sem mácula nenhuma... O fato de ter um filho ilegítimo com uma francesinha, que ele havia instalado numa residência no exterior, não diminuía em nada a elevada opinião que Mikhail tinha de si mesmo. E agora sua filha, pela qual fizera tudo que um pai podia e devia fazer, a quem dera uma educação primorosa, a possibilidade de escolher um marido da melhor e mais alta sociedade russa, a filha a quem ele não só dera tudo que uma jovem pode desejar como também dera todo o seu amor, a filha que ele adorava e de que se orgulhava tanto, essa mesma filha o havia desonrado, fizera com que ele não fosse capaz de fitar as pessoas nos olhos e sentisse vergonha diante de todos.

E Mikhail recordou o tempo em que não só a tratava como filha, membro de sua família, mas também a amava com ternura, se alegrava com ela, tinha orgulho dela. Recordou a filha tal como era aos oito, nove anos de idade: uma menina inteligente, viva, que entendia tudo, rápida, graciosa, de olhos pretos brilhantes e cabelos castanho-claros, soltos, compridos sobre as costas magras. Recordou como ela ria para ele, de joelhos, e o abraçava pelo pescoço, fazia cócegas nele enquanto dava gargalhadas e, apesar dos gritos de protesto de Mikhail, continuava, e depois o beijava na boca, nos olhos, nas bochechas. Ele era avesso a qualquer expansividade, mas aquela expansividade o comovia e às vezes ele se rendia a isso e, agora, lembrava como eram bons os carinhos da filha.

E aquele ser tão meigo no passado fora capaz de se tornar no que era agora – uma criatura em que ele não conseguia pensar sem aversão.

Agora também recordou o tempo em que ela se tornara mulher e o singular sentimento de medo e de afronta que ele experimentou diante da filha, quando notou que os homens a olhavam como mulher. E lembrou sua relação ciumenta com a filha, quando ela, com um sentimento de quem se exibe, sabendo que era bonita, ia falar com o pai em vestidos de baile, e quando ele a via nos bailes. Mikhail Ivánovitch temia olhares impuros para a filha e ela não só não o compreendia como até se alegrava com isso. "Sim", pensava ele, "que superstição é a pureza da mulher. Ao contrário, elas não conhecem a vergonha, elas não têm vergonha."

Lembrou como a filha, de modo incompreensível para ele, recusou dois ótimos pretendentes e como, continuando a circular pela sociedade, se sentia atraída não por alguma pessoa, mas sim pelo seu próprio sucesso. No entanto aquele sucesso não podia durar muito tempo. Passaram um, dois, três anos. Todos a olhavam com atenção. Era bonita, mas já não estava na primeira mocidade, parecia um acessório rotineiro dos bailes. Mikhail Ivánovitch pressentia que a filha ia ficar solteira e queria só uma coisa para ela: casá-la quanto antes, mesmo que não fosse um casamento tão bom quanto teria se tivesse casado mais cedo, contanto que fosse algo decente. Porém, assim parecia a Mikhail, ela se portava com um orgulho altivo incomum e, ao lembrar-se disso, lhe veio um rancor ainda mais forte contra a filha. Recusou pessoas tão corretas para depois cair nesse horror! "Oh, oh!", gemeu ele de novo, parou de andar, fumou um cigarro, quis pensar em outra coisa. Tentou pensar em como ia mandar o dinheiro para a filha, sem permitir que o visse, mas de novo lhe veio a lembrança de como ela, pouco tempo antes – naquela ocasião, a filha tinha já mais de vinte anos –, se envolvera numa espécie de romance com um menino de catorze anos, um pajem, que passara uma temporada no campo com eles, lembrou como a filha levara o menino à loucura, como ele se desmanchava de tanto chorar e como ela, com ar sério, frio e até bruto, respondera ao pai quando ele, para pôr fim naquele romance tolo, mandou o menino ir embora; e como, desde então, suas relações já frias com a filha se tornaram ainda mais frias, também por parte dela. A filha parecia considerar-se ofendida de alguma forma.

"Eu estava mais do que certo", pensou ele agora. "É uma natureza desavergonhada e cruel."

E então, mais uma vez, a lembrança horrível da carta de Moscou, na qual ela dizia que não podia voltar para casa, que era uma mulher perdida, desgraçada, pedia que a perdoasse e a esquecesse, e a horrível lembrança das conversas com a esposa, as desconfianças, as cínicas desconfianças que, no final, resultaram em certeza de que a desgraça havia ocorrido na Finlândia, onde ela fora passar uma temporada na casa de uma tia, e de que o culpado era um estudante sueco, homem insignificante, vazio, vulgar e casado.

Lembrava-se de tudo isso agora e andava, andava para um lado e para outro, sobre o tapete do quarto, recordando seu antigo amor pela filha, o orgulho que tinha dela, se horrorizava com aquela queda, para ele incompreensível, e sentia ódio da filha pelo desgosto que lhe havia causado. Lembrou o que a cunhada dissera e tentou imaginar como poderia perdoar a filha, porém bastava lembrar aquele "*eu*" e o horror, a aversão, o orgulho ferido enchiam seu coração. E Mikhail gemia: "Oh, oh!", e tentava pensar em outra coisa.

"Não, é impossível. Vou dar o dinheiro para o Piotr, para que entregue a ela todo mês. Não tenho mais filha..."

E foi arrastado de novo por aquele mesmo sentimento estranho e confuso de antes, que não parava de atormentá-lo; o sentimento de ternura diante da lembrança de seu amor pela filha e o sentimento de um rancor torturante, por ela ser capaz de lhe causar um desgosto tão grande.

II

Só naquele último ano, Liza tinha vivido muito mais do que nos vinte e cinco anos anteriores; nem se podia comparar. Naquele ano, de repente, se revelou para ela todo o vazio de sua vida até então: tornou-se clara toda a baixeza, toda a sordidez da vida que levava na sociedade rica de Petersburgo e em sua casa, onde ela e todos levavam uma vida de animais, preocupada só com sua superfície, desfrutando todos os seus encantos, mas sem descer até seu fundo. Foi bom por um ano, dois, três, mas quando aquilo – as festas, os bailes, os concertos, os jantares, os vestidos de baile e os penteados que realçavam a beleza do corpo, e os cortejadores jovens ou velhos, todos iguais, que pareciam todos saber de alguma coisa, que pareciam ter o direito de desfrutar tudo e ter a necessidade de rir de tudo, e quando as temporadas de verão nas casas de campo, sempre com a mesma natureza, que também só proporcionavam os prazeres superficiais da vida, e quando as músicas e as leituras, também iguais, que apenas atiçavam as questões da vida, mas não as resolviam –, quando tudo isso se estendeu por sete, oito anos, não só sem prometer nenhuma mudança, mas, ao contrário, perdendo cada vez mais o encanto, ela chegou ao desespero, um estado de completo desespero a dominou, e veio o desejo de morrer. Amigas a encaminharam para atividades filantrópicas. De um lado, ela viu a miséria real, repulsiva, e de outro viu a miséria fingida, ainda mais lamentável e repulsiva, e viu também a terrível frieza das damas benfeitoras, que chegavam em seus coches de milhares de rublos, em roupas de milhares de rublos, e Liza sentiu-se cada vez pior. Queria algo real, queria a vida e não uma brincadeira de vida, não queria aproveitar só a melhor parte. E não a encontrava em lugar nenhum. Sua melhor recordação era o amor pelo cadete Koko, como o chamavam. Foi bonito, honesto, franco, mas agora não havia nem podia haver nada semelhante. Toda ela se angustiava, cada vez mais, e naquela situação triste foi visitar a tia na Finlândia. Circunstâncias novas, natureza nova e pessoas novas, com algo de diferente, pessoas que lhe pareceram muito atraentes.

Como e quando aquilo começou, ela não conseguia responder. Havia um hóspede sueco na casa da tia. Ele falava de seu trabalho, de seu povo, de um novo romance sueco, nem ela sabia dizer como e quando começou aquele estranho contágio por meio de olhares e sorrisos, cujo significado era impossível exprimir com palavras, mas que tinham um sentido, assim lhe parecia, mais elevado do que quaisquer palavras. Tais olhares e sorrisos revelavam suas almas um ao outro, e não só as almas, mas também alguns grandes e importantíssimos mistérios comuns a toda a humanidade. Qualquer palavra dita por eles recebia daqueles sorrisos um significado imenso e maravilhoso. Era o mesmo significado que também recebia a música, quando a ouviam juntos ou cantavam um dueto. Era o mesmo significado que recebiam as palavras de um livro que lessem em voz alta. Às vezes discutiam, cada um fincava pé em sua opinião, mas bastava os olhos de ambos se cruzarem e brilhar um sorriso para a discussão ficar para trás, em algum lugar mais abaixo, enquanto os dois ascendiam a uma região elevada, só alcançada por eles.

Como aquilo começou, como e quando daqueles sorrisos e olhares saiu o diabo e se apoderou dos dois ao mesmo tempo, Liza não saberia dizer, mas, quando sentiu medo do diabo, os fios invisíveis que os uniam já estavam tão entrelaçados que ela percebeu sua impotência para se desvencilhar daquilo e toda esperança já se apoiava nele, na nobreza dele. Liza esperava que ele não tirasse proveito de sua força, no entanto, de modo confuso, não era isso que ela mesma desejava.

Sua impotência para a luta aumentava também porque não tinha motivos para se conter. Sua vida mundana, com sua superficialidade e falsidade, lhe causava aversão. Não amava a mãe e o pai a repelia, era sua impressão, e Liza sentia uma vontade ardorosa não de brincar de viver e sim de viver de verdade, e era no amor, no amor pleno de uma mulher por um homem, que ela pressentia encontrar aquela vida. E sua natureza apaixonada e saudável a arrastava justamente para lá. Aquela vida lhe pareceu estar nele, em sua figura alta, forte, em sua cabeça loura e no bigode louro e curvado para cima, sob o qual reluzia um sorriso atraente e poderoso. Naquilo, ela via a promessa do que seria o melhor que existe no mundo. E os sorrisos e os olhares, as esperanças e as promessas de algo incrivelmente belo acabaram por levá-los para aquilo a que tinham mesmo de ser levados, mas que ela temia e, de modo confuso, inconsciente, desejava. E de repente tudo o que era belo, espiritual, alegre, cheio de esperanças no futuro, de repente tudo se tornou repulsivo, brutal e não só lamentável como também desesperador.

Liza fitava-o nos olhos, tentava sorrir, tentava fingir que não temia nada, que aquilo era o que devia ser, mas no fundo sabia que agora estava tudo perdido, que nele não havia aquilo que ela procurava, o que não havia nele e havia em Koko. Liza disse que agora ele devia escrever para o pai dela e pedir sua mão em casamento. Ele respondeu que ia fazer isso. Depois, no encontro seguinte, disse que não podia fazê-lo agora. Nos olhos dele, havia algo envergonhado, obscuro, e as dúvidas de Liza aumentaram ainda mais. No dia seguinte, ele lhe mandou uma carta, na qual confessava que era casado, que a esposa o deixara muito tempo antes, que agora estava liquidado aos olhos dela, que ele era culpado e suplicava seu perdão.

Ela o chamou e lhe disse, com todas as letras, que o amava, que não se importava que ele fosse casado, sentia-se unida a ele para sempre e não o deixaria.

No encontro seguinte, ele disse que não possuía nada, que os pais eram pobres e que só tinha condições de lhe oferecer uma vida muito pobre. Liza respondeu que não precisava de nada e que estava disposta a ir com ele para onde ele quisesse, naquele mesmo instante.

Ele a dissuadiu, recomendou esperar um pouco. Ela concordou. Mas a vida dissimulada para as pessoas de casa, os encontros fortuitos e as cartas secretas eram uma tortura para Liza, e ela insistiu em partir e fugir.

Quando ela foi para Petersburgo, ele escrevia para ela, prometia ir até lá, depois parou de escrever e desapareceu. Liza tentava viver como antes, mas não conseguia. Começou a sentir-se mal. Ia ao médico, mas seu estado ficava cada vez pior. Quando já estava convencida de que não poderia mais esconder aquilo que queria esconder, resolveu se matar. Mas como fazer isso de modo que a morte parecesse natural? Queria se matar, tinha a impressão de que havia decidido de forma definitiva, e pegou um veneno, verteu numa taça e estava pronta para beber de um gole. E de fato teria bebido, se naquele instante não tivesse entrado correndo no quarto um sobrinho de cinco anos, filho da irmã, mostrando para ela um brinquedo que ganhara de presente da avó. Liza parou, acariciou o menino e, de repente, desatou a chorar. Veio-lhe o pensamento de que poderia ser mãe, se ele já não fosse casado, e a ideia da maternidade pela primeira vez obrigou Liza a voltar-se para si, pensar não no que os outros pensariam e falariam sobre ela, mas em sua vida real. Matar-se por causa da opinião dos outros parecia fácil, mas matar-se por sua própria causa era impossível. Jogou fora o veneno e parou de pensar no suicídio, passou a viver dentro de si mesma e essa vida era torturante, mas era a vida, e Liza não queria e não podia separar-se dela. Passou a rezar, o que já não fazia desde muito tempo antes, mas isso não trouxe alívio: ela sofria não por si, mas pelos sofrimentos do pai, que ela entendia, e tinha pena dele, mas sabia que tais sofrimentos iriam vir, e ela era a culpada. Durante alguns meses, sua vida seguiu assim e, de repente, aconteceu com ela algo inesperado, que ninguém notou, que ela mesma quase não percebeu, mas que pôs sua vida de cabeça para baixo. De repente, sentada, trabalhando – ela tricotava uma manta –, teve uma estranha sensação de movimento... dentro de si.

– Não, não pode ser. – Ficou paralisada, com a agulha e a manta nas mãos. E de novo aquela mesma vibração repentina. Será que era menino ou menina? E, esquecida de si mesma, de sua baixeza e de sua mentira, da irritação da mãe, do desgosto do pai, Liza se iluminou com um sorriso, não o sorriso vil com que ela respondia ao mesmo sorriso que ele lhe dirigia, mas um sorriso radiante, puro e alegre.

Liza então se horrorizou com a ideia de que havia podido pensar em matar *a ele* junto consigo e agora dirigiu todos os seus pensamentos para uma forma de sair de casa, para um lugar aonde ir e onde se tornar mãe, uma mãe infeliz e digna de pena, mas mesmo assim uma mãe. E pensou em tudo isso, se organizou, fugiu de casa e se instalou numa cidade distante de província, onde ninguém poderia encontrá-la, onde julgava estar fora do alcance de seus familiares e onde, para sua desgraça, o governador recém-nomeado era irmão de seu pai, algo com que não contava de forma nenhuma.

Ela morava na casa da parteira Mária Ivánovna já havia quatro meses e, ao saber que o tio estava na cidade, logo se dispôs a ir embora, para qualquer lugar bem longe.

III

Mikhail Ivánovitch acordou cedo e, na mesma manhã, ao entrar no gabinete do irmão, entregou-lhe um cheque com o valor já preenchido, pediu que, todo mês, desse uma determinada quantia daquele dinheiro para a filha e perguntou quando partia o trem expresso para Petersburgo. O trem partia às sete horas da noite, de modo que Mikhail Ivánovitch tinha tempo para jantar cedo, antes da partida. Depois de tomar café com a cunhada, que não disse mais nada que fosse penoso para Mikhail e apenas lhe dirigiu olhares tímidos, ele, seguindo sua rotina higiênica habitual, foi dar o passeio de costume.

Aleksandra Dmítrievna acompanhou-o até o vestíbulo.

– Michel, vá ao parque municipal, é maravilhoso caminhar ali, e é perto de *tudo* – disse ela, olhando com ar de pena para seu rosto zangado.

Mikhail Ivánovitch obedeceu ao conselho da cunhada e foi ao parque municipal, que ficava perto de tudo, e pensava aborrecido na tolice, na teimosia e na crueldade das mulheres. "Ela não tem pena de mim", pensou, referindo-se à cunhada. "Não consegue entender meus sofrimentos. E ela?", pensou na filha. "Ela sabe o que é isso para mim, que martírio. Que golpe horrível no fim da vida, que sem dúvida ela mesma trata de abreviar. Bem, é até melhor chegar logo ao fim do que continuarem esses tormentos. E tudo isso *pour les beaux yeux d'un chenapan.*"[7] "Oh-oh-oh", gemeu alto, e dentro dele se ergueu tamanho sentimento de ódio e de rancor ao pensar em tudo que iriam dizer na cidade quando soubessem (na certa, todos já sabiam), se ergueu dentro dele tamanho sentimento de rancor contra a filha que teve vontade de lhe dizer tudo cara a cara, fazê-la entender todo o significado do que ela havia feito. "Elas não entendem."

---

7 "Pelos belos olhos de um patife".

"Fica perto de tudo", pensou e, pegando uma caderneta de anotações, leu o endereço dela: "Rua Kúkhonnaia, casa de Abrámov, Viera Ivánovna Seliviérstova". Ela usava aquele nome. Mikhail se dirigiu à saída do parque e chamou um coche de praça.

– Com quem o senhor quer falar? – perguntou Mária Ivánovna, a parteira, quando ele entrou no pátio estreito que dava para uma escada íngreme e fedorenta.

– A sra. Seliviérstova mora aqui?

– Viera Ivánovna? Mora aqui, sim, por favor. Ela deu uma saída, foi ao mercado, deve voltar logo.

Atrás da gorda Mária Ivánovna, Mikhail Ivánovitch entrou numa sala pequena e um grito atroz de bebê, vindo do quarto vizinho, feriu-o como uma faca, assim lhe pareceu.

Mária Ivánovna pediu desculpas, foi para aquele quarto e ouviu-se que tentava acalmar o bebê. O bebê se calou e ela voltou.

– É o filhinho dela. Já vai voltar. E o senhor quem é?

– Sou um conhecido, mas é melhor voltar mais tarde – disse Mikhail Ivánovitch, preparando-se para sair. Era uma tortura preparar-se para o encontro com ela e, além do mais, lhe parecia de todo impossível chegarem a algum acordo.

Tinha acabado de virar-se para sair quando soaram na escada passos ligeiros, leves, e ele reconheceu a voz de Liza.

– Mária Ivánovna! E então, ele gritou quando eu estava fora?... Eu...

E de repente ela viu o pai. O saquinho que tinha na mão soltou-se e caiu.

– Papai?! – exclamou e, toda pálida e com o corpo todo trêmulo, ficou parada na porta.

Ele olhou para ela sem sair do lugar. Liza tinha emagrecido, os olhos tinham ficado maiores, o nariz mais pontudo, as mãos mais finas, ossudas. Ele não sabia o que dizer nem o que fazer. E então esqueceu tudo que pensava de sua vergonha e agora tudo que sentia era pena, pena dela, pena de sua magreza, de sua roupa ruim, ordinária, e sobretudo do rosto desolador, com olhos que imploravam algo, apontados para ele.

– Papai, me perdoe – disse, aproximando-se dele.

– Perdoe – disse ele –, me perdoe você – e começou a fungar como uma criança, enquanto beijava o rosto da filha, suas mãos e as cobria de lágrimas.

A pena que sentiu da filha revelou-o a si mesmo. E ao ver-se como era na realidade, entendeu a que ponto era culpado perante ela, culpado por seu orgulho, por sua frieza, até por sua maldade com a filha. E sentiu-se contente por ser culpado, por não ter nada a perdoar, mas sim precisar de perdão.

Liza levou-o a seu quarto, contou como vivia, mas não lhe mostrou o bebê e não disse nada sobre o passado, sabendo que seria um tormento para o pai. Mikhail lhe disse que ela precisava se instalar de outra maneira.

– Sim, se ao menos eu estivesse no campo – disse ela.

– Nós vamos pensar nisso tudo – disse ele.

De repente, atrás da porta, o bebê começou a gemer e depois passou a gritar. Ela arregalou os olhos e, sem desviá-los do pai, ficou paralisada, indecisa.

– Bem, você precisa amamentar – disse Mikhail Ivánovitch, movendo as sobrancelhas com um evidente esforço interior.

Liza levantou-se e, de repente, lhe veio a ideia louca de mostrar a quem ela amava havia tanto tempo aquele que agora ela amava mais que tudo no mundo. Mas, antes de dizer o que queria, observou por um momento o rosto do pai. Iria se zangar ou não?

O rosto do pai exprimia não irritação, mas apenas sofrimento.

– Sim, vá, vá – disse ele. – Graças a Deus. Sim, amanhã virei de novo e vamos decidir. Até logo, meu bem. Sim, até logo. – E de novo teve dificuldade para conter o bolo que subiu na garganta.

Quando Mikhail Ivánovitch voltou à casa do irmão, Aleksandra Dmítrievna logo lhe perguntou:

– E então?

– Tudo bem.

– Encontraram-se? – perguntou ela, adivinhando pelo rosto do cunhado que algo havia ocorrido.

– Sim – disse ele depressa e, de repente, desatou a chorar. – Sim, envelheci e fiquei tolo – disse, depois de se acalmar.

– Não, inteligente, muito inteligente.

Mikhail Ivánovitch perdoou a filha, perdoou inteiramente e, graças ao perdão, venceu dentro de si todo o temor da glória mundana. Instalou a filha na casa da irmã de Aleksandra Dmítrievna, que morava no campo, encontrava-se com a filha e a amava não só como antes e sim mais ainda, ia visitá-la, passava temporadas com ela. Mas evitava ver o bebê e não conseguia vencer dentro de si o sentimento de aversão, de repulsa por ele. E isso era uma fonte de sofrimento para a filha.

13 de novembro de 1906

GENTE POBRE[1]

Num barraco de pescadores, junto à janela, estava sentada Janna, esposa de um pescador, que consertava uma vela muito velha. Do lado de fora, o vento assoviava e uivava e as ondas rugiam, espumavam e quebravam com força na praia... Do lado de fora estava escuro e frio, no mar havia uma tempestade, mas no barraco do pescador estava quente e confortável. O chão de terra estava limpo e varrido; na estufa, o fogo ainda não tinha apagado; na estante, panelas e pratos brilhavam. Numa cama, com a cortina branca baixada, dormiam os cinco filhos, sob os uivos do mar tempestuoso. O marido pescador tinha saído para o mar em seu barco desde a manhã e ainda não tinha voltado. A mulher do pescador ficava escutando com atenção o ronco das ondas e o rugido do vento. Janna estava apavorada.

O velho relógio de madeira, com pancadas roucas, bateu dez horas, onze... O marido não chegava. Janna ficou pensando. O marido não se poupava, ia pescar no frio e na tempestade. Ela ficava em casa trabalhando, da manhã até a noite. E para quê? Mal dava para comer. Os filhos continuavam sem ter sapatos e andavam descalços no verão e no inverno; não comiam pão de trigo – e era ótimo quando conseguiam pão de centeio. O único ponto forte da refeição era o peixe. "Bem, graças a Deus as crianças são saudáveis. Não tenho do que me queixar", pensou Janna e, de novo, ouviu a tempestade. "Onde é que ele está agora? Deus, proteja, salve e perdoe!", disse e fez o sinal da cruz.

Ainda era cedo para dormir. Janna levantou-se, cobriu a cabeça com um xale grosso, acendeu o lampião e saiu para a rua para ver se o mar tinha ficado mais manso, se o tempo estava limpando, se ainda estava acesa a luz do farol e se não avistava o barco do marido. Mas não se via nada no mar. O vento arrancou o xale de sua cabeça, bateu a porta do casebre vizinho como se a arrebentasse e Janna lembrou que, ainda à tarde, queria visitar a vizinha doente. "Não tem ninguém para cuidar dela", pensou Janna e bateu na porta. Escutou... Ninguém veio atender.

"Vida dura a de uma viúva", pensou Janna, parada diante da porta. "Apesar de ter poucos filhos, só dois, tem de resolver tudo sozinha. Ainda por cima está doente! Eh, vida dura a de uma viúva. Vou ver como está."

Janna bateu mais algumas vezes. Ninguém respondeu.

---

1 Este conto é uma versão em prosa de um poema do francês Victor Hugo, do livro *La Légende des siècles*.

– Ei, vizinha! – gritou. "Será que aconteceu alguma coisa?", pensou, e empurrou a porta.

No casebre, estava úmido e frio. Janna ergueu o lampião para ver onde estava a enferma. A primeira coisa em que os olhos bateram foi a cama em frente à porta e, sobre a cama, ela, a vizinha, deitada de barriga para cima, tão quieta e imóvel como só ficam os mortos. Janna aproximou o lampião ainda mais. Sim, era ela. A cabeça inclinada para trás; no rosto frio e azulado, a tranquilidade da morte. A mão pálida e morta, como se tivesse tentado puxar alguma coisa, pendia tombada ao lado do colchão de palha. E ali mesmo, perto da mãe morta, duas crianças pequenas, de cabelos cacheados e bochechas gorduchas, cobertas por um vestido velho, dormiam encolhidas, as duas cabecinhas louras encostadas uma na outra. Pelo visto a mãe, ao morrer, ainda teve tempo de agasalhar as perninhas deles com um xale velho e cobrir as duas com seu vestido. A respiração das crianças era calma e ritmada, dormiam profunda e docemente.

Janna pegou o berço com as crianças, cobriu-as com um xale e levou para casa. Seu coração batia com força; ela mesma não sabia como e para que tinha feito aquilo, mas sabia que não podia deixar de fazer o que fez.

Em casa, colocou as crianças ainda adormecidas sobre a cama junto com seus filhos e, afobada, fechou a cortina. Estava pálida e emocionada. A consciência parecia torturá-la. "O que ele vai dizer?", perguntava para si mesma. "Parece brincadeira, já temos cinco filhos, ele já tem trabalho de sobra para criar os cinco... Será que é ele?... Não, ainda não!... Para que pegar? Ele vai até me bater! E vai ser bem feito, eu mereço. Lá vem ele! Não!... Bem, tanto melhor!"

A porta rangeu, alguém pareceu entrar. Janna estremeceu e levantou-se da cadeira.

"Não. Ninguém, de novo! Meu Deus, para que fui fazer isso? Como é que vou poder olhar nos olhos dele, agora?..." E Janna ficou pensando, muito tempo calada, sentada junto à cama.

A chuva parou; amanheceu, mas o vento zumbia e o mar rugia como antes.

De repente, a porta abriu de supetão, uma rajada de ar fresco do mar irrompeu na sala e um pescador alto e bronzeado, puxando atrás de si uma rede rasgada e molhada, entrou e disse:

– Pronto, cheguei, Janna!

– Ah, é você! – disse Janna e parou, sem se atrever a erguer os olhos para ele.

– Puxa, que noitezinha! Um horror!

– Sim, sim, fez um tempo horrível! Bem, e como foi a pescaria?

– Uma porcaria, a maior porcaria! Não peguei nada. Só rasguei a rede. Ruim, ruim! Mas também, vou lhe contar, que tempinho feio! Acho que não me lembro de outra noite feito essa. Como é que se pode pescar? Graças a Deus voltei vivo para casa... Bom, e você, o que andou fazendo por aqui sem mim?

O pescador puxou a rede para dentro da sala e sentou-se junto à estufa.

– Eu? – disse Janna, empalidecendo. – Bom, sabe, eu... fiquei costurando... O vento uivava tanto que dava muito medo. Fiquei com medo por você.

– Sei, sei – balbuciou o marido. – Tempinho ruim dos diabos! O que se vai fazer? Os dois ficaram calados.

– Sabe – disse Janna –, a vizinha Simon morreu.

– É?

– Não sei quando foi; na certa, foi ontem. Pois é, morrer foi penoso para ela. Seu coração deve ter doído muito pelos filhos! Duas crianças tão fraquinhas... Uma nem fala ainda e a outra mal começou a engatinhar...

Janna ficou calada. O pescador franziu as sobrancelhas; seu rosto ficou sério, preocupado.

– Bom, era o que faltava! – exclamou ele, coçando a nuca. – Pois é, o que se vai fazer? Vamos ter de pegar. Quando acordarem, como é que vão ficar com a defunta? Pois é, a gente dá um jeito de criar! Vá lá depressa!

Mas Janna não se mexeu.

– O que deu em você? Não quer? O que deu em você, Janna?

– Elas estão ali – disse Janna, e abriu a cortina.

1908

A FORÇA DA INFÂNCIA[1]

– Matem!... Fuzilem!... Fuzilem o canalha agora mesmo!... Matem!... Cortem o pescoço do assassino!... Matem, matem! – gritavam vozes de homens e mulheres na multidão.

Uma enorme multidão conduzia pela rua um homem amarrado. O homem alto, ereto, caminhava em passos firmes, com a cabeça bem erguida. No rosto viril e bonito havia uma expressão de desprezo e rancor pelas pessoas que o rodeavam.

Era uma dessas pessoas que, na guerra do povo contra o poder, combatem do lado do poder. Agora o agarraram e levavam para a execução.

"O que fazer? Nem sempre a força está do nosso lado. O que fazer? Agora, eles estão com o poder. Morrer, parece que é preciso morrer", pensava o homem e, encolhendo os ombros, sorria com firmeza em resposta aos gritos, que continuavam na multidão.

– Ele é da polícia, ainda de manhã estava dando tiros na gente! – gritaram na multidão.

Mas a multidão não parava e o conduziram adiante. Quando chegaram à rua onde, perto da ponte, jaziam corpos de soldados mortos na véspera que ainda não tinham sido removidos, a multidão se enfureceu.

– Nada de esperar! Vamos fuzilar já, aqui mesmo. Afinal, para onde vão levar ainda? – gritaram.

O prisioneiro franziu as sobrancelhas e apenas ergueu mais a cabeça. Parecia odiar a multidão ainda mais do que a multidão o odiava.

– Liquidem todos eles! Espiões! Reis! Papas! E também esses canalhas! Matem, matem agora mesmo! – berraram vozes estridentes de mulher.

Mas os líderes da multidão resolveram levá-lo à praça e, lá, dar cabo dele.

A praça já estava perto, quando, num instante de calma, ouviu-se uma vozinha chorosa de criança nas fileiras de trás da multidão.

– Papai! Papai! – gritava gemendo um menino de seis anos, que se enfiava no meio da multidão tentando alcançar o prisioneiro. – Papai! O que estão fazendo com você? Espere, espere, me deixe passar, me deixe!

Os gritos cessaram no lado da multidão de onde vinha o menino e, abrindo passagem à frente dele, como que sob o efeito de uma força, a multidão deixava que o menino chegasse cada vez mais perto do pai.

---

1 Este conto é uma versão em prosa do poema "La Guerre civile", do francês Victor Hugo.

– Ah, que bonitinho! – exclamou uma mulher.

– O que você quer? – perguntou outra mulher, inclinando-se para o menino.

– O papai! Me deixem chegar ao papai! – gritou o menino com voz esganiçada.

– Quantos anos você tem, menino?

– O que vocês querem fazer com o papai? – disse o menino.

– Vá para casa, menino, vá para sua mãe – disse um homem para o garoto.

O prisioneiro já estava ouvindo a voz do menino e o que estavam dizendo para ele. Seu rosto ficou ainda mais sombrio.

– Ele não tem mãe! – gritou em resposta a quem disse para o menino ficar com a mãe.

O menino avançou empurrando a multidão, chegou cada vez mais perto, até que alcançou o pai e subiu em seus braços.

Na multidão, continuavam a gritar:

– Matem! Enforquem! Fuzilem o canalha!

– Por que saiu de casa? – perguntou o pai ao menino.

– O que eles querem fazer com você? – disse o menino.

– Você vai fazer uma coisa – disse o pai.

– O quê?

– Conhece a Katiucha?

– A vizinha? Claro que conheço.

– Então vá para a casa dela e fique lá. Eu... eu vou voltar.

– Sem você, eu não vou – disse o menino e começou a chorar.

– Por que não vai?

– Eles vão matar você.

– Não, nada disso, não é nada.

E o prisioneiro baixou o menino dos braços e se aproximou do homem que comandava a multidão.

– Escute – disse. – Podem me matar, onde e como quiserem, mas não na frente dele. – Apontou para o menino. – Desamarrem-me só dois minutos, me segurem pelo braço, e vou dizer a ele que eu e vocês vamos dar um passeio, que vocês são meus amigos, e aí ele vai embora. E então... então me matem como quiserem.

O líder concordou.

Então o prisioneiro tomou de novo a mão do menino e disse:

– Seja um bom menino, vá para a casa da Kátia.

– E você, o que vai fazer?

– Olhe, vou dar um passeio com esses meus amigos, vamos andar mais um pouco, você vai indo que eu vou depois. Agora vá, seja um bom menino.

O menino fitou os olhos do pai, inclinou a cabeça para um lado e para outro, e ficou pensativo.

– Vá, meu querido, eu vou depois.

– Vai mesmo?

E o menino obedeceu. Uma das mulheres o levou para fora da multidão.

Quando o menino se foi, o prisioneiro disse:

– Agora estou pronto, matem-me.

E então aconteceu algo totalmente inesperado, incompreensível. O mesmo espírito despertou, de uma só vez, em todos aqueles que um minuto antes eram cruéis, implacáveis, rancorosos, e uma mulher disse:

– Querem saber de uma coisa? É melhor soltar.

– É, sim, vá com Deus – disse mais alguém. – Soltem.

– Soltem, soltem! – bradou a multidão.

E o homem orgulhoso, implacável, que um minuto antes odiava a multidão, começou a soluçar, cobriu o rosto com as mãos e, como se fosse culpado, saiu da multidão correndo, e ninguém o deteve.

1908

O LOBO

Era uma vez um menino. Ele gostava muito de comer frangos e tinha muito medo de lobos.

Um dia esse menino se deitou e dormiu. Sonhou que andava sozinho pela floresta para colher cogumelos e, de repente, um lobo pulou das moitas e avançou na direção do menino.

O menino se assustou e gritou:

– Ai, ai! Ele vai me comer!

O lobo disse:

– Espere, não vou comer você, só vou falar com você.

E o lobo começou a falar com voz de gente. E o lobo disse:

– Você está com medo que eu coma você. Mas o que é que você mesmo faz? Você não adora comer frangos?

– Adoro.

– E para que come os frangos? Afinal, os frangos também são seres vivos, como você. Toda manhã, você pode ver como são apanhados, como o cozinheiro os leva para a cozinha, como cortam seu pescoço, como a mãe deles cacareja porque tomaram seus filhotes. Você já viu isso? – disse o lobo.

O menino respondeu:

– Não vi.

– Se não viu, então vá ver. E agora eu vou comer você. Você é igual a um franguinho e eu vou comer você.

E o lobo pulou em cima do menino e o menino se assustou e gritou:

– Ai, ai, ai!

Gritou e acordou.

Desde então, o menino não come mais carne, nem de vaca nem de bezerro nem de carneiro nem de galinha.

1908

CONVERSA COM UM PASSANTE

Saí cedo. Sentia-me bem, alegre. Manhã maravilhosa, o sol tinha acabado de subir de trás das árvores, o orvalho reluzia no capim e nas árvores. Tudo era encanto e todos eram encantadores. Era tão bom que ninguém queria morrer. Exatamente isso, ninguém queria morrer. A vontade era de continuar vivendo neste mundo, com tanta beleza em volta e com tanta alegria na alma. Bem, mas isso não é da minha conta, e sim do patrão...

Vou chegando perto da aldeia; em frente à primeira casa, na estrada, de lado para mim, um homem está de pé, parado. É claro que espera alguma coisa ou alguém, e espera como só a gente trabalhadora sabe esperar – sem impaciência, sem irritação. Chego mais perto – um camponês barbado, cabeludo, grisalho, saudável, com um rosto simples de trabalhador. Não está fumando um cigarro de papel, mas um cachimbo. A gente se cumprimenta.

– Onde mora por aqui o velho Aleksei? – pergunto.

– Não sei, meu caro, nós não somos daqui.

Não disse *eu* não sou daqui, mas sim *nós* não somos daqui. Esse jeito de falar mostra que o russo nunca está sozinho (quando faz uma coisa ruim, diz: eu). A família somos nós, a cooperativa somos nós, a sociedade somos nós.

– Não é daqui? Então é de onde?

– Somos de Kalútski.

Apontei para o cachimbo.

– E quanto você gasta por ano para fumar? Uns três rublos, imagino.

– Três? Não dá para fumar com três.

– E não vai parar?

– Parar, como? É o costume.

– Eu também fumava e parei; é muito bom, é fácil.

– Todo mundo sabe. Mas sem fumar fica chato.

– Pare que não vai ser chato. Fumar traz pouco benefício.

– Mas é bom.

– Não é bom, não precisa disso. Vai virar outro, quando olharem para você. O pior é a garotada. Vão dizer: olhem lá o velho fumando, Deus mandou a gente fumar também.

– Pois é.

– E o filho vai fumar, vendo você fumar.

– É isso mesmo, o filho também...

– Então pare.

– Eu até parava, mas fica muito chato sem fumar, e as moscas comem a gente. É mais por causa do tédio. Começa a ficar chato, eu logo fumo. A desgraça toda é esta: o tédio. Dá tédio outra vez... um tédio, um tédio – prolongou a voz.

– Mas, para o tédio, é melhor pensar na alma.

Ele cravou os olhos em mim, seu rosto de repente ficou muito diferente, atento, sério, não o mesmo de antes, mas simpático, jocoso, vivaz, falante.

– Pensar na alma, na alma, não é? – disse, olhando para meus olhos com ar de curiosidade.

– Sim, a gente para a fim de pensar na alma e todas as bobagens desaparecem.

O rosto dele ficou radiante de afeição.

– Isso é verdade, velhinho. Falou uma verdade. Pensar na alma é o principal. O principal é pensar na alma. (Calou-se um instante.) Obrigado, velhinho. Isso é verdade. (Apontou para o cachimbo.) Isto aqui é uma dessas bobagens, pensar na alma é o principal – repetiu. – Você falou uma verdade. – E seu rosto ficou ainda mais bondoso e mais sério.

Eu queria continuar a conversa, mas uma coisa subiu na garganta (eu chorava à toa), não consegui mais falar, me despedi e, com um sentimento alegre e comovido, engolindo as lágrimas, fui embora.

Também, como não ficar alegre vivendo no meio de gente assim, como não esperar tudo, as melhores coisas, de tal povo?

9 de setembro de 1909

KRIÔKCHINO
(CANÇÕES NO CAMPO)[1]

As vozes e a harmônica se ouviam com clareza e bem perto, mas por trás da neblina não se via ninguém. Era um dia de feira e por isso a cantoria logo cedo me surpreendeu.

"Devem ser os recrutas que estão sendo levados", pensei, lembrando uma conversa de uns dias antes, sobre cinco jovens de nossa aldeia que tinham sido convocados, e fui na direção da canção alegre, que atraía a gente, mesmo sem querer. Quando cheguei mais perto dos cantores, a cantoria e a harmônica pararam. Os cantadores, quer dizer, os rapazes que passavam, entraram numa isbá de pedra de dois andares, onde morava o pai de um dos convocados. Em frente à porta, estava um pequeno grupo de mulheres, moças e crianças. Enquanto eu fazia perguntas àquelas camponesas, para saber quais rapazes estavam indo e por que entraram naquela isbá, os próprios rapazes saíram pela porta, acompanhados de mães e irmãs. Eram cinco: quatro solteiros, um casado. Nossa aldeia ficava pertinho da cidade e quase todos os convocados trabalhavam na cidade e estavam em roupas civis, pareciam vestir suas melhores roupas: paletós, bonés novos, botas elegantes de cano alto. Naturalmente, chamava mais atenção que os outros um rapaz baixo e de corpo bem-feito, rosto meigo, alegre e expressivo, bigodinho e barbicha que mal começavam a nascer e olhos brilhantes e castanhos. Assim que saiu, imediatamente pegou uma harmônica grande e cara, pendurou nos ombros e, depois de me cumprimentar com uma inclinação da cabeça, correndo os dedos no teclado, logo começou a tocar uma alegre *bárinia*[2] e, no mesmo ritmo, com agilidade, em passos bruscos, saiu pela rua.

Com ele seguiu também um jovem baixo, louro, robusto. Olhava com ar vivo para os lados e, com primor, fazia a segunda voz, enquanto o outro entoava a primeira. Ele era o único casado. Os dois foram na frente. Os outros três, também muito bem-vestidos, foram atrás e nada neles chamava atenção, exceto o fato de um ser muito alto.

Fui com a multidão atrás dos rapazes. As canções eram sempre alegres e, durante o cortejo, não houve nenhum sinal de desgosto. Porém, assim que chegaram à casa seguinte, onde também iam servir comida, assim que eles pararam, começou a choradeira das mulheres. Era difícil entender seus lamentos. Só se ou-

---

1 Referência à convocação de tropas para a guerra entre Japão e Rússia.

2 Tipo de dança russa. *Bárinia* significa "patroa", "senhora", "fidalga".

viam com nitidez as palavras: mortezinha... do pai e da mãe... terrinha querida... E depois de cada verso da canção, lamentando-se, tomando fôlego, erguiam-se primeiro gemidos demorados e depois irrompia um riso histérico. Eram as mães, as irmãs dos que iam partir. Além dos lamentos esganiçados das mulheres da família, ouviam-se as conversas das pessoas de fora.

– Será o que Deus quiser, Matriona, a gente aguenta – ouvi a voz de uma das mulheres que tentavam aplacar as lamentações.

Os rapazes entraram na isbá e eu fiquei na rua conversando com um camponês conhecido meu, Vassíli Orékhov, que tinha sido meu aluno. O filho dele era um dos cinco, o único casado, que entoava a segunda voz da canção.

– E então? Dá pena, não é? – eu disse.

– O que se vai fazer? Com pena ou sem pena, tem de servir no Exército.

E me contou toda a sua situação. Tinha três filhos: um já ganhava a vida sozinho, o outro era aquele que estava indo para o Exército e o terceiro, como o primeiro, já vivia por sua conta e ajudava em casa. Aquele que ia partir, pelo visto, não ajudava muito em casa.

– A esposa é da cidade, não se dá bem com o trabalho da gente. Ele vive separado. Vive à sua própria custa. Mas que dá pena, dá. Agora, o que se vai fazer?

Enquanto conversávamos, os rapazes saíram da casa para a rua e de novo começaram as lamentações, os gritos esganiçados, as risadas, o falatório. Depois de ficarem uns cinco minutos no pátio da casa, foram em frente e de novo soaram a harmônica e as canções. Era impossível não se maravilhar com a energia, a animação do músico, como ele quebrava o ritmo com segurança, como batia o pé no chão, parava, ficava em silêncio um instante e depois retomava a canção com voz radiante, olhando em volta com os olhos castanhos e afetuosos. Era evidente que tinha um grande e verdadeiro talento musical. Eu o observava e, quando nossos olhares se cruzavam – pelo menos, foi minha impressão –, ele parecia ficar embaraçado e, movendo as sobrancelhas, se virava para o lado e cantava ainda mais animado. Quando se aproximaram da quinta e última casa e os rapazes entraram, entrei também atrás deles. Os rapazes, todos os cinco, sentaram-se a uma mesa, arrumada e coberta por uma toalha. Sobre a mesa, havia pão e vodca. O dono da casa, o mesmo homem com quem eu havia falado e que acompanhava o filho casado, servia a bebida e a comida. Os rapazes não beberam quase nada, não tomaram mais que quatro copinhos, e mesmo assim só provaram um pouco e puseram de lado. A dona da casa cortou uma broa e ofereceu os pedaços. O dono da casa enchia os copinhos e levava para servir. Na hora em que eu estava olhando para os rapazes, bem ao lado do lugar onde eu estava sentado, desceu da estufa uma mulher com uma roupa que me pareceu muito estranha e inesperada. Usava um vestido verde-claro que parecia de seda, com enfeites chiques, calçava botinas de tacões altos, os cabelos louros estavam penteados de um jeito chique e, nas orelhas, tinha brincos de argolas douradas. Seu rosto não era nem triste nem alegre, mas parecia ofendido. Desceu batendo com agilidade no chão suas botinas novas, de tacões altos, e saiu para o vestíbulo, sem olhar para os rapazes. Tudo naquela mulher – a vestimenta, o rosto ofendido e acima de tudo os brincos –, tudo era tão alheio àquilo que a rodeava que eu não consegui entender quem poderia ser ela e como tinha ido parar em cima da estufa da casa de Vassíli. Perguntei às mulheres sentadas a meu lado quem era ela.

– É a nora de Vassíliev. Trabalha na casa do patrão.

O dono da casa começou a servir bebida mais uma vez, porém os rapazes recusaram a gentileza, levantaram, despediram-se, agradeceram aos donos da casa e foram para a rua. Na rua, logo recomeçou a choradeira. A primeira a se lamentar foi uma mulher curvada e muito velha, que veio atrás dos rapazes. Sua voz esganiçada dava tanta pena e comovia tanto que as mulheres não paravam de tentar acalmá-la e puxavam pelo cotovelo a velhinha, que uivava, se balançava e ameaçava tombar para a frente.

– Quem é ela? – perguntei.

– A avó dele. Mãe de Vassíli.

Assim que a velha começou a rir de um jeito histérico e desabou nos braços que as mulheres estendiam para ela, o cortejo foi em frente e de novo ressoaram a harmônica e as vozes alegres.

Na saída da aldeia, havia carroças para levar os recrutados até a sede do distrito. Não havia mais choro e lamentos. O tocador de harmônica tocava com desenvoltura cada vez maior. Com a cabeça tombada para o lado, apoiado num pé e com o outro virado, ele batia ligeiro no teclado, as mãos faziam floreios bonitos e constantes e, na hora certa, quando necessário, sua voz alegre, animada, alta, retomava a melodia, junto com a bonita segunda voz do filho de Vassíliev. E velhos e jovens, a multidão que rodeava os rapazes, entre eles eu mesmo, todos nós, sem desviar os olhos, observávamos o cantor, com admiração.

– Como é ágil, o sem-vergonha! – exclamou um mujique.

– Faz até chorar, canta com sentimento.

Naquele momento, em passos grandes e vigorosos, aproximou-se do cantor o rapaz especialmente alto. Chegou perto do tocador de harmônica e lhe disse algo.

"Que bela figura", pensei. "Com certeza, esse vai ser indicado para a guarda." Eu não sabia quem era ele, de que casa tinha vindo.

– Quem é? – apontando para o belo rapaz, perguntei para um velhinho que veio na minha direção.

O velhinho tirou o chapéu, me cumprimentou com uma inclinação da cabeça, mas não ouviu minha pergunta.

– O que o senhor disse?

No primeiro instante, não o reconheci, mas assim que começou a falar, logo me lembrei do trabalhador, do bom mujique, que, como acontece muitas vezes, como se tivesse sido escolhido, havia sofrido uma desgraça depois da outra: roubaram seus dois cavalos, sua casa pegou fogo, a esposa morreu. Não o reconheci no primeiro momento, porque fazia muito tempo que não o via e me lembrava de Prokófi como um homem de estatura mediana, de cabelo ruivo-avermelhado, e agora estava grisalho e muito pequeno.

– Ah, é você, Prokófi – eu disse. – Perguntei quem é aquele rapaz, aquele ali, que chegou perto do Aleksandr.

– Aquele? – repetiu Prokófi, apontando para o rapaz alto, com um movimento da cabeça. Em seguida, balançou a cabeça e resmungou algumas palavras, que não entendi.

– Eu queria saber quem é o rapaz – perguntei outra vez e olhei de novo para Prokófi.

O rosto de Prokófi se contraiu, as maçãs do rosto tremeram.

– Esse é o meu – exclamou, virou-se, cobriu o rosto com a mão e começou a soluçar como uma criança.

E só então, depois daquelas poucas palavras de Prokófi – "esse é o meu" –, não com o raciocínio, mas com todo o meu ser, senti todo o horror do que se passava à minha frente, naquela manhã nebulosa, memorável para mim. Tudo aquilo que eu via como vago, incompreensível, estranho, de repente tudo ganhou um significado simples, claro e horrível para mim. Senti uma vergonha torturante por estar assistindo àquilo como um espetáculo interessante. Parei e, com a terrível consciência de um crime, voltei para casa.

E pensar que tudo isso acontece agora com milhares, dezenas de milhares de pessoas, em toda a Rússia, aconteceu e vai acontecer ainda por muito tempo, com esse povo russo dócil, sábio, santo, tratado de modo tão cruel e traiçoeiro.

8 de outubro de 1909

IÁSNAIA POLIANA
(TRÊS DIAS NA ALDEIA)

PRIMEIRO DIA | GENTE ERRANTE

Hoje em dia, acontece nas aldeias uma coisa completamente nova, nunca vista ou sabida. Todo dia em nossa aldeia, formada por oitenta casas, aparecem de seis a doze andarilhos esfarrapados, com fome, com frio, para passar a noite.

Essa gente esfarrapada, quase despida, descalça, muitas vezes doente e imunda no mais alto grau, chega à aldeia e vai à casa do capataz. O capataz não os encaminha para a residência do senhor de terras, onde, além dos dez quartos em sua casa propriamente falando, há dezenas de acomodações no escritório, na cocheira, na lavanderia, nos alojamentos dos empregados domésticos e na cozinha, além de outras dependências; tampouco para a casa do sacerdote, do diácono e do comerciante, onde, embora sejam casas pequenas, há ainda certo espaço, mas os encaminha para a casa de algum camponês, onde toda a família, a esposa, as noras, as moças, rapazes, crescidos e pequenos, todos ficam num mesmo cômodo de sete, oito ou dez *archin*. E o dono da casa recebe o homem faminto, com frio, esfarrapado, imundo e repugnante e lhe dá não só um abrigo para pernoitar como também comida.

– Senta na mesa com a gente – disse-me o velho dono da casa. – Não dá para não chamar. Senão a alma pesa, e a gente dá comida e serve chá.

Assim são as visitas noturnas; mas, durante o dia, vão à casa de cada camponês não dois, mas três, dez ou até mais visitas como essa. E é sempre a mesma coisa: "Não dá para não chamar...".

E, apesar de o pão estar longe de ser suficiente para os visitantes, todas as camponesas cortam uma fatia mais grossa ou mais fina, conforme o tamanho do homem.

– Se a gente der tudo, não vai ter broa para o resto do dia – dizem as mulheres. – E aí no dia seguinte a gente tem de recusar, e isso é pecado.

E assim acontece todo dia, em toda a Rússia. O enorme exército, que aumenta todo ano, de mendigos, inválidos, deportados, velhos desamparados e, sobretudo, trabalhadores desempregados vive, se desloca, melhor dizendo, foge do frio e do mau tempo, e se alimenta graças à ajuda direta e imediata de quem vive nas condições de trabalho mais pobres e penosas – os camponeses.

Temos asilos de pobres, de crianças abandonadas, existem leis de proteção social, existe todo tipo de instituição filantrópica pelas cidades afora. E em todas essas instituições, em prédios com iluminação elétrica, soalho no chão, há serventes limpos e diversos funcionários, com bons salários, que cuidam de milhares de pessoas desamparadas de todos os tipos. Porém, por mais numerosas que sejam essas pessoas, tudo isso não passa de uma gota no mar dessa imensa população (o número é desconhecido, mas deve ser enorme) que agora vagueia mendigando pela Rússia e que se abriga e se alimenta sem nenhuma instituição, mas só com a ajuda do povo camponês das aldeias, que por força de seu sentimento cristão e mais nada é impelido ao cumprimento dessa enorme e pesada responsabilidade.

Pensem só no que diriam as pessoas que não vivem como os camponeses se, em cada quarto de sua casa, tivessem para passar a noite, às vezes durante uma semana inteira, um desses passantes imundos, fedorentos, mortos de frio e de fome. Já os camponeses não só acomodam essa gente, os vagabundos, como dão comida e chá, porque "fica uma coisa na alma, se não chamar para sentar com a gente na mesa". (Em lugares obscuros de Sarátov, Tambov e outras províncias, os camponeses não esperam que os capatazes levem esses andarilhos, eles mesmos sempre os recebem, mesmo sem ordem nenhuma, e abrigam e alimentam essa gente.)

E, como toda boa ação verdadeira, os camponeses não param de fazer isso e não percebem que se trata de uma boa ação. Ao mesmo tempo, além de ser uma boa ação "para a alma", é uma ação de enorme importância para toda a sociedade russa. A importância de tal ação para toda a sociedade russa consiste em que, se não fosse o povo camponês e se nele não houvesse esse sentimento cristão, que nele vive com tanta força, é difícil imaginar o que seria não só das centenas de milhares de infelizes desabrigados e vagabundos, mas também de todos os habitantes remediados e, sobretudo, ricos das aldeias, que têm onde morar.

Basta ver a que grau de privação e sofrimento chegaram, ou foram impelidos, esses desabrigados e vagabundos e imaginar em que estado moral devem se encontrar, para entender que só a ajuda prestada a eles pelos camponeses evita os crimes, inteiramente naturais em sua situação, que cometeriam contra pessoas que possuem em excesso tudo aquilo de que eles precisam apenas para o sustento da própria vida.

Portanto não são as associações filantrópicas nem o governo com suas polícias e diversas instituições judiciárias que nos protegem a nós, pessoas das classes abastadas, da pressão das pessoas que vagam sem abrigo, com fome, com frio, que chegaram, e na maior parte foram impelidas, ao mais alto grau de indigência e desespero; o que nos protege, assim como nos alimenta, é de novo essa mesma força fundamental da vida do povo russo: o camponês.

Se não houvesse na vasta população camponesa russa a profunda consciência religiosa da fraternidade de todas as pessoas, por mais polícia que houvesse (e ela já é pouca e não pode ser numerosa no campo), há muito tempo que toda essa gente desabrigada, que chegou ao mais alto grau de desespero, já teria feito em pedaços todas as casas dos ricos, massacrando todos que se pusessem em seu caminho. Portanto é preciso não se horrorizar nem se admirar com o que lemos e ouvimos – que roubaram, que mataram um homem para roubar –, mas entender e lembrar que, se coisas assim acontecem tão raramente, devemos isso apenas à ajuda desinteressada que o camponês presta a essa população infeliz e errante.

Todo dia, em nossa casa, aparecem de dez a quinze pessoas. Entre elas, há mendigos de verdade que por algum motivo escolheram esse meio de vida, costuraram bolsas, vestiram-se, calçaram-se como puderam e saíram pelo mundo. Entre eles, há cegos, sem braços e sem pernas e há também crianças e mulheres, mas é raro. São em menor número. Agora, a maioria dos mendigos não leva bolsas e, em sua maior parte, são jovens sem deficiências físicas. Todos de aspecto extremamente lamentável, descalços, quase despidos, emagrecidos, trêmulos de frio. A gente pergunta: "Para onde vai?". Quase sempre, respondem: "Procurar trabalho", ou "Procurei trabalho, mas não achei e estou voltando para casa. Não tem trabalho, estão fechando tudo". Entre eles, há uns poucos que voltam da deportação.

Entre esses numerosos mendigos errantes, há muitas características diferentes: há pessoas obviamente embriagadas, levadas a tal situação pela bebida, há pessoas pouco alfabetizadas, mas há os muito inteligentes e cultos, há os humildes, envergonhados e, ao contrário, há os importunos, exigentes.

Há alguns dias, assim que acordei, Iliá Vassílievitch me disse:

– Tem cinco vagabundos na varanda.

– Pegue na mesa – falei.

Iliá Vassílievitch pegou o dinheiro e deu cinco copeques a cada um, como mandei. Passou mais ou menos uma hora. Fui à varanda. Horrivelmente esfarrapado, em sapatos completamente destroçados, um homem pequeno, de rosto doentio e olhos inchados e esquivos, começou a me cumprimentar, inclinando o tronco para a frente, e me mostrou um documento de identificação.

– Deram alguma coisa para o senhor?

– Vossa Excelência, para que me servem cinco copeques? Vossa Excelência, ponha-se na minha situação. – Mostrou-me o documento de identificação. – Faça a bondade de examinar, Vossa Excelência, faça a bondade de ver – e me mostrou sua roupa. – Aonde posso ir, Vossa Excelência (e cada vez que dizia "Vossa Excelência", havia ódio no rosto), o que vou fazer, onde vou parar?

Respondo que dou a mesma quantia para todos. Ele continua a implorar, exige que eu leia a identidade. Eu nego. Ele fica de joelhos. Peço que vá embora.

– Então quer dizer que devo me matar? É só o que resta. Não tenho mais nada que fazer. Dê qualquer coisa.

Dou vinte copeques, ele vai embora e é claro que está magoado.

E há aqueles particularmente insistentes, que sem dúvida reconhecem em si mesmos o direito de exigir sua cota dos ricos. Na maioria, são alfabetizados, muitas vezes até instruídos, para quem a revolução não ocorreu à toa.[1] Eles encaram os ricos não como fazem os antigos mendigos de costume, pessoas que dão esmolas para salvar a alma, mas sim como bandidos, ladrões, que sugam o sangue do povo trabalhador; muitas vezes, os mendigos desse tipo não trabalham e fogem do trabalho de todas as maneiras possíveis, mas em nome do povo trabalhador se consideram não só no direito como na obrigação de odiar os ladrões do povo, ou seja, os ricos, e os odeiam com toda a força de sua penúria, e se pedem, em vez de exigir, é só por fingimento.

Há muitas pessoas assim, inclusive bêbados, sobre os quais vem a vontade de dizer que os culpados são eles mesmos; no entanto, entre os vagabundos, não são poucas as pessoas de uma categoria totalmente distinta, dóceis, mansas, que dão muita pena, e é terrível pensar na situação justamente dessas pessoas.

Aparece um homem bonito, de paletó esfarrapado e curto. De botas já estragadas e de sola gasta, rosto inteligente, bondoso. Tira o quepe e pede, como de costume. Dou, ele agradece. Pergunto: de onde? Para onde?

– De Petersburgo, de casa para a aldeia (em nossa província).

Pergunto: por que vai a pé?

– É uma longa história – responde, encolhendo os ombros.

Peço que conte. Ele conta, com evidente sinceridade, que "morava em Petersburgo, tinha um emprego bom num escritório, ganhava trinta rublos". Vivia muito bem.

– Li os livros do senhor: *Guerra e paz*, *Anna Kariênina* – diz sorrindo outra vez de modo particularmente simpático. – Aí, minha família – prosseguiu – inventou de ir morar na Sibéria, na província de Tómsk.

Eles escreveram perguntando se ele concordava em vender sua parte da terra da antiga propriedade da família. Ele concordou. Os familiares partiram, mas aconteceu que a terra deles na Sibéria era muito ruim, gastaram tudo que tinham e voltaram para casa. Agora moram em casas alugadas na aldeia deles, não têm terra nenhuma e vivem só do salário. Aconteceu que, ao mesmo tempo, a vida dele em Petersburgo piorou de repente. Primeiro, perdeu o emprego, e não foi por sua culpa: a firma onde trabalhava faliu e demitiu os empregados.

---

1 Referência à revolução frustrada de 1905.

– E aí, para dizer a verdade, conheci uma sueca – de novo o mesmo sorriso –, ela me enrolou todo. Antes, eu ajudava o meu pessoal, mas agora, olhe só que belo homem me tornei. Bem, Deus há de ter piedade, talvez eu consiga dar um jeito.

Está claro que é um homem inteligente, forte, ativo e que foi só uma série de acidentes que o levou à situação atual.

Ou outro: com os pés enrolados em trapos, uma corda na cintura. A roupa toda esburacada e em farrapos, não que tivesse sido rasgada, apenas estava gasta até último grau, e o rosto agradável, inteligente, sóbrio e de zigomas salientes. Dou os cinco copeques de costume, ele agradece. Conversamos. Ele foi deportado, morava em Viatka. Lá, a vida foi muito ruim e agora, já muito abatido, ele vai para Riazan, onde morava antes. Pergunto em que trabalhava.

– Vendedor de jornal, distribuía jornais.

– Por que foi condenado?

– Por difundir literatura ilegal.

Começamos a falar sobre a revolução. Dei minha opinião, disse que tudo está dentro de nós mesmos, que por meio da força é impossível derrubar uma força tão enorme.

– O mal será destruído fora de nós só quando ele for destruído dentro de nós – eu disse.

– Se é assim, vai demorar muito.

– Depende de nós.

– Li o livro do senhor sobre a revolução.

– Não é meu, mas eu também acho isso.

– Queria pedir ao senhor os seus livros.

– Com prazer. Só que podem criar problemas para o senhor.[2] Vou dar os mais inocentes.

– Para que se preocupar? Não tenho medo de mais nada. Para mim, a prisão é melhor do que viver assim. Não tenho medo nenhum da prisão. Às vezes, tenho até vontade de ir para lá – exclamou com ar triste.

– Que pena que uma força tão grande seja desperdiçada – falei. – Que pessoas como você estraguem sua vida assim. Bom, e o que vai fazer agora? Que providências vai tomar?

– Eu? – exclamou, lançando um olhar para meu rosto.

Ele tinha me respondido com alegria e animação quando se tratava do passado e de questões gerais, mas assim que a conversa passou a tratar dele mesmo

---

2 Eram obras proibidas.

e percebeu minha compaixão, virou-se, cobriu os olhos com a manga e sua nuca começou a tremer.

E quanta gente assim existe!

Essas pessoas comovem, emocionam, mas também se encontram num limiar a partir do qual basta dar um passo para entrarem numa situação desesperadora, em que um homem bom se torna capaz de tudo.

"Por mais sólida que pareça nossa civilização", diz Henry George, "nela já estão se desenvolvendo forças destrutivas. Não nos desertos e nas florestas, mas nos bairros pobres das cidades e nas grandes estradas se formam os bárbaros que farão com nossa civilização o mesmo que fizeram os hunos e os vândalos com as antigas."

Sim, aquilo que Henry George previu vinte anos atrás está se realizando agora diante de nossos olhos em toda parte e, com clareza especial, entre nós, na Rússia, graças à surpreendente cegueira do governo, que se empenha para minar o fundamento em que se apoia e em que pode se apoiar qualquer melhoramento social que seja.

Os vândalos previstos por Henry George já estão prontos e a postos entre nós, na Rússia. Eles, esses vândalos, essas pessoas temerárias, por mais estranho que pareça, se mostram especialmente terríveis entre nós, no meio de nosso povo profundamente religioso. Esses vândalos se mostram especialmente terríveis entre nós justamente porque, entre nós, não temos e não existe o princípio de contenção, de observação da decência, da opinião pública, que é tão forte nos povos europeus. Temos ou um profundo e sincero sentimento religioso, ou a completa ausência de quaisquer princípios de contenção: Stienka Rázin, Pugatchóv...[3] E, é estranho dizer, o exército de Stienka e de Emelka se desenvolve cada vez mais, graças às ações de nosso governo ultimamente, dignas de um Pugatchóv, com os horrores de seus crimes policiais e as loucuras das deportações, prisões, trabalhos forçados, fortalezas e execuções diárias.

Essa atividade libera os Stienka Rázin dos últimos vestígios de contenção moral. "Se os senhores instruídos agem desse jeito, Deus também quer que a gente faça assim", dizem e pensam eles.

Muitas vezes recebo cartas de pessoas desse tipo, sobretudo deportados. Eles sabem que escrevi algo dizendo que não se deve combater o mal com a violência e, na maior parte, embora pouco alfabetizados, me fazem objeções com grande ardor, dizendo que a tudo que as autoridades e os ricos fazem com o povo é possível e necessário responder só de uma forma: vingar-se, vingar-se, vingar-se.

---

3 Stienka Rázin (1630-71), líder cossaco de grandes revoltas camponesas na Rússia.

É surpreendente a cegueira de nosso governo. Ele não vê, não quer ver, que tudo que faz para desarmar seus inimigos serve apenas para aumentar seu número e suas energias. Sim, essas pessoas são terríveis: terríveis para o governo e também para os ricos, bem como para todos que vivem entre os ricos.

Mas, além do sentimento de medo que tais pessoas despertam, há outro sentimento, muito mais implacável do que o sentimento de medo, um sentimento que nenhum de nós pode deixar de experimentar em relação às pessoas que, por força de uma série de acidentes, acabaram caindo na situação horrível da vida dos vagabundos. Esse sentimento é o sentimento de vergonha e de compaixão.

E é menos o medo do que o sentimento de vergonha e de compaixão que deve obrigar a nós, que não nos encontramos em tal situação, a reagir de uma forma ou de outra a esse fenômeno novo e horrível da vida russa.

SEGUNDO DIA | OS QUE VIVEM E OS QUE MORREM

Estou sentado trabalhando, Iliá Vassílievitch entra com discrição e, obviamente sem querer interromper meu trabalho, diz que faz muito tempo que alguns passantes e uma mulher estão à minha espera.

– Tome, por favor, e dê para eles.

– A mulher tem algum assunto para tratar.

Peço que espere um pouco e continuo a trabalhar. Saio, totalmente esquecido da mulher. De trás do canto da casa, sai uma camponesa jovem, de rosto comprido, magra, muito pobre, pouco agasalhada para o frio que faz.

– O que deseja, do que se trata?

– Falar com Vossa Excelência.

– Mas sobre o quê? Do que se trata?

– Falar com Vossa Excelência.

– Sobre o quê?

– Tiraram ele de mim, mas foi fora da lei. Fiquei sozinha com três filhos.

– Quem? Para onde foi?

– Meu marido, levaram para Krapivna.

– Aonde, por quê?

– Para o Exército, sabe? Mas é fora da lei, porque é arrimo de família. Sem ele, a gente não pode continuar vivendo. Seja um pai.

– Mas então ele é o único homem?

– Só tem ele mesmo.

– Então como é que levaram, se é o único?

– Quem vai saber o que passa na cabeça deles? Agora fiquei sozinha com os filhos. Não tem jeito. Para mim, só resta morrer mesmo. Mas dá pena das crianças. Só tenho esperança na bondade do senhor, porque não foi certo, pela lei, entende?

Anotei a aldeia, prenome, sobrenome, digo que quando souber, mandarei avisar.

– Dê uma ajuda, por pouco que seja. As crianças querem comer e, Deus é testemunha, não tem nenhum pedaço de pão. Meus peitos estão vazios. Não tem leite nos peitos. Que Deus proteja.

– E não tem vacas? – pergunto.

– Que vaca, que nada. Morreu tudo de fome.

Chora e treme toda em seu casaquinho rasgado.

Eu me despeço dela e vou dar meu passeio habitual. Por acaso, o médico que mora conosco tem de atender um doente na mesma aldeia de onde veio a mulher do soldado e no lugar onde fica a administração distrital. Resolvo fazer companhia ao médico e vamos juntos.

Vou para a administração local. O médico vai para a aldeia fazer seu trabalho. O sargento não está, nem o escrivão, só o ajudante do escrivão, um rapaz que conheço, jovem, inteligente. Pergunto sobre o caso da mulher do soldado. Por que convocaram o único homem da casa? O ajudante vai verificar e diz que ele não é o único homem, que são dois irmãos.

– Então como é que ela me disse que só tem ele?

– Mente. Ela sempre faz isso – diz, sorrindo.

Faço perguntas sobre vários assuntos que preciso resolver na administração distrital. Vem o médico, depois de atender o último doente, e partimos juntos, rumo à aldeia onde mora a mulher do soldado. Porém, antes mesmo de sairmos do povoado, uma menina de uns doze anos aparece em nosso caminho.

– Na certa, querem sua ajuda – digo para o médico.

– Não, é com Vossa Excelência – diz a menina, dirigindo-se a mim.

– O que quer?

– É com Vossa Excelência. Mamãe morreu e ficamos sozinhos, órfãos. Somos cinco... Ajude, pense na necessidade que a gente está passando...

– Mas de onde você vem?

A menina aponta para uma casa de tijolos bastante boa.

– Sou dali, é a nossa casa. Entre e veja o senhor mesmo.

Desço do trenó, vou na direção da casa. Uma mulher sai da casa e me convida para entrar. A mulher é tia dos órfãos. Entro. Uma residência limpa, espaçosa. Todas as crianças estão ali. Quatro, além da mais velha: dois meninos, uma menina e o menor, de uns dois anos, outro menino. A tia conta detalhes da situação da família. Dois anos atrás, o pai das crianças morreu soterrado numa mina. Pediram uma indenização, não conseguiram nada. A viúva ficou com quatro filhos, o quinto já nasceu sem o pai. Tentaram se virar sem o marido. Primeiro a viúva contratou um empregado para trabalhar na terra. Mas sem o marido tudo foi de mal a pior, primeiro venderam as vacas, depois o cavalo, sobraram só duas ovelhas. Apesar de tudo isso, ainda conseguiam tocar a vida, mas um mês atrás ela mesma ficou doente e morreu. Sobraram cinco crianças, a mais velha só de doze anos.

– Eles se viram para viver. Ajudo como posso – diz a tia –, mas posso pouco. E não sei mais o que fazer com as crianças. Quem dera morressem. Se desse para deixar num orfanato qualquer, pelo menos algumas.

A mais velha, é claro, já entende tudo, se intromete em minha conversa com a tia.

– Era bom deixar pelo menos o Mikolachka em algum lugar, ele é uma desgraça, a gente não pode deixar ele sozinho nem um instante – diz ela, apontando para o bravo garotinho de dois anos, que ri alegre de alguma coisa com a irmãzinha e, está claro, não concorda nem de longe com o desejo da tia.

Prometo pedir vagas num orfanato para algumas das crianças. A mais velha agradece e pergunta quando deve ir buscar a resposta. Os olhos de todas as crianças, até de Mikolachka, ficam cravados em mim, como se eu fosse uma criatura mágica, que pode fazer tudo para eles.

Ao sair da casa, antes de chegar ao trenó, encontro um velho. Ele me cumprimenta e logo começa a perguntar sobre os órfãos.

– Que desgraça – diz ele. – Dá pena de olhar. E a garotinha mais velha, como se mexe para lá e para cá. Igual a uma mãe para eles. E ela só tem Deus para ajudar. Ainda bem que as pessoas não abandonam, senão já teriam morrido de fome, os coitadinhos. A essas crianças, não é pecado ajudar – diz, obviamente recomendando que eu faça o mesmo.

Despedimo-nos do velho, da tia, da menina e eu e o médico vamos à aldeia, ao encontro da mulher do soldado que falou comigo de manhã.

Pergunto na primeira casa onde mora a mulher do soldado. Acaba que, nessa primeira casa, mora uma viúva, grande conhecida minha, que vive de esmolas e que sabe pedir de maneira obstinada e atrevida. Essa viúva, como de hábito, logo vem me pedir ajuda. Precisa de ajuda agora especialmente para dar de comer à sua novilha.

– Ela está acabando comigo e com a velha. O senhor entre aqui e veja.

– E a velha, como vai?

– Ora, a velha vai aguentando.

Prometo entrar para ver não só a novilha como também a velha. De novo pergunto onde fica a casa da mulher do soldado. A viúva me aponta a segunda isbá e logo acrescenta que "são pobres demais, sim, mas o cunhado também bebe um bocado"...

Vou para a casa apontada pela viúva.

Por mais que as casas dos pobres da aldeia sejam de dar pena, faz muito tempo que não vejo uma casa tão estropiada como a da mulher do soldado. Todo o telhado e até as paredes estão inclinados a tal ponto que as janelas entortaram.

Por dentro não é melhor do que por fora. A isbazinha pequena, com uma estufa que ocupa a terça parte de seu espaço, está toda torta, preta, imunda e, para minha surpresa, cheia de gente. Achei que ia encontrar a mulher do soldado e seus filhos, mas ali também está a cunhada, uma mulher jovem, e seus filhos, além da velha sogra. A própria mulher do soldado acabou de voltar do encontro comigo, encolhida de frio, está se aquecendo em cima da estufa. Enquanto desce, a sogra me conta sua vida. Os filhos dela, dois irmãos, no início moravam juntos. Sustentavam todos.

– Mas, hoje, quem é que mora junto? Todo mundo vive separado – diz a sogra tagarela. – As mulheres passaram a brigar, os irmãos se separaram, a vida ficou ainda pior. A terra é pouca. A gente só ganhava a vida graças ao salário. E aí tomaram o Piotr da gente. Como é que ela vai fazer agora para cuidar dos filhos? O jeito foi morar com a gente. Só que não dá para alimentar todo mundo. O que fazer? A gente não sabe mais. Dizem que ele pode voltar.

A mulher do soldado desce da estufa e também continua a pedir que eu dê um jeito para trazer o marido de volta. Digo que não é possível e pergunto que propriedade ficou para ela, depois da partida do marido. Não tem propriedade nenhuma. A terra do marido ficou para o irmão, cunhado dela, para que ele sustentasse a ela e aos filhos. Havia três ovelhas, mas duas foram vendidas para ajudar na partida do marido. Sobraram, como ela diz, uns cacarecos, uma ovelha e duas galinhas. Isso é toda a sua propriedade. A sogra confirma o que ela diz.

Pergunto à mulher do soldado de onde ela veio. Veio de Sérguievskoie. É um povoado rico, grande, a quarenta verstas de nós.

Pergunto se o pai e a mãe estão vivos e como vivem.

– Vivem bem – responde.

– Por que não vai para a casa deles?

– Estou pensando nisso. Mas tenho medo que não aceitem a nós quatro.

– Talvez aceitem. Escreva para eles. Quer que eu escreva?

A mulher do soldado concordou e eu anotei os nomes de seus pais.

Enquanto estou conversando com as mulheres, a filha mais velha da mulher do soldado, menininha barriguda, se aproxima dela, segura sua manga e pede alguma coisa, parece que pede para comer. A mulher do soldado continua conversando comigo e não responde. A menininha puxa de novo e murmura alguma coisa.

– Vocês não têm jeito mesmo! – grita a mulher do soldado e bate com força na cabeça da menina.

Ela dá um berro.

Terminado meu assunto ali, saio da isbá e vou à casa da viúva que tem uma novilha.

A viúva já está à minha espera na frente da casa e pede de novo que eu entre e veja a novilha. Entro. No vestíbulo, está a novilha. A viúva pede que eu dê uma olhada na novilha. Observo e vejo que toda a vida da viúva se concentra a tal ponto na novilha que ela não consegue nem imaginar a possibilidade de que eu não tenha o menor interesse em ver a novilha.

Depois de olhar bem para a novilha, saio da casa e pergunto onde está a velha.

– A velha? – repete a viúva, obviamente surpresa por eu, depois de ver a novilha, ainda mostrar interesse pela velha. – Está em cima da estufa. Onde mais estaria?

Vou até a estufa e cumprimento a velha.

– Oh-oh! – responde uma voz fraca e rouca. – Quem está aí?

Digo meu nome e pergunto como vai a vida.

– E isto é vida?

– O que é? O que está doendo?

– Dói tudo. Oh-oh!

– Estou com o médico aqui. Quer que eu chame?

– Médico? Oh-oh! Para que me serve o seu médico? Lá em cima é que está o meu médico... Médico?... Oh-oh!

– Sabe como é, está muito velha – diz a viúva.

– Ora, não é mais velha do que eu – respondo.

– Como não é mais velha? É muito mais velha. Dizem que ela tem noventa – diz a viúva. – Todo o seu cabelo estava caindo. Resolvi raspar tudo.

– Por que fez isso?

– Já tinha caído tudo mesmo. Aí raspei logo.

– Oh-oh! – gemeu a velha de novo. – Oh-oh! Deus se esqueceu de mim! Não leva minha alma. Ah, paizinho, ela não sai, ela não sai sozinha... Oh-oh!... Deve ser por causa de meus pecados. Não tem nada para molhar a garganta. Quem dera tivesse um chazinho para eu beber pela última vez. Oh-oh!

O médico entra na isbá, eu me despeço e nós saímos para a rua, sentamos no trenó e vamos para uma aldeiazinha próxima, para o médico visitar seu último paciente. O médico foi chamado na véspera para ver aquele paciente. Chegamos, entramos juntos na isbazinha. Uma casa pequena mas limpa, um berço no centro e uma mulher que balança o berço com esforço. À mesa, está sentada uma menina de uns oito anos, que olha para nós com surpresa e susto.

– Onde está ele? – pergunta o médico, referindo-se ao paciente.

– Em cima da estufa – responde a mulher, sem parar de balançar o berço com o bebê.

O médico sobe no jirau, apoia os cotovelos na estufa, se inclina sobre o paciente e faz alguma coisa.

Chego perto do médico e pergunto como está o doente.

O médico não responde. Subo também no jirau, olho no escuro e só a muito custo começo a distinguir a cabeça cabeluda do homem deitado na estufa.

Um cheiro pesado, ruim, paira em torno do paciente. Ele está deitado de costas. O médico toma seu pulso da mão esquerda.

– Está muito mal? – pergunto.

O médico não responde e se dirige à dona da casa.

– Acenda um lampião – diz ele.

A mulher chama a menina, manda que balance o berço, ela mesma acende um lampião e dá para o médico. Desço do jirau para não atrapalhar o médico. Ele pega o lampião e continua a examinar o paciente.

A menina olha para nós, balança o berço com força insuficiente e o bebê começa a dar gritos esganiçados e comoventes. Depois de entregar o lampião para o médico, a mãe afasta a menina e passa a balançar o berço ela mesma.

Eu me aproximo do médico outra vez. Pergunto de novo como está o homem.

O médico, ainda ocupado com o paciente, me diz uma palavra em voz baixa.

Não escuto o que ele diz e pergunto de novo.

– Agonia – o médico repete a palavra, desce do jirau e coloca o lampião sobre a mesa.

O bebê não para de dar gritos fracos e comoventes.

– E então, já morreu? – diz a mulher, que parece ter entendido o sentido da palavra dita pelo médico.

– Ainda não, mas não vai escapar – diz o médico.

– Então é melhor chamar o pope, não é? – diz a mulher, de má vontade, balançando com cada vez mais força o bebê, que não para de gritar.

– O bom era se tivesse alguém em casa agora. Quem é que vou mandar chamar o pope? Olhe, todo mundo foi pegar lenha.

– Não posso fazer mais nada – diz o médico, e saímos.

Depois eu soube que a mulher achou alguém para chamar o pope, que mal teve tempo de dar a extrema-unção ao moribundo.

Vamos para casa e ficamos calados no caminho. Acho que ambos experimentamos o mesmo sentimento.

– O que ele teve? – pergunto.

– Inflamação dos pulmões. Eu não esperava um fim tão rápido, tinha o organismo forte, mas as condições eram prejudiciais. Com quarenta graus de febre, ele ficou do lado de fora, onde fazia cinco graus de frio.

Ficamos calados de novo e seguimos em silêncio por muito tempo.

– Não vi nem cama nem travesseiro em cima da estufa – digo.

– Não tem nada – diz o médico.

E, certamente, entendendo o que estou pensando, diz:

– Ontem mesmo estive em Krítoie para atender uma parturiente. Para examinar, era preciso colocar a mulher deitada ao comprido, bem esticada. Mas na isbá não tinha espaço nem lugar para isso.

De novo, ficamos calados e, de novo, provavelmente, pensamos a mesma coisa. Em silêncio, chegamos em casa. Diante da varanda, está uma parelha de cavalos magníficos, atrelada a um trenó estofado. O cocheiro muito elegante, de casacão de pele de carneiro e gorro felpudo. É do meu filho, que veio de sua propriedade.

Sentamos à mesa de jantar, servida para dez pessoas. Um lugar está vazio. É da minha neta. Hoje, ela não está se sentindo bem e vai jantar no quarto, com a babá. Para ela, prepararam um jantar especialmente higiênico: sopa de carne e sagu.

Durante o farto jantar de quatro pratos, com dois tipos de vinho, dois lacaios para servir e flores na mesa, ocorrem conversas.

– De onde vêm essas rosas lindas? – pergunta meu filho.

A esposa responde que as flores vieram de Petersburgo, foram enviadas por uma dama que não revelou seu nome.

– Essas rosas não saem por menos de um rublo e meio cada – diz o filho. E conta que, numa espécie de concerto ou apresentação, cobriram o palco inteiro com flores como aquelas.[4]

A conversa se desvia para a música e para um grande especialista e mecenas da música.

– E então? Como vai ele?

– Nada bem. Vai viajar de novo para a Itália. Sempre passa o inverno lá e, de modo surpreendente, melhora.

– A viagem é cansativa e maçante.

– Não, nada disso, no *express*, são ao todo trinta e nove horas.

---

4 Era costume jogar flores nos artistas.

– Mesmo assim, é enfadonho.
– Espere mais um pouco e logo vamos estar voando.

TERCEIRO DIA | TRIBUTOS

Além das visitas e solicitações de costume, hoje há algumas especiais: primeiro, um velho camponês sem filhos, que leva seu fim de vida na maior pobreza; segundo, uma mulher muito pobre, com uma porção de filhos; terceiro, um camponês remediado, até onde sei. Os três são de nossa aldeia e os três vêm tratar do mesmo assunto. Estão recolhendo os tributos antes do ano-novo e registraram para confiscar como garantia o samovar do velho, a ovelha da mulher e a vaca do camponês remediado. Todos eles pedem ajuda ou proteção, ou as duas coisas.

Primeiro, fala o camponês próspero, homem alto, bonito, que está começando a envelhecer. Conta que o estaroste veio, confiscou a vaca e ainda exige mais vinte e oito rublos. É o dinheiro para o fundo de alimentação obrigatório que, na opinião do camponês, não deve ser cobrado agora. Não entendo nada do assunto e digo que vou perguntar e pedir informações na administração distrital e depois direi se é possível ou não se isentar desse pagamento.

O segundo a falar é o velho de quem confiscaram o samovar. Miúdo, magricela, fraco, malvestido, com tristeza e perplexidade comoventes, ele conta como vieram, tomaram o samovar e exigem três rublos e oitenta copeques, que ele não possui nem tem onde arranjar.

Pergunto: para que são esses impostos?

– Quem vai saber? É a lei. Onde eu e minha velha vamos arranjar esse dinheiro? Do jeito que está, já mal dá para viver. Que leis são essas? Tenha piedade de nossa velhice. Ajude de algum jeito.

Prometo procurar saber e ajudar como puder. Dirijo-me à mulher. Magra, cansada, eu a conheço. Sei que o marido é um bêbado e que tem cinco filhos.

– Confiscaram a ovelha. Vieram. Dê o dinheiro, disseram. Falei: o marido não está, está no trabalho. Dê o dinheiro, disseram. De onde vou tirar? Tenho uma ovelha só, e levaram. – Chora.

Prometo procurar informações e ajudar, se puder, e antes de mais nada vou à aldeia falar com o estaroste, saber detalhes, que impostos são esses e por que são cobrados com tanto rigor.

Na rua da aldeia, mais duas pessoas me detêm, com pedidos – mulheres. Os maridos estão no trabalho. Uma pede que eu compre um linho: faz por dois rublos.

– Confiscaram as galinhas. Acabei de criar. Com elas me sustento, pego os ovos e vendo. Compre, o linho é bonito. Eu não venderia nem por três, se não fosse a necessidade.

Mando que vá para casa e digo que, quando voltar, vou ver se resolvo a situação, se puder. Antes que eu chegue à casa do estaroste, uma ex-aluna minha, de olhos ligeiros, pretos, surge na minha frente. É Olguchka, agora já velha. A mesma desgraça – confiscaram a novilha.

Vou à casa do estaroste. Mujique forte, de barba grisalha e olhos inteligentes, ele vem a meu encontro, na rua. Pergunto que impostos estão cobrando e por que aquele rigor repentino. O estaroste me conta que a ordem era cobrar com rigor todos os atrasados antes do ano-novo.

– Mas tinha ordens para confiscar samovares, animais? – pergunto.

– Claro – responde o estaroste, encolhendo os ombros fortes. – Ninguém pode ficar sem pagar. Olhe só o caso do Abakumov. – Ele se refere ao camponês próspero de quem confiscaram uma vaca por causa do pagamento do fundo de alimentação obrigatório. – O filho trabalha no mercado, tem três cavalos. Por que ele não paga? Vive se fazendo de desentendido.

– Bem, nesse caso, pode ser – digo. – Mas e os pobres, como é possível? – E falo do velho de quem tomaram o samovar.

– Esse, sim, esse é pobre mesmo, e não tem de onde tirar. Só que lá nem querem saber disso.

Falo da mulher de quem tomaram a ovelha. E dessa o estaroste tem pena, mas, como que para se justificar, diz que não pode deixar de cumprir uma ordem.

Pergunto se faz muito tempo que é estaroste e quanto ganha.

– Quanto ganho? – diz ele, respondendo não à pergunta que fiz, mas à pergunta que não falei e que ele adivinhou: por que ele participa dessa atividade. – Quero me aposentar. Nosso salário é trinta rublos, mas a gente não fica livre desses pecados.

– E então vão mesmo confiscar samovares, ovelhas e galinhas? – pergunto.

– Claro! São obrigados a confiscar. E a administração distrital vai leiloar logo.

– Vão vender?

– Vão, eles vão ter de se virar de algum jeito...

Vou à casa da mulher que veio reclamar da ovelha confiscada. Uma isbazinha minúscula, no vestíbulo a única ovelha, que deve ser levada para completar o orçamento do Estado. A mulher, nervosa, esgotada pela penúria e pelo trabalho, assim que me vê, segundo o costume de camponesa, começa a falar depressa e com emoção.

– Olhe só como vivo: vão levar a última ovelha. Eu e esses moleques mal conseguimos viver. – Aponta para a estufa e para o jirau. – Venha cá! Não tenha medo. Olhe, como é que alguém pode se sustentar e também esses barrigudinhos pelados?

Crianças de fato barrigudinhas, em camisas esfarrapadas e sem calças, descem da estufa e ficam em volta da mãe...

Nesse mesmo dia, vou à administração distrital para saber detalhes daquele método, novo para mim, de cobrar tributos.

O sargento não está. Virá logo. Na administração, alguns homens estão atrás da grade do guichê, também à espera do sargento.

Pergunto a eles: quem são, o que querem? Dois querem passaporte. Vão viajar para trabalhar. Trouxeram dinheiro para tirar o passaporte. Um veio pegar uma cópia da decisão do juiz local que negou seu pedido para que a casa e o terreno onde ele morou e trabalhou durante vinte e três anos e que pertenciam ao tio e à tia, que o adotaram e que agora tinham morrido, não fossem tomados dele e entregues à neta do tio. Essa neta, herdeira direta do tio, valendo-se da lei de 9 de novembro, vai vender os bens, a casa e a terra onde vive o requerente. Seu pedido foi negado, mas ele não quer acreditar que existem leis como essa e quer apelar a algum tribunal superior, nem sabe qual. Eu lhe explico que a lei é assim mesmo e isso provoca em todos os presentes uma desaprovação que chega à perplexidade e à incredulidade.

Mal termino de falar com esse camponês quando outro, alto, de expressão severa e dura no rosto, se dirige a mim para explicar seu caso. A questão é que ele e seus companheiros de aldeia escavam uma mina de ferro em suas terras de lavoura, escavam essa mina desde que o mundo é mundo.

– Agora fizeram uma lei. Não deixam cavar. Não deixam cavar na nossa terra. Que lei é essa? É só com isso que a gente se sustenta. Já vai para o segundo mês que a gente está pedindo e nada mais está andando direito. A gente não entende, eles vão arruinar a gente e pronto, acabou.

Não consigo dizer nada de confortante para o homem e me dirijo ao sargento, que entra, e faço minhas perguntas sobre as medidas rigorosas que estão aplicando em nossa aldeia para cobrar tributos em atraso. Pergunto também o seguinte: que artigos da lei permitem cobrar os impostos desse jeito. O sargento me avisa que ao todo há sete tipos de tributos que agora são cobrados dos camponeses: 1) os do Tesouro, 2) os do *ziémstvo*, 3) os do seguro, 4) os das dívidas alimentares em atraso, 5) os do fundo de alimentação em lugar do pagamento em espécie, 6) os da comuna e da administração distrital, 7) os da aldeia.

O sargento me diz o mesmo que o estaroste, que a causa do rigor especial na cobrança é uma ordem das autoridades superiores. O sargento reconhece que é duro tomar dos pobres, mas já não se refere aos pobres com a mesma compaixão do estaroste, já não se permite julgar as autoridades e, acima de tudo, quase não tem dúvidas da necessidade de sua função e da ausência de pecado em sua participação nessas coisas.

– Afinal, não se pode dar trela para...

Pouco depois disso, me aconteceu de falar sobre o assunto com um diretor do *ziémstvo*. Esse homem já tinha muito pouca compaixão da situação difícil dos miseráveis, que ele quase não via, e também tinha poucas dúvidas sobre a legitimidade moral de sua função. Embora na conversa comigo ele concordasse que, no fundo, seria mais tranquilo não exercer nenhuma função no serviço público, ainda assim se considerava um funcionário útil, porque outros em seu lugar seriam até piores. E, já que se mora no campo, por que não tirar proveito do salário de diretor do *ziémstvo*, por pequeno que fosse?

As avaliações de um governador sobre a cobrança dos tributos necessários para suprir as necessidades das pessoas ocupadas com o aprimoramento do povo eram totalmente livres de quaisquer considerações sobre samovares, novilhas, ovelhas e linho confiscados de miseráveis das aldeias; já não existia a menor dúvida sobre a utilidade de seu trabalho.

E os ministros, os que cuidam da venda de vodca, os que cuidam de ensinar pessoas a cometer assassinatos, os que cuidam das sentenças de deportação, de prisão, de trabalhos forçados, de enforcamento de pessoas, todos os ministros e seus ajudantes – esses já estão inteiramente convencidos de que os samovares, as ovelhas, o linho, as novilhas confiscadas dos miseráveis encontram sua melhor aplicação na produção da vodca que intoxica o povo, na fabricação de armas para assassinar, na construção de prisões, de campos de trabalhos forçados etc. e, entre outras coisas, no pagamento dos salários deles e de seus ajudantes, na construção de casarões, na aquisição de roupas para as esposas e na cobertura das despesas necessárias para viagens e entretenimentos que eles desfrutam, a fim de repousar do peso das preocupações e dos afazeres em prol do bem-estar desse povo rude e ingrato.

1909

KHODINKA

– Não entendo essa teimosia. Por que fica sem dormir e vai "para o povo", quando poderia ir tranquilamente amanhã, com sua tia Vera direto para o palanque.[1] E ia ver tudo. E eu já lhe disse que o Behr me prometeu que ia levar você. E você, como dama de honra da imperatriz, tem o direito.

Assim falava o príncipe Pável Golítsin, conhecido em toda a alta sociedade pelo apelido de "Dândi", para sua filha Aleksandra, de vinte e três anos, chamada pelo apelido de "Rina". A conversa se deu na tarde de 17 de maio de 1896, em Moscou, véspera da festa popular da coroação. A questão era que Rina, moça bonita, forte, com o perfil característico dos Golítsin, de nariz arqueado de ave de rapina, que já vivera o período de entusiasmo por bailes de sociedade e era, ou pelo menos se julgava, uma mulher avançada, tinha simpatia pelos *naródniki*.[2] Era a única filha, protegida do pai, e fazia o que queria. Agora, tinha enfiado na cabeça, como dizia o pai, a ideia de ir para o passeio público com seu primo, não ao meio-dia junto com as pessoas da Corte, mas junto com o povo, ou seja, o zelador e o ajudante do cocheiro, que iam sair de casa de manhã bem cedo.

– Mas, papai, quero ver o povo, ficar com eles. Quero ver a relação do povo com o jovem tsar. Não seria possível, pelo menos uma vez...

– Está bem, faça como quiser, conheço sua obstinação.

– Não fique zangado, papai querido. Prometo que tomarei cuidado, e o Alek vai ficar comigo o tempo todo.

Por mais estranha e louca que a ideia parecesse ao pai, ele não foi capaz de negar.

– Claro, pegue – respondeu à filha, que perguntou se podia usar a caleche. – Vá de caleche até Khodinka e depois a mande de volta.

– Certo, está bem.

Ela chegou mais perto do pai. Como de costume, ele a benzeu com o sinal da cruz, a filha beijou sua mão grande e branca. E os dois se despediram.

---

1 No dia 18 de maio de 1896, durante a festa da coroação de Nicolau II, ocorreu um tumulto no campo de Khodinka, em Moscou, em que morreram mais de mil pessoas.

2 Ou populistas. Movimento revolucionário clandestino, que às vezes recorria a atentados violentos. Um de seus lemas, adotado pela juventude militante, era "ir para o povo", ou seja, integrar-se à vida popular, sobretudo rural, a fim de politizar as massas.

Naquela mesma tarde, no alojamento que a conhecida Mária Iákovlievna alugava para os operários de uma fábrica de cigarros, também ocorriam conversas sobre a festa do dia seguinte. No alojamento de Emelian Iágodnov, ele e alguns camaradas se haviam reunido e combinavam quando iam sair.

– Já não dá tempo de ir para a cama, senão a gente acaba dormindo até tarde demais – disse Iacha, um rapaz alegre, animado, que ficava do outro lado da divisória.

– Por que não dormir? – retrucou Emelian. – Vamos sair ao raiar do dia. O pessoal já falou.

– Está bem, então a gente dorme logo. Só que você, Semiónitch, vai acordar a gente.

Semiónitch Emelian prometeu que ia fazer isso e pegou na mesa um fio de seda, puxou a luz para perto e tratou de pregar um botão em seu paletó de verão. Terminado o trabalho, preparou sua melhor roupa, colocou sobre o banco, limpou as botas, depois rezou, recitando algumas preces, "pai", "virgem", cujo significado não entendia e nunca teve interesse de entender, tirou as botas e as calças e deitou-se no colchãozinho achatado da cama rangente.

"Por quê?", pensou. "Tem gente que tem sorte. Quem sabe meu bilhete de loteria é sorteado?" (Entre o povo, corria o boato de que, além de presentes, seriam distribuídos bilhetes de loteria.) "Dez mil, eu nem digo. Mas uns quinhentos rublos já era ótimo. Eu ia fazer um monte de coisas: ia mandar algum para os velhos e trazia minha mulher. Separado assim não é vida. Comprava um relógio de verdade. Mandava fazer um casaco de pele para mim e para ela. Desse jeito, a gente fica se matando, se matando... e nunca sai da miséria." E então ele se imaginou passeando com a esposa pelo Jardim Aleksandróvski, viu o mesmo guarda que no verão o prendeu porque estava bêbado e se meteu numa briga, só que o guarda não é mais guarda e sim general, e esse general ri e o convida para entrar numa taverna e ouvir alguém tocar órgão. E o órgão toca, toca, do mesmo jeito que o relógio bate. E Semiónitch acorda e ouve que o relógio guincha e bate, a dona da casa, Mária Iákovlievna, tosse do outro lado da porta e na janela já não está tão escuro como antes. "Tomara que eu não tenha dormido demais."

Emelian levanta, anda descalço para o outro lado da divisória, sacode o Iacha, se veste, passa pomada no cabelo, se penteia e olha para o espelho quebrado.

"Nada mau, está bonito. É por isso que as meninas me adoram. E também não quero fazer bobagem..."

Foi falar com a senhoria. Conforme combinado no dia anterior, levava na sacola uma torta, dois ovos, presunto, meia garrafa de vodca e, quando o dia mal começava a nascer, ele e Iacha saíram e foram para o parque Petróvski. Não eram os únicos. Tem gente na frente, atrás vêm outros, de todos os lados saem de casa e andam na mesma direção homens, mulheres, crianças, todos alegres e arrumados, seguindo o mesmo caminho.

E chegaram ao campo Khodinka. Lá, o povo já escureceu todo o parque. E de vários pontos subia uma fumaça. A manhã estava fria e as pessoas procuravam gravetos, lenha, e acendiam fogueiras.

Emelian e seus camaradas se juntaram, também acenderam uma fogueira, sentaram, pegaram comida, bebida. Então o sol começou a sair, limpo, claro. E a manhã ficou alegre. Cantaram, conversaram, falaram brincadeiras, riram, todos se divertiam, esperavam a diversão. Emelian e seus camaradas beberam muito, ele começou a fumar e ficou ainda mais alegre.

Todos estavam bem-vestidos, mas no meio dos trabalhadores e suas mulheres se destacavam ricos comerciantes com as esposas e os filhos, que foram parar no meio do povo. Assim, Rina Golítsina chamou atenção, quando, alegre, radiante com a ideia de que tinha conseguido o que queria e estava com o povo, no meio do povo, festejando a ascensão ao trono de um tsar adorado pelo povo, caminhava com o irmão Alek entre as fogueiras.

– Bom dia, patroa bonita – gritou para ela um jovem operário, erguendo um copinho à boca. – Não tenha nojo do nosso pão e sal.

– Obrigado. Comam vocês mesmos – respondeu Alek, exibindo seu conhecimento dos hábitos populares, e seguiram em frente.

Pelo hábito de sempre ocupar os primeiros lugares, ao passarem pelo campo no meio do povo, onde já havia pouco espaço (havia tanta gente que, apesar da manhã clara, acima do campo, pairava uma névoa densa, formada pela respiração das pessoas), eles foram direto para o palanque. Mas os policiais não os deixaram passar.

– Muito bem. Por favor, vamos de novo para lá – disse Rina e os dois voltaram para a multidão.

– Mentira – respondeu Emelian, sentado com seus camaradas em redor de petiscos sobre uma folha de papel, a um operário que acabara de chegar e havia falado sobre o que iam distribuir. – É mentira.

– Pois estou lhe dizendo. Não é certo, não é na lei, mas estão distribuindo, sim. Eu mesmo vi. Estão dando um embrulhinho e um copo.

– Está na cara, são os danados dos artesãos. Eles não têm jeito. Dão só para quem eles querem.

– Mas como é que pode? Será que podem fazer uma coisa contra a lei?

– Está vendo como podem?

– Vamos lá, pessoal. Vamos ver como é que é essa história.

Todos levantaram. Emelian pegou sua garrafinha com o resto de vodca e foi em frente, com seus camaradas.

Não tinha dado dez passos quando o povo se apertou de tal modo que ficou difícil andar.

– Por que está empurrando?

– E você, por que está empurrando?

– Acha que está sozinho?

– Chega para lá.

– Gente, estão sufocando – ouviu-se uma voz de mulher. Soou um grito de criança do outro lado.

– Vá para o inferno...

– O que está pensando? Acha que está sozinho aqui?

– Vão pegar tudo. Sai, deixa eu chegar lá. Inferno, demônios!

Era Emelian quem gritava e, empurrando com os ombros largos, saudáveis, e espetando com os cotovelos, abria caminho como podia, rompia em frente, sem saber direito para quê, só porque todo mundo empurrava e lhe parecia que era absolutamente necessário ir em frente. Atrás dele, dos dois lados, havia gente e todos o espremiam. Na frente, as pessoas não se moviam e não deixavam os outros passar. E não paravam de gritar, gemer, berrar. Emelian ficou calado e, cerrando os dentes fortes, contraindo as sobrancelhas, não desanimava, não fraquejava, empurrava os que estavam na frente e, embora devagar, avançava. De repente, tudo se mexeu e, depois de um movimento ritmado, houve uma arremetida para a frente e para a direita. Emelian olhou para lá e viu que uma coisa voou, e outra e uma terceira, e todas caíam na multidão. Ele não entendeu o que era, mas perto dele uma voz gritou:

– Demônios malditos, despejar em cima do povo desse jeito.

E lá onde voavam as bolsinhas com presentes, ouviam-se gritos, risos, choro e gemidos.

Alguém machucou Emelian com um empurrão na costela. Ele ficou ainda mais sombrio e zangado. Mas nem teve tempo para se recuperar da dor e alguém chutou sua perna. Seu paletó, um paletó novo, agarrou em alguma coisa e rasgou. Em seu coração, bateu uma raiva e, com toda a força, ele começou a espremer quem estava na frente, empurrando por trás. Mas de repente aconteceu algo que ele não conseguiu entender. Não viu mais nada na frente, senão as costas das pessoas, e aí, de repente, tudo o que estava na sua frente se abriu. Ele viu as barracas, as barracas onde deviam distribuir os pacotes. E alegrou-se, mas a alegria durou só um minuto, porque logo compreendeu que só se revelava o que havia na sua frente porque todos haviam chegado à beira de um fosso e todos que estavam na frente, uns de pé, outros de gatinhas, desabaram dentro do fosso e ele mesmo caiu lá, sobre as pessoas, bem em cima das pessoas, e sobre ele caíram outros, que vinham atrás. Então, pela primeira vez, sentiu medo. Tombou. Uma mulher de vestido estofado desabou em cima dele. Emelian a sacudiu para o lado, quis virar-se, mas o imprensavam por trás e ele não tinha força. Quis andar para a frente, mas as pernas tropeçavam em coisas moles, as pessoas. Agarravam seus pés, gritavam. Ele não enxergava nada, não ouvia, abria caminho à força para a frente, pisando em pessoas.

– Irmãos, peguem meu relógio, é de ouro! Irmãos, ajudem! – gritou um homem a seu lado.

"Agora, ninguém liga para relógios", pensou Emelian e começou a sair pelo outro lado do fosso. Em sua alma, havia dois sentimentos, ambos torturantes: um era o temor por si mesmo, pela própria vida; o outro era a raiva de todas aquelas pessoas desnorteadas que o espremiam daquele jeito. Ao mesmo tempo, desde o início, ele havia traçado um objetivo: chegar às barraquinhas e receber a sacola com os presentes e, dentro dela, o bilhete de loteria: desde o início, era esse objetivo que o atraía.

As barraquinhas já estavam à vista, também dava para ver os artesãos que iam distribuir os brindes, já se ouviam os gritos das pessoas que tinham conseguido chegar às barraquinhas, ouviam-se também os estalos das passarelas de tábuas onde a parte da frente da multidão se espremia para passar. Emelian fez mais um esforço e só faltavam vinte passos, quando ouviu de repente, embaixo dos pés, ou melhor, entre os pés, o grito e o choro de uma criança. Emelian olhou para os pés: um menino sem gorro, com a camisa rasgada, estava deitado de barriga para cima e, sem parar de gritar, agarrou seus pés. De repente, algo apertou seu coração. O temor por si mesmo passou. Também passou a raiva das pessoas. Sentiu pena do menino. Emelian se abaixou, apanhou o menino, segurando por baixo da barriga, mas os que vinham atrás o empurraram de tal modo que ele quase caiu, teve de soltar o menino, mas logo depois, reunindo todas as suas forças, de novo o segurou e o jogou sobre os ombros. Os que estavam empurrando passaram a empurrar menos e Emelian carregou o menino.

– Me dá ele aqui – gritou um cocheiro que andava ao lado de Emelian, pegou o menino e ergueu-o acima da multidão.

– Vai passando por cima do povo.

E, virando-se, Emelian viu como o menino, ora afundando no povo, ora emergindo acima dele, foi se afastando cada vez mais, sobre os ombros e as cabeças das pessoas.

Emelian continuou a se mover. Era impossível ficar parado, mas agora já não estava mais preocupado com os brindes nem em alcançar as barraquinhas. Estava pensando no menino, onde tinha ido parar o Iacha, o que seria das pessoas esmagadas que ele tinha visto quando atravessou o fosso. Chegou a uma barraquinha, recebeu a sacola e o copo, mas aquilo já não o deixou contente. No primeiro minuto, ficou contente, porque ali tinha terminado o sufoco. Podia respirar e se mexer. Mas logo também aquela alegria passou, por causa do que viu ali. Viu uma mulher de vestido listrado e rasgado, de cabelo ruivo desgrenhado, de botinas com botões. Estava deitada de barriga para cima; os pés nas botinas estavam apontados para cima. Uma das mãos jazia na grama, a outra, com os dedos fechados, estava embaixo do peito. O rosto não estava pálido, mas branco-azulado, como só acontece com os mortos. Aquela mulher foi a primeira pisoteada até a morte e tinha sido deixada ali, atrás da cerca, diante do palanque do tsar.

Na hora em que Emelian olhava para a mulher, junto a ela estavam dois guardas, e um policial dava ordens. Então chegaram os cossacos, o chefe deu alguma ordem e eles avançaram sobre Emelian e outras pessoas que estavam ali e as enxotaram para trás, rumo à multidão. Emelian caiu de novo na multidão, de novo o sufocamento, dessa vez ainda pior. De novo os gritos, os gemidos de mulheres, crianças, de novo pessoas pisoteando umas às outras, sem conseguir deixar de pisar. Mas agora Emelian já não tinha mais temor por si mesmo nem raiva daqueles que o espremiam, só havia um desejo – fugir, desvencilhar-se, entender o que era aquilo que crescia dentro de sua alma, fumar e beber. Sentia uma vontade tremenda de fumar e beber. E conseguiu: saiu para um lugar mais livre, fumou e bebeu.

Mas não foi o que aconteceu com Alek e Rina. Sem querer nenhum brinde, eles andavam no meio do povo, sentado em rodinhas, conversando com mulheres, crianças, quando de repente todo o povo disparou na direção das barraquinhas, na hora em que correu o boato de que os artesãos não iam distribuir os presentes da maneira correta. Rina nem teve tempo de se virar, foi arrastada para longe de Alek e a multidão a carregou. O horror a dominou. Tentou ficar calada, mas não conseguiu e gritou, pedindo piedade. Mas não havia piedade, ela foi arrastada cada vez para mais longe, o vestido rasgou, o chapéu voou. Ela não podia ter certeza, mas teve a impressão de que arrancaram seu relógio com a correntinha. Era uma jovem forte e conseguiria se manter de pé, mas a sensação de sufocamento e de horror era tão aflitiva que Rina não conseguia respirar. Esfarrapada, amarrotada, ela mal conseguia se manter de pé; mas na hora em que os cossacos arremeteram contra a multidão para dispersá-la, Rina se desesperou e, assim que se desesperou, perdeu as forças e desmaiou. Caiu e não viu mais nada.

Quando voltou a si, estava deitada de costas sobre a grama. Um homem com aspecto de operário, de barbicha e paletó rasgado, estava de cócoras na sua frente e borrifava água em seu rosto. Quando ela abriu os olhos, o homem fez o sinal da cruz e cuspiu a água que tinha na boca. Era Emelian.

– Onde estou? Quem é o senhor?

– Em Khodinka. Eu? Sou uma pessoa. Também me amassaram. Mas a gente aguenta – disse Emelian.

– E o que é isso? – Rina apontou para as moedas de bronze em cima da barriga dela.

– Isso quer dizer que o povo achou que você estava morta. É para pagar o enterro. Mas eu olhei e pensei: não, está viva. Fiquei para descobrir.

Rina olhou em volta e viu que ela estava toda rasgada e uma parte do peito estava nua. Sentiu vergonha. O homem entendeu e a cobriu.

– Tudo bem, patroa, vai ficar viva.

Veio mais gente, um guarda. Rina levantou-se e sentou, disse de quem era filha e onde morava. E Emelian foi procurar um coche de praça.

Quando Emelian voltou com o cocheiro, já tinha juntado muita gente. Rina ficou de pé, quiseram carregá-la, mas ela mesma sentou no coche. Sentia apenas vergonha de suas roupas rasgadas.

– E seu irmão, onde está? – perguntou uma das mulheres que se aproximaram.

– Não sei. Não sei – disse Rina, em tom desolado. (Ao chegar em casa, Rina soube que, quando o tumulto começou, Alek conseguiu se desvencilhar da multidão e voltou para casa sem nenhum ferimento.)

– Olhe, foi ele que me salvou – disse Rina. – Se não fosse ele, nem sei o que seria. Como o senhor se chama? – dirigiu-se a Emelian.

– Quem, eu? Não interessa como me chamo.

– Ela é uma princesa – advertiu uma das mulheres. – Ri-i-i-ca.

– Venha comigo, para falar com meu pai. Ele vai lhe agradecer.

E, de repente, subiu na alma de Emelian uma coisa tão forte que ele não trocaria nem por um lucro de duzentos rublos.

– Nada disso. Não, patroa, vá para sua casa. Não tem nada para agradecer.

– Não, não pode. Assim não vou me acalmar.

– Até logo, patroa, vá com Deus. Só não leve meu paletó.

E deu um sorriso tão alegre, com os dentes tão brancos, que Rina, nos momentos mais difíceis de sua vida, iria sempre se lembrar daquele sorriso, como um consolo.

E Emelian também experimentava um grande sentimento de alegria, que o ajudava a suportar esta vida, quando se lembrava de Khodinka, daquela senhora e da última conversa com ela.

1910

SEM QUERER

Antes das seis da manhã, ele voltou para casa e, como de costume, passou pelo banheiro, mas em vez de tirar a roupa, sentou-se – caiu na cadeira, as mãos largadas sobre os joelhos –, e ficou assim imóvel por uns cinco minutos, ou dez, ou por uma hora – ele não percebeu.

– Sete de copas. Perdi! – E viu no espelho seu focinho horroroso, inabalável, mas mesmo assim deixava transparecer a satisfação consigo mesmo.

– Ah, diabo! – exclamou bem alto.

Por trás da porta, houve um movimento. E, de touca de dormir e camisola bordada, de chinelos verdes de veludo, entrou sua esposa, uma morena bonita e vigorosa, de olhos brilhantes.

– O que você tem? – perguntou ela com voz normal, mas, ao olhar para o rosto do marido, deu um grito de verdade: – *O que você tem?* Micha! O que você tem?

– O que tenho é que perdi.

– No jogo?

– Foi.

– E daí?

– E daí? – repetiu ele com certa ironia. – Estou acabado! – E deu um soluço, contendo as lágrimas.

– Quantas vezes eu pedi, implorei.

Tinha pena dele, e mais pena ainda de si mesma – e também porque passariam necessidade, porque ela havia ficado a noite toda sem dormir, angustiada, à espera do marido. "Já são cinco horas", pensou ela, depois de olhar para o relógio sobre a mesinha de cabeceira.

– Ah, seu torturador. Quanto?

Ele levantou as mãos até as orelhas.

– Tudo! Tudo, não, mais que tudo: tudo o que é meu e ainda o que é do Estado. Pode me matar. Faça comigo o que quiser. Estou acabado. – E cobriu o rosto com as mãos. – Não sei mais de nada!

– Micha! Micha, escute. Tenha pena de mim, também sou um ser humano, fiquei a noite toda sem dormir. Esperando você, angustiada, e esse é meu prêmio. Diga pelo menos: o quê? Quanto?

– Tanto que nem eu nem ninguém pode pagar. Sessenta mil, ao todo. Está tudo acabado. Fugir, mas como?

Olhou para ela e, de modo totalmente inesperado para Micha, sua esposa o atraiu para junto de si. "Como ela é boa", pensou e abraçou-a. Ela o afastou.

– Micha, me diga só como é que você pôde fazer isso.

– Tinha esperança de recuperar o que perdia. – Pegou o maço de cigarros e começou a fumar sofregamente. – Sim, é claro. Sou um canalha, não sou digno de você. Me abandone. Perdoe pela última vez e depois vou embora, vou desaparecer. Kátia. Não posso, não posso. Eu estava como num sonho, foi sem querer. – Franziu um pouco o rosto. – Mas o que fazer? Estou acabado do mesmo jeito. Mas você pode me perdoar. – De novo, quis abraçá-la, mas a esposa recuou, irritada.

– Ah, esses homens dão pena. Quando tudo vai bem, se fazem de corajosos, mas quando as coisas vão mal, é um desespero, não prestam para nada.

Ela sentou no outro lado da mesinha de toalete.

– Conte em detalhes.

E ele contou. Contou que tirou o dinheiro do banco e encontrou-se com Nekrássov. Que propôs irem à sua casa e jogarem. E jogaram, ele perdeu tudo e agora tinha decidido dar cabo de si mesmo. Disse que tinha decidido dar cabo de si mesmo, mas ela via que Micha não tinha decidido coisa nenhuma, mas estava desesperado e disposto a tudo. Ela escutou até o fim e, quando ele terminou, disse:

– Tudo isso é estúpido, sórdido: é impossível perder dinheiro à toa. É muita cretinice.

– Pode xingar à vontade, faça comigo o que quiser.

– Não quero xingar, quero salvar você, como sempre salvei, por mais que você me maltrate e não tenha pena de mim.

– Bata, pode bater. Não vou durar muito...

– Então escute uma coisa. Para mim, por mais que me torture de maneira desumana e indecente... Estou doente e logo hoje recebo... de repente essa surpresa. Sem falar nessa incapacidade de agir. Você pergunta: o que fazer? Pois é muito simples o que tem de fazer. Agora mesmo, veja, são seis horas, vá à casa do Frim e conte para ele.

– Mas será que o Frim vai ter pena? É impossível contar para ele.

– Mas como você é burro. Acha que vou aconselhar você a contar ao diretor do banco que você perdeu no jogo o dinheiro confiado a você?... Conte que foi à estação de trem Nikoláievski... Não. Vá agora à polícia. Não, agora não, mais tarde, às dez horas. Você foi à travessa Netcháievski, foi atacado por dois homens. Um barbado, o outro era quase um menino, com uma pistola Browning, e tomaram o dinheiro. E logo depois vá falar com Frim. Conte a mesma coisa.

– Sim, mas... – Começou de novo a fumar o cigarro. – Eles podem estar sabendo de Nekrássov.

– Vou falar com Nekrássov. Conto para ele. Eu cuido disso.

Micha começou a se acalmar e, às oito horas da manhã, pegou no sono, como um morto. Às dez horas, a esposa o acordou.

Isso aconteceu de manhã cedo, no primeiro andar. No térreo, na casa da família Ostróvski, às seis horas da tarde, aconteceu o seguinte:

Tinham acabado de jantar. A jovem mãe, a princesa Ostróvskaia, chamou o lacaio, que já tinha servido todos os doces, a geleia de laranja, pediu um prato limpo, pôs nele uma porção de geleia, voltou-se para os filhos – eram dois: o mais velho, um menino de sete anos, Voka; e uma menina de quatro anos e meio, Tânietchka. Os dois eram muito bonitos: Voka era um menino sério, saudável, compenetrado, com um sorriso encantador, que deixava à mostra dentes espalhados, que estavam mudando, e Tânietchka era ágil, vigorosa, de olhos pretos, falante, divertida, risonha, sempre alegre e afetuosa com todos.

– Crianças, quem vai levar doces para a babá?

– Eu – respondeu Voka.

– Eu, eu, eu, eu, eu – gritou Tânietchka e logo pulou da cadeira.

– Não, Voka falou primeiro. Leve – disse o pai, que sempre mimava Tânietchka e por isso sempre ficava feliz a qualquer oportunidade de mostrar sua imparcialidade. – E você, Tânietchka, dê a vez a seu irmão – disse para sua predileta.

– Sempre fico feliz de dar a vez ao Voka. Leve, Voka, vá. Se for para o Voka, não fico triste.

Como era costume, as crianças agradeceram a refeição. E os pais tomaram café e esperaram a volta de Voka. Mas ele demorou muito.

– Tânietchka, vá ao quarto das crianças e veja por que o Voka está demorando.

Tânietchka pulou da cadeira, pegou uma colher, deixou cair, levantou, colocou na beira da mesa e a colher caiu de novo, a menina apanhou a colher outra vez e, com uma risada, batendo no chão os pezinhos gordos calçados em meias, voou para o corredor, para o quarto das crianças, atrás do qual ficavam os aposentos da babá. Ia passar correndo pelo quarto das crianças, mas de repente ouviu um choro. Virou-se. Voka estava ao lado da cama e, olhando para o cavalo de brinquedo, segurava o prato na mão e chorava amargamente. O prato estava vazio.

– Voka, o que você tem? E os doces?

– Sem querer, eu comi no caminho. Não vou... para lugar nenhum... não vou. Tânia, eu... eu... sério, foi sem querer... comi tudo... primeiro um pouquinho, depois comi tudo.

– E agora, o que a gente vai fazer?

– Foi sem querer...

Tânietchka pensou. Voka chorava sem parar. De repente, Tânietchka ficou radiante.

– Voka, olhe só. Não chore, vá falar com a babá e conte para ela que foi sem querer e peça desculpa, e diga que amanhã vai dar seus doces para ela. Ela é boa.

Os soluços de Voka pararam, ele enxugou as lágrimas com a palma das mãos e com o lado de trás da manga.

– E como é que vou falar? – exclamou ele, com voz trêmula.

– Bom, vamos juntos, então.

Foram e voltaram felizes e alegres. E alegres e felizes ficaram também a babá e os pais, quando a babá, rindo e se comovendo, lhes contou toda a história.

1910

QUEM DEVE APRENDER COM QUEM A ESCREVER: AS CRIANÇAS CAMPONESAS CONOSCO OU NÓS COM AS CRIANÇAS CAMPONESAS?[1]

Liev Tolstói

No quinto número de *Iásnaia Poliana*, na seção dedicada às redações das crianças, por um erro de edição foi publicado o texto "História de como assustaram um menino em Tula". Essa historinha não foi redigida por um menino, mas composta pelo professor com base num sonho que o menino teve e lhe contou. Alguns leitores que acompanham os números de *Iásnaia Poliana* disseram duvidar que a autoria do conto fosse de fato de um aluno. Apresso-me aqui em pedir desculpas aos leitores por tal descuido e observar, a propósito, que falsificações desse tipo são impossíveis. O conto chamou a atenção não por ser melhor, mas sim pior, e incomparavelmente pior, do que todos os textos das crianças. Todos os demais contos pertencem às próprias crianças. Dois deles, "Dá comida com a colher, espeta o olho com a vareta" e "Vida de mulher de soldado",[2] publicados naquele número, foram compostos da seguinte maneira.

A principal arte do professor no ensino da língua e o principal exercício com o fim de orientar as crianças em suas redações consistem em propor a tarefa e, mais do que propor a tarefa, oferecer uma ampla escolha, indicar o tamanho do texto e mostrar os procedimentos fundamentais. Muitos alunos inteligentes e talentosos

---

1 Artigo publicado originalmente na revista *Iásnaia Poliana* (nome também da fazenda de Tolstói), periódico criado e mantido pelo próprio autor, entre 1862-3, para debater questões pedagógicas a partir das experiências nas escolas para camponeses que ele mesmo construiu. [Todas as notas são do tradutor.]

2 Uma versão modificada deste conto está publicada na seção Terceiro Livro Russo de Leitura, neste volume, nas pp. 151-6.

estavam escrevendo bobagens: "o incêndio começou a queimar, começaram a carregar tudo para fora e eu fugi para a rua" – e não saía mais nada, apesar de o tema do texto ser rico e de o fato descrito ter deixado uma impressão profunda na criança. Eles não entenderam o principal: para que escrever e o que há de bom em escrever? Não compreenderam a arte – a beleza da expressão da vida em palavras e o fascínio dessa arte. Como já escrevi no segundo número da revista, experimentei os mais diversos métodos, na hora de pedir que fizessem as redações. Conforme as inclinações do momento, pedi textos precisos, artísticos, comoventes, engraçados, com temas épicos – não dava certo. Vejam como, por acaso, topei com um método viável.

Faz tempo que a leitura da coletânea de provérbios de Sneguiriòv[3] é uma das minhas, não digo ocupações, mas diversões prediletas. Cada provérbio me traz a imagem das pessoas do povo e seus conflitos, de acordo com o significado do provérbio. Entre meus sonhos impraticáveis, sempre imaginei uma série de contos, ou de cenas, que retratassem esses provérbios. Certa vez, no inverno passado, após o almoço, eu estava lendo o livro de Sneguiriòv e fui à escola com o livro na mão. Era a aula de língua russa.

– Muito bem, quem quer escrever sobre um provérbio? – falei.

Os melhores alunos, Fiedka, Siomka e outros, ficaram alerta.

– Sobre um provérbio, como assim? Explique para nós – choveram perguntas.

Apareceu um provérbio: Dá comida com a colher, espeta o olho com a vareta.

– Agora, imaginem – expliquei – que um mujique levou para casa um mendigo e depois, em troca dessa bondade, passou a tratar mal o mendigo. Daí se diz: "Dá comida com a colher, espeta o olho com a vareta".

– Sei, mas como a gente vai escrever sobre o provérbio? – perguntou Fiedka, e todos os demais, que tinham ficado alerta, de repente se retraíram, convencidos de que a tarefa estava acima de suas forças, e voltaram a cuidar do que estavam fazendo antes.

– Escreve você mesmo – me disse alguém.

Todos estavam ocupados; peguei a pena e o tinteiro e comecei a escrever.

– Muito bem – disse eu –, vamos ver quem escreve melhor, eu ou vocês.

Comecei o conto, depois publicado no quarto número de *Iásnaia Poliana*, e escrevi a primeira página. Qualquer pessoa sem preconceitos, dotada do sentimento da arte e do povo, ao ler aquela primeira página, escrita por mim, e as páginas seguintes do conto, escritas pelos próprios alunos, distingue aquela página das

---

3 Ivan Mikháilovitch Sneguiriòv (1793-1868), pesquisador e professor da Universidade de Moscou.

demais, como uma mosca pousada no leite: de tão falsa e artificial, além de escrita numa língua ruim. É preciso notar também que, na forma original, ela era mais medonha ainda e foi muito corrigida graças às indicações dos alunos.

Fiedka não parava de me espiar por trás de seu caderno e, quando nossos olhares se cruzavam, ele sorria, piscava o olho e dizia: "Escreve, escreve, eu vou mostrar para você". Obviamente, ele estava achando interessante que um adulto também escrevesse. Encerrada sua redação, escrita mais depressa e pior do que o costume, ele se esgueirou por trás da minha cadeira e começou a ler por cima do meu ombro. Não consegui mais continuar; os outros se aproximaram e eu li para eles, em voz alta, o que havia escrito. Não gostaram, ninguém elogiou. Fiquei com vergonha e, para aplacar minha vaidade literária, passei a contar para eles meu plano do que viria depois. À medida que eu contava, fui me empolgando, me corrigindo, e eles começaram a me dar sugestões: um disse que o tal velho mendigo devia ser um bruxo; outro disse que não, não precisava, devia ser só um soldado; não, é melhor deixar que ele roube os outros; não, isso não tem a ver com o provérbio etc. E continuaram falando.

Todos ficaram interessadíssimos. Obviamente, para eles, era algo novo e fascinante presenciar o processo da escrita e participar dele. Seus comentários, na maioria, eram condizentes e corretos, tanto em relação à construção do conto como em relação aos detalhes e às características dos próprios personagens. Quase todos participaram da redação; porém, desde o início, de forma especialmente acentuada, se destacaram o determinado Siomka, pelo sentido artístico agudo da descrição, e Fiedka, pela precisão das representações poéticas e, em particular, pelo ímpeto e pela rapidez da imaginação. Os critérios deles eram a tal ponto pertinentes e definidos que eu, em nenhum caso, nem sequer comecei a discutir com eles e tive sempre de ceder. Sobre a minha cabeça, pesavam com força os critérios da boa ordem da construção e da fidelidade entre o conto e a ideia do provérbio; para eles, ao contrário, o critério era só o da verdade artística. Eu queria, por exemplo, que o mujique que levava o mendigo para casa se arrependesse de sua boa ação – eles achavam isso impossível e inventaram uma mulher briguenta. Eu disse: o mujique, no início, teve pena do velho, mas depois começou a ter pena da comida que estava perdendo. Fiedka respondeu que isso não fazia sentido: "Desde o início, ele não obedecia à mulher, então depois também não vai ser obediente". Então, para você, que tipo de pessoa é ele?, perguntei. "Ele é que nem o tio Timofiei", disse Fiedka, sorrindo. "Assim, de barbinha rala, vai à igreja e cria abelhas." Ele é bom, mas é teimoso?, perguntei. "É", disse Fiedka, "e não quer saber de obedecer às mulheres." A partir do ponto em que o velho foi levado para a isbá, teve início um trabalho animado. Era óbvio que eles estavam sentindo, pela primeira vez, o encanto de encerrar pormenores em palavras artísticas. Nesse aspecto, destacou-se em especial Siomka: um depois do outro, se derramavam os detalhes mais fidedignos. A única crítica que se podia fazer a ele era que tais detalhes retratavam apenas o instante presente, sem ligação com o sentido geral do conto. Eu nem tinha tempo para anotar e só pedia que eles esperassem um pouco e não esquecessem o que estavam dizendo. Siomka parecia descrever algo que via diante dos olhos: as alpercatas de palha congeladas, endurecidas pelo frio, a lama que escorria delas, quando o gelo derretia, e as cascas a que se reduziram, quando a mulher as jogou no fogo da estufa; Fiedka, ao contrário, só via os detalhes que provocavam nele o mesmo sentimento com que ele via uma pessoa conhecida. Fiedka via a neve que penetrava nas perneiras do velho mendigo, sentia a compaixão com que o mujique falou: "Meu Deus, como ele estava andando assim!". (Fiedka chegava a fazer a cara do mujique, ao dizer aquilo, abria os braços e balançava a cabeça.) Ele via o casaquinho feito de remendos e a camisa furada, por baixo da qual se entrevia o corpo do velho, magro, molhado pela neve derretida; ele inventou a camponesa que, por ordem do marido, rogando pragas, tirou as alpercatas do velho, e também o gemido queixoso do velho, que falava entre os dentes: "Devagar, mãezinha, tenho umas feridinhas aí". Siomka precisava, acima de tudo, de imagens objetivas: as alpercatas de palha, o casaquinho, o velho, a mulher, quase sem relação umas com as outras. Já Fiedka precisava despertar o sentimento de pena, de que ele mesmo estava impregnado.

Ele se adiantava, dizia como iam dar de comer ao velho, como ele ia levar um tombo de noite, como depois iria para o campo a fim de ensinar um menino a ler, de tal modo que eu tinha de pedir que não corresse tanto e que não esquecesse o que estava dizendo. Seus olhos brilhavam à beira de lágrimas; os bracinhos magros, morenos, se retorciam em espasmos; ele se zangava comigo e o tempo todo me apressava: Já escreveu, já escreveu? Não parava de perguntar. Dirigia-se aos demais com uma irritação despótica, queria falar sozinho – e queria dizer não como se fala, mas como se escreve, ou seja, registrar artisticamente, em palavras, as imagens do sentimento; por exemplo, ele não permitia mudar as palavras de lugar; se dizia: "Tenho feridas nos pés", não permitia dizer: "Tenho os pés feridos". Nesse momento, seu espírito estava suavizado e, instigado pelo sentimento de pena, ou seja, de amor, recobria qualquer imagem com uma forma artística e recusava tudo que não correspondesse à ideia da beleza e da harmonia eterna.

Bastava Siomka se empolgar com a expressão de pormenores desproporcionais sobre cordeiros na pequena cocheira da isbá etc. para Fiedka se irritar e dizer: "Mas aí você mudou!". Bastava eu sugerir, por exemplo, o que o mujique estava fazendo, ou como a mulher fugia para a casa de um compadre, para que a imaginação de Fiedka, imediatamente, engendrasse uma cena com cordeiros balindo na cocheira da isbá, com os suspiros do velho e o delírio do menino Seriojka; bastava eu sugerir uma cena artificial e falsa para ele imediatamente me dizer, irritado, que aquilo não era necessário. Sugeri, por exemplo, descrever a aparência do mujique: ele não concordou; mas, quando sugeri descrever o que o mujique pensou na hora em que a esposa fugiu para a casa do compadre, ele logo imaginou, em troca, uma ideia: "Ah, mulher, se você tivesse casado com o falecido Savoska, ele arrancava seus cabelos!". E falou isso num tom tão fatigado, com uma seriedade tão tranquila e natural, e ao mesmo tempo tão bem-humorado, com a cabeça apoiada na mão, que a criançada rolou de rir. Nele, o principal atributo de qualquer arte – o senso de medida – era extraordinariamente desenvolvido. Ficava abalado com o menor traço supérfluo, sugerido por qualquer menino. Comandava a construção do conto de modo tão despótico, e com tamanho direito a tal despotismo, que logo os outros meninos foram embora para casa e só ficaram ele e Siomka, que não se submetia a Fiedka, embora trabalhasse de outro modo.

Trabalhamos das sete às onze horas; eles não sentiam nem fome nem cansaço e ainda se zangaram comigo quando parei de escrever; eles mesmos trataram de escrever, um de cada vez, mas logo também pararam; o trabalho não avançou. Só então Fiedka me perguntou qual era meu nome. Nós rimos por ele não saber. "Eu sei como você se chama", disse ele, "mas como é que chamam a sua terra?[4] Aqui, a gente tem os Fokánitechev, os Ziábrev, os Ermílin." Eu lhe disse qual era. "Mas nós vamos publicar?", perguntou. "Vamos!" "Então, tem que publicar assim: Obra de Makárov, Morózov e Tolstói." Por muito tempo, ele ficou emocionado e não conseguiu nem dormir, e eu não sou capaz de transmitir os sentimentos de emoção, alegria, medo e quase de remorso que experimentei durante aquela noite. Senti que, a partir desse dia, se revelara para ele um mundo novo de prazer e de sofrimento – o mundo da arte; pareceu-me ter espreitado, furtivamente, aquilo que ninguém tem o direito de ver: o nascimento da flor misteriosa da poesia. Senti medo e alegria, como um caçador de tesouros que tivesse visto a flor da samambaia:[5] senti alegria, porque, de repente, de modo totalmente inesperado, revelou-se para mim aquela pedra filosofal que, havia dois anos, eu buscava em vão: a arte de ensinar a expressão dos pensamentos; e senti medo, porque essa arte despertava novas exigências, todo um mundo de desejos, sem correspondência com o meio em que os alunos viviam, como me pareceu no primeiro momento. Eu não podia estar enganado. Não era um acaso, mas uma criação consciente. Peço ao leitor que leia o primeiro capítulo do

---

4 Refere-se ao sobrenome de família, também usado para denominar as fazendas.

5 A samambaia não dá flores e não produz sementes. Reproduz-se por esporos.

conto e note a riqueza dos traços do verdadeiro talento criador nele disseminados; por exemplo, o detalhe de a mulher se queixar do marido, com rancor, para o compadre, e, ainda assim, essa mulher, em relação à qual o autor sente óbvia antipatia, chora quando o compadre recorda a ela a destruição da casa. Para o autor que escreve só com a razão e com a memória, a mulher briguenta apenas representa o oposto do mujique: ela deveria procurar o compadre só pelo desejo de atormentar o marido; mas o sentimento artístico de Fiedka abrange também a mulher – e ela também chora, tem medo e sofre: aos olhos dele, a mulher não tem culpa. Depois disso, eu me lembro, o detalhe secundário de o compadre vestir um casaquinho de mulher me impressionou a tal ponto que perguntei por que, justamente, um casaco de mulher. Nenhum de nós induziu Fiedka à ideia de contar que o compadre vestiu um casaco. Fiedka disse: "Assim fica parecido". Quando perguntei: Não podemos escrever que ele vestiu um casaco masculino? Ele disse: "Não, é melhor de mulher". E, de fato, esse detalhe é fora do comum. Não adivinhamos, de pronto, por que ele veste justamente um casaquinho de mulher, mas, ao mesmo tempo, sentimos que isso está ótimo e que não pode ser de outro modo. Toda palavra artística, pertença ela a Goethe ou a Fiedka, difere da não artística pelo fato de evocar inumeráveis pensamentos, imagens e explicações. O compadre com casaquinho de mulher surge aos nossos olhos, espontaneamente, como um mujique franzino, de peito mirrado, como é óbvio que deve ser. O casaquinho de mulher, largado num banco, o primeiro que lhe veio à mão, nos traz a imagem, também, de toda a vida cotidiana do mujique no inverno e no fim de tarde. Por causa do casaco, imaginamos espontaneamente o início da noite, com o mujique sentado à luz de uma acha de lenha acesa, depois de tirar as roupas de trabalho, e as mulheres que entram e saem para trazer água e cuidar dos animais, e toda a aparente desordem da vida dos camponeses, na qual ninguém é claramente dono de uma determinada peça de roupa e nenhum objeto tem seu lugar determinado. Só com estas palavras – "Vestiu um casaquinho de mulher" –, fica registrado todo o caráter do meio em que se passa a ação, e tais palavras não são ditas por acaso, mas de forma consciente. Eu ainda lembro com nitidez como brotaram, na imaginação dele, as palavras ditas pelo mujique, na hora em que achou um papel e não conseguiu ler: "Se o meu Serioja soubesse ler, viria correndo, num pulo, arrancaria o papel das minhas mãos, leria tudo até o fim e me diria quem é esse tal velho". Assim também se percebe a relação entre o trabalhador e o livro que ele segura nas mãos queimadas de sol; esse homem todo bondoso, com inclinações devotas e patriarcais, se ergue assim diante de nós. Sentimos que o autor o amou profundamente e por isso o compreendeu por completo, para atribuir a ele, em seguida, uma digressão sobre esses novos tempos que chegaram, em que, à toa, por nada, de uma hora para outra, uma alma cai em desgraça. A ideia do sonho foi minha, mas a ideia do bode com feridas nos pés foi de Fiedka, que ficou particularmente alegre com ela. Mas as conjecturas do mujique na hora em que começou a sentir coceira nas costas, a cena do silêncio da noite – como tudo isso nada tem de casual e como se sente, em todos esses pormenores, a força consciente do artista!... Lembro ainda que, na hora em que o mujique adormece, sugeri forçá-lo a pensar no futuro do filho e nas futuras relações do filho com o velho mendigo, pensar que o velho ia ensinar Seriojka a ler etc. Fiedka franziu o rosto e disse: "Sim, sim, está bem". Mas era evidente que não tinha gostado da sugestão e a ignorou por duas vezes. Nele, o sentido de medida é mais forte do que em qualquer escritor que eu conheça – o mesmo sentido de medida que, com imenso esforço e estudo, poucos artistas conseguem adquirir; está vivo, com toda sua força primitiva, na alma infantil e inocente de Fiedka.

Parei a aula, porque estava emocionado demais.

"O que deu no senhor, por que está tão pálido, será que não está doente?", perguntou-me meu camarada. De fato, só duas ou três vezes na vida experimentei impressão tão forte quanto naquela noite e, durante muito tempo, não fui capaz de encontrar uma resposta para o que experimentei. Tive a vaga impressão de que, sem permissão, eu havia espionado o trabalho das abelhas numa colmeia de vidro, algo vedado aos olhos de um mortal; pareceu-me ter pervertido a alma pura, primitiva, de uma criança camponesa. Sentia em mim, vagamente, um remorso por uma espécie de sacrilégio. Lembrei-me de crianças que velhos ociosos e devassos obrigam a se requebrar e a encenar cenas provocantes, a fim de atiçar sua imaginação cansada e gasta, e ao mesmo tempo também senti a alegria que deve sentir uma pessoa que viu aquilo que ninguém viu antes dela.

Por muito tempo, não consegui encontrar uma resposta para a impressão que experimentei, embora eu sentisse que tal impressão era uma dessas que, na idade madura, nos educam e conduzem a um novo patamar da vida, nos obrigam a deixar de lado o velho e a nos dedicar por completo ao novo. No dia seguinte, ainda não acreditava no que havia experimentado na véspera. Parecia-me tão estranho que um menino camponês semianalfabeto manifestasse, de repente, uma força artística consciente tamanha que nem Goethe, na imensa altura de seu conhecimento, poderia alcançar. Pareceu-me tão estranho e ofensivo que eu, o autor de *Infância*,[6] que merecera certo sucesso e, da parte do público russo instruído, o reconhecimento do talento artístico, que eu, alguém do ramo da arte, não só não conseguisse mostrar o caminho ou ajudar Siomka e Fiedka, de onze anos de idade, como só a muito custo – e apenas num momento feliz de excitação – tenha tido

---

6 De 1852.

condições de acompanhá-los e compreendê-los. Isso me pareceu tão estranho que eu não acreditava no que havia ocorrido no dia anterior.

No dia seguinte, no fim da tarde, trabalhamos na continuação do conto. Quando perguntei a Fiedka se havia pensado na continuação e como seria, ele, sem responder, apenas abanou as mãos e disse: "Já sei, já sei, sim! Quem vai escrever?". Retomamos o trabalho e, de novo, da parte das crianças, havia o mesmo sentido de verdade artística, de medida e de entusiasmo.

Na metade da aula, fui obrigado a deixá-los. Continuaram sem mim e escreveram duas páginas tão bem, e de modo tão sentido e fiel, como as anteriores. Essas páginas ficaram só um pouco mais pobres em detalhes: às vezes os detalhes não estavam dispostos com habilidade e havia duas ou três repetições. Tudo isso, é claro, porque o mecanismo da escrita os atrapalhou. No terceiro dia, aconteceu a mesma coisa. Na hora dessas aulas, muitas vezes outros meninos vinham ajudar e, como sabiam qual o tom e o conteúdo do conto, sugeriam e acrescentavam detalhes precisos. Siomka ora se afastava, ora voltava. Só Fiedka trabalhou no conto do início ao fim e criticava qualquer proposta de mudança. Não podia mais haver nem a ideia nem a suspeita de que aquele bom resultado fosse obra do acaso: obviamente, tínhamos conseguido topar com um método mais natural e mais estimulante do que todos os anteriores. Porém tudo isso era incomum demais e eu não acreditava no que estava se passando diante de meus olhos. Como se fosse necessário ainda mais um caso excepcional para liquidar todas as minhas dúvidas. Eu tive de viajar por alguns dias e o conto ficou incompleto. O manuscrito, três folhas grandes, cobertas de letras a toda volta, ficou no quarto de um professor a quem eu o mostrava. Ainda antes da minha partida, durante as minhas aulas, um aluno novo chegou e ensinou às nossas crianças a arte de fazer estalinhos dobrando uma folha de papel e, na escola inteira, como costuma acontecer, teve início a fase do estalinho de papel, que tomou o lugar da fase das bolas de neve, a qual, por sua vez, havia tomado o lugar da fase de entalhar pedacinhos de pau. A fase dos estalinhos de papel se estendeu durante minha ausência. Siomka e Fiedka, que faziam parte do coro, iam ao quarto do professor para cantar e ficavam ali do fim da tarde até a noite, às vezes até de madrugada. Entre as músicas e até durante o canto, está claro, os estalinhos entravam em ação, e todas as folhas de papel que caíam nas mãos das crianças acabavam virando estalinhos. O professor saiu para jantar e se esqueceu de avisar que as folhas de papel sobre a mesa eram necessárias e, assim, o manuscrito da obra de Makárov, Morózov e Tolstói virou estalinhos de papel. No dia seguinte, antes da aula, os próprios alunos estavam tão fartos do barulho dos estalinhos de papel que teve início, por iniciativa deles mesmos, uma perseguição generalizada aos estalinhos de papel: entre gritos e guinchos, todos os estalinhos foram reunidos e, de modo festivo, lançados ao fogo da estufa. A fase dos estalinhos de papel chegou ao fim, mas, junto com ela, foi destruído também o nosso manuscrito. Nunca uma perda foi tão penosa para mim como no caso daquelas três folhas escritas; entrei em desespero. Deixando tudo aquilo de lado, eu quis começar um conto novo, mas não conseguia esquecer a perda e, mesmo sem querer, não parava de me queixar e de implicar com o professor e com os fabricantes de estalinhos de papel. (Quanto a isso, não posso deixar de ressaltar que só por causa da aparente desordem e da total liberdade dos alunos, da qual escarneceram, tão gentilmente, os srs. Márkov, em *O Mensageiro Russo*, e Gliébov, na revista *Educação*, nº 4, eu, sem o mínimo esforço, sem a menor ameaça ou ardil, descobri todos os pormenores da complexa história da transformação do manuscrito em estalinhos e de sua incineração.) Siomka e Fiedka viram que eu estava amargurado, e obviamente não entendiam por quê, embora se condoessem de mim. Com timidez, Fiedka me sugeriu, afinal, escreverem a mesma coisa outra vez. "Sozinhos?", perguntei. "Eu não vou mais ajudar." "Eu e o Siomka vamos passar a noite acordados", disse Fiedka. E, de fato, após a aula, vieram a minha casa depois das oito horas, trancaram-se à chave no escritório, o que me deu bastante satisfação, riram, ficaram quietos e, até meia-noite, quando eu me aproximava da porta, podia ouvir como trocavam palavras em voz baixa e faziam a pena ranger no papel. Só uma vez discutiram sobre como o conto era antes e vieram falar comigo, para resolver a contenda: se o mujique procurou a carteira antes de a mulher ir para a casa do compadre, ou depois. Respondi que tanto fazia. Quase meia-noite, bati na porta e entrei. Fiedka, num casaco de pele branco e novo, com debrum preto, estava sentado bem fundo na poltrona, as pernas cruzadas, o cotovelo apoiado no braço da poltrona e a cabeça cabeluda apoiada na mão, enquanto a outra mão brincava com uma tesoura. Seus grandes olhos negros, com um brilho estudado, porém sério, adulto, miravam algo ao longe; os lábios desalinhados, dispostos como se ele quisesse assoviar, obviamente reprimiam as palavras que ele havia cunhado no pensamento e desejava dizer. Siomka, de pé junto à vasta escrivaninha, com um grande remendo branco de pele de carneiro sobre as costas (na aldeia, os alfaiates eram novidade), a faixa da cintura desamarrada, a cabeça desgrenhada, escrevia umas linhazinhas tortas, espetando toda hora a pena no tinteiro. Remexi os cabelos de Siomka e o rosto gordo e de maçãs salientes, de cabelo desarvorado, na hora em que olhou para mim com ar de susto, com olhos perplexos e sonolentos, estava tão engraçado que dei uma gargalhada; porém as crianças não riram. Fiedka, sem modificar a expressão do rosto, deu uma cutucada na manga do casaco de Siomka para que ele continuasse a escrever: "Espere um pouco", ele me disse. "Já vai." (Quando está empolgado e agitado, Fiedka me trata por "você".) E ditou mais alguma coisa. Peguei o caderno deles e, cinco minutos depois, quando já estavam sentados perto de uma estantezinha, mordiscando uma batata e bebendo *kvás*,[7] ao mesmo tempo que olhavam umas colheres de prata, algo prodigioso para eles, os dois, sem saber por quê, começaram a dar sonoras risadas infantis, e uma velha que ouviu aquilo no andar de cima, igualmente sem saber o motivo, riu também. "Por que está assim curvado?", perguntou Siomka. "Sente reto, senão a comida vai só para um lado." E, enquanto tiravam os casacos e se deitavam embaixo da escrivaninha para dormir, os dois não paravam de soltar as encantadoras e saudáveis risadas infantis de mujique. Li tudo o que tinham escrito. Era uma nova versão do mesmo conto. Algumas coisas ficaram de fora, algumas belezas novas e artísticas foram acrescentadas. E, de novo, o mesmo sentimento de beleza, de verdade e de medida. Mais tarde, encontramos uma folha do manuscrito perdido. Na publicação do conto, lembrando-me da folha recuperada, eu juntei as duas versões. A escrita desse conto se deu no início da primavera, antes da conclusão de nosso ano letivo. Por força de certas circunstâncias, eu não pude fazer outras experiências. Com base em provérbios, só mais um conto foi escrito, dessa vez por dois meninos de capacidade bastante mediana e muito mimados (porque eram criados domésticos): "Quem se alegra com festa, fica bêbado até de manhã", publicado no terceiro número da revista. Com esses meninos e com esse conto, se repetiram os mesmos fenômenos que se verificaram com Siomka e Fiedka e com o primeiro conto, apenas com a diferença do nível de talento e do nível de entusiasmo e de colaboração da minha parte.

No verão, em nossa escola, os alunos não estudam, não estudaram e não vão estudar. Dedicaremos um artigo específico para explicar a razão por que, em nossa escola, o ensino é impossível no verão.

Durante uma parte do verão, Fiedka e outros meninos ficaram morando comigo. Depois de se banharem no rio e brincarem, cismaram de estudar um pouco. Propus que escrevessem uma redação e apresentei alguns temas. Contei uma história muito divertida sobre o roubo de um dinheiro, a história de um assassinato, a incrível história da conversão de um *molokan*[8] em cristão ortodoxo e ainda, em forma de autobiografia, propus que escrevessem a história de um menino, cujo pai, pobre e degenerado, foi alistado no Exército e, depois de servir, voltou para o filho como um homem bom e correto. Falei: "Eu escreveria assim. Lembro quando eu era menino e tinha mãe, pai e mais alguns parentes, e aí eu contaria como eles eram. Depois escreveria: lembro que meu pai vivia na farra, minha mãe chorava o tempo todo, e ele ainda batia nela; lembro como, depois, ele foi para o Exército,

---

7 Bebida refrescante tradicional na Rússia, feita de pão de centeio fermentado.

8 Integrante do grupo religioso Molokane, surgido na Rússia no século XVIII. Seu nome deriva da palavra russa *molokó*, leite. O motivo seria o fato de os adeptos dessa crença beberem leite nos dias em que a Igreja ortodoxa proíbe o consumo de laticínios.

como a mãe chorava, como passamos a viver ainda pior, como o papai voltou para casa, e eu nem reconheci que era ele, e ele perguntou: é ali que mora a Matriona – era o nome da esposa –, e que depois todos ficaram contentes e começaram a viver bem". Foi tudo o que eu disse, de início. Fiedka gostou muito desse tema. Prontamente, empunhou a pena, pegou um papel e começou a escrever. Durante a escrita, eu só lhe dei alguma orientação para a ideia de uma irmã e da morte da mãe. Todo o resto ele escreveu sozinho e, exceto o primeiro capítulo, não me mostrou nada, apenas depois que o trabalho ficou pronto. Quando me mostrou o primeiro capítulo e eu comecei a ler, senti que ele se encontrava sob uma forte emoção e, contendo a respiração, olhava ora para o manuscrito, acompanhando minha leitura, ora para meu rosto, querendo adivinhar nele uma expressão de aprovação ou de desaprovação. Quando eu disse que estava muito bom, ele ficou todo afogueado, mas não me disse nada e, nervoso, em passos lentos, levou o caderno até a mesinha, colocou-o ali e, devagar, saiu da casa. Na tarde seguinte, no pátio, com a criançada, ele estava freneticamente brincalhão e, quando nossos olhos se cruzavam, Fiedka olhava para mim com olhares muito agradecidos e afetuosos. Um dia depois, ele já havia esquecido o que tinha escrito. Eu só inventei um título, dividi em capítulos e corrigi um erro aqui e outro ali, que ele cometeu por mera distração. Esse conto, em sua forma original, foi publicado na revista com o título de "Vida de mulher de soldado".

Não vou falar do primeiro capítulo, embora nele também haja belezas inigualáveis e embora, nele, o impulsivo Gordiéi se apresente de forma extraordinariamente fiel e viva – o Gordiéi, que parece ter vergonha de reconhecer o próprio arrependimento e considera correto apenas apelar à comuna camponesa em favor do filho. Apesar disso, esse capítulo é incomparavelmente mais fraco que todos os seguintes. O culpado sou apenas eu mesmo, pois não consegui me conter durante a escrita do capítulo, não consegui me controlar para não dar sugestões e não ficar dizendo de que forma eu escreveria. Se existe alguma vulgaridade na técnica usada na abertura, na descrição dos personagens e da residência, o culpado sou eu e mais ninguém. Se eu o tivesse deixado sozinho, tenho certeza de que ele faria as descrições da mesma forma como escreveu os trechos de ação, de modo discreto, mais artístico, sem essa maneira de descrever aceita e estabelecida entre nós e que já se tornou impraticável, na qual os elementos são distribuídos logicamente: primeiro, a descrição dos personagens, inclusive suas biografias; depois, a descrição do local e do ambiente; depois, o começo da ação. O estranho é que todas essas descrições, às vezes com dezenas de páginas, oferecem ao leitor menos conhecimento sobre os personagens do que detalhes artísticos jogados de modo desatento no decurso de uma ação já iniciada, em meio a personagens que nem sequer foram descritos, de maneira nenhuma. Assim, nesse primeiro capítulo, uma frase de Gordiéi – "é disso que eu preciso" – quando ele, deixando tudo de lado, se resigna a seu destino de ser soldado e só pede à comuna camponesa que não abandone seu filho – tais palavras permitem que o leitor conheça melhor o personagem do que toda a minha descrição de suas roupas, de sua figura e de seu costume de ir à taberna, que eu pedi para inserir e repetir várias vezes. Exatamente a mesma impressão é produzida pelas palavras da velha que vive repreendendo o filho, quando ela, na hora de sua desgraça, diz para a noiva, com inveja: "Chega, Matriona! O que se vai fazer? É a vontade de Deus! Afinal, você ainda é jovem, quem sabe Deus vai levar você para ver ele de novo. Já eu, com a minha idade... vivo doente... mais dia, menos dia, vou morrer mesmo".

No segundo capítulo, ainda se percebe a minha influência, na vulgaridade e na deformação, mas, de novo, os profundos traços artísticos na descrição das cenas e na descrição da morte do menino redimem tudo isso. Eu sugeri que o menino tivesse pezinhos muito finos, sugeri um pormenor sentimental sobre o tio Nefiod, que faz o caixãozinho; mas os lamentos da mãe, expressos só nas palavras: "Meu Deus, quando essa escravidão vai ter fim!", apresentam para o leitor toda a essência da situação; e depois daquela noite, na qual o irmãozinho mais velho é acordado pelas lágrimas da mãe, e a resposta dela à pergunta da avó – o que tinha acontecido? – com as simples palavras: "Meu filho morreu" – e essa avó, que se levanta, acende o fogo e lava o corpo miúdo da criança –, tudo isso é de autoria dele, e tudo isso é tão conciso, tão simples e tão forte – é impossível retirar qualquer palavra, nem mudar nem acrescentar nada. Ao todo, são cinco linhas e, nessas cinco linhas, foi pintado para o leitor o quadro completo daquela noite triste, um quadro que refletia a imaginação de um menino de seis ou sete anos: "À meia-noite, a mãe começou a chorar por algum motivo. A avó levantou e disse: 'O que deu em você? Cristo a proteja!'. A mãe disse: 'Meu filho morreu'. A avó acendeu o fogo, lavou o menino, vestiu nele uma camisa, prendeu uma faixa na cintura e colocou-o junto aos ícones. Quando amanheceu...". Vemos o próprio menino, sonolento, debaixo de um cafetã, deitado num canto do jirau perto da estufa, despertado pelo conhecido choro da mãe, o menino que acompanha, com olhos brilhantes e assustados, o que se passa dentro da isbá; vemos também a sofrida e esgotada mulher do soldado, que um dia antes tinha dito: "Será que essa escravidão não vai ter fim?", pesarosa e arrasada a tal ponto pela ideia do fim daquela escravidão que apenas diz: "Meu filho morreu", e não sabe o que vai fazer e pede socorro à velha; vemos também aquela velha fatigada pelos sofrimentos da vida, curvada, magra, de braços e pernas esqueléticos, que, com as mãos habituadas aos trabalhos, cuida do serviço sem pressa, com calma: acende uma acha de lenha, traz água e lava o menino, arruma tudo em seu lugar e coloca o menino, enfaixado e lavado, junto aos ícones. Vemos também esses ícones, toda aquela noite insone, até a alvorada, como se nós mesmos estivéssemos vivendo aquela noite tal como o menino a viveu, espiando por baixo do cafetã; aquela noite se ergue com todos os detalhes e fica de pé, em nossa imaginação.

No terceiro capítulo, minha influência já é menor. Toda a personalidade da babá pertence a Fiedka. Ainda no primeiro capítulo, com um traço, ele caracterizou a relação entre a família e a babá: "Ela trabalhava para comprar as roupas do enxoval, estava se preparando para casar". E só esse traço define toda a mocinha, que não podia participar, e realmente não participava, das alegrias e dos desgostos da família. Ela tem seu interesse legítimo, seu único propósito, que a Providência estabeleceu para ela: o futuro casamento, sua futura família. Nosso colega escritor, em particular aquele que deseja dar lições ao povo, apresentando exemplos de moralidade, modelos a serem imitados, relacionaria a babá, de modo infalível, com a questão da sua participação nas carências e desgostos da família, em geral. Faria dela ou um exemplo vergonhoso de indiferença ou uma imagem de amor e autossacrifício, e haveria uma ideia, mas não haveria um personagem vivo – a babá. Só uma pessoa que conhece e estudou a vida a fundo poderia entender que, para a babá, a questão dos desgostos da família e da partida do pai para o Exército constitui uma questão legitimamente secundária: ela tem seu casamento. E é isso mesmo que o artista enxerga, na simplicidade de sua alma, embora seja uma criança. Se descrevêssemos a babá como uma jovem comovente e abnegada ao extremo, não seríamos absolutamente capazes de imaginá-la nem a amaríamos como amamos agora. Gorduchinha, rosada, essa mocinha, agora, para mim, surge muito meiga e viva, quando vai correndo à noite para as danças de roda, com as botinhas e o xale comprados com o dinheiro do seu salário, a moça que adora sua família, embora oprimida por aquela pobreza e escuridão, em tão forte contraste com seu verdadeiro estado de espírito. Eu sinto que ela é uma boa moça, porque a mãe nunca se queixou dela e não teve desgostos com ela. Eu sinto, ao contrário, que ela, só com as preocupações com as roupas, com os fragmentos de canções e com as histórias de fofocas da aldeia, trazidos dos trabalhos de verão ou das ruas de inverno, servia como uma mensageira da alegria, da juventude e da esperança, no período triste da solidão da mulher do soldado. Não é à toa que ele diz que só houve alegria na hora em que a babá casou; não é à toa que descreve a alegria do casamento com tanto amor e pormenor; não é à toa que, após o casamento, obriga a mãe a dizer: "Agora é que a gente se arruinou de uma vez". É evidente que, ao casar a babá, eles perderam a alegria e o contentamento que ela trazia para a casa deles. Toda a descrição do casamento é extraordinariamente bem-feita. Há pormenores diante dos quais não podemos deixar de ficar perplexos, e, ao recordar que aquilo foi escrito por um menino de onze anos, nos perguntamos: será que não foi por acaso? Assim, em virtude dessa descrição forte e concisa, vemos um menino de sete anos, da altura de uma mesa, de olhos inteligentes e atentos, a quem ninguém presta atenção, mas que tudo recorda e observa. Quando ele quer uma fatia de pão, por exemplo, não diz que pediu para a mãe, mas sim que "puxou a mãe para baixo". E isso não é dito por acaso, mas sim porque faz lembrar a relação, naquela época, entre sua altura e a da mãe, bem como as relações entre ele e a mãe, tímidas diante dos outros e afetuosas quando sozinhos. Entre as numerosas observações que pôde fazer durante a cerimônia do casamento, ele recordou e registrou exatamente aquela que, para ele e para todos nós, retrata todo o caráter dessas cerimônias. Quando gritaram "amargo",[9] a babá pegou Kondrachka "pelas orelhas" e os dois se beijaram. Depois, a morte da avó, suas lembranças do filho antes de morrer e, sobretudo, o caráter do desgosto da mãe – tudo isso é tão coeso e conciso, e tudo é do próprio Fiedka.

Foi sobre o regresso do pai que eu lhe falei, acima de tudo, quando sugeri o tema do conto. Eu gostava daquela cena e a contei de forma sentimental e vulgar, só que justamente essa cena também lhe agradou muito e ele me pediu: "Não diga mais nada, eu sei sozinho, eu sei", disse-me ele. Começou a escrever e, a partir desse ponto, compôs todo o conto de uma vez só. Estou muito interessado em saber a opinião de outros entendidos, mas considero meu dever expressar minha opinião sincera. Não encontrei na literatura russa nada semelhante a essas páginas. Em todo esse encontro, não há a menor alusão de que foi comovente, diz-se apenas como aconteceu; porém, de tudo o que aconteceu, conta-se apenas exatamente o necessário para que o leitor compreenda a situação de todos os personagens. Em sua casa, o soldado só disse três frases. De início, ainda se conteve e disse: "Bom dia!". Quando começou a se esquecer do papel que estava representando, disse: "Por que sua família é só isso?". E tudo ficou claro com as palavras: "Cadê minha mãezinha?". Todas são palavras muito simples e naturais, e nenhum dos personagens é esquecido! O menino ficou contente e até chorou; mas é uma criança e por isso, e apesar de o pai estar chorando, não parava de olhar para sua carteira e para seus bolsos. A babá também não foi esquecida. Vemos também essa moça rosada, que entra na isbá de botinas, humildemente, diante de todo mundo, e beija o pai. Vemos também o soldado, desnorteado e feliz, que beija todo mundo, um depois do outro, sem saber quem são, e que, ao descobrir que a jovem mocinha é sua filha, de novo a chama para si e a beija, só que não como uma jovem qualquer, mas

---

9 Ver explicação para o costume no conto "Vida de mulher de soldado", neste volume, à p. 151.

sim como uma filha que ele deixou para trás em tempos perdidos, e como se não lamentasse nada.

O pai se regenerou. Quantas e quantas expressões falsas e canhestras nós teríamos dito sobre esse caso. Mas Fiedka simplesmente contou que a babá trouxe a bebida e o pai não bebeu. E vemos também a mulher que, depois de tirar da carteira os últimos vinte e três copeques, fica sem fôlego, vai até a entrada, manda a mocinha comprar a bebida e despeja em sua mão, num punhado, as moedas de cobre. Vemos essa mocinha que, depois de cobrir com um pano a mão em que segurou a jarra, corre para a taberna, batendo as botinhas no chão e sacudindo os cotovelos atrás das costas. Vemos como ela entra na isbá, ruborizada, e retira a jarra de debaixo do pano, vemos como a mãe, alegre e satisfeita consigo mesma, coloca a jarra sobre a mesa e como a mulher do soldado sente alegria e vergonha ao ver que o marido não bebe. E vemos que, se ele não bebe num momento como aquele, então já está regenerado. Sentimos como todos os membros da família se tornaram pessoas muito diferentes. "Meu pai rezou e sentou-se à mesa. Eu sentei ao seu lado; a babá ficou na pequena cocheira da isbá, a mãe ficou de pé junto à mesa, olhou para o pai e disse: 'Puxa, como você ficou mais moço, não tem barba'. E todo mundo riu."

E só quando todos vão embora têm início as verdadeiras conversas em família. Só então se revela que o soldado enriqueceu, e enriqueceu da maneira mais simples e natural, como enriquecem quase todas as pessoas no mundo, ou seja, o dinheiro alheio, público, do erário do Estado, por conta de um feliz acaso, acabou ficando para ele. Alguns leitores do conto notaram que esse detalhe é imoral e que é preciso erradicar o conceito do erário público como uma vaca leiteira e não reforçá-lo entre o povo. Para mim, esse detalhe, sem falar de sua verdade artística, é particularmente precioso. Afinal, o dinheiro público sempre sobra para alguém – por que então não poderia, um dia, ir parar na mão de um soldado desabrigado, chamado Gordiéi? Na maneira de encarar a honestidade, o povo e a classe superior muitas vezes se encontram em completa oposição. Os critérios do povo em relação à honestidade são sérios e rigorosos, em particular, nos relacionamentos mais próximos, por exemplo, na família, na aldeia, na comuna camponesa. Em relação a estranhos – o público, o governo, o erário do Estado e sobretudo os estrangeiros –, para esses, a aplicação de regras gerais de honestidade se apresenta de forma obscura. Um mujique que nunca mente para seu irmão, que suporta privações de todo tipo em sua família, que nunca vai tomar do vizinho ou do companheiro de aldeia um copeque sequer além do merecido, esse mesmo mujique é capaz de depenar impiedosamente um estrangeiro ou um morador da cidade e mentir sem parar para um nobre ou para um funcionário; se for soldado, sem o menor peso na consciência, matará um prisioneiro francês e, se o dinheiro do erário público se oferecer em seu caminho, ele vai considerar um crime contra sua família se não tirar proveito disso. Na classe superior, em troca, ocorre o exato oposto. Nosso confrade trai a esposa, o irmão, um comerciante com quem faz negócios há dezenas de anos, seus criados, os camponeses, um vizinho, mas esse mesmo homem, no exterior, se sente o tempo todo dominado pelo temor de inadvertidamente enganar alguém e está sempre pedindo que lhe mostrem a quem ainda é preciso dar mais dinheiro. Esse mesmo irmão nosso vai roubar champanhe e luvas de seu regimento e de seu batalhão, mas vai se desfazer em amabilidades com um prisioneiro francês. Esse mesmo homem considera (apenas considera) um grande crime tirar proveito do erário público quando está sem dinheiro, mas, na maioria dos casos, quando surge a oportunidade, não se controla e faz aquilo que ele mesmo considera uma baixeza. Não estou dizendo o que é melhor, só estou dizendo o que me parece que existe. Observo apenas que a honestidade não é uma convicção e que a expressão "convicções honestas" é um disparate. A honestidade é um costume moral: para adquiri-lo, não se pode ir por outro caminho senão começar pelas relações mais próximas. A expressão "convicções honestas", a meu ver, é um completo disparate: existem costumes honestos, mas não convicções honestas.

As palavras "convicções honestas" não passam de uma expressão; por isso mesmo essas fictícias convicções honestas se referem às mais remotas condições de vida – o governo, o erário público, a Europa, a humanidade – e não se baseiam nos costumes de honestidade, não são adquiridas nas condições cotidianas mais próximas, porque as tais convicções honestas, ou, de modo mais exato, essas palavras de honestidade, se revelam insustentáveis na relação com a vida.

Vou retornar ao conto. O surgimento da apropriação do dinheiro público, que no primeiro momento nos pareceu imoral, a meu ver, pelo contrário, tem caráter comovente e encantador. Quantas vezes o literato de nosso meio, na simplicidade de sua alma, no intuito de apresentar seu herói como um ideal de honestidade, nos deixa ver todo o mundo interior sórdido e degenerado de sua própria imaginação? Aqui, ao contrário, o autor precisa tornar seu herói feliz; para alcançar a felicidade, bastaria seu regresso à família, porém é preciso acabar com a pobreza, que por tantos anos os oprimiu; e de onde ele obteria a riqueza? Do erário público impessoal. Se ele vai alcançar a riqueza, é preciso tirá-la de alguém – e é impossível obtê-la de modo mais legítimo e mais razoável.

Na própria cena da explicação desse dinheiro, há um diminuto detalhe, uma palavra que, toda vez que eu leio, parece me deixar novamente impressionado. Esse detalhe ilumina todo o quadro, retrata todos os personagens e suas relações, é só uma palavra, e uma palavra empregada de forma errada, sintaticamente incorreta

– é a palavra *afobou-se*.[10] O professor de sintaxe deve dizer que isso está errado. Afobou-se exige um complemento – afobar-se para fazer o quê? Eis o que o professor deve perguntar. Mas ali está dito apenas: "A mãe pegou o dinheiro e se afobou, levou para guardar". E isso é encantador. Eu gostaria de dizer essa palavra e gostaria que o professor que ensina a língua russa falasse ou escrevesse uma frase assim. "Quando terminamos de almoçar, a babá deu mais um beijo no papai e foi para casa. Depois, o papai começou a remexer na carteira e nós ficamos olhando para a mamãe. Aí a mamãe viu um livrinho e disse: 'Puxa, você aprendeu a ler?'. Papai disse: 'Aprendi'. Depois, o papai pegou uma trouxa grande e entregou para a mamãe. Ela disse: 'O que é isso?'. O papai disse: 'Dinheiro'. Mamãe se alegrou e se afobou, levou para guardar. Depois, a mamãe veio e disse: 'Onde você pegou isso?'. O papai disse: 'Eu era sargento e o dinheiro das despesas ficava comigo; eu distribuía para os soldados e ainda sobrava para mim, e eu juntei'. Minha mãe ficou tão contente que corria feito uma louca. A tarde passou, chegou a noite. Acenderam o fogo. Meu pai pegou o livrinho e começou a ler. Eu sentei perto dele e escutei, enquanto a mamãe acendia uma acha de lenha para iluminar. O papai ficou lendo o livrinho por muito tempo. Depois, fomos dormir. Eu deitei no banco que fica atrás, junto com o papai, e a mamãe deitou aos nossos pés, e eles ficaram conversando muito tempo, quase até meia-noite. Depois, pegaram no sono."

Mais uma vez, um detalhe quase imperceptível, que não nos surpreende em nada, mas que deixa uma impressão profunda: o detalhe de como se deitaram e dormiram. O pai deitou-se com o filho, a mãe deitou-se aos pés deles, e não puderam deixar de ficar muito tempo conversando. Como o filho, pensei eu, se aqueceu bem apertado junto ao peito do pai e que alegria e que milagre foi, para ele, enquanto cochilava e adormecia, ouvir aquelas duas vozes, uma das quais já fazia muito tempo que não escutava. Parecia que tudo estava terminado: o pai voltou, não há mais pobreza. Porém Fiedka não se satisfez com isso (é evidente que aquelas pessoas imaginárias ficaram gravadas de modo vivo demais em sua imaginação), ele precisava ainda imaginar, com nitidez, um quadro de sua vida modificada, representar com clareza que agora aquela mulher não está solitária, a desafortunada mulher do soldado com seus filhos pequenos, e que há em casa um homem forte que vai retirar dos ombros cansados da esposa todo o fardo do sofrimento opressivo e da pobreza e que, de modo firme, independente e alegre, vai guiar a vida nova. Para isso, ele retrata só uma cena: como o soldado saudável partiu a lenha com um machado sem corte e a trouxe para dentro da isbá. Vemos

---

10 Em russo: *zatoropilas* (заторопилась).

como um menino arguto, acostumado com as lamúrias da mãe e da avó debilitadas, se admira, com surpresa, respeito e orgulho, diante dos braços musculosos do pai, de mangas arregaçadas, se empolga com os vigorosos movimentos do machado, na mesma cadência da forte respiração peitoral do trabalho masculino, e com o cepo, que, como se fosse uma acha de lenha, soltava estilhaços sob os golpes do machado sem corte. Olhamos para isso e nos tranquilizamos completamente quanto à vida futura da mulher do soldado. Agora, ela já não estará mais perdida, e será amorosa, penso eu.

"De manhã, a mamãe levantou, chegou para o papai e disse: 'Gordiéi! Levante, está faltando lenha para acender a estufa'. O papai levantou, calçou-se, pôs o chapéu e disse: 'Tem machado?'. Mamãe disse: 'Tem, mas está cego, talvez não corte'. Meu pai segurou o machado com força, com as duas mãos, foi até o cepo, pôs na vertical, bateu o machado com toda a força e rachou o cepo ao meio; cortou a lenha e arrastou para dentro da isbá. A mamãe começou a abastecer a estufa, aqueceu a casa e o dia nasceu bonito."

Mas, para o artista, isso ainda era pouco. Ele quer nos mostrar também o outro lado de suas vidas, a poesia da vida alegre em família, e nos retrata o seguinte quadro: "Quando o dia nasceu bonito, meu pai disse: 'Matriona!'. Mamãe chegou perto e disse: 'O que foi?'. Papai disse: 'Ando pensando em comprar uma vaca, cinco cordeiros, dois cavalinhos e uma isbá. Olhe só, está desmoronando... Então, tudo isso sai por uns cento e cinquenta rublos de prata'. Mamãe ficou pensando alguma coisa e depois disse: 'Mas aí vamos torrar o dinheiro todo'. Papai disse: 'Vamos trabalhar'. Mamãe disse: 'Bom, está certo, a gente compra, mas tem o seguinte: onde vamos arranjar a madeira da estrutura da isbá?'. Papai disse: 'Será que o Kiriukha não tem?'. Mamãe disse: 'Esse é que é o problema: ele não tem. Os Fokánitchev já pegaram'. Papai pensou um pouco e disse: 'Certo, a gente pega com o Briántsev'. Mamãe disse: 'Acho difícil que ele tenha'. Papai disse: 'Puxa, como não vai ter, é um lenhador'. Mamãe disse: 'Tomara que ele não cobre caro, você vai ver só como ele é espertalhão'. Papai disse: 'Eu vou, levo um pouquinho de vodca e combino com ele; e você asse um ovinho na brasa para o almoço'. Mamãe cozinhou um bocadinho para o almoço, e foi cuidar de suas coisas. Depois, papai pegou a bebida e foi falar com Briántsev, enquanto nós ficamos esperando muito tempo. Achei chato ficar sem o papai. Fiquei pedindo à mamãe que me deixasse ir aonde o papai tinha ido. Mamãe disse: 'Você vai se perder'. Comecei a chorar e quis fugir, mas minha mãe me bateu, sentei no alto da estufa e desatei a maior choradeira. Depois, quando eu olhei, o papai entrou na isbá e disse: 'Por que está chorando?'. Mamãe disse: 'O Fiéduchka quis sair por aí, atrás de você, e eu bati nele'. Papai chegou perto de mim e disse: 'Por que está chorando?'. Comecei a fazer queixa da mãe. Papai chegou perto da mamãe e começou a bater nela, mas assim, de brincadeira, e ele mesmo dizia: 'Não bate no Fiédia! Não bate no Fiédia!'. Mamãe chorou de brincadeira. Aí me sentei nos joelhos do papai e fiquei contente. Depois o papai sentou diante da mesa, me sentou do seu lado e gritou: 'Traz a comida para a gente, mãe, vou almoçar com o Fiédia, a gente quer comer!'. Aí mamãe nos deu carne e começamos a comer. Terminamos de almoçar e a mamãe disse: 'Certo, mas e quanto à madeira?'. Papai disse: 'Cinquenta rublos de prata'. Mamãe disse: 'Até que é barato'. O pai disse: 'É, não dá para reclamar, a madeira é ótima'."

Parece que é tão simples, que se diz tão pouco, mas é apresentada para nós a perspectiva de toda a vida familiar deles. Vemos que o menino ainda é uma criança que chora e, logo depois, está alegre; vemos que o menino não sabe apreciar o amor da mãe e troca isso pelo pai viril, que corta lenha; vemos que a mãe sabe que isso deve ser assim e não sente ciúmes; vemos esse prodigioso Gordiéi, cujo coração transborda de felicidade. Fica claro para nós que eles comem carne e vemos essa comédia encantadora que todos eles encenam, e todos sabem que é uma comédia, mas encenam por excesso de felicidade. "Não bate no Fiédia, não bate no Fiédia", diz o pai, ameaçando a mãe. E, habituada às lágrimas autênticas, a mãe começa a fingir que está chorando, enquanto sorri feliz para o pai e para o filho, esse menino que sobe nos joelhos do pai e que está orgulhoso e contente, ele mesmo não sabe por quê – orgulhoso e contente, talvez, por estarem felizes, agora.

"Depois o papai sentou diante da mesa, me sentou do seu lado e gritou: 'Traz a comida para a gente, mãe, vou almoçar com o Fiédia, a gente quer comer!'."

A gente quer comer e os dois sentaram juntos. Que amor e que orgulho feliz do amor respiram nessas palavras! Em todo o belo conto, não há nada mais encantador e mais inspirador do que essa última cena.

No entanto, o que queremos dizer com tudo isso? No aspecto pedagógico, que sentido tem esse conto escrito por um menino, talvez, excepcional? Dirão: "O senhor, professor, talvez sem notar, acabou ajudando a redação desses contos e de outros, e é extremamente difícil localizar as fronteiras do que pertence ao senhor e do que é original". Dirão: "Admitamos que o conto seja bom, mas se trata apenas de um dos gêneros da literatura". Dirão: "Fiedka e outros meninos, cujas redações o senhor publicou, constituem felizes exceções". Dirão: "O senhor mesmo é escritor e, sem notar, ajudou com métodos que não podem ser prescritos a outros professores que, em geral, não são escritores". Dirão: "De tudo isso, é impossível extrair uma regra geral ou uma teoria. É um fenômeno muito interessante e mais nada".

Vou tentar transmitir minhas conclusões de modo que respondam a todas essas objeções, que aqui pressupus.

Os sentimentos de verdade, beleza e bem são independentes do nível de desenvolvimento. Beleza, verdade e bem são conceitos que exprimem apenas uma harmonia de relações no sentido de verdade, de beleza e de bem. A mentira é apenas uma incoerência de relações no sentido de verdade; não existe verdade absoluta. Eu não minto ao dizer que as mesas giram por um toque dos dedos, se eu acredito nisso, embora não seja verdade; mas eu minto ao dizer que não tenho dinheiro, quando, segundo meu entendimento, eu possuo dinheiro. Nenhum nariz enorme é feio, mas é feio num rosto pequeno. A feiura é só uma desarmonia com relação à beleza. Dar o almoço a um mendigo ou comer você mesmo não tem, em si, nada de ruim; mas dar ou comer esse almoço quando minha mãe está morrendo de fome é uma desarmonia de relações no sentido de bem. Ao educar, ensinar, desenvolver, ou seja lá como quisermos agir em favor de uma criança, devemos ter, e temos de fato, de modo inconsciente, um objetivo: alcançar a máxima harmonia no sentido de verdade, de beleza e de bem. Se o tempo não passasse, se a criança não vivesse com todas as suas dimensões, nós conseguiríamos, tranquilamente, alcançar essa harmonia, acrescentando algo onde nos parecesse haver uma deficiência e reduzindo algo onde nos parecesse haver um excesso. Mas a criança vive, todas as dimensões de seu ser aspiram ao desenvolvimento, ultrapassam umas às outras e, na maioria dos casos, consideramos como nosso objetivo o próprio avanço dessas dimensões de seu ser e contribuímos apenas para o desenvolvimento, e não para a harmonia do desenvolvimento. Nisso se encerra o eterno equívoco de todas as teorias pedagógicas. Vemos nosso ideal à nossa frente, quando ele está atrás de nós. O desenvolvimento necessário da pessoa é não só um meio para alcançar esse ideal de harmonia que trazemos dentro de nós: ele é também uma barreira posta pelo Criador para a obtenção do ideal supremo da harmonia. Nessa espécie de lei necessária de um movimento para a frente se encerra o sentido daquele fruto da árvore do conhecimento do bem e do mal, provado por nosso ancestral. Uma criança saudável vem ao mundo satisfazendo inteiramente os critérios da harmonia incondicional com relação à verdade, à beleza e ao bem, que trazemos dentro de nós; a criança está próxima dos seres inanimados, das plantas, dos animais, da natureza, a qual constantemente representa para nós a verdade, a beleza e o bem que procuramos e almejamos. Em todos os tempos e em todos os povos, a criança foi representada como a imagem da inocência, da pureza, do bem, da verdade e da beleza. A pessoa nasce perfeita – são as grandes palavras ditas por Rousseau e, como uma pedra, permanecem firmes e verdadeiras. Ao nascer, a pessoa se apresenta como um modelo da harmonia da verdade, da beleza e do bem. Porém, cada hora da vida, cada minuto do tempo aumentam as distâncias, as quantidades e o tempo daquelas relações que, na hora do nascimento, se encontravam em perfeita harmonia, e cada passo e cada hora ameaçam essa harmonia com uma ruptura, e cada novo passo e cada nova hora ameaçam com uma nova ruptura, e não trazem esperança de restabelecer a harmonia rompida.

A maior parte dos educadores não tem em mente que a idade infantil constitui o modelo da harmonia e assume como objetivo o desenvolvimento da criança, que caminha de forma independente e segundo leis invariáveis. De maneira equivocada, se assume o desenvolvimento como o objetivo, porque ocorre com os educadores o mesmo que se passa com os maus escultores.

Em lugar de tentar deter um desenvolvimento local exagerado ou deter o desenvolvimento geral, e esperar que algum incidente novo elimine a irregularidade, como faz o mau escultor, que, em lugar de limar o excesso, o encobre, também os educadores parecem tentar apenas não interromper o processo de desenvolvimento e, se pensam na harmonia, sempre tentam alcançá-la aproximando-se de um modelo para nós desconhecido e que se encontra no futuro, afastando-se do modelo do presente e do passado. Por mais equivocado que seja o desenvolvimento da criança, sempre restam nela traços originais da harmonia. Apenas moderando o desenvolvimento ou, pelo menos, não contribuindo para ele é possível ter esperança de chegar ao menos um pouco mais perto da correção e da harmonia. No entanto, estamos tão seguros de nós mesmos, somos tão ilusoriamente devotados ao mentiroso ideal da perfeição do desenvolvimento, somos tão impacientes com os equívocos próximos de nós e tão firmemente convictos de nossa capacidade de corrigi-los, somos tão pouco capazes de compreender e apreciar a beleza original da criança, que, rapidamente, o mais depressa possível, exacerbamos e encobrimos os erros que saltam aos nossos olhos e, assim, corrigimos, educamos a criança. Ora é preciso igualar uma dimensão à outra, ora é preciso igualar esta à primeira. Desenvolvemos cada vez mais a criança, afastamos sempre a criança, mais e mais, do modelo anterior, já abolido, e tornamos cada vez mais impossível a obtenção do modelo imaginário de perfeição da pessoa adulta. Nosso ideal está atrás, não na frente. A educação estraga as pessoas, não corrige. Quanto mais estragada a criança, menos necessário será educá-la e mais necessária será, para ela, a liberdade.

Ensinar e educar a criança é impossível e sem sentido, pela simples razão de que a criança, mais do que eu, mais do que qualquer adulto, está perto daquele ideal de harmonia, de verdade e de bem, ao qual eu, no meu orgulho, desejo elevar a criança. A consciência desse ideal se encontra mais forte na criança do que em mim. De mim, ela precisa apenas do material para se completar de forma harmônica e abrangente. Assim que lhe dou plena liberdade, assim que eu paro de ensiná-la, a criança escreve uma obra poética como não existe igual na literatura russa. Por isso é minha convicção que não podemos ensinar a escrever e a compor, sobretudo de forma poética, as crianças em geral e, em particular, as crianças camponesas. Tudo o que podemos fazer é induzi-las a se dispor a escrever obras literárias.

Se o que eu fiz para alcançar tal objetivo pudesse ser chamado de método, ele teria os seguintes passos:

1) Oferecer a maior e mais diversificada escolha de temas, sem imaginá-los especificamente para crianças, mas, em vez disso, propor temas sérios e interessantes para o próprio professor.

2) Dar para as crianças lerem textos feitos por crianças e só por crianças, propor como modelos textos feitos por crianças, pois os textos de crianças sempre são mais justos, mais elegantes e mais honestos que os dos adultos.

3) (Especialmente importante.) Durante o exame dos textos de crianças, nunca fazer para os alunos observações sobre a limpeza dos cadernos nem sobre a caligrafia nem sobre a ortografia nem, acima de tudo, sobre a construção das frases e a lógica.

4) Uma vez que a dificuldade na criação escrita não se encontra no volume nem no conteúdo, mas no teor artístico do tema, a gradação dos temas deve basear-se não no volume nem no conteúdo nem na língua, mas no mecanismo do trabalho, que consiste em: primeiro, entre as ideias e imagens que surgem em grande número, escolher só uma; segundo, escolher as palavras para essa ideia e expressá-la; terceiro, guardar a ideia na memória e encontrar um lugar para ela; quarto, lembrando-se do que escreveu, não se repetir, não omitir nada e saber ligar o seguinte ao anterior; quinto, por fim, ao pensar e escrever ao mesmo tempo, não misturar uma coisa com a outra. Com esse objetivo, eu fiz o seguinte: de início, assumia alguns desses aspectos do trabalho e, aos poucos, transferia todos eles aos cuidados dos alunos. No início, entre as ideias e imagens que se apresentavam, eu escolhia para os alunos as que me pareciam melhores, guardava na memória, indicava o lugar para elas e anotava, evitando sua repetição, e eu mesmo escrevia o texto, deixando que os alunos apenas expressassem as ideias e as imagens em palavras; depois eu deixava que eles mesmos escolhessem, depois deixava que anotassem e, por fim, como na redação de "Vida de mulher de soldado", eles próprios assumiam o processo da escrita.

1862

QUEM TRADUZ O QUÊ, NO TÍTULO DE UM CONTO DE TOLSTÓI?

Rubens Figueiredo

Tradução é uma atividade bem mais presente em nosso cotidiano do que supomos. Não me parece exagero tratá-la como uma faculdade inerente à experiência de comunicar-se e viver em sociedade. Tudo o que queremos dizer ou exprimir é objeto de um processo de tradução: na origem, traduzimos uma experiência não verbal para a linguagem verbal organizada. Mas tudo o que lemos ou nos dizem é, também, traduzido em nossos próprios termos, verbais ou não. E não adianta: no terreno das relações de linguagem, não existe pureza nem versão final e positiva.

São afirmações categóricas, mas elas têm uma história. Como tradutor, estritamente falando, segundo a nomenclatura das profissões reconhecidas, ou seja, como um trabalhador meio braçal e meio intelectual que transpõe textos de outro idioma para o português, deparei muitas vezes com situações que punham em questão a noção de tradução que guiava meu pensamento, às escondidas, à maneira de um piloto automático. Entre tais situações, uma das mais marcantes se apresentou diante de mim na forma do título de um conto de Liev Tolstói.

Não era um conto desconhecido, longe disso. A rigor, um relato que figura há décadas em antologias pelo mundo afora. Em russo, "Khoziáin i rabótnik", que em outras línguas vinha como "Master and Man", "Maître et serviteur", "Herr und Knecht", "Senhor e servo". Ou seja, nem sombra de polêmica. Mas as traduções que eu já fizera de Tolstói haviam me ensinado a desconfiar de soluções largamente repetidas, cujo efeito, em regra, é a diluição do teor crítico do autor, direcionado, sobretudo, para as várias formas de desigualdade.

No caso, a desigualdade se materializava, ou se traduzia, desde o início, na estrutura do título. Mas, afinal, qual era o problema para o tradutor? As traduções consagradas e, digamos assim, consensuais recorriam a palavras que se referiam a um padrão muito antigo de relação de trabalho. Em inglês, a palavra "man" era usada no sentido de serviçal doméstico em fazendas da nobreza da Inglaterra. Não muito diferente do francês "serviteur" ou de "servo", em português. Em alemão, o recuo histórico é mais impressionante ainda, pois "Herr und Knecht" é exatamente a expressão que Hegel, no século XVIII, adotou para denominar a sua célebre dialética do senhor e do escravo. O mesmo valia para os vocábulos "master", "maître" e "senhor", que remetiam também a figuras sociais desaparecidas muito tempo antes de o conto ser escrito.

Tolstói escreveu seu conto em 1895, às portas do século XX. A servidão na Rússia tinha terminado havia mais de trinta anos, em 1861. Acima de tudo, as palavras russas do título eram integralmente atuais, no tempo de Tolstói, como são ainda hoje: nelas, não há o menor traço de arcaísmo linguístico, tampouco qualquer menção a formas de relações sociais antigas e extintas.

Como tradutor, fiquei curioso e experimentei inverter a posição das línguas. Verifiquei que a tradução do alemão para o russo da dialética do senhor e do escravo de Hegel não adota as palavras presentes no título do conto de Tolstói, mas sim *gospodin i rab*, senhor e escravo – estas, sim, palavras com nítido teor arcaico, especialmente a segunda. Ora, é como se todas aquelas traduções a que me referi estivessem nos dizendo: o título correto (ou corrigido), em russo, do conto de Tolstói deveria ser "Gospodin i rab". Tolstói, mais uma vez – é o que nos dizem, de modo sub-reptício, aquelas traduções –, usou sua mão pesada de conde mujique e, agora, temos de corrigir esse gesto bárbaro.

Inconformado, adotei, então, o título "O patrão e o trabalhador", que figura neste livro, mas confesso que relutei um pouco. Veio a sensação estranha de que eu estava falando o que não devia e de que poderia ser punido. Como? Das muitas maneiras sutis e impessoais (mas nem por isso menos violentas) que, hoje em dia, se traduzem, por exemplo, na preferência dos departamentos de RH das empresas pela palavra "colaborador", para denominar o trabalhador (é melhor falar baixo), o qual, desse modo, entende não ter alternativa, a não ser colaborar ou ser alijado. Talvez, um dia, alguém traduza o título do conto de Tolstói como "O empreendedor e o colaborador", cujo efeito atenuante, neutralizador, não é tão distinto do recuo para o passado remoto, historicamente nulo e inofensivo, contido em formas como "Senhor e servo". Pois nas ruas, na tevê, nos jornais, é o patrão quem traduz o trabalhador.

SOBRE O AUTOR

Liev Nikoláievitch Tolstói nasceu no dia 28 de agosto de 1828 (9 de setembro, pelo calendário atual), em Iásnaia Poliana, propriedade rural de sua família, na Rússia. Tinha três irmãos mais velhos e uma irmã mais nova – Nikolai, Serguei, Dmítri e Mária. Embora tivesse boas relações com todos eles, foi Nikolai quem lhe marcou mais profundamente o temperamento. De um lado, era seu modelo de homem, belo, elegante, forte e corajoso. De outro, estimulava sua imaginação, afirmando possuir um segredo capaz de instaurar no mundo uma nova Idade de Ouro, sem doenças, miséria e ódio, e na qual toda a humanidade seria feliz. Nikolai alegava ter gravado esse segredo num graveto verde, o qual enterrara numa ravina da floresta de Zakaz.

Nascido num meio aristocrático, a infância de Tolstói, entretanto, foi bastante sofrida. Antes de completar dois anos, perdeu a mãe. Sete anos depois, sua família mudou-se para Moscou, onde Tolstói encontrou uma nova realidade. Então, durante uma viagem de trabalho para Tula, em 1837, seu pai morreu. Além de órfãos, Liev e seus irmãos encontraram-se em situação financeira precária. Logo em seguida, morreu sua avó, e Tolstói viu-se abrigado na casa de uma tia, na região de Kazan.

Ingressando na universidade, em 1844, para estudar línguas e leis, Tolstói de início entusiasmou-se com a vida de estudos. Porém, decepcionou-se com os métodos tradicionais de ensino e, por fim, abandonou a escola.

Herdando sua parte da herança familiar, retornou a Moscou e iniciou um período de vida boêmia e dívidas de jogo, que o obrigaram a vender algumas de suas propriedades. Ingressou no Exército em 1852, fascinado com as experiências militares de um irmão. Como soldado, foi logo transferido para o Cáucaso, e data dessa época a composição do livro *Infância*, que marca sua estreia na literatura.

Em 1856, já fora do Exército, Tolstói libertou seus servos e doou-lhes as terras onde trabalhavam. Estes, porém, desconfiados, devolveram-lhe as propriedades. No ano seguinte, viajou para a Alemanha, a Suíça e a França. Ao voltar, fundou uma escola para crianças e adultos, empregando novos métodos pedagógicos, nos quais eram abolidos os testes, as notas e os castigos físicos.

Em 1862, casou-se com Sônia Andréievna Behrs, então com dezessete anos, e fundou uma revista pedagógica. No ano seguinte, teve início a redação do romance *Guerra e paz*, cujo pano de fundo é a invasão napoleônica da Rússia, ocorrida no princípio do século XIX. Concluído em 1869, o livro trouxe para Tolstói a consagração como escritor.

Entre o ano de seu casamento e 1888, Tolstói teria doze filhos. Entre 1873 e 1877, escreveu *Anna Kariênina*. Sua recorrente inclinação a desfazer-se de seus bens materiais produziu, a partir de 1883, uma disputa ferrenha entre sua esposa e Tchértkov, militar que se tornou um abnegado paladino das ideias de Tolstói e em quem o escritor tinha grande confiança. A partir dessa época o distanciamento entre marido e mulher só fez crescer.

Sua desconfiança em relação à justiça, ao governo, à propriedade, ao dinheiro e à própria cultura ocidental gerou o que passou a ser chamado de "tolstoísmo", de todo hostil à Igreja ortodoxa russa.

Finalmente, devido ao apoio dado pelo escritor a um grupo religioso de camponeses que se recusara a servir o Exército em nome de uma vida comunitária de base cristã, Tolstói viu-se excomungado pelo sínodo da Igreja ortodoxa de 1901.

Escreveu ele, a respeito da decisão:

> Dizer que eu reneguei a Igreja que se chama ortodoxa, isso é inteiramente justo. Porém eu a reneguei não porque tenha me insurgido contra o Senhor, mas, ao contrário, apenas porque queria servi-lo com todas as forças de minha alma. Antes de renegar a Igreja e a unidade com o povo, que me era inexprimivelmente cara, e diante de certos sinais tendo duvidado da correção da Igreja, dediquei alguns anos a pesquisar a teoria e a prática de seu ensinamento: na parte teórica, li tudo o que pude sobre o ensinamento da Igreja, estudei e analisei criticamente a teologia dogmática; na prática, obedeci com rigor, no decorrer de mais de um ano, a todas as ordens da Igreja, observando todos os jejuns e frequentando todas as cerimônias religiosas. E então me convenci de que o ensinamento da Igreja é, em sua teoria, uma mentira pérfida e maléfica e, em sua prática, a reunião das

superstições mais grosseiras e de sortilégios que ocultam completamente todo o sentido do ensinamento cristão.*

Finalmente, em 1910, aos 82 anos, Tolstói fugiu de casa. No entanto, durante a viagem, sua saúde debilitada obrigou-o a saltar do trem na aldeia de Astápovo, onde viria a morrer no dia 7 de novembro de 1910.

Dois anos antes de sua morte, Tolstói ditara as seguintes palavras, que remetem ao segredo que seu irmão Nikolai teria enterrado na floresta de Zakaz:

> Embora seja um assunto desimportante, quero dizer algo que eu gostaria que fosse observado após a minha morte. Mesmo sendo a desimportância da desimportância: que nenhuma cerimônia seja realizada na hora em que meu corpo for enterrado. Um caixão de madeira, e quem quiser que o carregue, ou o remova, a Zakaz, em frente a uma ravina, no lugar do "graveto verde". Ao menos, há uma razão para escolher aquele e não qualquer outro lugar.

---

* Liev Tolstói. "Resposta à determinação do Sínodo de excomunhão, de 20-22 de fevereiro, e às cartas recebidas por mim a esse respeito". In: __. *Os últimos dias*. Coord. ed. de Elena Vássina. Sel e intr. de Jay Parini. Trad. do trecho de Denise Regina de Sales. São Paulo: Companhia das Letras, 2011.

SUGESTÕES DE LEITURA

TEXTOS DE ESCRITORES SOBRE TOLSTÓI

COETZEE, J. M. "Confession and Double Thoughts: Tolstoy, Rousseau, Dostoevsky" [1985]. *Doubling the Point: Essays and Interviews*, org. David Atwell. Harvard: Harvard University Press, 1992.

GINZBURG, Natalia. "Prefazione" a Lev Tolstoj. *Resurrezione*, trad. Clara Coisson. Turim: Einaudi, 1982. / *Serrote*, n. 5, trad. Maurício Santana Dias, jul. 2010.

GÓRKI, Máximo. *Leão Tolstói*, trad. Rubens Pereira dos Santos. São Paulo: Perspectiva, 1983.

MANN, Thomas. "Goethe e Tolstói: Fragmentos sobre o Problema da Humanidade" [1922]. *Ensaios*, sel. Anatol Rosenfeld, trad. Natan Robert Zins. São Paulo: Perspectiva, 1998, pp. 59-135.

NABOKOV, Vladimir. "Anna Kariênina" e "A morte de Ivan Ilitch". *Lições de literatura russa*, org. e intr. Fredson Bowers, trad. Jorio Dauster. São Paulo: Três Estrelas, 2014.

PIGLIA, Ricardo. "O lampião de Anna Kariênina". *O último leitor*, trad. Heloisa Jahn. São Paulo: Companhia das Letras, 2006, pp. 132-56.

ESTUDOS SOBRE TOLSTÓI

BERLIN, Isaiah. "O porco-espinho e a raposa" e "Tolstói e o Iluminismo". *Pensadores russos*, org. Henry Hardy e Aileen Kelly, trad. Carlos Eugênio Marcondes de Moura. São Paulo: Companhia das Letras, São Paulo, 1988.

CHKLÓVSKI, Victor. "A arte como procedimento", in D. Toledo (org.). *Teoria da literatura: Formalistas russos*. Porto Alegre: Globo, 1972.

____. "Os paralelos em Tolstói", in *O diabo e outras histórias*, trad. André Pinto Pacheco. São Paulo: Cosac Naify, Col. Prosa do Mundo, 2000; 2. ed., 2010.

EIKHENBAUM, Boris. *The Young Tolstoy*. Michigan: Ardis, 1972.

____. *Tolstoy in the Sixties*. Michigan: Ardis, 1982.

____. *Tolstoy in the Seventies*. Michigan: Ardis, 1982a.

GINZBURG, Carlo. "Estranhamento: Pré-história de um procedimento literário" [1998]. *Olhos de madeira: Nove reflexões sobre a distância*, trad. Eduardo Brandão. São Paulo: Companhia das Letras, 2001, pp. 15-42.

GOURFINKEL, Nina. *Tolstoï sans tolstoïsme*. Paris: Seuil, 1946.

HAMBURGER, Käte. *Tolstoi, Gestalt und Problem*. Göttingen: Vandenhoeck & Ruprecht, 1963.

LUKÁCS, Georg. "Narrar ou descrever?". *Ensaios sobre literatura*, org. Leandro Konder, trad. Giseh Vianna Konder. Rio de Janeiro: Civilização Brasileira, 1968, pp. 47-99.

____. "Tolstói e extrapolação das formas sociais de vida". *A teoria do romance* [1914-5], trad. José Marcos Mariani de Macedo. São Paulo: Editora 34 / Duas Cidades, 2000, pp. 150-62.

____. "Tolstoy and the Development of Realism" e "Leo Tolstoy and Western European Literature". *Studies in European Realism*, intr. Alfred Kazin, trad. Edith Bone. Nova York: Grosset and Dunlap, 1964, pp. 126-205 e 242-64.

ORWIN, Donna T. *Tolstoy's Art and Thought, 1847-1880*. Princeton: Princeton University Press, 1993.

SCHNAIDERMAN, Boris. *Leão Tolstói: Antiarte e rebeldia*. São Paulo: Brasiliense, 1983.

STEINER, George. *Tolstói ou Dostoiévski: Um ensaio sobre o velho criticismo*, trad. Isa Kopelman. São Paulo: Perspectiva, 2006.

VERÍSSIMO, José. "Tolstói". *Homens e coisas estrangeiras: 1899-1908*, prefácio João Alexandre Barbosa. Rio de Janeiro: ABL / Topbooks, 2003. Texto sobre tradução francesa de *Ressurreição*.

MATERIAIS BIOGRÁFICOS

CITATI, Pietro. *Tolstoj* [1983]. Milão: Adelphi, 1996.

PARINI, Jay. *A última estação*. Rio de Janeiro: Editorial Presença, 2007.

QUINTERO ERASSO, Natalia Cristina. *Os diários de juventude de Liev Tolstói: Tradução e questões sobre o gênero de diário*. Dissertação de mestrado. São

Paulo: Departamento de Letras Orientais; Faculdade de Filosofia, Letras e Ciências Humanas da Universidade de São Paulo, 2011.

TOLSTOY, Sofia. *The Diaries of Sofia Tolstoy*, intr. Doris Lessing, trad. Cathy Porter. Nova York: Harper Collins, 2010.

TOLSTÓI, Liev. *Diarios (1847-1894)*, sel., ed. e trad. Selma Ancira. Barcelona: Acantilado, 2003.

____. *Diarios (1895-1910)*, sel., ed. e trad. Selma Ancira. Barcelona: Acantilado, 2004.

____. *Correspondencia*, sel., ed. e trad. Selma Ancira. Barcelona: Acantilado, 2008.

ÍNDICE DE CONTOS

1ª EDIÇÃO [2018] 1 reimpressão

ESTA OBRA FOI COMPOSTA PELA MÁQUINA ESTÚDIO EM LYON E IMPRESSA EM OFSETE PELA GEOGRÁFICA SOBRE PAPEL PÓLEN SOFT DA SUZANO S.A.
PARA A EDITORA SCHWARCZ EM AGOSTO DE 2021

A marca FSC® é a garantia de que a madeira utilizada na fabricação do papel deste livro provém de florestas que foram gerenciadas de maneira ambientalmente correta, socialmente justa e economicamente viável, além de outras fontes de origem controlada.

Красота ...

Февраля

... что б видели во сне: ...

1. как ...

Алеша ...

что б видели во сне: ...

1. как ...